인생 천로역정

정 득 모 지음

(주)이화문화출판사

　　정득모는 60년생으로 기술고시를 거쳐 공직에 입문하여 서울시에서 33년간 일했다. 주로 상수도 하수도, 물연구원 등 물 분야에서 근무하였다. '물 때문에 밥먹고 사는 사람' 이라고 본인을 소개할 정도로 물에 대해 남다른 애착이 많다. 미국 유학중 하나님을 만나 일평생 하나님께 복종하며 하나님이 기뻐하는 삶을 살고 싶은 소망이 있다. 서울시청 신우회 회장을 맡으면서 직장선교대상을 수상하였다. 현재 총신대학교 신학과에 재학 중이다. 하나님의 은혜로 영적으로 거듭나는 Born Again 성령체험을 했다. 그러나 아직도 술, 음란, 혈기, 미움, 시기, 질투 같은 사탄 마귀의 간계와 끊임없이 영적 전쟁을 치르고 있다. 나의 삶 속에서 하나님의 뜻이 무엇인지를 깨닫게 해달라고 매일 마다 애원기도를 하고 있다. 오늘도 성경 말씀(야고보서 4:9) '슬퍼하며 애통하며 울지어다' 를 묵상하며 내 영혼의 기쁨을 맛보기 위해 하나님 앞에 울기를 자청한다. 졸저인 '인생 천로역정' 을 통해 내 인생이 하나님께 한 걸음 더 가까이 가기를 소망한다. 아울러, 우리나라 물산업을 4차 산업혁명과 융합하여 World Best Class로 견인하고 싶은 열망이 있다. 'Smart Water Total Solution' 구축을 통해 Global Top에 우뚝 서는 것이 소원이다.

학력 : 총신대 재학, 뉴욕주립대(환경학박사), 미국 시러큐스대(환경공학석사), 서울대행정대학원(행정학석사), 연세대, 청주고
경력 : 서울물연구원장, 상수도사업본부 부본부장, 뚝도/강북정수사업소장, 제19회 기술고시('83), ADB, ISO 국제환경자문역, 연세대, 시립대 겸임교수
자격 : 상하수도기술사, 행정사, 정수시설관리사 1급, 전기기사 1급, 워드 1급
상훈 : 서울시 '베스트간부상', '물관리달인상', 홍조근정훈장, 대통령표창

들어가며…

내 생애 처음으로 책을 내게 되었다. 학위논문이나 신문기고 같은 페이퍼, 공동저술 형태의 글은 써 봤지만 단행본 책으로 출품은 최초다. 심적으로 부담되기도 하고 혹시나 구설수에라도 오르지 않을까 걱정이 앞선다. 일부는 약간 축소되거나, 과장되기도 하고, 또 어느 부분은 본인이나, 학교, 직장의 명예를 고려하여 익명으로 처리한 것도 있다. 과거 기억이 희미해서 잘못 기재된 것일 수도 있다. 살얼음판을 걷듯 조심스럽다. 60평생을 남들보다 수범적으로 살지도 못한 주제에 괜한 일을 벌인 것이 아닌가 부끄럽기도 하다. 처음에는 나의 지나온 삶을 신앙관점에서 반추해 보고 싶은 마음에서 시작하였다. 그러나 나는 중도 신앙인이다. 마흔 살이 다 돼서야 하나님을 만났기 때문에 믿음의 모양이 울퉁불퉁하다. 모태신앙으로 태어났으면 좋으련만, 그래도 늦게나마 하나님을 알았다는 것이 너무나 감사하다.

소 외양간에서 불이 났다. 소를 빨리 끌어내야 하는데 방법이 무엇이냐고 초등생들한테 객관식 문제를 냈다. 1번, 최홍만을 데려와 소를 끌어낸다. 2번, 암소로 유인한다. 3번, 소 여물통을 엎어버린다. 답은 3번이다. 소는 자기가 먹던 밥그릇을 죽어도 놓지 않으려 한다. 만물 중에 가장 영악한 것이 인간이다. 사람은 자기생각, 자기습관 인생철학, 자아를 절대 버리려 하지 않는다. 개, 고양이, 새들은 사람이 길들이기가 쉽지만 사람은 길들여지지 않는다. 지독하게 변하지 않으려 한다. 마음은 원이로되 몸이 따라가 주지 않는다. 누구나 자기중심적이고 이기적이다. 나한테 유익하면 선이고 불리하면 악이다. 내가 선악의 판결자다. 나는 선이고 반대편은 악이다. 나중에 위선이라고 들통이 나더라도 나는 자기합리화 명목으로 끝까지 위장해야 한다. 성경에 '의인은 한명도 없나니'

라고 말한다. 인간이 죄를 지어서 죄인이 아니라 죄성을 가지고 태어났기에 죄를 지을 수밖에 없다. 인간 최초의 조상인 아담이 창조주 하나님께 불순종한 원죄가 있기 때문이다.

나는 원래 반크리스천의 두목이었다. 보이지도 않는 하나님이 어디 있냐고 말도 안 되는 소리라고 입에 거품을 물었던 사람이다. 그런데 눈이 보이는 것이 전부가 아니라는 것을 깨달았다. 박테리아 세균도 안 보이고, 공중에 날라 다니는 전파도 안 보이고 공기도 햇빛도 눈에 보이지 않지만 실존하지 않는가. 한때는 하나님이 살아 계시다면 환상 중에라도 보여 달라고, 또 음성을 듣게 해 달라고 생떼를 쓰기도 했다. 미국 유학중에 고난의 낭떠러지기, 백척간두에서 하나님을 만나는 체험을 하였다. 그 시점이 내가 거듭 태어난, Born Again 하게 된, 내 인생의 터닝 포인트가 되었다. 이후 나는 하나님의 아들이요 백성이 되는 은혜를 받았다. 그러므로 이것을 남들에게 전파하여 하나님을 모르는 불쌍한 영혼들에게 하나님이 살아 계신 것과 그 아들 예수 그리스도를 통해 구원 복음이 이루어지는 것을 알려야겠다는 일종의 사명(Mission)이 있다.

내가 영안의 눈을 뜨고 보니 하나님을 떠난 것이 죄이고, 회개를 통해 하나님께로 다시 돌아오는 것이 믿음인 것을 알았다. 지금까지 겸손은 남한테 인사 잘하고, 공손하고 머리를 숙이는 것으로 알았다. 그러나 그것은 세상적인 겸손으로 한낱 위선이고 거짓일 수 있다. 높은 지위나 권력을 가진 사람한테 겸손이 필요하지, 하층 노숙자는 겸손할 것도 없다. 그 자체가 겸손이다. 성경적 해석으로 보면, 마음속에 하나님이 있는 것이 겸손이고, 없는 것이 교만이다. 내가 성경을 처음 보았을 때 어쩌면 내가 하고 싶은 것들은 모두 하지 말라고 하고, 하기 싫은 것은 하라고 하는지, 세상과 정반대다. 그러나 그것이 믿음이고 하나님이 원하는 신앙인의 삶 방향이라는 것을 나중에 알았다. 어느 탈북자가 말하기를 성경에서 하나님 대신 김일성을 넣으니까 북에서 받았던 주체사상과 똑같다는 고백을 들었다. 하나님은 스스로를 '나는 전능한 하나님이다' 라고 말한다.

지금도 북한 주민들은 김일성을 전능한 하나님으로 알고 있는지 궁금하다. 무지하기도 하고 안타깝기도 하다.

　군대생활 할 때 고참들이 한 말이 생각난다. '고참의 말은 하나님과 동격이다. 졸병은 인간이 아니라 동물이다.' 외람되지만, 한 가지 부탁을 청하고 싶다. 이 책에서 필자인 저를 한 인간, 인격체로 보지 말고, 긍휼 자비, 사랑을 베풀어야 할 불완전한 동물인간으로 보아주기를 바란다. 그만큼 나는 좌충우돌 변덕쟁이고, 안하무인 격이었다. 기대할 것이 없다. 당초 이 책은 내가 하나님을 만나고 나의 인생철학, 삶의 가치관이 조금씩 변화되어 가는 모습을 신앙간증 형식으로 발간하려고 했다. 그런데 아직 나의 믿음이 완성되지 못하여 간증으로 책 한 권을 편집하기는 역부족이다. 세상 이야기를 너무 많이 나열한 것 같아 쑥스럽기도 하고 불만족스럽다. 또한 책 제목을 무엇으로 정할까 고민을 많이 했다. 아침 출근하면서 계단을 올라가며 기도를 했다. "하나님! 미천한 제가 졸작이나마 책을 썼는데 책 제목을 정하지 못하고 있네요, 어떻게 해야 하나요? 지혜를 주세요." 불현듯 '인생 천로역정'이 머릿속에서 떠올랐다.

2019년 12월 5일

정 득 모

목 차

믿음의 천로역정

인류역사상 성경 다음으로 많이 읽혀진 불후의 명작이 천로역정이다. 일생에 한번은 만나야 할 책, 2019년 도서부문 베스트셀러 1위다. 천국을 향한 청교도 구도자의 삶을 그린, 영혼 구원의 책이다. 저자 존 번연은 '결혼하기 전까지 하나님의 이름을 욕되게 하는 짓을 하는 데 나를 당해낼 사람이 없었다'라고 고백할 정도로 방탕한 삶을 살았다. 독실한 아내를 만나 목사로 설교자로 변신한 후 수많은 사람들에게 천국소망을 일깨웠다. 성경의 절대불변 절대진리에 근거한 복음 전파를 통해 하나님 나라의 소망을 불러 일으켰다. 여기서 크리스천 주인공은 손에 성경 한권 달랑 들고 고향인 멸망의 도시를 떠난다. 낙담의 계곡, 죽음의 늪, 허영의 거리를 지나 천신만고 끝에 하늘도시, 천국에 당도하게 된다. 그러나 사탄 마귀는 천국 문에 한 발을 들여놓자마자, 나머지 한 발을 잡으려고 집요하게 추격한다. 천국 문이 닫히자 마귀는 끝났구나, 낙심하면서 또 미혹할 인간을 찾는다. 마귀는 현대인들이 추구하는 세상만족, 육신의 쾌락, 부귀영화 같은 욕망열차에 우리를 태워 천국열차를 타지 못하도록 온갖 유혹, 훼방을 한다. 나는 크리스천으로서 순례자의 삶을 살고 있는지, 마귀가 삼키고자 하는 매혹의 대상으로 살아가고 있는지, 이제 점검할 시간이 되었다. 환갑을 넘겼으니 뒤돌아볼 때다. 아직도 세상 야욕에 사로잡혀 있으면서도 천국에 대한 희망, 간절함이 있는데, 이 또한 이율배반 아닌가. 과거를 뒤돌아보면 암흑이고 절망이다. 앞을 보면 그래도 희망의 불빛, 천로역정이 남아있다.

우리나라 愛國歌 가사에 '하느님이 보우하사 우리나라 만세'가 나온다. 국가에 하느님, 하나님이 들어가는 것은 무슨 의미인가. 하늘을, 자연의 섭리를 의지한다는 뜻이다. 하나님, 창조주 조물주께 순복할 테니 우리를 보호해 주세요, 라는 소망과 기대가 담겨 있다. 우리 민족은 어차피 하나님을 믿어야 하는 숙명적인 존재다. 안 믿으려고 도망쳐 봤자 매일 부르는 애국가에 하나님이 있으니 피할 수가 없다. 그러니 하나님을 믿지 않을 수 없다. 따라서 한민족은 하나님의 백성인 셈이다. 지금까지 좋은 공기, 맑은 물, 눈부신 햇빛, 남들이 누리지 못하는 4계절, 지진도 없고, 태풍 같은 자연재해도 피하게 하셨다. 유럽하늘을 보라, 일 년 내내 우중충하게 흐려있다. 따스한 햇볕 구경도 어렵다. 동남아시아, 중동, 아프리카를 보라, 사시사철 뜨거워서 못 살겠다. 미국의 토네이도를 보라, 한번 지나가면 초토화 시킨다. 도대체 어떻게 생성되는지도 모른다. 우리는 구경도 못해 봤다. 참으로 한반도는 특별한 혜택을 받은 땅이다. 이러한 하늘의 축복 속에서 한강의 기적, 삼성 갤럭시폰의 세계 1위 기적, 새벽기도의 기적을 만드신 하나님께 감사할 수 밖에 없다.

미국에서 박사논문 Proposal을 몇 번 낙방하였을 때 너무 괴로웠다. 누구한테도 하소연 할 곳이 없다. 내가 능력이 부족해서, 내가 잘못해서 나온 결과이니 나 자신에게 책임이 있다. 욕을 퍼부을 상대조차 없다. 양주 한 병 사가지고 차를 몰고 산속으로 들어갔다. 술을 잔뜩 먹고 소리 지르고 발광하기 시작했다. 하나님께 미친 듯이 덤벼들었다. 하나님 개XX, 살아 있으면 나와 봐. 네가 무슨 전능한 하나님이야. 야, 18 개XX 니가 하나님 맞아. 살아 있다면 나를 이렇게 비참하게 만들어. 목이 터져라 소리를 질러댔다. 내가 그렇게 기도 많이 했잖아 18. 그런데 나 좀 시험에 붙여 주면 안 돼, 안 되냐고… 주먹으로 자동차 핸들을 쳐 댔다. 차 밖으로 나와 발로 나무를 걷어찼다. 발이 아파 죽겠다. 프로포잘 반대했던 그 Peter 교수 그 XX, Dog XX 죽여 버리든가. 그 XX 머리통을 깨버리든가. 하나님, 나 살기 싫어. 나 죽고 싶단 말이야. 하나님 정말 왜 나를 이렇게 사지로 몰아세우는 겁니까, 이유가 뭡니까. 시험 통과할 수 있도록 왜 사전에 지혜를 주지 않았나요. 방법을 알려 주었어야 하잖아요.

하나님한테 욕을 하다가, 반말로 하다가 이젠 존칭도 나온다. 왜 나를 먼 미국 땅에까지 오게 해서 이렇게 개망신을 주냐고요. 왜 낭패를 당하게 하냐고요. 또 목소리가 올라갔다. 나 이제 더러워서 하나님 믿지 않을 거예요. 지혜, 명철을 달라고 그렇게 기도 했는데, 그래서 결과가 이거냐고. 한참을 하나님께 따졌다. 하나님은 대답이 없다. 아무런 응답도 들리지 않는다. 남들은 하나님 음성을 듣는다고 하는데 나는 도대체 이게 뭐냐고, 하나님한테 대들면서 미친 듯이 싸웠다. 그런데 내 안에서 갑자기 '다음번에는 꼭 될 테니 걱정마라' 는 느낌이 왔다. 요동치던 내 심령이 갑자기 조용해졌다. 하나님 안 믿는다고 하늘에 삿대질 하던 내가 순한 양처럼 돌변해버렸다. 하염없이 눈물이 흘렀다. 하나님 제가 잘못했어요. 하나님 제가 너무 심하게 욕했나 봐요. 하나님 죄송해서 어떻게 해요. 하나님은 욕을 엄청 얻어먹었지만 아무런 불평 원망도 안 하시고 내 마음에 평안을 주셨다. 참으로 하나님은 자기를 믿지 않을 수 없게 만드시는 묘한 분이시다.

한평생 살다 보면 화가 머리끝까지 날 때가 있다. 소위 머릿뚜껑이 열린 경우다. 만약 분노와 저주를 사람에게 더구나 당사자에게 쏟아내면 큰 사단이 난다. 영원히 씻을 수 없는 상처를 남긴다. 골방에 들어가, 아니면 사람이 없는 한적한 곳에 가서 하나님께 쏟아내야 한다. 그런데 막상 그러한 상황이 닥치면 기도하기가 쉽지 않다. 우선 감정이 앞서기에 기도가 안 나온다. 나는 과거 성격이 괴팍한 상사한테서 인격모독, 굴욕을 당한 적이 있다. 화가 치밀어 오르면서 증오와 복수심이 불타올라 도저히 견딜 수가 없었다. 그렇다고 누구에게 말할 수도 없다. 옥상에 올라가 물탱크실 문을 닫고 고래고래 소리를 질렀다. '하나님! 이게 뭡니까, 왜 성질 더러운 그 XX를 만나게 했냐구요. 그 개XX 때문에 못살겠어요, 그 XX를 죽이든가, 나를 죽이든가 둘 중에 하나를 택하란 말이에요. 제발 빨리 하라고요. 내가 속 터져 살 수가 없으니까요. 그게 그렇게 욕먹을 짓입니까, 그 개XX 인간도 아니잖아요. 2중 3중 인격자, 위선자잖아요. 겉으로는 도덕군자처럼 양반처럼 말하지만 개 Ssang양아치잖아요. 그런 XX가 서울시 간부라고, 말도 안 되잖아요. 하나님 그런 인간 다리를 부러뜨리든지, 암 걸려 죽든지, 뭣 좀 해봐요. 하나님, 그 인간을 죽여주시든가 아니면 나를 없애든가. 내일 또 봐야 하는데 괴로워서 못살겠어요. 하나님! 나 이렇게 살고 싶지 않아요, 하

나님 나 좀 데려가 주세요.' 한풀이 겸, 기도 겸 하나님께 한참동안 퍼부어 댔
다. 18, AC, 죽여, 살려, J 같은 XX, 온갖 욕이 다 나온다.

　욕먹을 당시, 대꾸 한마디도 못하고, 억울해 죽겠다. 하고 싶은 말도 많았는
데, 대들지도 못하고 혼자서 삭혀야 했다. 차라리 이판사판 쏴 붙였어야 했는
데, 나도 바보가 아니라는 것을 보여줬어야 했는데, 미칠 것 만 같다. 머리통이
깨질 것만 같다. 평상시 듣지도, 보지고 못한 욕들이 어쩌면 그렇게도 쏟아져
나오는지. 별의 별 욕, 아마 군대에서 조차 듣지 못하던 욕들까지, 지구상 온갖
욕이 활화산처럼 분출되었다. 시간이 얼마간 흘렀다. 격한 감정이 수그러들었
다. 마음속에 편안함, 고요함이 찾아왔다. 대들기를 안한 것이 그래도 잘했지,
참고 나온 것이 다행이지… 인내가 능력이잖아. 폭발했으면 근무평정이고 승
진이고 끝장인데. 조금 전만 해도 펄펄뛰던 혈기가 어디로 갔단 말인가. 참으로
신기하다. 만약 내가 했던 욕을 당사자 앞에서 했다고 가정하자. 끔찍하다. 평
생 원수다. 화해한들 그 깊은 상처가 쉽게 아물겠는가. 실정법 상으로도 명예훼
손죄가 된다.

　성경은 '악한 자를 대적하지 말라, 악을 악으로 갚지 말고 욕을 욕으로 갚지
말고 오히려 복을 빌라'고 한다. 말이 안 되는 소리다. 인간은 모욕을 당할 때
복수의 불길이 치솟는다. 앙갚음이 인간 본성이다. 그러나 예수님은 '오른뺨을
맞으면 왼뺨을 대라'고 하신다. 겉옷을 달라 하면 속옷까지 벗어 주라고 한다.
또한 결혼의 목적은 행복이 아니라 거룩함이라고 한다. 세상 행복 육신의 만족
을 위해 결혼하는 것이 통상적이지 않은가. 거룩함이 행복보다 우선이란 말인
가. 성경은 우리 본성과 정반대로 간다. 내가 하고 싶은 것은 하지 말라고 하고,
내가 하기 싫은 것은 하라고 한다. '만물보다 거짓되고 심히 부패한 것이 인간
의 마음이라'고 성경은 말한다. 그만큼 인간의 본성 밑바닥에는 더럽고 추하고
부패한 것들로 가득 차 있다. 이 세상에 사람의 대변보다 더 고약한 악취가 없
다. 사람이 죽어서 시체가 썩으면 악취가 나듯 우리 영혼도 부패하면 죄악이 관
영하여 눈뜨고 못 볼 정도로 목불인견이 되고 만다. 우리 주변에서 흔히 볼 수
있는 알콜·도박중독, 성도착증 등 수많은 정신 환자들이 그들이다.

교회 정문에 '최고의 복수는 용서다' 문구가 걸렸다. 용서가 복수보다 위대하다. 복수를 하고 싶은데 하지 말라고 하는 이유는, 내가 복수하고자 하는 마음으로 인해 심신이 지치고 영혼이 힘들기 때문이다. 하나님은 '복수는 나한테 맡기라'고 한다. 하나님이 만든 사람을 욕하고 복수하면, 하나님을 욕하고 복수하는 꼴이 된다. 죄인인 너는 다른 사람을 정죄할 권리 자격이 없다는 뜻이다. 이스라엘의 위대한 왕 다윗은 하나님이 '내 맘에 합한 자'라고 부른 유일한 사람이다. 그는 왕이 되기 전 사울왕이 그를 죽이려고 수많은 살인추격을 시도했다. 한번은 다윗이 동굴 속에서 대변을 보고 있는 사울왕을 죽일 수 있는 절호의 기회였지만 '하나님이 기름 부은 왕을 내가 죽일 수 없다, 그 생명은 하나님께 속한 것이다' 고백하는 장면이 나온다. 복수는 내가 하면 안 된다. 하나님께 맡겨야 한다. 그것이 하나님에 대한 믿음이다.

직장에서 복음 전도하기 어려울 때가 많다. 평상시 내가 모범 크리스천으로서 뭔가 다르다는 이미지를 심어야 하는데, 자신감이 없다. 말로 전도하는 것이 아니라 언행심사 몸으로 전도해야하기 때문이다. 그렇다고 가만히 있을 수도 없다. 나는 불신자, 초신자들에게 전도할 때 먼저 우리 육체 5감의 한계에 대해 설명을 한다. 공중에 날아다니는 전파를 볼 수 없다. 공기도 볼 수 없다. 박테리아, 바이러스, 세균들도 볼 수 없다. 분명히 시각에 한계가 있다. 청각도 15~20,000Hz 범위의 가청주파수대만 들을 수 있다. 개미가 기어 다니는 소리를 들을 수 없다. 사실 그 소리까지 들리면 시끄럽고 귀찮아서 못 살 것이다. 촉각도 마찬가지다. 먼지가 팔에 떨어지는 것을 느끼지 못한다. 우리 5감도 이같이 한계가 있듯이 하나님, 신은 우리 인간의 인식능력 밖에 있다. 인간의 지식 한계를 뛰어 넘는다. 그러므로 피조물인 사람의 머리로 창조주를 이해할 수가 없다. 해석 자체가 모순이다. 참새가 봉황의 뜻을 모르듯이, 하등이 상등을 어떻게 이해하겠는가. 땅에 기어 다니는 개미가 하늘을 나는 참새를 이해하지 못한다. 개미한테 참새 이야기를 하면 "어떻게 하늘을 나느냐 말도 안 된다, 정신 나간 소리하지 말라'고 일축한다. 인간이 창조주 하나님을 이해할 수 없는 것과 같다.

우리 몸을 자세히 살펴보면 정말로 신묘막측하다. 신이 만든 최상의 걸작품으로 손색이 없다. 입으로 밥을 먹으면 침과 위액이 섞여서 소화가 되면서 최종 대변으로 배출된다. 소화를 통해 영양분이 나와서 피로 온 몸에 전달되고 에너지가 생기면서 일도 하고 말도 한다. 소화기, 순환기, 호흡기, 신경계통 모든 것이 상호 연결되어 누가 시키지도 않았는데 정확하게 일을 하고 있다. 이 모든 과정이 완전 자동화 Automatic시스템이다. 이 시스템을 누가 설계 했으며 이토록 정교하게 만들었는가. 폐암 환자를 병문안 간 적이 있다. 휴게실에서 보호자와 폐암에 대해 대화를 나누게 되었다. 산소와 탄산가스 교환이 폐 허파꽈리에서 이루어지는데 그 기능에 문제가 발생했다는 것이다. 정맥이 돌면서 탄산가스를 회수해 오면, 벌집같이 생긴 허파꽈리에서 액체인 혈액과 기체가 서로 섞이지 않으면서 산소와 탄산가스 교환이 이루어진다. 피는 허파꽈리 밖으로 나오지 않으면서 기체만 교환된다. 참으로 기가 막힌 여과막시스템이다. 이것이 기적이다. 이것을 현대과학으로 만들 수 있겠는가. 이 정밀하고도 완전 미세한 기작을 인간의 능력으로는 못 만든다. 아무리 과학기술이 발달했다고 해도 피한 방울 만들 수 없지 않은가.

성경 첫 구절이 '태초에 하나님이 천지를 창조하시니라.' 태양도 인간도 동식물, 온 우주 삼라만상을 하나님 창조주가 만들었다고 한다. 콩 하나 볍씨 하나 과학으로 만들지 못한다. 작은 콩알이지만 그 안에 콩의 DNA 모두가 들어있다. 이것을 심으면 싹이 나고 꽃이 피고 열매를 맺는다. 이 원리를 어떻게 설명할 수 있는가. 딱딱한 콩알 하나를 심었는데 그 안에 살아있는 생명체가 들어있다니 놀라울 따름이다. 인간도 마찬가지다. 그 작은 정자 속에 인간의 유전자가 들어 있어서 난자와 결합하여 그 안에서 머리며 팔다리, 오장육부가 만들어지다니 참으로 기적 같은 일이다. 첨단 과학으로도 정자 한 마리 만들 수가 없다. 이것은 창조주 하나님 영역이다. 피조물에 불과한 인간이 범접할 수 없는 신의 세계이다. 그런데 이러한 천지창조 피조물 세계를 누가 만들었고 어떻게 만들었는지에 대해서 그 어느 종교에서도 언급이 없다. 성경에서만 그것을 명확히 제시하고 있다.

하늘에 떠 있는 태양도 마찬가지다. 누가 만들었는지, 저 불덩어리는 꺼지지도 않고 지구에 빛과 에너지를 보내면서 인류의 식량을 생산하고 있다. 태양을 통해 식물들이 탄소동화작용으로 열매를 맺고 그것을 동물들이 섭취한다. 지구와 너무 가깝지도 너무 멀지도 않아 적절한 온도를 유지한다. 태양의 원리를 핵융합이라고 과학은 설명하지만 본질적인 것에 대해서는 설명하지 못한다. 하나님 창조주 소관이다. 인간의 지적 능력 밖이다. 아폴로 11호 달 착륙과 관련하여 이구동성 말들이 많다. 개인적인 소견이지만 인간의 달 착륙은 거짓말이다. 1969년 전 세계를 흥분의 도가니로 몰았던 아폴로 달 착륙사건 이후 50년이 흘렀다. 지금쯤은 신혼여행을 가야 한다. 그러나 별다른 진전을 못 들어봤다. 미국에서도 논란이 많았다. 미국이 전 세계를 상대로 사기극을 벌였으니 아니니 말이 많았다. NASA에서 퇴직한 연구원이 FOX TV에서 "I am not responsible for that."이라 말했다. 나는 그것에 대해 이러쿵저러쿵 해명할 책임이 없다며 피해갔다. 우리 딸이 그 당시 착륙 사진을 보고 정밀히 분석을 했다. 암스트롱의 발자국은 파였지만 어느 우주선 다리는 파이지 않았고, 암스트롱 옷이 바람에 나부끼는데 미국 성조기는 바람에 날리지 않았다는 등등… 그리고 암스트롱 뒤로 지구가 동그랗게 하늘에 떠 있었다. 동시에 암스트롱이 밟고 있는 달 표면도 동그랗게 나왔다. 달 표면이 끝없는 수평선으로 나와야 정상인데 어떻게 동그랗게 사진 찍혀 나올 수가 있는가. 또한 네 발 달린 우주선이 지구로 귀향을 해야 하는데, 어떻게 네 다리 우주선이 로켓처럼 추진 동력을 가지고 돌아왔는지 설명이 없다. 그 당시 미·소가 세계 우주항공주도권을 놓고 경쟁이 치열한 상황에서 미국이 국익 차원에서 거짓 조작한 것에 대해 이해는 가지만 씁쓸한 맛을 지울 수 없다. 결론은 인간의 달 착륙도 창조주가 허락해야 한다. 하나님 소관이다.

전도하는데 사람들이 귀를 쫑긋 기울이는 것이 있다. 출애굽기에 보면 '나를 미워하는 자의 죄를 갚되 아버지로부터 아들에게로 삼사 대까지 이르게 하거니와, 나를 사랑하고 내 계명을 지키는 자에게는 천대까지 은혜를 베푸느니라.' 이 말을 가지고 대화를 하면 관심을 보인다. 하늘로부터 복을 받고 싶은 것은 누구나 인지상정이다. 저주를 받을 것에 대한 두려움도 똑같다. 자식이, 후대가 저주를 축복을 받는 것에 대해서는 민감하다. 그러나 천국과 지옥에 대한 설명을 해도 아직까지 눈으로 확인 검증하지 못한 것이기에 별 반응이 없다. 히브리서 9장27절에 '한번 죽는 것은 사람에게 정하신 것이요 이후에는 심판이 있으리니' 구절을 가지고 설명을 시작한다. 지옥이란 말이 있다는 것은, 지옥이 있기 때문에 나온 말이다. 누군가 지옥이 없다고 말하는 것은 잘못 된 표현이다. 없다는 것에 대한 확신이 없으면 '잘 모르겠다'가 정확한 답변이다. 하나님은 없다고 말하는 것은 '차라리 하나님이 없었으면 좋겠다,'가 그 사람의 속마음 심정일 수 있다. 천국은 죄 없는 자가 가는 곳이 아니라 회개하는 자가 간다. 하나님을 떠난 것이 죄이고, 하나님에게 돌아오는 것이 회개이다. 부모 자식 간에도 마찬가지다. 자식이 잘못 했을 때 '제가 잘못 했어요 앞으로 다시는 안 그럴게요' 뉘우치고 회개하면 만사 오케이다. 그러나 끝까지 고집을 피우면 회초리를 맞게 된다. 똑같은 원리다.

천고마비 가을에 하루살이와 메뚜기가 함께 놀고 있었다. 저녁이 되니 메뚜기 엄마가 집에 들어오라고 부른다. 그러자 메뚜기가 하루살이한테 '내일 놀자'고 한다. 그런데 하루살이는 '내일'이 무슨 뜻인지 모른다. 또 메뚜기하고 개구리하고 놀고 있었는데 추운 겨울이 다가오자, 개구리는 메뚜기한테 '내년 따뜻한 봄'에 다시 만나자고 한다. 그러나 메뚜기는 '내년 봄'이 무슨 말인지 이해할 수가 없다. 천국이 있다는 것을 모르는 불신자는 죽으면 끝이라고 우긴다. 죽음 이후에 심판이 있어 지옥과 천국행으로 구별되는 것을 이해할 수 없다. 메뚜기가 내년 봄을 이해하지 못하는 것과 같은 이치다.

'누구든지 생명책에 기록되지 못한 자는 지옥 불에 던져지리라, 하나님을 모르는 자는 영영한 형벌을 받으리라' 성경은 말한다. 성령으로 거듭난 자, 하나님 뜻대로 준행하는 자, 생명책에 기록된 자만이 천국에 들어 갈 수 있다고 해도, 피부에 와 닿지를 않는다. 현실에서도 실정법을 어기면 감옥에 간다. 하나님 법을 어기면 나중에 지옥에 가는 이치가 똑같다. 감옥에 간 사람은 죄가 들켰을 뿐이다. 나도 들키지 않았을 뿐이지 많은 죄를 지었기에 감옥에 있어야 맞다. 하나님이 볼 때는 백지 한 장 차이다. 기독교식 장례는 찬송가를 부르면서,

'며칠 후 며칠 후 요단강 건너서 만나리' 영혼은 하늘나라에서 만날 수 있다. 즉 사후세계가 있다는 뜻이다. 그러나 전통 유교식 장례에서는 상여가 나가면서 '이제가면 언제 오나 어어야 어어~~야' 북망산천 무덤에 묻히면 다시 못 온다고 종말을 선언하고 있다. 사후세계가 없다는 의미다. 너무나 대조적이다.

환갑여행을 친구들과 갔다 오면서 귀신이야기를 하게 되었다. 친구 지인이 고층 작업을 하다 바닥으로 추락하면서 뇌진탕을 당해서 의식 불명이 되었다. 일주일 만에 깨어났는데, 그 사이에 지옥 체험을 했다는 것이다. 열두 대문이 있는데 대문을 하나씩 통과 할 때마다 엄청난 고통이 주어졌다. 구렁이 뱀들이 뒤엉킨 곳을 통과해야 했고, 유황불이 펄펄 끓는 못도 거쳐야 하고, 더러운 악취 똥물 연못도 건너야 하고, 세상에서 감히 생각할 수 없는, 상상을 초월하는 끔찍한 광경을 본 것이다. 심판자 저승사자는 지옥의 고해 바다를 보여주면서 당신은 아직 올 때가 안 되었으니 세상으로 다시 가라고 해서 깨어났다는 이야기다. 누가복음에 보면 거지 나사로 이야기가 나온다. 부자 주인이 죽어서 지옥불 속에서 얼마나 갈증이 타는지 저편 천국에 앉아있는 거지 나사로를 향해 손가락 끝에 물을 묻혀서 내 입술을 적셔달라고 애원한다. 수천 년을 거쳐 오면서 성경이 거짓이었다면, 사기라고 벌써 들통이 났을 것이다. 성경은 일점일획도 거짓이 없다. 절대 진리, 절대 믿음, 절대 정의이기 때문이다. 성경에는 귀신도 있고 사후세계도 명시되어 있다. 수백만을 죽인 스탈린이나 김일성, 김정일 같은 잔혹한 독재자들이 죽어서 모든 것이 끝났다고 하면 이것은 정말 불공평하다. 현세에서도 사람을 상해하거나 죽이면 형무소에 가서 벌을 받든지 사형에 처해지는데, 수많은 인명을 살상한 독재자는 살아 있을 때도 징벌을 안 받고 죽어서도 징벌을 안 받는다면, 상식적으로도 불공정하지 않는가, 세상 관점에서도 어디에서든 징벌을 받아야 마땅하다. 성경은 분명히 사후 심판을 말하고 있다. 또한 창세기 9장을 보면, 하나님은 "다른 사람의 생명을 살인한 자는 반드시 죽으리라" 명시하고 있다.

Good−God=0 이다. 수학적으로 이항 정리하면 0+God=Good. 첫 번째를 설명하자면, 아무리 좋은 것이라도 하나님이 없으면 꽝이다. 두 번째는, 아무리 망하고 꽝이라도 하나님이 함께하면 좋아지게 된다. 두 개가 똑같은 의미다. 지나온 내 인생을 대변해 주는 말 같다. 옛날 하나님을 모를 때 좋은 일, 잘되는 일이 있었지만 그 안에 하나님이 없었으니 나중에는 모든 것이 꽝이었다. 재물도 권세도 제로다. 하나님을 뒤늦게 만나서 이제 새로 시작하는 중이다. 하나님이 함께 하시면 더 좋은 방법으로 채워 주시리라 는 믿음을 갖는다. 세상적인 부귀영화보다 더 중요한 것은, 인생 마감 길에서 천국에 대한 소망으로 기쁨으로 죽음을 맞이해야 하는 것이 마지막 과제다. 나는 하나님한테 85세까지만 살게 해주세요, 그것도 내 생일날 데려가 주세요, 라고 기도한다. 저녁 잘 먹고 잠자다가 천국행 열차에 환승하게 해 달라는 것이 나의 소원이다. 나의 일방적 기도이지만 하나님이 그렇게 인도해 주실 것을 믿는다. 100세 시대라고 한다. 그러나백 살 넘어서 몸도 성치 않으면서 오래 사는 것도 자식이나 주변, 사회에 폐만끼친다. 경제활동도 못하면서 소비만 하면 누가 좋아하겠는가. 바깥출입도 못하면서 병원에 누워만 있다면 이것은 축복이기 보다 재앙에 가까울 수 있다.

남편 개그 중에, 남편이 80넘어서 아침에 일어나면 아내 왈, 왜 눈 떴냐고 구박하고, 90넘어서 아침에 일어나면, 당신 친구들은 산속에서 자고 있는데 왜 방에서 자느냐. 우스갯소리지만 그 속에 언중유골이 있다. 남자 노인들은 요양원입소에서부터 타박을 받는다. 병원 안에서 소리치고 싸우고, 소란을 피우는 등불청객 손님이란다. 남자는 자존심 하나로 먹고사는 동물이기에 죽을 때까지도 그것을 포기하지 못한다. 노인 요양원에 가보면 음식 먹는 것도, 숨 쉬는 것도 모두 기계에 의지하고, 의식조차 가물가물하시는 분들을 보면서 인생무상을느낀다. 우리는 누구나 사형선고를 언도받고 사는 시한부 인생들이다. 집행유예만 30~50년 남아있다. 우리는 피조물이기에 우리의 생명권을 좌지우지 할 수가 없다. 人命在天이다. 생명권은 창조주 하나님 소관이다. 건강도 하나님이 지켜주지 못하면 한낱 물거품이다. 내가 건강하게 오래 살고 싶다고 되는 것이 아니다. 건강관리 하는 몫은 내가 할 일이지만 이것 또한 일부분에 불과하다. 고스톱이나 도리짓고땡을 칠 때 運七技三이라고 한다. 운, 하나님이 70%이다. 내가 할 수 있는 할당은 30% 밖에 안 된다. 건강도 盡人事待天命이다. 최종 결론은 하늘에 달려있다. 오장육부를 움직이는 것도 하나님 관할에 속한다.

20세기 실존주의 철학자 키에르케고르, 야스퍼스 등은 합리주의 이성주의를 비판하면서 인간의 본래적 존재의미를 파헤치면서 인간의 한계상황(Critical Situation)을 주장하였다. 사람의 힘으로 넘을 수 없는 것으로 죽음, 고독, 방황 죄성 등을 언급하였다. 성경에 히스기야 왕이 죽을병에 걸렸다. 그러나 왕은 죽음이라는 한계상황 앞에서 새로운 명약이나 명의를 찾지 않고 하나님 앞에 면벽기도 하는 장면이 나온다. 세상을 닫고 오직 하나님하고 1:1 대면기도를 한다. '내가 진실과 전심으로 주 앞에 행하며, 주께서 보시기에 선하게 행한 것을 기억하옵소서' 하며 통곡을 한다. 그러자 하나님이 '내가 네 기도를 들었고 네 눈물을 보았다' 하시며 15년을 더 살게 허락하였다. 하나님은 눈물에 약하다. 그러므로 우리는 하나님 앞에 울어야 한다. 하나님은 긍휼, 자비의 하나님이기에 울면서 애원하는 사람한테 귀를 기울이신다. 또한 눈물을 통해 우리 몸속에 축적되어 있는 분노, 증오, 거짓, 스트레스 같은 더러운 찌꺼기들이 씻겨나간다. 일종의 카타르시스다. 그러면서 신경계통, 소화기, 순환기 모든 것들이 정상 작동된다. 우리 몸은 정신과 육체가 하나로 묶여 있는 구조이다.

어느 교회 목사님이 대상포진에 걸리셨다. 그러면서 "대상포진은 정신의 문제다"고 고백을 했다. 사모님과 교회운영 문제 등으로 사이가 좋지를 않아서 당분간 별거생활을 하는데 스트레스를 많이 받은 모양이다. 암도 실상은 정신건강에서 비롯된 경우가 다반사다. 컴퓨터도 CPU 중앙처리장치가 핵심이다. 이것이 고장나면 부속기기인 키보드, 프린터, 마우스 등이 제대로 작동되지 못한다. 명령체계가 고장이 나면 모든 내부 질서가 무너진다. 사람도 마찬가지다. 머리 두뇌가 핵심이다. 두뇌 명령시스템에 문제가 발생하면 오장육부를 움직이는 자동화 시스템이 고장 날 수밖에 없다. 즉 자연 치유 기능이 작동을 멈추거나 제 기능을 다하지 못해 건강이 망가지게 된다. '나는 자연인이다' 프로그램이 시니어들에게 인기다. 복잡한 도시생활 속에서 뇌세포가 스트레스를 받아 암이나 불치병이 발생되면서 산에 들어온 경우가 많다. 자연 속에 살면서 스트레스를 받지 않고 농약 없는 무공해 식품들을 먹으니 병이 나을 수밖에 없다. 도시생활자가 암에 안 걸리려면 우리의 정신세계를 움직이고 감독하는 하나님한테 의지하여야 한다. '아침에 성경 읽는 사람은 암에 걸리지 않는다'고 한 어느 장로님의 간증이 떠오른다.

추석을 앞두고 태풍 '링링'이 한반도 서해안을 강타하면서 피해가 속출했다. 해안가 가옥이 파손되고, 농경지 비닐하우스가 날아가고, 과수원 사과 배도 낙과되고, 바다의 가두리양식장이 무참히 파괴되었다. 강풍에 벼도 힘없이 쓰러졌다. 옛날 농사 지을 때를 회고해 보면, 쓰러진 벼를 일으켜서 묶어야 하는데 보통일이 아니다. 벼가 쓰러져 며칠만 물속에 잠기게 되면 벼에 이삭이 피고 곰팡이가 핀다. 수확기를 앞두고 농어민들의 신음소리가 크다. 한가롭고 즐거운 추석이 아니라 고통과 시름의 한가위가 되었다. 일본도 뒤따라온 태풍 '파사이'로 인해 동경과 지바 등이 직격탄을 맞고 초토화 되었다. 지붕이 날아가고 가로수가 뽑히고 대규모 정전사태가 발생했다. 하루 이틀 사이에 한국과 일본이 번갈아 가며 태풍에 강타를 당했다. 학교 다닐 때 둘이서 싸움을 하다 적발이 되면 선생님이 머리통들을 양손으로 잡고 박치기를 시켰다. 머리가 얼마나 아픈지 눈물이 찔끔 나왔던 기억이 난다. 아픈 머리통을 감싸고 눈을 흘기면서 서로 마주보다가 쓴 웃음이 나온다. 그러면서 자연스럽게 화해가 되었다. 한국과 일본이 최근 들어 서로 싸우고 있으니 하나님이 참다못해 양쪽을 혼내준 것이 아닌가 한다. 아프게 얻어맞고 나면 서로 화해라도 해야 되는데… 어린애만도 못하다. 이웃끼리 화목하게 잘 지내야 서로 즐겁고 평안을 누릴 수 있다. 형제끼리도 마찬가지다. 마음에 앙금이 있어 전화하기도 불편하고 대화도 어색하면 서로가 고통스럽다. 전화하는데 부담이 없어야 하고 통화 중에 웃음꽃이 피어나야 한다. 하나님은 근본 사랑이시지만 때로는 무서운 하나님이시다.

부모님 42살에 낳은 늦둥이

나는 59년 己亥生 돼지띠다. 호적에는 한 살이 줄어 60년생으로 되어있다. 친구들도 나이가 한 살 줄어든 경우가 거의 절반은 된다. 그 당시는 살아야 산 것이기에 돌이 지나서야 출생신고를 한 모양이다. 홍역 콜레라 같은 전염병이 무성하던 시절이라 유아 사망률이 높았다. 특히 홍역이 한번 쓸고 가면 동네 모든 애기들이 생사의 기로에 섰다. 변변한 의료시설이나 약이 없던 때라 돌림병에 한번 걸리면 살아남기가 쉽지 않다. 지금도 초등학교 다닐 때 불 주사를 맞으면서 공포에 떨었던 기억이 난다. 그것이 무슨 예방주사인지도 모르고 맞았다. 가르쳐주지도 않았다. 아마도 결핵 완친인 것 같다. 지금도 어깨에 그 자국이 선명하다. 냉장고가 없으니 음식물 위생 상태도 엉망이다. 반찬 넣는 찬장이라고 있어봐야 파리한테 점령당했다. 눈에 보이지 않는 박테리아 세균이 득실거렸다. 상하수도도 없으니 각종 수인성 질병이 창궐할 수밖에 없는 환경이다. 재래식 화장실 인분을 퍼서 밭에 퇴비로 사용하기도 하고, 하천에도 마구 버리던 시절이다.

부모님은 1918년 말띠 동갑, 갑장이셨다. 7명을 낳아서 4남매가 살아났으니 절반 이상 성공한 셈이다. 2명은 질병으로, 1명은 6.25 전쟁을 겪으면서 잃었다. 다른 집도 난리 통에 한두 명 정도 희생되는 경우가 많았다. 호적원본을 떼어보니 1명은 아예 호적에 흔적조차 없다. 호적에도 올리기 전에 사망한 것이다. 고향은 쌀로 유명한 경기도 여주다. 상대적으로 미질이 우수한 것은 남한강 물과 여주일대 토양과 관련이 있다. 농림수산부 차관을 지낸 고시 동기에 의하면 여주 이천 안성 진천 일대 토양지대가 하나로 묶여 있는데, 벼가 잘 자라고 고품

질 쌀을 생산하는 토양성분을 가졌다고 한다. 태어난 곳은 하동정씨 집성촌 마을이다. 동네 반 이상이 온통 정씨 일가다. 마을에 집안 어른들이 많다보니 행동거지 하나 처신하기가 여간 어렵지 않다. 동네에서 술 먹고 비틀거리거나 길에서 담배물고 다닐 수도 없다. 사회생활하면서 정씨 성을 가진 분들을 많이 만나지만 하동이 동성동본인 경우는 드물다. 대한민국 최고의 기업가로서 조국 근대화의 초석을 마련한 현대 정주영 왕회장이 하동정씨다. 왕회장이 대통령 선거에 나왔을 때 시골에 계신 어머니한테 질문을 던졌다. 어머니는 누구 찍으실 거냐고 물으니, 하동정씨 정주영에게 투표할 거라고 해서 한바탕 웃었던 기억이 난다.

고향을 소개 할 때면 원투쓰리 3가지 자랑을 한다. 우리나라 주식이 뭐냐고? 쌀이다. 유행가 가사를 인용하자면, '최고의 명품 쌀 생산지가 어디냐고 물으신다면, 여주라고 말하겠어요.' 두 번째, 대한민국 경제기적을 다른 말로 무엇이냐고 물으신다면, 한강의 기적이라 말하겠어요. 바로 그 한강이 흐르는 중심지가 여주다. 한강을 한반도의 젖줄, 민족의 젖줄이라고 한다. 삼국시대부터 한강을 차지하기 위해 싸움이 치열했다. 세 번째, 단군 역사 이래 최고의 성군으로 칭송받는 임금이 누구냐 물으면, 백발백중 세종대왕이라고 답한다. 세종대왕 묘, 영릉이 자리 잡고 있는 명당이 여주다. 그러니까 여주는 대한민국 최고로 대표되는 3가지가 뭉쳐진 곳이라고 입에 거품을 문다. 한번은 초등학교 동창 모임에서 봉고차를 타고 봄나들이를 갔다. 차안에서 친구 부인들과 대화중에 결혼 맞선이야기가 나왔다. 한 어부인께서 하는 말이, 맞선 볼 남자가 여주 사람이라고 해서 '자기는 일단 50점을 기본 점수로 주었다'고 했다. 왜냐하면 '여주는 평야지대이고 쌀 곡창지대에다 사람들 심성이 착할 것이라는 생각이 들었다'는 것이다. 그런데 '결혼 하고 보니 자기 고집이 세고 자존심이 얼마나 강한지 실망했다'고 해서 얼마나 배꼽을 잡았는지 모른다.

조선시대 왕비 7명이 여주 출생이다. 민비, 태종의 원경왕후, 숙종의 인현왕후 등 많다. 여주출신 여자들이 대개 남자들보다 인물도 좋고 능력이 낫다. 역대 왕들이 외갓집이 있는 여주로 가끔씩 행차를 했다. 화려하고 긴 임금님 행차를 보려고 많은 민초들이 구경을 나왔는데, 임금이 보니 저 멀리 노모를 업고 있는 남자가 보였다. 그래서 물어본즉, 늙으신 어머니께서 임금님 행차 소식을 듣고 평생에 한번 보고 싶다고 해서 아들이 업고 나왔다는 것이다. 주변 사람들 왈, 저 아들은 이 고을에서 소문난 효자이옵니다. 모든 사람이 한 목소리로 칭찬을 했다. 그 소리를 들은 임금이 효자상을 주고 땅을 하사하라고 명을 내렸다. 며칠 후 한양으로 다시 올라가는 행차가 있었는데 이번에도 노모를 업고 나온 사람이 보였다. 임금이 또다시 누구냐고 물어보니, 주위 사람들이 말하기를 '저 놈은 천하에 불효자식입니다. 지난번 임금님께서 상을 주신 것을 보고 샘이 나서 거짓으로 노모를 억지로 업고 나온 겁니다.' 그러자 임금님 왈 '그래도 상을 내려라. 효도는 흉내만 내도 효니라.' 그 아들은 이후 개과천선해서 어머니를 정성껏 모셨다고 한다.

여주를 거꾸로 하면 '주여'가 된다. 나는 하나님을 믿는 크리스천이다. 그래서 여주 사람들 모임에 가면 '여주 사람은 기도할 수밖에 없다'는 주장을 편다. 사실 여주에는 100년 이상 된 교회가 여러 개 있다. 일찍이 서양 선교사들이 복음의 씨를 뿌린 곳이다. 5촌 당숙께서는 102살까지 사시다 돌아가셨는데 여주의 대표 교회인 중앙감리교회의 원조 멤버셨다. 일제 강점기, 6.25 등 온갖 수난을 겪으면서도 이 교회를 꿋꿋하게 지켜오셨다. 그러나 여주가 배타적 보수적이고 폐쇄적 성향인 것이 단점이다. 양반고을 입네, 왕년에 땅 부자입네 하는 것이 다소 불만이다. 세상이 얼마나 빠르게 변하고 있는데 과거에만 집착하고 외부인들에 대해 마음을 열기보다는 텃세를 부리는, 그러나 이제는 수도권이라 인구 유입이 빠르게 증가하면서 변화의 급물살을 타고 있다. 개인적으로 여주 복음화를 위해 기도를 많이 한다. '전지전능하신 하나님 아버지! 풍요로운 곡창지대, 여주를 고향으로 허락하신 주님께 감사를 드립니다. 그러나 아직까지 하나님을 모르는 무지한 백성들이 많이 있습니다. 그들에게 영안을 열어 주옵소서. 내 고집 내 자아가 깨지도록 하나님 말씀을 들을 수 있는 귀를 열어 주옵소서. 그리하여 대대손손 축복을 받을 수 있는 하나님 백성 되게 하옵소서.'

부모님이 마흔 둘에 막내인 나를 낳았으니 참으로 불쌍하기도 하고 걱정이 많

앉을 것이다. 어머니께서는 평소에도 막내를 장가보내고 죽어야 할 텐데, 입버릇처럼 하셨다. 그러나 기우였다. 막내아들 나이가 52세 될 때까지 사시다가 94세에 소천하셨다. 위로는 형님 두 분, 누님 한 분 계셨는데 큰 형님하고는 16년 차이가 난다. 그러다보니 형제들끼리 놀아본 기억이 거의 없다. 어쩌다 방학 때 둘째 형님이 시골에 내려오시면 나도 형님 친구들 따라 가고 싶어 안달이 나는데, 왜 오냐고 구박을 받았다. 나이 차이가 너무 많으면 같이 어울리기가 쉽지 않다. 초등학교 때 어머니가 운동회나 졸업식 때 오시면 다른 엄마들은 젊은데 우리 엄마는 할머니 같아서 좀 창피한 적도 있었다. 고등학교 2학년 때 맹장수술을 했다. 병원에서 퇴원한 후 며칠 동안 어머니가 점심 도시락을 싸서 학교로 가지고 오셨다. 창가 너머로 내 이름을 부르면 친구들 앞에서 짜증을 냈다. 그러면 어머니는 아무 대꾸도 안 하시면서 난처해 어쩔 줄 몰라 하셨다. 지금 생각하면 철딱서니 없는 아들이다. 돌아가신 어머니께 죄송 죄송한 마음이다. 막내들이 부모 형제들한테 귀여움을 받는 대신, 자라오면서 젊은 부모님을 보지 못하고 몸이 아프신, 불편하신 모습들만 볼 때가 많다. 이것 또한 남모르는 애환이기도 하다.

집안이 대부분 공무원 가족이다. 내가 4대째 공무원이다. 아버지 할아버지 증조부 모두 여주 군청에 근무하였다. 가까운 친척들에도 유독 공무원이 많다. 형님 두 분도 공직에 계셨다. 큰 형님은 경찰공무원으로 경찰서장을 두루 거치셨고 둘째 형님은 LH공사에서 본부장으로 은퇴하셨다. 매형 한 분은 비뇨기과 의사로 아직도 현역으로 활동하고 계신다. 아버지는 보통학교를 나오셔서 여주 군청에서 축산 분야 일을 하셨다. 하위직급 말단으로 계셨던 것 같다. 아버지는 단 둘 형제분이 계셨는데, 큰아버지는 면장을 하시면서 공무원 간부로 근무하셨다. 아버지는 당신이 못 배운 것이 한이 되셨는지 자식들 교육열은 대단하셨다. 시골에서 농사를 지으시면서 아들들을 모두 대학에 보냈다. 내가 훗날 기술고시를 하게 된 것도 아버지 친구 아들이 사법고시를 해서 판사로 있었다. 어릴 때부터 그 이야기를 귀에 못이 박히도록 들었다. 나도 부지불식간 그 영향을 많이 받고 자랐다. 아마도 아버지 당신께서 하위직으로 계시면서 여러 가지 말 못할 고충을 겪으시고 설움도 많이 당하신 것 같다. 자식에게는 그것을 대물림 안하고 싶은 일종의 한이 서려 있으셨던 것 같다.

인내의 상징, 화신이신 어머니

　어머니는 양평에서 여주로 19살에 시집을 오셨다. 그 당시에는 만혼이었다. 어머니는 3남2녀 중 장녀이셨다. 외할아버지는 한학을 하시고 마을에서 촌장을 오래 하셨다. 아버지 이야기로는 한문에 꽤나 조예가 깊으셨다고 한다. 외할머니는 강원도 홍천에서 양평으로 시집을 오셨는데 친정에서 무남독녀로 자라서 시집오실 때 상당히 많은 혼수 재산을 가지고 오셨단다. 그 돈으로 인근에 임야 등을 많이 사놓으셨다. 친정 재산을 시집에다 보탠 셈이다. 외할아버지는 장남이셨는데, 시골에 사시면서도 농사일이나 힘든 일은 안 하시고 사랑방에서 책을 보시고 붓글씨로 소일하신 것으로 기억된다. 친 할아버지 할머니는 내가 태어나기 오래 전에 돌아가셨으니 기억 자체가 없고, 유일하게 외할머니한테서 사랑을 받았다. 외할머니 댁에 가면 밤이며 곶감 등 먹을 것들을 챙겨 주시고 치마폭으로 감싸시며 귀여워 해 주셨다. 그래서 나는 자식들이 할아버지 할머니하고 얼마 동안이라도 같이 살면서 사랑을 받아야 한다고 본다. 사랑을 받아야 나중에도 남에게 사랑을 줄 수 있는 것 아닌가. 내 자신 사랑이 고갈되었는데 무슨 사랑을 준 단 말인가. 두 분 다 80 중반 이상 장수하셨으니 그나마 내가 외할머니의 사랑을 체험할 수 있었다. 성경에도 You will live to enjoy your grandchildren in the aged, 구절이 있다. 노인들은 손주들을 보는 즐거움으로 여생을 보낸다는 의미다. 늙어서는 손주를 보는 것이 큰 낙이요 활력소가 되는 동시에, 손주들도 또 사랑을 받을 수 있으니 서로 상부상조하는 셈이다.

　아버지는 77세에 돌아가셨다. 평소에 기관지 해소천식이 있으셨는데 폐 호흡기 쪽에 문제가 있었다. 공직에서 중간에 일찍 나오셔서 농사일을 하셨는데 농약통을 많이 짊어지고 다니셨다. 아마도 그 농약 영향이 있었던 것 아닌가 생각된다. 그 당시는 마스크도 없었고, 농약피해에 대한 개념이 없던 시절이라서 농약의 독약성분 분무를 눈코입으로 거의 흡입하는 수준이라 할 수 있다. 또한, 큰아버지, 할아버지도 기침 때문에 돌아 가셨다. 집안 병력이다. 북한의 김일성 김정일 모두 심장 순환기 질병으로 급사한 것과 같은 맥락이다. 부친이 운명하신 날짜가 1994년 12월 31일이다. 그해 마지막 날이 토요일이었다. 서울시청 사무실에서 종무식 준비를 하는 중에 전화를 받았다. 아버지가 위독하시다는 긴급 전화다. 서울에서 택시를 타고 여주 집에 도착해 부리나케 뛰어 들어갔다. 벌써 이미 돌아가신 상태였다. 상황이 다 끝났다. 아버지 얼굴을 감차고 울부짖었다. 아버지! 아버지! 눈 좀 떠 보세요. 득모가 득모가 왔어요. 아무리 소리쳐 불러도 대답이 없다. 몸은 이미 차디차게 굳어 계셨다. 아버지가 돌아가신 현실을 인정할 수가 없었다. 다른 부모들은 다 돌아갈 수 있지만 내 부모가 돌아가셨다는 것 자체를 도저히 받아들일 수가 없었다. 믿겨지지가 않았다. 몸부림을 쳐 보지만 돌이킬 수 없는 상황이다.

온전히 자식들 위해 한평생 헌신하신 아버지이시다. 이불 속에서 옛날이야기를 밤이 새도록 해 주셨던 아버지시다. 자수성가 하시느라 일평생 고단한 삶을 사신 아버지시다. 임종도 못했지 않은가. 어머니 혼자서 임종을 보신 모양이다. 자식들 걱정 안 시킨다고 홀로 감당하셨다. 1주일 전에 여주에 내려가서 목욕을 시켜 드렸는데 상태가 위중하셨다. 그 당시는 노환이니까 하고 병원 갈 생각을 못 했다. 장례식장도 없던 때라 시골집에서 유교식으로 장례식을 치렀다. 날씨가 한겨울 엄동설한 추운 날씨라서 집 마당에 연탄을 쌓아 놓고 불을 때면서 밤을 지새웠다. 장례를 마치고 과천 집으로 올라왔다. 시청으로 지하철을 타고 출퇴근 하던 때인데 아버지 생각이 나면서 눈물이 저절로 흘러나왔다. 한 6개월 정도 그랬나보다. 아버지하고 둘이서 못 다한 이야기도 많이 있는데, 부자의 정도 제대로 나누지 못한 채 그렇게 떠나시고 말았다. 성경에 보면 모세의 십계명이 나온다. 앞부분 4계명은 하나님 신에 대한 것이고 뒤에 6계명은 사람에 대한 것인데, 그 첫 번째가 '네 부모를 공경하라 그리하면 네가 잘되고 장수하리라' 이다. 내가 잘되고 무병장수 위해서라도 부모를 잘 모셔야 한다. 친구 노모의 경우 아들들이 교대로 몇 달씩 번갈아 모신다고 들었다. 옛날에는 엉덩이 살을 떼어줘야 효자인데 요즘은 모시는 것만도 효자다. 물론 세상 관점에서 보면 부모 모시는 일이 보통 아니다. 그러나 현명한 며느리는 일부러라도 내가 모신다고 하는 것이 지혜로운 여인이다. '부모 모시는 기회를 주셔서 감사합니다', 기도가 나와야 그것이 믿음이다. 내가 잘되고 건강히 오래 사는 비결이기 때문이다. 굴러 들어온 복이라고 하나님 관점으로 생각을 바꾸면 된다.

내가 우리 애들 어렸을 때 옛날이야기를 자주 해 주었는데 그것이 아버지한 테서 배운 것이다. 아버지는 나에게 옛날이야기를 틈나는 대로 해 주셨다. 특히 겨울철 농한기 긴 밤에 아버지 이불 속으로 들어가면 옛날이야기를 해 주셨다. 승냥이, 여우, 개 들이 나온다. 당신이 군청에 근무하시면서 밤중에 자전거로 구중궁궐 두메산골을 넘으시면서 승냥이들이 쫓아 왔던 이야기며, 강아지와 토끼가 싸운 이야기들이다. 우리 아이들도 내가 해주는 옛날이야기를 무척이나 좋아했다. 잠들기 전에 두 녀석을 양쪽 팔베개에 누이고 이야기를 하다보면 스르륵 잠이 들었다. 주로 강아지하고 놀던 이야기며 개가 사람을 구해준 이야기, 소가 집으로 혼자 찾아오는 이야기 등 가공으로 꾸며낸 것들이다. 약간의 양념을 쳐서 사실같이 묘사를 하면 애들은 그대로 믿는다. 막내로 크다보니 어렸을 적 형제들과 같이 놀 기회가 없어서 그런지 아이들과 노는 것을 좋아했다. 특히 집안에서 술래잡기를 많이 했다. 애들이 옷장이고 베란다며, 이불 속에 숨어 있으면 "어디 숨었나" 모르는 척 속아 주면 애들은 좋아한다. 아들이 3~4살 어릴 때는 이불 속에 머리만 감추고 있을 때도 있다. 그러면 초등학생 누나는 동생 이름을 부르면서 어떤 궁둥이가 이불 위로 튀어 나왔네,ㅠ 하면서 엉덩이를 툭툭 치면, 웃음을 참지 못하고 있다가 이불을 헤치고 나온다.

부모 자식관계는 천륜이라고 한다. 하늘이 맺어준 인연이다. 인간의 노력이나 의지로도 바꿀 수가 없다. 살아 있는 동안 뗄래야 뗄 수 없는 관계다. 오직 하늘만이 갈라놓을 수 있다. 잘난 부모, 못난 부모라고 원망할 수도 없고 해서도 안 되는 것이 하늘의 섭리다. 물건마냥 사고 팔 수도 없다. 피로 맺어진 관계이기 때문이다. 싫든 좋든 무조건 수용해야 한다. 가끔 전두환 전대통령과 그 자식들을 생각하게 된다. 아버지가 학살자 독재자라고 남들은 욕을 하지만 그 아들은 아버지를 욕할 수가 없다, 또 해서도 안 된다. 부모가 아무리 잘못을 저질렀어도 자식이 그 허물을 들추어 낼 수는 없다. 형사소송법에도 자식이 부모를 고소할 수 없도록 못 박았다. 물이 위에서 아래로 흐르는 것이 자연의 순리인 것처럼, 역으로 거슬리는 것을 원천적으로 막아놓았다. 그러니 부자관계는 이성이고 합법이고 불법이고 모든 것을 뛰어넘는다. 또한 자식의 허물이 부모의 허물이 되는 부자일체 구조다. 자식이 아프면 부모 마음도 아프다. 자식이 죄를 지어 감옥에 간다면 대신 가고 싶은 것이 부모 심정이다. 또한 하나님은 자식을 통해서 우리를 연단시킨다. 우리말에 가장 무서운 욕이 '네 자식 어디 잘되나 보자' 이다. 자식을 생각해서라도 네가 바르게 살라는 경고 메시지다. 아무리 사기꾼 아버지도 아들보고 사기 치라고 하지는 않는다. 천하의 도둑놈도 자식한테 도둑질 가르치지는 않는다. 자신은 아무리 바람피워도 아들보고 바람피우라는 부모는 없다.

누구나 자식 생각을 하면 마음이 숙연해지고 겸손해진다. 부모와 자식은 영혼이 하나로 묶여져 있기 때문이다. 희대의 살인마 유영철은 20명을 살해한 흉악범이다. 부유층에 대한 분노, 가출 아내에 대한 여성 혐오증으로 불특정 다수에 대하여 잔학한 연쇄 살인을 저질렀다. 그러나 그가 가장 두려워했던 순간이 어린 아들한테서 전화가 왔을 때라고 고백한다. '아빠 아직 감기 안 나았어', 하며 아빠의 건강을 걱정하는 자식 목소리를 들을 때, 핏줄의 정을 느낄 때. 인간 이기를 포기한 그가 피붙이 부자의 애틋함이 있다는 사실이 놀랍다. 그도 자식, 천륜으로부터는 자유롭지 못한 것이다. 자식문제는 부모 문제다. 자식을 생각하면 내가 억울해도 참는다. 증오와 분노가 치밀어도 인내할 수 있다. 한편, 부모의 욕심과 탐욕이 자식을 망치는 경우도 있다. 자식이 명문대학 입학하고 일류 직장 다니기를 원하는 것도 속내를 보면 부모가 주변에 자랑하고 싶고 자신의 체면 위상을 인정받고 싶은 대리만족이 내재돼 있다. 나 역시도 딸이 E대에 입학했을 때 속으로 너무 기뻤던 기억이 난다. 딸 본인보다도 내 만족이랄까 내 성취감이 더 크다고 본다. 금융가에 어느 은행장의 자식 입학 이야기가 전설처럼 내려온다. 행장이 출근하는데 수위가 웃으면서 가방을 받아들고 기분이 얼마나 좋은지 호들갑을 떤다. 비서한테 물어보니 아들이 명문대 합격을 했다는 것이다. 행장 자식은 삼류 대학도 낙방하여 침울하고 기분이 우울한데… 그러면서 수위한테 하는 말이 '오늘은 당신이 행장해라.' 부모와 자식은 그만큼 일심동체다.

아들이 미국에서 초등학교 1~2학년 다닐 때 발목을 다쳤다. 집 근처에 있는 1차 병원에 가서 진단을 받았다. X-레이를 찍어보아도 별다른 문제점이 발견되지 않았다. 의사는 '이상이 없으니 시간이 지나면 나을 것이다'고 한다. 별다른 차도가 없어 일주일 후에 또 갔다. 의사는 발목 여기저기를 만져보면서 지난번 찍은 X-레이 사진을 유심히 살펴보더니 또 이상이 없다는 것이다. 그런데 아들은 절뚝거리면서 제대로 걷지를 못한다. 학교 체육시간에도 친구들하고 같이 놀지 못하고 운동장 한 모퉁이에서 바라만 보았다고 한다. 얼마 후 그 병원에 다시 갔다. 의사는 고개만 갸우뚱거렸다. 그러면서 2차 진료기관 큰 병원을 소개해 주었다. North Syracuse 쪽에 있는 병원인데, 전화를 걸어 다음날 예약까지 했다. 학교 연구실에 와서도 아들 생각이 떠나지를 않았다. 얼마나 뛰놀고 싶을까, 그런데 한 달 넘게 기우뚱 걷는 모습을 보면서 마음이 영 불편했다. 병원에서는 문제없다고 하는데 아들은 계속 다리를 절고, 내일이 2차병원 가는 날이다. 우선 무릎 꿇고 절박한 심정으로 기도했다. '하나님 아버지! 하나님이 주신 하나밖에 없는 아들인데 다리를 다쳤습니다. 병원에서도 원인을 모릅니다. 내일 다른 병원에 가는데 그 의사에게 지혜를 주셔서 발목을 온전케 치료하게 하옵소서. 이아들 고쳐주시면 하나님께 순종하며 살겠습니다.' 간절한 마음에 울부짖으면서 기도를 했다. 다음날 병원에 가서보니 히스패닉계 의사였는데 인상이 좋아보였다. X-레이를 찍었다. 발목 복숭아뼈에 가느다란 실금이 있는 것이 아닌가. 그러면서 '기브스를 하면 되고, 한 달 후에 풀면 이상 없다'는 것이다. 아들이 평상시 왼쪽다리가 약간 안짱이었다. 기브스를 하는 마당에 발목을 바깥쪽으로 교정까지 했다. 아내와 둘이서 마주보며 웃었다. 그 의사를 통해 안짱까지 한꺼번에 치료해 주신 하나님께 감사를 드렸다. 자식이 아프면 부모는 대신 아프고 싶은 것이 부모 심정이다. 아들이니까 기도가 절절했다. 하나님께서도 간절히 울면서 하는 기도는 응답하신다는 것을 체험했다.

어머니는 학교를 다니시지 않으셨다. 가방끈 자체가 없는 무학이시다. 그러나 한글은 깨치시고 숫자나 돈 계산에는 문제가 없다. 초등학교 들어가기 전에 어머니께서 이름 쓰는 법과 더하기 뺄셈을 가르쳐 주셨다. 아버지는 공무원 생활을 하셨기 때문에 한문에도 상당히 능통하셨다. 동네 사람들 이름을 모두 한자로 적어 내실 정도였다. 농사일은 어머니가 진두지휘하셨다. 아버지는 공무원 하시다 중간에 나오셔서 농사를 짓다보니 얼치기 농사꾼이셨다. 어머니가 일꾼을 데리고 이것저것 코치를 하면 아버지는 따라서 하는 식이다. 어머니가 볍씨 싹 틔우는 것부터 못자리 만들기, 밭농사 등 모든 것을 다 주관하셨다. 아버지는 일꾼이 게으름 핀다고 야단치시고 잔소리만 주로 하셨다. 농약 주는 일, 논두렁 깎는 일 등 어머니가 시키는 일은 잘 하셨다. 어머니께서 농사를 총괄하시다 보니 고생이 이만 저만이 아니다. 설상가상으로 큰형님이 대학을 졸업하고 ROTC 장교생활을 마치고 여기 저기 직장을 구했는데 쉽지 않았다. 결혼 후, 사람을 고용해서 라디오 전파사 수리점을 시작했는데 잘 되지가 않았다. 이래저래 아버지가 대준 돈을 날렸다. 그리고 또 손을 내 밀다 보니 아버지가 속이 많이 상하셨다. 그 화풀이를 어머니한테 하셨다. 누나와 나도 아버지 잔소리에 스트레스를 많이 받았다. 거기다가 작은형님이 대학 입시에 실패하면서 아버지의 푸념이 더해 갔다. 아마도 작은 형님이 명문대학에 합격을 했더라면 아버지는 아들 자랑하느라 힘이 났을 법도 한데 안타깝게도 낙방하였으니 실망이 더 크셨다. 그런 와중에 어머니 고생을 눈으로 보면서 내가라도 공부를 잘해서 어머니를 기쁘게 해 드려야겠다는 일종의 의무감을 갖게 되었다. 학교에서 상을 타서 상장하고 부상으로 받은 노트를 어머니께 보여 드리면 그래도 위안이 되신 모양이다. 아버지는 형님들이 공부 잘한다고 하다가 입시에서 낙방되는 것을 보아서 그런지 별 반응이 없으셨다. 어릴 때 기억은 아버지가 돈 문제로 어려움을 겪으시며 고민하시는 모습이었다. 그 여파가 어린 나의 머릿속에 각인이 되면서, 나는 커서 좋은 직장 잡아 돈 걱정 없이 살아야겠다는 결심을 하게 하였다.

나중에 성경을 읽으면서 물질에 대해 깨달았다. 잠언에 보면 아굴이 하나님께 구하는 것이 있다. 그 중 하나가 '나를 가난하게도 마시고 부하게도 마옵소서. 혹 내가 배불러서 하나님을 모른다 할까 두렵고 혹은 가난해서 도둑질하여 하나님의 이름을 더럽힐까 하노라 ' 가 있다. 사실 돈은 우리 의식주에 필요한 것만 해결할 수 있으면 족한 것이다. 나머지는 탐욕이자 교만이다. 하나님 관점에서 보면 부모가 자식에게 무엇을 더 해주고, 주변에 인심을 베풀고 하는 것도 사실은 교만이고 오만이다. 물질의 주재권이 하나님께 있다. 하나님은 '금도 내 것이요 은도 내 것이다.'고 단언한다. 하나님 것을 꼭 필요한 용도에만 쓰는 것이 하나님 뜻이다. 물론 구제나 긍휼로 사용하기 위해 물질을 사용하는 것은, 하나님이 기뻐하는 것이지만 개인의 사욕을 위해 사용하는 것은 하나님 뜻이 아니다.

어머니는 아버지 잔소리에 아무런 대꾸도 안 하신다. 아버지는 성격이 예민하셔서 자기 뜻대로 안 되고 마음에 안 들면 화를 내시곤 하였다. 하지만 어머니는 무조건 참고 인내하시는 성격이다. 때로는 어머니를 구박하시기도 하셨다. 어렸을 때 나는 어머니 편이었다. 내가 나중에 성인이 되고 뒤돌아보니 아버지를 조금은 이해할 것 같다. 아버지도 남자이시고 한 방에서 다 같이 생활하다보니 성적인 욕구 해소도 어려움이 있지 않으셨을까 하는 생각이 든다. 그러니까 어머니한테 심통을 부리셨던 것이 아닐까 한다. 아버지도 불쌍한 시대에 사셨구나 하는 생각을 해본다. 내가 고등학교를 외지 청주로 나가 유학을 하면서, 여주에는 두 분만 사셨는데 가끔 시골집에 오면 두 분 부부금실이 오히려 좋으셨던 것 같았다.

'인내가 능력이다'고 하지만 어머니만큼 참고 또 참는 사람을 보지 못했다. 참으로 어머니는 인내의 상징이셨다. 궂은일을 당해도 아무 말 없이 묵묵히 견디셨다. 가슴으로 속으로 새기시던 모습이 눈에 선하다. 그것을 생각하면 지금도 이 아들은 마음이 아프다. 다 같은 인간인데 모진 고통 속에서 얼마나 애간장을 끓이시며 속을 태우셨을까, 어디다 해소시킬, 풀어버릴 곳도 없이 아마도 뙤약볕에 하루 종일 밭 매시면서 삭혔을 것으로 짐작한다. 나도 무슨 일을 한번 시작하면 좀처럼 포기하지 않고 끝까지 가는 성격이다. 죽이 되든 밥이 되든 밀고 나가는 것도 어머니의 인내를 조금은 닮은 것 같다. 나는 노래방이나 어디 가서 노래를 부를 때 18번지가 '부모'다. '낙엽이 우수수 떨어질 때 겨울에 기나긴 밤 어머님 하고 둘이 앉아~~ 나는 어쩌면 생겨나와~~ 묻지도 말아라 내일 날에 내가 부모 되어 알아보리라.' 자식은 부모마음을 잘 모른다, 먼 훗날 부모가 되어봐야 자식이 어떤 존재인가를 깨닫게 된다. 또 부모님이 돌아가 봐야 부모에 대한 그리움 사무침을 안다. 인간은 만물의 영장이라고 잘난 체하지만, 참으로 무지하고 무식한 바보들이다.

내가 총신대학교를 다니면서 같은 신학과에서 갑장인 중년 여학생하고 대화 중에 가정사 이야기가 나왔다. 흔히 인생사를 '먹고사는 문제'라고 하는데, 그 중에서도 가장 으뜸인 것이 먹는 것이다, 먹어야 살 것이 아닌가. 먹는 것을 책임지는 것이 엄마, 여자의 몫이다. 그러니 집안의 주도권이 여성에게 있다는 논리다. 어렸을 때 학교 갔다 집에 돌아오면 '엄마'부터 부른다. 어린 자식들한테는 엄마가 이 세상 최고다. 자녀교육이며 집안 분위기가 다 엄마에게 달려있다. 어른들이 하는 말이 '집안이 잘되려면 며느리가 잘 들어와야 한다'고 하지 않는가.

어머니께 한 가지 효도한 것은 아들이 하나님을 전도해서 믿음 생활하시다가 천국에 가신 것이다. 그 전에는 사월초파일이면 등을 달러 절에 다니셨다. 여주에는 천년 고찰 신륵사가 있다. 통일신라시대 벽돌로 만든 最古의 전탑이 있어 국보로 지정되어있다. 동네 사람 대부분이 초파일에는 신륵사에 모인다. 거기서 어머니하고 절밥을 같이 먹기도 하였다. 그러다가 내가 믿음을 갖게 되면서 어머니에게 교회 다니셔야 한다고 하자, 동네인근에 있는 신근교회를 10년 넘게 다니시다 돌아가셨다. 장례식 때에도 내가 그 교회 목사님을 모시고 기독교식으로 장례를 치러 드렸다. 평상시에도 어머니는 '농사는 하늘이 짓는다'고 하셨던 분이다. 하나님 앞에 누구나 죄를 많이 짓고 산다고 뜻이다. 인간은 죄인이다, 란 것을 몸소 깨달으셨다. 또한 매사에 입장을 바꿔서 생각하라는 말씀을 많이 하셨다. 소위 역지사지다. 이것이 인간관계에서의 갈등, 수많은 문제를 풀 수 있는 Key-Word임을 이미 체득하신 분이시다.

어머니는 본인 자신에게는 모질게 인내하고 내색을 안 하시지만 남들에게는 베풀고 인자하셨다. 지금도 동네 사람들이 어머니 얘기를 하면 다들 칭찬과 존경, 최고의 평가를 내놓으신다. 얼마 전 집안 모임에서 부모님세대 이야기가 나왔는데 아버지 '해' 자 항렬 분이 동네에 7분 계셨는데 그 일곱 분 아주머니들 중에서 우리 어머니 인품이 최고이셨다고 하는 것을 들었다. 누가 뭐라 해도 어머니는 남들에게 천사이셨다. 인정이 많으셔서 무엇이라고 줄려고 애를 쓰셨다. 남을 비판 정죄, 시기 질투 하지 않으셨다. 남의 말을 옮기지도 않으셨다. 남의 장점만을 보신 것 같다. 대개는 단점이 부각되고 흉을 보게 마련인데. 이것을 내가 좀 배워야 하는데 하나님을 믿는 믿음의 신앙인에도 불구하고 어머니를 따라가기는 아직 멀었다. 원래 천성이 착하셨다. 어머니께 좋은 성품을 주신 하나님께 감사를 드린다. 부모님 생전에 '장한어버이 상'을 타셨다. 여주군청에서 어버이날 여론 조사, 추천을 받아서 수상을 한 모양이다. 자식들 모두 잘 키워서 소위 세상적으로 성공한 것에 대해 표창을 한 것 같은데, 실상은 어머니 인품 덕이라 본다.

아침마다 어머니는 가족 중에서 가장 일찍 일어나셨다. 새벽부터 밤늦게까지 눈만 뜨면 일을 하셨다. 휴식하거나 한가하게 노시는 모습을 거의 보지 못했다. 항상 손에서 일을 놓지 않으셨다. 부엌일 하랴 빨래하랴 밭일하랴 논일 돌보랴 참으로 산더미 같은 일 속에서 하루하루 사셨다. 몸이 불편하거나 아파도 내색을 안 하셨다. 아프다는 말을 평생 들어보지 못했다. 돌아가시는 날까지 자식들 앞에서 어디가 아프다고 투정 한 번 부리지 않으셨다. 무조건 혼자 참으시고 견디셨다. 노년에도 자식들한테 짐이 될까봐, 정~ 아프시면 혼자서 여주 병원에 다니셨다.

어머니는 남에 대해 일체 흉보시지를 않는 분이다. 남 흉보는 자리에서도 맞장구를 치거나 일언반구 보태지 않으셨다. 남편인 아버지에 대해서도 가타부타 말을 안 하셨다. 자식들에게도 아버지 흉을 보지 않으셨다. 오히려 젊었을 때 고생하신 것, 건강에 대해 걱정하셨다. 까다로우신 아버지 성격에 대해 대들거나 반기를 들지 않으셨다. 잔소리가 길어지거나 지칠 만하면 한 번씩 그만하라고 쏘아 붙이면 아버지는 아무런 대꾸 없이 쑥 들어가셨다. 친척이나 마을일에는 팔 걷어 부치고 일을 도우셨다. 자기가 한 일에 대해 생색내거나 공치사하지 않으셨다. 한번은 집안 할아버지가 돌아가셔서 장례를 준비하는데, 하루세 끼 곡 하는 것을 보았다. 그때마다 집안 며느리들이 다 모여서 울었다. 그런데 우리 어머니 우는 소리가 가장 크고 제일 서글프게 우시는 게 아닌가. 어렸을 때 나는 그게 싫었다. 왜 우리 엄마가 그렇게 크게 울어야 하는지. 남들처럼우는 흉내만 내도 되는데. 그래서 엄마 조금만 울어, 하니까 아무 대답이 없으셨다. 집밖의 일에서도 오직 희생과 헌신이 전부인 분이시다. 온 동네 누구도어머니 흉을 보는 사람이 없다.

가을 추수가 끝나고 나면 어머니들끼리 겨울에 집집마다 돌아가면서 떡국을먹으면서 노는 문화가 있었다. 한번은 우리 집 차례인데 안방에서 동네 아주머니 20여 분이 춤을 추시었다. 레코드판을 틀어놓고 막걸리 술도 한잔씩 하시면서. 어머니도 춤을 추시는데, 잘은 못 추어도 팔다리를 흔드시며 흥에 겨우셨다. 어떤 아주머니는 천정으로 껑충껑충 뛰시면서 춤을 추시기도 하였다. 그런데 우리 엄마가 춤추는 모습이 왠지 싫었다. 나도 모르게 우리 엄마는 경박스럽지 춤추지 말아야 하는데, 무엇인가 거룩한 모습이어야 하는데, 하는 생각이 머릿속에 있었던 것 같다. 그래서 '엄마 춤추지 말아' 하고 치마를 당겼다. 어머니는 어린 아들의 종용에 못 이겨 밖으로 나오셨다. 자식입장에서 부모가 춤추는 것이 못 마땅한 것이다. 나중에 생각해 보니 1년 내내 농사짓느라 고단한 삶을 사셨는데 농한기 때 술도 한잔하고 친구들과 춤추면서 재미있게 얼마나 놀고 싶으셨을까? 어머니도 인지상정 필부필부이신데. 그런데 아들놈이 그 춤도못 추게 하고 흥겨운 분위기도 망치고~~ 참으로 잘못했구나, 후회가 되었다. 돌아가시는 날까지 그 말씀을 못 드린 것이 죄송할 따름이다.

부모 자식 간에는 누구라도 세상 향락, 말초 신경적인 것들을 속으로는 싫어한다. 본인은 즐기고 싶은데 자식 입장이나 부모 입장에서 보면 '이것은 아니다'를 느낀다. 자식이 놀러 간다고 하면 부모는 그래 잘 놀다 오라고 말한다. 그런데 막상 자식이 술에 만취가 되어 흐느적거리며 춤추는 현장을 본다면 마음이 썩 좋지 않다. 이것이 인간의 죄성을 나타내는 단적인 모습이다. 본인은 나쁜 것을 알면서도 즐기면서, 자식이 그것을 탐닉하는 것은 싫은 것이다. 자식입장에서 볼 때 부모도 마찬가지다. 옛날 동창들 모임에서 아버지 이야기가 나왔다. 동네 다방에 들어서니 자기 아버지가 다방 마담을 무릎에 앉혀놓고 있는 모습을 보고, 화들짝 놀라서 뛰쳐나왔다고 해서 한바탕 웃은 일이 있다. 내로남불의 한 장면이다. 어렸을 때 이웃 동네 아이들 끼리 싸움을 자주 했다. 서로 먼 거리를 두고서, 누구 엄마 XX, 누구 아버지 XX 등 욕을 퍼붓는다. 꼭 성기를 붙여서 욕을 한다. 더욱이 팔뚝을 앞으로 쑥 내미는 제스처를 하면 더 화가 난다. 그러면 이쪽에서도 더 세게 욕을 마구 퍼붓는다. 부모를 욕하는 것이 나를 욕하는 것 이상으로 모욕감을 주기 때문이다. 그래서 부모와 자식은 심정적으로 하나다.

내가 군 입대할 때다. 대학 때 고시공부를 하다 4학년 때도 합격하지 못하고 말았다. 그러니 대학원을 가든가 아니면 군대를 가야 할 판이다. 대학원 갈 학자금 부담 때문에 포기를 하고 군대 가기로 마음먹었다. 입영 대상자 집합장소가 평택이었다. 여주에서 버스를 타고 평택행 버스에 올랐는데, 어머니가 창밖에 보였다. 막내아들을 군대 보내는 어머니의 애틋한 심정인 듯, 멀리까지 눈을 못 떼고 바라보시던 모습이 지금도 눈에 선하다. 내가 군대 생활하면서 졸병 때 최악의 상황에서 모든 것을 포기하고 탈영하려고 할 때가 있었다. 그 순간, 밤마다 막내아들 생각에 잠도 못 주무시고 계실 어머니 생각을 하니 눈물이 나오면서 마음을 추스를 수 있었다. 양평에서 군대 생활을 했는데 유독 겨울이 추웠다. 나중에 어머니께서 군대 간 아들이 얼마나 추울까를 생각하니, 당신도 뜨듯하게 불을 지피지 않고 주무셨다고 후일에 말씀하셨다.

2011년 어머니가 돌아가셨다. 5~6개월 병원에 계시다가 숨을 거두셨다. 아버지께서 세상 떠나시고 여주 시골집에 혼자 사셨는데 갑자기 뇌경색 중풍이 오면서 쓰러지셨다. 병원으로 옮겼는데 이미 한쪽이 반신불수 판정을 받아 손을 쓸 수가 없었다. 그 후로는 걷지를 못하게 되어 병원 침대에서만 생활하셨다. 한번은 시골집에 가시겠다고 하셨다. 텃밭에 고추도 따야 하고 배추도 뽑아야 한다고 하시면서. 한쪽이 마비되어 움직이지도 못하는 상태라서 치료 후에, 다

나으면 가자고 했다. 그것이 마음 한편 아쉬움으로 남는다. 어머니를 안아서 차에 태워 평생 사시던 시골집을 한번 구경시켜 드리고 하루라도 주무시게 한 후 다시 서울병원으로 모시고 와도 될 텐데. 그때 뭐가 그리 바쁜지, 참으로 어머니 그 소원을 못 들어 준 것이 못내 회한으로 남는다. 장례는 목사님을 모시고 기독교식으로 치렀다. 먼저 돌아가신 아버지와 합장을 해 드렸다. 다음 글은 장례를 마치고 조문 오셨던 분들에게 보냈던 감사 편지다.

저희 모친 (이충임: 李忠任) 喪事 시에 위로와 슬픔을 함께 해주신 데 대해 감사를 드립니다. 특히 조문 오셨을 때 정황이 없어 소홀히 대접한 점 죄송함을 금치 못합니다.

저희 모친은 1918년 생으로 만 94세를 일기로 하늘나라로 가셨습니다. 저는 3남 1녀 중 막내로 어머니와 각별한 사연이 많습니다. 어머니께서 마흔둘에 저를 낳으셨습니다. 저는 초등학교 1,2학년 때까지 어머니 젖을 먹었던(?) 기억이 납니다. 항상 어머니 치맛자락만 붙들고 자랐습니다. 자나 깨나 어머니 품을 떠나지 못했습니다.

언젠가 어머니께서 여주읍 장날에 가시던 날이었습니다. 따라가겠다고 길바닥에 데굴데굴 굴면서 눈물 콧물 범벅이 되어 따라 갔던 기억이 납니다. 시장을 다 보시고 집으로 걸어오는데 아마도 차비가 다 떨어졌던 모양입니다. 버스를 탈 돈이 없으니 20리 길을 걸어와야 했습니다. 여름 뙤약볕에 먼지 나는 비포장도로를 걸어오자니 얼마나 지루하고 짜증을 냈는지요. 어머니께서 중간에 토마토를 사셨는데, 뜨끈뜨끈한 것이었습니다. 한 입 먹다 말고 맛이 없다고 던져버렸습니다. 다리도 아파 죽겠다고 길바닥 주저앉아 떼를 썼습니다. 뗑깡부리는 저에게 한마디 야단이나 불평도 하지 않으시면서 집에 까지 저를 애물단지처럼 모시고(?) 왔던 기억이 납니다.

이제 그 어머니를 더 이상 못 보게 되었습니다. 그 동안 못해드린 것에 대한 회한 때문에 이 아들은 목이 멥니다. 어머니에 대한 채무가 너무 많아 가슴이 저려옵니다. 노인병원에 계시면서 의식이 남아 있을 때, 한번이라도 더 뵐 것을, 후회만이 밀려옵니다. 한평생 사시면서 희생이 무엇인지, 인내가 무엇인지, 자식에 대한 헌신이 무엇인지 몸소 보여주신 분, 그 어머니를 이제 가슴에 묻고 살겠습니다. 부디 천국에서 안식을 누리실 것을 믿습니다.

다시 한 번 미천한 저에게 후의를 베풀어 주셔서 감사를 드립니다.

어머니가 돌아가시고 몇 달 지나 큰어머니께서도 그만 세상을 떠나셨다. 아버지는 형제분이셨는데 큰아버지께서 우리 옆집에 사셨다. 큰어머니도 옆에서 서로 의지하시면서 평생을 사시었다. 그런데 어머니가 돌아가시고 나서 두 달 후, 그렇게 건강하시던 큰어머니도 뇌졸중으로 쓰러지셨다. 한쪽 마비가 온 것도 어머니와 똑같았다. 어머니가 병원에 입원했을 때에도, 매일같이 언제 완치되어 시골로 돌아오느냐 종사를 하셨다. 이천 요양원에 계셔서 몇 번 병문안을 갔는데 한번은 시골집에 가고 싶다고 하셨다. 밭에 상추도 심어야 하고 감자도 심어야 하고… 농사 걱정이셨다. 그때도 차에 태워서 시골 큰집에 모시고 가기를 못했다. 4촌 형한테 그 이야기를 했더니, 매일 집에 가고 싶다고 했는데 걷지를 못 하셔서 못 갔다고 하였다. 얼마 후 돌아 가셨다는 연락을 받고 긴급히 병원에 도착했다. 아직 온기가 남아 있었다. 큰어머니 이마에 손을 대고 기도를 간절히 했다. '생명권을 가지신 절대전능의 하나님 아버지, 저희 큰어머니를 이 땅에 보내주셔서 감사합니다. 이제 이 세상 고단한 삶을 마치시고 주님 품으로 갑니다. 주님의 자비와 긍휼로 천국행으로 인도하여 주옵소서. 생전에 주님을 영접하는 은혜를 주시니 무한 감사합니다. 큰 어머니! 이제 주님 안에서 평안을 누리시고 천국에서 만나지요' 하고 기도를 했는데, 큰어머니 눈가에 눈물방울이 맺히는 것이 아닌가. 그때까지 귀가 열려 계셨던 것이다. 비록 심장은 멈추고 숨도 없어 졌지만 청각은 아직 살아 계신 것이다. 기도를 들으시고 반응을 보이신 놀라운 사건이다. 성경에 사람은 영·혼·육을 가진 존재로 창조되었고, 육은 사라져도 영혼은 영원히 살아 있다는 말씀을 증거하는 순간이었다.

사실 나는 간절한 소원이 하나 있었다. 아버지께서 떠나시고 어머니 혼자 시골에 사셨다. 그 때 직장을 1년 정도 휴직하고 어머니하고 단 둘이서 살고 싶었다. 내가 식사며 세탁이며 텃밭 농사 등 모든 것을 어머니하고 같이 하면서 모자의 마지막 정을 나누고 싶었다. 그런데 그것이 이런저런 여건으로 실천하지 못한 것이 지금도 여운으로 남는다. 그 당시 서울시청 직장에서 승진도 해야 하고 자식들 대학입시며 취업 등이 얽혀 있어서 나 혼자 쉽사리 결정을 내리기 어려운 상황이기도 하였지만… 그래도 위안을 삼는 것은 내가 어머니를 하나님 앞으로 인도해서 교회도 나가시고 기도도 하시면서 천국행열차를 타게 한 것이 어머니를 위한 마지막 선물이었다. 그 전까지는 절에 좀 다니시며 불교를 믿으셨다. 그러나 내가 기독교 믿음 생활 하면서 복음 전도를 하자 즉시 아들의 말을 따르셨다. 내 개인적으로 보면 참으로 감사할 일이다.

달리기 잘하는 싸움꾼 소년

큰형님하고 나이 차이가 많이 나지만, 대학교 방학 때 시골에 내려오시면 막내인 저하고 같이 놀아 준 기억이 난다. 넓이뛰기도 하고 달리기를 많이 시켰던 것 같다. 웃옷은 갑갑해서 아예 입지도 않고, 팬티 하나만 걸치고 망아지 마냥 온 동네를 뛰어 다녔다고 한다. 또래들과 비교할 때 달리기를 꽤나 잘 했나 보다. 멀리뛰기를 하면 잘한다는 칭찬을 받아서, 더 많이 연습을 했던 기억이 난다. 그래서 형님은 막내는 운동선수를 시켜야겠다고 할 정도였다. 이웃 아주머니들이 저를 보면 하시는 말씀이 있다. 엄마 등에 업히면 머리로 어머니 등을 찧으면서 극성스럽게 울었다고 한다. 울 때도 땅바닥에 뒹굴면서 악을 쓰며 울었다. 그만큼 한 성질을 할 만큼 극성스러운 개구쟁이였다. 미국 유학 시절에 아들이 좋아하는 장난감 전문 쇼핑몰에 가끔 갔다. 자기가 좋아하는 장난감을 안 사주면 땅바닥에 누워 뒹굴었다. 그러면 딸은 동생이 창피하다며 빨리 일으켜 세우라고 성화를 하곤 했다. 그 모습이 어쩌면 나를 꼭 닮았는지 모른다. 자식이 부모 좋은 것을 닮아야하는데 못된 것을 닮은 경우가 많으니….

초등학교에 들어가기 전으로 기억한다. 집 앞에 유일한 구멍가게가 하나 있었는데, 과자며 잡화들을 진열대에 위에 놓고 파는 곳이다. 주인은 주로 방안에 계셨는데, 물건을 팔 때는 마루를 한참 건너와서 진열대 선반으로 들어오는 구조였다. 무슨 과자를 먹고 싶었는지 몰래 훔쳐야겠다는 생각이 들었다. 주인이 있는지 없는지 살핀 후 낮은 포복으로 기어가서 손을 진열대 위로 올려서 과자를 훔쳤다. 그것을 옷 속에 감추고 볏단을 쌓아놓은 짚가리 속에 들어가 혼자서 먹었다. '훔쳐 먹는 것이 맛있다' 고 실컷 잘 먹고 주위를 두리번거리면서 아무 사람도 없는 것을 확인하고는 태연하게 아무 일도 없었던 것처럼 짚가리에서 나왔다. 지금 생각하면 주인이 알고서도 모른척하지 않았을까, 그런 생각이 든다. 그때도 도둑질 하는 것은 나쁘다는 것을 알고도, 먹고 싶은 유혹을 참지 못하고 일을 저지른 것이다. 성경을 보면 인간은 본래 타락한 심성을 지니고 있다. 양심에 조금이라도 틈이 생기면 온갖 유혹을 수용하려는 본능이 있다. 물질적 유혹, 성적 유혹 같은 내적탐욕과 외적 환경여건이 일치하게 되면 그 유혹을 뿌리치기가 어렵다. 본능과의 싸움에서, 유혹을 방어할 영적 능력이 약하면 무너지게 된다. 성경 시편에, '청년이 무엇으로 그 행실을 깨끗하게 하리이까, 주의 말씀을 따라 삼갈 것이니이다. 내가 주께 범죄치 아니하려 하여 주의 말씀을 내 마음에 두었나이다.' 유혹의 순간에 하나님 말씀을 가지고 기도하는 수밖에 없다. 그러면 자연스럽게 마귀의 유혹에서 벗어나게 된다. 나의 도덕적 양심, 윤리적 의지로는 한계가 있다.

한번은 썰매를 만들어야 하는데 집에는 나무 송판이 없다. 그런데 5촌 당숙집 마루에 좋은 송판이 있는 것을 우연히 보았다. 그래서 그걸 훔쳐서라도 썰매를 만들어야겠다고 마음먹었다. 어느 날 아무도 집에 없는 것을 확인하고 몰래 마루에 들어가 송판을 훔쳐 가지고 왔다. 집에 와서는 창고에 숨어서 톱으로 그 송판을 잘라서 썰매를 만들었다. 어렸을 때는 더욱이 유혹을 이길 힘이 미약했다. 창세기에 보면 하와가 남편 아담에게 선악과 열매를 먹어도 괜찮다고 유혹하는 장면이 나온다. 분명히 하나님이 선악을 알게 하는 생명나무의 실과는 먹지 말라고 명령하였음에도 불구하고, 아내가 보암직도 하고 먹음직도 하고 탐스럽기도 하여, 남편인 아담에게 권유를 하니까 아담도 그 유혹을 이기지 못하고 먹고 말았다. 그 죄과로 인해 둘 다 에덴동산에서 추방당하는 시련을 겪게된다. 나도 사탄의 유혹이 마음속에 들어오면 선과 악이 싸우기 시작한다. 선이이길 때도 있지만 때로는 악이 이기는 경우도 있다. 나쁜 것을 알면서도 들키지 않겠지 하면서 악을 저지른다. 인기연예인 아이돌그룹 멤버가 과거 문란한 성적 행각이 들통 나면서 온갖 비난을 받고 있다. 사실은 그것도 발각되어 들켰기 때문이다. 들키지 않았으면 의인이고 들키면 악인이 된다. 똑같은 범죄 사실임에도 들추어진 것과 감추어진 것의 차이는 천양지차만큼이나 크다. 형무소에 있는 수형자들이 오죽하면, '나만 재수없이 들켜서 여기 와 있다' 고 푸념을 한다. 나도 마찬가지다. 아내가 나의 단점을 제일 많이 알고 있다. 만약 나의 과거 행적을 들추어낸다면 아마도 제일 더럽고 추한 죄인일 것이다. 김수환 추기경한테 성도가 다소 불평스런 비판을 하였다. 그러자 추기경이 대답하기를 '나는 그것보다 더 많은 잘못, 허물이 있다' 고 응대를 하였다. 나 역시 '당신이 나에 대해 잘 몰라서 그렇지, 나의 잘못된 점, 못된 점에 있어서 당신이 알고 있는 것보다 훨씬 더 많다' 고 대답할 것이다.

여주 고향집이 한옥인데 기둥이 여러 개 있고 그것을 받치는 주춧돌이 있다. 주춧돌이 넓적해서 못질하거나 망치질하기에 편리하다. 매번 주춧돌 위에서 망치질을 하다가 아버지한테 혼이 나곤했다. 그런데도 계속해서 몰래 주춧돌을 이용하여 썰매 등을 만들곤 하였다. 지금 생각하면, 망치질을 하다가 주춧돌이 깨지기라도 하면 기둥이 가라앉거나, 집이 무너지는 대형 사고가 발생할 수도 있다. 그런데 그것을 나중에야 깨달았다. 그때 아버지가 자세히 설명을 해주셨으면 그런 짓을 안 했을 수도 있었을 텐데. 어렸을 땐 우선 편리함이 먼저다. 어린이 교육을 할 때도 무조건 하지 말라고 하지 말고, 안 해야 되는 이유를 설명해 줄 필요가 있다고 본다.

어디든 첫 모임에 나가 자기소개를 하라고 하면 한결같이 하는 소리가 있다. '저는 지성과 개성을 겸비한 사람입니다. 여기서 지성은 지랄 같은 성질이고 개성은 개떡 같은 성질입니다. 그래서 오늘도 새벽기도에 가서 "하나님 제 성질 좀 고쳐주세요" 기도를 하고 왔습니다.' 사람은 누구나 하늘이 준 천성이 있다. 성격이 급한 사람 느긋한 사람 등 천태만상이지만 창조주 하나님은 그러한 성품을 통해 당신이 원하는 일을 하고자 한다. 급한 사람은 급한 일을 하도록 사용하시고 차분한 사람은 섬세하고 꼼꼼한 일을 하게 하신다. 그러니까 성품을 두고 좋다 나쁘다 평가할 수가 없다. 그것은 하나님 소관사항이지 내가 고치고 말고 할 사항이 아니다. 다만, 급한 성격으로 인해 주변 사람들에게 상처를 주거나 불편을 야기할 수 있으니까, 조심할 필요는 있다. 흔히 천성은 못 바꾼다고 하지만, 그것을 만드신 하나님은 바꿀 수 있다. 자기 노력으로 어느 정도는 바꿀 수 있지만 한계가 있다. 나의 경우, 하나님을 모르고 살 때에 내 의지 내 노력으로 고치려고 발버둥 쳐보았지만 번번이 실패하였다. 화를 내고 나서 후회하고 또 후회하지만 고쳐지기가 어렵다. 그러나 기도를 통해 상당히 많이 자연스럽게 제어할 수 있음을 경험했다. 직장 동료들이나 주변에서도 저를 평가할 때 온유하고 너그러운 성격이라고 종종 칭찬을 한다. 그러나 내 안에 불덩이 같은 천성이 가슴속 깊이 자리 잡고 있음을 남들은 모른다. 사실 제 자신을 뒤돌아볼 때 하나님을 만나지 않았더라면, 정상적으로 명예퇴직도 못했을 것 같다. 인간관계도 온통 엉망이고, 주변으로부터 지탄의 대상이 되고도 남았다.

초등학교 1학년 때는 학교에서 오줌을 싸기도 했다. 여자 선생님이 담임이셨는데 수업이 끝나고 종례시간에 오줌을 참다 참다 바지에 싸고 말았다. 그런데 선생님이 혼내지 않고 넘어갔다. 아마도 선생님은 아셨을 것이다. 마룻바닥에 오줌이 쏟아졌을 테니까. 전혀 내색도 하지 않으셨다. 강웅자 선생님이셨는데, 나를 꽤나 이뻐해 주셨다. 아마 인천교대를 나오셔서 첫 발령지였던 것으로 기억된다. 사랑은 허물을 감추어 주고 덮는 것이다. 2학년 때 성적표를 받았는데 양을 하나 받았는데 화도 나고 창피해서 이것을 칼로 글어 지우고서 '우'로 고쳐 부모님께 드렸던 기억이 난다. 부모님은 아마도 다 알았을 것이다. 성적통지표에 볼펜 글씨를 칼로 글은 흔적이 남았을 테니까. 그때 담임 선생님과 뭔지 모르게 코드가 안 맞았던 것 같다. 선생님이 나를 싫어한다는 느낌을 받았었다. 어렸을 때도 감정의 동물 사람인지라 선생님이 이뻐하고 미워하는 것을 느낌으로 다 안다. 3학년 때부터는 반에서 거의 1, 2등을 하였던 것 같다. 초등학교 들어가서 싸움을 많이 했다. 형들이 일부러 싸움을 붙이기도 하였다. '제가 너 이긴데,' 그 한마디에 자존심을 걸고 싸움을 시작한다. 각 반마다 싸움 짱 서열이 정해졌다. 싸워서 이기면 서열이 상승하는데, 이러한 서열 경쟁에서 앞서고 싶은 욕구가 많았다. 수업이 끝나면 창고 뒤에 가서 싸움을 했는데 코피가 터지면 이기는 것이다. 그래서 얼굴을 때리는 것이 상책이다. 참으로 인간은 어려서부터 권력속성 동물이다.

4학년부터는 반장을 하다보니까 선생님한테 야단맞을 것이 두려워 몰래 싸움을 하든가, 하지 말아야겠다는 생각이 들었다. 한번은 농협 창고 뒤에서 친구와 싸움을 하다가 다른 선생님한테 들켰다. '반장이, 공부 잘하는 학생이 싸운다'고 야단을 맞고 부터는 싸움을 거의 하지 않았다. 동네에서도 싸움을 많이 했는데 전교에서 제일 센 친구와 붙었다. 싸우다가 그만 논두렁으로 굴러서 진흙탕에 생쥐 몰골이 되었다. 아버지가 멀리서 그 모습을 보고 달려와서 그 친구를 혼냈던 기억이 난다. 전교에서 공부를 제일 잘한다고 선생님이 수재라고 칭찬을 했다. 더욱 잘해야 된다는 생각에 시험공부도 열심히 했다. 반장을 하다 보니 반원 다스리는 전권을 담임 선생님으로부터 위임을 받았다. 그래서 그런지 누구 하나 싸우려고 대드는 경우가 없었다. 반장이라는 완장을 차고 청소 잘 안 한다고 친구들을 막대기로 때렸던 기억도 난다. 지금 생각하면 참으로 실소가 나온다, 어이없는 노릇이다. 반장이란 권세를 마음대로 부렸다니, 친구들한테 부끄럽고 창피하다. 어느 유치원에서 어린이를 대상으로 실험을 했다. 선생님이 한 애한테 리더라는 직함을 부여했다. 그러자 리더 어린이는 대장 노릇을 하기 시작했다. 차를 타도 제일 좋은 자리에 앉고 과일을 주면 그중에서 가장 큰 것을 자기가 먹는다. 모든 우선권을 자기위주로 행사하더라는 것이다. 원래 리더는 조직을 위해 헌신하고 봉사하는 것이 기본원리인데, 자기 이익, 자기 이기심이 우선이다. 인간의 속성, 본성을 그대로 보여주는 대목이다. 그러므로 인간은 끊임없이 자기 자신을 죽이는 훈련, 자아파괴를 해야 한다. '누구든지 자기를 높이는 자는 낮아지고, 자기를 낮추는 자는 높아지리라' 이것이 성경 원리다.

초등학교 동창생들하고 환갑여행을 갔다. 관광버스를 임대해서 경북 문경 쪽을 다녀왔다. 그날 아침 버스 집결지로 가는 중에 낯모르는 전화가 걸려왔다. 전화를 받아보니 택시운전 기사분이셨다. '친구분께서 택시를 탔는데, 인천 약속장소에 시간이 늦어 관광버스를 놓쳐서, 지금 다음 장소로 가는 중인데 어디로 가야 하느냐.' 친구에게 전화를 바꿔 달라고 해보니 초등학교 동창이었다. 핸드폰이 없어, 내 전화번호를 기억해서 택시기사 분께 전화를 부탁한 것이다. 그래서 기사분께 성남 모란시장 앞으로 오라고 해서, 나중에 간신히 버스에 합류를 할 수 있었다. 그 동창을 만나서 얘기해 보니 다른 친구들은 전화를 잘 받지 않아서 나한테 전화를 했다는 것이다. 나한테 전화를 하면 내가 따듯하게 잘 받는다고. 사실 그 친구는 생활도 어렵고 옷차림새도 남루하다. 얼마나 동창들을 보고 싶었으면 인천에서부터 그 먼 거리를 택시를 타고 왔을까 생각하니 갸륵하고 고마울 뿐이다. '가난하고 헐벗은 사람에게 한 것이 내게 한 것이다,' 라고 예수님이 말씀하셨다. 역으로, 약한 자 가난한 자를 경멸하는 것은 그 창조자를 멸시하는 것이다. 그러므로 함부로 남을 비판 정죄해선 안 된다. 그를 만드신 창조자 하나님을 비판하는 것이기 때문이다. 그러나 나 역시 보이지 않는 곳에서 수없이 남을 비판하여 왔다. 하지 말아야 한다면서도 실행하기가 얼마나 어려운가. 내 의지로는 작심삼일이다. 방법은 하나님 앞에 회개 하는 수밖에 없다. 내 의지로는 한계가 있다.

공부에 대한 회한, 오직 고시공부

중학교 입학이 무시험 전형이었다. 면 단위 홍천 초등학교에서 곧바로 홍천 중학교로 자동 입학하였다. 중학교는 새로 설립된 신설중학교로서 우리가 2회 졸업생이다. 아직 운동장이며 배수로며 정비할 곳이 많다. 오후에 한두 시간은 작업시간이었다. 삽으로 산을 깎아서 리어카에다 흙을 담아 아래쪽 저지대를 메우면서 운동장을 넓혀 나갔다. 우리보다 1년 선배들은 더 많이 일을 했다. 나는 특별장학생으로 선발되어 수업료를 면제 받았다. 아마도 전액 면제는 아니고 수업료만 내지 않았던 것으로 기억된다. 그래도 부모님 부담을 상당히 덜어주니 좋아하셨다. 공부는 3년간 거의 1등을 놓치지 않았다. 고등학교 진학이 문제였다. 서울과 부산이 무시험 전형이어서 인천에 제물포고등학교를 가고 싶었다. 그런데 또다시 5대 도시까지 무시험이 확대되는 바람에 대전 고등학교를 목표로 입시 준비를 하였다. 부모님한테는 말씀을 안 드렸다. 원서 제출이 다가왔다. 아버지는 멀리 타향으로 가지 말고 여주농고로 진학할 것을 권고하셨다. 경제적인 문제도 있고 농사일을 도와야 하는데 집에 마지막 남은 막내를 떠나보내기가 못내 아쉬웠던 모양이다. 나는 도시로 나가서 좋은 고등학교에 가야되는데 갈등이 생겼다. 부모님을 모시고 여주에서 고등학교를 다니느냐 아니면 명문 고등학교에 진학하느냐 고민에 고민을 거듭했다. 밤중에 혼자서 신작로를 무작정 걸으며 생각했다. 여주로 가느냐 대도시로 나가느냐. 여주로 진학을 하면 고등학교 내내 부모님한테 화풀이 짜증을 부릴 것 같았다. 도시로 가면 좋겠는데 등록금에 하숙비하며 부모님께 큰 부담을 드리는 것 같고.

그런 와중에 서울에 계신 누나가 청주 고등학교 원서를 사가지고 왔다. 누나가 부모님께 여러 가지 설명을 하며 설득을 하는 것 같았다. 그 덕분에 난생 처음 도청 소재지 청주에 가서 입학시험을 치렀다. 무난히 합격은 했다. 그런데 입학하기 전에 특수반 배치고사 시험이 있었다. 영어, 수학 두 과목 시험을 봤는데 주관식으로 출제가 되니 적응이 어려웠다. 성적이 좋지 않아 특수반에 들어가지 못했다. 자존심이 상했다. 그러나 돌이킬 수 없는 일이다. 8개 반 중에서 4반하고 8반이 특수반이었다. 나는 5반에 배치되었는데 아마도 반에서는 성적이 제일 좋았는지 담임선생님이 반장을 맡으라고 해서 얼떨결에 촌놈이 반장이 되었다. 도시생활이 처음이어서 모든 것이 경이로웠다. 일단 하숙을 시작하였는데, 2학기부터는 자취를 하게 되었다. 충주에 사는 같은 반 친구와 같이 한 방에서 자취생활을 시작하였다. 연탄을 때던 때라 연탄 가는 것이 여간 고역이 아니었다. 밥도 해야 하고 반찬도 준비해야 하고 도시락도 싸야 했다. 충청북도에서는 난다 긴다, 우수한 학생들이 모인 학교라서 그런지 선두에 서기가 쉽지 않았다. 이해보다도 무대포 암기 위주로 하다 보니 공부하는 방법을 제대로 몰랐다. 무엇이 잘못된 방법인지도 모르고 오기 하나로 공부했다. 특수반은 아니지만 성적은 상위 10%안에 들었다. 480명 중 10등 대에 진입하기도 하였다. 항상 머릿속에는 2학년 올라갈 때는 반드시 특수반에 가야 한다는 강박관념에 사로 잡혔다. 그 덕분에 2학년 때는 무난히 특수반에 배치되었다.

그러나 고등학교 2학년 때부터 문제가 생겼다. 사춘기 정신적 방황이 시작되면서 이상한 편집증에 시달리게 되었다. 공부하려고 책상에만 앉으면 멍해지는 것이다. 공부를 해야 되는데 안 되는 것이다. 뇌가 작동하려고 하지만 다른 한쪽 뇌에서는 방해 공작이 시작되는 증상이다. 말로 표현할 수도 없는 일종의 정신적 멍 때리기 같은 것이다. 더구나 감정이 예민한 사춘기와 겹치다 보니 짜증이 나고, 점점 심해졌다. 객지에서 누구와 상의 할 수도 없고 시간이 갈수록 초조함 긴장감만 더해 갔다. 그러니 대학입시고 뭐고 집중할 수가 없었다. 마음은 공부를 해야 하는 압박감이 하늘을 찌르는데, 실제 행동으로 옮겨지지 않는 것이다. 그러다 예비고사를 치렀는데 성적은 S공대 가기에는 충분했다. 본고사를 치렀는데, 시험장에서 손발이 덜덜 떨렸다. 시험시간에도, 떨어지면 어떻게 하나 온통 조바심에, 불안 초조한 상태로 시험을 보았다. 또한 합격하여 고향에 내려가면 금의환향 폼을 잡고 다닐 생각 등, 불합격과 합격이란 천당 지옥을 왔다 갔다 했다. 제대로 시험을 볼 수가 없었다. 수학은 잘 본 것 같은데 영어를 망쳤다. 결과는 낙방이다. 요즘 고3도 마찬가지지만 옛날에도 대학입시에 목을 매었다. 지금 생각하면 그 당시 믿음 생활을 했었더라면 어땠을까 반추 해본다. 지금 같았으면 하나님께 기도를 하고 마음을 가라앉히고 시험을 보았으면 어땠을까 아쉬움이 남는다. 불안한 상황에서도 편안한 마음을 가질 수 있는 것이 믿음 아닌가. 나는 떨리고 가슴이 콩닥콩닥 거리면 지금도 이사야 41장10절 말씀을 되뇌인다. '두려워 말라 내가 너와 함께 함이라. 놀라지 말라 나는 네 하나님이 됨이라. 내가 너를 굳세게 하리라. 참으로 너를 도와주리라. 참으로 나의 의로운 오른손으로 너를 붙들리라.'

입시에 실패하고 나니 모든 것이 다 싫어졌다. 매사가 다 귀찮고 마음이 무너져 버렸다. 무조건 S대 공대를 가야 하기에 후기대학 원서는 내지도 않았다. 도 아니면 모다. 지금 생각하면 얼마나 교만했는지 모른다. 종로학원에서 재수를

〈청주고2 수학여행 때, 좌측학생은 교복 후크도 풀고 불량학생 포즈인데 바로 나다. 사춘기시절 공부 때문에 정신적 방황을 하면서 친구 우정을 많이 갈구했던 때다.〉

하게 되었다. 학원에서 시험을 보면 매번 석차와 점수를 벽에 게시하였는데, 수학이나 영어가 제자리 아닌가. 실력이 좀처럼 상승하지 않는다. 재수를 하면 문제없이 대박이 날줄 알았지만 웬걸, 다른 청주고교 동창들은 일취월장 성적이 상위권에 진입했는데 나는 중간에 머물고 있는 것이 아닌가. 오기가 났다. 머리를 삭발하고 말았다. 일종의 삭발투혼이다. 의지를 불태웠지만 머릿속은 공부가 되지를 않았다. 혼자서 억지 분투를 하는 꼴이다. 종로학원 옆에 조계사를 찾아가 눈을 감고 수행도 해봤다. 별다른 효과가 없다. 스스로 안타까울 뿐이다. 내 마음대로 되지를 않으니 더욱 스스로를 자학하게 되고 점점 정신적으로 힘들어져 갔다. 시골에서 고생하시는 부모님을 생각하면 열심히 해야 하는데… 특히 수학에서 헤매고 있었다. 고교 친구들은 상위 탑을 유지하고 있는데 나만 허우적거리는 있었다. 자존심도 상하고 어금니를 물어 보았지만 소용이 없다. 고등학교 때는 한참 뒤에 있던 친구들이 학원에서 두각을 나타내는 것을 보니 더욱 멘붕 상태에 빠졌다. 드디어 대입 원서를 내게 되었다. 안전하게 합격할 요량으로 이번에는 S대 공대에서 이과대로 변경하여 원서를 냈다. 그런데 하필 이과대가 경쟁 비율도 높고 공대보다 커트라인이 더 높았다. 또 낙방이다. 모든 노력이 물거품이 되었다. 부모님 뵐 면목도 없다. 쥐구멍이라도 있으면 들어가고 싶다. 지금 생각해 보니, 그 당시 믿음이 없었기에 더욱 자만에 빠졌었다. 마음속에 S대가 아니면 다른 대학은 대학이 아니다. 타 대학 자체를 생각해 보지 않을 만큼 교만이 하늘을 찔렀다. 하나님이 그 오만을 친 것이다. S대를 입학했다면 자만에 빠져서 고시공부도 안 했을 것이고 미국 유학가서 박사도 하지 않았을 것이다. 그 간판 하나로 평생을 울궈먹었을 것이다.

그래도 후기 원서를 냈다. 아버지가 서울까지 쫓아 오셨다. 막내가 하마터면 대학을 못 갈 것 같았는지 헐레벌떡 오셨다. 시험을 보았는데, 과 수석을 해서 장학금을 받았다. 그런데 학교 다니고 싶은 마음이 없다. 후기대라는 것이 영 자존심이 상해서인지 마음이 내키지 않았다. 친구들 만나는 것도 싫고 매사에 의욕 상실중이다. 1학년 때는 수업에도 제대로 들어가지 않고 술만 마셔댔다. 낮이고 밤이고 술친구들과 어울리면서 신세타령만 했다. 후기대에 온 친구들 중에 왕년에 공부 좀 했던 친구들이 몇몇 있었다. 똑같은 신세라서 허구한 날

술 먹고 노는 일에만 빠졌다. 그러다 박정희 대통령이 서거하는 10.26사태를 맞으면서 모든 대학에 휴교령이 떨어졌다. 학교 갈일이 없어졌다. 그때 누군가가 대학 편입학 이야기가 나왔는데 귀가 솔깃했다. 그래서 Y대 입시가 있다는 것을 알게 되었다. 정신이 번쩍 났다. 국어 영어 수학 3과목 시험인데 시간이 조금했다. 단기일내 공부에 온전히 집중 매진하였다. 시험을 어느 정도는 보았다고 생각했는데 결과는 합격이다. 아마도 혼자서 공부에 이렇게 몰입 집중한 것이 처음이다. 합격한 학생 중 한 사람이 말하기를 내가 성적이 제일 좋았다고 하는데 나는 별다른 감동이나 느낌이 없었다. 조금은 보상을 받았다고 위로가 되었지만 그래도 만족이 되지 않았다. Y대에 들어오고 나니 모든 것이 낯설었다. 같은 과 친구들은 1학년 동안 서로 같이 지내면서 친한 상태인데 나는 중간에 들어오다 보니 혼자서 외롭고 힘들었다. 뭔가를 보여 주고 싶었다. 그러던 중에 친척으로부터 입주과외 제안이 들어왔다. 중학교 아들에게 영어 수학을 가르치는 일이다. 학교 수업을 마치고 그 집에 가서 과외를 하다 보니 피곤해서 정작 내 공부는 할 수가 없었다. 등한히 할 수 밖에 없다보니 전기공학 전공과목 중 어느 과목은 따라가기가 벅차게 되었다.

80년 봄이 왔다. 전두환 집권 시나리오를 거부하는 대학가 데모가 한창 불붙었다. 따스한 봄날 잔디밭에 앉아서 친구들과 노는 것이 좋았다. 강의실에 들어가기가 싫었다. 매일같이 학도호국단 주체로 노천극장에서 정부 규탄대회를 열었는데 빠지지 않고 참석했다. 학생회 지도부의 연설을 듣고 있노라면 어쩌면 그렇게도 말을 잘 하는지 감탄사가 나왔다. 집회 연설이 끝나면 독재타도!, 전두환은 물러가라! 구호를 외치면서 스크럼을 짜고 정문 쪽으로 나갔다. 교문 밖으로 나가면서 전투경찰들과 충돌이 시작되었다. 한번은 데모 대열 맨 앞줄에 서게 되었다. 처음에는 전경들과 밀고 당기면서 치열한 몸싸움이 시작되는데 갑자기 머리통에 곤봉이 날아왔다. 순간 눈에서 불이 뻔쩍했다. 열을 받게 되니, 발로 차고 싸움이 격렬해 지면서, 최루탄이 날아왔다. 삽시간에 아수라장이 되었다. 눈물 콧물이 범벅이 되어 앞을 분간할 수가 없다. 전경 체포조가 들이 닥치니 눈을 감고라도 도망가야 했다. 창천동 주택가 골목으로 무작정 뛰었다. 어느 집에 대문이 열린 곳이 있어 뛰어 들어갔더니 마당에 화장실이 있었다. 화장실 안으로 들어갔다. 잠시 후 군화 발자국 소리가 나면서 '분명 이쪽으로 뛰었는데' 자기네들 끼리 중얼거리는 소리가 들렸다. 화장실 안에서 쥐 죽은 듯 가쁜 숨을 몰아쉬면서 기다렸다. 한 낮에 더운 날씨라서 재래식 화장실 냄새가 코를 진동했다. 한참 후 화장실에서 나와 아무 일도 없었던 것처럼 태연히 학교로 돌아갔다.

5.18 광주 항쟁이 터지면서 모든 대학교가 휴교를 하게 되었다. 시골에 내려오니 모내기가 한창이었다. 우리 집 모내기 할 때 일꾼들을 많이 모을 계산으로 내가 직접 남의 집 모내기 품앗이를 하기로 결심했다. 한 달 가까이를 하루도 빠지지 않고 남의 집 모내기에 나갔다. 모내기 방법을 터득하고부터는 남들보다 모심는 속도가 빨랐다. 오후가 되면 허리가 아팠지만 기왕 시작했으니 남의 눈도 의식해야 하기에 중도에 포기할 수가 없었다. 왜 그리 태양이 오후 내내 그렇게도 길고 긴지… 해가 져야 그날 모내기가 끝나는데. 고된 일과를 하면서 결심을 했다. 공부하는 것이 이것보다는 힘이 덜 들지 않은가, 몸소 뼈저린 체험을 한 것이다. 이것이 기술고시에 도전하는 계기가 되었다. 무조건 고시에 합격하는 것이 인생의 목표가 되었다. 2학년 2학기가 시작되자마자 고시 1차 공부에 돌입하였다. 몇 개월 짧은 기간이었지만 공부에 집중한 덕분에 1차 시험을 무난히 합격하였다. 그런데 2차 전공 시험을 아예 보지 않았다. 2학년이라 전공실력이 너무 약하고 학과 진도도 많이 나가지 않았기 때문이다. 그때 2차 시험을 시험 삼아라도 보았어야 했다. 그것이 실수였다, 나중에 그것을 알게 되었다.

3학년 올라오면서 오로지 고시 2차에 매진하였다. 2차 과목 수업만 듣고 나머지 과목 수업은 거의 수강하지를 않았다. 교수님들도 고시 준비생들에게는 어느 정도 용납이 되었다. 4학년 선배들과 같이 고시 관련정보를 공유하고 또 과거 합격한 선배들 서브노트를 참고하면서 공부를 하였다. 아침 일찍 도서관으로 출석해서 가방을 도서관에 두고 간간히 수업을 받으러 강의실에 왔다 갔다 하였다. 도시락을 두 개 싸서 하나는 점심이고 나머지는 저녁이었다. 3학년 때 합격하면 4학년 때 장학금도 받고 목에 힘주고 학교 다니면서 군대는 장교로 입대하는 것을 상상했다. 도서관에 박혀서 무조건 열심히 했다. 같은 과 친구들도 내가 고시 공부하는 것을 알기 때문에 '너는 도서관에 올라가서 공부해라'는 것이 기정사실화 되었다. 중간고사 시험이 끝나고 나면 대개 신촌 시장 골목에 가서 술을 한 잔 하는데, 술자리가 끝나고 나면 너는 도서관에 가야 한다고 등을 떠밀었다. 2차 시험을 치렀다. 발표하는 날 조간 서울신문을 보고 아연실색하고 말았다. 기계, 전기, 토목 순서로 발표가 났는데, 기계직렬은 합격자가 5명인데 그 다음 전기직렬은 4명밖에 없었다. 아마도 40점 과락 때문에 5명 합격자를 못 채운 듯하다. 내 이름이 없다, 낙방이다. 그렇다면 1차부터 다시 시작해야 한다. 1차는 2년간만 유효하다. 다음해 4학년 때 1, 2차를 동시에 합격해야만 군대며 취직문제 등이 해결되는데… 머리가 복잡해졌다.

4학년이 되면서 또 다시 고등학교 때처럼 방황이 시작됐다. 공부를 해야겠는데 머리가 멍해지고 이것저것 잡념에 집중이 안 된다. 연애하는 친구들도 부러웠다. 미팅도 여러 번 해보았지만, 내가 호감을 가지면 상대가 싫어하고 내가 별로이면 상대는 마음에 있어 하는 것 같고, 마음대로 되는 것이 하나도 없다. 미팅을 해도 말 재주가 없어서 재미가 없다보니 어떤 파트너는 가버리기도 하였다. 1학년 때 만났던 여학생은 내가 마음에 있어 했는데 전화번호가 없으니 연락 할 수도 없다. 그 당시는 가정집 일반 전화가 유일한 연결 채널인데 이사를 가면 끝이다. 여자 친구가 없기에 여기 저기 두리번거리기도 하지만, 또 고시 공부를 해야 하니 있어도 골치 아플 것 같다. 精神一到 何事不成이니 주변을 기웃거릴 시간적 여유가 없다. 공부는 하루 최소 10시간 이상해야 한다는 강박관념만 짓누르고 있었다. 1학기가 어느새 가버렸다. 다급한 마음에 2학기 때는 교수님에게 고시 공부한다고 말씀을 드리고, 아예 학교를 나가지 않았다. 형님 집 근처 인근에 잠시 월세 방 하나를 얻어서 공부에만 전념하기로 하였다. 1차 시험을 한 달 정도 남기고 1차에 집중하면서, 2차 공부를 동시에 진행하였다. 1차 시험하고 2차 시험하고 그 간격이 채 20여 일밖에 안 되었다. 일단 1차 시험을 치렀다. 그러나 2차 과목에 집중할 시간이 적으니 난감한 상황이다. 1차는 합격을 하고 곧바로 2차 시험을 보았다. 한 과목이 어려워 과락 40점이 걱정되었다.

2차 합격자 발표 날 서울신문을 보니 또 낙방이다. 전기직렬은 2명밖에 합격자가 없었다. 2명이니까 신문에서 훑어 볼 것도 없이 한 눈에 확인이 되었다. 다른 직렬은 모두 5명씩인데. 명단에 내 이름이 없으니 이제 큰일이다. 고시 공부 때문에 병역 특례 보충역도 다 포기했는데, 이제 사병으로 군대에 가든가 학사 장교 시험을 봐서 장교로 가는 길 밖에 없다. 해군 장교 학사시험을 보는 것으로 마음을 정했다. 필기시험을 보고나서 신체검사를 보았다. 체육관에서 팬티 하나만 입고 신검을 치렀는데 겨울 날씨가 추워서 또 긴장을 해서 그런지 한쪽 겨드랑이에서 자꾸만 땀이 났다. 군의관이 겨드랑이 냄새를 자꾸만 유난히 맡으면서 고개를 갸우뚱하였다. 그날따라 왜 그리도 땀이 계속 나는지, 그것이 마음에 걸렸다. 필기시험은 그래도 고시 공부하던 가닥이 있어서 어느 정도 본 것 같은데, 발표 날 내 이름 석 자가 없다. 해군장교의 꿈도 날아가 버렸다. 이제 남은 것은 대학원 진학하느냐 군대 가느냐 갈림길이다. 경제적 여건상 대학원 등록금 달라고 아버지한테 말 할 수가 없다. 그래서 사병 입대하는 것으로 마음을 정했다. 친구들은 대부분 특례 보충역으로 회사에 취직하거나 장교로 군대 가는 것을 보니 억장이 무너졌다. 드디어 영장이 나왔다. 25살 늦은 나이에 사병으로 군대에 가게 되었다. 1983년 3월12일 평택으로 소집명령이 떨어졌다.

군대 영장을 받고나서 2월 말쯤 대학 졸업식이 있었다. 졸업식이 축하의 날이 되어야 하는데 마음이 무거웠다. 고시에도 낙방하고 장교시험에도 탈락되고, 병역특례 취업도 안 되고 이래저래 모든 것이 엉망이다. 그런데 부모님이 오셨다. 4촌 동생, 6촌, 고향친구들도 여러 명 왔다. 졸업식을 마치고 신촌 인근 술집에 가서 술을 진탕 마셨다. 병역 특례보충역에 대해 잠깐 언급해야겠다. 군 복무 대신 병역특례 인가를 받은 기업체에서 5년 동안 의무 복무를 하게 되면 군복무를 대체하는 제도다. 그런데 특례를 가려면 전기공사1급 자격이 필수조건이다. 공교롭게도 공사기사 시험날짜하고 고시 날짜가 겹치는 바람에 도저히 시험을 볼 수가 없다. 그러니 포기할 수밖에 없었다.

졸업식 날 저녁 늦은 시간에 만취가 된 상태로 택시를 잡았다. 청계천4가에 4촌 동생을 내려 주어야 했다. 그런데 아뿔싸, 택시 내에서 구토를 하였다. 오물이며 악취며 난리가 났다. 택시에서 내리면서 기사님과 시비가 붙었다. 차라리 세탁비를 주었으면 깨끗이 끝날 일을 술 취한 김에 언쟁이 붙었고 이윽고 주먹까지 나갔다. 그러고 난 후 집에 귀가를 했는데, 다음날 집으로 경찰이 들이닥쳤다. 경찰에 폭력 신고가 들어간 것이다. 택시 안에다 학교 졸업식 서류 일부를 두고 내렸던 모양이다. 이것을 보고 기사가 학교로 수소문을 해서 신고를 한 것이다. 중부 경찰서에 가서 조사를 받았다. 조서에 폭행 사실을 인정하고 손가락 지장도 찍었다. 택시기사분이 다치거나 상처가 난 것은 아니었던 것 같다. 벌금이 10만 원 부과되면서 전과 아닌 폭력전과가 남게 되었다. 입사 서류나 정당 가입 서류 등을 제출 시 경찰서에 가서 범죄기록조회서를 발급받아 오라고 한다. 24세에 폭행기록 그 하나가 지금까지 남아있다. 나 때문에 4촌 동생도 똑같은 처벌을 받았다. 경범죄인데 아마도 평생 지워지지 않는 가 보다. 이 같이 경미한 폭행이나 음주 같은 생활범죄들은 20~30년마다 재발범죄가 없으면 무엇인가 청산조치라든가 말소 등이 필요하다고 본다. 평생 올무가 되기에는 억울한 점이 있다. 나중에 개과천선을 해도 아무런 의미가 없지 않은가.

〈막내아들 대학 졸업식 때 66세 부모님이 먼 길을 오셨다. 여주군청 공무원이셨던 아버지의 차렷 자세가 이채롭다. 얼굴을 비비면서 어리광을 부리고 싶지만 지금은 두 분 모두 고인이 되셨다〉

고시에 합격하여 장교로 멋지게 입대하려던 꿈이 한순간에 날아가 버렸다. 늦은 나이에 남들보다 3~4년 늦게 사병으로 가게 되었다. 그런데 4학년 때 고시 1차 합격한 것이 자꾸만 뇌리에 남았다. 한 번 더 2차를 볼 수가 있다. 혹시나 군대 가서 어떻게 2차를 볼 수 있는 방법이 없을까. 군대에서 더구나 졸병이 무슨 고시공부를, 말도 안 된다, 하면서도 무엇인가 놓아 버릴 수가 없었다. 논산 훈련소에 도착하여 4주간 신병 훈련을 받았다. 훈련소에서 제대일이 얼마 남지 않는 병장이 하던 말이 지금도 기억난다. '나는 이제 다음 달 제대하는데 너네는 언제 제대하느냐' 신병들이 2년 몇 개월 후라고 대답하자, '그날이 올 것 같으냐. 그날은 지구상에 없다' 하면서 약을 올렸다.

신병 훈련을 마치고 20사단 통신대대 중계중대에 배치를 받았다. 우리 중대는 대대본부와 따로 떨어져 산속에 혼자 있었다. 소위 산적부대라고 불렀다. 군기가 세고 구타도 심했다. 독립 부대로 있으니 장교들이나 선임하사들 감시에서 벗어나기가 용이했다. 고참들의 횡포가 심했다. 고시 2차 공부고 뭐고 할 여건이 아니다. 더구나 이제 막 들어온 신병이 무슨 공부를 한다는 것은 말도 안 되었다. 자대 배치 후 두 세 달 정도 지났는데 하루는 중대장님이 중대원 전체 교육을 하는데 소원수리를 적어 내도록 하였다. 그 자리에서 고시 2차를 볼 수 있었으면 좋겠다는 소원을 써 냈다. 그 다음날 중대장이 전 병력 앞에서 내 이야기를 꺼내는 것이 아닌가. 중대장 왈, 4개월 정도 중대장 당번을 하는 것으로 하고 공부할 수 있도록 배려를 해달라고 부대원들에게 이해를 구하는 내용이었다. 그러면서 전번 부대에서도 병사 한명을 자기가 사법고시에 합격시킨 사례까지 언급하였다.

중대장님이 돌아가고 나니 여기저기 웅성웅성 난리가 났다. 신병 놈이 어디 겁 대가리 없이 공부를 한다느니, 고참들이 어떻게 신병을 교육시켰기에 그런 소원수리가 나왔느니 중대를 온통 벌집 쑤셔 놓은 듯 소란이 일었다. 어떤 고참은 저녁 점호 전에 막사 옆 으슥한 곳으로 불려내더니 다짜고짜 주먹부터 날렸다. 신병이 감히 어디라고 공부한다는 말이 나오냐, 자기도 공인회계사 공부를 하다 군대에 끌려왔다고 하면서, 험한 눈길과 더불어 발길질이 올라왔다. 한편으로는 이해가 되었다. 신입 졸병이 뺑뺑이를 돌아도 시원찮은데 군대 내에서 공부한다고 말도 안 되는 소리이다. 이왕 엎질러진 물이다. 죽기 아니면 살기다. 낮에는 중대장 막사에 올라가서 중대장님 옷도 세탁하고 다림질을 하면서 청소도 하고 점심 식사도 챙기면서 틈틈이 공부를 했다. 저녁에는 내부반으로 내려와 청소며 총기 손질이며 점호준비를 했다. 고참들 눈치를 의식하느라 청소를 해도 남들보다 두 배는 빠르게 손놀림을 움직였다. 불침번 당번 날에는 가슴속에 국민윤리 책을 숨겼다가 빨간 등불 아래서 몰래 읽고 또 읽었다. 살얼음판을 걷듯 하루하루가 지나갔다.

하루는 저녁 후 내부반 정리정돈이며 군화 손질을 마치고 중대장막사에 올라가 공부를 하다가 깜빡 잊고 점호시간 10시 가까이 도착했다. '어디 갔다 이제 오냐' 며 내무반장이 화가 많이 났다. 여러 대 구타를 당했다. 점호가 끝나고 침상 잠자리에 누웠는데 또다시 구둣발이 사정없이 머리에 날아왔다. 아마도 분이 안 풀렸는지 구타가 계속되었다. 정신없이 얻어맞고 잠자리에 누웠는데 도저히 잠이 오지 않았다. 머리는 온통 피로 범벅이 되었고 욱신욱신 너무 아팠다. 억울하고 분한 생각이 들었다. 복수의 칼날이 머릿속에서 요동을 치고 있었다. 보초 교대시간이 얼마 남지 않았다. 내무반장을 총으로 쏴 죽여야겠다는 분노가 계속 끓어올랐다. 어떻게 억제 할 수가 없었다. 총에 실탄을 장전하고 그 내무반장을 불러내서 무릎 꿇어 앉히고 워커발로 내가 맞은 것만큼 머리를 걷어차고 총으로 쏴 죽여야겠다. 이 생각만이 끊임없이 솟아올랐다. 다른 생각을 하려고 하면 스스로가 그런 생각 차체를 차단하면서 '저런 놈은 죽여 버려야 돼, 이번만이 아니잖아, 지난번에도 엄청 맞았잖아' 자기합리화를 계속 하는 것이 아닌가. 극단의 비장함, 엄청난 사건 속으로 스스로를 함몰시켜 가고 있었다. 이윽고 보초 시간이 되어서 단독군장을 하고 행정반에 도착했다. 주번사관이 탄창을 나눠줬다. 아뿔싸… 그런데 빈 탄창을 주는 것이 아닌가. 참으로 이상했다. 지금껏 매일 실탄이 장전된 탄창을 받았는데 '오늘 따라 왜 이러지.' 빈 탄창을 들고 한참 머뭇거리며 중얼거렸다. 어쩔 수 없이 살인 미수에 그치고 말았다.

지금 생각하니 하늘이 도왔다. 믿음의 눈으로 되돌아보니 그때도 하나님이

이 상황을 눈동자처럼 살펴보고 계셨다. 우연히 재수가 좋아서가 아니다. 고린 도전서 10장 13절 '하나님이 감당치 못할 시험 당함을 허락하지 않으시고 피할 길을 내 준다' 는 것처럼 그 절체절명의 순간을 피할 수 있게 하였다. 참으로 감사할 따름이다. 아마도 그때 실탄을 주었더라면 나는 살인자가 되어 평생 감옥 살이… 아찔한 순간이다. 한편, 인간은 한개 잘못을 했을 때 10개 징벌을 받으면 안 된다. 자기 잘못에 비해 처벌이나 징계가 너무 가혹하면 분노 복수심이 생길 수 있다. 인간은 감정의 동물이기 때문이다. 그때 그 병장 내부반장 얼굴이 지금도 아련하다. 악명 높기로 유명했던 고참이었다. 아마도 이러한 살인작전 모의(?)가 있었다는 사실을 모를 것이다. 그 분께 뒤늦게나마 죄송 죄송하다는 말을 전하고 싶다.

한번은 저녁에 동기들하고 집합을 당하여 바로 윗 기수한테 얻어맞았다. 졸병 때부터 같이 얻어맞으면서 지내왔고, 평상시 농담도 하고 지냈는데 갑자기 안면을 확 바꾸는 것이다. 좀 섭섭한 감정이 들면서, 칠 테면 더 쳐봐라, 가슴을 들이대고 오기를 부렸다. 다음날 아침 구보를 하는데 가슴이 아파서 뛸 수가 없을 정도다. 도저히 견딜 수 없어 파스를 붙였다. 웃통을 벗다가 어느 고참한테 파스 붙인 것을 들켰다. '졸병이 빠져가지고 어디다 파스나 붙이고, 요즘 졸병들 교육을 이따위로 시키는 거야.' 또다시 내무반에 비상이 걸렸다. 사실 점호나 내무사열 때 구타 흔적이 발각되면 골치 아프기 때문이다. 스스로 비참하다는 생각이 들면서 만사가 싫어졌다. 군대생활 자체에 환멸을 느꼈다. 때린 고참에 대한 반항심도 없다. 이제 모든 것을 뒤로하고 탈영을 해야겠다는 생각뿐이다. 아무 생각 없이 걷고 걸어서 부대 철조망에 도착했다. 이것을 넘어 탈영하면 그만이다. 죽든지 살든지 모르겠다. 그런데 갑자기 어머니 생각이 났다. 눈물이 핑 돌았다. 막내아들을 위해 지금까지 헌신하신 나의 어머니, 나를 위해 온 희생을 감수하신 나의 어머니시다. 지금 이 순간에도 아들 생각에 밤잠을 설치고 계실 나의 어머니, 어머니가 이 사실을 아시면 어떻게 여생을 편히 사실 수 있을까. 불효도 상 불효자식이다. 무릎을 꿇고 혼자서 한참을 울었다. 그러고 나니 마음이 가벼워졌다. 군복을 털고 일어나 다시 내무반으로 복귀했다. 이상하게도 그 후부터는 크게 구타를 당하지 않았다. 혹시나 나의 행동을 누가 뒤에서 바라보았는지는 모르겠다. 나중에 믿음생활을 하면서 과거를 되돌아봤다. 하나님을 한 줄로 상징적으로 정의하자면, '나는 전능한 하나님이다.' 스스로 전지전능하여 우주 온 만물을 창조하였고 다스린다는 의미다. 그때 군부대 울타리에 앉아서 울 때 하나님이 찾아오신 것이다. 그리하여 너의 아픔과 고통을 내가 안다. 내가 너를 위로하고 앞으로 보호해 주겠다는 메시지를 던진 것이다. 참으로 감사할 일이다.

일등병으로 진급하고 얼마 후, 기술고시 시험을 치르기 위해 휴가를 받아 서울 누님 집으로 갔다. 시험을 4일 동안 치르게 되었다. 선택과목 두 과목은 제대로 준비를 못했다. 계산보다는 암기과목들이다. 공교롭게도 선택과목들이 3일째 4일째 각각 한 과목씩이었다. 전체를 한번 훑어 볼 수 있는 시간이다. 시험 끝나고 집에 와서 다음 시험과목을 훑으면서 요점을 정리했다. 어느 과목은 전날 본 것 그대로 출제되어서 하나도 빠짐없이 쓰고 나온 것도 있다. 그 문제는 사실 암기하기에는 너무 길고 복잡한 것인데 시험 바로 전날 본 것이기에 기억이 쉽게 되살아났다. 첫째 둘째 날 세 과목도 비교적 무난하게 치렀다. 시험을 모두 마치고 부대에 복귀했다. 그동안 공부하느라 못한 것을 만회해야겠다는 의무감으로 남들보다 두 배는 열심히 뛰었다. 교육훈련이나 청소, 작업을 할 때도 솔선수범하는 자세를 보였다. 남들이 싫어하는 것들, 무겁고 힘든 일은 내가 앞장섰다.

발표일이 점점 다가오자 불안했다. 과거 2번의 낙방 경험이 있지 않은가. 중대장님 말씀이 자꾸만 떠오른다, '너는 떨어지면 영창이다.' 이제 다시 낙방이면 군대생활이고 인생이고 끝이다. 탈영을 하든지 부대를 옮기든지 뭔 수를 내야 할 판이다. 발표 며칠을 남기고 본부 대대로 파견 명령이 났다. 상병 고참하고 둘이서 통신 박스카 내에서 근무하는 일이다. 드디어 발표 날이 왔다. 오전 내내 전화 오기만을 기다렸다. 집에서 형님이건 누님이건 합격을 하면 부대로 쏜살같이 올 텐데 아무 소식이 없다. 이미 11시가 넘었다. 아침 조간신문에 발표가 나왔을 텐데 아직도 소식이 없는 것을 보니 이번에도 실패다. 이제 마음을 접어야 했다. 나와 고시는 숙명적으로 인연이 없는 것이다. 모든 것이 수포로 돌아가고 있었다. 고참이 이제 점심식사나 가자고 했다. 그 순간 전화벨이 울렸다. 중대에서 전화가 온 것이다. 합격해서 가족이 왔으니 중대로 빨리 들어오라는 것이다. 드디어 그렇게 학수고대하던 고시에 합격한 것이다. 고참한테 '단결' 거수경례를 하고 부대로 복귀했다. 형님하고 누님 어머님이 면회를 오셨다. 참으로 감개무량한 순간이었다. 믿음의 눈으로 지금 생각하니 하늘이 도왔다. '성경에 너는 내게 부르짖으라 내게 네게 응답하겠고 네가 알지 못하는 크고 비밀한 일을 네게 보이리라.' 참으로 하나님이 나를 불쌍히 보고 긍휼을 베푼 것이다.

그날 이후 군대에서 작업이며 훈련이 신바람이 났다. 그래서 그런지 고참들 입에서 아무런 이야기가 없었다. 어느 고참은 '제대하고 나가서 잘 좀 봐 달라'는 농담도 하곤 했다. 얼마 후 3차 면접이 있었다. 현역이니까 어차피 군복을 입고 광화문 정부청사에서 면접을 보았다. 면접 대기실에 와보니 군인은 나 혼자뿐이다. 부대 내에서 공무원윤리헌장 등 몇 가지만 암기하고 별다른 면접 준비를 하지 못했다. 직렬별로 여섯 명씩 집단 면접을 하였는데 다행히도 내 순서가 뒤쪽이었다. 그래서 앞사람들이 말하는 것을 귀동냥하면서 내 생각을 정리할 수 있었다. 아무래도 군복 입은 일등병 현역이다 보니, 일단 면접관들에게 좋은 인상을 주었던 것 같다. 최종 합격하여 총무처에 서류접수를 하

〈제대를 앞둔 병장으로 다소 여유로운 모습이다. 옆 군인은 2개월 고참으로 졸병 때부터 희노애락을 같이 했다. 육군에서 전차를 최다 보유한 20기계화사단 마크가 선명하다〉

러 갔다. 놀라운 사실을 발견했다. 2차 시험에서 68점으로 전기직렬 1등을 한 것이다. 그리고 1차 객관식시험에서도 1등을 한 것이다. 전혀 상상치 못한 결과였다. 과락만 없으면 간신히 합격 할 것이라 기대했는데 수석이라니 그것도 군대 내에서 고참들 눈치코치 보면서 온갖 핍박 속에서, 짧은 시간에 한번 훑어보고 시험을 보았는데 1등이라니 참으로 기적 같은 일이다.

내가 속한 우리 중대는 산속으로 파견 나온 단독 부대다. 외부와 완전 차단되어 폐쇄된 부대이기에 군기가 셀 수밖에 없다. 축구나 운동을 해도 대대에서 항상 1등이다. 신병들이 전입오자마자 처음 교육시키는 말이 '고참은 하나님이다.' 고참은 최고 대우를 받는 반면 졸병은 최하 대우를 받는 구조이다. 이것이 면면히 내려오는 부대 전통이다. 왕고참 병장들은 손 하나 까딱하지 않을 정도다. 어떤 병장은 '제대 안 했으면 좋겠다'고 한다. 졸병은 일단 눈썹이 휘날리면서 뛰어야했다. 고참들이 매일같이 교육하는 것이 '고참의 말은 하나님보다 높다. 고참이 X으로 밤까시를 까라면 까야 한다. 고참 그림자도 밟으면 안 된다.' 특히 집합시켰을 때 항상 하는 말이 '이 XX들 빠져가지고'이다. 군기가 빠졌다는 뜻이다. 그 때는 그 말이 왜 그렇게도 듣기 싫었는지 모른다. 군기가 빠졌으니 얼 차례 주고 빠따친다는데 할 말이 없다. 또한 단기하사들이 전입해 오면 병장들과 기 싸움이 심했다. 일등병들한테는, 신임 하사들에게 반말하라고 교육을 시킨다. 심지어 ROTC 장교로 소위 임관하여 와도 군대생활 개월 수로 대접해야 한다는 억지논리를 편다. 우리 사단은 '장교도 탈영한다'는 말이 유행할 정도였다. 그러니 일반 신병들은 숨쉬기조차 힘들 정도로 군기가 살벌한 부대였다.

'일병감'이란 독특한 제도가 부대전통으로 내려오고 있었다. 일병 최고참으로서 다음 달에 상병 진급하는 기수이다. 일병감이 부대 모든 살림살이를 다 맡는 체계다. 그러니 졸병들은 일병감이 제일 무섭다. 그 위 상병이나 병장들은 요즘 군기가 빠졌으니, 동작이 느리다느니 일병감만 기합을 주면 끝이다. 그러고 나면 일병감은 곧바로 줄빠따 집합을 시킨다. 일병감이 잔소리를 듣거나, 얼차례를 받는 모습을 보면 그 아래 졸병들은 오금이 저려온다. 그 다음에는 몇 배로 내려오기 때문이다. 드디어 우리 동기들이 일병감을 맡았다. 동기가 4명이었는데 우리는 새롭게 부대 전통을 바꿔보자고 다짐했다. 동기 중에 내가 나이도 제일 많았고, 특히 내가 졸병 때 많이 당해서 그런지 무엇인가 분위기를 바꿔야겠다는 일종의 사명감이 불타올랐다. 우리가 솔선해서 부대 일을 열심히 하고 졸병들 구타하지 말자면서 동기들과 이것저것 상의를 했다. 신발장도 내무반별로 만들고 화장실에 휴지걸이도 만들고, 비누 수건도 세면장에 상시 비치하는 등 소소한 것들을 많이 개선시켰다. 고참들로부터 이번 일병감들이 뭔가 새롭게 잘한다는 칭찬을 들었다. 평상시 불편하다고 느꼈던 것들을 하나하나 고쳐나갔다.

나중에 들리는 소문에 의하면, 우리 동기 중 한 친구가 졸병들을 몰래 꽤 많이 집합시켰다는 이야기를 들었다. 군대 문화가 하루아침에 바뀌기란 쉽지 않다. 특별히 나는 부대에서 고시도 합격하고 나니 무엇인가 부대를 위해 남들보다 더 많은 기여를 해야 하고 모범을 보여야지 하는 의무감이 강하게 작용했다. 그래서 더 많이 뛰면서, 선제적으로 솔선하는 모습을 보여 주려고 했다. 나에 대한 고참들의 눈빛도 서서히 바뀌어 가고 있었다.

정기휴가가 가까워지고 있었다. 그렇게 기다리고 기다리던 2주간의 휴가다. 군복을 다리고 전투화를 광이 나도록 닦았다. 휴가 신고를 하고 양평시내로 나왔다. 휴가 동기들과 술을 한 잔 거나하게 하고 서울행 버스를 탔다. 양수리 헌병 검문소에 닿았다. 헌병이 차 안에 올라오는 것을 보고, 술 취하지 않은 것처럼 모자를 반듯하게 썼다. 거수경례를 하고 휴가증을 보여주면서 무사통과했다. 서울에 내려서 보니 휴가증이 없어졌다. 아마도 술이 취해서 버스 안에서 잃어버린 것이다. 큰일이다. 어디 마음대로 다닐 수가 없다. 누가 불시에 검문이라도 하면 난리가 날 것이 불 보듯 뻔하다. 장교로 군대 간 현직 중위 대학친구를 불러냈다. 장교 빽을 믿고 둘이서 임시 휴가증을 발급받으려고 필동에 있는 수도경비사를 찾아갔다. 수경사 정문에서부터 군기잡기가 시작됐다. '휴가증 잃어버려 재발급 받기 위해 왔다'고 하니까 무조건 원산폭격 머리박기부터 시키는 것이 아닌가. 친구 앞에서 망신살이다. 그래도 시키는 대로 해야지 할

〈맨 뒤쪽 복장이 가장 양호한 군인이 소인이다. 모두가 고참 들이다. 지금도 한 사람 한 사람 몇 월 군번인지 기억이 난다. 앞에서 두 번째 군인은 서울시청 공무원 동료로 또 만났다〉

수 없는 노릇이다. 이윽고 내 소속 부대와 통화 연결이 되어서, 임시휴가증을 겨우 만들었다. 남의 부대에서 부동자세로 기합을 받다보니 기분이 영 좋지는 않았다. 그래도 장교친구 덕분에 기합을 적게 받았을 것이다. 아마도 일등병 혼자서 갔었다면 원산폭격에다 낮은 포복, 오리걸음, PT체조 등 엄청나게 혼줄이 났을 것이다. 그나마 친구 덕분에 휴가를 마음껏 편하게 지낼 수 있었다. 그 친구에게 감사의 말을 전하고 싶다.

상병으로 진급하고 얼마 후 사단에서 화생방교육이 있어서 1주일간 다녀왔다. 부산대 재학 중이던 일등병과 같이 둘이서 교육을 받고서 마지막 날 토요일에 필기시험 평가가 있었다. 교육 퇴소식하기 전에 성적 발표가 있었는데, 통신대 정상병이 누구냐고 호출이 왔다. 갔더니 표창장을 주는 것이 아닌가, 최우수 1등을 한 것이다. 부대에 복귀를 하니, 교육가서 1등 했다고 벌써 소문이 났다. 선임하사들도 '수고했다 잘했다'고 축하를 해 주었다. 그래도 부대 명예를 빛낸 것 같아 그동안 채무를 다소나마 변제한 느낌이 들었다. 성경 구절 중 내가 제일 좋아하는 것이 시편의 '고난당한 것이 내게 유익이라 이로 인해 주의 율례를 배우게 되었나이다.' 군대에서의 시련과 고난이 없었다면 오늘의 정신력과 인내가 길러지지 않았을 것이다. 고난을 통해서 연단을 받아 정신적으로 더욱 성숙되어간다. 고난이 우리 인생학교이고, 변장된 축복이다. 군대에서의 고시 인연 때문인지 나는 사회생활을 하면서도 ID나 비밀번호로 군번을 사용하고 있다. 1로 시작되는 논산군번 8자리 숫자다. 남자들은 대개 눈에 흙이 들어가는 날까지 자기 군번을 잊지 않는다. 나 역시 대학 학번이나 대학원 학번 등은 가물가물해도 군번 하나만은 입에서 자동으로 나온다. 누구나 그만큼 인생역정 희로애락이 담겨 있는 곳이 군대이기 때문이다.

한편 나는 언젠가는 사병으로 6개월 정도 내무반에서 군대생활을 다시 해보는 것이 개인적인 꿈이다. 사실, 나는 두 가지 소원이 있었다. 하나는 노모를 모시고 단 둘이 1년 정도 사는 것이었고 두 번째는 군생활을 잠시라도 다시 해보는 것이었다. 첫 번째는 이차 저차 못 실천했다. 두 번째는 아직 시간이 남아있으니 어느 때라도 기회가 올 듯도 하다. 70세가 되더라도 병영 생활 할 수 있다고 본다. 체력이야 젊은이한테는 못 미치지만 정신적인 문제는 없다. 서울시청 다니면서도 그 생각을 해봤다. 휴직을 하고 한번 해 볼까, 고등학교 동기 중에 소장, 중장 별을 단 친구들한테 수소문을 해서 방법을 한번 찾아볼까 궁리도 해보았다. 가족들 하고 상의를 해 봤는데 딸 결혼도 시켜야 하고 생활비 연건 등 신통치 않은 표정들이었다. 과감한 결단이 필요한데… 허리 통증, 가계 문제 등 여러 가지가 걸리기도 하여 이제껏 미루고 있지만 사실은 핑계거리다. 또한 얼마 전까지도 꿈을 꾸면 군대가는 꿈을 많이 꿨다. 나는 제대를 했는데 또다시 군 입대하라고 하는 것이 아닌가, 나는 제대를 했다고 해도 아우성을 쳐 보지만 소용이 없다. 일종의 악몽이다. 군대에 들어가고 보니 옛날 고참들이 그대로 다 있지 않은가, 아직도 제대하려면 한참이 남았다. 저 고참들 등살을 또 어떻게 견디어야 하는가, 아직도 제대 하려면 멀고먼데, 그러다가 꿈을 깨고 나면 현실이 아니어서 다행이구나, 안도감이 들곤 하였다. 참으로 얼마나 스트레스를 받았기에 환갑 나이까지 군대 가는 꿈을 꾸는지, 혼자서 웃음이 나오기도 한다. 이러한 악몽을 완전 해소하기 위해서라도 군대에 다시 한번 가야 할텐데….

생애 첫 직장 서울시청

직업을 영어로 Job 또는 Vocation, 혹은 Calling 으로 부른다. 그런데 소명, 부름 받음이라는 Calling이란 단어를 다음의 세 가지 직업에만 적용한다. 첫째 성직자, 둘째 공무원, 셋째 의사이다. 성직자는 하늘의 부름이 있어야 하는 직업이다. 인간의 영혼을 구원해야 하는 사명을 가지고 있기 때문에 아무나 할 수 없다는 의미이다. 공무원도 이 부류에 속한다. 선공후사의 자세로 국가와 국민을 위해 무한 봉사하는 직업이다. 의사는 사람의 생명을 다루는 소중한 일이기 때문에 아무나 할 수 없다. 그만큼 단단한 실력과 긍휼한 마음 자세가 갖추어 있어야 한다. 나는 아버지가 공무원이셨고 아버지의 직간접적인 강요가 있었기에 공무원의 길로 들어서게 되었다. 사실 봉사의 정신, 이런 것은 별로 염두에 두지 않았고 세상적인 출세에 관심이 많았었다. 콜링이란 관점에서 보면 낙제점이다. 단지 세상 사람들이 부러워하는 고시에 합격한 것 때문에 공무원에 들어온 것이지 그 이상 그 이하도 아니었다. 그 전까지 내가 생각하는 공무원은 고지식하고 융통성이 없으면서 목에 힘만 많이 주는 직업으로 비춰어져 왔다.

군대를 병장으로 만기 제대하고 총무처 수습사무관을 거쳐서 서울시청에 배치되었다. 행정고시, 기술고시 합쳐서 9명이 서울시로 입직을 하였다. 나는 고시를 졸업 후 합격해서 늦은 줄 알았는데 9명 중에서 나이가 8번째 적다. 아직 군대 가지 않은 후배 한명을 빼고는 제일 어렸다. 나머지는 모두 군 복무를 마쳤다. 실질적으로 내 나이가 제일 적은 것이다. 각자 고시에 대한 사연도 많았다. 은행이나, 공무원 7급 다니다가 고시를 본 경우도 있고, 10년 만에 합격한

분도 계시다. 그 때 서울시 9명이라서 '서구회' 라는 동기모임을 만들어 퇴직 후 지금까지도 만남을 계속하고 있다. 모두들 첫 직장이라서 그런지 동기 모임에 애착이 많다. 지금은 모두 현직에서 은퇴하였다. 아쉬운 것은 그 중에서 장차관이 한 명도 배출되지 못하고 1급까지는 몇 명이 승진하였다. 한 계급만 승진하고 서기관으로 퇴직한 동기도 있다. 퇴직 후 그 친구는 서울시 산림조합장 선거에 당선되었다. 선출직으로서 최고 연봉과 함께 자동차도 제공 받는 등 노후에 부러울 것이 없다. 퇴직한 동기들이 다들 시샘할 정도다. 현직에서 고난당한 것이 퇴직 후에 영광을 얻은 케이스이다. 하나님은 공평하신 하나님이다. 인생 행복총량제, 인생 고통총량제라는 말이 있다. 이 말이 어느 정도 맞는 것 같다.

서울시에 배치된 9명 대부분이 고시에서 상위그룹의 성적을 거둔 인재들이었다. 행정고시도 10~20%내 성적을 가졌고 기술고시에서도 각 직렬별로 1~2등 한 경우가 많다. 나는 군대에서 합격하여 1년 후 다음 기수들하고 배치를 받았다. 기술고시 전체 수석을 한 형님 한분도 계셨는데, 동기로 입사했다. 아무래도 서울에서만 근무한다는 장점이랄까 이것 때문에 서울시를 선택한 경우가 많았다. 나는 1, 2차 시험 모두 전기직렬에서는 1등을 했지만 중앙공무원연수원에서 성적이 좋지 않아 최종 2등을 하였다. 부처 배치를 받을 때는 1등부터 선택을 하고 그 다음은 2등이 선택하고, 꼴찌는 선택권이 거의 없어 소위 비인기 부처로 갈 수밖에 없다. 우리 직렬에서는 부처 Tio가 특허청, 서울시, 과기처, 철도청 등이 나왔다. 1등이 특허청을 골랐고 나는 서울시를 선택했다.

1985년 서울시청에 와보니 기술직에서는 토목이 대장이고, 그 다음이 건축이고 나머지 기계, 전기, 화공, 임업 직렬 등은 찬밥이었다. 국장 보직도 거의 다 토목이 차지하였다. 토목만이 부시장까지 올라갈 수 있고 나머지 직렬은 대부분 과장이 전부였다. 기계, 전기 등은 아예 국장자리가 없었다. 과거도 없었고, 현재도 없고 미래도 불투명하다. 먼 옛날 시장하고 동향이셨던 한분이 국장까지 한 경우가 유일하다. 희망이 절망이다. 전기직의 경우 4급 서기관 서너 명이 전부였다. 과거부터 내려온 폐쇄적 칸막이 인사의 전행이다. 아무리 능력이 뛰어나도 한계가 있다. 기득권층 벽이 철옹성이다. 그 벽을 넘을 수가 없는 구조다. 전체 인원을 보아도 토목이 제일 많다 보니 상위 보직 대부분도 그들 차지다. 건축직 역시 국장 자리가 한 명도 없다. 앞이 캄캄했다. 그렇다고 다른 부처로 옮길 수도 없는 노릇이다. 상호 발령이 원칙이라서 같은 직렬의 누군가 서울시로 올 의향이 있어야 서로 발령이 날 수 있다. 그때는 컴퓨터도 없던 시대라서 희망 보직 신청이나 이런 것들을 온라인으로 할 수가 없던 시절이라서, 개인이 알아서 인맥을 동원하는 수밖에 없다. 1년간 수습사무관을 하는 동안 주변의 시선도 그리 곱지만은 않았다. 젊은 사무관이 왔으니 나이 많은 6급 직원들의 보이지 않는 시기와 질투가 있었다. 더군다나 육사를 졸업하고 대위 또는 소령들이 군복을 벗고 대거 정부에 유입되는 유신 사무관 시절이라서 더더욱 하위직들의 불만이 많았다.

정식 보직을 서울시 종합건설본부로 발령 받았다. 사무관이 과장 보직을 맡는 직제다. 일선 사업소, 구청과 유사한 조직 체계다. 서울시 전체 전기직렬 사무관은 고작 10여 명 남짓했다. 인원이 적다보니 보직도 몇 개로 한정되었다. 첫 발령지에 가보니 과장이 4명중 말석 과장인데, 직원은 단 두 명뿐이다. 기계 7급 1명, 전기6급 1명이 전부다. 다른 과는 직원들이 최소 5~6명씩 되었다. 공사5부라는 곳이었는데 주로 공원건설이나 공원과 관련된 부대시설들을 건설하는 부서이다. 젊은 혈기에 청운의 꿈을 품고 공무원에 첫 발을 내디뎠는데 와서 보니 직급만 과장이지 초라하였다. 공원 계획업무나 공사 총괄은 전부 다른 과에서 주관하고 우리는 부수적으로 남 따라 가는 일만 하는 곳이다. 빛도 나지 않고 생색 낼 것도 없다. 건축이나 공원의 부수적인 기계, 전기설비 공사만을 하는 곳이다. 업무 성격상 주관을 할 수 없는 구조다. 공사 금액이 큰 건축 분야가 주관을 맡고 나머지는 종속된 부수적인 업무만을 보는 구조다. 업무의 중요도나 전문성보다는 공사 금액 큰 것이 우선이다. 과거부터 내려온 뿌리 깊은 관행이다. 공원이나 시설물 들을 멋지게 디자인도 하고 질 좋은 작품으로 계획하는 일 자체가 배제되었기에, 하고 싶어도 할 수가 없다. 남이 던져준 것 그것만 공사하면 그만이다. 예산 작업부터 설계용역 모두가 주관부서 몫이다. 우리는 어떻게 돌아가는지도 잘 모른다. 현장에 나가도 주관부서 과장이나 감독들은 시공사로부터 대우를 받는데, 우리는 차도 없어서 버스타고 현장에 나가기도 한다. 학교 다닐 때 토목과는 대개 공부가 좀 처지는 친구들이 다니는 학과였는데, 사회에 나가보니 기술직에서는 왕이었다. 건축도 별 볼 일 없었다. 도로 교량, 지하철, 상하수도 등 사회간접자본 대부분이 토목분야였던 것이다. 기계 전기 분야는 자동차 회사나 한국전력 등이 주류이고 건설회사는 토목이 대장인 셈이다. 참으로 자존심도 상하고 한편으로는 어쩔 수 없다는 자괴감이 들기도 하였다. 토목직렬이 부러웠다. 공사금액도 크고 건설회사로부터 대우도 깍듯했다. 어쩔 수 없는 현실을 인정할 수밖에 없었다. 그렇다고 일반회사로 나가서 취직할 수도 없는 노릇이다.

서울시에서 5~6년 근무를 하던 중에 과기처에 근무하는 동기로부터 감사원에 갈 의향이 없냐고 콜이 왔다. 갈까 말까 고민을 했다. 감사원은 체질에 맞지 않는 것 같았다. 남이 한 것을 들추어내고 잘잘못을 따져야 하고 남을 처벌하고 징계를 줘야 하는 일 특성상 내 적성에 맞지 않았다. 안 가는 것으로 결론을 내고 감사원은 사양한다고 답변을 줬다. 나중에 감사원은 승진할 때 직렬 간 차별이 없다는 것을 알고 옮기지 못한 것을 뒤늦게 후회를 한 적도 있다. 고시 동기 중에 화공직 한 선배는 감사원으로 가서 기술직 최고 1급 관리관으로 퇴직한 경우를 보았다. 서울시의 경우 화공직이 1급 승진한다는 것은 말도 안 되는 소리다. 서울시는 직렬별 칸막이를 세워서 국장승진이며, 소위 말하는 꿀 보직 자리는 토목직들이 허락하지 않는다. 그 만큼 자기네 기득권 보호가 강한 조직이다. 예를 들면 지하철을 건설하는 도시기반시설본부가 있는데, 본부장과 그 아래 철도국장도 모두 토목직이 맡는다. 본부장이 토목이면 철도국장은 기계나 전기 쪽에서 맞는 것이 융복합 시너지 효과 차원에서 합리적이라 본다. 토목구조물과 전기철도, 스마트 전동차 등 전문성을 상호 보완하면 지하철 품질도 최상으로 만들 수 있으련만 무조건 토목이 차지한다. 회의를 할 테면 토목얘기가 주류다. 콘크리트 타설하고 거푸집 이야기 등.

시장님한테도 4차 산업혁명 융복합 시대에 직렬 간 교차보직을 함으로서 최상의 지하철 무인자동 열차운전을 할 수 있고, 안전사고 없는 완전한 전기철도를 만들 수 있다고 열변을 토했다. 시장님은 묵묵부답이다. 시장 입장에서는 직렬 상관없이 누구에게나 일만 시키면 되지 구태여 기계가 어떻고 전기가 어떻고 자기와는 큰 상관이 없다는 표정이다. 우리 직렬은 노비문서를 가지고 다닌다. 낙인이 찍힌 사람들로서 조직에서 노비 종의 신세다. 서울시 조직에서 노비세습을 운명적으로 벗어 날 수 없다. 만약에 신입직원이 서울시에 처음 발령 받아오면 자기도 부시장을 할 수 있다는 꿈을 가질 수 있어야 그것이 정상적인 조직이다. 그러한 조직이 내부 화합단결도 잘되고 성과경쟁력도 강한 조직이다. 그러나 전기 기계, 화공 직렬은 유리 천장으로 가로막혀 있다. 기회조차 주어지지를 않는다. 은행이나 회사도 마찬가지다. 조직원 누구나 열심히 하면 은행장이나 사장을 할 수 있다는 희망과 비전이 보이는 곳, 시스템이 갖춰진 곳이 건강한 직장이다. 서울시는 시장이 강력한 의지가 없는 한 기계나 전기 직렬을 실·국장 자리에 앉히려 해도 토목 부시장이 극구 반대해서 성사되기가 어렵다. 또한 퇴직한 OB선배들의 민간기업 먹거리 시장과도 밀접하게 카르텔이 형성되어 있다. 이들의 외부 압력 때문에라도 부시장 자신도 마음대로 할 수 없다.

서울시에서 기계 전기, 화공직렬의 3급 이상 국장은 단 1명뿐이다. 나 혼자 뿐이다. 3,000명이 넘는 대인원에서 딱 한명인데 반해 토목은 2,300명에서 3급 이상이 10명 수준이다. 공업직 보직 또한 서울시에서 최고로 한직이라 할 수 있는 서울물연구원장 자리다. 국장 보직 중에 솔직히 누가 가라고 해도 싫어하는 자리다. 아무 권한이나 예산도 거의 없고 연구 업무만 하는 곳이다. 본청 실·국장들을 만나면, 편한 자리, 꽃보직이라고 한다. 정작 본인보고 가라고 하면 한명도 지원하는 않는 자리다. 사람들의 말과 속마음은 정 반대인 경우가 많다. 고생을 하고 힘이 들어도 권한이 있고 영향력이 있고 언론이든 큰 이슈를 다루는 보직을 선호하는 것이 통상적이다. 그만큼 사람들은 남들로부터 인정받고 싶은 것이 인지상정이다.

25개 구청이 있는데 구청에도 기계전기 직렬 5급 사무관 보직이 하나도 없다. 토목이나 건축 등은 몇 자리씩 있는데도 공업직(기계 전기 화공)은 찬밥 신세다. 한 개 구청에 기계, 전기직이 보통 50명 이상이 근무한다. 각과에 흩어져 근무하고 있다. 구청에 과 단위 직제를 만들려고 수차례 노력을 하였으나 번번이 실패하였다. 업무 성격이나 업무량 등은 과 단위직제를 충분히 할 수 있는데도 토목이나 행정 부서 쪽에서 반대 내지 거부를 하기 때문이다. 공무원은 승진이 전부다. 그런데 승진할 자리가 없으니 희망이 절망이다. 타 직렬 동기들은 벌써 승진을 하는데 기계나 전기는 승진할 기회가 없으니 제자리걸음이다. 더구나 동기나 후배가 상사로 승진해 오면 말도 못하고 속앓이를 했던 경험들을 가지고 있다. 직접 겪어보지 않으면 속으로 상처를 얼마나 받는지 모른다. 다만 기계 전기 화공직렬들에게도 얼마간의 반성할 점이 있다. 주관 부서가 아니다 보니 일에 대한 적극성이나 열정이 부족해 왔다. 또한 상사에게도 보고하는 습관이나 적극성이 약하다. 나중에 사무관이니 서기관 등 간부가 되어서도 그러한 습성이 체화되어, 일을 주관하라고 하면 회피하거나 자신이 없다고 평계를 대는 경우가 있다. 그러니 상급자 입장에서는 일을 믿고 맡길 수가 없다. 신뢰도가 점점 떨어지면서 악순환이 반복된다.

나는 유일한 공업직 국장으로서 후배들의 고통을 외면할 수 없어서 우선 구청에 과단위 직제를 만들려고 여기저기 뛰어 다녔다. 그런데도 유구무언, 응답이 없다. 행정이나 토목 등 주류 직렬들은 그 아픔을 모르기 때문에 남의 집 불구경이다. 본인들에게 아무런 득이 없고 괜히 시끄럽게 할 필요가 없기 때문이다. 또 구청의 공업직들 대부분은 하위직으로서, 의사 결정권을 가진 고위직인 행정 토목 상사와 대면할 기회조차도 없다. 모 구청의 부구청장과 친분이 있어서 '스마트정책과' 구상안을 가지고 설명을 했다. 필요성과 당위성에는 공감하지만… 그것이 대답 전부다. 구청장님을 만나서 설득을 하니 동감이었다. 그러나 그 서류는 지금도 책상 속에 잠자고 있다. 결국 이것을 근거로 해서 6급 팀장 직제만 만들었다. 죽 쑤어서 개 준 꼴이다. 조직 내에서도 철저히 힘의 논리가 작동되는 참으로 무서운 조직이다. 누가 힘이 더 세냐, 영향력이 크냐가 직제 신설에 결정적인 역할을 한다. 손은 안으로 굽는 다고, 상사가 같은 직렬이면, 초록이 동색이라고 자기들 Inner 서클 속으로 의기투합이 된다. 타광역지자체나 중앙부처는 서울시와 다르다. 부산시의 경우 기계직도 상수도본부장을 하고 부시장까지 한다. 인천시도 전기직이 해양국장도 하고 지하철건설본부장도 맡는다. 중앙부서도 직렬에 특별히 차등을 두지 않고 능력대로 심사, 승진시켜 보직 임용하는데 서울시만 유독 안 통한다. 그 구도를 타파하려고 부단히 건의를 해도 기존의 기득권 직렬들이 마음을 열지 않고 있다. 후배들한테 자리 빼앗겼다고 욕먹는 것이 싫어서 선뜻 나서지 못한다. 조직 내 적폐 중 제일 적폐인데 기득권 논리 때문에 인사혁신이 안 되고 있어 안타까울 뿐이다.

인생의 동반자 아내와 만남

서울시청에 사무관으로 근무할 때다. 1987년 봄, 직장에 들어온 지 2년이 지날 때다. 서울시에 행시, 기시 출신 입사 동기 9명 중 2명만 빼고 모두 미혼이었다. 미혼들 모두 결혼에 관심이 많았다. 그 당시에는 중매쟁이 소위 뚜쟁이라는 것이 한창 유행하였다. 동기 중 한 친구가 나를 중매쟁이한테 소개했다. 그래서 그 중매쟁이에 의해서 소개를 받고 맞선자리에 나갔다. 그때 지금의 아내 배민영을 만났다. 사실은 선 볼 사람이 따로 있었는데, 그쪽에 사정이 있어서 대타로 나온 것이다. 그때만 해도 세상 욕심에 좋은 배우자를 만나서 덕 좀 보았으면 하는 생각이 마음속 깊은 곳에 은근히 자리 잡고 있었다. 처음 만나는 자리에 여자 쪽 어머니께서 같이 나오셨다. 참으로 신기했다. 첫 대면 자리에 부모님이 나오신 경우가 없었다. 어머니는 이것저것 얘기를 조금 하시다가 먼저 커피 값을 계산하시고 나가셨다. 그 분이 나중에 제 장모님이 되셨다. 집안도 괜찮은 것 같고, 4남매 중 장녀였다. 특히 장녀가 마음에 들었다. 내가 막내라 동생이 없어서 그런지 장녀가 좋았다. 아래로 여동생 1, 남동생 2명이다. 학교도 E대 미대를 나왔고 키도 늘씬하니 인물도 마음에 들었다. 모든 것이 좋았다. 머릿속에 이미 배우자감으로 점을 찍어 놓았다. 몇 달 후 여주에 계신 부모님께 말씀드렸다. 아버지께서는 성이 배씨라고 하니, 혹시 양반이 아니고 중인이 아니냐며 의문을 가지셨다. 여주가 유교 영향이 강한 곳이라서 아직도 양반 상놈 이분법으로 사람을 재단하고 계셨다. 나중에 양반으로 해명이 되었지만, 나는 그런 것에 별반 의미를 두지 않았다. 장인 될 분은 경기중고를 나오시고 서울 법대를 나오신 당대 최고 엘리트였다. 관세청 공무원하시다 중간에 퇴직하시고 관세사 사업을 하고 계셨다.

　그때까지 형님 집에 기거하면서 시청으로 출퇴근을 했다. 하루라도 빨리 결혼하여 독립하고 싶었다. 그해 10월에 결혼 날짜를 잡았다. 문정동에 아파트를 전세로 얻어서 신혼생활을 시작하였다. 총각 생활을 청산하고 아내와 둘이 있으니까 너무 좋았다. 퇴근하고 아내와 둘이서 저녁 밥상을 마주하고 있으면 어린애들 소꿉장난 같았다. 모든 것이 신비롭고 기쁨이 넘쳤다. 하루하루 깨가 쏟아지는 행복에 겨운 시간들이었다. 그 당시 아내는 부모님과 함께 천주교 성당에 다니고 있었다. 처갓집에 가면 가끔씩 성당에 같이 나가곤 하였으나, 믿음이 어떻고 예배가 어떻고, 하나님이 무엇인지 느낌이 전혀 없었다. 그저 방관자, 아니 무관심이었다. 그러다 학수고대 기다리던 첫아기, 딸이 태어났다. 방긋방긋 웃는 모습을 보노라면 세월 가는 줄 모를 정도로 딸 재롱에 푹 빠졌다. '자식이 7살까지 부모한테 효도한다, 그 이후는 그 댓가를 치른다'는 말이 일리가 있다. 어린 딸을 안고 볼을 비비고 뽀뽀를 하면, 부모는 세상 근심 걱정, 스트레스 모두를 잊어버린다. 그만큼 자식이 부모에게 엄청난 기쁨과 활력을 준다. 과천 공무원 임대 아파트로 이사를 했다. 미국 유학 준비를 위

〈나의 영원한 반려자 나의 반쪽 배민영, 심성이 나보다 훨씬 착하고 순종형이다. 천정배필로 너무 과분하고 감사하다. 세상 사는 날까지 아니 천국에서도 동행하련다〉

해 저녁에 독서실에 다녔다. 담배를 피우러 잠깐 나와 보니 그 건물에 교회가 있었다. 무슨 이상한 소리가 나서 가보니 교회 안에서 많은 사람들이 두 손을 들고 소리를 고래고래 지르면서, 꼭 정신 나간 사람들 같았다. 제 정신이 아닌 반은 미친 사람들로 보였다. 그 광경을 보고 교회에 대해 부정적인 인상을 가지게 되었다. 광신도 집단, 무엇인가에 빠진 사교집단, 정상적이 아닌 비정상적 사람들로 각인이 되었다.

공휴일 처갓집에 가면 큰 처남이 뭔가 이상하다는 느낌을 받았다. 대학도 안 다니면서 돈 씀씀이가 범상치 않았다. 4형제 중에 유일하게 대학을 다니지 않았다. 소위 상건달인 셈이다. 때로는 장인장모 부모님께도 말투가 거칠 때도 있고 주로 돈 문제로 다투는 것 같았다. 저녁만 되면 한껏 멋을 부려 차려입고 외출을 해서 새벽 아침에야 집에 들어오는 야행족이었다. 그렇다고 처남한테 이래라 저래라 하기도 그랬다. 한번은 부모님한테 대드는 모습을 보고 화가 나서 제지를 하려고 하자 처남은 매형이고 뭐고 눈에 보이는 것이 없이 욕을 하고 대들었다. 위로 딸 둘을 낳고 아들을 낳았으니 얼마나 애지중지 키웠을까. 더구나 남아 선호사상이 강한 경상도 부산 분들이시니, 아들을 옥이야 금이야 키우면서 요구조건을 다 들어주고 오냐오냐 하다 보니 이렇게 된 모양이었다. 한번은 식당을 개업한다며 덜컥 계약을 해 놓았다. 그러니 울며 겨자먹기 식으로 식당 운영을 해야 했다. 음식에 대한 노하우나 식당 경험도 전혀 없는 상태에서 음식점을 꽤나 크게 열었다. 주방장, 반찬 만드는 찬모, 설거지 담당 아라이, 두 명의 홀 서빙 등 인건비도 만만치 않았다. 문제는 종업원이 수시로 바뀌고, 특히 고기반입과 관련해서도 무엇인가 석연치 않은 커넥션이 있었다. 주방장은 자기가 독점 거래하는 고기 공급자가 있었는데 커미션 같은 검은 거래가 있다는 것도 알았다. 그 당시만 해도 고기 유통과정이 구먹구구 식으로 운영되던 시절이다. 결국 2년도 못하고 폐업을 했는데, 권리금도 못 받았다. 많은 손해를 감수할 수밖에 없었다.

부모님은 큰 처남 때문에 불교에서 천주교로 개종을 하였다. 경찰서를 제집 드나들 듯 하면서 어지간히 부모 속을 썩인 모양이다. 나도 한 성질 하는 사람인데 처남한테는 안 되었다. 감당할 수 없는 상대를 만났다. 남동생은 형한테 어려서부터 많이도 맞고 자랐다. 취직도 여기 저기 몇 군데 하였지만 며칠 다니다 말고 그만두는 식이다. 집안에 제일 골칫거리인 셈이다. 결국 미국에 있는 친구를 따라 LA로 가게 되었다. LA에서 친구와 세차장 사업을 한다고 해서 사업자금을 마련해 주었다. 그런데 거기서 빠쩡꼬 Gamble에 빠지면서 많은 돈을 탕진하였다. 결국 세차장도 다 날리고 놀음에 빠져 들었다. 돈을 차용하면서까지 갬블을 하다가 그것마저 다 날리고 채권자에게 위협을 당하게 신세가 되었다. 한국에서 다시 돈을 부쳐 무마하기도 하였다. 그러는 와중에 처갓집 가산이 다 소진되면서, 아내가 친구들을 통해 돈을 빌리게 되었다. 그로인해 우리 집까지도 빚더미를 떠안게 된 것이다. 그 여파로 장모님도 돌아가시고 두 달 후 장인까지도 심장마비로 세상을 뜨게 되었다.

아내는 큰처남 때문에 돈을 차용한 사실을 남편에게는 비밀로 숨겨왔다. 나중에야 나도 알게 되었다. 이미 엎질러진 물이다. 공무원 봉급으로는 도저히 감당이 안 되는 규모였다. 어찌 이런 일이… 너무나 괴로웠다. 이제 인생 모든 것이 끝나는 것 같았다. 한번은 여주 강가에 가서 죽어 버릴까 하는 생각도 해봤다. 오죽 했으면 장인 장모님, 두 분 모두 돌아가셨는가. 장인 돌아가시고 성당에 같이 다니시던 분이 내 사무실에 찾아 와서 빌린 돈 갚으라고 협박하기도 하였다. 장모님이 빌린 것을 나는 모른다. 내가 갚아야 할 의무가 있느냐, 옥신 간신도 했다. 참으로 난감했다. 여기저기서 돈 빌린 것이 상당했다. 온 집안이 쑥대밭이 되었다. 이로 인해 아내와 자주 다투게 되었다, '왜 당신이 오지랖 넓게 여기저기 돈을 빌렸냐고.' 토끼같이 귀여운 두 자식이 있는데 그렇다고 아내와 갈라설 수도 없지 않은가. 사실 집안에 장녀인 아내 잘못은 없다. 큰 처남이 저지른 일을 집안이 시끄러울까봐 소방수 역할만 했을 뿐이다. 큰처남은 자기 요구대로 돈을 안 주면 집을 다 때려 부수고 난리를 피워대니 감당해 낼 재주가 없다. 그런 와중에 아내가 불쌍하다는 생각이 들었다.

내가 후일에 하나님을 만나고 난 후 결혼에 대해 생각해 보니, 사람만 보고 온전한 사랑으로 맺어야만 하는데 여기에 현실적인 욕심, 정욕이란 사단이 개입

〈첫딸 정은하, 젊은 날 나에게 큰 기쁨과 위로를 주었다. 이제 짝을 찾아 결혼해서 자식까지 낳았다. 세 식구가 말레이시아 선교사로 홀연히 떠나갔다, 감사할 뿐이다〉

하면 안 된다는 것을 깨달았다. 눈에 보이는 조건들이 전부가 아니고 눈에 보이지 않는 영적인 것이 더 많다는 것을 미처 알지 못했다는 자책감이 들었다. 속보다는 겉으로 드러난 외모만을 본 것이다. 인물, 재물, 지위, 명예 등 외적인 것이 전부가 아닌데… 모든 것이 인과응보라는 생각이 들었다. 이것을 통해 하나님이 나를 연단시키고 앞으로 하나님 말씀에 순행하며 살라는 준엄한 명령이다. 금이 불순물을 없애려면 높은 온도로 용융, 단련을 해야 한다. 또 철이 강해지려면 더 높은 온도로 녹여서 찌꺼기들을 걸러내야 하듯. "하나님이 나를 연단하신 후에는 내가 정금같이 나오리라"는 성경 욥의 고백과 일맥상통한다. 또한 '고통에는 반드시 하나님의 목적이 있다'를 깨닫게 되면서, 지금까지 나를 물질로 연단하신 하나님의 의도가 무엇인가를 기도를 통해 깨닫게 되었다. 이제 너는 '네 마음대로 살지 말고 하나님을 경외하며 살아라'는 지상 명령인 셈이다.

미국유학 중 하나님과 극적인 만남

국비 유학 프로그램이 있었다. 대개 고시출신 공무원들은 미국 등으로 유학을 가는 것이 하나의 코스였다. 나 역시 미국으로 유학을 준비해야겠다고 생각했다. 토플시험을 가지고 내부 경쟁을 해야 한다. 인원은 한정되어 있는데 지원자가 많다 보니 토플 점수가 좋아야 한다. 사무관하고 서기관은 따로따로 선발하는데 아무래도 젊은 사무관끼리 경쟁하다보니 점수가 좋아야 한다. 적어도 550점을 넘어야 한다. 그런데 이것이 마음대로 안 된다. 왕년에 영어는 어느 정도 자신이 있었는데 듣기하고 독해부분에서 점수가 제대로 나오지 않는다. 특히 Listening에서 점수가 형편없었다. 학원을 다니기도 뭐하고 또 업무를 해야 하기 때문에 시간 내기가 쉽지 않았다. 학원에 등록할까 하는데, 고시출신 자존심이 허락하지를 않았다. 테이프와 책을 가지고 듣기 연습을 해도 점수가 오르지 않는다. 몇 번의 시행착오 끝에 드디어 유학생으로 선발되었다. 미국 시러큐스 대학을 선택했다. 서울대 행정대학원 다니면서 시러큐스 출신 교수들이 있었다. 시러큐스라는 이름이 독특하게도 좋았다. 그래서 학교가 좋고 나쁘고를 떠나서 꼭 시러큐스대학에 가고 싶었다. 사실 행정학으로는 미국에서 최고 탑이다. 나는 환경공학을 전공하기로 마음먹었다. 본래 전공은 전기공학인데 유학 후에 서울시 복귀를 해도 전기분야로 승진하기에는 한계가 있었다. 또 유학 가기 전 시청 치수과에 근무를 하면서 수자원, 하수도 등 물을 다루는 것이 재미있었다. 그래서 물 관련 분야인 환경을 선택하였다.

시러큐스 환경공학과 석사과정 2년 과정으로 유학을 가게 되었다. 세계 최강 미국, 세계 무역과 금융의 메카 뉴욕 주에서 생활할 수 있다는 설렘과 희망으로 가득했다. 아내와 딸, 아들을 데리고 미국생활이 시작되었다. 학교 기숙사에 거처를 잡았다. 체재비와 봉급, 학자금이 서울시에서 지원되기에 금전적으로 큰 애로는 없었다. 30대 중반에 시작한 유학공부가 만만치 않았다. 우선 수업 중에 영어 알아듣기가 어렵고 말도 서툴고 또 문화 자체가 다르다 보니 스트레스가 이만 저만이 아니다. 애들도 마찬가지다. 딸은 초등학교 1학년에 입학했는데 그런대로 적응을 해 나가는 것 같았다. 그러나 3살 아들은 미국 유치원에 갈 테면 울고불고 난리다. 무슨 말인지 알아듣지도 못하니… 사실 준비가 부족했다. 애들한테도 기본적인 영어, 자기소개 등 몇 가지를 가르쳐 주고 데려와야 했는데, 아들은 오줌 누는 것이 제일 문제다. 그래서 Can I go to the bathroom? 을 가르쳐 주었다. 그랬더니 모든 것을 Can I go로 시작하는 것이 아닌가, 밥 달라는 것부터 밖에 나가는 것 등.

첫 학기에 영어수업 한 과목을 의무적으로 듣게 되었는데, 누군가 '술을 한잔 마시고 가면 혀가 잘 구른다'고 해서 수업 전에 양주 몇 잔을 마시고 갔다. 무대포 용기는 있을지 몰라도 발음이 매끄럽게 잘 되고 그런 것은 아니었다. 첫 학기가 가장 힘들다고 하는데 정말 정신없었다. 미생물학도 기초가 없으니 전혀 모르겠고, 다행히 한국에서 육사 나온 현역 대위가 같은 과에서 공부를 하게 되어 한결 위로가 되었다. 나이 적은 총각이었는데 나보다 영어가 낫고, 공부도 잘했다. 나는 공부에 대한 열의도 없고, 마지못해 공부를 하는 둥 마는 둥이었다. 첫 중간고사 시험을 치렀는데 점수가 형편없었다. 시험 준비를 제대로 하지 못했다. 한 과목이 C-가 나왔다. 그 과목이 나중에 박사과정 입학에 얼마나 애를 먹였는지 모른다. 평균 평점이 B+ 이상이 되어야 박사입학이 가능하다. 그러니까 C-를 B+ 까지 끌어 올리려니 다른 과목들에서 A0이상을 몇 개 받아야 한다. 나중에는 그것을 만회하기 위해 더 열심히 공부한 측면도 있다.

1년이 지나고 주위를 보니 박사과정으로 전환하는 한국공무원 유학생들이 눈에 띄었다. 곰곰이 생각했다. 기왕 미국에 와서 공부를 하는데 내친김에 박사까지 받아야겠다는 욕심이 생겼다. 지도 교수한테 얘기를 하니까 한번 검토해 보자 하는데 영 신통치 않는 반응이다. 말도 제대로 못하고 성적도 썩 좋지 않은데 환경공학과 교수회의에서 나의 박사입학 심의를 했는데 탈락으로 결정되었다. 이제 포기를 하든가, 다른 학교로 옮겨서 박사 입학을 타진해야 할 판이다. 오기가 생겼다. 처음에는 헤맸지만 1년 지나고부터는 할 수 있다는 자신감이 생겨서 이제 제대로 공부 한번 해 보려는 데… 포기할 수가 없었다. 자존심이 허락하지 않았다. 시러큐스대학과 인접해 있는 뉴욕주립대학교가 있었는데 환경산림대학 내에 환경학과가 있었다. 환경 쪽에서는 미국에서 가장 오랜 역사를 가진 대학이다. 그래서 지도교수한테 뉴욕주립대로 입학원서를 낼 수 있느냐고 하니까 교수 한분을 소개해 주었다. 그 교수가 Dr. Smardon으로, 학과장을 맡고 있었다. 석사논문, 내 성적표 등을 보더니 많은 과목을 수강하였네, 하며 좋은 반응을 보였다. 사실 막판에는 박사과정 입학할 요량으로 엄청나게 여러 과목을 수강해 두었다. 얼마 후 내부 학과장 회의에서 나의 박사입학이 허락되었다. 버클리대 출신인 Dr. Smardon은 성격도 원만하고 실력도 있으면서 인품이 좋은 백인이었다. 부인도 박사학위를 취득해 다른 대학에 출강하고 있었다. 때때로 학생들을 자기 집에 초대해 파티도 열어주는 등 인간적으로도 존경받는 교수였다. 실력도 탁월해서 Distinguished Professor로 선정되는 등 학문적 업적도 남달랐다. 그 교수 과목을 들었는데 나름대로 열심히 페이퍼도 제출하고, 과제도 열정적으로 했는데 B0인가 평점을 받았다. 내심 속으로는 서운했다. 지도교수가 자기 학생 점수를 이렇게 주다니. 그런데 평가에는 냉정한 것이 옳았다. 공과 사를 구분할 수 있는 사람이 더 신뢰가 있다는 것을 나중에 알았다.

시러큐스 대학에서 석사 논문을 쓸 때다. 실험한 데이터를 근거해서 논문 초안을 작성해 이메일로 제출하고, 며칠 후에 갔는데 지도 교수가 버럭 화를 내는 것이다. 무슨 말인지 정확히 알아듣지는 못했는데 논문이 마음에 안 드는 모양이다. 자기가 기대했던 대로 실험결과치가 안 나왔는지, 또 자기 일이 바빠서 논문검토 조차 제대로 못 했는지, 아무 말도 못하고 그냥 물러 나왔다. 이거 큰일이 났다. 석사 논문을 빨리 통과하고, 박사과정 입학 문제도 진행해야 될 텐데, 당초 일정이 다 뒤틀어진 것이다. 마음이 참잡했다. 교수를 다시 볼 면목도 없고, 방문을 노크할 용기도 없다. 한국 같으면 오해가 있으면 서로 대화라도 하면서 풀 수 있지만… 영어라도 능통해야 서로 속내를 털어놓고 물어 볼 수도 있을 텐데. 시간만 정처 없이 흐르고 속만 타들어 갔다.

1998년 6월 여름방학이었다. 시카고에서 한국유학생을 대상으로 하는 KOSTA 라는 전도집회가 열리는데 내가 다니는 시러큐스 한인교회에서 부흥집회에 참석할 사람을 모집하고 있었다. 그때까지 교회에는 나갔지만 마음에 감동이나 성령을 체험하지 못했다. 일요일에는 가족하고 그냥 교회에 나가는 Sunday Christian 수준이었다. 지도교수하고 틀어진 상태로 마음이 너무 가난했다. 무엇인가 바늘구멍이라도 찾고 싶었다. 뭔가 신앙의 전환점을 찾아야겠다는 생각이 들었다. 방학 중에 일주일간 집회가 열리기에, 봉고차에 8~9명이 탑승하여 시카고까지 먼 길을 떠났다. 시카고 휘튼칼리지 신학대학에 도착해보니, 한국에서 내로라하는 목사님들이 설교를 하고 있었다. 오전에는 주로 대형 강당에 천여 명의 한국 유학생들이 모였는데 찬양시간에는 모두들 성령 충만으로 취해 있을 정도로 뜨거웠다. 그런데 나는 아무런 감흥이 없다. 기왕이면 나도 성령의 불덩이 속으로 푹 빠져들어 나 자신을 변화시키고 싶었다. 그런데 마음대로 되지 않았다. 내 의지만으로 되는 것이 아니다. 월요일부터 시작하여 목요일이 되었다. 내일 금요일이면 떠나야 하는데, 본전 생각이 났다. 여기까지 먼 길을 왔는데 뭔가 소득이 있어야겠다. 나도 성령이 무엇인지 체험하고 싶었다. 이제 내일이면 끝이다. 빈손으로 돌아가야 한다. 목요일 오전 설교가 끝나가고 있었다.

갑자기 목사님께서 안내 멘트를 하는데, 지금 고국 한국에서는 IMF 난국인데 금식을 해야 한다는 것이다. 오늘은 점심을 굶는구나, 밖에 나가 잔디밭에서 쉬다가 오후 예배를 시작하면 되겠네, 생각을 했다. 아뿔싸, 그런데 못 나가게 하고 계속 기도를 하시는 게 아닌가. 주변에는 벌써부터 기도의 열기가 달아올랐다. 목사님이 간절히 기도를 하는데, '한반도 한쪽은 쌀이 없어서 굶어 죽어가고 있고 한쪽은 국가 부도 위기에 처해 있습니다, 하나님 아버지! 저희가 불순종 하였습니다. 거짓으로 살았습니다. 저희가 잘못했습니다. 하나님께 순종하지 못하고 내 마음대로 살았습니다. 내 욕심, 내 정욕만을 따라 이기적으로 살았습니다. 이 민족을 불쌍히 여겨 주시옵소서. 하나님께서 자비와 긍휼을 베푸

서서 이 난국을 벗어나게 하여 주옵소서.' 애절하고 절절한 기도가 이어졌다. 그 순간 나도 모르게 눈물이 나왔다. IMF라는 국가 부도사태를 맞이하여 유학비가 없어서 한국으로 귀국하는 학생들도 있었다. 달러화가 2000원까지 치솟는 상황이었다. 눈물이 쏟아지기 시작했다. 하나님! 제가 잘못했습니다. 대한민국 조국이 위기에 빠진 것이 내 탓이었다. 공무원으로서 지금까지 내가 너무 잘 못했다. 내 입에서 회개의 기도가 나왔다. 눈물 콧물이 쉴 새 없이 흘렀다. 옆에 앉아 있는 젊은 학생들을 차마 쳐다 볼 수가 없었다. 기성세대로서 면목이 없었다. 공직자로서 부끄러워 얼굴을 들 수가 없다. 밥 얻어먹고 술 얻어먹고 청렴하지도 못했다. 대접만 받았고, 대우만 받고 싶어 했다. 사명감도 책임감도 없이 시류에 휩쓸리면서 육신의 향락만을 쫓은 것이다. 내 자신이 부끄러웠다. 하나님 다시는 부패하지 않겠습니다. 다시는 거짓으로 살지 않겠습니다. 하나님 앞에 회개의 눈물이 1시간 넘게 쏟아졌다. 난생 처음 그렇게 오랫동안 울어 본 적이 없다. 나도 모르게 흐르는 눈물을 멈출 수가 없다. 지금까지 살면서 잘못한 것이 너무 많았다. 하나님 원리에 너무 많이 벗어나게 내 마음대로 살아왔다. 특히 공무원으로서 사명감 책무를 다하지 못하고 개인의 영예와 실리만을 추구해 왔던 것이다. 다시 복직을 하게 되면 공직자로서 올바른 길을 가야겠다고 하나님께 맹세를 했다.

시카고에서 성령집회를 마치고 시러큐스로 돌아왔다. 교회에서 KOSTA 수련회 집회 보고회가 있었다. 발표 도중에 나도 모르게 계속 눈물이 나왔다. 울음이 그치질 않는다. 나의 그런 모습을 보고 아내도 얼마나 울었는지 눈이 통통 부어 있었다. 나중에 교회 성도들이 이야기하기를 '그것이 하나님을 만난 것이다.' 그렇게 해서 내 인생에서 하나님을 처음으로 만나는 성령체험을 하게 되었다. 모든 것이 바뀌었다. 생각부터가 변화되었다. 지금까지 교만하게 폼 잡고 허세 부리던 것이 부질없어 보였다. 내 자신을 뒤 돌아보게 되었다. 원망 불평을 입에 달고 살고 또 욕을 아침부터 저녁까지 입에 달고 살았는데, 그것도 서서히 바뀌고 있었다. 특히 술부터 멀어지게 되었다. 그렇게 좋아하고 즐기던 술이 입에서 싫어지고, 아예 생각이 나지 않았다.

사실 술 얘기를 해야겠다. 80~90년대만 해도, '술 잘 먹는 사람이 일도 잘하고, 술 많이 먹어야 출세한다,' 는 등 술에 대해 긍정적인 평가가 대세였다. 술을 못하면 대인관계도 끊어지고, 인맥관리나 사교를 위해서도 술이 필수불가결한 것으로 인식되었다. 그래서 술 잘 먹는 것, 술 많이 먹는 것이 무슨 훈장이라도 되는 것인 양 자랑을 했다. 시청 하수국에 근무할 때 국장이 어느 저녁 회식 자리에서 '정득모 계장이 우리국에서 술이 제일 세다'고 하였다. 그만큼 술에는 일가견이 있었다. 그 때는 그것이 엄청난 장점이자 강점인 것으로 알았다. 그러나 내가 미국 가서 하나님을 만나고 나서는 이것이 쓸데없는, 한심한 자만심이라는 것을 깨닫게 되었다. 미국에 있는 동안 대학동문 골프대회가 있었다. 골프가 끝나고 저녁에 거나한 술자리가 기다리고 있다. 후배들한테 술 안 먹는다고 닦달을 하였다. 술도 못 마시는 것이 무슨 남자냐 하면서 호기를 부렸다. 술 잘 못하는 후배들을 엎드려뻗쳐 시켜놓고 골프채로 빠따를 치려는데 선배가 말렸다. 지금 생각하면 참으로 어이없는 실소가 나온다. 그 후 내가 술을 끊었다고 하니 모두가 놀랐다. 그 때 후배들에게 미안하다는 생각이 든다. 나중에 유학을 마치고 서울시에 복귀해서 술 안 먹는 것을 보고 동료들이 이상하게 생각했다. 건강상 무슨 문제가 있어서 술을 못 먹는다, 무슨 종교 때문에 못한다는 등 여러 이야기가 돌았다. 나는 그냥 술이 싫어서 안 마신다고, 또 하나님과의 약속 때문에 못 마신다고 하였다. 사실 술 맛이 없어졌다. 가장 맛있는 음식이 술이다. 맛있으니까 많이 먹게 된다. 맛 없으면 누가 마시겠는가.

　때로는 족구운동을 한 후 시원한 맥주 한 잔 생각 날 때가 있다. 등산 후 땀 흘린 다음에 마시는 막걸리 한 잔은 기가 막히다. 그런 유혹이 아직도 남아있다. 그만큼 옛날 습성 습관이 집요하다. 한 번 그 맛을 아니까 그것을 또 찾게 되는 이치다. 그러나 막상 입에 대보면 별 맛이나 감흥이 없다. 얼마 전에 '하나님! 제 평생에 술을 입에 대지 않겠습니다.' 하나님께 약속했던 것을 기억한다. 유혹이 오더라도 그 맹세 맹약을 깨기가 싫다. 언제까지 이것을 지킬 수 있을지는 나 자신도 장담 못한다. 사탄 마귀가 얼마나 유혹할까. 그러나 하나님이 기뻐하실 것이라는 믿음 하나로 지키려고 한다. 내 의지로는 한계가 있다. 주님께 의지할 수밖에 없다.

석사논문과 관련하여 지도 교수와의 갈등 때문에 결국 하나님을 만났다. 마음이 평화로웠다. 석사논문도 잘 풀려 나갈 것이라는 막연한 믿음도 긍정적인 생각도 들었다. 지도교수 Dr. Letterman을 만났더니 그렇게 친절하게 안내를 하고 조만간 논문을 완성하자고 자기가 먼저 제안을 하는 것이 아닌가. 참으로 이상했다. 내 논문이나 실험결과 등에 난색을 표하던 교수가 갑자기 돌변해 버린 것이다. 평소에 중국학생에 대해서는 스마트하다는 칭찬을 자주하던 그였다. 중국학생을 박사 졸업시켰는데 그렇게 영리하고 우수하다고 나에게 말하곤 하였다. 그러면서 너는 왜 그처럼 못하느냐, 간접적으로 나의 부족함을 지적하는 언중유골이었다. 나는 사실 전기공학을 전공했고 행정학 석사를 해서 그런지 환경공학 실험이 사실 어려웠다. 미생물 배양 실험이라든가 GC Mass 같은 실험 장비를 다룰 줄도 모른다. pH, 탁도 측정 같은 간단한 실험기기만을 다룰 줄 안다. 내 자신이 답답하고 안타까웠다. 공무원하면서 물에 대해서 좀 알았지 실험이나 디테일한 부분을 하지 못했기에 자신이 없었다. 참으로 어렵사리 미국 학생들에게 묻고 또 묻고 하면서 실험 방법들을 간신히 터득해 나갔다. 어떤 미국 학생은 어이없다는 표정을 짓기도 하였다. 기초도 모르면서 무슨 실험을 하느냐 한심하다는 눈치다.

한번은 실험실에서 해프닝이 있었다. 덩치가 큰 백인 학생인데 같이 공동 실험을 했다. 지도 교수는 서로 다르지만 성격도 좋고 실험을 잘 하는 젊은 학생이다. 무슨 실험을 부탁했다. 흔쾌히 대답해서 기대를 걸었다. 그런데 약속 시간이 지나도 묵묵부답이다. 나는 시간이 급한데 그는 태평이다. 그래도 참고 인내를 했다. 나중에 화가 나서 그 얘기를 했더니 까맣게 잊고 있었는지 오히려 나에게 화를 내는 것이 아닌가.

나도 순간적으로 화가 나서 욕을 퍼부었다. 쉽게 생각나는 욕이 죽일 X이었다. I kill you! 가 튀어 나왔다. 그런데 그 친구 표정이 이상해졌다. 우리는 죽여 살려 욕을 아무런 생각 없이 하는데 미국에서는 이것은 살인하겠다는 뜻이다. 사실 영어로 욕하는 것도 잘 모를 때다. 차라리 You are crazy, badman, madman, son of bitch, Fucking 또는 God damn you를 했으면 좋으련만 큰 실수를 한 것이다. 알아듣지 못하는 한국말로 나혼자 18, 개XX 하고 말 것을. 외국인도 비언어적인 표정이나 제스처 몸짓을 보면 금방 알아차린다. 그 학생이 자기 교수, Dr. Driscol한테 고자질을 하였다. 다음날 Dr. Driscoll이 불러서 갔더니 너는 기본 매너 성품도 빵점이니 너 같은 학생은 공부할 자격이 없다. 실험이고 뭐고 이 학교를 떠나라는 심한 모욕을 주었다. 순간 큰일이 났구나, 직감했다. 당황하니까 영어도 더 안 되면서, 몇 가지 변명을 하는 둥 마는 둥 하고 나와 버렸다. 집에 와서 생각하니 보통 심각한 상황이 아니다. Dr. Driscoll 수업도 듣고 있었다. 수업 시간에 교수 얼굴도 봐야 하는데, 난감했다. 이유야 어떻든 내가 욕을 심하게 한 것은 사실이다.

이 문제를 어떻게 수습해야 할까 고민했다. 하나님께 기도를 간절히 했다. 그러고 나니 한결 마음이 편해졌다. Dr. Driscoll 한데 편지를 쓰기로 했다. 편지에 "나도 두 아이를 키우는 아버지다. 10살 6살짜리 딸과 아들이 있는데 가끔씩 싸우기도 한다. 그러면 둘을 불러놓고 각각한테 왜 싸웠는지를 묻는다. 양쪽 이야기를 다 듣고 나서 중재를 선다. 그러면서 이 부분은 네가 잘못했고 저 부분은 네가 잘못했다고 타일러 주면 그들 모두 잘못을 인정하고 화해를 한다. 그러면서 왜 당신은 당신 학생 한 사람한테만 얘기를 듣고 내 이야기는 듣지도 않고 나만 질책하느냐"하는 식으로 편지 내용을 썼다. 또한 내가 그 학생한테 욕을 한 배경에 대해 상세하게 이야기를 했다. "약속을 여러 번 어기는 바람에 화가 나서 욕을 하게 되었다. 그러나 욕한 것은 내가 잘못했다. 용서를 구한다는 식으로 마무리를 하면서 끝으로 나는 당신을 평상시에도 존경하고 학문적인 성과나 실력이 탁월함을 알고 있다. 그런데 일방적으로 나한테만 책임을 뒤집어씌우기에 사실 섭섭했고 당신에 대해 다소 실망했다." 사실 Dr. Driscoll은 코넬대 박사로서 멋지게 생긴 백인으로 시러큐스대학 환경공학과에서 최고 탑 교수다. 미 연방정부 연구 과제를 수행하면서도 이 분야에서는 타의 추종을 불허할 만큼 인정받는 교수다. 연구 프로젝트만도 1년에 백만 불 이상을 수행한다는 소문이 파다하여, 석·박사 학생들 대부분이 그 교수 밑에서 공부하고 있었다. 편지를 써서 Dr. Driscoll 교수 방 문아래 틈으로 밀어 넣었다. 며칠 후 답장이 왔다. 내가 당신한테 미안하다. 그런 사실을 미처 몰라서 그랬다. 필요한 것 있으면 요청해라, 내가 적극 도와주겠다 등등. 그 동안 고민이 한순간에 사라졌다.

그 후 Dr. Driscoll 교수를 마주치면 먼저 나에게 웃음을 줄 정도로 좋은 관계가 되었다. 그렇지만 언어와 문화가 다르고 또 속마음을 편하게 이야기하기가 어렵다 보니 끈끈하게 다가가기에는 한계, 보이지 않는 벽이 있다.

석사 논문이 완성되어 디펜스 날짜를 잡았다. 3명의 지도 교수와 갤러리 학생들 앞에서 논문디펜스를 해야 한다. 심적인 부담이 왔다. 논문 패스를 빨리 해야 또 박사과장에 들어갈 수 있기 때문이다. 여기서 한번 거절되면 시간이 또 가고 골치 아프게 된다. 아직까지 영어가 서툴다. 영어로 발표도 해야 하고 답변도 해야 된다. 답변이야 어떻게든 할 수 있지만 질문을 이해하는 것이 우선이다. 그래서 방법을 찾아냈다. 학교 오가는 길에 무조건 혼자서 영어 독백을 하기로. 가상의 질문이나 상황을 두고 답변하는 훈련을 계속했다. 입으로 혼자 중얼거리면서 영어 연습을 했다. 입으로 발음해 보지 않는 단어는 실제로 입에서 잘 튀어 나오지 않는다. 속으로 생각한 단어도 입으로 직접 표현해 보지 않으면 막상 발음이 잘 안 된다. 사실 이때부터 미국에 있는 동안 혼자서 영어 독백하는 것이 습관이 되었다. 지금 생각해도 그것이 큰 효과를 보았다. 일단 자신감이 붙었다. 논문 디펜스를 무사히 잘 마치고 박사과정 입학을 하게 되었다. 이제 꿈에도 그리던 박사를 향해 나가기만 하면 된다. 박사에 필요한 학점도 이미 수업을 많이 이수해 놓았기 때문에 몇 과목만 마치고 논문을 쓰면 된다.

박사과정 첫 학기에 아마 필요한 이수학점 수업을 다 마친 것으로 기억한다. 이제 논문만 시작하면 끝이다. 우선 논문제목을 지도교수 Dr. Smardon한테 내밀었다. 엊그제 박사 과정에 입학했는데 벌써 논문이냐는 식으로 쳐다보았다. 학점성적표를 내밀면서, 필요 학점을 이미 다 이수했다고 하니, 고개를 끄덕이면서 논문 준비를 하라고 하였다. 나는 한국 공무원으로 빨리 귀국해서 현업으로 복귀를 해야 한다. 그러니 논문을 빨리 써야 한다고 재촉을 했다. 논문 제목은 팔당호와 뉴욕상수원의 수질보전대책 비교연구다. 1년 내에 모든 것을 끝내리라 마음먹었다. 한국 고시출신 공무원의 자존심을 걸고라도 빨리 끝내야 한다. 석사 논문을 쓰면서 Writing에도 어느 정도 자신감이 붙었고 박사 논문은 실험 같은 것이 없으니 일사천리로 나갈 수 있겠다. 한국에서 가져온 팔당호 관련

〈가족, 나의 가장 큰 자산목록 1호다. 딸 정은하는 벌써 결혼을 해서 자녀를 낳았고, 아들 정지완은 어렸을 때 포크레인 장난감을 그렇게 좋아했던 기억이 난다〉

자료도 확보하였다. 방학 때 한국에 와서 환경부, 서울시 경기도 한국수자원공사를 방문하여 팔당호와 관련된 필요한 자료를 다 수집해 놓았다. 뉴욕 상수원에 대해서도 수업을 들으면서 대강은 파악하고 있었다. 박사과정 1년 반 만에 모든 것을 끝내는 것이다. 사기가 하늘을 찌를 듯 충천해 있었다. 나는 한다면 하는 사람이다. 그런데 가시밭길이 첩첩산중 도사리고 있을 줄이야… 참으로 내가 교만했다.

우선 박사 논문자격시험(Qualification Exam) 신청을 했다. 논문 지도교수가 무려 5명이다. 지도교수한테 시험문제를 받고 준비를 했다. 시험 당일 지도교수 Faculty 멤버들의 질문에 막힘없이 답변을 잘 해냈다. 무사통과, 결과는 패스다. 남들은 이 시험 때문에 고민도 많이 하고 한두 번 실패하는 경우가 허다한데 한방에 통과를 했다. 다음 순서는 논문 프로포잘 (Proposal)이다. 논문 제목은 무엇이며 이것을 어떻게 완성할 것인가를 지도교수들 앞에서 발표하는 것이다. 논문자격 시험도 간단히 통과했는데… 이것쯤이야. 프로포잘 발표 자료를 만들었다. 다른 논문들을 참고도 하고 여기 저기 베끼기도 하면서 완성해 가지고 발표를 하였다. 논문을 어떠한 프레임으로 쓸 것이냐 등 여러 질문이 나왔는데 제대로 답변을 못했다. 무조건 쓰겠다가 전부였다. 낙방이다. 다시 발표를 해야 했다. 논문을 창의적으로 어떻게 작성하겠다는 것에 대한 개념과 지식이 없었던 것이다. 남이 쓰는 대로 대충 데이터나 자료 등을 넣어서 완성해 보겠다는 심보가 들킨 것이다. 한번 떨어지고 나니 부담이 되었다. 그렇게 해서 몇 차례 낙방을 했다.

지금까지 논문 Proposal 떨어졌다는 사람 별로 못 들어 봤는데 나만 왜 이럴까. 마지막이라 생각하고 또 발표를 했는데 또다시 쓰라는 것이다. 이젠 심신이 지치고 의욕도 고갈돼 버렸다. 지금 생각해 보니 남의 논문 방법을 빌려 시간도 절약할 겸 요령을 부렸던 것이다. 내가 생각해서 만든 포맷이 아니니까 자신 있게 대답을 못한 것 이다. 모든 것을 포기하고 싶었다. 박사고 논문이고 다 싫어졌다. 하나님께 기도를 하려는데 더 이상 기도가 되질 않았다. 내 창의적으로 독창적으로 논문을 써야 하는데 여기 저기 베껴서 짜깁기 하려 했던 것이 문제였음을 깨달았다. 그래서 다시 혼자만의 생각으로 Proposal을 만들었다. 드디어 발표를 했다. 이번에는 통과가 되었다. 이제 논문만 쓰면 된다. 그러나 벌써 시간을 많이 소비해 버렸다. 앞으로는 단 한 줄이라도 남의 것을 아무 생각 없이 베끼지 말자 다짐을 했다. 학교 연구실에서 밤새도록 논문을 썼다. 시간이 급하다 보니 다른 생각할 겨를이 없었다. 오후에 학교에 나와 시작하면 다음날 새벽까지 밤을 새웠다. 새벽 아침에는 마음속으로 찬송가를 부르면서 옆 건물 체육관에 가서 샤워를 한 후, 집으로 돌아와 아침을 먹고 잠을 잤다. 1월에 시작해서 6월까지 논문을 완성하여 디펜스까지 마무리 하고 서울시청으로 복귀해야 하는 촉박한 일정이다. 지도 교수한테 나는 6월까지 서울시청으로 복귀 명령을 받았다는 압박 아닌 협박을 하였다. 교수는 이상하다는 눈치다. 무슨 논문을 몇 개월 만에 완성한다고 난리를 치니 말도 안 된다는 표정이다. 그래도 나는 상관하지 않고 내 일정대로 갈 수밖에 없었다. 일단 서둘러 초안을 써서 교수한테 내밀었다. 내가 마구잡이로 밀어 붙이니까 교수는 마지못해 디펜스 날짜를 잡아 주었다. 교수가 몇 가지 지적해 준 것을 보완하여 5월에 논문 디펜스를 하였다. 아내도 아이들도 기대가 컸다. 통상, 한국 학생들 사이에는 박사 논문 디펜스 날에는 저녁에 파티를 열었다. 아내도 주변 사람들에게 이야기를 하고 박사논문 패스 축하파티를 준비하고 있었다.

4~5개월 만에 논문을 완성했다. 5명 Faculty 멤버에게 논문을 배분했다. 그러면서 나는 6월에 공무원 복귀 명령을 받았으니 이번에 논문이 통과되어야 한다는 것을 은근히 이야기 했다. 드디어 디펜스 날이 와서 발표를 하는데, Faculty 멤버 중 한 젊은 교수가 집요하게 이 도표가 Confidential 한 것이냐고 집요하게 묻는 것이 아닌가. 나는 질문 의도를 제대로 파악 하지 못한 체 똑같은 답변만 앵무새처럼 해댔다. 그러자 다른 것까지 시비를 걸면서… 분위기가 전체적으로 안 좋은 방향으로 돌아가고 있었다. 지도 교수도 어쩔 수 없다는 표정이다. 전반적으로 No, Reject 흐름으로 가는 것이 아닌가. 아직 미완성이다는 의미다. 결국 부결이 되었다. 아뿔싸, 이거 큰일이다. 집에서는 통과를 전제로 파티 준비를 다 하고 기다리고 있을 것을 생각하니 쥐구멍이라도 들어가고 싶었다. 아내한테는 떨어졌다고 얘기했다. 그러나 준비해 놓은 저녁 파티를 그렇다고 취소도 못한다고 한다. 죽을 맛이다, 미칠 노릇이다. 주변에서 축하한다고 하는데… 대답도 못하고 어물쩍 넘어가려니 참으로 난감했다. 아마도 분위기를 보면 뭔가 이상하다는 눈치를 챘을 것이다. 그렇다고 위로도 못하고 참으로 어정쩡한 분위기이다. 참으로 죽고 싶은 심정으로 파티가 빨리 끝나기만을 기다렸다.

지금까지 논문 디펜스 낙방한 경우를 거의 본적이 없다. 디펜스 하려면 사전에 지도교수한테 여러 번 검토를 받아 확인한 후 자신 있을 때 디펜스 날짜를 잡는 것이 통상이다. 나는 시간이 없다는 이유로 지도교수를 밀어붙여 무조건 디펜스 날짜를 잡은 경우다. 지도교수와 제대로 상의도 하지 않고 논문에 대해 몇 번 토의도 없이 반 강제적으로 디펜스를 하게 된 것이다. 그래도 떨어질 것이라고는 생각을 안했다. 상상 조차도 못하다 낙방하고 나니 참으로 어이가 없었다. 더구나 축하 파티까지, 완전 거짓 사기 축하연이다. 내 돈을 들여서 파티를 할 망정이지, 아마도 내 일생일대에 이렇게 거짓 파티를 하며 난감했던 때가 처음이다. 그래도 결정을 뒤집어 볼까하여 다음날 반대를 심하게 했던 Peter 교수를 찾아갔다. 왜 반대를 했느냐며 따졌다. 그러나 소용없었다. 논문 완성도가 떨어진다는 것이다. 논문으로서 자료도 부족하고 논리도 약하다는 것이다. 우선 통과를 시켜 주면 내가 한국에 가서 보완을 해서 보내면 될 것 아니냐며 간청을 했다. 대답은 No다. 분노가 났지만 더 이상 싸울 수도 없었다. 상실감 허탈감이 몰려왔다. 맥주를 한 박스 사서 호수가로 갔다. 술 잔뜩 먹고 죽어야겠다는 심산이다. 술기운에 바짓가랑이를 걷고 호수에 들어갔다. 그런데 더 이상 깊은 곳, 차가운 물속으로 들어가기가 싫었다. 너무 가혹한 현실이기에 막상 죽고 싶었는데 죽는 것이 그렇게 쉽지 않다. 한참이 지난 후 기도를 했다. '하나님! 죽으려고 호수에 갔는데 왜 죽지도 못하고 비참하게 다시 오게 하셨어요. 이제 논문 디펜스도 떨어졌으니 어떻게 하냐구요' 한참을 울면서 기도했다. 그러고 났는데 나도 모르게 마음에 평화가 찾아왔다.

나중에 논문을 차근차근 뒤돌아 봤다. 참으로 미완성 한참 멀었다는 생각이 저절로 났다. 내가 봐도 형편없었다. 분량만 채웠지 내용면에서 너무나 허술했다. 앞뒤 연결도 안 되고 논리를 뒷받침하는 데이터도 미흡하고, 이건 박사논문이 아니었다. 이것을 논문이라고… 만약 통과가 되었다면 오히려 창피할 뻔 했다. 통과를 할 수 없는 수준이다. 논문을 완전히 뜯어 고쳤다. 보완수준이 아니라 다시 쓸 정도다. 수정에 수정을 거듭하고 지도교수한테 이메일을 보내면서 논문을 완성해 나갔다. 지도 교수는 지난번 부결된 것에 대한 책임을 느껴서인지 아주 세심할 정도로 꼼꼼히 검토해 주었다. 수정해야 할 것들을 이메일에 빽빽이 적어 보내왔다. 드디어 날짜를 잡아 미국에 가서 발표를 하게 되었다. 교수들이 몇 가지만 사실 확인하는 수준에서 질문을 하였다. 무사통과 패스다. 귀국하는 비행기내에서 박사 통과에 대한 애환과 함께 눈물이 났다. 인생의 어려운 관문을 넘겼다는 안도감과 함께, 참으로 내 맘대로 쉬운 일이 없다는 것을 절실히 깨닫는 순간이다. 지금 와서 생각하니 박사과정 입학부터 최종 통과까지 한번은 수월하게 그 다음번은 혹독하게 하나님이 연단을 해 왔다. 나의 교만을 다스리기 위해서이다. 박사과정 입학을 시러큐스 대학에서 거절하더니 뉴욕주립대에서는 손쉽게 통과를 했고 논문자격시험도 수월하게 치렀는데, 그다음 논문 프로포잘은 어렵게 하였고 논문심사는 어렵게 하고 최종 통과는 손쉽게 하였다. 참으로 박사취득까지 희로애락 우여곡절이 많았다. 누군가 인생은 가시밭길이라고 한다. 우리 몸에서 가장 딱딱한 피부 조직이 발바닥이다. 왜냐하면 인생형극을 걸어가야 하는 운명이기에 딱딱할 수밖에 없다.

박사논문과 관련하여 미국에서 여러 가지 현상을 목격하게 되었다. 남 보기에는 학위를 쉽게 취득하는 것 같은데 남모르게 수고를 다한다는 사실이다. 믿음의 동역자로서 같이 교제를 나눈 후배 학생인데, 해당 지도교수가 오히려 반대를 한 경우도 있다. 논문자격시험도 한번 떨어지고 두 번째 통과가 되었다. 지도교수가 첫 번째 시험을 의도적으로 낙방시켰다고 한다. 공부를 더해야 한다, 아직 부족하다고 판단한 셈이다. 미국에서는 2번 낙방하면 학교를 옮겨야 한다. 만약 다른 학교로 가면 모든 것을 다시 원점에서 시작해야 한다. 보통일이 아니다. 입학에서부터, 지도교수 선임이며, 수업도 다시 들어야하고 이만 저만 문제가 아니다. 지도교수가 자기 학생을 보호하는 것이 아니라 고의적으로 떨어뜨리는 경우가 어디 있단 말인가. 우리나라는 때로는 사제지간의 인정상 온정주의로 학위를 주는 경우도 있지만 미국은 오직 실력으로만 평가하는 아주 냉혹한 세계이다.

뉴욕주립대 선배 한 분은 십년 이상 공부를 해서 박사 논문을 준비 중이었는데 그만 지도교수가 사망하였다. 교수가 없다 보니 다른 교수를 새로 찾아야 했다, 논문 전공과 관련한 교수가 없으니 다른 학교로 옮겨야 했다. 아마도 비슷한 전공 교수가 있어서 웬만하면 받아 줄 텐데 무엇인가 사연이 있었나 보다. 그후 다른 학교에서 학위를 취득했는지 여부는 그 후 연락이 두절되어 모르지만, 그 당시 난감해 하던 그 선배의 얼굴을 잊을 수 없다. '세상에 이런 일이' 에 나올만할 황당한 경우이다. 또 다른 후배의 경우, 10년 이상 공부를 해도 논문을 마무리 못하고 지지부진한 케이스도 있었다. 그 후배를 볼 때마다 안타까운 마음이 들었다. 무엇이 잘못 꼬였는지 지도교수하고 코드가 안 맞았는지, 본인의 의지가 없어서인지 도무지 모르겠다. 시간만 무작정 흐르는 상황이다. 그렇다고 포기도 못하고 어정쩡한 상태이다. 특히 나를 잘 따르고 심성이 좋은 후배였는데, 그를 생각하면 마음이 무겁고 기도를 해 주고 싶은 마음이다.

지금도 나는 가끔 악몽을 꾼다. 꿈속에서 미국의 어느 대학을 갔는데 수업교실을 못 찾고 헤매고 있다. 또 학교가 언덕 능선에 자리 잡고 있는데, 어느 모퉁이에 무슨 가게를 가야 하는데 못 찾는 것이다. 또 시험 문제를 풀어야 하는데 계산을 못해 끙끙거리면서 애를 태운다. 깨어보면 꿈이다. 미국에서 얼마나 스트레스를 받았으면 아직도 악몽에 시달리고 있을까. 남자들이 군대에 다시 끌려가는 악몽을 제대 후에도 한참 동안 꾸는 것과 유사하다. 한편 시러큐스 대학 인근에 코넬대학이 있는데 한국학생들끼리 매년 여름방학 때면 축구 교류전을 갖는다. 연고전 같은 성격이다. 서울시청 후배 한사람은 코넬대에서 3년 만에 경제학 박사학위를 받았다. 코넬대 역사 이래 처음 있는 전무후무한 사건이라고 한다. 주인공이 한국의 서울시 공무원이다. 참으로 한국 공무원이 대단하다고 이구동성으로 이야기를 한다.

뉴욕 번화가 모퉁이에 식료품 잡화상들이 많다. 처음에는 유태인이 점령했다. 그러나 한국 사람이 들어오고 나서는 24시간 운영시스템으로 바뀌었다. 부부가 12시간씩 교대로 풀가동하면서 옆 가게도 하나하나 흡수해 버렸다. 그만큼 지독한 국민이 한민족의 DNA이니 당해낼 재간이 없다. 요즘은 헝그리 정신도 쇠퇴해서 인도 사람들에게 가게가 넘어가고 있다. 뉴욕 개인택시도 한국 사람이 하면 가끔 사망 소식이 들리곤 한다. 바퀴 굴러가는 만큼 돈을 버니까 건강을 돌보지 않고 무리하다고 그만 화를 당하는 경우다. 교포들 사는 형편을 보니 미국 내에서 중상위로 산다. 그만큼 부지런하고 생활력이 강하다는 방증이다. 무엇을 해도 누구에게 질세라 악착같이 일하는 대단한 민족이다. 한국 엄마들도 엄청나다. 미국 내 좋은 대학에 자식을 입학시키기 위해 모든 수단 방법을 가리지 않는다. 유태인들도 교육열이 대단한 것으로 알려져 있어서, 치마 바람을 Jewish Mother하고 부른다. 한국 엄마들, Korean Mother가 이것을 뛰어 넘었다. 미국에서도 한국 부모는 온갖 희생을 감수하면서 자식을 성공시키기 위해 헌신하는 모습을 본다. 주일날 교회에 나오면 자식이 어느 대학에 입학했다는 것을 자랑으로 여기고 축하 떡을 만들어 잔치를 열기도 한다.

교포사회를 둘러보았다. 우리 한민족 DNA는, 떨어져 있으면 서로 보고 싶어 안달이 나다가도 또 모여 같이 있으면 서로 네가 잘났느니 내가 잘났느니 싸우면서 분열한다. 교포 사회에서도 편가르기 하는 것을 보았다. 동두천 하면 한 가지 안타까운 상념이 떠오른다. 내가 다니던 한인 교회에도 동두천에서 미군들과 함께 지내다 미국으로 건너오신 여성분들이 몇 분 계신다. 남편 따라 미국에 와서 설움 받으면서 사는 모습을 보면, 같은 동포로서 측은한 마음이 든다. 교회 내에서 이들을 감싸주고 보살펴 줘야 할 텐데 따돌림 당하는 것을 보았다. 한분이 간증을 하셨다. 한국에서 미군을 만나 미국에 왔는데 버림을 받은 것이다. 남편은 다른 미국 여자와 살림을 차려서 집에 들어오지도 않고 생활비도 주지 않았다. 당장 생계 문제가 걸려서, 화장실 청소 등 잡부 일을 할 수 밖에 없었다. 그러나 남편한테 요구할 수 있는 것이 없다. 소송 걸 능력도 없고, 증오 분노와 함께 우울증이 왔다. 도저히 출구가 없다고 생각하자 자살을 결심하게 되었다. 욕실에서 목을 맸다. 그런데 끈이 끊어지는 바람에 할 수 없이 다시 살아났다. 죽지 말라는 것이 하나님 뜻이라 생각하고 작정 금식기도를 시작했다. '하나님 아버지! 남편 따라 이역만리 미국 땅까지 왔는데 왜 나를 버리시나이까, 나는 이제 어떻게 살란 말입니까.' 매일 통곡하며 회개 기도를 했다. 그런데 금식 마지막 날 남편이 제 발로 집에 돌아온 것이다. 그러면서 '다른 여자와 정리를 다 하고 당신하고 이제 평생 살려고 한다, 나를 용서해라.' 참으로 놀라운 기적이 나타난 것이다. 전혀 그런 상황을 감히 생각지도 못했는데, 하나님이 그 여집사님의 간절한 기도를 들으시고 그 남편의 마음을 움직여서, 다시 가정이 회복된 것이다. 너무나 감사했다. 위대하신 전능한 하나님의 기도 응답을 간접 체험하는 계기가 되었다.

바로셀로나 올림픽 1992년을 기억한다. 마라톤 경기에서 황영조가 금메달을 땄다. 그 유명한 몬주익 언덕 내리막길에서 일본 선수를 이를 악물면서 천신만고 끝에 따돌리는 장면을 생각하면 지금도 흥분이 된다. 끝까지 완주하여 결승선을 1등으로 골인한 후 바닥에 누워버렸다. 3위는 독일이 차지했다. 이를 두고 다음날 프랑스의 유수한 일간지에서 마라톤 평가를 내렸다. '이번 마라톤경주는 세계 각 민족 간의 치열한 각축전이었다. 그 순위를 보니 세계에서 가장 독한 민족 순서대로 결승선을 통과했다.' 그렇다 한국민족이 세계에서 제일 강하다. 과거 역사를 보면 프랑스와 독일도 철천지원수다. 독일을 겨냥한 비아냥일 수도 있지만. 아무튼 그 논평에 수긍이 간다. 한민족이 2차 세계대전을 일으킨 일본이나 독일 게르만민족보다 더 강한 민족이다.

나는 개인적으로 중국이 동북공정이니 하면서 '북한을 야금야금 경제적으로 군사적으로 점령해 올 것이다'고 많은 사람들이 우려를 한다. 그러나 나는 그렇게 생각하지 않는다. 북한 내 지하자원 채굴권도 요구조건을 너무나 까다롭게 해서 중국 회사들이 철수하거나, 울며 겨자 먹기식으로 재계약을 하고 있다. 한민족 DNA가 세상에서 가장 강한데, 중국이 쉽사리 북한 자원을 우습게 넘보다가는 큰 코 다친다. 만약 군사적으로 북한을 점령하려 한다면 우리 남한 국민이 가만히 있지 않으리라 본다. 전 세계에 흩어져 있는 차이나타운은 화염병이든 방화로 불에 타고 난리가 날 것이다. 중국관광객이고 중국대사관, 중국음식점 등은 모조리 테러를 당해서 남아있지 않으리라 본다. 우리 젊은이에게도 피끓는 한국인의 오기가 살아있다. 우리 청년들을 나약할 것으로 보지만 그 속에는 한민족의 DNA가 여전히 살아 숨 쉰다. 어디라고 함부로 한반도 땅을 중국이 넘볼 수 있단 말인가. 너 죽고 나 죽자는 것이 우리네 근성이다. 2002년 월드컵을 보면 알 수 있다. 우리 민족성은 보통을 뛰어 넘는다. 밤을 새우면서 목이 쉬도록 응원하는 청년들을 보라. 이스라엘 유태인이 강한 민족이라고 하지만 한민족도 이에 못지않다. 그 이유는 역사적으로 많은 시련과 침략을 받으면서 그 단련이 체득되었기 때문이다. 950여 차례나 되는 외세의 끊임없는 공세에서 끝까지 견디어 오지 않았나.

우리나라의 경제력이 반세기만에 세계 10위를 달성하였다. 이것은 세계 역사에 전무후무한 기적이다. 한국인만이 가능한 것이다. 3만 불 시대에 돌입하였다. '한국이 이렇게 잘 사는 것을 한국인만 모른다'는 이야기가 있다. 외국에 나가면 다들 한국을 부러워한다. 특히 동남아시아 국가들은 한국이 롤 모델이다. 그런데 우리는 이러한 물질 풍요 속에서도 만족하지 못하고 불평 불만한다. 아마도 상대적인 빈곤 때문이다. 비교가 문제다. 잘 사는 사람 보면 내가 작아지고 불행해지는 상대성 원리가 골치거리다. 그만큼 경쟁이 치열한 사회다. 경쟁 심리가 오늘날 한국의 압축성장을 이룩한 동력이자 장점이다. 다른 한편으로는 경쟁이 지나쳐 시기질투 때문에 분열하는 폐단을 낳았다. 이러한 사회 갈등을 어떻게 치유하느냐가 앞으로 해결해야 할 과제이다. 이것을 풀어 나갈 위대한 지도자가 나올 것을 믿고 간구해 본다.

미국에서 주정차 위반을 해서 벌금 고지서가 집으로 송달되었다. 80불 정도로 기억된다. 유학생 입장에서 꽤나 큰 액수다. 고지서 뒷면을 보니 이의가 있으면 법원에 출두하라는 공지사항이 있어서 난생처음 미국 법원에 나갔다. 배심원 판사들이 앉은 뒤쪽에 In God We Trust란 문구가 큼지막하게 걸려 있었다. 참으로 인상적이었다. 하나님 앞에서 신뢰를 갖자 라는 뜻이다. 사람은 속일 수 있어도 하나님은 속일수가 없다. 그때서야 미국 달러 지폐에도 이 말이 인쇄되어 있다는 것을 알았다. 크리스천 국가에서나 가능한 이야기다. 내 차례가 되어서 판사 앞에서 해명을 했다. 수업시간이 임박해서 차를 아무데나 주차하고 뛰어 들어갔다고 했다. 직업이 무엇이냐고 해서 "시러큐스대학원 다니는 외국유학생이다"고 대답했다. 그러니까 반을 경감해 주었다. 그래서 40불만 내고 나왔다.

개인적으로는 우리나라 국민의 정신세계를 크리스천 기독교로 무장하는 것이 바람직하다고 본다. 이것이 우리 안에 내재되어 있는 시기질투 모함 분열을 해소시킬 수 있는 가장 효과적인 치유 방법이라 본다. 미국도 기독교 청교도정신을 근간으로 세계 최강국이 되었다. 유럽도 기본은 기독교 내지 천주교 정신이다. 소위 선진국이라고 하는 나라 대부분이 그렇다. 다만 일본만 예외이다. 일본은 한반도 침탈이나 대동아전쟁 등에 대해 사과 한마디 하지 않는 것을 보면, 문화 후진국임을 만천하에 선포하고 있다. 경제만 선진국이지 정치나 사회 문화는 아직도 샤머니즘적 인본주의 색체가 강하다. 그러니까 주변국들로부터 존경이나 대우를 못 받는다. 미국에서 대통령후보 토론회가 열릴 때 사회자가 어김없이 묻는 질문이 있다. Do you have BA(born again) degree? 거듭 태어났느냐 즉 하나님을 만났느냐, 는 물음이다. 만약 거듭나지 않았다면 자격박탈 내지 논의 가치가 없다는 뜻으로 간주된다. 하나님 기준으로 사느냐, 내 생각대로 사느냐 질문인 셈이다. 물론 신이 아닌 인간이기에 항상 하나님 기준으로 살기는 어렵다. 그러나 나중에 다시 돌이키고 회개할 수 있는 것과, 아예 끝까지 자기 고집 아집으로 버티고 나가느냐는 큰 차이가 있다. 다시 말해 네 마음속에 하나님이 존재하느냐, 하나님을 두려워하느냐의 문제다. 사실 교만은 가슴속에 하나님이 없는 것이고 겸손은 하나님이 있는 것이다. 세상적으로 겸손은 머리를 숙일 줄 알고 상대를 배려해서 말도 부드럽게 하고, 그런 것을 말하지만 근본적으로는 하나님을 아느냐가 정답이다. 미국유학 중, 연구실에서 중국 학생이 한자로 福을 빨간 글씨로 써서 이것을 거꾸로 천정에 매다는 것을 보았다. 왜 그러냐고 물으니 복은 하늘로부터 내려온다는 것이다. 하나님을 공식적으로 믿지 않는 중국이지만 만복은 하늘로부터 비롯된다는 것을 본능적으로 안다. 그러니까 인간은 하나님에게 의지하고 싶은 본연의 욕구가 있는 것이 자연의 섭리다.

짧은 세월 지금까지 내가 살아오면서 스스로 결심을 하고 각오를 다져보지만 내 안에 사탄을 이기기가 어려웠다. 육신의 정욕, 이생의 자랑을 다스리기가 참으로 힘들다. 작심 3일이다. 아니 작심 3분이다. 기도할 때는 내 생각을 버리고 육신의 생각을 물리친다고 맹세를 하면서도 뒤돌아서면 또다시 내 생각으로 회귀된다. 내 의견이 존중을 받아야 하고 내 주장이 관철되어야 한다. 내가 왕 노릇 하고 싶어 한다. 특히 높은 자리에 앉아 권력을 가졌을 때 내 자아를 억누르기가 쉽지 않다. 내가 좋아하는 것 내가 하고 싶은 것이 관철되어야 체면이 서고 권위가 서고 만족감이 들기 때문이다. 양보하면 무능력자 같고 카리스마가 없는 것으로 비춰진다. 내가 아무리 앞으로는 절대 거짓말을 하지 않겠다고 결심을 해도 얼마 지나면 흐지부지해진다. 거짓말을 해야 나에게 유리한 환경이 오게 될 때 거짓말 유혹을 쉽사리 내치기가 어렵다. 때로는 '하나님! 이번 한번만 거짓말 할게요, 다음부터는 안 하겠습니다,' 하나님과 딜을 할 때도 있다. 참으로 간사하고 자기 합리화에 능하다. 우선, 하나님을 두려워하는 마음이 전제되어야 한다. 하나님은 거짓말을 싫어한다, 는 하나님 중심의 정신 무장이 필요하다. 거짓말하고 나서 기도하려면 기도가 안 나온다. 그러면서 무슨 어려움이 닥쳤을 때 하나님 도와주세요, 벼룩이도 낯짝이 있지 무슨 면목으로 하나님께 도움을 요청하겠는가. 그렇지만 하나님은 연약한 우리의 심성을 다 아신다. 그러므로 제가 잘못 했습니다 하며 하나님한테 나가면 또 용서해 주신다. 그러면 거짓말 횟수가 10번에서 다섯 번으로 점차 줄어들게 된다. 내 의지가 아닌 하나님이 부어 주시는 성령의 은혜를 힘입어, 자동적으로 거짓말을 하지 않도록 역사 하시는 하나님이다.

인간은 죄성을 가지고 태어났다. 죄를 지어서 죄인이라기보다, 본성자체가 죄성을 가지고 태어났기에 죄를 지을 수밖에 없다. 그래서 죄인이다. 이것이 성경의 원리다. 다시 말하면 인간이 아무리 죄를 안 짓겠다고 발버둥 쳐보아도 또다시 죄를 지을 수밖에 없다. 신이 아닌 미완성 불완전한 작품이기 때문이다. 성경은 마음속으로 지은 죄도 가볍게 여기지 않는다. 미워하는 것, 질투하는 것, 음욕을 품는 것 남을 정죄하고 판단하는 것 모두 죄로 여긴다. 밖으로 드러나는 피해에 대해 세상에서는 죄로 여겨서 실정법규에 의해 처벌을 하지만, 죄는 생각으로부터 싹이 트고 자라기 때문에 이것을 제거하는 것이 우선이다. 감정의 동물인 인간이 이성, 양심으로 제어하는데 한계가 있다. 그러기에 하나님을 의지해야 한다. 나의 생명권 내 인생의 주재권을 가지신 하나님께 부르짖는 수밖에 없

성경책에 손 얹고- 오바마, 대통령 2기 취임 선서 버락 오바마 미국 대통령(왼쪽)이 20일(현지시간) 워싱턴DC의 백악관 블루룸에서 부인 미셸 오바마가 들고 있는 성경책에 손을 얹은 채 취임 선서를 하고 있다. 이 성서는 미셸의 아버지 프레이저 로빈슨이 1968년 어머니날에 모친에게 선물한 것이다. 딸 말리아(세 번째)와 사사가 90초가량 걸린 취임 선서를 주관한 존 로버츠 대법원장이 지켜보고 있다. 〔기사 11면〕 AP뉴시스

〈오바마 미국 대통령이 대법원장과 가족이 지켜보는 가운데 성경에 손을 얹고 대통령 취임 선서를 하고 있다. 독일, 영국도 마찬가지다. '성경말씀대로 국가와 국민을 위해 헌신하겠다'〉

다. '하나님! 저 인간 꼴 보기 싫고 미워 죽겠는데 어떻게 해요, 나의 마음을 바꿔 주세요.' 기도하고 나면 하나님이 나의 마음을 서서히 바꾸어 주신다. '그 입장 이라면 그럴 수도 있지.' 내 생각이 좀 더 여유로워진다. 즉 역지사지를 하게 한 다. 누구를 미워하면 내가 괴롭다. 잠도 못 자고 내가 거기에 빠져서 다른 일도 못하고 건강까지 해를 당하게 된다. 빨리 벗어나야 한다. 그러기 위해서 하나님 께 그 고통을 맡기는 것이다. 사실 너무 화가 나고 증오, 복수심이 불타오르면 기 도하기도 싫고 기도가 안 된다. 그래도 억지로라도 기도하고 나면 내 마음이 조 금씩 풀려나간다. 우리의 생각과 마음을 주관하시는 이가 하나님이기 때문이다.

미국에서 한국학생 네 부부가 매주 토요일 저녁에 모여서 성경공부를 하였 다. 리더는 내비게이토 소속으로 있었던 믿음이 강한 강원근 학생이었다. 나보 다 나이는 비록 적지만 절대 믿음, 견고한 믿음의 소유자로, 시러큐스대학에서 정치학 박사학위를 취득하고, 나중에 예일대에서 신학을 공부하여 목사가 되신 분이다. 성경 전체를 거의 암송하는 수준이다. 네 부부, 믿음의 형제자매들이 한자리에서 성경을 읽으면서, 일주일 자기 생활을 되돌아보며 서로 간증을 나 누는 시간이 너무 귀했다. 유학 공부에 지친 영혼을 힐링하는데 많은 도움이 되 었다. 한번은 한겨울 눈이 많이 날리는 날 저녁 성경 공부하러 가는 길이었다. 눈길을 달리는데 앞차가 40마일 이상으로 달리기에 나도 따라 갔다. 내차도 얼 마 전에 앞바퀴를 Snow 타이어로 교체해서 문제없으리라 생각했다. 커브에서 브레이크를 잡았는데 그만 차가 균형을 잃고 갈지자 행보를 하는 것이 아닌가, 차를 통제할 수가 없었다. 아내와 두 아이한테 소리쳤다. "꽉 잡어!!!" 갓길 옆 에 낭떠러지기가 보였다. 이제 죽었구나 생각했다. 순간 마음속으로 '하나님 살 려 주세요'를 외쳤다. 그런데 길가에 와이어로프 차단줄이 있어서 차가 간신 히 로프에 걸려 멈추었다. 옆을 보니 30~40m 벼랑이다. 하나님이 보호해 주신 것을 느꼈다. 하나님이 성경 공부하러 가는 차를 안전하게 인도하여 주셨던 것 이다. 사고 원인은 나의 교만이었다. 차 앞바퀴 스노우 타이어만 의지하고 하나 님을 의지하지 않았던 것이다.

술, 담배, 음란, 혈기와 전쟁

　나는 체인 스모커였다. 부친께서도 담배를 많이 피셨다. 핏줄은 못 속이는 가보다. 나 역시 대학교 3학년 말부터 골초가 되었다. 대학 들어가서도 안 피웠는데 한 순간에 담배 없이는 못사는 왕골초가 되어버렸다. 형님 두 분도 담배를 즐겼다. 그만큼 담배에 대해서는 집안 내력이 있다. 원래 우리 집이 담배 가게를 하였다. 할아버지 때부터 내려오던 것이다. 그래서 담배를 돈 주고 구매할 필요가 없다. 시골에서 담배 장사를 하다 보니 외상이 태반이다. 일주일에 한 번씩 담배를 도매로 구입하기 위해 면소재지 담배조합으로 갔다. 방학 때에는 내가 자전거에 담배 박스를 묶어 배달해 오기도 했다. 담배를 구매하는 날이면 외상값을 받기 위해 아침 일찍부터 동네를 돌아다니면서 돈을 수금해야 한다. 집집마다 다니면서 '담배 값 받으러 왔어요.' 외상주고서 돈 받을 때는 엎드려 받는 격이다. 외상값 받으러 온 걸 알면 집 주인 아저씨가 밖에 일하러 나갔다고 한다. 그러면 허탕이다. 학교 갈 시간은 다가오는데 수금실적이 신통치 않아 아버지한테 또 한소리를 들어야 한다. 나도 외상을 많이 주면서 장부에 기재하는 것을 망각하는 경우가 많았다. 사람의 기억력은 한계가 있다. 나는 담배장사 하는 것이 못 마땅했다. 귀찮기도 하고 수금하러 다니는 것이 여간 번거로운 일이 아니다. 그렇다고 이윤이 많이 남지도 않는다. 다만 현금을 융통할 수 있다는 것, 그 한 가지 장점은 있었다. 어려서부터 담배와 익숙하게 지내서 그런지 하루에 2~3갑 씩 피게 되었다. 대학 3학년 때 고시 2차를 낙방하고부터 갑자기 골초가 되었다. 학교 도서관에 앉아 있다가 수시로 나와서 담배를 피워 물었다. 군대에서도 계속 피우다가 서울시청 다니면서도 많이 피웠다. 직장에서도 담배가 없으면 불안해서 일을 할 수 없을 지경이다. 예비 담배를 항상 가지고 다녀야 안심이 되었다. 술 먹는 날이면 한 자리에서 줄담배를 피면서 한 갑을 손쉽게 해치웠다.

매년 1월 1일이면 나만의 금연 선포를 했다. 새해 소원이 담배 끊는 것이다. 그러나 며칠 못가서 번번이 실패하고 말았다. 담배갑을 비틀어 버리고 대신 사탕, 은단으로 금연을 시도해 보았지만 모두 허사였다. 그러던 중 팔뚝이나 등에 니코틴 팩을 붙이면 금연 할 수 있다는 정보를 알고서 시행에 돌입했다. 이번에는 효과가 있는 듯 했다. 어느 날은 꿈속에서 담배를 피우고 있는 내 모습을 보면서, 안 피우기로 했는데 왜 내가 담배를 피우지 하다가 잠에서 깨어나기도 했다. 얼마나 피우고 싶었으면 꿈에도 나타났으랴, 그만큼 간절했던 모양이다. 팩 덕분에 어렵사리 6개월 지나고 1년 지나서 끊게 되었다. 담배를 14년간 피운 셈이다. 너무나 어렵게 금연에 성공하였기에, 아까워서라도 다시 피울 엄두가 나지 않았다. 서울 길거리에서도 그 당시에는 담배를 마음대로 피웠다. 그런 습관이 체질화되어서, 시골에 와서도 동네 길거리에서 자연스레 담배를 피우다 어른들한테 몰상식 하다는 비난을 듣기도 했다.

술은 이미 언급했지만 대주가였다. 술이 좋아서 많이 마시기보다는 술 잘 먹는다는 소리를 듣고 싶어서였다. 그 당시에는 술 잘 먹는 사람이 영웅 대접을 받던 시절이다. 장차관 프로필 난에도 주량이 소주 2병, 담배 1갑 등이 명기되었다. 남자는 술을 잘 마셔야 사회성도 좋고 인간관계도 넓어진다는 것이 진리 아닌 진리로 통하던 시기다. 아무튼 사람을 만나면 술로 시작해서 술로 끝나는 시대였다. 안부전화를 할 때도 '다음에 소주한잔 합시다'가 인사다. 시청 치수과 근무할 때는 일주일 내내 마시는 날도 많았다. 그래도 아침에 일찍 일어나 출근은 꼬박꼬박 했다. 아무리 술을 많이 마셔도 결근이란 있을 수 없다. 술이 덜 깬 상태로 출근하고 아침 회의 마치면 사우나탕으로 직결이다. 그리고 점심 때 사무실 나타나면서 술은 언제 먹었느냐 시치미를 뗀다. 저녁에는 또다시 술판이 벌어진다. 퇴근 무렵 배가 출출할 때 삼겹살에 시원한 소주를 곁들이면 정말 꿀맛이다. 그 후 2차 노래방으로 또 3차 맥주 입가심으로 계속 이어진다. 술도 자주 마시면 주량이 한 병에서 두 병 세 병으로 늘어난다. 마치 브레이크가 고장난 기관차처럼 술 인생열차가 질주를 계속하고 있었다.

시골에서 동네 친구들하고 저녁에 술내기를 했다. 누가 많이 마시느냐 시합이다. 후배하고 단둘이 붙었다. 4홉들이 몇 병을 놓고 맥주잔으로 계속 마셔댔다. 나중에는 후배가 못 참고 오바이트를 하는 바람에 내가 이겼다. 옛날에 '술내기 하다가 죽는다'는 말을 그때 깨달았다. 밤새도록 속이 쓰리고 머리가 빙빙 돌았다. 지금도 여주 친구들이 나를 만나면 그때 술 시합 얘기를 무용담처럼 하곤 한다. 그러면 나는 손사래를 치면서 지금은 한잔도 못 마신다고 한다. 통계에 의하면 성폭행이나 폭력 같은 범죄의 80%가 음주 상태에서 발생한다는 보고가 있다. 그만큼 술은 우리의 이성 통제능력을 마비시킨다. 나 역시도 술 먹고 나면 육신의 정욕이 솟아오름을 느낀다. 젊었을 때 맨 정신에도 음욕, 정욕을 견디기 어려운데 술을 먹게 되면 상승작용이 일어난다. 그것이 본능이다. 마음 한 구석에는 이성에 대한 음욕이 자리 잡게 된다. 이성으로 제어를 하지만 때로는 이성의 끈을 놓아 버리고 싶은 유혹이 강할 때가 있다. 업무와 관련해서 외부 업체들하고 어울릴 기회가 종종 있다. 80년대 당시만 해도 특히 공사부서에 있을 때는 기성검사, 준공검사를 하는 날이면 오후에 현장에 나가 검사를 마치고 나서, 어김없이 저녁 술자리가 마련되고 또 2차 룸살롱으로 이어지곤 하였다. 그러면 더욱 술의 위력이 발휘되면서 사탄의 유혹을 이기기가 어렵다. 그때는 하나님을 만나기 전이니 말할 것도 없이 육체의 쾌락을 즐기는 일이 지상낙원이다. 죄책감도 크게 못 느낀다. 그것이 한번으로 끝나는 것이 아니라 상승작용을 하면서 탐닉하도록 만드는 묘한 마력이 있다. 일말의 양심은 있어서, 나쁜 것을 알기에 앞으로는 하지 말아야지 하면서도 마음 한쪽에서는 향락의 짜릿함을 추구하는 선과 악의 싸움이 계속된다.

때로는 내가 나서서 술자리를 만들면서 쾌락을 부추기기도 하였다. 그런 상태에서 미국으로 유학을 떠난 것이다. 그런데 미국, 타국에서는 그런 기회나 즐길 여유가 없었다. 자연스레 환경의 영향을 받을 수밖에 없다. 술자리를 만들고 싶어도 할 수 없는 여건이다. 그러던 중에 하나님을 만나고 이것이 얼마나 큰 죄악이고 불순종인지를 깨닫게 되었다. 그러나 미국에서 하나님을 만나기 전 2~3년 동안에는 술을 즐겼다. 소위 말하는 Liquor Store 술전문 가게에 가면 양주가 즐비했다. 15~30불짜리 양주도 많았다. 오랜만에 양주를 마음껏 마실 수 있는 기회가 온 것이다. 그러다가 속에서 탈이 났다. 위가 고장난 것이다. 소화가 안 되면서 음식을 먹기도 부담스럽고 배에 통증이 왔다. 별별 소화제를 먹어도 소용이 없다. 이윽고 금식을 결심하고 5일간 단식에 돌입했다. 물만 먹고 버텼다. 금식 중에 도서관에서 한번은 쓰러지고 말았다. 서고 책장에서 책을 고르기 위해 앉았다가 일어나면서 빈혈이 와서, 나도 모르게 그대로 쓰러졌다. 한참 후 깨어나니 입술에 피가 나는 것이 아닌가. 서고에 아무도 없었던 모양이다. 스스로 일어나서 툭툭 털고 나왔다. 난생 처음 정신을 잃은 사건이 일어났다. 단식을 마치고 죽을 먹으면서 배의 통증이 거짓말처럼 사라졌다. 그것을 계기로 술을 자연적으로 멀리하게 되었다. 그렇지만 완전히 금주를 하지는 못했다. 98년에 하나님을 만나고부터 술을 끊게 되었다. 그러나 때로는 살짝 맛보기로 한 모금씩 마시기도 하였다. 서울로 복귀하고부터는 공표를 했다. 나는 술을 못 마신다고 주변에 선언을 하니까 더 이상 권주하거나 강요하는 일이 없어졌다. 2000년대 들어 음주 문화도 서서히 변화되고 있었다. 매년 3월이면 대학생 신입환영회 때 술을 반강제로 먹다가 사망하는 사건이 단골 뉴스가 되면서, 음주 문화에 대한 새로운 트렌드, 변화가 시작하였다.

서양의 술 문화와 우리 술 문화는 자체가 다르다. 그들은 음식을 먹기 위해 술을 마신다. 물대신 와인이나 맥주를 마셔서 목을 축여가며 음식이 부드럽게 넘어가도록 하면서 식사를 한다. 그런데 우리는 술 마시는 것하고 식사하고는 별개다. 음식은 술안주다. 그러니까 술을 마시기 위해 음식을 먹는 셈이다. 주객이 전도된 것이다. 그들은 술이 객이지만 우리는 술이 주인이다. 서양은 술 취하는 것에 대해 엄격한 잣대를 들이댄다. 우리는 대체로 관대한 편이다. 폭력이건 성추행이건 술 취해서 저지른 일에 대해서는 너그럽게 관용하는 관습이 있다. '술 취해서 기억이 없다'고 하면 더 이상 추궁할 수가 없다. 때론 술을 핑계로 무조건 모르쇠로 일관하는 악용사례도 많다. 성경에도 포도주가 많이 등장한다. 잔치 집에 포도주 술이 있어야 흥이 나고 분위기도 산다. 그러나 이스라엘 술 문화와 우리는 다르다. 술을 취하도록 마시고 인사불성 하는 것이 아니다. 사람과의 긴장관계를 풀어주고 분위기를 부드럽게 하는 윤활유 수단으로 술을 사용하는 정도다. 술이 가진 장점도 많다. 나도 술 문화에 대해서는 수용성을 가진다. 초면에 어색한 분위기도 술 한잔하면 얼음 녹듯 부드러워지고 생기가 돈다. 우리는 술 권하는 문화가 미덕으로 되어왔다. 그러나 성경에서는 '술 취하지 말라 이는 방탕한 것이니라,' 경고한다. 그만큼 술의 위험이 크기 때문이다. 술을 한번 마시게 되면 과하기 쉽다. 그렇게 되면 이성이 마비되면서 우리의 경건성이 깨지게 된다. 말초 신경을 자극시켜 우리 영혼을 폭력이나 성범죄 같은 유혹에 빠지게 한다는데 문제의 심각성이 있다. 또한 중독 증세를 일으킨다. 도박이나 절도와 같이 중독으로 치닫게 될 가능성이 농후하다. 그렇게 되면 자기통제가 불가능하게 되고 육체적 정신적으로도 피폐하게 만든다. 나는 그러한 위험성을 스스로가 잘 알기에, 하나님 앞에 술을 입에 대지 않겠습니다, 맹세를 한 것이다. 하나님과의 약속을 지키기 위해 이것을 통해 하나님께 기쁨이 되고 싶기 때문이다. 사람보다는 하나님 우선 원칙이다.

우리는 사람이 모이는 회식 자리에 가면 술로 시작해서 술로 끝난다. 술을 못 먹는 다고 하면 건강에 이상이 있어서 그런지, 아니면 원래 못 먹는지 묻는 경우가 많다. 그럴 때면 나는 '술총량제' 때문에 못 마신다고 농담반 진담반 대답을 한다. 젊어서 이미 많이 마셨기 때문에 재고량이 다 떨어졌다는 뜻이다. 사실 술이 가장 맛있는 음식이다. 그러니까 술을 마시는 이유다. 땀 흘린 후 시원한 막걸리나 맥주 한잔의 맛은 기가 막히다. 갈증도 해소하고 기분도 상쾌하게 만든다. 그러나 가장 큰 문제는 두잔, 세잔으로 이어지는 것이 문제다. 나의 신앙 멘토인 이연행 형제의 아들이 고등학교 2학년인데 수학여행을 다녀왔다. 아버지가 아들한테 질문을 던졌다. 여행 가서 너도 술 먹었냐? 그 아들 대답이 '아빠가 술 안 먹는데 내가 어떻게 먹어.' 참으로 가상하면서도 놀라운 대답이다. 고2 남학생이면 수학여행 때 술 안 먹는 학생이 거의 없다. 술 먹지 말라, 부모가 교육을 시켜서도 아니고, 누가 가르친 것도 아닌데, 그냥 스스로 먹을 생각이 없기에 안 마신 것이다. 윗물이 맑아야 아랫물이 맑다. 이것이 자식에 대한 신앙교육이다.

우리 술 문화는 독특한 면이 있다. 꼭 건배사를 해야 하는 것이다. 저녁회식 자리에 가면 공식적이든 비공식적 자리든 건배사를 의무적으로 읊는 것이 필수다. 나는 술을 먹지 못하지만 건배사까지 거절할 수는 없는 노릇이다. 건배사를 무엇으로 해야 할까 때로는 당혹스럽기도 하다. 단순히 "위하여" 하기는 그렇고, 그 분위기에 맞으면서 모임 취지에 부합하면 금상첨화인데 마땅히 생각나는 것이 없으면 참으로 난감할 때가 있다. 그래서 나는 핸드폰에 건배사 몇 개를 메모해서 다닌다. 술자리에 앉으면 건배사부터 확인한다. 나는 남이 흔히 하는 건배사를 좀 싫어한다. 무엇인가 메시지가 있어야 한다. 기왕 하는 것이면 머릿속에 기억으로 남아야 하지 않은가. 고등학교 동창끼리 등산을 하고 점심을 먹는 자리에서 호텔 사장하는 친구가 건배사를 하는데 독특해서 나도 가끔 인용을 한다. 선창을 하면 후창하라고 하면서, "숙종께서 장희빈에게 사약을 내리시면서 말씀하셨습니다, 원샷." 좌중들이 얼마나 파안대소하는지 모른다. 술이 사약같이 독약임을 암시하면서.

자식의 신앙교육을 어떻게 할 것인가, 중차대한 문제다. 자식은 뒤에서 부모의 일거수일투족을 다 보고 있다. 안 보는 것 같으면서도 다 알고 있다. 성인이 되어서도 잠재의식 속에 부모가 내재되어 있다. 특히 가장이 자식들에게 신앙의 모범이 되어야 한다. 나 역시 부친으로부터, 집안에서 물려받은 가부장적인 잘못된 것들 몇 가지를 내 세대에서 끊어버려야겠다고 벼른다. 아내에 대한 불친절한 말투부터 고쳐야 한다. 젊었을 때 아내와 가끔 다툼을 할 때 주먹으로 벽을 치곤했다. 성질이 급해서 어디에다 화풀이를 못하니까 벽을 쳤던 것이다. 내 자식들이 다 보고 자랐다. 아내가 가끔 불평한다. 왜 남들한테는 부드럽고 친절하면서 자기한테는 짜증 목소리를 내냐고. 맞는 말이다. 이 세상에 아내보다 더 귀한 존재가 어디 있는가. 가장 가깝다는 이유로 함부로 대할 때가 있다. 아내 왈, 내가 시아주버니, 형님하고 하는 행동이 똑같다. 표정하며 손발 제스처하며, 말투도 어쩌면 그렇게 똑 같으냐고 한다. 한번은 중학교 교장을 지내신 형수님이 말했다. '형님이 옛날 시아버지하고 똑같다'고. 나이 들수록 말투하며, 화내는 모습까지 어쩌면 그렇게 닮았느냐고. 어느 때 형님의 행동거지를 보면 나와 똑같다는 생각을 한다. 한국 남자들은 죽을 때 자식들 앞에서 꼭 하는 말이 있단다. '너희 어머니에게 잘하라.' 그래서 한국 엄마들이 하는 말이 '남자는 죽을 때야 철이 든다.' 죽기 전까지는 아무리 잔소리를 해도 못 고친다는 의미다. 이제 이 잘못 된 것들을 내 세대에서 끊어 없애 버려야 한다. 내 의지로는 한계가 있다. 그래서 기도를 한다. '하나님 아버지! 나의 이 못된 습관, 아내에게 화내는 말투를 고쳐 주옵소서. 하나님이 주신 천성이니, 하나님이 고치실 수 있으시니 내게 은혜를 베푸셔서 다시는 이러한 악습이 반복되지 않게 하옵소서. 주님께 의지합니다. 이것이 자식세대로 이어지지 않게 하옵소서.'

서울시 선배 중에 중간에 퇴직하시고 사업을 하시는 분이 계시다. 과거에는 술을 엄청나게 드셨던 분이다. 지금은 교회도 나가고 믿음 생활도 잘 하신다. 그런데 얼마 전에 사업상 스트레스로 토요일에 과음을 하는 바람에, 일요일 주일 예배도 참석 못하고 집에서 잠만 잤다고 한다. 사정인즉 1년 가까이 공을 들여 사전 영업을 다 해놓고 수주만 남았는데, 갑자기 담당과장이 새로 바뀌면서 모든 것이 수포로 돌아갔다는 것이다. 그래서 너무나 화가 나고 상실감이 들어서 평상시 먹지 않던 술을 마셨다는 것이다. 묘하게도 술이란 놈은 정신적 스트레스가 심해지면 살며시 유혹을 한다. 사탄은 분노나 증오, 억울함을 술로 풀라고 부추긴다. 대학 실험실에서 쥐를 대상으로 물과 술, 두 가지 실험을 했다. 첫번째 실험은, 쥐에게 물을 주지 않고 평안한 상태에서 며칠이 지난 후 물하고 술을 각각 놓았더니 물만 마시더라는 것이다. 그런데 쥐를 송곳으로 콕콕 찌르면서 스트레스를 준 후 물과 술을 놓았더니 이번에는 술만 마시더라는 것이다. 쥐도 그런데 사람이야 오죽 하겠는가. 나 역시 똑같은 경험을 해 보았다. 극도로 스트레스가 몰려오면 술을 찾게 된다. 그래서 하나님께 기도를 했다. '하나님 아버지! 화가 나고 증오심이 몰려오면 술을 먹고 싶은데 제발 술 좀 안 먹게 해 주옵소서. 스트레스 받아도 술 안 찾게 하여 주옵소서,' 그러고 나니, 술 생각이 갑자기 없어졌다. 그래서 내가 평생토록 입에 술대지 않겠습니다, 하나님과의 약속을 하나님이 지키게 하셨다. 아직까지 입에서 술이 당기지 않으니 감사할 뿐이다. 몇 번의 위태위태한 순간도 있었지만 하나님이 술 피할 길을 주셨다. 그 사업하시는 선배한테 이 이야기를 건넸다. 아마도 하나님이 이번에 술을 끊으시라고 사업 수주도 실패하게 만드신 것 같다. 이 기회에 목숨 걸고 단주 결

〈형제들이 오랜만에 동해안에서 오붓한 여름휴가를 가졌다. 43년생 큰형님은 돌아가시고, 52년생 둘째형님, 55년생 누님, 막내 3남매가 남았다〉

단을 하면 하나님이 엄청 기뻐하실 것이다. 그 댓가로 또 다른 비밀스런 축복을 주실 것이다.

　술총량제와 유사하게 인생 행복총량제, 고통총량제라는 말이 회자된다. 누구나 인생 전체를 통틀어 보면 행복총량과 고통총량은 같다는 뜻이다. 젊어서 행복했으면 중년이나 노년에는 또 다른 불행이 와서, 플러스 마이너스를 합치면 똑같다는 것이다. 하나님은 공평하시다는 것을 근간으로 시작된 말이다. 사실 성경 어디에도 이 같은 언급은 없다. 주변을 살펴보면 어느 정도 일리가 있지만 꼭 그렇지는 않다. 하나님을 만났느냐 못 만났느냐가 관건이다. 하나님을 만난다고 하루아침에 내 인생이 확 바뀌는 것은 아니지만, 눈에 보이지 않는 것들에 대한 하나님의 섭리를 깨달을 수 있기에 인생가치관 사고체계가 서서히 변하게 된다. 얼마 전에 성경을 보고 깜짝 놀란 일이 있다. '누구든지 자기이익을 구하지 말고 남의 유익을 구하라' 는 구절이다. 지금까지 내 이익 내 소망을 위해 기도를 많이 했지 남의 유익을 위해서 한 경우가 많지 않다. 그러나 하나님은 나의 모든 것을 다 알고 계시기에 '내가 다 안다 네가 얻고 싶은 것, 그러니 걱정 말고 남을 위해 기도하라, 그러면 네가 남에 대해 긍휼한 마음을 가지게 된다' 는 의미다.

하나님을 알고부터 편리한 것 하나가 있다. 나는 장거리 비행기를 탈 때면 트라우마가 있다. 옛날 미국에서 오는 비행기에서 잠을 자고 일어났는데 앞뒤좌우 좌석이 꽉 차서, 사면초가가 되어 가슴이 답답하고 숨이 막힐 지경이다. 일종의 폐쇄 공포증이 온 것이다. 그 후로는 장거리 비행기 타기가 겁이 난다. 그러나 지금은 비행기 타기 전에 기도부터 한다. '하나님, 내가 비행기 폐쇄 공포증 트라우마에 걸리지 않게 하여 주옵소서.' 그리고 나면 이상하리만치 마음에 평안이 찾아온다. 그러면서 비행기 안에서 트라우마 같은 것이 없어졌다. 앞에 장벽이 있거나 위험한 상황이 처해지면 나는 무조건 하나님께 기도부터 한다. 그러면 전능하신 하나님이 해결책을 마련해 주신다는 믿음이 있다.

나도 청년 때 건강한 남자이다 보니 음욕과 싸우는 것이 여간 어렵지 않았다. 본능을 제어한다는 것이 보통 문제가 아니다. 윤리 도덕적으로는 생각해서도 안 되는 것이지만 가장 하고 싶은 본능적 욕구이기 때문이다. 특히 무슨 안 좋은 일이라도 있으면 그것을 그쪽으로 해소하려는 사탄의 음모가 내 안에서 요동을 친다. 불만이나 분노를 어디엔가 분출하고 싶은 욕구가 솟아나면, 하나님을 믿으면서도 그것이 어려웠다. 잘못인지 알면서도 그것을 단념하기가 힘들다. 어느 젊은 선교사가 인도에 파송받아 몇 년 후 돌아왔다. 열악한 환경에서 얼마나 힘이 들었느냐 질문이 쏟아졌다. 그런데 의외의 대답이 돌아왔다. '어려운 여건이나 환경은 원주민들과 함께 견디어 냈지만 육신의 정욕을 제어하는 것이 제일 어려웠다'는 고백이다. 참으로 진술한 말이다. 그만큼 정욕을 억제 통제한다는 것이 얼마나 힘든 일인지 단적인 예다. 나 역시 기도했다. '하나님! 예쁜 여자를 보더라도 마음이나 시선이 가지 않게 하여 주시고 돌같이 보게 하옵소서.' 기도를 해도 그 때 뿐이다. 내일이면 다시 원상복귀다. 그러다가 교회에서 기도 중에 너는 육신의 쾌락, 여자에게서 해방되었다는 메시지를 내 마음속에서 듣게 되었다. 아! 하나님 감사합니다. 이제는 해결되었네요. 감사합니다. 한동안 여자 보기를 돌같이 보게 되고 가능한 시선을 아예 돌리면서 살았다. 이제는 됐다 해결되었다고 쾌재를 불렀다.

그리고 2년 정도가 지났다. 다시 무슨 일을 계기로 정욕이 살아나기 시작했다. 참으로 사탄은 끈질기기도 하다, 소 심줄 보다 더 질기구나. 도로아미타불이 되었다. 과거보다는 덜 하지만 아직도 욕망이 꺼지지 않았다. 그리고 한참 시간이 흘렀다. 몇 년 전에 내가 하나님 앞에 결단을 하게 되었다. '하나님! 이제 육욕을 버리게 하여 주옵소서. 만약 다시 과거로 돌아가면 하나님 저를 마음대로 하여 주옵소서, 저를 죽여주시든가,' 비장한 기도를 드렸다. 한결 마음이 가벼워지면서 해방감을 맛보았다. 참으로 힘든 여정이었다. 하나님이 은혜를 주어야지 내 의지로는 한계가 있음을 안다. 흔히 남자는 죽을 때까지 문지방 넘을 힘만 있으면 정욕이 생각난다고 할 만큼 성적 본능이 강하다. 세상적인 관점에서 보면 그러한 욕구가 없으면 죽은 생명이나 마찬가지 아닌가, 배우자와의 부부생활도 있고 등 여러 가지 항변을 할 수도 있다. 맞는 말이지만 하나님 관점에서 보면 배우자 이외에 눈길을 돌리는 것이 문제다.

  TV에 나오는 유명한 목사님이 한번은 '음행하는 자들과 간음하는 자들을 하나님이 심판하신다' 는 히브리서 내용을 가지고 열변을 토하셨다. 그런데 어느 모임에서 누군가 그 목사님이 예전에 강원도 어느 모텔에서 새벽에 어떤 묘령의 여인과 같이, 주위를 두리번거리면서 나오는 모습을 보았다며 비난을 퍼부었다. 그 목사님에게 측은한 마음도 들면서, 여러 가지 복잡한 생각이 들어왔다. 참으로 인간은 죄인이다. 목사 할 것 없이 누구나 똑같다. 나도 마찬가지다. 누가 누구를 정죄할 수 없다. 같은 죄인이 누구를 판단할 수 있겠는가. 사실 음행 간음을 하나님이 가장 싫어하신다는 것을 알면서도 그 유혹을 떨쳐내기가 어렵지 않은가. 우리 선조들도 유교적 윤리 도덕, 인격이 어떻다고 가르치면서, 또 양반이라고 고상한 척 하면서 요정출입이나 첩을 집안에 들이는 것이 예사였다. 누구나 이율배반적이다. 나 역시 들키지 않아서 그렇지 추한 죄를 많이 지었다. 나와 하나님은 아신다. 나의 죄를 대신하여 십자가에서 돌아가신 분이 예수님이시다. 내 죄를 사함 받기위해 구약시대에는 소나 양 등으로 대속제사를 드렸으나 신약시대에는 예수님이 일괄적으로 대신하여 산제사를 드림으로서 우리의 죄가 사함 받고 깨끗하게 되었다. 이것이 죄 사함을 구원받은 복음의 원리다. 그러므로 우리는 예수님을 경외하고 감사할 수 있어야 한다. 그 믿음이 없이는 죄 값을 치러야 한다. 하나님이, 창조주가 하지 말라는 것을 내가 범죄 했으니 그 죄 값을 반드시 치를 수밖에 없다.

미국 유학 후 서울시 상수도본부로 복귀했다. 상수도본부 신우회가 근근이 유지되고 있었다. 안 되겠다 싶어 내가 적극적으로 참석했다. 부장이 참석하니 직원들 참석인원도 늘어갔다. 여의도 순복음교회 전도사님이 예배를 이끌었다. 수요일 점심시간을 이용해 신우회 예배를 드렸다. 거기서 내 인생 신앙의 멘토 이연행 형제를 만났다. 이야기를 하다 보니 미국에서 성경공부를 같이 했던 강원근 형제와 한국에서 내비게이토를 같이 했던 관계였다. 자연스레 신앙에 대해 상담을 하게 되고 고민도 털어 놓았다. 이연행 형제는 성경을 거의 암송하다시피 한다. 암송카드를 늘 지니고 다니면서 암송 훈련을 한다. 또 전도를 위해 일주일에 2~3일은 저녁에 시간을 내어 뭇 영혼들을 하나님 곁으로 인도하고 있다. 나도 일주일에 한 시간 정도 시간을 내어 같이 성경공부를 하였다. 믿음의 수준이 나하고는 확연히 달랐다. 성경적 지식도 웬만한 목사님 이상이다. 철저하게 하나님 중심으로 삶을 사는 크리스천으로서 상수도본부 신우회를 실질적으로 이끌어 가는 귀한 후배이다. 다음은 신우회 때 내가 드렸던 기도문인데 부끄럽지만 한번 올려본다.

저희를 눈동자처럼 지켜주시는 하나님 아버지!!
저희의 마음 중심을 보고 계시는 하나님 아버지!!!
오늘은 참으로 뜻깊은 날입니다. 기쁜 날입니다.
오늘 저녁 서울시 상수도사업본부 전체 신우회가 한자리에 모였습니다.
상수도 전기관이 연합하여 하나님을 찬양하게 하시니 감사를 드립니다. 하나님께서 저희에게 주신 물, 공기, 햇빛 이 3가지 중 하나인, 물은 생명의 원천입니다. 이 물을 다룰 수 있는 축복을 주시니 감사를 드립니다. 또 물은 고체, 액체, 기체 3가지 형태로 자유자재 변화할 수 있는 유일한 물질입니다. 물을 보면서 하나님만의 놀라운 섭리를 봅니다.

아버지 하나님!
물은 담기는 그릇에 따라 모양이 변하듯이, 저희도 물과 같이 하나님 시키는 대로 순종하게 되기를 소원합니다. 주님의 명령 따라 주님이 사용하시기에 편리한 그릇이 되게 하옵소서.

아버지 하나님!

그러나 아직도 순종이란 말이 왠지 낯설고 마음속 깊이 울리지가 않습니다. 말로만 지식으로만 머리로만 순종한다 하면서 몸으로 가슴으로 행동으로는 남의 일처럼 느껴집니다. 주님 말씀대로 실행하지 못하고 갈팡질팡 머뭇머뭇 주저주저 하고 있습니다.

아버지시여!!

은혜받기만을 원하고 있습니다. 축복받기만을 바라고 있습니다. 아버지께 순종하는 문제는 다른 나라 이야기 같습니다. 갈라디아서 2장 20절, 내가 그리스도와 함께 십자가에 못 박혔나니 그런즉 이제는 내가 산 것이 아니요 오직 내안에 그리스도께서 사신 것이라. 이 말씀처럼 내 인생의 주인은 그리스도시오, 나는 그 분의 종이라는 고백이 있게 하옵소서. 내 육체, 내 정욕, 내 자아를 십자가에 못 박게 하옵소서.

아버지 하나님!!!

저희는 믿음이 연약하여 쉽게 넘어지고 시험에 듭니다. 내 힘으로는 도저히 사탄, 마귀를 이겨낼 수가 없습니다. 주님이시여 도와주옵소서. 불쌍히 여겨 주옵소서. 긍휼을 베풀어 주옵소서.

아버지 하나님

저희가 세상 속에서 직장생활하면서 수많은 갈등과 번뇌를 합니다. 상사 눈치 보는데 10단이 됐습니다. 하나님 눈치 보는데 10단이어야 하는데 사람 눈치 보는데, 비유 맞추는데 만 고수가 됐습니다. 때로는 아부도 해야 하고, 고개도 숙여야 하고, 질책도 받아야 합니다. 어쩌다 비인격적, 모욕적인 말 한마디만 들어도 상처를 받고 가슴앓이를 합니다. 또 증오와 복수심, 혈기가 치솟습니다. 인내하지 못합니다. 아직도 세상적인 자존심이 살아있습니다. 아직도 내속에서 자아가 꿈틀거리고 있습니다. 내 육체가 내 정욕이 죽지 못하고 있습니다. 머리로는 죽어야지 하면서도 가슴으로는 죽지 못하고 있습니다.

아버지 하나님!

오만과 교만으로 똘똘 뭉쳐있는 이 자아를 용서하여 주옵소서. 깨어지게 하옵소서. 부서지지 않는 이 자아를 성령의 불로 태워 주옵소서. 다니엘이 왕의 금지조서에도 불구하고 '죽으면 죽으리로다'는 결단으로 전에 하던 것과 같이 하루 세 번 예루살렘을 향하여 기도한 것처럼 죽음도 두려워하지 않는 담대함을 주옵소서. 하나님 말씀에 생명을 걸게 하옵소서. 하나님 말씀과 규례를 마음 판에 새기고 전심으로 준행하게 하옵소서.

아버지 하나님!!!

말씀을 암송하는데 하루도 쉬지 않게 하옵소서. 성경을 읽는데 게으르지 않게 하소서. 묵상하고 기도하면서 거룩한 산제사를 드리게 하옵소서. 나의 영혼을 깨우는 일을 우선으로 하게 하옵소서. 영혼의 양식 없이는 육의 양식도 없다는 각오를 새롭게 하게 하옵소서.

아버지 하나님

주님께서 저희 삶의 터전 생업으로 주신 서울시 상수도사업본부를 축복해 주옵소서. 주님을 모르는 불쌍한 영혼들이 아직도 많이 있습니다. 그들에게 복음이 전파되게 하옵소서. 여기 모인 신우회 회원들이 앞장서게 하옵소서. 전도의 열정을 주옵소서. 하나님 나라 확장을 위한 전초기지가 되게 하옵소서. 상수도사업본부 직원 모두 마음이 하나되는 직장이 되게 하옵소서. 단수사고, 누수사고, 단전사고, 인사사고가 없는 시민들에게 사랑받는 직장이 되게 하옵소서. 특별히 이정관 본부장님을 위해서 기도합니다. 본부장님께 지혜와 명철을 주셔서 이 직장을 하나님의 영으로 인도하게 하옵소서. 이번 연합예배를 통해서 하나님을 만나는 일생일대 축복의 기회가 되게 하옵소서.

오늘 말씀을 전하시는 임채영 목사님께 성령이 임하셔서 하나님 권능의 말씀이 목사님의 입술을 통해 나타나게 하옵소서. 이 모든 말씀을 예수 그리스도의 이름 받들어 기도하옵나이다. 아멘

한번은 직원들하고 신앙얘기를 하면서, 교회 좀 다녀라, 영혼을 건강하게 하는 것이니, 밑지는 장사가 아니라 남는 장사다. 영혼이 건강해야 육체도 강건하

게 된다. 컴퓨터도 CPU 중앙처리장치가 핵이다. 프린터, 키보드, 마우스 등은 단지 부속장치다. CPU 명령을 받아 작동하는 것 아닌가. 그러므로 우리도 영혼을 통제하는 머리가 중요하지 않냐. 여기서 신경을 통해 모든 명령을 내리는 시스템이니 머리가 고장나면 나머지 오장육부며 팔다리 모두 문제가 생긴다고 열변을 토했다. 그런데 팀장 왈, '우리 과장님이 교회 장로인데, 과장님 때문에 나는 교회 안 나간다' 는 것이다. 갑자기 전율이 왔다. 나 역시 그 과장이 평소에도 말이 많고 다소 거칠고 자기 멋대로 라는 인상을 가졌었다. 참으로 믿는 사람이 모범을 보여야 한다는 경고 메시지이다. 어느 며느리 왈 '시어머니 간다는 천국 나는 안 간다' 와 똑같은 맥락이다. 신앙인이라고 하면서 다른 사람한테 얼마나 많은 상처를 주었으면 그럴까 안타까운 마음이 든다. 전도하기 위해서는 언행일치가 얼마만큼 중요한가를 깨닫는 순간이었다.

상수도본부 신우회뿐만 아니라 서울시청 신우회에도 가끔씩 참석하였다. 한번은 전임 시청 신우회장한테서 전화가 왔다. 나보고 시청신우회장을 맡아 달라는 것이다. 그렇게 해서 하루아침에 서울시신우회장 소임을 맡게 되었다. 전국 공무원연합신우회도 있는데 세종시청사, 서울청사, 대전청사, 과천청사로 나누어 조직되었다. 1년에 몇 번씩 전국공무원 신우회에 참석해서 서울시 신우회 활동에 대한 발표회도 가졌다. 매주 신우회 모임을 갖는 것에 대해 다른 부처 공무원들이 부러워했다. 서울시신우회는 화요일 시청별관 강당에서 점심시간을 이용해 예배를 드린다. 30~40분 정도 예배를 드리고 구내식당에서 점심을 부랴부랴 먹어야 한다. 그래도 짧은 시간이지만 지친 영혼을 위로하는 성령체험의 임팩트가 있다. 목사님 다섯 분이 매주 순번을 정해 돌아가면서 예배를 인도하고 있다. 연 초에는 서울시목사연합회 주관으로 시장님을 모시고 세종문화회관에서 서울시청 신년예배를 드렸다. 다음은 추석을 앞두고 서울시청 신우회모임 때 했던 나의 기도문이다.

하나님 아버지 !
두렵고 떨리는 마음으로 주님 앞에 섰습니다. 시간을 아끼고 쪼개서 나온 서울시청 신우회 성도들입니다. "이 백성은 내가 나를 위하여 지었나니 나의 찬송을 부르게 하려 함이니라." 이 백성, 시청공무원들이 하나님이 기뻐하는 찬송을 부르기 위해 바쁜 중에도 나왔습니다. 주님이 얼마나 기뻐하실까 큰 기대와 소망을 가져 봅니다. 육신의 눈으로는 보이지 않지만 마음속 영안으로 주님을 만나기 위해 나왔습니다. 속삭여 주시는 주님의 미세한 음성을 듣기위해 나왔습니다. 오매불망 주님을 찾고자 하는 저희들에게 이 시간 하나님을 만나게 하옵소서.

아버지 하나님 !
이번 주는 우리민족의 명절인 추석이 시작됩니다. 오곡백과가 풍성한 한가위를 허락해 주시니 감사합니다. 어쩌면 주님은 각양각색의 과일을 그렇게도 정교하게 만드셨는지요. 씨앗을 싹틔우고 뿌리를 내리고 줄기가 자라서 꽃이 피고 열매가 맺는 이 모든 과정 하나하나, 어쩌면 주님의 손길은 이토록 세밀하신지요. 하늘에 떠있는 저 태양, 꺼지지도 않는 저 햇빛으로 탄소동화작용을 만드시고 또 지구를 공전하게 하여 4계절이 있게 하신 것도 주님이십니다. 저희 머리로는 과학으로도 도저히 해석할 수가 없습니다. 참으로 놀라우신 주님의 솜씨입니다. 감동입니다. 주님이 천지만물 삼라만상을 만드신, 창조자 전능자이심을 이 시간 고백합니다.

아버지 하나님!!
이 나라 이 민족 대한민국을 축복해 주심에 감사를 드립니다. 지나온 5000년 역사는 전쟁과 가난, 질병 기나긴 질곡의 시간들이었습니다. 우상숭배를 하던 무지한 백성들이었습니다. 하나님은 이 무지몽매한 민족, 하나님을 배척했던 이 백성들을 그래도 이 땅에서 몰아내지 않으시고 하늘의 별같이 번성케 하셨습니다.

아버지 하나님!!
대륙과 해양에 둘러싸인 이 땅, 열강들의 쟁탈과 혼돈 속에서도 반만년 역사를 면면히 이어오게 하셨습니다. 일제 36년간의 식민지 아픔과 고난을 겪으면서도 3.1운동을 통해 이 민족의 저항정신, 민족의 정기를 굳건히 이어오게 하셨습니다. 6.25라는 민족상쟁의 비극 속에서도 UN을 통해 공산주의를 척결케 하시고 민주주의를 지켜내게 하셨습니다. 아버지 하나님!! 보릿고개의 배고픈 설움과 가난도 산업화 경제발전으로 거뜬히 벗어나게 하셨습니다. 88서울올림픽, 월드컵을 통해 이 민족을 세계에 우뚝 서게 하셨습니다. 동방 미지의 나라, 보잘 것 없는 약소국가, 짚신 신고 무명옷 입던 고요한 아침의 나라, 후진미개국가를 선진국반열에 올려놓으셨습니다. 이제 인터넷속도 세계 1위, 수출 세계 6위, 군사력 7위 세계 강국으로 성장시켜 주셨습니다. 하나님의 기적입니다. 주님의 놀라운 역사하심에 감사를 드립니다.

아버지 하나님 !!

이렇게 물질적인 풍요함을 주셨음에도 영적으로 메말라 있습니다. 세월호 사건, 윤일병 탈영 사건들을 보면서 이 백성이 주님 앞에 너무 많은 죄를 지었음을 고백합니다. 주님 앞에 참회의 기도를 드립니다. 지금까지 너무나 이기적이고, 자기중심적이었습니다. 나만 있고 남은 없었습니다. 무조건 내가 먼저이고 남은 나중이었습니다. 나만 살면 되고 남들은 안중에 없었습니다. 내 만족을 위하여 나에게 주어진 권력을 최대로 사용하면 됩니다. 내가 받았던 과거의 고통과 설움을 이제 보상받고 나의 권리를 찾으면 그만입니다. 남에 대한 배려는 나하고는 상관없고 나는 대접을 받아야합니다. 나의 편리와 육신의 쾌락을 보장받아야 합니다. 나는 정당하고, 나는 잘못이 없습니다.

아버지 하나님!!!

이 철면피 죄인을 용서하여 주옵소서. 죽을 죄를 지었습니다. 제 안에 이렇게 악하고 더러운 탐욕이 잠재되어 있음을 몰랐습니다. 내 안에 사악한 욕망이 자리 잡고 있음을 고백합니다. 겉으로는 안 그러한 척 가면의 탈을 쓰고 내면은 부패했습니다. 겉포장만 그럴 듯한 바리새인의 모습이었습니다. 아버지시여 이 더러운 탐욕, 불결함을 깨끗하게 하여 주옵소서. 올챙이적 과거를 잊어버리는 개구리 같은 자만과 오만 교만을 용서하여 주옵소서. 주님의 십자가 보혈로 정결케 하여 주옵소서.

하나님 아버지!!!

저희 시청 신우회 성도들을 축복하여 주옵소서. 서울시청이란 직장에 공무원으로 몸담으면서 내가 하고 싶은 것보다는 상사가 요구하는 일에 전념할 수밖에 없는 처지입니다. 매일매일 떨어지는 업무지시로 육신과 영혼이 피곤해 지쳐있습니다. 상사와의 갈등으로, 인간적인 모멸감, 상처받은 자존심으로 불면의 밤을 보낼 때도 있습니다. 출근하기가 죽기보다 싫고 두렵기도 합니다. 어디다 이 괴로움, 억울함을 호소할 곳도 없습니다. 승진이란 현실과제로 인해 영적으로도 피폐해져 있습니다. 근무평정, 실적가점, 역량평가 등 정말 처절한 몸부림을 쳐야 합니다. 때로는 가까운 동료, 입사동기와도 경쟁을 해야 합니다. 상급자 눈치를 보느라 하나님 생각할 겨를도 없습니다. 정말 갈급한 상황입니다.

아버지 하나님!!

저희 불쌍한 영혼들을 위로하여 주옵소서. 오로지 주님밖에 안식처가 없습니다. "너는 내게 부르짖으라 내가 네게 응답하겠고 네가 알지 못하는 크고 비밀한 일을 네게 보이리라" 저희의 부르짖는 간구가 절대응답, 절대 믿음이 되게 성령으로 인쳐 주옵소서. 그리하여 하나님께 영광이 되고 저희에게 기쁨이 되게 하옵소서.

이 모든 말씀을 살아계신 예수 그리스도의 이름으로 기도하옵나이다. 아멘

밖에서 볼 때 공무원들은 6시 땡 하면 퇴근하고, 무슨 돈 버는 일도 아니고 업무도 단순 반복되는 일만하니 팔자 편한 직업으로 인식한다. 그러나 공무원은 내부 일에서 지친다. 외부 민원처리나 정책집행보다 사무실 내에서 벌어지는 것들로 인해 스트레스를 받는다. 승진하기 위해 근무평정을 받아야 하고, 승진 시험인 역량평가를 통과해야 한다. 또 주요 사업에 대한 실적평가를 받아야 가점이 붙어 승진하는데 유리하다. 근무평정도 같은 직급에서 5명 중 한 사람만 '수'를 받는다. '수'를 받기 위해 몸부림쳐야 한다. 또한 다면평가도 있다. 상사로부터 평가, 동료로부터 평가, 부하로부터 평가를 받아야 한다. 총 평가 점수에서 하위 10%는 승진 대상에서 제외시킨다. 그러니 승진 심사 때가 되면 극

도로 불안 초조해진다. 또한 사고라도 터지면 언론 보도와 관련하여 해당부서는 초상집이 된다. 예민한 상사를 만나면 숨도 못 쉰다. 또 외부 시어머니격인 시의회, 국회 국정감사 등에 대비하여 산더미 같은 자료들을 정리하고 취합해야 하고, 예상 질문 답변 자료도 작성해야 한다. 밖에서는 이와 같이 안에서 일어나는

〈서울시청 기독신우회가 직장 선교대상 수상을 하였다, 참으로 극성스럽게 전도에 열정을 가진 형제 자매 덕분이다. 특히 퀴어축제 반대를 위해 기도를 많이 했다〉

일들을 잘 모르고 공무원을 어영부영 놀고먹는 집단으로 매도하기도 한다. 다음은 서울시청 예배 때 내가 드렸던 기도문이다.

아버지 하나님!!!

오늘도 주님이 만드신 기적을 봅니다. 온 산과 들을 어쩌면 그렇게도 푸르게 단시간에 만드셨는지요. 불과 며칠 동안에 온천지를 녹색으로 물들였으니까요. 그 많은 나무마다 가지와 나뭇잎을 자라게 하셨고, 그 많은 꽃들을 피우게 하셨습니다. 노란꽃 빨간꽃 파랑꽃 어쩌면 그렇게도 형형색색 만드셨는지요. 참으로 놀라우신 솜씨입니다. 저희 인간의 힘으로는 수천명 수백만명을 동원해도 어찌 이 일을 감당할 수 있겠습니까? 주님 혼자서 어쩌면 이렇게도 단시간에 빠르고 정교하게 엄청난 일을 하셨는지요. 주님의 솜씨를 찬양합니다. 정말 주님의 전지전능한 능력에 찬사를 보냅니다.

하나님 아버지!

하나님이 지으신 저희 육체를 보면서 또한 기적을 봅니다. 눈과 입, 심장, 허파, 팔다리, 머리를 만드셨습니다. 모든 부위 하나하나가 정밀하게 조합되는

완벽한 작품으로 만드셨습니다. 참으로 완전 자동화 시스템입니다. 어떻게 세상을 볼 수 있는 눈을 만드셨는지요? 멀고 가까운 거리도 자동으로 조절합니다. 이보다 더 정교한 완벽한 카메라가 어디 있겠습니까? 어떻게 뇌세포를 만드셔서 기억을 저장할 수 있게 하였는지요? 또 입을 통해 어떻게 말을 할 수 있게 하셨는지요. 어떻게 두뇌를 만드셨기에 우리가 생각할 수 있는 능력을 가질 수 있게 하셨는지요. 생각하고 말할 수 있다는 것 자체가 기적입니다. 도저히 과학으로도 설명할 수 없는 초과학적입니다. 하나님의 걸작품인 우리 몸을 보면서 하나님의 전능하신 능력에 다시한번 감사와 찬양을 드립니다.

아버지 하나님!!
하나님의 능력이 이렇게 무한함을 알고 있으면서도, 때로는 하나님이 안 보인다고, 하나님이 어디 계시냐고, 하나님의 음성이 들리지 않는다고 의심할 때가 있습니다. 내 눈으로 본대로만 믿으려고 합니다. 내 귀에 들린 대로만 믿으려고 합니다. 눈으로 보이는 현상이 전부인양 그것에 목을 맵니다. 조금만 환란이 와도, 폭풍우가 와도 안절부절 못합니다. 내게 왜 이런 아픔, 고통을 주느냐고 하나님께 불평 한탄합니다. "하나님을 모르는 세상 사람들은 승진도 잘하고, 돈도 잘 벌고, 몸도 건강하고, 자식도 속 안 썩이고 잘 되는데, 나는 뭡니까"라고 항변합니다.

왜 하나님께 충성하려는데 왜 나는 안 풀리냐고 왜 나는 안 되느냐고 따집니다. 믿는 자에게 축복을 못 줄지언정 왜 이런 고난의 행군만 계속 주느냐고 불평합니다. 하나님과의 절대적 수직적 관계보다는 주변 환경이나 사람과 수평적 상대적 비교를 합니다. 하나님이라는 수단을 통하여 무엇인가 반대급부를 얻으려 합니다. 세상적인 부귀영화를 보상받으려고 합니다. 하나님과 조건적인 거래를 하려고 합니다. 참으로 계산적입니다. 추하고 더러운 저희 심령입니다. 하나님 앞에 참회의 기도를 드립니다.

아버지 하나님!
저희는 기도하면 금방 응답받기를 고대합니다. 조급합니다. 하나님 빨리 응답해 달라고 막무가내로 조릅니다. 인내하지 못합니다. 당장 응답받지 못하면 하나님에게 왜 안 주느냐고 따집니다. 시련을 통해 나를 변화시키고자 하시는 하나님의 목적, 못된 나의 습관을 고치시려는 하나님의 계획을 알면서도 우선 현재의 고통, 당장 벗어나야 하는 문제에 애걸복걸합니다. 내일은 필요 없고 당장 급합니다.

아버지 하나님!

이 조급증을 어떻게 해야 하나요. 하나님의 계획표, 스케줄에 따라 응답하시는 것을 알면서도 내 이성으로는 받아드리기가 어렵습니다. 고통을 통해 나를 단련시키는 주님의 뜻을 이해하게 하여 주옵소서. 나를 변화시키려는 주님의 사랑을 알게 하옵소서. 고난 앞에 나의 자아를 내려놓게 하옵소서. 주님 앞에 항복하게 하여주옵소서. 내 자아를 죽게 하옵소서. 내 욕심과 내 생각을 내려놓게 하옵소서. 나의 이성을 십자가에 못 박게 하옵소서.

아버지 하나님!!!

욥이 고난당한 후에 "나의 가는 길을 오직 그가 아시나니 그가 나를 단련하신 후에 내가 정금같이 나오리라" 고백할 수 있는 믿음의 능력을 주옵소서. 바울이 "하나님을 사랑하는 자 곧 그 뜻대로 부르심을 입은 자들에게는 모든 것이 합력하여 선을 이루느니라"고 말씀하신 하나님의 섭리를 깨닫게 하옵소서. 하나님! 세상 환란이 올 때 이것을 인간적인 관점에서 해석하지 말고 하나님 관점에서 해석할 수 있는 영성을 주옵소서. 세상으로부터 하나님께로 채널을 돌리게 하소서. 나를 향한 하나님의 뜻을 겸허하게 받아드리게 하소서. 나를 뒤돌아 볼 수 있는 회개의 영을 허락해 주옵소서.

하나님 아버지!!

이번 6.2 지방선거가 이제 격전의 막을 내렸습니다. 누구도 예상치 못한 엄청난 결과에 모두들 어리둥절하고 있습니다. 이번 선거를 통해 민심이 천심이다는 고백을 합니다. 선거에서 떨어진 낙선자들에게도 위로와 평안을 주옵소서. 패배로 상처받고, 낙심으로 신음 중에 있는 사람들의 심령 속에 찾아가서서 이들을 자비와 긍휼로 어루만져 주옵소서. 또한 이러한 연단을 통해 하나님을 만나게 하옵소서. 사람에게서 위로 받기보다 하나님으로부터 위로 받게 하옵소서. 술과 같은 일시적 정욕적인 세상적 수단에 의지하기 보다는 하나님께 의지하게 하옵소서.

하나님 아버지!

당선자들에게는 승리에 도취하지 않게 하옵소서. 교만치 않게 하옵소서. 내가 모든 것을 할 수 있다는 독선적인 마음을 갖지 않게 하옵소서. 또한 상대방에 대한 보복이나 복수의 마음도 품지 않게 하옵소서. 백성을 겸손히 섬길 수 있는 마음을 주옵소서. 내 욕심보다는 하나님 영광을 드러내게 하옵소서. 내 명예나 이익보다는 백성의 이익을 생각하게 하옵소서.

아버지 하나님!

이 나라가 어려운 형국에 처해 있습니다. 이번 선거에서도 지역감정이 아직도 여전합니다. 참으로 고질병입니다. 상대당은 무조건 싫고 우리당만 옳다고 우겨댑니다. 4대강 문제에 있어서도 조금도 양보하지 않습니다. 양보하면 죽는 줄 압니다. 끝까지 자기 고집만을 내세우고 있습니다. 양보하면 내가 패자요 내가 무능하다고 합니다. 하나님 아버지, 참으로 무지한 백성들입니다. 고집불통입니다. 하나님은 뒷전이고 내가 왕입니다. 아버지시여, 이 민족을 불쌍히 여겨 주옵소서. 왜 이리도 고집이 세고, 복수의 한이 많은지요. 이 불치병, 이 고질병을 어떻게 해야 합니까. 주님이시여, 이 문제를 주님 앞에 내려놓습니다. "수고하고 짐 진 자들아 다 내게로 오라 내가 너희를 쉬게 하리라" 말씀처럼 이 문제를 주님의 피 묻은 손으로 어루만져 주옵소서.

하나님 아버지!!

오늘은 서울시청 신우회 기도 모임이 있는 날입니다. 대한민국 수도인 서울시청 공무원들이 모였습니다. 특별시 공무원들이 하나님 앞에 무릎 꿇고 나왔습니다. 이 저녁 성령의 역사가 일어나는 밤이 되게 하옵소서. 특히 말씀을 전하실 김진홍 목사님 오셨습니다. 새벽을 깨우리로다 는 주님의 큰 일꾼이 오셨습니다. 하나님의 말씀 전하실 때 주님 함께 하옵소서. 저희가 사람의 음성이 아닌 하나님의 음성을 들을 수 있는 영성을 갖게 하옵소서. 하나님 아버지, 여기 모인 서울시청 공무원들에게 은혜의 단비를 내려 주옵소서. 하루하루 힘든 격무에 시달리고 있습니다. 1000만 서울시민의 삶을 보살피는 막중한 업무를 담당하고 있습니다. 한강의 기적을 이룬 일꾼들입니다. 서울을 이끌고 가는, 아니 대한민국을 끌고 가는 견인차 역할의 주님 일꾼들입니다.

하나님 아버지!

이들에게 지혜와 인내, 능력으로 무장케 하옵소서. 시민을 섬길 때 주께 하듯 정성을 다하게 하옵소서. 그리하여 세계 최고의 서울시가 되게 하옵소서. 뉴욕이나, 동경, 런던 못지않은 살기 좋은 도시, 활력이 넘치는 도시, 범죄가 없는 도시, 하나님의 숨결이 살아 숨 쉬는 도시가 되게 하옵소서. 주님께 모든 것을 의지합니다. 이 모든 말씀 예수 그리스도의 이름 받들어 기도드렸습니다. 아멘

물 때문에 밥 먹고 사는 남자

　직업과 관련해서 자기소개를 할 때 '나는 물 때문에 밥 먹고 산다'고 말한다. 물과 본격적인 인연을 맺게 된 것은 1990년 6월 시청 치수과로 발령을 받고 부터다. 빗물펌프장 유수지 수문 등 수방시설 설계와 공사, 유지관리 업무를 맡았다. 처음 업무를 접하다 보니 '우수배제펌프장'이라는 용어가 이상하게 거슬렸다. 일반명사와 추상명사가 합성된 단어인데 어감 자체가 어색했다. 자료를 살펴보니 일본어를 그대로 본 땄다. 외래어로 정착이 되었건 말건, 알기 쉽게 바꿔야 했다. 그래서 그 당시 건설부(현 국토부)와 상의를 했다. 대답이 왔는데, '왜 서울시만 문제 삼느냐 전국이 통일해서 잘 사용하는데,'라며 고칠 필요가 없다는 것이다. 새로운 용어 발굴을 위해 부서원들과 아이디어 미팅을 했다. '빗물펌프장'이 가장 많은 다수결로 나왔다. 그래서 용어를 변경하기고 결정하고 건설부에 공문으로 통보를 한 후 지금까지 사용하고 있다. 사실은 건설부와 서울시가 사이가 썩 좋지 않았다. 건설부 입장에서 보면 지자체가 고분고분 말도 잘 듣고, 타 시도 같이 예우도 깍듯하게 해야 하는데 서울시청은 그렇지를 않았다. 자존심도 있고 기획과 실무를 겸하는 서울시의 맨 파워가 오히려 중앙부처보다 우수한 경우도 많았다. 서울시에서 실행하고 있는 정책들을 중앙정부가 인용해서 사용하는 사례도 비일비재하다. 그러니 서울시에서 무엇을 건의하면 일단 거부부터 하는 것이 통상적이었다. 그래서 '빗물펌프장' 용어 변경 건도, 공문을 보내고 앞으로 서울시는 이 용어로 통일하여 사용하고자 하니 양지하시기 바랍니다. 일방적인 통보를 한 셈이다. 그랬더니 건설부는 기분이 나쁘다고 화를 내기도 하였다. 이후 미국유학을 다녀와서 보니 빗물펌프장이란 용어가

'하수도시설기준' 같은 법규에서도 완전히 정착되어 있었다.

1990년 서울 대홍수가 발생하였다. 일산 한강제방이 무너지는 초유의 사태가 일어났다. 한강 뚝이 홍수로 붕괴된 것이다. 그 당시는 일산 신도시가 아직 완공되기 전이었다. 한강유람선이 40여 명의 승객을 싣고 한강 교각을 그대로 들이받으면서 침몰되기도 하였다. 대형 인명 사고가 발생되었다. 한번은 수방대책상황실에서 근무 중이었는데 저녁 늦은 시각에 전화벨이 울렸다. '구로구 도로 어디인데 몇 사람이 물 위에 엎어져 떠 있는데, 아무래도 죽은 것 같다. 빨리 구조를 해라.' 119 소방서에 전화를 해서 구출을 하라고 긴급 지시를 했는데 이미 사망으로 끝난 상태였다. 가로등 감전사였다. 3일 간에 걸쳐 480mm 폭우가 쏟아졌다. 지금 같으면 그 정도 비에도 큰 피해 없이 견딜 수 있었지만 그 때만 해도 상습침수지역이라는 말이 있을 정도로 수해에 취약한 지역이 많았다. 이후 수방대책 3개년 항구대책을 수립하면서, 제방도 높이는 작업을 하고 빗물펌프장도 2배 이상으로 용량을 늘리고, 설계 기준도 대폭 강화시켰다.

송파구 풍납동 일대가 물에 침수되었다. 강동구청을 가보니 청사도 침수가 되었고 그 일대 주택가가 모두 물에 잠겨서 군부대 보트를 타고 다닐 정도였다. 그 당시에는 재래식 화장실이 있던 시기라서 오물이 온통 주택 벽에 붙고, 냄새며 엉망이었다. 침수 후 며칠이 지나자 따가운 햇빛이 비추고 있다. 극과 극을 보여주는 날씨에 허망하고도 묘한 기분이 들었다. 얼마 전까지만 해도 물이 넘쳐 난리를 쳤는데 이제 물이 빠져 나가면서, 쓰레기며 온갖 어지러운 폐허 위에 햇볕은 비웃기라도 하듯 쨍쨍 내리 쬐고 있었다. 가락시장 옆 탄천빗물펌프장이 물에 잠겼다. 송파구청장이 구청장실에서 수재민들의 거센 항의를 받고 고립되었다는 보고가 올라왔다. 고건시장님이 모 국장을 불러 현장에 가서 해결하라는 지시를 내렸다. 그 국장님과 같이 현장에 도착하니 펌프가 멈추어 있는 것이 아닌가. 주변 가락시영 아파트 지하실은 이미 물에 잠겨 있었다. 탄천유수지 물을 빨리 퍼내야, 아파트 주변 물을 빨아들여 더 이상 침수를 막을 수 있다. 빗물펌프장에서 물을 펌핑하는데 펌프용량이 부족하다 보니, 유수지 물이 계속 상승하여 전기 수배전반까지 물이 차올라오자 현장관리자들이 감전사고를 염려해서 전기스위치를 내리고 탄천 제방으로 급히 피신한 상황이다. 이후 비가 잦아들어 펌프를 재가동해야 하는데 전기판넬이 이미 물에 젖어 펌프를 돌릴 수가 없는 지경이다.

우선 전기드라이를 구했다. 물에 잠겼던 전기판넬 아래 부분부터 말리기 시작했다. 대강 건조를 시키고 난 후 펌프가동 스위치를 올리도록 하였다. 사실은 전기 절연상태를 체크한 후에 스위치를 올려야 하는데 급한 마음에 터지든 말든 스위치를 올렸다. 스위치를 올리는 동안 아예 눈을 감았다. 뭔가 잘못되어 폭발이 되든지, 날아가도 할 수 없다. 그런데 다행히도 펌프가 정상적으로 가동되는 것이 아닌가. 안도의 한숨이 저절로 나왔다. 펌프를 순차적으로 총 가동하면서 유수지 수위가 떨어졌다. 우선 응급복구가 된 셈이다. 인근에 침수되었던 물이 빠져 나가다 보니 그렇게 아우성 쳤던 민원도 해결이 되었다. 주변 현장을 확인한 후 새벽에 시청으로 복귀했다. 그때까지 시장님이 주무시지도 않고 기다리고 계셨다. 그 국장님이 해결했다고 보고를 하자, 시장님이 안도감을 쉬면서 수고했다고 격려를 했다. 이후 그 국장님은 부시장까지 승진하였다. 나중에 개인적으로 그 국장님 하시는 말씀이 그때 그 일로 시장한테 점수를 많이 땄다는 것이다. 그러면서 나한테도 고맙다는 이야기를 하셨다. 그 당시 나는 하나님을 믿지 않았지만 전기 스위치를 올리면서 터지지 말고 문제가 없게 해 달라고, '하늘이시여 도와주세요' 하면서 절절히 간구를 했던 기억이 난다. 사람이 다급할 때는 누구나 본능적으로 신에 의지할 수밖에 없다. 성경 속 하나님은 자신의 존재를 한 줄로 나타내고 있다. '나는 전능한 하나님이다.' 내가 이 세상 모든 만물을 창조하였고 지금도 온 우주를 다스리고 있다는 메시지다.

미국 유학을 마치고 처음 부임한 곳이 노량진정수장이다. 이론적으로는 정수처리며 하수처리를 배웠지만 실무 경험은 부족한 상태였다. 수질기준이며 실험하는 것을 현장에서 보면서 하나하나 배워 나갔다. 한번은 정수장에서 예상치 못한 수질 사고가 발생했다. 혼화기내 기어박스 기름이 유출되면서 침전지에 물 표면이 기름으로 뒤덮었다. 침전지 유출밸브를 잠그고 기름 제거 청소를 시작하였다. 콘크리트 수조에 새 물을 채우고 또 퇴수를 반복해도 기름이 완전히 제거되지를 않았다. 이 방법으로는 한계가 있었다. 기관장으로서 수돗물 공급을 중단할 수도 없는, 더 이상 시간을 지체할 수 없는 긴박한 상황이다. 고민하던 중에 경험이 많은 고참 직원이 '하이타이 세제'를 제안했다. 과거 어디에서도 기름이 샜는데 이 방법으로 해결했다는 것이다. 하이타이를 풀자 기름이 온데간데 없이 사라졌다. 제대로 효과를 보았다. 세제가 기름방울을 미세하게 분해하여 제거하는 원리다. 세탁 시 때를 제거하는 것과 같다. 경험이 깡패다. 위급할 때 다년간 축적된 경륜이 빛을 발하는 순간이다. 우리 사회는 나이가 권력이다. 유교 문화의 영향으로 연장자가 대우를 받고 우선권을 가질 때가 많다. 나도 젊었을 때는 이것이 불만일 때도 있었다. 그러나 '도깨비도 나이 먹은 도깨비가 낫다'는 말이 있듯이 나이 경륜을 무시해서는 안 된다. 어렵고 급박한 상황에서는 경험이 최고라는 교훈을 얻었다.

뚝섬에 위치한 뚝도정수장이 서울에서는 역사가 가장 오래된 정수장이다. 1908년 처음으로 상수도 통수를 시작한 곳으로, 현재 수도박물관도 자리 잡고 있다. 서기관으로 승진한 후 소장으로 처음 부임했다. 호사다마라고나 할까, 직원 사망사고가 발생했다. 토요일 오후였다. 누군가가 다급하게 뛰어와서, 사람

〈인도네시아 '아시아 물포럼' 참가, 동양인들 특유의 끈끈한 정이 좋다, 서양인들의 개인주의 실리주의도 장점이 있지만, 나는 동양적 된장 냄새에 더 정감이 간다〉

이 침전지에 빠져 있다는 다급한 목소리다. 119에 신고를 부탁하면서, 단숨에 달려가 보니 누군가가 침전지 수로 스크린 망에 엎어진 채로 걸려 있는 것이 아닌가. 당장 잡아당기려고 하는데 물살이 빠르고 수심이 깊어서 손을 댈 수가 없다. 직원들 누구 하나 위험한 상황이라 들어가지를 못하고 발만 동동 굴렀다. 이윽고 잠수부 복장의 119 소방대원이 도착했다. 이들도 바로 들어가지 못하고 밧줄로 몸을 묶고서야 들어갔다. 걸려 있는 사람을 건져냈는데 우리 직원이 맞다. 이미 사망한 상태 같았다. 구급대원이 심폐소생을 해 보아도 전혀 인기척이 없다. 그래도 한양대 병원 응급실로 옮겼다. 가족들한테도 연락을 했다. 무릎 꿇고 기도부터 했다. '하나님! 직원 한분이 돌아가신 것 같습니다. 어떻게 해야 되는지 저는 모르겠습니다. 전능하신 하나님께서 장례절차며 공상처리하는 문제, 유가족 보상 문제 또 대외적인 언론문제 등 모든 것을 주님께 의지합니다.' 그때까지 멘붕 상태에 빠졌던 머리가 어느새 차분하게 돌아왔다. 병원에 가보니, 고인의 배우자 및 자녀분들이 와 계셨다. 우선 기관의 책임자로서 사과부터 했다. '죄송합니다, 어떻게 사죄를 드려야 할 지 모르겠습니다. 그리고 모든 절차는 저희가 최선을 다해 도와 드리고 책임지겠습니다.' 유가족들에게 사고 경위에 대해 그림을 그려가며 설명을 했다. 표정이 의외로 차분하고 겸손해 보였다. 운명으로 받아들이는 분위기면서 오히려 예의를 갖췄다. 본인의 과실이든 아니든 어쨌든 안전사고이니 시비를 걸면 책임을 면할 수 없다. 그러나 서로 이심전심이랄까, 보이지 않는 신의성실 원칙을 지키기로 약속이라도 한 듯 양쪽이 놀랄 정도로 부드럽고 순조로웠다. 장례식을 다 마치고 공상처리도 깔끔하게 마무리 되었다. 또한 고인이 돌아가시기 얼마 전에 집에서 사망보험을 우연찮게 가입한 것이 있어 경제적으로도 상당한 보상을 받았다고 들었다. 아울러 위로금지급이며 장례식이며 모든 것이 물 흐르듯 처리되었다. 사고사인데 어쩌면 유가족들 하고 얼굴 한번 붉히지 않고 큰소리 한번 없이 원만하게 마무리를 짓다니 참으로 놀랍고도 감사했다.

얼마 후 또 한 번 사고가 터졌다. 정수장에서 나가는 송수관로에서 누수가 발생하였다. 누수 부위를 터파기하여 해당 관로를 용접한 후 통수를 시작하였다. 여기서 수질사고가 발생한 것이다. 용접을 위해 관로 내 물을 다 퇴수하였으니

충수할 때는 관로 내 공기를 서서히 빼가면서 물을 채워나가야 한다. 펌프를 가동 할 때도, 한대 가동 후 20~30분 간격으로 두 대, 세 대 점차 가동해야 관로 내 유속 변화가 적다. 그런데 우리 직원이 펌프 세 대를 한꺼번에 가동하는 바람에 유속이 급상승하면서 관로 내 침적해 있던 스케일이며 침전물들이 한꺼번에 출수되면서 적수가 나온 것이다. 근래 인천 상수도 적수 사건과 유사한 케이스다. 그 날 저녁에 마포 쪽 가정집에서 탁수가 나오는 것을 보고, 주민이 신고를 해서 TV 방영이 된 것이다. 수질사고가 터졌으니 난리가 났다. 그 소식을 듣고 우선 무릎부터 꿇었다. '전능하신 하나님 아버지! 저희로 인해 수질사고가 났습니다. TV에서까지 상세하게 방송이 나가고 정말 큰일이 났습니다. 주님은 이 문제를 잘 아시오니 모든 것을 하나님께 의지합니다. 해결해 주옵소서.' 직원들이 총 출동해서 수질사고가 난 와우산 배수지 수계 내 아파트들을 순찰하며 전수조사를 했다. 아파트 저수조 탱크마다 물을 다 퇴수시키고, 단수 주민들에게는 급수차로 비상 급수를 하였다.

이미 엎질러진 물이다. 상수도본부에서 징계절차를 밟고 있었다. 내가 소장으로 있는 뚝도정수사업소가 모든 책임을 질 수밖에 없다. 소장, 과장 담당자 3명을 업무상 과실로 징계위원회에 회부가 되었다. 상수도본부에 가서 사정을 해봐도 안 통했다. 사고 경위를 조사해 보니 좀 석연찮은 구석이 있었다. 마포 와우산 배수지 쪽에서 녹물이 나왔다면 중간에도 녹물이 나와야 하는데 적수 흔적이 없다. 참으로 묘한 현상이다. 소장인 내가 소명서를 직접 작성해서 징계회의에 출두하였다. 배관망도 그림을 그려 가면서 수리수문학적 계산을 제시하면서 펌프 가동과 수질사고의 연관성이 적거나 거의 무관하다는 논리를 제시했다. 그러자 징계위원장이 자기는 잘 모르겠다며 상수도본부로 징계안건을 다시 회부해 버렸다. 상수도본부에서 자체 알아서 처리하라는 지시이다. 사실 징계위원장이 원래는 부시장인데 그날따라 차관회의가 있어서 불참하는 바람에 위원 중에 한분이 임시로 위원장을 맡게 되었다. 교수분이신데 행정 분야 전공이었다. 기술적인 전문성이 부족하다보니 이해가 어려워 재검토, 반려를 한 셈이다. 징계는 결과적으로 무효가 되고 말았다. 이스라엘의 다윗왕은 전쟁이 날 때마다 되뇌는 말이 있다. '전쟁은 여호와께 속한 것이다.' 그러면서 하나님께 무릎을 꿇는다. 하나님이 다윗을 보고 '내 마음에 합한 자' 라고 할 정도로 온전히 하나님께 절대순종 절대 의지했던 왕이다. 지금도 이스라엘 국기 한 가운데 별이 하나 있는데 그것을 다윗별이라 부른다. 그만큼 최고로 추앙받는 왕이다. 그는 위급할 때 우선 만왕의 왕이신 하나님께 무릎부터 꿇는 것이 특기였다.

이후 상수도본부 생산부장이란 보직을 받았는데, 서울시 6개 정수장을 총괄 감독하는 부서다. 서울 수돗물 생산을 책임지는 자리다. 상수원 수질, 수량부터 정수장 수질, 운영관리 등을 포함한다. 하루에 공급량이 330만 톤이니 가로세로 높이가 100m인 정육각형 입체를 3개 이상 공급하는 엄청난 양이다. 작은 산 3개 크기를 매일 만들어야 한다. 정수장에서 고장이나 사고가 나면 큰일이다. 바로 단수로 이어지기 때문이다. 그때만 해도 순간정전이라든가 약품투입 정지 등으로 크고 작은 수질 사고 등이 자주 발생하였다. 그러니 하루하루가 좌불안석이다. 월요일 아침 과장들하고 업무 회의를 시작하기 전에 마음의 평안을 갖기 위해 기도를 종종 하게 되었다. 다음은 사무실에서 드렸던 기도문이다.

'나는 포도나무요 너희는 가지니 저가 내 안에 내가 저 안에 있으면 이 사람은 과실을 많이 맺나니 나를 떠나서는 너희가 아무것도 할 수 없느니라.

아버지 하나님!
지난 한주간은 하나님과 밀착하여 동행하지 못했습니다. 떨어져 있었습니다. 포도가지가 나무 본체에 붙어 있어야 영양 공급도 받고 열매도 맺을 텐데, 붙어 있지를 못했습니다. 지난 일주일간 왜 이리도 정신없이 허둥대며 분주했는지요. 부별 업무 보고하랴, 신년도 업무 계획 세우랴. 참으로 안달복달 했습니다. 마음이 바쁘다 보니 하나님은 온데간데 없었습니다.

아버지 하나님!!!
주님을 떠나서는 저희가 불안합니다. 무엇인가 부족함 갈급함이 있습니다. 주변 사람들과도 화평치 못했습니다. 좌충우돌했습니다. 브레이크가 고장 난 자동차처럼 마구 달리다 장애물에 부딪치고 깨지고 상처받았습니다. 내 자신을 제어 통제하지 못했습니다. 내 영혼에 평안과 화평이 없었습니다. 성경을 읽을 마음이 사라졌습니다. 기도할 마음도 사탄 마귀가 이미 빼앗아 가버렸습니다. 이미 돌아 올 수 없는 다리를 건너고 말았습니다.

아버지 하나님!!!

내 마음에 안식을 주옵소서. 고요히 하나님을 바라볼 수 있는 영안을 열어 주옵소서. 주님의 말씀, 음성을 들을 수 있는 은혜의 귀를 틔우게 하옵소서. 주님의 성령으로 가슴을 적시게 하옵소서. 세상의 아우성, 숨 가쁜 소리를 뒤로 하게 하옵소서. 세상의 달콤한 소리, 유혹에도 능히 승리할 수 있도록 성령 충만을 허락해 주옵소서. 아버지 하나님! 세상을 속세라고 치부하거나, 비판하지 않게 하옵소서. 세상으로부터 도피하지 않게 하옵소서. 세상의 방관자가 되지 않게 하옵소서. 세상이 나를 인정하지 않는다고 불평하지 않게 하옵소서. 세상과 등지고 외면하게 하지 마옵소서.

하나님!!!

세상을 변화시키려 하지 말고 우선 나를 변화시키게 하옵소서. 세상에 뛰어들기 전에 하나님 앞으로 먼저 뛰어 가게 하옵소서. 나의 존재를 세상에 부각시키고 싶은 유혹이 올 때 한발 물러서는 여유를 갖게 하소서. 내 명예를 갖기보다 하나님의 명예를 먼저 생각하게 하소서. 나의 능력을 믿기보다 하나님의 능력을 바라보게 하옵소서. 아버지 하나님! 우리나라에 구제역이 만연하고 있습니다. 참으로 참담한 현실입니다. 자식 같이 키운 소가 수백 마리씩 살 처분되는 현장을 보는 농부의 아픔을 긍휼이 살펴 주옵소서. 소에 이어 돼지까지 구제역 폭풍에 휘말리고 있습니다. 닭 오리도 조류 인플루엔자 징후가 나타나고 있습니다. 하나님이시여 이 땅에 가축은 이제 어떻게 되는 것입니까?

아버지 하나님!!

저희가 잘못했습니다. 하나님의 섭리를 거역하고 내 이익 내 상업주의에 눈이 멀었습니다. 경제적 이익만을 생각하고, 소나 돼지를 좁은 콘크리트 공간에다 가두었습니다. 운동도 시키지 않으면서 빨리 속성 성장하라고 사료만을 먹여댔습니다. 밤에도 자지 말라고 전등불을 켜면서 먹이를 먹였습니다. 모두가 저희 탓입니다. 저희가 죄를 지었습니다. 저희가 주님 말씀에 불순종했습니다. 한치 앞을 못 보는 근시안이었습니다. 눈앞의 달콤한 이익만을 쫓았습니다. 하나님을 바라보지 못했습니다. 용서하여 주옵소서. 하나님 제가 덜 죽었습니다. 아직까지 제 자아가 여전히 살아있습니다. 하나님 용서하옵소서. 바울같이 '날마다 나는 죽노라'를 하지 못했습니다. 옛날 과거 삶에 아직도 머물러 있습니다. 하나님 거듭 태어나게 하옵소서. 새 삶을 살게 하옵소서. 하나님! 나의 자아가 죽게 하옵소서. 하나님! 남 정죄하고 비판하는 일에 아직도 환희를 느끼고 있습니다. 하나님! 오늘 부본부장님께 업무 보고를 하는 날입니다. 지혜를 주셔서 송 국장님 주께 대하듯, 정성을 다하게 하옵소서. 이 모든 말씀 예수 그리스도의 이름으로 기도했습니다. 아멘.

한여름 비가 억수같이 내리는 밤에 강북정수장에서 인명 사고가 발생했다. 공익요원이 정수장 순찰업무 보조를 맡고 있었다. 공익요원이 비가 오는데 자전거를 타고 새벽 순찰을 돌다가 코너에 세워져 있는 콘테이너 박스를 보지 못하고 들이박은 것이다. 자전거는 휴지 조각이 되면서 공익이 콘크리트바닥에 내동댕이쳐져서 뇌진탕이 온 것이다. 순찰 나간 공익이 1시간이 되어도 안 돌아오니 청경들이 수색을 나가서 쓰러져 있는 공익을 발견하고 119를 불러 병원에 옮겨 놓았다. 의식도 아무런 감각도 없다. 뇌사상태다. 그 소식을 듣고 나는 무릎부터 꿇고 기도를 했다. "하나님 아버지! 젊은 공익이 뇌사상태에 빠졌습니다. 저희 정수장에서 사고가 났으니 기관장인 제 책임입니다. 이 문제를 하나님께 의지합니다. 공익이 깨어나게 하여 주시고 후유증도 없이 깨끗이 치유해 주옵소서." 하루 이틀이 지나도 의식불명 상태다. 코너 모퉁이에 콘테이너를 치워야 했는데 그것이 불찰이다. 침전지 공사업체가 공사 잔재물들을 담아 놓았던 청소용 콘테이너다. 어찌 되었든 안전사고 책임은 나다. 부모님을 만나서 자초지정 사고 경위를 설명하고 무조건 사죄부터 했다. 그리고 우선 치료비 등 일부 경비를 드렸다. 공익 어머니는 계속 울고만 계셨다. 일주일에 한두 번씩 병문안을 계속 가면서 신우회 회원들과 같이 기도를 이어갔다. 한 달이 지나자 드디어 의식이 돌아왔다. 한 달 만에 눈을 뜬 것이다. 세상에 이런 기적이 나타나

다니. 그런데 기억 상실증이 왔다. 과거 일을 기억하지 못하는 것이다. 그러나 차츰 시간이 지나면서 기억도 되살아났다. 참으로 감사할 일이다. 신기한 것은 지금까지 부모님과도 한마디 언쟁한번 불평한번 없이 일이 마무리되었다. '세상에 이런 일이' TV 프로그램에 나올 만한 일이다.

또한 엄동설한 1월에 강북정수장 송수관로가 터지는 사고가 일어났다. 2400mm 대형 관로에서 관 일부가 갈라지면서 누수가 발생하였다. 기온이 영하 10도 이하로 3일 연속 강추위가 계속되어, 지하에 매설되어 있는 관로가 수축되면서 관 용접부위가 찢어진 것이다. 이 사고로 15,000 가구가 단수되었다. 한 겨울에 수돗물 공급이 중단되다보니 보일러 난방공급수가 끊어져 추위에 떨어야 했다. 민원전화는 빗발친다. 참으로 피가 마르고 속이 타들어 갔다. 어떤 민원인은 대뜸 쌍욕부터 한다. 야속하기도 하면서도 한편으로 이해가 간다. 이틀 만에 간신히 누수 부위를 용접하고 통수를 하였다. 그러나 수질사고도 염려된다. 시간이 없다 보니 관세척이나 수질검사를 못하고 우선 통수부터 하였다. 아무도 없는 곳에 가서 혼자 무릎 꿇고 총알 기도부터 했다. '하나님! 이제 통수를 시작하는데 공기 배출이며 수질사고 위험이 있는데 이 문제 해결해 주옵소서.' 다행히 아무런 문제가 발생되지 않아 천만 다행이다. 감사하다. 물을 다루다 보면 물은 살아 있는 유동체라서 언제 어디서 어떻게 사고가 날 지 장담할 수 없다. 물은 정직하다. 누수사고든 수질사고든 반드시 원인이 있다. 우연이란 있을 수 없다. 관로가 지하에 있다 보니 육안으로 확인이 어려워 사고를 예측하기가 어렵다. 더구나 지하 온도 조건이나 토질 환경, 부등 침하 등이 언제 어떻게 변화될 지 아무도 알지 못한다. 인간이 지진이나 태풍을 막을 수 없는 것과 같다. 인간의 한계를 인식하고 나자 더욱 하나님께 의지 할 수밖에 없다. 다음은 상수도본부에서 월요일 아침에 드렸던 기도문이다.

하나님 아버지!
지금까지 내 맘대로 내 의지대로 고집하며 살았습니다. 내 정욕대로 살았습니다. 온갖 수많은 죄를 저질렀습니다. 내가 무슨 최고인양 교만했습니다. 모든 것을 내 기준대로 살았습니다. 내 생각, 내 가치관이 옳다고 살았습니다. 내

기준에 맞지 않으면, 상대방을 비난하고 손가락질했습니다. 내 생각만이 정의롭고 맞아야만 했습니다.

남들 앞에서 바르고 정직한 척 했습니다. 남들보다 상대적으로 내가 더 도덕적이라고 합리화했습니다. 그러나 하나님 앞에서 보면 남들이 모르는 하나님만이 아는 수많은 죄를 저질렀습니다. 배우자나 자식에게도 말로 하지 못하는, 하나님만이 아는 죄를 저질렀습니다. 겉과 속이 다른 2중, 3중 인격자, 위선자로 살았습니다. 가면인격으로 살았습니다. 여자를 대할 때도 독립된 인격체로 보기 보다는 정욕의 눈으로 바라보았습니다. 직원들을 대할 때도 하나님의 소중한 인격체로 대하기보다는 내 마음대로 다뤄도 되는, 함부로 해도 되는 부하 직원 하수인으로 대했습니다. 내 기분이 나쁘면 짜증을 내고, 내 말에 조금이라도 거역하면 내 권위에 도전하는 것으로 여겼습니다. 때로는 뿌리를 뽑아야겠다면서, 본때를 보여주어야겠다면서 혈기를 부렸습니다.

하나님 아버지!!
사람을 하나님의 눈으로 하나님 관점에서 보지 않고 사람의 눈으로만 바라보았습니다. 자비와 긍휼로 보기 보다는 내 눈에 본대로 남을 판단하고, 정죄하였습니다. 하나님을 무시하고 살아온 이 죄인을 용서하여 주옵소서. 하나님 뜻보다는 내 뜻대로, 내 이익대로 내 중심적으로 살았음을 고백합니다. 참회의 기도를 드립니다.

하나님 아버지!!!
실정법만 위반하지 않으면 된다는 편의주의로 살았습니다. 하나님 법을 모른 척 무시하고 살았습니다. 겉으로 들키지만 않았지 무수한 죄를 지었습니다. 선인인 것처럼 양의 탈을 쓰고 살았습니다. 과거를 돌이켜 보면 온갖 죄덩어리, 모순덩어리로 살았습니다. 지금까지 베풀어 주신 하나님의 은혜를 모르고 살았습니다. 아직도 못 가진 물질, 못 가진 명예, 못 가진 권력 때문에 불평하며 원망하며 살고 있습니다. 저희를 불쌍히 여겨 주옵소서. 벌레같이 추하고 더러운 저희 마음을 깨끗하게 하옵소서. 저희 노력으로 힘으로는 못합니다. 내 자아가 너무 견고하여 내 힘으로는 깰 수가 없습니다. 작심삼일입니다. 하나님이 주시는 은혜로 조금씩이나마 변화하게 하옵소서.

하나님 아버지!!!
저희가 지금 하는 일도 주님께서 주셔서 감사합니다. 이 일을 통해 주님께 영광을 돌리게 하옵소서. 출근할 수 있는 직장 주셔서 감사합니다. 일 할 수 있는 건강 주셔서 감사합니다. 옆에 좋은 동료, 직원들 주셔서 감사합니다. 아빠소리를 들을 수 있는 가정 주셔서 감사합니다.

아버지 하나님!!!
직장에서 풀어야 할 여러 가지 일들이 있습니다. 공사 감독하면서 감리단, 시공사, 설계사, 유지관리부서, 외부 민원 등 여러 문제들도 있습니다. 또 저희가 모시고 있는 상사들과의 의견 조율도 있습니다. 본청 관련부서와 협의도 원만해야 합니다. 특별히 업체들 간의 갈등으로 인해 수사기관에서 조사받는 문제들도 있습니다. 이 모든 것들이 내 뜻이 아닌 하나님 뜻에 합당하게 하옵소서. 저희가 업체를 소개해서 일을 하게 한 경우도 있습니다. 저희 잘못도 있습니다. 주님 앞에 회개하오니 용서하여 주옵소서. 주님은 다 알고 계시오니 주님께 의지합니다. 이 모든 말씀을 예수 그리스도의 이름으로 기도드립니다. 아멘

미국에서 물 관련하여 석사 및 박사 학위를 받았기에, 공무원 경력을 물 쪽으로 집중하여 전문화하는 편이 경력관리 측면에서 유리하다고 판단했다. 이를 위해 기술사 자격증이 필요했다. 그래야 대외적으로도 현장 전문가로 인정을 받을 수 있다. 또 나중에 퇴직해서도 재취업을 하려면 기술사가 더 요긴하다. 그래서 상하수도기술사 시험에 도전했다. 무조건 첫 시험을 보았다. 아무 준비도 없이 시험을 치렀는데 주관식 서술형 답안이기에 대충 쓰면 될 줄 알았다. 평균 점수가 60점 넘으면 된다. 나중에 점수를 확인해 보니 40점대였다. 그래도 물 전문가라는 소리를 듣는 마당에 점수가 너무 형편없었다. 혼자서 기술사 문제집을 가지고 틈틈이 공부를 했는데 그 다음 시험에도 50점대에 머물렀다. 한

편으로 자존심이 상했다. 미국 박사인데 기술사 시험에서 낙방하다니. 한번은 집중해서 준비를 많이 했다. 시험을 치렀는데 또 낙방이다. 화가 나서 한국산업인력공단에 전화를 했다. '내 답안 채점지를 내놔라, 어떻게 점수를 주었는지 내가 직접 확인해야겠다'고 소리를 질렀다. 그러자 지금까지 채점 답안지 보여 달라는 사람 처음 봤다면서 그것은 공개할 수 없다는 것이다. 한 마디로 똘아이 짓을 한 셈이다. 가만히 생각해 보니 정확히 답을 못 쓰고 대충대충 썼으니 점수가 신통치 않겠구나, 생각이 들었다. 그래서 공부 방법을 바꿔보려고 잘 아는 후배에게 전화를 했다. 주말에 합동으로 같이 공부하는 것이 효율적이라 생각하고 서울시 사람 3명을 수배했다. 토요일 그리고 일요일 오후에 사당동에 모였다. 함께 답안 작성 연습도 해보고 서로 코치를 해주니 훨씬 능률적이었다.

시험을 다 같이 보았다. 같이 공부한 선배 한분만 합격했다. 둘이 또 떨어졌다. 고시 출신에 미국 박사인데 또 낙방이다. 자존심이 상했지만, 끝까지 가야 한다. 다시 마음먹고 집중했다. 합격한 선배는 답안 작성 연습할 때, 목차정리가 깔끔하면서 핵심 포인트를 놓치지 않았던 것이 기억났다. 그것을 참조해서 답안 연습을 계속해 나갔다. 드디어 시험을 치르는 날이 왔다. 시험장에서 기도를 했다. 지혜를 주시고 실력 발휘를 120% 할 수 있게 해 달라고. 시험을 괜찮게 본 것 같았다. 그러나 결과는 또 실패다. 너무나 화도 나고 지쳐 버렸다. 남들은 한두 번에도 합격을 한다는데 나는 벌써 몇 번째인가. 포기하자니 아까운 생각이 들었다. 3년 가까이 매진했는데, 토요일, 공휴일을 반납하고 공부했는데 결과도 못 보고. 기술사 시험이 고시보다 더 어려운 것 같았다. 시험 범위도 넓고 깊이도 만만찮다. 마지막 한번만 더 보자 마음을 추스렸다. 담담한 마음으로 시험을 보았다. 발표를 보니 다행히 합격이다. 정말 오랜만에 맛보는 기쁨이었다. 나한테 기술사가 팔자에 없나보다 생각까지 했는데 결국 합격을 한 것이다.

2차 면접이 남았다. 혹시나 면접에서 낙방하는 것 아닌가 은근히 걱정도 되었다. 휴일에도 빠지지 않고 준비를 했다. 시험 날, 면접위원이 3명인데 각자 질문에 몇 문제 빼고는 답변을 무난히 했다. 최종 합격 통지를 받았다. 어떤 사람들은 필기에 합격하고 면접에서 여러 번 낙방된 사람도 보았다. 2년간 면접시험 볼 자격이 있는데 여기서도 떨어지면 필기시험부터 다시 시작해야 한다. 나는 필기는 어렵게 붙고 면접은 한 번에 끝내다니 참으로 세상 공평하다는 생각이 든다. 여기서 깨달은 것이 있다. 무슨 시험이든 처음에 쉽게 생각하면 큰 코 닥친다는 사실이다. 고시출신들이 대개 기술사를 우습게 보는 경향이 있다. 그러다가 10년 동안 합격하지 못하는 후배도 보았다. 처음 마음가짐이 중요하다. 시험 앞에 겸손해야 한다. 그래야 시험이 도망가지 않는다. 성경에도 '교만은 패망의 선봉이다'고 한다. 시험을 대하는 태도가 중요하다. 대충 준비해서는 대충 떨어지는 것이 시험 원리이다.

젊은 농부가 일 년 내내 땀 흘려 농사를 지었는데 병충해 때문에 과수 농사가 망쳤다. 원님을 찾아가서 간청하기를, 농사에 성공하는 비결을 배우러 왔습니다. 원님은 그릇을 가져오더니 거기에 술을 가득 따랐다. '이 술그릇을 들고 동네를 한 바퀴 돌고 오너라, 그런데 이 술을 흘리는 즉시, 호위대장은 칼로 목을 쳐라'고 삼엄한 분부를 내렸다. 농부는 술을 흘릴새라 온 정성 집중을 다해 조심조심 마을을 돌고 왔다. 그러자 원님 왈, '동네를 돌면서 무엇을 보았느냐?' 농부 왈, '아무것도 보지 못하고 이 물그릇만 쳐다보고 왔습니다.' 원님이 이르기를 '바로 그것이다, 성공은 한가지에만 집중해야 된다, 이것저것 두리번거리면 안 된다, 한곳에 몰두해야 한다.' 즉 不狂不及이다. 미치지 않으면 미치지를 못한다. 골프며 운동도 마찬가지다. 얕보다가는 큰일 난다. 무생물인 골프공 하나에도 정성을 들여야 한다. 비록 눈에 보이는 생명이 없는 물체 같아도, 그 재료 안에는 무수한 원자와 분자로 구성된 물질들이 서로 조합하여 만들어진 것이다. 그것을 대하는 태도가 사람을 대하듯, 하나님을 대하듯 예의를 갖춰 겸손하게 머리 숙일 줄 알아야 한다. 무생물이 말한다, 나를 경시하는 것은 네가 그 결과나 효용가치도 멸시하는 것이 되기 때문에 나는 너와 상관이 없다. 무생물도 생명을 가진 사람이 만들었기에 보이지 않는 인간의 혼이 깃들어 있다.

서울시와 한국수자원공사가 소송을 붙었다. 팔당댐에서 흘러 내려오는 한강물, 상수원수와 관련해서 그동안 치열한 논쟁이 이어져 왔다. 서울시가 원수 물 값 일부를 지불하지 않고 버티자, 수공 측에서 소송을 걸었다. 1심은 서울시가졌다. 2심은 이겼다. 3심 대법원 판결만 남았다. 내용인즉 1986년 충주댐 완공 이후에 건설된 취수장에서 퍼 올리는 한강물에 대해서는 물 값을 내야한다. 86년 이전부터 취수하는 물에 대해서는 요금이 면제된다. 기득수리권을 인정받는 것이다. 충주댐하고 무관하니까 댐이 기여한 것이 없기 때문에 무료다. 서울시측에서는 1986년 이전에 건설된 취수장에서 공짜로 취수하던 물의 총량을 합산해서 인정해 달라는 것이다. 총량에 대해 요금을 면제해 달라는 것이고, 수공측에서는 무료로 쓰는 기득수리권의 경우 해당 취수장에서 다 쓰지 못하고 잔여량이 남으면 자동 소멸되어야 한다는 주장이다. 개별 취수장별로만 인정되지 잔여량을 다른 취수장에다 넘겨줄 수 없다는 논리다.

구의동에 위치한 구의취수장은 구리시 쪽에서 내려오는 왕숙천의 수질 영향을 받아 수질이 좋지 않기 때문에 이 취수장을 팔당댐 아래 상류 쪽으로 이전하는 계획을 세웠다. 서울시에서는 구의취수장의 당초 기득수리권 90만 톤을 장소 이전에 상관없이 인정해 달라고 하였다. 수공측은 장소를 이전하는 것은 신설 개념이므로 기득수리권을 인정할 수 없다는 주장이다. 사실 댐법이나 하천법 어디에도 취수지점을 이전하게 되면 기득수리권이 소멸된다는 규정이 단 한 군데도 없다. 하늘이 내려준 자연재, 천부권인 물 '공공재'를 공공복리 대신 수자원공사의 사익을 위해 폭리를 취함으로서 '봉이 김선달'이라는 비아양이 나온다. 결국 소송으로 가게 되었다. 1심 재판부에서는 수공 측 손을 들어줬다. 개별 취수장별로만 기득수리권이 인정된다는 것이다. 2심은 다행히도 서울시 주장인 총량으로 기득수리권이 인정된다는 취지로 판결을 하였다. 대법원 상고를 진행하기 위해 대법관 출신도 법률 자문위원으로 영입하였다. 변호인단은 우리나라 로펌 중 두 번째 규모인 '태평양'으로 정했다. 수공 쪽은 대한민국 최고 명성을 지닌 '김앤장'을 선임했다.

대법원에 준비서면을 4~5차례 제출했다. 기득수리권은 총량으로 인정받아야 하는 논리를 주장했다. 같은 한강물이고 용도도 똑같은 수돗물 생산에 사용되는 물인데, 취수 장소를 이전한다고 기득수리권을 말소시키는 것은 무리한 억지 주장이다. 또한 하류 쪽 수질이 좋지 않아서 단순히 상류 쪽으로 취수 위치를 이전하는 것이므로 기득수리권이 그대로 인정되어야 한다. 근원적 문제인 수질악화도 수공측의 귀책사유다. 수질관리의 책임이 수공에 있다. 몇 차례 공판이 열리면서, 양측의 치열한 공방이 이루어졌다. 최종 판결 날짜가 공지되었다. 만약 소송에 패한다면, 앞으로 30년 동안 지불할 돈이 1조원이 넘는다. 워낙 큰 소송이라서 나 역시 잠이 잘 오지 않았다. 승리하면 이 돈이 절약되는 것이고 패배하면 지불을 해야 한다. 지금까지 서울시 소송 역사상 가장 큰 금액이다. 법무담당관실이나 시장 단에서도 관심이 높다. 변호인 자문단에서는 2심에서 승리했으니 70~80% 승리할 것이라고 낙관하는 분위기이다. 선고 시간이 오전 11시인데 아침부터 계속 기도를 했다. 다음은 대법원 판결을 앞두고 긴급하게 하나님께 드렸던 기도문이다.

아버지 하나님!!
이번 주 용수료 소송하고 부당이득금 반환소송, 판결 두 건이 있습니다. 대법원 마지막 선고가 목요일 11시에 있습니다. 주님이시여 주님 뜻대로 하옵소서. 저희 뜻보다는 가장 합당한 주님의 뜻대로 하시옵소서. 주님은 가장 공의로우시며 정의로우시며 모든 형편과 사정을 아시오니 주님께 온전히 맡기옵니다. 인간적인 생각이나 판단이 들어가지 않게 하옵소서. 판결이 주님 뜻에 있음을 믿음으로 믿습니다. 그리고 그 결과에 순종하게 하옵소서. 믿음의 크기만큼 순종을 한다고 하는데 이것을 계기로 믿음의 크기를 크게 하옵소서.

결과가 승소든 패소든 순복하게 하옵소서. 승소가 되면 감사하고 패소가 되면 회개하게 하옵소서. 모든 것을 주님께 의탁 드립니다. '무엇이든지 기도하고 구하는 것은 받은 줄로 믿으라'는 성경 말씀을 믿고 의지합니다. 예수 그리스도의 이름으로 기도합니다. 아멘.

대법원 재판에 참석한 직원한테서 전화가 왔다. "부장님! 결과가 나왔습니다." 어쩐지 개미만한 목소리에 힘이 없어 보였다. 직감적으로 이거 잘못되었구나 감지가 왔다. 그래서 결과가 어떻게 된 거야? 다급하게 채근을 했다. "저희가 패소했습니다." 눈앞이 캄캄했다. 전화 수화기를 어떻게 떨어뜨렸는지도 모른다. 완전 멘붕이다. 그동안 2년 넘게 이어온 소송인데 결과가 패배라니, 뭔가 귀신한테 홀린 것이 아닌가. 시장단한테 어떻게 보고를 해야 하나 그동안 2심에서 이겼으니 문제없다고 큰소리 쳐왔는데 뭐라고 변명을 해야 하나. 부시장, 시장님 얼굴을 어떻게 마주해야 하나, 조만간 승진도 해야 하는데, 걱정이 태산이다. 다행히 법무담당관이 이미 보고를 한 모양이다. 별도로 추가 보고할 필요가 없게 된 것이다. 하나님께 탄식이 불만이 쏟아져 나왔다. '이게 뭡니까, 그렇게 기도하고 애원했는데, 하나님 살아계신 것 맞습니까? 차라리 2심도 패했으면 기대라고 안 했을 텐데 기대치만 잔뜩 높여놓으시고 마지막에 낭떠러지기로 확 밀어 버리시니 도대체 어쩌란 말입니까' 기도도 되지 않고 원망불평만 터져 나왔다. 수공은 축하파티에 환호성 만세가 터져 나올 것을 생각하니 화도 나고 부럽기도 하고, 질투와 증오가 뒤엉켜 심정이 복잡해졌다.

소송패소에 따라 타 부서들로부터 쏟아지는 차가운 눈총들을 느낄 수 있었다. 모든 것이 허망했다. 상실감이 너무 크다 보니 일하기도 싫어졌다. 만사가 귀찮고 의욕상실증에 걸렸다. 지금까지 수자원공사와 업무 협조하고 서로 도우면서 좋은 관계를 유지했던 것도 한순간에 물거품이 되면서 수공 자체가 미워졌다. 하나님과의 관계도 소원해졌다. 기도가 안 되고, 아니 기도가 싫어졌다. 성경 읽는 것도 싫다. 그런데 직원 중에 믿음이 신실한 이연행 성도가 있었다. 내비게이토 소속으로 요지부동 절대 믿음의 소유자다. 그 직원과 성경말씀 교제를 하면서, '이번 소송 사건은 부장님 개인의 문제라기보다 조직에 관한 사항으로 피해의식이나 죄책감을 가질 필요는 없다. 하나님이 세세하게 다 알고 계시니 두려워 말라. 하나님이 하신 일이니까 하나님 책임이다.' 그 기도를 듣는 순간 위로가 되고 새롭게 영안이 열리는 느낌이 들었다. 자유함을 가지게 되었다. 그 후에는 이 소송 패소 건에 대해서 왈가불가 하는 소리를 못 들었다.

수질과 관련하여 녹조 문제를 빼놓을 수 없다. 가뭄이 심할수록 녹조가 극성을 부린다. 매스컴에서는 이때다 하고 한강 녹조를 대서특필하면서 녹조로 인한 건강 위험성이나 피해 사례들을 기사화하는데 열을 올린다. 녹조라테라는 신조어까지 만들어졌다. 녹조 발생 메카니즘을 보면 네 가지 조건을 들 수 있다. 먼저 수온이 높을 때, 20℃ 이상에서 발생이 증가하고, 질소와 인 같은 영양 염류가 많은 물에서 녹조 생성이 용이하다. 아울러 태양광선이 강할수록 광합 성작용이 활발하므로 녹조 생산이 잘 되고, 유속이 느린 정체수역에서 많이 발 생된다. 4대강 사업을 부정적으로 공격할 때 사용하는 단골 메뉴가 녹조발생이 다. 댐·보 건설로 인해 유속이 느려지고 수류가 정체되어 녹조가 극성을 부린 다고 주장한다. 어느 정도는 맞는 말이다. 그러나 수질은 수량과 관계되므로 4 대강사업으로 수량이 증가됨으로서 수질도 많이 개선되었다. 다만, 댐이나 보 를 만들 때 소수력발전을 위해 한쪽에서만 수문 개폐를 할 수 있도록 한 곳이 많 다. 수문을 댐 중간이나 양쪽에 만들어서 녹조 발생 징조가 보일 때 가끔씩 수 문을 열고 Flushing을 할 수 있어야 하는데 그것이 아쉽다. 또한 홍수기 장마 때 댐 바닥에 퇴적된 슬러지나 오염물들을 수문을 활짝 열고 하류로 플러싱시킬 필요가 있다. 그러므로 수문을 추가 설치하든가 일부 보완을 하면 된다. 최근 환경부에서도 4대강 보 철거 계획을 철회한다고 공식 선언함으로서 그동안의 논란을 잠재웠다. 녹조를 제거하는 기술도 많이 발전되었다. 수중에 공기를 주 입하는 포기 방법이나, 마이크로 또는 나노 크기의 초미세 버블을 만들어서 물 속에 주입시키거나, 초음파나 오존 등을 물속에 분사하여 녹조를 분해 제거하 기도 한다. 물리적인 방법으로는 스크린 같은 기계장치를 이용해 녹조를 걷어 내기도 한다. 근본적인 녹조대책으로는 하천으로 유입되는 질소, 인을 차단하 기 위해 하수처리장 확충이 관건이다.

녹조로 인한 피해로는, 수돗물에 비린내 같은 맛냄새를 유발시킴으로써 수돗 물 불신을 가중시키기도 하고, 정수장에서 응집제 같은 약품이 많이 소요되며, 여과지를 자주 막히게 함으로써 역세척 횟수를 증가시키기 때문에 비경제적이 다. 이것을 해결하기 위한 것이 오존, 활성탄 등을 이용한 고도정수처리 기법이 다. 서울은 고도정수처리 시설을 완비해서 맛냄새 문제는 종결시켰다. 또한 남 조류 같은 녹조에서는 마이크로시스틴 같은 조류독소를 방출하여 동물이나 인 체에 암 유발 요인이 된다고 하지만 아직까지 이에 대해서는 학계에서도 논란 이 많다. 한편 녹조는 장래 인류의 식량 보고가 될 가능성이 농후하다. 신은 고 통이나 나쁜 것을 주면 그 이면에는 또 다른 축복이나 좋은 것을 주는 것이 자연의 법칙이다. 녹조를 이용해 동물 사료를 만드는 연구는 상당히 진전되고 있으며, 가까운 장래에는 대체 식량으로 각광 받을 날이 멀지 않다. 또한 녹조를 이용해 질소, 인 등을 추출함으로써 산업용으로도 활용가치가 많을 것으로 본다.

인류 4대 문명의 발상지가 하천과 연관되어 있는 것을 볼 수 있다. 나일강의 이집트 문명, 티그리스 유프라테스강의 메소포타미아 문명, 인더스 강의 인더스 문명, 황하강의 황화문명이다. 그만큼 물이 인류의 생존을 위해서 필수품이다. 인류의 모든 문명은 물과 함께 발전되어 왔다. 물은 생명이기에 물 없이는 생존 자체가 안 된다. 그러므로 물이 첫째라고 해도 과언이 아니다. 옷이나 식량 거주할 집은 그 다음이다. 도시문명을 가능케 한 것이 물과 전기이다. 이 두 가지를 기반으로 해서 도시가 태동되었고 오늘날 세계인류문명의 획기적인 발전을 가져오게 되었다. 전기는 어떠한가. 전기가 없는 도시가 가능할까 상상할 수가 없다. 엘리베이터, 냉난방이며, 수돗물, 조명 등 전기가 모든 주택 건물을 가동시킨다. 인류의 생명을 30년 연장시킨 위생적 음용수인 수돗물도 전기 없이는 생산 수송을 할 수 없다. 도시는 단적으로 표현하자면 전기와 물이 필수라고 할 수 있다. 나는 공교롭게도 대학에서는 전기공학을 전공했고 대학원에서는 물을 전공하게 되었다. 직장에서는 물을 다루는 분야에서 30년을 일했다. 물과 전기는 상사관계 상동관계다. 원리가 같다. 물의 위치에너지인 수압은 전기에서는 전압에 해당한다. 유량은 전류와 같다. 관로나 전선로를 통해 물이나 전기가 전달 분배되는 것도 유사하다. 전기 분야에서 이해가 어려운 것이 있으면 물 분야의 수리학을 살펴보면 답이 나온다. 또한 물과 전기는 정직하다. 거짓말하지 않는다. 누수 사고가 나면 반드시 원인이 있다. 그냥 우연히 사고가 나지 않는다. 전기도 마찬가지다. 전기사고에는 반드시 누전이 있든가 연결부의 접촉불량 같은 문제점이 수반된다. 아무튼 나의 경우 현대인의 삶에 필수재로서 도시문명의 원동력인 물과 전기를 전공하였다는 것이 여간 다행이며 감사한지 모른다.

나는 성경 중에서 룻기를 좋아한다. 많은 크리스천들도 단지 4장으로 단출하게 구성된 룻기를 통해 삶의 도전을 받는다. 엘리멜렉이란 사람이 유다에 살았는데 흉년이 들어 모압 지방으로 이사를 가게 되었다. 아내와 두 아들을 데리고 갔다. 아내 이름은 나오미인데 얼마 후 남편이 죽고 두 아들만 남았다. 아들들은 이방여인인 모압 여자들과 결혼을 하였다. 10년쯤 지나 두 아들도 죽었다. 세 여인만 남게 되었다. 시어머니 나오미는 며느리들을 향해 너희 남편들이 죽었으니 고향집으로 돌아가라고 권면한다. 큰 며느리는 돌아갔으나, 둘째 며느리인 룻은 거절하면서 '시어머니께서 가시는 곳에 나도 가고 어머니께서 머무시는 곳에 나도 머물겠나이다,' 하며 나오미를 따라 나선다. '어머니의 하나님이 나의 하나님이 되신다, 시어머니를 끝까지 따라 가겠다'고 맹세를 한다. 시어머니를 따라가 살면서 과부로서 남의 밭에 이삭 찌꺼기들을 주우면서 어렵게 산다. 그러면서도 불평 원망 한마디 없이 시어머니께 순종하며 극진히 모신다. 그런 착한 며느리 룻이 결국 새 남편 하나님의 사람 보아스를 만나게 된다. 그리하여 오벳을 낳고 오벳이 이새를 낳고 이새가 다윗 왕을 낳는다. 그 이후 이 족보에서 예수 그리스도가 태어나게 된다. 룻은 참으로 성경 족보에 위대한 여인으로 기록되면서 놀라운 역사를 만들어 낸다. 요즘 같으면 어떤 며느리가 남편도 없이 시어머니를 따라가며 순종할 수 있는가. 모진 고난과 역경 속에서도 순종이 기적을 난다는 교훈을 보여주는 역사의 한 장면이다. 우리 속담에도 '착한 끝은 있다' 는 말이 있다. 보통 착해서는 안 되고 절대 불변으로 착해야 한다. 그러면 하나님도 감동하여 기적을 베풀어 주신다.

한편 룻의 남편 보아스의 아버지가 살몬이다. 살몬의 아내가 기생 라합이다. 라합은 이스라엘 정탐꾼을 자기 집에 숨겨준 하나님의 여인이다. 정탐꾼을 추격하던 무리들에게 지금 방금 두 사람이 떠났다고 말한다. 그러니 정탐꾼들은 길을 재촉해 성급히 떠난다. 이방여인이지만 참으로 지혜로운 여성이다. 방금 떠났다고 하니 집에 지체할 것도 없이 바로 쫓아간 것이다. 두 정탐꾼 중에 한 사람이 나중에 남편이 된 살몬이다. 그 족보에서 다윗 왕이 나오고 그리스도 예수가 태어나셨다. 살몬이 보아스를 낳고 그 이후 오벳, 이새, 다윗으로 대대손손 이어온다. 그러니 보아스의 아내 룻이 다윗왕의 증조할머니인 셈이다. 술 팔고 몸 파는 세상에서 가장 천한 기생 라합 집안에서 이스라엘 최고의 왕과 예수님이 배출되었다. 남들이 조롱하고 멸시하는 기생이다. 세상 관점에서 보면 다윗 왕이나 예수님 가계는 엉망진창 콩가루 집안이다. 라합의 며느리 룻도 이방

모압 여인이다. 정통 유대인이 아니다. 룻은 처음에는 하나님을 믿지 않는 족속이었다. 그러나 하나님은 세상 잣대가 아닌 하나님 사역 관점에서 위대한 역사를 만들어 가시는 것을 볼 수 있다. 인간적 인본주의가 아닌 신본주의를 기본으로 역사를 창조해 나가신다. 하나님 관점, 창조주 입장에서 보면 인간은 누구나 귀하고 소중한 인격체다. 여기에 차별이나 편애가 있을 수 없다. 우리가 누구를 업신여기면 그를 만드신 하나님을 업신여기는 것이 된다. 하나님은 부모의 마음, 긍휼한 마음, 자비의 마음으로 사람의 마음 중심을 보신다. 겉보기가 아닌 속마음을 관찰하시는 하나님이시다. 성경에도 '사람은 외모를 보지만 하나님은 중심을 보신다' 고 말씀하신다.

지인 중에 여러 번의 음주운전으로 형무소에 다녀온 분이 있다. 수감 생활 이야기를 하는데 죄수들을 분방할 때 유사범죄자끼리 모아 놓는다. 절도사범들은 절도범끼리, 사기꾼 경제사범들은 경제범끼리, 폭력전과자는 폭력범끼리 한 방에 배치를 하다 보니 교도서 안에서 범죄 수법을 한 단계 업그레이드하여서 출소 한다는 것이다. 매일 같은 방에 있다 보면 세상에서 못된 짓, 죄짓는 이야기들이 흥미롭기 마련이다. 번호키 열쇠 따는 방법, 철조망 넘는 요령, 담배 반입하는 방법 등 기상천외한 수법들이 난무하다 보니 출소 후 사회에 나와서도 그간 갈고 닦은 주특기를 발휘하고 싶은 유혹이 많을 수 있다. 딱 한번만 한다고 한 것이 또다시 하게 되고, 궁지에 몰리다 보면 계속 반복되기 쉽다. 그래서 우리 교정행정도 다시 한번 쇄신이 필요하다고 본다. 동일 범죄자들을 집합시키지 말고 분산 배치함으로서 또다시 범죄 유혹에 빠지지 않도록 해야 한다. 각 방마다 과거 신앙생활, 성경 읽어본 사람들을 배치한다거나 연령대를 다양화해서 의기투합하지 못하도록 해야 한다. 한때 '너' 유행가를 불러 당대 최고 인기 대중가수로 세상을 떠들썩하게 했던 모 가수 이야기다. 대마초 사범으로 형을 선고받고 교도소에서 성경을 읽은 후 새 사람이 되었다. 출소 후 나이트클럽 등 유흥업소에서 섭외 유혹이 왔다. 그러나 그것을 뿌리치고 미국으로 신학공부 유학을 떠났다. 감옥에서 출소할 당시 '나는 더 이상 세상 노래를 부르지 않겠다' 는 결단을 끝까지 지켰다. 나중에 목사가 되어 복음을 전하는 새로운 삶을 살고 있다.

일생일대에 검찰 조사를 받는 일이 있었다. 턴키공사 입찰과 관련하여 설계평가 위원으로 참석하였다가 누군가 입찰비리가 있다는 투서로 인해 조사를 받은 일이다. 2007년 그 당시로는 1조원에 달하는 대형건물 신축 프로젝트가 턴키로 입찰이 진행되었는데, 평가과정에서 위원들의 부정 비리가 있었다는 제보로 시작된 사건이다. 아마도 낙찰에서 떨어진 탈락회사 누군가가 신고를 한 모양이다. 큰 공사이다 보니 건설 업체들 간의 로비경쟁이 치열했다. 과열경쟁을 하다 보니 뭔가 일이 터질 것 같은 느낌이 들었다. 그렇지만, 일단 연락이 와서 평가 당일아침 심사에 참여했다. 사실 입찰 참가 업체수가 많다보니 누가누군지 기억이 없다. 그러니까 오히려 객관적으로 공정하게 평가를 할 수 있었다. 아마도 2개 업체 정도면 기억이 나서 로비가 효과를 발휘할 수도 있지만 3개 업체 이상이다 보니 헷갈려서 분별하기도 어렵다. 업체가 사전에 찾아와서 자기네 회사 설계에 대한 기본 컨셉을 설명하고 잘 봐 달라 얘기를 하면 당사자 앞에서 잘 알겠다, 정도로 의례적인 대답을 한다. 다른 업체가 와도 똑같은 말을 반복한다. 그러면 업체들은 아마도 이 사람은 우리 편이다 착각을 할 수도 있다. 그러나 공무원들이 대개는 사적인 인연에 연연하지 않는다. 그래도 서기관 이상 공무원이라면 어느 정도 사명감과 공정성, 중심을 가지고 있다. 평가를 마치고 직장에 돌아와서 업무에 복귀한 후 까마득히 잊어버리고 있었다. 어느 날 월요일 출근해서 회의 준비를 하는데 정문에서 전화가 왔다. 소장님 압수영장을 가지고 검찰에서 나왔습니다. 갑자기 닥친 일이라 당황했다. 우선 책상 안에 있었던 현금 얼마를 치워버렸다. 잠시 후 검찰수사관 3명이 압수수색영장을 보여주면서 책상 서랍을 뒤지고 주머니, 수첩, 업무수첩, 핸드폰 등을 압수했다. 나는 평상시 달력 일정표를 쓴다. 날짜에다 회의나 행사일정, 누구 만나는 사람 이름도 적고 하였다. 그것도 통째로 가져가 버렸다. 컴퓨터 내 나의 이메일 내역도 USB에다 몽땅 카피해 갔다. 그런 다음에 집에 가서 압수를 해야 한다고 해서 분당 집까지 동행을 했다. 그때 4층 연립주택 지하실에 거주하고 있었다. 반지하실로 안내를 했다. 장롱이며 여기저지 서랍을 다 뒤지고 통장 등을 가지고 갔다. 그러면서 며칠 후 동부지검으로 출두하라는 지시가 떨어졌다.

출두 예정일까지 잠이 잘 오지 않았다. 난생 처음 당한 일이라서 또 업체들로부터 상품권도 얼마씩 받고 한 것이 있었다. 상품권은 대체로 기름 주유 티켓이다. 때로는 거절도 해보지만 마지못해 받는 경우도 있고, 되돌려 주기도 어려운 국면이다. 또 한두 번 받다보면 무감각해지기도 한다. 그 당시 유난히 턴키 입찰이 많다보니 4급 이상 간부들에게는 이런 일이 일상화되어 있었다. 그 후 시장님 특별지시로 서울시에서는 턴키 입찰이 자취를 감추어 버렸다. 어찌되었건 죄를 지었으니 불안했다. 특히 저녁 약속을 그 달력 일정표에 적어 놓았던 것이 마음에 걸렸다. 이윽고 검찰 청사에 출두하여 조사를 받았다. 담당 검사가 하는 첫마디가 지하실에 사십니까, 묻기에 그렇다고 했다. 아마도 압수 수색을 했던 수사관이 반 지하실에 산다는 이야기를 한 모양이다. 집요한 질문들이 쏟아졌다. 상품권은 받았다고 자백했다. 이 건과 관련해서 정확한 기억은 안 나지만 다른 턴키 심사와 관련해서도 받았다고 했다. 그랬더니 매일 몇 십만 원씩 계산을 하여 6개월 누적 계산치를 들이대면서 협박 아닌 겁박을 하는 것이 아닌가. 어이가 없었다. 무슨 매일 상품권을 받느냐, 말도 안 되는 계산 방법이라고 반박해도, 극구 자기네 주장만을 강요하였다. 다음날 은행 입출금내역서를 발급받아 오라고 해서 아내와 함께 은행에 갔다. 내역서 중 현금으로 통장에 입금된 모든 것에 대해 어느 정도 소명을 하였다. 기억이 안 나는 것은 추가로 증빙 자료를 첨부해서 제출했다. 검사가 아내에게도 심하게 추궁을 한 모양이다. 그 당시 아내는 조그만 꽃가게를 운영하고 있었다. 남편한테서 상품권을 받지 않았느냐 자꾸 심문을 하니까 아내 왈 '서울시청에 연락해서 정득모라는 사람 수소문 조사를 해봐라 어떤 사람인지 알 수 있다'고 항변을 했다.

특별한 혐의를 못 찾으니까 1개월 지나서 또다시 다른 검사가 호출을 했다. 그때도 필요한 증거들을 들이대며 무사히 잘 넘어갔다. 한편 생각해 보니 참으로 죄를 짓긴 많이 지었다. 이번 건 말고도 업체들한테 저녁도 얻어먹고 했다. 화장실에 오래 앉아 있으면 냄새를 잊어버리듯, 타성에 젖으면 이것이 잘못인지 아닌지도 잘 모른다. 나쁜 것을 알면서도 남들도 다 하니까 통상적인 관행이니까 자기합리화를 한다. 무릎 꿇고 기도를 했다. '하나님! 제가 잘못 했습니다. 제가 미국에서 하나님을 처음 만났을 때 앞으로는 절대 부정한 공무원이 되지 않겠다고 맹세를 했는데 또 이렇게 흐지부지 됐습니다. 용서하여 주옵소서. 제가 너무 많이 잘못 했습니다. 하나님! 이번 수사를 잘 넘기게 해 주신다면 앞으로 새롭게 태어나겠습니다. 나도 모르게 눈물이 얼굴에 흘러 내렸다.' 이상하리만큼 마음에 평화가 찾아왔다. 다음날 또 마음이 불안해졌다. 혹시나 징계 처리나 검찰이 다시 소환하는 것은 아닐까. 기도도 잘 되지 않는다. 죄를 짓고 나면 하나님 앞에 염치가 없어서 기도가 안 나온다. 그래도 급하니까 억지로라도 회개 기도를 하고 살려 달라고 간구기도를 하였다.

이후로 특별한 호출이나 서울시 감사관실로부터도 연락이 없었다. 나중에 들은 이야기로는 서울시에서 몇 사람이 이 일로 해서 옷을 벗었고 몇몇 교수들이 징계를 받는 등 후폭풍이 만만치 않았다. 사건이 만료된 후에도 기도를 계속하였다. 하나님과 나만이 아는 비밀을 하나님이 지켜 주신 것에 대해 감사를 드리면서 한편으로 결단하게 하였다. '내 마음속에 금품수수라는 기대 심리 자체를 갖지 않겠습니다. 혹시라도 나쁜 생각이 나면 머리통을 벽에다 박겠습니다.' 성경에서도 야곱이 사기치고 남을 속이면서 그토록 자기 유익을 취하였지만 하나님께 나가서 회개 기도함으로써 그 모든 허물 죄악을 더 이상 묻지 않으시고 축복의 통로로 사용하신 것을 본다. 인간은 원죄가 있어서 죄를 지을 수밖에 없는 존재이다. 하나님도 우리의 나약함을 잘 알고 계신다. 하나님 앞에 나아와 죄를 고백하고 회개하면 용서하시는 하나님이시다. 나 역시 지금까지 지은 죄를 다 노출 시킨다면 지금쯤 교도소에서 몇 십 년 내지 종신형을 살아야 마땅하리라 본다. 다만 죄와 사망의 권세를 이기신 예수 그리스도께 나가 세상 죄를 회개하고 또 회개를 반복하는 수밖에 없다고 본다. 그러다 보면 죄짓는 횟수가 그 강도가 점차 감소된다.

서울시청 '베스트 간부' 영광의 면류관

서울시는 조직이 워낙 크다 보니 크고 작은 사고가 바람 잘 날 없다. 세종문화회관의 전기 계장으로 근무할 때 감전사고 났다. 15년 이상 경과된 수배전반 교체 공사를 하다가 그만 업체 직원 한분이 감전 사고를 당했다. 세종문화회관은 거의 일 년 내내 365일 공연이 줄을 잇는다. 공연 시간 때문에 밤 10시가 넘어야 작업을 할 수 있다. 또 아침에 시장님 조찬 행사가 있기 때문에 그때까지 완성을 해야 한다. 오전 8시를 기준으로 역공정 스케줄을 계획해 보니 시간이 촉박했다. 시간과의 피 말리는 전쟁이 시작되었다. 사전 작업 준비를 철저히 해 놓고 본 작업을 신속히 해야 한다. 공연 중인 전기판넬은 전기를 살려 두면서 나머지를 철거하고 있었다. 작업반장이 전기가 살아있는 활선 판넬은 표시를 했다. 그러나 작업에 몰두한 회사 직원이 그 판넬 문을 열고 들어가서 볼트를 풀려고 스패너를 대자마자 6,600볼트에 감전되고 말았다. 무엇인가 펑 소리와 함께 흰 연기가 솟아올랐다. 다가가 보니 작업자 한 사람이 피를 흘리면서 쓰러져 있었다. 동시에 지하실 전체는 정전이 되어 암흑이다. 이제 큰일이 났다. 책임자인 나는 어떻게 되는 것인가 머리가 한 순간에 복잡해졌다. 공무원 생활을 시작한지 얼마 되지도 않았는데, 머릿속이 하얘졌다. 생명에는 지장이 없어야 하는데… 인간이 참으로 이기적이고 자기중심적이다. 남의 생명이 왔다 갔다 하는 순간에도 그 걱정보다 나의 책임문제, 나의 지위가 사라지는 걱정을 한다. 내 손톱 밑에 가시가 남의 죽을병보다 더 아프니 말이다.

작업시기가 한여름 더위가 극성을 부리던 때라서, 비 오는 날짜 빼고 주요행사 일정 제외하고 난 후 작업일정을 잡았다. 자칫 긴장이 풀릴 것을 염려해서 작업자들에게 상의를 바지 속으로 집어넣으라고 사전에 직접 지시를 내렸다. 그런데 상의를 펄럭거리면서 한 사람이 분주하게 움직이는 직원이 보였다. 옷매무새를 단정히 하라고 내가 경고까지 주었던 그 분이 사고를 당한 것이다. 지나가던 택시를 불러서 도봉구에 있는 감전환자 전문병원인 한일병원 응급실로 이송을 했다. 사고가 나자 업체 직원들은 현장에서 더 이상 일하려고 하지 않는다. 사고가 났지만 내일 당장 아침까지 전기를 살려야 한다. 참으로 난감했다. 업체 사장이 나와서 직원들을 설득한 다음에야 작업이 개시되었다. 중대한 인명사고가 났는데도 계속해서 일을 해야 하다니… 슬퍼할 시간도 없다. 병원에 전화를 하니 생사를 오가는 위급한 순간은 넘긴 것 같다. 겨드랑이가 터지면서 그 쪽으로 전기가 뚫고 나가는 바람에 생명에는 지장이 없다. 머리나 심장으로 전기가 통과 되었으면 끝장인데 천만다행이다. 밤샘 작업을 하여 아침까지 간신히 마쳤다. 환자가 입원해 있는 병원으로 문안을 가려고 하니까, 업체 사장이 가지 말라고 만류했다. 자기네 직원이니까 모든 책임을 사장이 지겠다는 것이다. 발주처에서 오면 괜스레 보호자들이 떼를 쓸 수 있다는 말이다. 나중에 이야기를 들어보니 결혼을 앞둔 총각이었다. 다행히 상태가 호전되어 거의 정상으로 복귀됐다는 소식을 들었지만 마음속으로는 너무나 미안했다. 그 분이 후유증 없이 건강하게 생활하고 또 결혼도 했으면 하는 소망을 빌어본다.

여기서 얻은 교훈 하나는, 매사 서두르면 안 된다는 만고불변의 법칙이다. '아무리 바빠도 바늘허리 못 매어 쓴다' 는 속담처럼 급하면 사달이 나는 법이다. 나도 성격이 급해서 무엇 하나 천천히 진중히 하지를 못한다. 안절부절 조급하다. 밥을 먹는 것도 운전하는 것도 급하다. 그러다 보니 시행착오가 많고 실수가 잦다. 고치려고 해도 잘 안 된다. 나이를 먹어 가면서 그래도 많이 느긋해졌다. 천성이니 하나님이 고쳐 주셔야 한다. 만든 분이 고칠 수밖에 없다. 급하면 사고가 난다. 인생 여정도 내 시간표가 아니라 하나님 시간표대로 살아야 한다. 과거 서울시에서도 감전사고가 상당히 많이 발생했다. 대부분 급하게 작업하다 변을 당하는 경우가 많다. 작업 전에 전기를 차단하고 또 검전봉으로 확인하고 작업을 해야 하는데 시간에 쫓겨 허겁지겁 달려들다 충전부에 부주의로 접촉되어 사고가 난다. 서울시 선배 한분은 감전 사고를 당해 병원에서 흰 천으로 덮어 놓았을 정도로 가망이 없었는데 기적적으로 살아나셨다. 얼굴이며 팔, 온몸에 화상 흔적을 달고 평생 사시는 분이다. 결혼 전에 사고를 당해서 혹시나 장가가서 임신도 못하는 것 아닌가, 걱정했는데 아들 둘을 잘 나시고 마라톤도 즐기시며 건강하게 사신다.

치수과에 근무할 때 음주 운전으로 걸렸다. 강남 어느 술집에서 과장님 또 동료 계장들 하고 같이 술을 마시고 나왔다. 90년대 초만 해도 음주단속이 그리 심하지 않았다. 승용차를 몰고 골목을 나오려는데 교통경찰한테 걸렸다. 음주측정기가 있었는지 없었는지 정확한 기억은 없다. 입에서 술 냄새가 났는지 아무튼 술 먹었다고 인정했다. 공무원증을 보여주면서 상사와 선배들을 모시고 와서 술 먹고 가는 중이다. 그때 대리 운전이 있었는지 잘 모르겠다. 그러면서 머리에 스치는 생각이 이 문제를 현장에서 해결해야지 경찰서까지 가면 골치 아파진다. 순간 지갑을 꺼내서 현금 있던 것을 몽땅 주면서, 죄송하다고 애걸을 했다. 그 당시는 그 방법이 통하던 때다. 로마에 가면 로마법을 따른다고, 지금 생각하면 부끄러운 일이다. 그 이후에도 음주를 약간 하고서도 요행을 바라면서 운전대를 잡기도 하였다. 내가 아는 형님 한분은 앞에서 음주단속 하는 것을 보고, 차에 키를 꽂아 둔 채로 줄행랑을 쳤다. 다음날 인근 파출소에 가서 경찰한테 싹싹 빌고 나서 차를 찾아왔다는 무용담도 들었다. 미국 유학중에 딱 한번 걸렸다. 한국 후배 집에 밤늦게 갔다가 맥주 두 캔을 마시고 집으로 가는데 길가 모퉁이에서 경찰이 차를 세우는 것이 아닌가. 차에서 내렸더니, 차선을 따라 일자로 걸으라고 해서 정신 바짝 차리고 걸었다. 또 알파벳을 말해보라고 해서, ABCD… XYZ 끝까지 하고나니, 그냥 가라고 하였다. 동양인 줄 알고 알파벳을 하라고 해서 솔직히 자존심도 상하기도 하였지만 어쩔 수 없었다. 우리하고 음주측정 문화가 다소 다르다는 것에 놀랐다. 그들은 정상 운전을 할 수 있느냐 여부에 초점을 둔 것이다. 미국에서 귀국한 후로는 지금까지 술을 하지 않으니까 음주운전 걱정은 없다. 상갓집이나 결혼식 같은데서 친구들을 위해 대리운전 서비스 전담맨을 하고 있으니 얼마나 감사한지 모른다.

나는 마음이 여리고 약한 편이다. 상사한테 욕을 듣던지 언짢은 표정만 지어도 마음이 천근만근 무거워지고 혼자서 괴로워한다. 속으로 삭이다 보니 때로는 증오와 복수심이 솟아오를 때도 있고, 자신을 셀프컨트롤하기 어려울 때도 있다. 한번은 국장한테 심하게 욕을 먹었다. 1시간 동안 선채로 온갖 인신모독을 당했다. 모욕을 넘어 인격 살인을 당했다. 별것 아닌 것으로 심한 질책을 당하다 보니 어느 순간 분이 솟구쳐 올라왔다. 국장 앞에서 그 고자질한 당사자 이름을 부르면서 개XX 소XX하며 목을 XXX 죽인다는 등 온갖 욕설을 퍼부었다. 국장이 들으라고 한 것이다. 국장한테 대 놓고 욕을 못하니까 간접적으로… 사람이 화가 치밀어 오르면 이판사판으로 치닫게 되는 것을 그때 느꼈다. 평상시에 쓰지도 않던 욕이 어디서 그렇게 나오는지 참으로 폭풍우처럼 쏟아져 나왔다. 국장도 두려웠던지 그만 됐다 나가라고 했다. 사무실로 와서 과장님께 자초지종을 이야기 했더니 잘했다는 것이다. '본래 국장 성질이 뭐 같아서 한번 그렇게 당해야 한다, 자기도 한번 세게 나갔더니 그 후로는 괴롭히지 않더라'는 것이다. 그 사건 후 국장 방에 결재 판을 가지고 들어가기가 난감했다. 그래도 일은 일이고 공은 공이다 생각하고 용기를 냈다. 그랬더니 서류를 보지도 않고 사인을 하는 것이 아닌가. 국장도 자기가 미안했던 모양이다. 사실 그때 부하인 내가 끝까지 참았어야 했다. 아무리 상사가 성격이 모나고 거칠다 해도 아래에서 수용하고 받아줘야 하는데 말이다.

나중에 내가 승진해서 부서장으로 있을 때 직원 한 사람이 나한테 큰소리를 치며 대들던 때가 생각난다. 얼마나 마음이 상했는지 오래도록 잊혀지지를 않는다. 아래에서 치받으면 윗사람은 더 상처를 받고 그 상흔이 훨씬 더 오래간다. 어디다가 하소연도 못하고, 상사한테 당한 것 보다 몇 배 괴롭다. 지금은 시대가 변해서 그런 상사란 상상조차 할 수 없지만 과거 30년 전에는 흔한 일이었다. 직장마다 전통으로 내려오는 문화가 있다. 서울시 국장 중에도 3대 똘아이 인간문화재가 전설처럼 내려온다. 그 중 한사람이 퇴직하면 또 다른 똘아이가 어디선가 생겨난다. 처음에는 없어졌다고 박수를 치면서 좋아하지만 얼마 안 있어 더 독한 왕똘아이가 나온다. 이번에는 더 못되고 악랄하다. 나쁜 모든 것들을 마스터한 종합판이기 때문이다. 한편, 남자들이 군대에서 온갖 욕은 다 배우고 나온다. 고참들이 졸병들을 교육시키거나 얼차려를 줄 때 욕으로 시작해서 욕으로 끝낸다. 군대에서는 욕도 욕이 아니다. 그냥 보통어, 군대 표준어인 셈이다. 군대에서는 그렇게 욕을 먹었어도 아무렇지도 않았는데 사회에서 그런 욕을 먹는다면 누구나 참지 못한다. 남자들만의 폐쇄되고 억압된 공간이므로, 자유분방한 사회에서의 인격척도 자체가 다르기 때문에 넘어갈 수 있다. 아무튼 세 치 혀가 문제다.

중국에서 왕이 생일을 맞아 궁궐파티를 여는데 요리사를 불러서 '세상에서 가장 맛있는 요리를 준비하라'고 했다. 주방장은 소 혀바닥을 요리해서 올렸다. 화가 난 왕이 이게 무슨 제일 맛있는 요리란 말인가? 실제 나도 소혀를 구워서 먹어봤는데 기가 막히게 맛있다. 그 후에 왕이 명령하기를, 세상에서 가장 맛없는 요리를 한번 만들어 보라. 이윽고 올린 음식이 또다시 소 혓바닥 요리였다. '왜 소 혓바닥이냐' 물으니, 혀가 사람을 '웃게도 또 울게도' 한다는 대답이다. 우리 몸에 세 치 혀가 사람을 죽이기도 살리기도 한다. 모든 화근이 혀로부터 나온다. 말 한마디가 천 냥 빚을 갚는다, 반대로 사람을 죽이는 촌철살인이 되기도 한다. 말 한마디가 분노, 싸움의 불씨가 되어 전쟁으로까지 발전한다. 혀가 곧 그 사람의 인격이다. 성경에서도 '혀는 불이요 죄악의 세상이라, 혀는 우리 지체 중에서 온 몸을 더럽히고 일생을 불사르나니, 곧 지옥 불이라.' 사람의 말이 지옥의 불이라고 할 만큼 얼마나 무서운 결과를 가져 오는가를 깨닫게 한다. 온갖 시기 질투 미움이 말을 통해 나온다. 말은 결국 우리 마음속에 가득한 것이 입을 통해 나오는 것으로, 우리 마음을 사탄이 아닌 항상 하나님 말씀으로 다스려야 한다. 밭도 방치하면 잡초가 우거지듯 우리 마음도 가만두면 사탄이 점령하고 만다.

자신은 별 뜻 없이 던진 말이 상대에게는 큰 상처가 될 수 있다. 그러므로 생각 없이 말을 함부로 뱉는 것을 조심해야 한다. 또 아무리 논리가 맞고 사실이라 하더라도 말 표현을 삼가야 한다. '병신한테 병신이라'고 말하는 순간부터 모든 관계는 끝이 난다. 흔히 '나는 뒤끝 없는 사람이다'고 말하는 사람치고 반드시 뒤끝이 있다. 자기 말을 합리화시키기 위한 자기변명에 불과하다. 이미 뱉어진 말은 공기를 타고 상대에게 작용, 반작용을 일으키면서 정신적 생리적 2차, 3차 반응을 일으킨다. 물리적 반응인 경우 외상을 치료하고 걷어내면 되지만, 이것이 머리에서 가슴으로 화학적 반응을 일으켜 유형무형의 2차 독성물을 만들어낸다. 따라서 분노 증오 자괴감이 우리 몸의 호르몬 신경계통을 왜곡시키고, 부작용을 일으켜 육체적 건강에 직접적인 영향을 미치게 된다. 나도 화가 나면 나쁜 말이 자동으로 튀어 나온다. 욕이 욕을 부르면서 더욱 상승작용을 일으켜 나중에는 자기 통제를 벗어나게 된다. 침묵이 금이다. 삼사일언을 다짐하지만 실천하기가 여간 어렵지 않다. 감정의 격변이 일어날 때 이것을 세상적 관점에서 하나님 관점으로 총알처럼 빨리 전환하는 훈련이 필요하다. 평상시 하나님 성령으로 충만해 있어야 이러한 변신이 가능하다. 나는 딸이 있는데 지금은 결혼했지만 처녀 때부터 부탁을 해왔다. 혹시나 밤에 골목길에서 예기치 않는 위험 상황이 닥치면 세상적인 대처 방법이 아닌, 총알 기도부터 하라고 가르친다. '하나님 저 좀 살려주세요.' 그러면 천사가 그 긴박한 기도를 듣고 총알같이 달려온다는 믿음이다.

한번은 지인과 대화중에 동종업계 모 사장 이야기를 꺼냈다. 대뜸 하는 말이 그 사장 말이 많고 못된 X이라는 응답이다. 순간 나도 당황했다. 그 분은 크리스천으로 기독실업인회인 CBMC 활동도 많이 하시는 분이시다. 크리스천들이 욕먹는 이유 중의 하나가 말이 많다는 것이다. 나는 사실 말 많은 사람을 싫어한다. 일꾼이 아니라 말꾼이기 때문이다. 말만 무성하지 실천이 따르지 않으므로 언행일치가 어렵다. 말을 많이 하다보면 실언도 하게 된다. 특히 남을 배려하지 않고 자기 의견만 주장하다가 옆에 있는 사람을 보면서 '아차' 할 때가 있다. 근래 들어 감성지수니 사회성지수 등이 화두다. 과거에는 IQ(Intellectual Quotient) 지능지수를 최우선으로 사람의 능력 척도로 삼았으나, 이제는 감성지수 EQ(Emotion)를 강조하고 있다. EQ는 자신의 감정을 적절히 조절하여 원만한 인간관계를 구축할 수 있는 마음조절 능력이라 할 수 있다. IQ와 EQ는 반대될 확률이 높다. 머리 좋은 사람이 자기주장, 자기독선에 빠질 위험성이 크기 때문이다. 또한 사회성지수 또는 영성지수 SQ(Social or Spiritual), 도덕성지수 MQ(Moral), 육체지수 PQ(Physical), 역경지수 AQ(Adversity)를 논하기도 있다.

역경지수 AQ는 역경이나 고난에도 불구하고 끝까지 목표를 성취시키는 능력을 말한다. IQ나 MQ가 아무리 높다 해도 역경을 이겨내지 못하면 아무것도 이루어낼 수 없다. 실패를 많이 겪을수록 AQ가 높아지기 때문에 그만큼 성공할 가능성이 커진다. 아울러 기독교인의 경우 영성지수 SQ가 믿음의 잣대이다. 일예로, '내가 부모를 생각하는 것보다 나를 낳아준 부모가 나를 더 생각하고 더 사랑하는 것처럼, 우리를 만드신 하나님이 우리를 더 사랑한다' 는 것을 깨달을 수 있는 능력을 말한다.

상수도본부에 근무할 때 수도계량기 검침 위탁업무와 관련하여 공무원노조와 첨예한 줄다리기를 하고 있었다. 8개 수도사업소마다 계량기 검침업무를 외부 업체에 아웃소싱을 주어 위탁 처리하고 있었다. 그런데 업체 사장들이 갑질을 하면서 문제가 발단되었다. 자기 맘대로 신규 직원을 채용하니까, 기존 검침원들이 신변에 위협을 느끼면서 반발한 것이다. 사장이 해고 조치를 단행하면서 갈등이 고조되었다. 수십 년을 이 일에 종사한 직원들의 불만이 커지면서 민주노총과 연합하여 생존권 복지권 보장을 요구하는 데모가 연일 이어졌다. 검침원들이 민노총에 다수 가입하였다. 검침원들은 사실 정식 공무원이 아니다보니 여러모로 불평등 불공정을 감수해왔다. 민노총이 가세를 하니 더욱 목소리가 높아졌다. 나는 원래 약자편이라서, 무엇인가 도와주고 싶었다. 다른 간부들은 '규정대로 냉정하게 처리해야 한다' 는 주장을 하였다. 민노총대표와 오늘 담판을 해야겠다, 마음을 먹고 협상에 들어갔다. 그들이 요구하는 것들을 항목별로 나열하여 제시한 상태다. 먼저 선수를 쳤다. '오늘 새벽까지 밤을 새웁시다.' 밤 샐 각오로 임했다. 회의실에 관계자들을 모두 집합시켰다. 길고 긴 줄다리기가 시작되었다. 저녁은 도시락을 주문 배달하면서, 회의를 이어갔다. 어떤 항목에 상호 합의가 안 되면 회의를 중단시키고 실무 합의안을 도출해 와서 1시간 후에 다시 보자고 했다. 몇 차례 협상이 중단되면서 최종적으로 새벽 3시쯤 합의문이 거의 완성되었다. 드디어 10시간 넘는 마라톤협상 끝에 참석자들 모두 사인을 받고 서로 웃으며 악수를 하고 해산했다. 이것을 통해서 배웠다. 아무리 삭발머리에 머리띠를 두른 강성 노조라도 똑같은 인간이다. 우선 그들의 억울한 사정을 들어주고 공감해주면 50%는 일단 성공이다. 그런 다음에 우리 측 애로사항도 같이 나누면서 절충점을 찾으면 된다. 합의가 어려우면 잠시 중단했다가 또 시작하면 된다. 새벽까지 밤 샐 각오로 처음부터 임할 필요가 있다. 새벽쯤에 가면 서로 지쳐서 어느 정도 합의점에 도달 할 수밖에 없다. 그 쪽에서 안하무인격으로 큰소리치고 위협을 해도 여유를 가지고 다독일 필요가 있다. 논리도 중요하지만 감성소통이 더 중요하다. 사측에서는 항상 Yes, but 화법이 필요하다. 상대 의견에 일단 공감하고 동조하면서 우리 측 의견을 피력해야 한다. 회의나 토론에서도 예스-밧 화법이 필수다. 그러나 성질이 급하다 보니 또는 토론 문화에 익숙하지 않다보니 감정부터 나올 때가 많다. 반대 의견이 나오면 일단 나에 대한 적대감으로 인식되어 화부터 난다. 감정이 앞서다 보니 협상의 본질은 어디가고 서로 불신의 벽이 높아지면서 합의를 그르치게 된다. 결국 인내가 능력이다. 인내하는 자가 이기게 되어있다.

서울 상수도에서 너무나 뼈아픈 대형 사고가 터졌다. 2013년 7월 노량진배수지내 상수도관 부설 공사 현장에서 7명이 숨지는 인명사고가 발생했다. 지하 40m에서 송수관 이중화 굴착 공사를 하다가 장마로 인해 한강물이 유입되면서 관로 내에서 수장당하는 끔찍한 사고가 일어났다. 터널식 관을 부설하는 공사인데 거의 마무리 단계였다. 관로 내 잔재물을 치우고 정리하는 중에 한강의 수위가 상승하면서 한강고수부지 지상부와 연결되는 철판뚜껑이 수압에 의해 파손되면서 물이 관로로 한꺼번에 유입된 것이다. 중국 연변 인부들이 많이 희생되었다. 주로 하도급업체 직원들이다. 한두 명도 아니고 일곱 분이 돌아가셨다. 아마도 서울 상수도 역사 이래 가장 큰 사고이다. 현장에 도착해 보니 지상으로 연결되는 수직갱에 이미 물이 꽉 찬 상태였다. 수중펌프를 내려서 물을 퍼 올리는데, 갱이 너무 깊다보니 펌프압이 약해서 물 퍼내기 작업이 지연되는 상황이다. 그렇다고 대형 펌프를 설치할 수도 없는 여건이다 보니 물을 퍼 올리는데도 이틀 정도가 걸릴 수밖에 없다. 배수 작업을 어느 정도 완료한 후에 잠수부를 투입시켜서 시신 수색작업을 하였다. 이윽고 시신들이 처참한 모습으로 인양되었다. 검찰 조사에 이어 법원에서 사고 책임에 대한 선고가 내려졌다. 전면책임감리로 시행된 공사라서 감리가 포괄적인 책임이 크다는 판결이 나왔다. 하도급소장은 징역형을 받았고 원청사 소장, 감리 등은 집행유예, 그리고 감독부서 공무원은 무죄가 선고 되었다. 이 사고를 통해 안전은 확신이 아닌 확인이 중요하다는 교훈을 얻었다. 홍수전에 현장 확인만 했더라도 예방할 수 있었을 텐데, 아쉬움이 남는다. 벤자민 프랭클린의 '조심은 안전의 아버지다'고 한 것을 되새겨 본다.

그 당시 나는 상수도에서 도시기반시설본부로 전보를 가서 다른 일을 맡고 있었다. 그러나 경력 대부분을 상수도에서 보낸 사람으로서 무관심 할 수가 없었다. 다음해 1월 상수도부본부장으로 복귀하여 마무리 처리를 맡았다. 장례며 유족들 보상 문제 는 이미 해결 되었다. 개인당 3억 정도 보상을 받은 것으로 기억된다. 유족들을 위로하는 차원에서 추모비 건립이 진행되고 있었다. 추모비를 완성해서 현장에 설치하는 행사를 가졌다. 유족들 모두가 참석하여 추모비 제막식을 하는 중에 한 유족이 이의를 제기하였다. 추모비가 바닥 돌판 형식이었는데, 이것이 마음에 들지 않는다는 것이다. 비석 같이 수직식으로 만들어야지 바닥 돌판이 뭐냐고 화를 냈다. 생각해 보니 일리가 있었다. 추모비석 형태로 했어야 하는데 비용이 저렴한 바닥판 형태로 한 것이 잘못이다. 그래서 다시 제작 하겠다고 약속을 하고, 나중에 비석 형태로 다시 만들어 세웠다. 사전에 추모비 그림을 보여주면서 유족들하고 상의를 했어야 하는데 우리 생각만으로 제작한 것이다. 현장 여건 등도 고려했어야 했다. 비용을 아끼려는 얄팍한 상술도 잘못이었다. 천하보다 귀한 생명이다. 칠흑같이 어두운 물속에서 수몰에 의해 사망 당한 상황이 다른 사고하고는 차이가 있다. 물속에서 마지막 몸부림 쳤을 것을 생각하면 가슴이 아프다. 유족들의 심정을 이해 할 수 있다. 이 사고를 계기로 안전에 대한 경각심뿐만 아니라 안전관련 법규가 대폭 강화되었다. 공사비에 안전관리비가 실질적으로 인상되었고 안전관리원을 별도 배치하도록 제도가 정비되었다. 소 잃고 외양간 고치는 격이다. 그나마 고치기라도 하니 재발방지 대책이 세워지니 다행이다.

지하철이 충돌하는 뜻밖의 사고가 있었다. 2호선 신당역에서 열차 추돌사고가 발생하였다. 사고당일 오후에 부시장께서 서울물연구원 방문이 있어서 업무보고를 하고 현장 순찰을 마칠 즈음에 다급한 목소리의 전화가 걸려왔다. 신당역에서 전동차끼리 충돌이 일어나서 부상자가 발생되고… 부시장님과 같이 부랴부랴 지하철 사고 현장에 도착해보니 이미 아수라장이다. 119 구급차의 싸이렌 소리가 요란한 가운데, 다친 사람들을 한양대 병원으로 이송되고 있었다. 서울시는 크고 작은 사고를 많이 겪다 보니 사고비상대책에 관한 한 일사불란한 체계를 가지고 있다. 언론브리핑은 대변인실에서 맡고, 환자 후송은 소방본부에서, 차량 파손 복구 및 운행재개 등은 교통본부와 지하철공사에서 맡았다. 나머지 부서도 전사적으로 협조하는 시스템이다. 언론 브리핑을 위해 그림 도면이 필요했다. 말로 사고 상황을 설명하기에는 한계가 있다. 그러나 우왕좌왕 어수선한 분위기에서 우선 그림을 그릴 사람이 없었다. 그래서 내가 나섰다. 큰 종이를 펼쳐서 그 위에 그림을 그려 나갔다. 2호선 타원형 모양에 내선, 외선을 그려 넣고, 신당역과 인근역사 위치며 열차끼리 추돌 상황을 그려 넣었다. 언제 어디서 어떻게 사고나 발생했는지 그림 한 장으로 설명이 다 되었다. 나는 엔지니어라서 그동안 그림이나 도표 그리는 데는 이력이 있다. 긴급한 상황에서 적시에 경험이 발휘된 셈이다. 시장님도 도착했다. 말보다도 그림으로 일목요연하게 설명하니 금방 상황 파악이 되었다. 지하철공사 사장도 그림으로 언론 브리핑 한 것에 대해 만족하고 고마워하는 눈치였다. 급박한 상황에서 누구나 나서기를 꺼려하고 주춤할 때 과감히 나서는 것, 잘하고 못하고는 둘째다. 이것을 통해 깨달은 것이 있다. 누군가는 해야 하는 비상 상황에서 팔 걷어붙이고 뛰어나가는 것이 나를 위해서도 조직을 위해서도 가장 요긴한 방법이라는 것을.

나중에 응급복구가 끝나고 다행히 큰 부상자는 없었다. 대신에 추돌 사고에 대한 책임 문제가 불거지면서 지하철공사 사장이 사표를 써야 했다. 사고원인은 ATO 열차자동운전 장치를 수동으로 운전하다가 커브에서 브레이크를 잡았지만 앞차와의 이격 거리가 너무 짧아 선행열차를 추돌한 것으로 추정된다. 나도 지하철업무를 다뤄 보았지만, 아무튼 기관사 실수가 있었던 것 같다. 정상적이었다면 열차 간 이격거리가 짧아지면 전동차가 자동으로 정지내지 속도를 줄이도록 되어 있다. 사고 당시에는 시스템을 수동에서 자동으로 전환하기 위해 수리 공사 중이었다. 하마터면 대형 사고가 날 뻔 했으나 그나마 천만다행이다. 사고가 나면 우선 인사사고냐 아니냐, 또 사망사고냐 아니냐가 관건이다. 인명

사고가 아니면 언론에서도 크게 문제 삼지 않는다. 사망도 3명 이상이면 대형 사고로 분류되어 수습하기가 어렵다. 어찌됐든 사고가 나면 담당부서는 죽어난다. 원인 분석하랴, 응급복구대책, 항구대책 수립하랴, 언론 대응하랴, 정신이 없다. 솔직히 제일 무서운 곳이 언론이다. TV나 신문에서 연속해서 다루기라도 하면 그 여파가 일파만파 커진다. 특히 시장이 언론에 민감하면 더 더욱 힘이 든다. MB가 서울시장으로 있을 때는 '언론이야 트집잡고 까는 게 사명인데' 하며 대범하게 넘어갔다. 그 외 시장들은 언론에 상당히 예민했다. 아침 조간에 비판 기사가 뜨면 해당과는 아침부터 벌집 쑤셔 놓은 듯 초상집이 된다. 국장 과장이 칼춤을 춘다. 그러면 그 밑에 팀장, 직원들은 이리 뛰고 저리 뛰고 정신을 못 차린다. 짧은 시간에 현황, 문제점, 대책을 만들어야하니 머리에 쥐가 날 수밖에 없다. 출근하는 시장, 부시장 시간에 맞춰 보고를 해야 하기 때문이다. 그러니 콩을 볶을 수밖에 없다.

지금 생각하면 참으로 실소가 나온다. 사망사고 같은 것을 제외하고는 그리 화급한 것이 없지 않은가. 천천히 좀 더 차분하게 대처해도 된다. 언론에서도 공무원들이 화들짝 놀라서 정신 못 차리는 것을 알고 있다. 공직은 앉으나 서나 사고 걱정이다. 밖에서 볼 때, 공무원은 매일 같이 다람쥐 쳇바퀴 도는 일상화된 일이나 하고 있는 줄로 안다. 그러나 그 내부에서 일어나는 고통이나 아픔은 모른다. 승진을 위해, 근무평정 받기 위해 고난의 행군을 가야한다. 자기보다 고참이 전보해 오면 안 되니까 이리저리 인사로비를 해서라도 막아야 한다. 팀장 과장 국장한테 찍히지 않기 위해 자기 맡은 일을 하는 것은 기본이다. 때로는 상사에게 아부도 해야 하고, 사무관 시험, 역량평가 준비도 해야 한다. 내부적으로는 보이지 않는 치열한 전쟁이 이루어지고 있다. 공무원은 계급이 깡패다. 아무리 똑똑하고 잘나도 계급을 뛰어 넘을 수는 없다. 그러니 승진에 목을 맬 수밖에 없다. 사실상 공무원을 효율적으로 잘 부려 먹으려면 승진이란 모티브를 제시하면 죽을 등 살 등 일한다. 그러한 승진 원리를 잘 활용한 시장도 있다. 청계천 복원사업이나 버스중앙차로제 같은 큰 성과를 내어 그것을 바탕으로 대통령이 된 MB가 그 케이스이다. 사업이 성공하면 승진시킨다는 성공불제를 제시하였다. 그러니 MB는 조직의 생리를 잘 아시는 분이다.

2015년 1월에 뜻밖에 희소식이 왔다. 서울물연구원장으로 재직 시, 내가 '베스트 간부'로 선발되었다는 것이다. 처음에는 어리둥절했다. 8800명 서울시 직원들이 투표를 했는데 3급 이상에서 내가 뽑혔다는 소리다. 나는 행정직도 아니고 토목직렬도 아닌데 나를 직원들이 얼마나 많이 안다고 표를 던졌단 말인가. 이것은 말도 안 된다, 농담인줄 알았다. 4급에서도 행정 기술직 각각 1명씩 뽑혔다. 더구나 서울물연구원장 자리는 힘센 부서나 영향력이 있는 곳도 아니다. 그런데 결과가 이렇다니 사람의 머리로는 도저히 이해가 안 되었다. 상장을 준다고 수상식에 참석했는데 소감이 어떠냐고 묻기에, 아마도 번지수가 잘못 된 것 같다, 동명이인 아니냐고 너스레를 떨기도 했다. 내가 무엇을 잘했다고 무슨 인품이 좋고 무슨 업무 성과가 탁월하다고, 전혀 그렇지 않다고 생각했다. 그렇다고 술을 잘 먹어 사교성 사회성이 좋은 것도 아니다. 그런데 1등이라니 믿기지가 않았다. 사무실로 돌아오는 길에 곰곰이 생각했다. 서울시 전 직원들에게 눈물이 나도록 고맙기도 했다. 무엇과도 바꿀 수 없는 너무나 영광스런 최고의 명예로운 상장이다. 민심이 천심이라고 하나님이 이 상을 주셨다는 감동이 왔다. 상식적 머리 해석으로는 탈 수 없는 상이다. 그러니 하늘이 준 것으로 볼 수밖에 없다. 하나님이 나를 위로하기 위해 또는 더 경각심을 가지고 살라는 무언의 암시라고 본다. 일종의 신앙메시지다. 평생 잊지 못할 상이다. 공무원 생활 막바지에 정말 만루 홈런을 친 것이다. 골프로 치면 평생 한번 할까 말까한 홀인원, 또는 알바트로스를 한 셈이다. 나중에 미국에서 같이 공부했던 해수부장관하고 부부끼리 저녁 식사를 하면서 신앙생활 이야기를 하다가 우연히 베스트간부상 얘기가 나왔다. 그 장관이 대뜸 하는 말이 '정국장님이 서울 시장이시네' 하고 농담 아닌 농담을 했다. 베스트 간부로 선정되어서 실질적으로 이득 본 것은 없다. 핵심요직이나 꿀 보직을 받은 것도 없고 베스트 간부라는 명예로 만족해야 했다. 서울시 인사정책은 100년 전통 그대로 요지부동이다. 기술직 또 전기직렬은 어떠한 경우도 승진 및 보직 한계라는 거대한 절벽이 가로막혀 있다. 무엇으로도 기존 기득권 철옹성을 깰 수 없는 구조이다. 그런 것을 떠나서 베스트간부상은 내 생애 가장 짜릿하고도 뿌듯한 감격이었음을 부인할 수 없다.

　직원이 어느 날 찾아왔다. 한국수자원공사 사장 공모가 나왔는데 응모를 한

〈베스트간부상, 평생 죽는 날까지 잊지 못할 가장 값진 선물이다. 이 은혜를 서울시 동료 후배들에게 어떻게 갚아야 할지… 채무를 안고 살아가는 수밖에 없다〉

번 해보라는 권고였다. 글쎄, 즉답을 피했다. 한번 생각해 보자고 했다. 곰곰이 생각해 봤다. 내가 자격이 되는가, 3급 공무원으로 차관급인 K-Water 사장이 가능할까. 직급으로는 한참 부족하다. 다만 학력에서는 미국에서 물 관련 석·박사 학위를 취득했으니 가능할 것 같았다. 경력으로는 상하수도기술사 자격증을 가지고 있고 현재 업무도 유사하니 괜찮을 것으로 보였다. 그래도 경륜 직급이 너무 많이 차이나는 것이 마음에 걸렸다. 나는 국토부 출신도 아니고, 최소한 1급 정도는 되어야 구색이 맞는 것 아닌가. 우리 직원의 간청에 못이기는 척 일단 응모해 보기로 했다. 현직 공무원도 응모에 제약은 없었다. 응시 원서 양식에 따라 학·경력, 업적, 자기소개서를 작성했다.

물안보 물인권 물복지 스마트워터시스템, Total Water Solution Provider 등 수공이 앞으로 나아가야 할 미션과 비전을 제시했다. 면접에 대비해서 예상 질의 답변도 만들어서 연습도 했다. 면접 당일 날 보니 위원들이 나이가 드신 분들이 많이 보였다. 아마도 전직 수공 OB분들 같은 느낌이 들었다. 지원한 동기는 서울시와 수공이 우리나라 물 분야의 양대 산맥인데 서울의 장점인 관로유지관리, 수질서비스 등을 수공에 접목함으로써 시너지 효과를 창출할 수 있다는 논리를 명쾌히 제시했다. 즉 이종교배를 통해 조직발전에 기여하겠다는 의미다. 그런데 여러 질문들에 대해 막상 만족할 만큼 답변을 하지 못했다. 좀 더 거시적인 관점에서 해답을 제시해야 하는데 미시적인 부분에 너무 몰입했던 것 같다. 들리는 소문으로는 전직 국회의원도 응모를 했고, 현직 부사장도, 국토부 출신간부도, 또 수자원분야의 유수한 교수도 신청을 했다고 한다. 결국 현직 부사장이 사장으로 임명되었다. 경력의 면면을 보면 내가 가장 약해 보였기에 낙방을 했어도 별 아쉬움은 없었다. 그래도 혹시나 하는 기대를 했다. 사실 기관장 자리는 전문적인 지식과 경험보다는 대외적인 영향력, 국회, 국토부 환경부 등 내·외곽 조직관리가 중요하다. 그런데 몇 년 전에 수공과 원수대금 관련하여 대법원까지 가는 치열한 소송전쟁을 치르면서, 결국 패소한 서울시의 장본인인 내가 그렇게 미워했던 수공사장에 응모한다는 것이 참으로 아이러니다. 악연이 인연이 되기도 하고 원수가 우군이 되기도 한다는 것을 실감했다. 때로는 적과의 동침도 필요할 때가 있다. 그러므로 '과거 때문에 등지고 살아서는 안 된다'는 것을 깨닫게 되었다.

승진에 목맨 공무원 생활

공무원이면 누구나 승진이 최대 목표다. 나 역시 않으나 서나 승진에 목을 매고 살았다. 85년에 입사를 해서 2005년에 서기관 승진을 했으니 20년 만에 한 셈이다. 그리고 2014년 부이사관 승진을 했으니 9년 만에 승진을 했다. 참으로 멀고도 먼 길을 달려왔다. 사무관 때 미국유학을 5년간 다녀왔다. 그것을 감안하더라도 남들보다 늦은 편이다. 그러니 얼마나 스트레스를 받았겠는가. 또한 전기 직렬이 소수직렬이다 보니 승진할 자리가 없다. 특별히 서울시는 해당직렬 선배가 자리를 비켜 주지 않으면 평생토록 승진할 기회조차 없는 폐쇄적 인사구조다. 그래서 우스갯소리로 선배가 교통사고가 나든지, 독직사고가 나서 불명예 퇴직을 하든지 둘 중에 하나다. 그렇다고 선배를 강제로 밀어 낼 수도 없는 노릇이다. 서울시는 일 년에 두 번, 6월과 12월에 승진 인사를 한다. 이때만 되면 스트레스를 받는다. 차라리 승진 자체가 없었으면 좋겠다. 그것 때문에 고요했던 마음이 요동치기 시작하면서 일도 하기 싫고 일 할 의욕도 사라지게된다. 남들은 승진자리가 몇 개 나온다고 축제 잔치 집 분위기지만 소수직렬들은 초상집이 된다. 행정이나 토목은 한참 후배들이 승진을 해서 상사로 앉아 있는데 우리는 희망이 없다. 기회조차도 부여되지 않으니 절망 그 자체다.

인사과에서 승진계획이 발표되면 이번에도 전기직렬은 대상에도 없고 아예 기회 자체가 주어지지 않는다. 그러면 나는 하루 이틀 휴가를 내고 기도원으로 떠난다. 솔직히 책상에 앉아 있는 것도 고통스럽기 때문이다. 주변으로부터 위로 받는 것도 진력이 난다. 버스를 타고 청평 금식기도원에 가서 하나님한테 쏟아 놓는다. '하나님 아버지! 이번에도 승진 대상 명단 자체가 없네요, 물론 기대를 하지 않았지만 막상 기회조차 없는 것을 보니 화가 나고 자괴감이 듭니다. 어찌 이럴 수가 있습니까, 하나님 아시잖아요, 이번이 한두 번이 아니잖아요. 인사 제도 좀 바꿔 달라고 몇 번 매달렸잖아요. 그런데 이게 또 뭡니까. 또다시 그들만의 잔치 아닙니까. 나는 어떻게 해야 하나요. 그만 사표를 내야 하나요, 아니면 하나님 답을 주세요.' 속에 담고 있었던 것들을 하나님 앞에 토로해 낸다. 처음에는 분노로 시작한 기도가 나중에는 눈물로 바뀐다. '하나님 제가 나의 승진만 생각했네요. 나보다 못한 사람들 생각은 안 하고 이기적으로 자기중심적으로만 판단했습니다. 지금까지 건강하게 아무 사고 없이 공무원 생활 한 것에 대한 감사는 없고, 단지 승진 하나에만 매달렸네요. 하나님 죄송합니다. 나의 때만 재촉하였지 하나님 때를 기다리지 못했습니다.' 기도하고 나면 속이 후련해진다. 그런데 분노가 치솟을 때는 기도하기가 싫어진다. 기도 자체가 안 된다. 기도 할 마음이 생기지 않는다. 기도를 해도 건성건성, 하나님을 만나는 임계점을 뛰어 넘지 못한다.

한번은 3급 승진계획이 발표되었다. 그래도 혹시나 오픈시스템으로 대상자 명단에 있을까 나름 기대를 했는데 역시나 없다. 얼마나 화가 나고 상실감이 컸는지 사무실을 나와서 오산리 기도원으로 향했다. 기도원 버스를 타기 위해 일산 지하철역에서 내렸다. 너무나 화가 나면서 무기력증에 빠졌다. 도저히 내 맘을 잡을 수가 없었다. 하나님이고 뭐고 다 필요 없다. 현실을 도무지 받아 드릴 수가 없다. 혼자서 술집에 들어갔다. 소주를 시켜서 병째 들이켰다. 취기가 돌았다. 주무 팀장한테 전화를 걸어 넋두리를 했다. '개XX들 자기네끼리 잘 해 처먹고 잘 살아라.' 그랬더니 팀장은 술 취한 나의 목소리를 처음 들어서인지 깜짝 놀라며 의아해하는 눈치였다. 평상시와 너무 다른 모습을 본 것이다. 한참 후에 술이 취한 상태로 기도원에 들어갔다. 이상하게도 주변에서는 눈치를 못 챈 것 같다. 승진계획은 이미 현실이 된 것이니 돌이킬 수 없는 상황이다. 기도가 안 되었다. 목사님 설교만 들었다. 그런데 한 가지 성경구절이 머리에 스쳤다. 다윗의 시편 42편이다. '내 영혼아 네가 어찌하여 낙망하며 어찌하여 내 속에서 불안해 하는고. 너는 하나님께 소망을 두라. 그가 나타나 도우심으로 말미

암아 내 하나님을 영원히 찬양하리로다.' 나도 모르게 눈물이 주르륵 흘러내렸다. 마음이 평온해졌다. 이전까지 머리를 어지럽게 했던 승진문제도 말끔히 사라졌다. 기도가 나왔다 '하나님 감사합니다. 낙망한 제 영혼을 보시고 새 힘을 주시고 위로해 주시니 감사합니다.' 다음날 기도원을 떠나 사무실로 복귀했다. 아무 일도 없었던 것처럼.

여기서 서울시 승진 제도에 대해 언급하겠다. 행정이나 토목직렬은 인원이 많다 보니 얼마든지 승진 기회가 많다. 기술직 4급은 기술서기관 명칭으로 통합이 되었다. 3급 이상은 부이사관 이사관 등으로 행정, 기술 구분이 없다. 그러나 서울시는 해당 직렬별로 승진 티오를 운영하고 있다. 아무리 이야기를 해도 소귀에 경 읽기다. 바뀔 소지가 없다. 부시장 이하 모든 간부들이 자기네 직렬 보호를 위해 안간힘을 쓰다 보니 나머지 직렬은 소외될 수밖에 없다. 그것을 어느 정도는 이해한다. 그러나 한 발짝도 양보가 없다. 토목 같은 경우는 과 단위 국단위 직제가 계속해서 확대되는데 기계 전기 등 공업직렬은 제자리걸음이다. 상위 직급이 없다 보니 직제를 확대한다거나 보직을 넓히는 것 자체에 한계가 있다. 설혹 직제 확대 안을 가지고 가면 결재권자들이 토목이나 행정이니 반가워하지 않는다. 결재를 설령 했다 하더라도 추진할 의지가 없거나 이 핑계 저 핑계로 우두커니 Stop이다.

시장님한테 작심하고 보고를 했다. 서울시 인사는 행정직이 기술직을 지배하는 구조이고 또 기술직에서는 토목직렬이 나머지 직렬을 좌지우지 지배하는 구조다. 공정하고 공평한 승진 인사제도를 바란다. 누구나 열심히 하면 승진할 수 있는 Open System 인사제도를 정착시켜 달라. 아무리 이야기해도 그때뿐이다. 해결할 적극적 의지가 없다. 시장 입장에서는 아래 사람 누구에게나 일을 지시하면 되지 구태여 직렬이 어떻고 저떻고 하는 의미가 없다. 본인이 서러움을 겪어 보지 못하면 누구나 실감하지 못하는 것이 인지상정이다. 부산이나 인천 등 타 광역시들은 직렬에 상관없이 똑같이 승진 기회를 준다고 사례를 가지고 설명해도 우이독경이다. 부산은 기계직이 상수도본부장, 부시장도 하였다. 서울시는 100년 역사 이래 그런 경우가 전무하다. 인천시도 전기직이 지하철건설본부장, 해양국장 등 보직을 맡는다. 중앙부처도 직렬별 다소 차이는 있지만 크게 문제 삼지 않는다. 서울시는 2부시장이 기술직인데 토목이 차지하고 근래 들어 건축도 가뭄에 콩 나듯 나오기도 한다. 나머지 직렬은 근처에도 못 간다. 아무리 실적이 좋고 뛰어나도 유리천장을 깰 수 없다. 나는 서기관 때나 국장 때나 이 문제를 가지고 지속적으로 이의를 제기했다. 그러나 허공의 메아리다.

퇴직 후 구청에 볼일이 있어서 건축과에 갔다. 전기, 기계 6급인데 건축 6급 팀장 밑에서 일하고 있는 모습을 보니 보기가 안 좋았다. 나도 전기직렬로 서울시에 입사하여 비슷한 경험을 해 보았기에 후배들의 고충을 누구보다 잘 안다. 요즘은 인텔리전트 빌딩이니 스마트하우스니, IoT나 인공지능을 가미한 건물들이 주류를 이룬다. 그런데도 건축과 인원 30여명 가운데 기계 전기 1명씩이다. 어떻게 도면을 심사할 것이며 준공할 것인지 의문스럽다. 내가 현직에 있을 때 구청에 기계 전기 관련 과단위 사무관 직제를 만들려고 동분서주 하던 때가 있었다. 서울 25개 구청에 기계나 전기 사무관 자리가 하나도 없다. 기계 전기 인원만도 구청별로 40~60명씩 된다. 오히려 토목이나 건축직렬 보다 인원이 많다. 여기 저기 분산되어 부수적인 업무만을 담당하고 있다. 그래서 합쳐서 일을 하는 방법을 찾아보려고 하였다. 전문성도 높이고 일의 능률도 도모하고. 그러나 기존 조직에서 반발하여 5급 직제 신설이 번번이 무산되곤 하였다. 후배들은 승진을 포기한 상태로 아예 의욕상실증에 걸려있다. 뭔가 승진에 대한 희망, 돌파구가 있어야 업무에 대한 열정과 창의성도 발휘되어 구정 발전에 기여를 할 텐데, 답답하기만 하다.

연말이면 서울시 전기직렬 송년회 모임을 갖는다. 일종의 전기직 단합대회로서 내가 주도적인 역할을 했다. 전기직렬은 덩치도 작은데 우리끼리라도 뭉쳐야 산다는 발상에서 시작하였다. 나중에는 전기직 모임을 '서울등불' 이란 명칭으로 바꿔서, 가을이면 체육대회를 연다. '서울등불 체육대회'가 창설되면서, 기계직과는 격년제로 통합 체육대회를 치른다. 처음에는 이러쿵저러쿵 말이 많았다. 기계쪽에서 불만이 많았다. 왜 전기쪽에 종속적으로 끌려가면서 할 필요가 있느냐는 이견이 있었지만 우여곡절 끝에 성사시켰다. 체육대회 날에는 퇴직하신 OB선배들도 초청을 한다. 선후배가 함께 어우러지는 한마당이라서 남다른 의미가 있다. 서울등불 회장직을 오랫동안 혼자서 독식했다. 자의반 타의반 의무적으로라도 할 수 밖에 없었다. 그만큼 전기직 나아가서 공업직에 대한 애정이 많았다. 다음은 서울등불 체육대회 때 했던 축사인데 미흡하지만 실어 본다.

금년이 우리 전기인들의 한마당 축제인 서울등불체육대회가 7회째를 맞이하고 있습니다. 우리나라 사람들은 럭키 Seven 이라고 해서 7숫자를 가장 좋아합니다. 성경에도 보면 7이라는 숫자는 완전수를 의미합니다. 일주일도 7일로 꽉 차서 돌아가고 있고, 무지개도 7색깔이고, 음악 음계도 7음계로 (도레미파솔라시) 되어 있습니다. 이제 서울등불도 성숙기 안정기에 접어들었다고 봅니다. 이 전통 이 명맥이 앞으로도 계속 이어져 우리 전기인 선배님과 후배들 간 연결통로 Bridge가 될 것을 기대합니다.

'야외행사는 날씨가 반'이라고 합니다. 날씨 때문에 노심초사 했는데 오늘 화창한 날씨를 주셔서 감사합니다. 저희 어머니께서 "농사는 하늘이 짓는다"고 하신 말씀이 생각납니다. 더구나 운동장 잔디가 월드컵경기장 수준입니다. 이런 양탄자 같은 운동장에서 뛰면 엔돌핀이 저절로 솟아날 것 같습니다.

요즘 싸이 광풍이 불고 있습니다. 강남스타일 신드롬이 우리나라 전역을 휩쓸고 있습니다. 어린이 어른 남녀노소 가릴 것 없이 말 춤 도가니입니다. 빌보드차트 1위도 할 것이라는 소문이 돌고 있습니다. 한국가수 역사상 세계 최고의 기록입니다. 아마도 남진, 나훈아가 배가 좀 아플 겁니다. FT(Financial Time 誌)에 의하면 '싸이가 한국브랜드 가치를 높이는데 가장 큰 기여를 했다'고 극찬합니다.

그런데 한 가지 아쉬움이 있습니다. 매사에 빛과 그림자가 있는 것처럼, 며칠 전에 서울광장에서 싸이 공연이 있었는데, 몇 가지 구설수에 올랐습니다. 소주를 원샷 한 것이 화근이 되었습니다. 또 서울광장에서 다른 공연은 제쳐두고 일방적으로 무료공연을 해줬다고 해서 문화예술계 인사로부터 소송을 당했습니다. 또 싸이에게는 생명의 은인이었던 김장훈과의 불화설로 배신자니 표절자니 해서 자살시도를 했느니 해외이민설 등이 세간에 오르내리고 있습니다.

흔히 잘나갈 때 조심하라는 말이 있습니다. 때로는 인생에 브레이크를 잡아야 될 때가 있습니다. 자신을 되돌아 볼 수 있는 커피 브레이크, 잠깐의 쉼, 휴식이 필요합니다. 미국 땅에 거주하던 인디언들은 말을 잘 탑니다. 비호같이 빠르게 달리면서 기동력을 자랑합니다. 그런데 그들은 말을 달리다가 잠깐 쉰다고 합니다. 왜냐하면 영혼이 따라와야 된다는 겁니다. 자신을 뒤돌아 볼 시간이 필요하기 때문입니다.

스포츠는 전 세계인이 소통할 수 있는 최고의 언어라고 합니다. 피부색, 인종, 언어 장벽을 뛰어넘는 것이 스포츠입니다. 오늘 여기 오신 서울등불 회원님들께서는 오늘 하루만이라도 바쁜 일상을 내려놓으시고 잠시 쉼을 가질 수 있는 여유를 갖기를 원합니다. 오늘은 자기 나이에서 40년, 30년을 빼고 10살 코흘리개, 동심의 세계로 돌아가서 마음껏 뛰고 노는 하루가 되기를 빕니다. 감사합니다.

버선발 뛰어 나오시던 장모님 죽음

　장모님은 아내를 처음 만나는 자리에서 뵈었던 분이시다. 그래서 그런지 처가 집에 갈 때면 못난 사위를 맞으러 버선발로 뛰어 나오셨던 분이다. 아내가 형제 중 첫째이고 맏사위여서 그랬는지 모른다. 아무튼 지금까지도 정신적 채무가 많다. 그렇게 사위를 아끼고 대접을 해주셨는데 2000년 말에 허리 때문에 쓰러지셨다. 수술을 했는데 뭔가 잘못되어서 그만 영구히 일어나시지를 못하셨다. 일종의 의료사고라고도 할 수 있다. 신경 계통을 잘못 건드린 모양이다. 7~8개월 병원에 누워계시다 돌아가셨다. 장인어른께서 병간호를 많이 하셨다. 때때로 내가 가서 장모님 소대변도 치워 드렸다. 그럴 때마다 장모님은 사위한테 미안하다고 하셨다. 나는 어머니 괜찮아요 뭘 그런 걸 가지고 그러시냐고 오히려 안심을 해 드렸다. 정신은 말짱하셔서 듣고 대화하는 데는 전혀 문제가 없었다. 병상에서도 큰아들 배윤성 걱정을 하셨다. 그렇게 속 썩이고 가산을 탕진하고, 그 여파로 쓰러지셨는데도 큰처남을 찾고 계셨다. 부모는 죽을 때까지 자식을 잊지 못한다는 말이 맞다. 자식은 부모를 버려도 부모는 자식을 버릴 수가 없다. 이윽고 합병증까지 오셔서 그만 소천하시고 말았다. 마지막 숨 거두시기 전에 장모님 이마에 손을 얹고 기도를 했다. '하나님 아버지 저의 장모님 편안하게 천국으로 인도하여 주옵소서. 세상 무거운 짐 다 주께 맡기시고 고통과 슬픔이 없는 하나님 나라로 가게 해주세요.' 남아 있는 저희 걱정은 마시고 하나님과 대화를 하시면서 찬송가 492장을 마음속으로 부르세요. '잠시 세상에 내가 살면서 항상 찬송 부르다가 날이 저물어 오라 하시면 영광 중에 나아가리 열린 천국문 내가 들어가 세상 짐을 내려놓고 빛난 면류관 받아쓰고서 주와 함께 길이 살리.' 찬송가를 계속 불러 드렸다. 그러다가 심장이 편안히 멈추셨다. 이 사야서에 보면 '이 백성을 내가 나를 위하여 지었나니 나의 찬송을 부르게 하려 함이라.' 하나님은 우리가 자기를 위하여 찬송 부르는 것을 제일 좋아하신다. 그러므로 찬송이 하나님께는 최상의 선물이다.

장모님을 공원묘지에 모셨다. 그 옆에 장인어른 가묘도 만들었다. 그런데 두 달도 안 되어 장인께서도 갑자기 돌아가셨다. 청천벽력이다. 전혀 예상치 못했다. 장모님은 병원에 계셔서 어느 정도 예상을 했지만 장인께서 이렇게 빨리 소천하시리라 아무도 짐작을 못했다. 저녁 10시정도에 처남한테서 전화가 왔다. 아버지가 송파구청 앞 지하도 계단에서 쓰러지셨는데, 누가 경찰에 신고를 해서 지금 시신이 병원에 있다는 것이다. 담당 형사와 통화를 해서 자초지정을 들으면서 병원 냉동실에 도착해서 확인해 보니 장인 어르신이 맞다. 장인께서 이미 차디찬 몸으로 숨을 거두신 상태였다. 그날 저녁 친구 분들과 저녁을 드시고 노래방까지 가셨다가 집으로 돌아오시는 길에 지하도 계단에서 넘어지셨는데, 아마도 갑자기 심장마비가 와서 쓰러지신 것 같다. 심장이 멈추면서 얼마나 가슴 통증이 심했을까, 그 생각을 하니 마음이 쓰리고 아프다. 다음날 그 계단을 가보았다. 사람 통행이 거의 없는 어두운 지하도 계단인데, 피 자국이 아직도 여기저기 남아 있었다. 심장 통증으로 벽을 붙드시고 계시다가 계단으로 굴러 떨어지신 것이다. 아무도 없는 곳에서 혼자서 그것을 감당하셨을 것을 생각하니 가슴이 미어졌다. 그래도 누군가 신고를 하지 않았다면 객사 처리 될 뻔 했다. 참으로 고마우신 분이다. 경찰은 타살인지 아닌지를 확인하려면 부검이 필요하다고 한다. 본래 부정맥 약을 드시고 계셨기에 돌연사, 병사니까 부검은 필요 없다고 했다. 어머니 돌아가신지 두 달도 안 되어 줄초상이 난 것이다. 입관하기 전에 염 하시는 분이 얼마 전 어머니 입관하실 때 옆에 계셨던 분 아니냐고 할 정도로 생생히 기억을 하고 계셨다. 어머니 묘소 잔디가 채 마르기도 전에 그 옆에 장인을 모셨다.

장인 어르신은 평상시 건강하셨다. 부정맥 빼고는 이렇다 할 병치레를 하지 않으셨다. 식사도 잘하시고 체격이 건장하셨던 분이 갑자기 돌아가시니 도저히 믿기지가 않는다. 병원 신세를 단 하루도 지지 않으시고 떠나신 것이다. 자식들은 전혀 예측을 못했기에 그 충격이 컸다. 작은 처남은 몇 달 동안 우울증으로 정신적 트라우마로 운전을 못할 정도였다. 장인은 사실 나의 정신적 우상이셨다. 경기 중고등학교에, 서울법대를 나오신, 대한민국 최고의 학력을 가지신 분이셨다. 공무원을 하시다가 일찍 퇴직하시고 관세사 개인 사업을 하고 계셨다. 부산이 고향이셨는데 부모님을 따라서 일본에서도 사셨다. 그래서 일본어는 자연스럽게 할 정도였다. 형제 중에 맏이로 태어나셔서 동생들 뒷바라지도 다 하셨다. 다만 아쉬운 점은 큰 아들이 속 썩힌 것이 옥에 티다. 어쩌면 두 분 모두 큰 처남이 가산을 탕진한 스트레스로 운명하신 것이다. 장모님께서 먼저 돌아가시자 금슬 좋으셨던 장인어른마저 그 슬픔을 견디지 못하고 따라 가셨다. 손주들을 얼마나 좋아하셨는지 모른다. 첫 번째 손주라서 그런지 무척이나 아끼셨다. 우유 먹이는 것부터 목욕 시키고 밖에 업고 다니시며 산책을 하셨다. 나중에 미국에서 두 녀석이 한국에 돌아오자 제일 먼저 외할아버지 할머니 산소로 데려갔다. 두 녀석이 묘소에 도착하자마자 엎드려 엉엉 우는 것이 아닌가. 누가 시켜서도 아니다. 아마도 어렸을 때 할아버지 할머니 정을 많이 느꼈던 모양이다. 사실 나하고 장인 장모님은 피 한방울 섞이지 않은 관계이다. 그런데도 나를 낳아서 길러준 부모님과 똑같은 느낌이 드는 것을 보면서 하나님이 '네 이웃을 네 몸과 같이 사랑하라'를 실천하라는 지상명령이라 생각된다. 피가 섞이지 않아도 사랑할 수 있고 사랑해야 한다는 뜻이다. 우리 인간 모두는 아담의 후손으로 한 핏줄 한 형제다. 인류 전체가 한 핏줄인 셈이다. 너와 내가 따로 없다 그러니 누구를 미워하고 질투해서도 안 된다. 이것이 하나님의 명령이다.

큰처남 하고는 애증이 교차한다. 나보다 나이가 6살 어리다. 그러나 때로는 친구처럼 때로는 동생처럼 지냈다. 정이 많았던 사람이다. 그러니 미워할 수가 없다. 성질 급하고 혈기 많은 나에게 하나님이 그런 처남을 붙여주신 것이다. 내 혈기를 꺾기 위해 더 강한 상대를 붙여준 것이다. 이른 새벽 아침에 작은 처남한테서 전화가 왔다. '형이 순천향병원 응급실에 있으니 빨리 오라'고. 저녁에 술을 먹다가 가슴에 통증이 와서 새벽녘에 병원에 혼자 갔다는 것이다. 허둥

지둥 달려 가보니 이미 응급 수술은 끝난 상태였다. 작은 처남이 보호자가 되어 도장을 찍고 수술을 했다. 심장에 스탠스를 꽂았다. 장인어른도 심장이 좋지 않으셔서 심장마비로 돌아가셨는데, 아내 이야기로는 할아버지도 심장질환으로 돌아가셨다고 들었다. 인공심장을 달아서 피를 공급하고 있는데, 의식이 없는 상태다. 미국에 연락을 해서 처남댁이 다음날 도착했다. 처남댁이 귀에 대고 소리를 쳐도 의식이 있는 것인지 없는 것인지 도무지 응답이 없다. 무엇인가 잘못 되어가는 느낌이 들었다. 처남댁은 삼성병원 같은 큰 병원으로 옮기자고 재촉했다. 그래서 삼성병원으로 옮겼다. 그런데도 차도가 없었다. 옮긴지 하루 만에 숨을 거두고 말았다. 처음 순천향병원에 들어 온지 3일 만에 모든 것이 끝나고 말았다.

생떼 같은 51세 젊은 처남이 이렇게 갑자기 가다니 너무나 황망했다. 처남댁은 순천향병원 의사가 수술을 잘못해서 생사람을 죽였다고 펄펄 뛰었다. 다음 날 순천향병원을 찾아가서 처남댁은 의사보고 사람 살려 내라고 악을 썼다. 한 바탕 몸싸움 소동이 일어났다. 의사는 아무 말도 못하고 머리만 숙이고 있다. 의료사고라 판단하고 용산경찰서에 고발장을 접수시켰다. 장례는 화장으로 치르기로 했다. 그러나 화장해서 끝내 버리면 의료사고 여부를 가릴 수 있는 증거가 다 사라진다. 경찰하고 협의를 거쳐 부검을 실시하기로 하였다. 삼성병원 영안실에서 시신을 구급차에 싣고 국과수에서 지정한 혜화동 서울대병원 부검실로 향했다. 차안에서 처남 시신을 만지면서 혼자 말로 '부검을 잘 받으라'고 했다. 경찰입회하에 부검이 실시되고 두시간만에 결과가 나왔다. 보호자를 들어오라고 해서 의사 소견을 들었다. 가슴을 열고 심장을 꺼내 잘게 썬 모양을 보여주면서 하는 말이 '심장을 움직이게 하는 심장 내부 혈관 상태가 안 좋았다'는 평가다. 내가 봐도 심장 색깔이 이상하게 검은 색이었다. 결론이 난 셈이다. 의사 잘못이라기보다 심장 자체에 결함이 심각하게 있었다는 뜻이다. 옆 침대에 처남 시신을 천으로 덮어 놨는데 핏물 같은 액체가 흥건하다. 시신을 다시 수습해서 삼성병원 안치실로 돌아왔다. 부검까지 해봤으니 미련은 없다. 다음 날 화장을 하러 연화장에 갔다. 그 덩치 큰 처남이 한줌의 재로 변해서 나왔다. 나는 하나님께 울부짖었다. '하나님 이제 뭣 좀 하려고 하는데 벌써 데리고 가시면 어찌합니까. 이제 정신 차리고 잘 살아보려 몸부림치는데. 믿음 생활도 해야 하고 그동안 주변에 신세졌던 채무라도 청산하고 가야 하는 것 아닌가요.' 큰 처남 죽음에 대해서 하나님의 뜻이 무엇일까, 기도 중에 '나 없이 살려고 하지 말라' 는 음성이 들리는 듯하였다.

  큰처남은 미국에 살고 있었는데 동생인 작은 처남이 사업 아이템을 제시하며 유혹하는 바람에 한국으로 와서 사업을 시작하다가 이렇게 변을 당한 것이다. 골재사업을 시작했다. 도로나 터널 공사 시 나오는 암반을 부숴서 골재를 만들어 레미콘 공장 등에 납품하는 일이다. 건설업계에서도 골재업이 험한 일로 알려져 있다. 과거에 사건사고도 많아서 그런지 이미지가 좋지 않다. 건설사 임원들 인맥을 동원하기 위해 저녁에 접대성 술자리가 많았다. 원래 술을 잘하던 큰 처남인지라 더더욱 술에 가속도가 붙으면서 몸에서 탈이 난 것이다. '술에 장사 없다' 는 말이 증명이라도 되듯…. 초기 사업자금 부담을 작은 처남이 떠안았다.

<하나님이 나를 연단키 위해 붙여준 큰처남, 인정이 많고 매형 위해 충성을 다했는데 일찍 천국으로 떠났다, 배윤성 생각만 하면 가슴이 아프다>

그렇지 않아도 형 때문에 여러 가지로 채무가 많은 상태에서 추가 부담까지 떠안게 된 것이다. 처남이 세상을 떠난 후 처남댁은 미국생활을 완전히 청산하고 한국으로 들어와 정착하였다. 남편이 하던 골재사업을 맡았으나 여성으로서 감당하기가 쉽지 않다. 이 분야에 전혀 생소하다보니 또 사람들 인맥관리도 쉽지 않은 상태라서, 몇 달 후 사업을 접었다. 사실 나는 속으로 큰처남이 사업을 일으켜 그동안 빚에 허덕이던 것을 깨끗이 청산할 수 있는 새로운 돌파구가 마련 될 것이라는 희망을 가졌었다. 이

렇게 되고 보니 허무하기도 하고 일장춘몽이 된 느낌이다.

또다시 하나님께 의지할 수밖에 없다. 참으로 복도 지질이 없다. 처남이 젊었을 때 방탕한 생활로 인해 지은 빚을 맏사위인 내가 떠안았다. 이제 마음잡고 사업을 해서 변제를 할 만 하니 세상을 떠나고 말았다. 생각할수록 운명의 장난인가 야속하기도 하다. 비록 경제적인 어려움을 주었지만 그래도 인정이 많고 매형이라고 잘 따르던 처남이다. 밉지만 미워할 수가 없다. 처남의 죽음 앞에서 흐르는 눈물을 주체할 수가 없었다. 대개 '철들자 망령든다' 고 하는데 이것은 죽음 끝이니 말이다. 한편으로는 하나님이 원망스럽기도 하다. "하나님! 이게 뭡니까 이제 무엇인가 꽃이 필 만 한데 또 폭풍우가 닥쳐오다니요." 그러나 그 속에는 하나님의 깊은 뜻이 숨겨져 있다고 본다. 내가 생각하지 못하는 무엇인가가. 사람의 지혜로는 그것을 깨달을 수 없지만 전능하신 하나님은 처남의 죽음을 통해 이루시고자 하는 목적이 있을 것이다. 성경에 '감당치 못할 시험 당함을 허락하지 아니하신다' 고 했다. 감당할 만한 시련만 주시는 하나님이시다. 기도를 했다. '하나님 아버지! 주님이 사랑하시는 처남의 죽음을 통해 제가 무엇을 깨닫고 어떻게 변화가 되어야 하는지요. 하나님은 전능하시기에 모든 것을 아시오니 저에게 가르쳐 주옵소서. 제가 따르겠나이다.' 기도를 마칠 즈음에 "나 없이 살지 말아라" 하는 하나님의 음성이 들리는 듯 했다. 또한 고난 뒤에는 하나님의 목적이 반드시 있다. 그래서 고난은 변장된 축복이라고 한다. 고난에도 감사하라는 것이 이것을 두고 하는 말이다. 내가 좋아하는 성경 구절 '고난당한 것이 내게 유익이라 이로 인해 내가 주의 율례를 배우게 되었나이다' 가 나도 모르게 입에서 맴돌고 있다.

르랜드 스탠포드에 관한 에피소드가 불현 듯 떠올랐다. 르랜드는 미국 상원의원에다 캘리포니아 주지사를 역임한 남들이 부러워하는 사람이다. 서부 금광 개발을 위해 철도를 부설함으로써 엄청난 부도 축적한 철도재벌이다. 그런데 유럽 여행 중에 외아들이 폐렴에 걸려 죽었다. 너무나 충격적인 슬픔 앞에 르랜드는 아들 방에서 아들의 유품을 만지면서 매일 통곡의 날을 보내고 있었다. 그러던 중 꿈에 죽은 아들이 나타났다. 얼마나 오매불망 반가웠던지 아들을 덥석 안았다. 그러자 아들이 말하기를 "아빠! 내가 한 가지 소원이 있는데 들어 줄 수 있느냐"는 것이다. 아버지는 "그래 무엇이든 말해봐라, 아빠가 다 들어줄 게", "나 같은 청소년들 중에 돈이 없어서 공부를 못하는 애들을 위해 학교를 하나 지어 줄 수 있어"하는 것이다. 깨어보니 꿈이다. 꿈속에서 아들이 한 말이 뇌리를 떠나지 않았다. 드디어 르랜드는 학교 설립을 결심하고, 건물을 짓고 유수한 교수들을 초빙하여 개교를 하였다. 아들의 유지에 따라 장학금을 많이 주는 특성화된 학교를 세운 것이다. 그 학교가 오늘날 스탠포드 대학이다.

르랜드 스탠포드는 전 재산을 학교를 위해 기부했다. 하나님은 한 아들의 죽음을 통해 르랜드로 하여금 엄청난 역사를 이루게 하였다. 스탠포드 대학이 세계 인류를 위해 얼마나 많은 기여를 하였는가. 아시아, 아프리카를 비롯해 전세계 수재들이 몰려드는 대학이다. 특히 공대가 유명하여 학생들 대부분이 장학금을 받고 공부를 하고 있다. 지금도 스탠포드 장학금은 그 명성이 자자하다. 노벨상만도 17명이고 4명의 퓰리처상을 배출했다. 미국 최고 명문 대학으로 서부의 하버드라고 불린다. 마이크로소프트사 등 실리콘밸리 IT산업을 주도하고 있다. 이처럼 하나님의 역사는 사람의 머리로는 해석이 안 된다. 해석할 수 있는 것이 모순이다. 한낱 피조물이 어찌 창조주의 뜻을 헤아릴 수 있겠는가. 땅에 기어 다니는 개미가 사람을 이해할 수 없는 것과 같은 이치다. 우리는 인생무대에서 시나리오 감독의 지시대로 연기만 하면 된다. 무대 감독이 하나님이다. 감독한테 순종하지 않으면 해고를 당하거나 징계에 처해진다. 이것이 하나님께 순복해야 하는 이유다.

국내 유수 대학의 교수가 목사님을 찾아와서 신앙상담을 했다. 그 교수는 과거 ROTC 장교로 입관하여 전방에서 군복무를 했다. 영외거주를 하면서 주인집 딸과 사귀게 되었다. 그러던 중에 임신이 되었다. 그 후 제대를 하고 부모님의 권유로 부잣집 딸과 결혼을 하였다. 처갓집 덕분으로 외국에 유학가서 박사학위를 취득하고 교수가 되었다. 그런데 수업 중에 옛날 군대에서 만났던 그 여성과 닮은 여학생을 보자 패닉에 빠졌다. 그 후 길거리에서도 그 여성과 비슷한 여자를 보면 공황장애 트라우마에 빠져버렸다. 전방부대 하숙집 마을을 찾아가 보았으나 이사를 가고 없었다. 계속된 죄책감에 괴로워하며 마음으로 통곡을 하고 있었다. 목사님한테 그 여성을 찾아가 사죄를 해도 되냐고 질문을 던졌다. 성경 요한일서 1:9 "만일 우리가 우리 죄를 자백하면 그는 미쁘시고 의로우사 우리 죄를 사하시며 우리를 모든 불의에서 깨끗하게 하실 것이요" 말씀처럼 과거 죄를 하나님께 진심으로 고백하면 용서받고 죄사함을 받는다고 목사님이 대답을 주었다. 만약 그 여성이 남편과 가정이 있으면 사건이 더 복잡하게 된다고 조언을 했다. 그러면서 미혼모 아기들을 돌보는 봉사를 하는 것이 어떠냐고 제안을 했다. 교수는 자기 달란트 전공인 사회복지학을 기반으로 또 인적네트워크 경륜을 활용하여 '어린이 사회복지재단'을 설립하여 정성으로 이 일에 매진하였다. 지금까지 그 누구도 이루지 못한 전무후무한 큰 성과를 이루는 놀라운 일이 일어났다. 참으로 하나님은 묘하신 분이시다. 하나님은, 자기 의를 위하여 하나님의 사람을 이용하여 또 다른 새로운 역사를 창조해 나가시는 분이시다.

다시 태어나면 축구 선수가 소망

초등학교 어렸을 때부터 축구를 잘하고 싶었다. 그러나 체력도 부족하고 기술도 없으니 주전 자리에 갈 수 없었다. 축구 잘하는 친구들이 제일 부러웠다. 성인이 되고 나서도 축구를 한번 잘 해 보고 싶은 마음이 있었다. 미국 유학 가서도 동남아시아 유학생들과 또는 아랍권 학생들과 축구를 하였다. 그러나 달리기 체력도 약하고 킥 기본기도 부족했다. 추운 겨울 날 시러큐스 대학교 실내 체육관에서 축구를 하였다. 몸도 풀지 않은 채 경기장에 뛰어 들어갔다. 전반전 끝날 무렵에 코너 쪽에서 안쪽으로 볼을 꺾어 차다가 무릎이 와장창 흔들리고 말았다. 전방 십자인대가 파열된 것이다. 무릎이 아파서 도저히 일어 날 수가 없다. 한 참후에 누군가 부축을 받아 간신히 일어났다. 다음날 병원을 가보니, 무릎에서 피만 뽑고 기브스를 하는 것이 아닌가. 의사는 인대파손에 대한 구체적인 언급도 없다. 몇 달 동안 목발을 집고 다녔다. 그냥 버틸 만 했다. 그러나 축구를 할 수는 없었다. 공부를 마치고 한국에 돌아와서 무릎에 침을 맞으면서 한방 뜸을 떴다. 교회체육대회에서 축구 시합을 하다 다시 무릎을 크게 다쳤다. 평상시 연습도 없이 의욕만 앞서다 보니 부상을 당한 것이다. 결국 십자인대가 끊어져 대학병원에서 수술을 받았다. 미국에서 처음 다쳤을 때 제대로 치료를 받았어야 하는데 그것이 화근이 되어 똑같은 부위를 다치는 악수를 둔 것이다. 그 후 겁이 나서, 부상 위험이 적은 족구로 전환하게 되었다.

2002년 월드컵은 모든 국민들에게 잊지 못할 감동을 주었다. 아마도 한반도 5천년 역사를 통해 그같이 온 백성이 하나로 혼연일체가 되어 애국의 불꽃을 태

윘던 사례가 없을 듯하다. 4년마다 열리는 월드컵이 올림픽보다 흥행이 앞선다고 한다. 그만큼 전 세계가 흥분의 도가니에 빠지게 되는 것이 축구다. 그 당시 히딩크라는 걸출한 감독이 있었기에 4강까지 가능했다고 본다. Still Hungry라는 명언을 남기기도 했다. 이유는 간단하다. 국내 축구계에 상존하고 있는 뿌리 깊은 병폐를 걷어낸 결과다. 학연 지연을 완전히 타파하고 선후배간의 연공서열, 권위 등을 운동장에서 배제했기 때문이다. 그리고 우리 선수들의 장단점 특성을 잘 파악하여 이에 적합한 훈련을 선택하였다. 30m 왕복달리기로 체력 순발력을 강화시키면서 전원공격, 전원수비로 신속히 복귀하는 전술, 공 잡은 상대방을 2~3명이 순식간에 에워싸는 방법 등 우리의 개인기 단점을 보완하면서, 우리의 강점인 빠르기로 승부를 걸었던 것이다. 유럽 선수들도 '한국 축구의 빠르기를 무서워했다' 는 일화를 남길 정도였다. 히딩크 이후 우리의 장점을 살린 축구를 보기가 어려워 아쉬운 느낌이다. 개인적으로 우리도 월드컵 우승을 할 수 있다고 본다. 우리의 장점, 저력을 잘 만 살리면 충분히 가능하다. 물론 저변 확대 등 여러 문제들이 있지만. 100억을 들여서라도 외국인 감독이 필요하다. 그 정도 감당할 수 있는 국력은 된다. 그래서 또다시 한민족이 열광할 수 있는 월드컵 신화를 기대해 본다.

유럽 프리미어리그 등 프로 축구 경기를 좋아한다. 최근에 손흥민이 뛰는 경기는 자주 본다. 메시 호나우두 등 세계적 스타플레이어들의 경기도 빠지지 않고 보면서, 축구의 흥미진진한 맛을 느낄 수 있다. 그들의 몸값 연봉이 1000억 이상 상상을 초월한다. 그들은 개인 비행기를 타고 다닐 정도로, 상업적으로 보면 웬만한 중견기업 수준이상이다. 세계 스포츠 산업 중에서도 축구 마켓 규모가 가장 크다. 내가 축구에 대한 열망이 커서 그런지 또 축구에 대한 애환이 있어서 그런지 손주를 낳으면 그 중 한명은 축구선수로 키우고 싶은 소망이 있다. 축구는 전 세계적 최고 인기 스포츠로서 월드컵이라는 지상 최대 이벤트가 있기 때문에 자기 실력만 있으면 얼마든지 성장할 수 있다. 자기 능력대로 대우를 받을 수 있는 글로벌 자유경쟁시장이란 마켓이 있다. 더구나 월드컵이라는 지구촌 축제가 있지 않은가.

스페인의 주말은 항상 월드컵 분위기 같다. 형형색색 자기가 응원하는 팀 유니폼 복장을 하고 삼삼오오 응원 구호를 외치면서 축구경기장으로 향하는 모습을 보았다. 스페인의 경우 모든 남자 아이들이 11살 되면 축구 테스트를 거친다고 한다. 그만큼 축구 열기가 광적이다. 학교 운동장이 모두 잔디 구장, 또는 인조 구장으로 오후에는 축구하는 학생들로 만원이다. 메시 같은 초일류 선수들의 플레이를 보면서 우리도 어려서부터 체계적으로 훈련을 받으면 충분히 가능하다고 본다. 우리 선수들은 볼을 드리블해서 또는 패스를 받아 페널티에리어 근방에 가면 머뭇머뭇 거린다. 거기까지 빠르게 뛰고 패스해서 왔는데 막상 골을 넣을 수 있는 골 에리어 근처에 오면 속도가 급격히 줄어들면서 우왕좌왕 한다. 다 와서 오히려 백패스 할 곳을 두리번거린다. 차라리 페널티에리어 안으로 치고 들어가다가 상대방 태클에 걸려 넘어지면 페널티 킥을 얻든가, 안 넘어지면 슛을 쏘든가. 물론 상대방 수비벽이 있지만 그것을 두려워말고 좌우로 페인팅을 하면서 그냥 과감히 드리블 돌파를 시도해 볼 필요가 있다. 좁은 공간에서는 메시와 같이 짧게 주고 받는 패스가 아니라면, 일반적인 패스는 오히려 비효율적일 수 있다. 차라리 드리블이 낫다. 공격시에도 사람한테 주는 사람패스가 아니라 뛰어 들어가는 곳에 패스를 하는 공간패스를 해야 하는데 그런 점이 아쉽다.

물론 이론하고 실전하고는 많은 차이가 있다. 박항서 감독이 베트남 국가대표팀을 맡으면서 동남아 축구에 파란을 일으키고 있다. 2002년 월드컵 당시 히딩크를 보필하는 보조 코치를 하면서 전술전략을 많이 익힌 것 같다. 선수들 간 주전 자리를 위해 무한 경쟁을 시키는 것이며, 선수교체 타이밍이며, 이기고 있을 때, 또는 지고 있을 때 선수기용하는 전술이며, 수비에서 3백을 유지하다 공격을 당할 때는 5백으로 신속히 전환하는 방법 등이 예사롭지 않다. 박항서 감독 덕분에 과거 베트남 전쟁 당시 대한민국 군인들이 그들에게 주었던 전쟁 상처를 치유시키는데 일조를 하고 있다. 양국간 우호 협력을 증진시키는 가교 역할을 하고 있어 감사하다. 미국에 있을 때 베트남 사람이 운영하는 자동차 수리점을 가끔씩 방문했다. 주인이 키는 상당히 작았지만 손놀림이 야무지다. 엔진을 완전 분해해서 고치는 것을 보았다. 우리와 같이 젓가락을 쓰는 민족이라서 그런지 손재주가 많다. 미국인들은 손이 거칠어서 차가 어디 고장나면 고치기보다 부품을 통째로 교체하는 것이 주특기인데 반해 베트남 사람들은 손이 정밀하고 섬세한 맛이 있다.

족구는 좁은 공간에서도 적은 인원으로 즐길 수 있는 생활체육으로 최근 붐이 일고 있다. 야외 음식점이나 펜션 등에는 대부분 족구장을 갖추고 있을 정도로 대중화된 레저스포츠로 자리매김 되고 있다. 다만 엘리트체육으로는 아직 인정받지 못하지만 앞으로 전국체전, 아시안 게임, 올림픽까지 진보할 수 있을 것으로 내다본다. 태권도가 공식종목으로 채택되듯이. 나는 사실 족구를 좋아하지만 실력은 시원찮다. 그래도 그 열정 하나로 본의 아니게 타천자천으로 서울시청 족구회 회장직을 맡았다. 서기관 때부터 국장 때까지 5~6년간 혼자서 공산당식 독재를 한 셈이다. 매년 전국 17개시도 대항 공무원 체육대회가 열린다. 행안부가 주관하여 각 시도별로 돌아가며 개최를 한다. 족구의 경우 4급 이상 간부가 반드시 1명 포함되게끔 게임 룰이 정해져 있다. 나는 간부 몫으로 참여한다. 실력으로 보면 나머지 4명하고는 비교가 안 된다. 뒤로 빠져 있다가 우리 수비수가 못 닿는 곳으로 날아오는 공을 한두 번 올려주면 임무 완수다. 시도별로 선발된 대표 선수들이다보니 실력이 대단하다. 강원도, 부산시, 대구시, 경남, 서울시의 실력이 우열을 가리기 힘들 정도다. 매년 4강에서는 이들 팀들끼리 맞붙는다. 3세트 경기를 하면 일방적인 2:0 게임은 없고 대개 2:1 게임이다. 그만큼 막상막하 치열하다. 특이한 것은 나는 매 게임마다 기도를 하고 시작한다. '하나님 아버지! 이번에 ○○팀과 경기를 합니다. 우리 선수들 부상당하지 않게 보호해 주시고 실력도 120% 발휘하도록 능력 주옵소서.' 나머지 4명은 대부분 기독교인이 아니지만, 기도는 듣는다. 내가 나이도 가장 많고 회장이니까 거부는 못하고 따라 온다.

특별히 4강 이후부터는 더욱 강하게 간절하게 기도를 한다. 결승에서는 매 세트마다 또는 점수 날 때마다 기도를 한다. 5명이 손을 모아 기도를 하면 어떤 선수는 빨리 손을 빼려고 한다. 그러면 나는 의도적으로 손을 더 꼭 잡고 기도를 한다. 그런데 참으로 놀라운 일이다. 지고 있던 게임도 기도를 하고 나면 우리가 점수를 역전시킨다. 또한 내가 경기 중에도 혼자 기도를 한다. 이기게 해달라고 무작정 기도하면 응답이 없다. 그러나 성경구절을 암송하면서 기도하면 어김없이 점수를 딴다. 또한 회개기도를 하면 점수를 얻는다. '하나님! 상대편이 실수하기를 바라고, 또 잘못되기를 바라면서 시기질투 했습니다, 제가 잘못했습니다.' 하나님이 회개를 참으로 좋아하신다. 막연히 기복기도를 하면 효과도 없고 점수도 안 오른다. 그러나 성경구절 또는 참회 기도를 하면 우리가 이긴다. 첫해 준우승을 하고 그 후에는 매년 우승을 했다.

한번은 대구시와 결승에서 맞붙었다. 한 점수 한 점수 피 말리는 게임이었다. 마지막 3세트에서 15:15 동점을 이루었다. 그전까지 우리가 계속 끌려 다니면서 마지막 듀스 점수까지 간신히 왔다. 마음속으로 쉬지 않고 계속 기도를 했다. 그런데 듀스 상황에서 상대방 공격수가 다리에 경련이 나면서 누워 버렸다. 스프레이를 뿌리고 주무르고 해도 일어날 수가 없게 되자, 대타가 들어왔다. 그러나 대신 들어온 공격수가 게임 리듬을 타지 못하면서 무너지고 말았다. 결승전이라 긴장을 너무 하는 바람에 경기 감각을 찾지 못한 것이다. 결국 17:15로 승리를 거뒀다. 속으로 너무 감격했다. 우리 선수들과 서울시청 응원부대도 좋아서 날뛰면서 승리를 자축하였다. 결승전 마지막 세트에서 듀스라는 절체절명의 순간에 상대 공격수가 어떻게 부상으로 나갈 수 있단 말인가. 그것도 계속 뒤지면서 끌려 왔는데, 마지막에 승리의 면류관을 우리에게 안겨 주다니. '이것은 하나님이 하신 일이다.' 확신이 들면서 감사의 눈물이 나도 모르게 흘러내렸다. 혼자서 '하나님 감사합니다.' 감사기도를 드렸다. 경기를 마치고 올라오는 버스 안에서도 하나님께 감사의 기도 눈물이 나왔다. '하나님 미천한 저의 기도를 들어 주셨네요. 감사합니다. 제가 앞으로 주님께 순종하겠습니다.'

용인시 족구동호회 활동을 하고 있다. 족구하면 자다가도 벌떡 일어나는 사람들로 구성된 동호회 모임이다. 스무 살부터 칠십대까지 다양한 연령층으로 구성되어 있는데, 50명 규모이다. 한마디로 족구에 미친 사람들, 족구에 환장한 사람들이다. 실력도 대단하다. 서울시청 족구단 주전 멤버들 실력 이상이다. 주로 토요일, 일요일 오후에 경기를 하는데 조명을 켜고 야간 늦게까지 할 때도 많다. 나는 일주일에 한 두번 정도 나가서 땀을 흘린다. 온 몸이 땀으로 젖는 운동은 족구 할 때가 유일하다. 얼마 전 건강검진을 하러 병원에 갔는데 문진표 작성이 있었다. 일주일에 온 몸에 땀이 나도록 운동을 몇 번 하느냐는 항목이 있었다. 1~2회라고 적었다. 족구 덕분인지 건강검진 결과가 나왔는데 정상이다. 대장암 증상도 없었다. 감사했다. 그나마 족구가 나의 건강을 지켜주는 방패라는 생각이 든다. 나는 주로 토요일 오후에 또는 일요일 예배 마치고 오후 늦게 합류한다. 포지션은 수비수다. 실력이 중하 수준으로 공격은 못하고 좌수비를 맡는다. 연령대로 보면 60대 70대도 많고, 50대가 주류를 이룬다. 현재 내가 회장직을 맡고 있다. 내가 원해서가 아니라 부회장 감사 등 기존 멤버들이 추천하는 바람에 직함을 갖게 되었다. 회장은 경제적으로도 여유가 있어서 대회 시합이 있을 때마다 찬조도 해야 하고 경기 끝나고 저녁 회식비도 감당해야 하는데 여건상 어려워서 처음에는 사양을 했다. 그러나 대외적으로 동호회 얼굴인 만큼 사회적 경륜 등을 고려해서 맡아야 한다기에 수락했다.

회원들 직업을 면면히 살펴보니 아파트 관리소장으로 계신 주택관리사 분들이 많다. 주택관리사 시험이 만만치 않다고 들었다. 그것을 통과한 사람들이니 지적 수준도 상당하다. 그래서 그런지 서로 배려하고 예의를 지키면서 전체 분위기가 좋다. 술 먹고 큰소리치는 사람도 없고 건강을 위해서, 스트레스 해소하기 위해 족구를 하시는 분들이다. 그 중에 극소수는 자기주장이 강하고 돌출행동을 하다가 모임을 탈퇴하거나 회원들 간 분쟁도 일부 있지만 대체로 무난한 편이다. 한번은 나이가 50 초반 공격수하고 한 팀으로 시합을 했는데 내가 실수하면 핀잔을 주고 잔소리를 하기에 나도 모르게 입에서 욕이 나갔다. 상대가 들으라고 한 것은 아닌데 아마도 들은 모양이다. 그 공격수 입에서도 욕이 나왔다. 시합을 하는 중에도 자꾸만 마음에 걸렸다. 끝나고 나면 나이 많은 내가 먼저 사과를 해야지 생각했다. 나중에 미안하다고 하면서 악수를 청했다. 서로 화해를 잘 했다. 그런데 얼마 후 그 공격수는 결국 탈퇴하고 말았다. 이야기로는 공격수 대우를 제대로 안 해주고 2군으로 취급한 것이 화근이 된 모양이다.

한 가지 불문율이 있다. 시합 때 금품내기를 일절 안하기로 약속했다. 과거에 돈 내기를 했는데, 라인 아웃이니 인이니, 네트 터치니 아니니 경기가 너무나 예민해지면서 과격해졌다. 사람이 돈을 걸다 보면 큰소리가 나오고 과열해지게 마련이다. 그래서 우리 동호회는 내기를 없앴다. 돈 내기가 경기력을 향상시키는 면도 있지만 선수 간 갈등을 유발하는 악폐 요인이 더 크다. 우리나라는 어린이고 어른이고 치열한 경쟁사회 속에 살고 있다. 놀러가서도 돈내기를 해야 하고 골프 같은 운동을 해도 내기를 건다. 흥미를 유발하는 면도 있지만 서로 싸우고 반목하는 폐해가 더 크다. 공부도 1등해야 하고 사업도 1등해야 하고 놀기도 1등 해야 한다. 뭐든지 지면 안 되고 이겨야 한다. 그러니 정신적 스트레스가 심하다. 결국 우울증 조울증 등 정신질환 환자가 많아지는 원인이다. 행복해 할 줄 모른다. 항상 부족하고 모자라다고 불만이다. 이렇게 3만 불 선진국 진입을 하고, 물질적 풍요를 맛보면서도 정신적으로는 아직 후진국형태다. 다른 나라 사람들이 대한민국을 부러워하고 있다. 경제 10대 부국이고 IT 강국이며, 전 국민이 스마트폰을 가진 나라이다. 우리가 이렇게 잘 사는 것을 우리 국민만 모르고 있다. 우리에게 가장 필요한 것은 감사하는 마음이다. 6.25 전쟁의 폐허 속에서 이렇게 급성장한 나라가 전 세계에서 유일하다. 세계에서 새벽기도를 이렇게 뜨겁게 하는 나라가 우리 대한민국뿐이다. 하나님께 기도할 때도 요령이 있다. 먼저 감사기도를 한 후, 회개기도를 드리고 마지막이 간구기도이다. 그러므로 감사를 먼저 드릴 줄 알아야 창조주의 축복을 받을 수 있다.

사표내고 안철수 서울시장 캠프로

물 관련 연구를 총괄하는 서울물연구원장으로 부임을 하고 나서 무엇인가 물에 대해서 Total Solution Provider 역할을 할 수 있는 기관으로 거듭나야겠다는 야심찬 계획을 세웠다. 우선 첫 번째가 기관 이름부터 바꾸고 싶었다. 당초에는 서울시 상수도연구원이었다. 그러나 하수관련 연구, 실험도 하고 있었다. 또한 한강 수자원 관련해서 조류라든가 수질오염 등도 다루고 있다. 직원들과 아이디어 미팅을 통해 서울물연구원이란 이름으로 명칭을 변경했다. 두 번째로, 상수도 하수도 수자원 수생태 친수환경 등 물 관련 모든 분야를 섭렵할 수 있는 대한민국 최고 Best Leading 기관으로 변모시키고 싶었다. 그러나 이름만 바꾸었지 생각보다 장애물이 많았다. 직제를 확대하는 문제도 사업 예산을 확보하는 것도, 또한 상수도사업본부 산하로 있다 보니 본부장 눈치를 볼 수밖에 없다. 보이지 않는 견제세력도 있어서, 하드웨어적인 부분을 혁신하는데 있어 한계에 직면할 수밖에 없다. 그래서 생각한 것이 소프트웨어 분야로, 상하수도 관련 정책 개발이나 현장에 적용되는 기술을 업그레이드 시키는 일이다.

우선 아리수 음용률 제고가 첫 번째 현안과제다. 여기서 아리수라는 브랜드를 소개하면, '아리'는 한강을 나타내는 고구려시대 때 말이다. 광개토대왕비에 보면 아들 장수왕이 남하정책을 펼치기 위해 백제를 침공하면서 '아리수를 건넜다'는 표현이 있다. '수'는 물이다. 그러므로 아리수는 한강물을 뜻한다. 수돗물 마시는 문제는 참으로 난제 중에 난제다. 어떻게 하면 아리수를 직접 음용하게 할 수 있을까에 대한 종합적 대책인, '아리수 홈런프로젝트'를 수립하였다. 사실 수돗물 수질 문제는 역사가 오래된 숙원과제다. 과거 녹물경험이나 언론을 통해 나쁜 이미지로 각인된 것을 하루아침에 털어내기가 쉽지 않다. 어찌 보면 만성 고질병이다. 또한 건강과 직접 연관되다 보니 예민할 수밖에 없다. 수돗물에서는 100−1 = 0 로 표현한다. 한 치의 실수나 오차도 있으면 꽝이다 는 뜻이다.

수돗물을 자연스럽게 마실 수 있게 하기 위해 길거리 또는 건물 내 음수대를 많이 설치해야 한다. 이것이 아리수 음용의 시발점이 된다. 실내는 물론 옥외에도 음수대를 많이 설치해서 수돗물을 접할 수 있는 환경을 조성하는 것이 음용율을 제고하는 발판이 될 수 있다. 신축 건물에는 의무적으로 각층마다 음수대를 설치하도록 해야 한다. 다만 화장실 옆에는 심미적인 측면에서 설치하지 않도록 하였다. 길거리 아리수음수대를 종로, 을지로 서울광장, 광화문 등 대중 집회장소 또는 유동인구가 많은 곳에 설치하면 된다. 한편 오래된 주택 내 노후 옥내배관이 문제다. 개인 소유라서 정부가 간섭할 수가 없다. 그러나 위생안전 및 건물안전관리 차원에서 3년마다 안전진단을 실시하여 지적된 사항에 대해서는 의무적으로 조치토록 한다. 오래된 노후배관은 교체를 하든지 관 갱생을 하여야한다. 물탱크며 펌프 등도 필요시 개량해야 한다. 노후된 펌프 배관이 터져서 아파트 지하실이 물에 잠겨 물난리가 나면, 전기설비가 물에 젖는 사고가 가끔씩 발생된다. 그러면 서울시 상수도본부가 개입해서 수리복구를 해 주기도 한다. 이러한 폐단을 막기 위해서도 수도법 개정이 필요하다.

가정집에 녹물이 나오는 곳은 공사비의 80%를 서울시에서 지원하고 있다. 그러나 노후옥내배관 교체가 아직 다 해결되지 못했다. 그런 집은 수도꼭지에 녹물방지필터를 신규로 구매해서 지원하고, 중간 중간 필터 교체는 개인이 부담토록 하는 방안도 제시했다. 공중파 방송을 통한 아리수 기획홍보를 매년 주기적으로 실시하여 아리수 인식을 개선하는 것도 중요하다. 유치원 초등생들로 하여금 정수장 견학을 할 수 있는 환경체험학교를 운영함으로서 어렸을 때부터 수돗물에 대한 불신을 제거하는 방법도 있다. 서울시 공무원 및 투자기관까지 수돗물 마시기 운동을 펼쳐 나가는 방법이 우선 선결과제다. 공무원이 마시지 않으면서 시민들에게 마시라고 하는 것은 모순이다. 사실 아리수는 오존 활성탄으로 고도 처리하기 때문에 예전보다는 질적인 면에서 비교할 수 없을 만큼 좋아졌다. 마셔도 건강상 전혀 문제없다. 혹자는 이송하는 배관이 녹슬어서 문제가 된다고 하지만 서울의 공공상수관은 98%이상 교체되었다. 일부 가정 내 노후배관이 문제다. 이것도 몇 년 후면 완전 교체된다.

나는 아침에 기상하자마자 수돗물을 한 컵 마신다. 그것이 오래된 습관이 되었다. 오장육부의 건강 비결이기도 하다. 4차산업혁명 기술을 바탕으로 '아리수 4.0프로젝트'를 수립했다. 상수원부터 취수장, 정수장, 배급수배관망, 계량기 및 민원처리에 이르기까지 전반적인 시설 개선이나 매뉴얼도 작성했다. 4차산업혁명의 Key, 핵심기술은 인공지능이다. 이것을 적용하여 아리수 Smart Water System을 구축하는 것이 최종 목표다. 미래 비전 하나하나를 기술적으로 구체화시켰다. 그러나 시장단이나 상수도본부에서는 별 다른 관심도 반응도 없다. 왜 예산 투입하느냐 지금도 잘되고 있는데. 또한 '하수도 4.0프로젝트'도 완성했다. 하수처리장 및 하수관거 전반에 대해서도 개선할 점을 언급했다. 모두 긍정적인 반응이다. 다만 언제 예산을 투입하여 시행하느냐만 남았다. 모든 길은 로마로 통한다와 같이, 모든 정책은 예산으로 통한다. 의사 결정권자의 의지가 중요하다. 구슬이 서 말이라도 꿰어야 보배다. 물연구원은 물관련 정책을 개발하거나 기술개발을 추진하는 것이 본연의 임무다. 직원들은 과업이 많다고 다소 불만이 있었으나 설득에 설득을 해가면서 완성을 하였다.

2017년 12월 년 말 인사철이 다가오고 있었다. 3년을 한 자리에 있었더니 약간 매너리즘에 빠지기도 하였다. 전보요청을 하고 싶었다. 그러나 국장들은 희망인사 같은 것이 없이 시장단에서 일방적으로 발령을 낸다. 그러나 사전 물밑 로비가 있다. 복도통신에 의하면 이번에 모국장, 모본부장은 어디로 가고 등등 낭설이 분분하다. 나는 서울시에서 33년 대부분을 상수도 분야 또는 물과 관련하여 일을 해왔다. 마지막으로 서울시 상수도사업본부장 보직을 맡아서 그동안 서울물연구원에서 준비했던 프로젝트 들을 추진하고 싶었다. 시청에 자주 출입하는 모 기자를 통해 인사의 운을 띄었다. 부시장에게 지나가는 소리 정도로 인사 문제를 언급한 모양이다. 그러나 묵묵부답이다. 내가 직접 인사 상담을 해야겠다고 마음먹었다. 남을 통해서 하는 모양이 좋지 않아 보였다. 차례대로 1, 2부시장들을 만났다. "염치없지만 외람된 말씀을 드리고 싶어서 왔습니다. 이번 연말에 제가 상수도본부장으로 인사 보직을 부탁드려도 될까요?" 시큰둥한 반응이다. '쉽지 않을 것이다' 는 대답이다. 연초에 부시장으로 새로 부임하게 될 1급 본부장한테도 이 이야기를 꺼냈다. 별 반응이 없다. '전기직렬인데 어떻게 행정직이 맡고 있는 본부장에 앉을 수 있느냐' 하는 무언의 대답이다. 누가 뭐래도 업무 전문성이나 학·경력을 보면 이의를 제기할 사람이 없지만 서울시 인사 관행상 역학구조상 그렇게 인사발령을 내기 어렵다는 뜻이다.

그래도 나름대로 희망의 끈을 놓지 않고 있었다. 하나님께 기도했다. "이번 인사에서 본부장으로 가게 해주시면 서울의 상수도를 한 단계 업그레이드 하는 데 진력을 다하겠습니다. 주님을 믿고 의지합니다." 계속 기도를 했다. 집에서도 잠이 잘 오지 않는다. 드디어 인사발령 뚜껑이 열렸다. 허사였다. 전보 없이 잔류 그대로다. 큰 기대는 하지 않았지만 막상 결과를 보고나니 실망이 컸다. 이제 공무원 생활 마지막 대미를 장식하고자 했던 모든 꿈이 날아가 버렸다. 의욕도 떨어졌다. 괜스레 인사 로비만 한 꼴이 되었다. 소득도 없이 스타일만 구긴 것이다. 부시장들 모두 잘 아는 사람들이고 학교 후배고, 고시 아래 기수다. 전기직렬이란 노비문서가 끝까지 발목을 잡은 것이다. 그동안의 인간관계를 생각해서라도, 또 내가 기술직에서 최고참 기수이고 베스트 간부상까지 탔는데, 이렇게 홀대를 당하다니. 국장급 이상에서 선배는 1부시장 한명 뿐이고 2부시장 산하에서는 내가 맨 꼭대기다. 물론 고시 기수나 경력이 자랑은 아니지만 너무 비참하다는 생각이 들었다. 사표를 던지고 싶었다. 지금까지 후배들한테 결재 받으러 또 보고하러 다녔는데 이제 더 이상 하고 싶지 않았다. 내 자존심이 더 이상 허락하지 않았다. 그렇다고 당장 감정적으로 사표를 던지면 모양이 좋지 않을 것 같았다. 과거에 승진 탈락한 한 동료가 사표를 던지는 것을 보며, 감정적으로 했다면서 좋지 않은 인상을 남긴 사례를 보았기 때문이다. 그래도 마지막까지 이미지를 망치고 싶지는 않았다. 그동안 30년 넘게 부시장들과 같이 근무하면서 서로를 너무도 잘 아는데 이렇게 매몰찰 수가 있나, 격한 감정이 요동치기 시작했다. 자괴감으로 내 자신을 통제하기가 어려웠다. 잠도 제대로 잘 수가 없다. '서울시 특유의 골품제도 때문이다' 나는 성골, 진골도 아닌 육두품 전기직렬 아닌가. 아내도 이런 사정을 잘 아는지 나름 위로를 해 주었지만 내가 나를 제어하기가 어려웠다. 출근하기도 싫었다. 회의 참석을 했지만 마음이 편치 않았다. 그렇다고 내색은 할 수 없었다. 아무렇지도 않은 듯 표정 관리를 하지만 내심으로는 속이 불편하고 내 영혼이 슬프면서, 한편으로는 화가 치밀어 올랐다. 속내를 누구에게도 말 할 수가 없다. 1, 2월이 지나면 인사 술렁거림이 끝나니까 3월쯤에는 무엇인가 결단을 내려야한다. 더 이상 버티기가 힘들었다.

서울시장 선거가 6월로 다가오고 있었다. 평상시 안철수 대표에 대해서 호감을 가지고 있었다. 같은 이과 계통 과학을 한 분이기 때문에 동병상련의 심정으로 좋은 인상을 가졌다. 학자로 기업인으로 성공하고 정치에 뛰어들어서 박원순 시장님한테 서울시장 자리를 양보한 분이기 때문에 더욱 애정이 갔다. 남들은 그때 왜 양보했냐고 하는데 그것은 언젠가 반드시 하나님한테 보상을 받으리라 본다. 특히 4차 산업혁명에 대한 비전을 가지고 있고 실행할 능력이 있다고 보았다. 전 세계가 기술전쟁, 경제전쟁에 돌입하면서, 과학기술을 선점하는 자가 독점하는 시대이다. 안철수 대표가 서울시장 후보로서 충분히 승산이 있다고 보았다. 과거 서울시장 선거역사를 보면 시장은 거의 야당이 차지했다. 그렇다 우리 국민은 역시 현명하다. 서울시장은 대통령과 반대로 야당을 선택하는 우수한 국민이다. 자주 만나는 고등학교 선배를 만났다. 지방선거에 대해 이야기를 나누었다. 그 선배도 안철수 시장선거 출마에 대해 의기투합했다. 그러면서 안철수와 막역한 모 인사를 자기가 잘 아니까 나에게 소개시켜 준다는 것이다. 귀가 솔깃했다. 그래서 그 분을 만나서 안철수 대표와의 면담 일정을 잡았다.

처음 만나는데 빈손으로 만날 수 없다는 생각에 자료를 준비하기로 했다. 서울시 정책 공약을 정리하기로 마음먹었다. 평상시 생각해 왔던 것들에 대해 자료를 수집하였다. 교통, 도시계획, 환경, 주택, 상하수도, 문화정책 등 20여건을 핵심적으로 요약했다. 매 건마다 현황 문제점 대책, 3가지 목차를 정해서 그림과 사진을 붙이면서 간결하면서도 알기 쉽게 작성했다. 안 대표를 만나서 공약 설명을 했다. 좋은 반응을 보이면서도 다만, 큰 대마가 없는 것 같다는 느낌을 받았다. 정치권에서 보는 시각과 행정공무원이 보는 시각이 다를 수밖에 없다. 그렇게 해서 안 대표와의 첫 인연이 시작되었다.

공무원법상 현직 공무원이 선거에 개입한다거나 출마예상자를 도울 수는 없다. 사퇴를 해야만 한다. 고민에 고민을 거듭했다. 아내는 정 그러면 퇴직을 하라고 하였다. 한편으로는 내가 평생 다녔던 직장이고 또 서울시청이 미국유학을 지원해서 박사학위까지 취득한 사람으로서 개인적으로 보면 채무가 많다. 그래서 서울시 상수도를 한 단계 견인해야겠다는 열망이 더 컸는지도 모른다. 이제 그런 소망은 모두 수포로 돌아가고 말았다. 한편 후배들을 생각하면 자리를 비켜주는 것도 선배의 도리인 것 같다. 다만, 공업직렬한테 국장 자리를 물려주어야 하는데 그것이 마음에 걸렸다. 그러나 공업직에서 승진대상자 후보로 입에 오르내리는 사람이 아직 눈에 띄지를 않았다. 또한 서울시 직원들이 뽑아준 베스트간부상이란 명예도 생각하니 여러 가지로 머리가 복잡했다. 아쉬울 때 떠나는 것이 등 떠밀어 나가는 것보다 낫지 않은가. 사퇴를 결심했다. 명예퇴직 신청을 내고 33년 서울시 공무원 생활을 정리했다. 사실, 사표를 던진 것은 인사 불만이고 공업직 차별에 대한 일종의 무언의 반항이었다. 세상 혈기로 한 것이다. 옛말에 '홧김에 서방질한다'는 것과 같다. 성경에, 다윗이 왕이 되기 전에 부하들이 다윗을 배반한 사람의 목을 베어 왔을 때 기뻐하거나 칭찬을 하지 않고, 오히려 통곡하며 금식했다. 나 역시 하나님 관점에서 사리분별을 하지 못하고, 단지 세상관점에서 판단한 것이다. 나를 핍박하는 자를 위하여 기도하지 못한 결과다. 문제를 보지 말고 금식하면서 하나님과 처절하게 대면기도를 했어야 했다.

서울시장 선거 캠프가 안국동에 차려졌다. 거기서 기획본부장 보직을 받고 선거공약을 개발하는 임무를 맡았다. 캠프에 가보니 임시로 임대해 얻은 건물에 책상마다 컴퓨터만 한대씩 일렬로 배치되어 있다. 공무원으로 있을 때 단독 방을 쓰면서 비서에 운전기사까지 있다가 이제부터는 혼자서 모든 것을 해결해야 했다. 캠프는 온통 낯선 사람들뿐이다. 안 대표는 여의도 당사 쪽에 있는지 가끔씩 오는 정도였다. 안 대표 측근들, 국회의원 보좌관, 과거 국민의 당 연구소 사람들이 합류해 있었다. 기존 멤버들 자기네끼리는 서로 잘 아는 사이 같았다. 그동안 대선도 치렀고 국회의원 선거도 몇 번 거쳤기 때문이다. 나만 외톨이고 생소한 인물이다. 내가 준비했던 공약들과 기존에 만들어 놓았던 공약들을 조합하기 시작했다. 기획팀 사람들도 정책을 곧잘 만들고 있었다. 오히려 넓은 시각에서 바라보는 강점도 있다. 해외사례라든가 국내 것과 비교도 하고, 또 법률적인 검토도 곁들이면서 짜임새 있게 공약들을 만들고 있었다. 지금까지 밖에서 바라보던 정치인들은 건달이고 반 사기꾼이고, 입으로만 떠드는 사람이라는 선입견이 무너졌다. 오히려 공무원들보다 한 수 위라는 것을 느꼈다.

그 당시 공약으로 제시된 것 중에 '서울개벽'이 히트를 쳤다. 서울시를 관통하는 지상 철도구간이 57km인데 이것을 전부 지하로 집어넣고 그 상부에는 공원, 산책로 등 주민휴식공간을 제공하면서, 필요시는 상업용지로 개발하여 활용하자는 것이다. 특별히 4차산업혁명 클러스터, 테스트 베드, 4차산업캠퍼스 조성도 병행하는 내용이다. '모든 길은 로마로 통한다' 같이 모든 정책은 예산으로 통한다. 공사비를 산정해 보니 지상부 일부를 상업용지로 분양하면 충당할 수가 있었다. 그동안 지상철도로 인해 지역생활권이나 상권이 단절되었던 폐해를 해소하는 목적이 크다. 우선순위가 1호선 구로역에서 성북역 구간의 지하화다. 한국철도공사, 국토부, 기재부 등 범정부적인 협조가 필요하다. 또 다른 하나는 경부고속도로 상습정체 구간인 '한남대교 남단에서 만남의광장 구간을 지하화' 하는 공약이다. 상부구간에는 4차산업클러스터 조성, 주민편의시설, 스마트 공원 등을 설치하고 일부는 상업용지로 분양하면 3조원의 공사비를 충분히 대체할 수 있다. 이 문제는 그전부터 나온 이야기다. 서초구청에서도 강력히 추진할 의지를 가지고 있다. 그러나 서울시와 국토부가 적극적으로 협업해야 성사되는 구조이다. MB가 서울시장이나 대통령으로 있었으면 아마도 벌써 시행되었을 것이다. 한편 공릉동 육사부지가 40~50만평 되는데 이를 활용하여 4차산업캠퍼스를 조성하는 방안도 검토하다 취소가 되었다. 육사를 이전시켜야 되는데 군장성들이 심하게 반발하는 것으로 조사되어 막판에 제외시켰다.

서울하면 떠오르는 관광랜드마크가 없다. 뉴욕은 자유의 여신상, 파리는 에펠탑, 시드니는 오페라하우스 등이 있는데 서울만 딱히 없다. 그래서 개인적으로 구상한 것이, 한강이라는 천혜의 공공재를 활용하여 Seoul Sky Plaza를 발굴해 냈다. 한강을 횡단하는 300m 높이의 인도교량 위에 상부광장을 만들어 거기서 불꽃놀이며, 공연연출, 레이저빔 쇼 등을 할 수 있는 서울하늘광장을 계획했다. 전 세계 어디에도 없는 Only One, First One, Best One인 초고층 하늘광장이다. 비용도 3000억이면 족하다. 그 외에 여의도를 관통하는 광장도로를 지하화하고 그 상부에 대한민국 지도를 본 따서, 1000분의 1 축적 크기로 국토 모형을 만들어서 관광명소화하는 구상도 했다. 광장 길이가 1.5km로서 그 안에 산, 하천, 도시 등 모든 것을 축소해서 배치할 수가 있다. 그러면 구태여 전국을 여행 다닐 필요 없이 서울에서 모든 관람할 수 있게 된다. 그러나 이것도 공사비 1조원 충당문제, 또 여의도 지하철 심도 문제 등으로 채택되지 못했다.

　캠프에서 정책을 정리하느라 바쁜 와중에, 며칠 후 '서울시 출신 인재영입 환영식'이 있다면서 참석하라고 연락이 왔다. 나를 포함해 국장급 3명이 캠프에 합류했는데 언론에다 이것을 이벤트로 연출시킨다는 내용이다. 참으로 난감했다. 퇴직한 서울시에는 4급 이상 몇몇 간부들한테만 작별 인사를 하고 왔는데 이를 어쩌나, 혹시 배신자 낙인이 찍히는 것이 아닌가. 솔직히 나서기가 싫었다. 그런데도 막무가내로 일정을 잡았기 때문에 안 할 수도 없는 상황이다. 사실 나는 박원순 시장이 싫어서 서울시를 나온 것이 아니다. 누가 보면 모시던 분을 배반하고 다른 후보캠프로 갔다고 생각할 수 있다. 서울시 후배들은 그렇게 생각할 수 있다. 그러나 진심은 그것이 아니다. 박시장님 하고 무슨 원수질 일도 없었다. 오히려 좋은 관계였다. 다만 기존의 부시장들이 보기 싫어서 나온 것뿐이다. 아마도 부시장들이 정말 미안하다 나한테 전화 한마디라도 했으면 사표를 안 냈을 수도 있다. 허기야 자기네들도 바쁜데 나한테 전화 한통 할 시간적 여유가 있었겠는가. 박시장님이야 선출직이라서 몇 년간 친분이 있지만 부시장들은 30년을 같이 지낸 친구 겸 직장 동료였기 때문이다.

　투표일이 가까워지고 있었다. 1번이 민주당 박시장, 2번이 한국당 김문수, 3

번이 바른미래당 안철수다. 여론 조사를 보면 박시장이 50% 지지율 1등으로 멀리 달아나고 안철수가 27% 수준이고 김문수가 20% 내외였다. 2번 3번이 합쳐서 시너지 효과를 발휘해야 한다. 단순히 기계적인 합산은 1번보다 약간 뒤지지만 합치면 달라질 수 있다. 오직 후보 단일화가 답이다. 그러나 후보 간 단일화 진전이 어려운 상황에 직면했다. 날짜는 다가오고 큰일이다. 캠프에서 단일화 이야기를 하면 어떤 분은 오히려 단일화보다 3자 구도가 유리하다는 궤변을 하는 분들도 계셨다. 안에 있다 보니 밖의 공기를 모르면서 자기몰입 자아도취에 빠진 것이다. 합쳐도 어려울 판인데 이길 수 있다니, 말도 안 되는 소리를 한다. 여론 조사도 다 조작이고 가짜라는 것이다. 혼자서만 속이 타들어 갔다. 이 선거를 위해 중간에 사표 쓰고 나왔는데, 뭔가 선거가 잘못된 방향으로 가고 있었다. 단일화에 대한 간절함 절실함을 못 느끼는 분위기다. 어디에다 호소할 방법도 마땅치 않다. 중간에 굴러들어온 돌이 박힌 돌한테 무엇이 어떻다고 언성을 높일 상황도 아니다.

〈안철수 서울시장후보 유세차에서 찬조연설자로 나섰는데 처음이라 웬지 어색한 표정이다. 청중들을 감동시킬 수 있는 사자후 정치언변, 아니면 설득 논리 개발이 필요하다〉

투표일 이틀을 남겨두고 안 후보 및 모 국회의원한테 장문의 문자를 보냈다. 단일화가 안 되면 필패다. 오늘이라고 김문수 집에 찾아 가서 애걸복걸을 하더라도 단일화를 만들어야 한다. 그렇지 않으면 만사가 허사다. 그러나 이것도 허공의 메아리다. 사활이 달린 문제인데, 한마디로 헝그리 정신이 부족했다. 단일화를 위해 풀어야할 정치 공학적 문제가 있지만, 우선 다 양보하더라도 당선이 급선무 아닌가. 이제 단일화 시간도 놓쳤다. 다 물 건너갔다. 투표일 개표 방송 보기도 싫었다. 여론조사 지지율 대로 투표 결과도 나왔다. 안후보가 2등도 아닌 3등을 당하는 참패를 당했다. 몇 달 동안 난리 법석을 떤 것이 다 무용지물이다. 다음날 안 후보가 위로 차 캠프에 오셨다. 안 후보와 악수를 나누는데 얼굴을 마주 대할 수가 없었다. 나도 모르게 눈물이 나왔다. 흐르는 눈물을 억제할 수가 없었다. 아무래도 단일화 실패에 대한 미련, 선거 패배, 상실감 등 여러 감정들이 복합적으로 밀려 왔기 때문이다.

선거에 패배하니 며칠 후 바로 캠프가 해체되었다. 해단식이 끝나니 각자 뿔뿔이 생활 전선으로 흩어졌다. 나는 졸지에 실업자가 되면서 할 일이 없어졌다. 집에서 늦잠 자면서 쉬고 있으니 육신은 편하고 좋았다. 안철수 후보 캠프에 들어가면서 얼마나 많은 기도를 드렸고 시장에 당선되기를 간절히 빌었는데 모든 것이 수포로 돌아가 버린 것이다. 안 후보가 시장에 당선되면 이기적인 야망이지만, 내심 부시장 욕심이 있었다. 먼저 모 부시장 사례도 있어서 더욱 기대를 했다. 그 부시장은 오세훈 시장 시절 이차저차 떠밀려 퇴직을 하신 국장이다. 그런데 박 시장 보궐선거 캠프에 가담했다가 당선되자마자 부시장으로 복귀하여 금의환향한 케이스다. 그때부터 서울시에서는 '꺼진 불도 다시보자'는 말이 회자되기 시작했다. 부시장 꿈도 일장춘몽이 되고 말았다. 부시장이 되면 기술직 인사 제도부터 Open System으로 바꿔서 누구나 승진 기회만은 확실히 주겠다고 절치부심하고 있었다. 누구나 밥상머리에 앉을 기회는 주되 밥을 많이 먹든 적게 먹든 그것은 각자 능력에 달려 있다. 그런데 지금까지는 밥상머리에 앉을 자격조차 주지 않았기에 불만이 팽배해 왔다.

민간기업 사장으로 변신

집에서 노는 것도 한두 달이 지나자 몸도 뻐근하고 안 좋았다. 소파에 누워서 뒹굴뒹굴 하는 것도 하루 이틀이지 정신적으로도 나날이 피폐해져 가고 있었다. 며칠은 아파트 뒤에 있는 산에 등산을 다녔다. 아무런 계획 없이 빈둥빈둥하는 노는 것도 보통일이 아니다. 여행을 다니고 싶은데 차가 없으니 그것도 쉽지 않다. 승용차는 아내가 과천 꽃가게에 타고 다닐 수밖에 없다. 혼자서 집에서 강아지하고 노는 것이 일상이 되었다. 그렇다고 무엇을 하고 싶은 것도 없고, 아무것도 하고 싶지도 않았다. 가끔 선거 캠프 사람들 하고 연락을 하고 지내는 정도다.

그러다가 예전에 만나던 지인한테서 연락이 왔다. 같이 일 좀 하자는 제안이다. 물병에 금속 스틱을 넣어 알칼리수를 만드는 공장을 장호원에 차렸으니 함께 해 보자는 것이다. 한여름 무더위가 극성을 부리고 있던 어느 날, 장호원에 가보니 이제 사업 준비를 하는 단계다. 그 전에도 서울 성수동에서 공장을 차리고 사업을 하다 몽땅 망하고 몇 년 만에 다시 재기를 하는 중이다. 내가 물 전문가라고 하니 도움이 될 것으로 생각한 모양이다. 대표이사 사장을 맡으라는 제안이다. 그러나 나는 경제적으로 어려운 입장이라서 보증 문제 재무적인 책임 등은 못 한다고 하였다. 그래서 재정 보증에 대해서는 민형사상 책임을 질 수 없다는 합의서에 서명을 하고 일단 대표를 맡았다. 지인 분은 금융권 신용 문제며 여러 가지 제약이 있었던 것 같다.

회사 형편이 어려운 여건이니 보수 같은 것은 생각할 수도 없었다. 이제 새로 회사를 회생시키는 것이 급선무다. 막상 그런데 내가 할 일이 별로 없었다. 옛날부터 같이 일하던 멤버들이 있어서 가끔씩 공장으로 내려와서 물병에 알칼리 환원수 스틱을 넣어 포장하면 끝이다. 마케팅이 문제다. 이마트나 롯데마트 또는 TV홈쇼핑 등에 납품하려면 비용도 많이 들고 조건도 까다로워 그림의 떡, 화중지병이다. 정수기 회사와 연결이 되어, 정수기 내 필터재료로 납품할 수 있는 기회가 왔는데 여러 가지 협상할 것이 많았다. 먼저 의료기기 우수제품으로 인정받기 위해 GMP인증도 받아야 한다. 창업자 분은 참으로 대단했다. 아침 새벽부터 밤늦게 까지 모든 일을 혼자 처리하는 모습을 보고 혀를 내 둘렀다. 제품 생산부터 자금조달문제, 거래처 확보하는 문제 등 일인십역을 하고 있었다. 중소기업은 오너영업이라고 한다. 주인이 영업을 해야 상대방도 신뢰성을 가질 수 있기 때문이다. 어느 정도 자리를 잡아 시스템으로 움직일 때까지는 오너가 직접 뛸 수밖에 없다. 나는 영업처에 가면 동행하는 수준이다. 그래도 믿음을 가지신 분이라서 같이 기도하면서 기초를 하나하나 다져 나가고 있었다. 매일매일 자금압박을 받으면서 무엇 하나 실행하기가 어려웠다. 투자를 유치해야 하는데 옛날 투자했던 분들도 이제는 돌아섰다. 그래도 근근이 도와주시는 분들 덕분에 공장은 간신히 가동되는 수준이다. 그때 자영업자 중소기업의 어려움을 보았다. 무슨 기술 개발한다고 투자하기가 어렵다. 개발을 한다고 해도 홍보, 판매 등 마케팅 하는 것이 더 문제다. 그 기간 동안 자금 유동을 버티기가 힘들다. 옆에서 보기에도 안타까울 따름이다. 뭔가 풀릴 듯 말 듯 하면서도 손에 잡히지 않으니 답답한 노릇이다. 더구나 나는 공직이란 안정된 직장에서 봉급 걱정하지 않으면서 직장 생활을 했지만 중소기업은 한 달 한 달이 살얼음판이다. 여기는 인건비는 차치하고 물품을 생산하기 위한 재료 구입비용도 조달이 어려운 형편이다. 나는 그래도 불만은 조금도 없다. 무엇인가 도와주지 못하는 것이 미안할 뿐이다.

공장에서 숙식을 해결 할 때도 많았다. 그해 여름은 유난히도 더웠다. 특별히 할 일이 없으니 주변 환경이라도 정리정돈 하는 것이 일과다. 앞마당 아스팔트 포장 사이에 풀이 많이 자랐다. 하루는 날을 잡아서 새벽부터 점심때까지 뙤약볕에서 제초 작업을 하였다. 땀을 얼마나 흘렸는지 온몸이 땀으로 목욕을 할 정도였다. 그것을 보고 오너분이 지금까지도 이야기를 한다. '아무도 못하던 것을, 아스팔트 뙤약볕 열기에 그 일을 해냈다'고. 우리나라 남자들은 군대를 다녀왔기 때문에 눈앞에 지저분하게 펼쳐져 있는 것을 참지 못한다. 깔끔하게 치워야 직성이 풀린다. 공장 앞에 쓰레기 더미가 방치되어 있어서 보기에도 흉물이다. 누가 공장에라도 오게 되면 지저분해서 눈에 거슬렸기에 말끔히 정돈을 하고나니 마음이 편해졌다.

서울시청에서 같이 근무했던 OB 상사 분한테서 전화가 왔다. 엔지니어링 용역회사에 취업을 소개한다는 것이다. 내심 기뻤다. 용돈도 궁한 참이다. 퇴직금도 채무를 변제하는데 다 썼고 이제 통장 잔고도 바닥을 드러내고 있었다. 퇴직한 친구 이야기가 생각난다. 퇴직 후에 허구한 날 등산만 다니는 사람들은 돈이 없어서 그런 거다. 왜 돈 있으면 차 끌고 여행 다니면서 맛있는 것 먹지, 왜 집에만 있고 등산만 다니겠느냐, 맞는 말이기도 하다. 주머니가 궁하면 사회생활도 어렵다. 어느 모임이나 경조사도 못 나간다. 연금은 아내가 사용하는데 아파트 관리비며 자동차 할부며 기름 값이며 대출금 원리금 상환하랴 뭐하랴 지출이 만만찮은 것 같다. 공장 오너분한테 솔직히 말을 꺼냈다. 서울에 용역사에서 취업오퍼가 왔다. 미안하지만 떠나야겠다고 이야기를 했다. 그런데 한 가지 걸리는 것이, 내가 개를 한 마리 여주 고향 후배한테서 돈 주고 사서 공장에 데리고 왔다. 그 개와 2개월 같이 있으면서 정이 많이 들었다. 그래도 떠날 수밖에 없다.

선배가 소개한 용역사 대표이사를 만나 점심을 먹으면서 직위며 연봉이야기 등을 했다. 사장 직함에 차도 준다하고 연봉도 억이 넘었다. 다행히 이 용역사는 4급이상 공무원이 퇴직 후 3년간 못가는 제한 기업은 아니었다. 자본금이 10억이 안 되었다. 당초에 9억9천으로 신고를 한 것이다. 새로운 제2의 직장생활이 시작되었다. 출근하기로 한 날 막상 사무실에 나왔는데 아직까지 책상이며 준비가 안 되었다. 공무원 생활 때와 비교하면 이해가 안 되는 일이다. 그래도 사장인데 약속을 지키지 못하다니, 그렇지만 아무런 내색을 하지 않았다. 그나마 어렵게 취직을 하였는데 좋고 나쁘고 따질 때가 아니다. 직원이 300명 넘는 회사인데 모든 것이 느리고 체계적이지 못하고, 아직까지 업무시스템 구축이 미흡했다. 서울시청에 비하면 한참 못 미쳤다. 전자 결제 시스템도 부실하고 사장이라고 비서 한명 없고, 차도 준다고 했는데 감감무소식이다. 지키지 못할 거면 약속이라도 하지 말지. 그런데 한 가지 중대한 문제가 발생했다. 한국건설기술인협회에 건설기술자 실적 등록을 해야 하는데 이것을 미처 준비하지 못했다. 선거 캠프에 간다고 허겁지겁 퇴직을 하다 보니 미처 준비를 못한 것이다.

안철수 후보 선거에 참여하느라 경력 신고를 염두에 두지 못했다. 남들은 벌써 실적이며 경력 등록을 다 마쳤는데 나는 이제 해야 했다. 논현동에 한국건설기술인협회를 몇 번 찾아가서 신고 요령을 배웠다. 또한 옛날에 기신고한 것을 몇 가지 수정을 해야 했다. 상하수도 경력 한가지로 통일이 필요했다. 그러나 신고한 것 대부분을 전기분야로 신고를 하다 보니 상하수도 경력이 충분치 못하다. 설계 용역이나 감리 입찰시 사전 적격심사인 PQ에 참가할 수 있는 점수가 만점이 나오지 않기 때문이다. 회사에서는 이것이 빨리 필요하다고 재촉을 하고 있었다. 입찰을 하려면 경력증명서가 있어야하기 때문이다. 협회에 갈 때마다 전 직장에서 확인 도장을 받아와야 되느니, 인사경력 증명서가 빠졌느니, 계속해서 퇴짜를 맞다보니 너무나 많은 스트레스를 받았다. 그 전에 허위경력 신고가 대대적으로 적발되는 바람에 더 까다로워졌다. 기존 신고한 것을 경력 변경하려면 옛날 근무했던 부서의 담당직원 확인 도장이 필요하고 인사부서의 정식 공문도 필요했다. 또한 변경을 증빙할 수 있는 과거 공사감독 일지나 보고서 등도 첨부해야 하고 담당자 확인 인증도 받아야 했다. 28년 전 근무했던 부서에 가서 서류를 찾아보니 없었다. 서울도서관에 가보니 일부가 보관되어 있었다. 오래된 서류를 찾아야 하고 확인해야하기 때문에 현직 후배들한테도 미안했다.

그런데도 협회에서는 확증할 수 있는 추가 증빙 서류를 계속 요구했다. 한 가지만 틀리거나 잘못 기재해도 반환이다. 한번은 창구 직원의 고압적인 태도에 화가 나서 입씨름을 하기에 이르렀다. 그래도 서울시 국장출신에 용역사 사장인데 담당직원이 너무나 갑질을 하는 것이다. 그동안 협회에 대여섯 번씩 오고 가기를 반복하면서, 올 때마다 담당이 바뀌다 보니 또다시 요구 조건이 다르다. 참다 참다 큰소리를 지르니 담당 과장이 나와서 말렸다. 그 다음부터는 과장하고 처리하게 되니 일이 훨씬 수월해졌다. 앞뒤 증거가 맞으면 통과다. 2개월 동안 과거 근무했던 5개 부서를 돌아다니면서 증거 자료를 붙여서 담당자 서명을 받았다. 협회에서 요구하는 모든 절차대로 정식 공문을 만들어 접수시켰다. 그러나 기존 경력 변경이 최종 심사에서 탈락되고 말았다. 그동안 너무나 지쳐 버려서 이의 제기할 기운마저도 없다. 다시는 협회에 오고 싶지 않았다. 그러다 보니 경력증명서를 너무 늦게 서야 회사에 제출하게 되었다. 아무튼 나의 불찰이다. 한편, 서울시청에서 발주하는 상하수도 관련 1억 이상 용역이나 감리 건에 대해, 우리 회사가 낙찰된 것이 없었다. 친정 영업실적이 부진한 것이다. 상대해야 할 서울시 공무원 대부분이 토목직이었다. 직렬이 다르다보니 얼굴을 잘 모른다. 안면이 있어도 한두 번 지나치는 정도였으니 속내를 드러내며 대화하기가 쉽지 않았다. 팀장 또는 과장이상을 만나야 하는데 팀장들 얼굴을 거의 모른다. 사무실 들어가는 것이 참으로 괴로웠다. 회의 중이면 불쑥 들어갈 수도 없고 밖에서 대기해야 하는데, 어디 앉아 기다릴 곳이 마땅치 않아 엉거주춤할 때도 있다. 심지어 어떤 후배들은 전화를 받지 않는 경우도 있다. 선배들이 전화하면 십중팔구 아쉬워 부탁하는 전화라서 받지 않는 것인지, 아니면 꼴 보기 싫어서 그런지.

친정에 가서 영업하기가 참으로 쉽지 않다. 퇴직한 동기를 만났다. 개인 컨설팅 사업을 하는데 아무래도 서울시와 연관된 사업을 할 수밖에 없다. 어느 과장을 만나야 하는데 용기가 나지 않았다. 현직 있을 때 뭐가 꼬였는지 아무튼 전화를 해야 하는데 번호를 누를 수가 없다. 밤에 꿈속에서 그 해당 과장이 나타났다. 그래서 다음날 전화를 해서 만났다는 이야기다. 정말이지 어느 후배한테는 전화하기가 죽기보다 싫을 때도 있다. 아무래도 현직에 있을 때 뭔가 섭섭했거나 근평이나 승진 등에서 불이익을 당했거나 감정적으로 부딪쳤던 경우에는 더욱 어렵다. 지금도 친정에 전화를 할 때면 목욕재계하는 마음으로 일어서서 전화를 한다. 한편, 나는 그 후배를 성실한 사람이라 생각하고, 또 나하고 잘 지냈다고 생각하고 전화를 했는데 전혀 아닌 경우가 많다. '원장님! 무엇 때문에 전화 하셨는데요?' 라고 퉁명스럽게 받을 때도 있다. 또 사업관련 상담을 할 때도 선배 말은 제쳐 놓고 자기주장만 되풀이하거나, 안 되는 이유만 나열한다. 나는 꽃을 들고 찾아갔는데, 상대방은 냉랭한 가슴, 아니 칼을 품고 기다릴 때가 있다. '열 길 물속은 알아도 한 길 사람 속은 모른다'가 맞는 말이다. 사람의 속마음은 부부간에도 모른다. 하나님만이 그 마음을 안다. 그러기에 특히 친정에 전화하기 전에는 기도부터 해야겠다는 생각을 했다. '하나님! ○○후배의 마음을 움직여주셔서 나에 대해 호의를 갖고 원만한 대화가 이루어지게 하옵소서.'

오너, 회장이 "서울시 영동대로 지하화 대형공사 발주가 있으니 정 사장이 다 알아서 해결하라"는 지시가 떨어졌다. 우선 '영동대로 지하화 용역 T/F 팀'을 꾸렸다. 회사 내 철도부, 지반부, 상하수도부, 구조부, 환경부 합사를 구성해서 부서별 상무 전무들을 불러 모았다. 서울시에서 얻어온 발주 정보를 근거로 일주일에 한 번씩 정기적인 미팅을 하면서 토의를 해 나갔다. 그즈음 서울시 도로 감리용역을 낙찰 받는데 실패했다. 서울시 사무관 출신 부사장 선배가 자신 있다고 회장님한테 호언장담을 했는데 결과는 낙방이다. 그래서 회장은 서울시 출신 임원들에 대해 불신이 극에 달했다. 나도 덩달아 거기에 포함된 것이다. 또한 나는 상하수도 및 수자원 분야를 최상으로 끌어 올리고자 하는 야심이 있었다. 수자원분야 하수분야 인력도 더 보충하고 수주도 대폭 확대하려는 계획이 있었다. 그러나 기존의 임원들하고 코드가 잘 맞지 않았다. 내가 사기업의 생리를 너무 모른 점도 있다. 임원들 각자가 개별 플레이를 하는 속성도 몰랐다. 또한 내가 입사를 한다고 하니까 기존 임원들은 일부 반발이 있었다. 자기들도 모르게 다른 사람을 통해 회장하고 접촉해서 입사한 것에 대해 내심 불만이 있었다. 이런 저런 이유로 회사 생활이 하루하루 고역이다. 또 주어진 일이 영업이고, 내가 운신할 수 있는 폭이 좁았다. 물 분야를 한번 키워 보겠다는 의욕도 허공의 메아리다. 한국수자원공사나 한국환경공단 출신을 영입해야겠는데, 인력을 관리하는 관리본부장이 난색을 표했다. 먼저 수주 실적을 바탕으로 사람을 영입하라는 것이다. 그 말도 일리가 있다. 회사 경영수지가 어려운데 사람부터 채용한다고 하니 불만일 수밖에 없다.

해가 바뀌어 1월 1일자 인사발령이 났다. 나와 서울시 출신 선배가 비상주 영업부서로 발령이 났다. 정식 직원에서 비상주로 밀려난 셈이다. 입사한 지 3개월만에 업무도 제대로 파악하지 못한 상태에서, 수주할 기회조차도 부여 받지 못하고 좌천된 것이다. 자존심도 상했지만 내색을 할 수도 없다. 보수도 형편없이 떨어졌다. 사기업의 냉혹함을 느끼는 순간이다. 수단 방법을 가리지 말고 수주실적을 내는 것이 지상과제다. 민간회사는 '수치가 능력이다' 말이 필요 없었다. 3개월만에 이런 일이 벌어지리라 상상조차 못했다. 여기에는 여러 가지 복잡한 사연들이 얽혀 있었다. 창업자가 고인이 되고나서 회사 내부에서 자식들 간에 경영권 다툼, 상속에 따른 알력으로 소송이 진행되고 있었다. 회사 분위기도 어수선하고 연말 종합 수주실적도 신통치 않는 최악의 상황이었다. 회장 입장에서는 분위기 전환을 위해 무엇인가 자극이 필요하고 극약처방이 있어야 했다. 창사 이래 대규모 인력 구조조정을 단행하게 되면서 나도 거기에 포함된 것이다.

어찌됐든 사무실 책상을 비워주고 별관 대기사무실로 이삿짐을 옮겼다. 거기에 가보니 옛날 회사 OB분들의 사랑방이었다. 퇴직하신 친인척분들도 계시고 창업자 자식 분들도 자리 잡고 있었다. 민간회사는 퇴직을 해도 그 공로에 따라 애프터서비스를 하고 있었다. 매달 일정 보수를 받기도 하고 회사차도 계속 사용하기도 한다. 자식들 간에도 재산 다툼으로 서로 불평불만이 많았다. 아무래도 재산이 많으면 자식들이 싸울 수밖에 없다는 것을 그때 알았다. 똑같이 분배해도 불만이고 누구를 많이 주어도 불평이다. 모두 만족할 수 없는 것이 인간사이다. 회장, 사장에서 물러난 분들도 보직 박탈에 따른 불만이 많았다. 현 대표이사 경영진이 얼마나 잘하는지 뒤에서 눈 동그랗게 뜨고 지켜보는 형국이다. 그 틈바구니에 있으면서도 서울시 발주 용역사업에 대해서는 수주를 해야 한다는 강박 관념이 자리 잡고 있다. 서울시 출신 부사장 선배하고 둘이서 무엇인가 작품을 만들어 내야 하는 판국이다. 사업발주가 나오기 전부터 후배들을 상대로 사전 영업이 필요했다. 사업에 대한 정보를 누가 빨리 얻느냐가 우선 관건이다. 그것을 바탕으로 용역사들끼리 컨소시엄을 구성하는 작업을 해야 한다. 컨소구성도 서로 상부상조 개념에서 짝짓기를 한다. 서울시 출신 OB들이 각 용역사 마다 포진되어 있으니 서로 연락해서 컨소를 구성한다. 컨소 구성한 용역사들이 서로 지분을 책정하는데, 3개 업체면 50%, 30, 20 등으로 편성한다. 영업비용은 지분 비율대로 갹출하고 나중에 수익을 정산할 때도 지분율대로 나눈다. 한번은 우리 회사가 기여한 바가 없으니 지분을 최하로 준다고 해서, 서울시 출신 OB선배한테 면박을 당하기도 하였다. 대꾸도 할 수 없고 씁쓸한 가슴만 쓸어 내렸다. 바깥 민간기업은 왕년의 계급이고 뭐고 다 필요 없다. 무조건 자기가 한 만큼 큰소리를 치는 구조다.

입사한 지 6개월이 지나고 있었다. 과거 자주 만났던 공무원출신 선배한테서 전화가 왔다. 그 전에도 자기네 회사로 오라고 채근을 하던 선배다. 비상주로 근무한다고 하니까 당장 거기 그만두고 자기네 회사로 오라는 권고 겸 협박을 하는 것이 아닌가. 한번 고민해 보겠다고 전화를 끊었다. 고민하겠다는 것은 이미 마음을 결정한 것이나 마찬가지다. 그래서 회사에 사직서를 내고 회사를 옮기게 되었다. 직함은 사장이다. 보수는 적지만 그래도 마음이 편하고 기분이 좋다. 회사 규모는 작지만 일이 우선 마음에 들었다. 수처리 공법사로서 하수처리장 유지관리를 하면서 수처리 기술개발을 하는 회사다. 직원이 50~60명 되는 회사에 와보니 Owner가 참으로 힘이 든다는 것을 알았다. 대외적인 영업을 거의 다 혼자서 감당해야 한다. 매달 인건비며 사무실 운영비용을 감당하는 것도 쉽지 않다. 다행히 유지관리 업무를 하면서 현금 유동성이 풀리고 있다. 오너가 공무원 출신이기에 지자체 공무원들의 생리를 잘 아는 장점이 있다. 기술자가 아닌 일반 행정가 출신이다 보니 또 다른 강점도 있다. 기술에만 고집하지 않고 영업과 기술 양쪽을 겸하는 것이 회사 경영 측면에서도 유리한 점이 있다. 영업 활동 범위도 넓고 상대방을 이해 설득시키는 면에서는 타의 추종을 불허하는 달변이다. 미래 먹거리를 발굴하고 적시에 사업 아이템을 변신시키는 탁월한 안목을 가지신 분이다. 기술적인 것 이외에 다른 것을 볼 수 있는 감각도 있다.

직원들과 관계도 회사 분위기도 차분하고 안정적이다. 창립한 지 10년이 넘었기에 이제 제2의 도약기를 맞이하고 있다. 나의 역할 비중이 높아졌다. 소위 밥값을 해야 한다. 한번은 중소기업에서 영업부문 사장으로 근무하는 후배를 만났다. 최근 회사 경영상태가 어렵다고 한다. 직원들 급여도 법인 마이너스 통장을 이용해 근근이 주는 실정이다. 그러면서 대표이사 오너 이야기를 했다. 중소기업 오너는 3가지 공통점이 있다. 첫째 성질이 더럽고, 둘째 일 욕심이 많다. 그리고 돈에 대해서는 짠돌이다. 어느 정도 맞는 말이다. 그렇지 않고는 회사가 문을 닫을 수밖에 없다. 설렁설렁 해서는 중소기업 운영 자체가 어렵다. 사활을 걸고 치열하게 영업을 해야 한다. 무엇인가 먹거리를 물어 와야 한다. 영업에 있어서 인맥동원이며, 수단 방법을 가리지 말고 끈질기게 물고 늘어져야 수주를 할 수 있다. 수주가 지상 최대 과제다. 하루하루가 전쟁터다. 공무원 생활은 가축에 비유할 수 있다. 주인이 먹이를 갖다 주니 밥걱정은 없다. 그러나 민간 회사를 와보니 야생동물이다. 밖에서 먹잇감을 물어 와야 산다. 그야말로 무에서 유를 만들어내야 한다.

중소기업 오너가 진짜 애국자란 생각이 든다. 무엇보다도 일자리 창출, 고용이 제일 큰 공로다. 직원들 급여일이 다가오는데 회사 통장에 잔고가 없으면 오너는 피를 말린다. 신기술개발을 하려고 해도 실탄이 있어야 하는데, 그렇다고 회사 문을 닫을 수는 없고 자나 깨나 자금 스트레스다. 매달 죽는 소리하면서 중소기업이 돌아가는 것을 보면 신통방통하기도 하다. 한번은 사업하는 고향 친구가 하소연하기를, '회사가 긴급할 때는 자기 집을 근저당으로 담보대출이며 사재를 출혈해야 하고, 회사가 어쩌다 수익이라도 나면 법인세며, 소득세며 온갖 세금으로 다 빼앗아 간다'고 한풀이를 한다. 매출이 천억, 이천억 이상 중견기업 반열에 올라가면 시스템으로 움직일 수 있지만 그 전까지는 대표이사 오너 혼자서 맨몸으로 뛸 수밖에 없는 구조이다. 나는 맨 먼저 7시쯤 회사에 도착한다. 문 열고 불 켜고 사무실을 연다. 기도부터 시작한다. '오늘도 이 회사가 융성할 수 있도록 하나님 인도하여 주옵소서. 직원들도 하나님 믿는 믿음으로 선공후사, 회사를 위해 자발적으로 헌신하게 하여 주시고, 회사매출도 일취월장 성장하도록 살펴주옵소서. 그리하여 하나님이 기뻐하시는 회사, 하나님께 칭찬받는 회사가 되게 하옵소서. 예수님 이름으로 기도했습니다. 아멘.'

중소기업 영업을 하면서 느낀 것이 있다. 한 단계 도약하려면 사장과 직원들이 하나로 혼연일체가 되어야 하고 또 무엇보다도 하늘이 도와야 한다는 것이다. 내가 아무리 발버둥 쳐도 막판 수주에 실패하는 경우를 본다. 인맥을 동원하고 나름대로 전략전술을 짜서 사업을 만들어 가다가도 전혀 예기치 못한 돌발 변수들이 닥쳐서 헛고생하는 것을 본다. 발주처 담당 과장 팀장을 몇 년간 공들여 왔는데 인사 발령으로 교체가 되면서 난감한 상황에 처해질 때도 있다. 후임자가 왔는데, 다른 생각을 하고 있는 것이다. 한번은, 제3섹터 방식으로 사업 준비를 해 왔는데 새로운 관리자가 재정사업으로 직접 하겠다고 고집을 부리는 경우도 있다. 민간기업끼리 컨소시엄 구성을 약속하고 준비를 하다가 담당 임원이 퇴직하는 바람에 다른 업체로 교체되기도 한다. 재직 당시 합의서 서명이라도 받아 놓았어야 했는데, 퇴직 임원을 찾아가서 하소연 할 수도 없는 노릇이다. 흔히 운이 있어야 된다고 하는데 여기서 운은 하나님 몫이다. 예수님도 제자를 추가로 선택할 때 주사위 던지기로 결정했다. 주사위 던지는 것, 재수 떠기 운이 하나님의 역사다. 결국 사업도 사람의 노력 플러스 하나님 운이 함께 해야 한다.

한번은 점심시간에 KFC(Kentucky Fried Chicken) 가게에 들렀다. 문 옆에 수염 할아버지 동상이 KFC 브랜드 로고다. 치킨을 먹으면서 수염 할아버지 이야기가 나왔다. 63세에 사업 부도가 나고 감옥까지 다녀왔다. 절망과 낙심으로 하루하루를 보내고 있는데, 뒷골목에서 찬송가 소리가 들려서 가보니 작은 교회가 있었다. 어릴 적 다녔던 교회 생각이 나면서 찬송가를 듣는데 하염없이 눈물이 나왔다. '하나님! 이제 저는 사업도 망하고 나이도 먹고 어떻습니까.' 기도 중에 성경 빌립보서 4장 13절 '내게 능력 주시는 자 안에서 내가 모든 것을 할 수 있느니라' 구절이 불현 듯 생각났다. 내가 잘 할 수 있는 것이 무엇인가 자문자답을 하는데 닭고기 요리가 떠올랐다. 1톤 중고차를 빌려서 고속도로 주유소에서 닭다리 튀김을 요리해서 트럭 운전사들을 대상으로 판매를 시작했다. 맛있다는 입소문이 꼬리를 물면서 전국 휴게소 프랜차이즈 네트워크를 구축하여 일약 스타 기업이 되었다. 63세에 창업을 해 성공한 케이스이다. 그는 고백하기를 '내가 교회에 가지 않았다면 믿음으로 사업을 시작하지 않았다면 지금쯤 술 주정뱅이로 세월을 낭비하다 죽었을 것이다.'

정수사업소에 근무할 때 일이다. 신우회를 만들어 수요일 점심시간에 직장 예배를 드렸다. 그런데 낯선 사람이 참석을 해서 매주 예배를 드리는 것이 아닌가, 궁금해서 인사를 나누었다. 우리 정수장 건물 리모델링을 수주해서 공사를 하는 건축회사 사장님이셨다. 공사비가 20억 정도로 기억된다. 그 사장님 왈, '이 공사를 하지 못했으면 자기는 아마도 이 세상 사람이 아니거나 절망의 나락으로 빠졌을 것이다'고 하였다. 사연인즉 회사가 부도 직전이라서 회사를 어떻게 정리할까 생각하려고 마지막 산에 올라가서 평생 하지 않던 기도를 했다. "하나님! 저 좀 살려 주세요 회사가 망했습니다. 직원들 실업자 되면 어떻게 합니까. 하나님! 저 좀 살려주세요." 그냥 무턱대고 하나님 살려 달라고 했단다. 그런데 그날 오후에 회사 직원한테서 전화가 왔다. "사장님! 오늘 20억짜리 관급공사 한 건이 낙찰 되었습니다." 이것이 꿈인지 생시인지 허벅지를 꼬집어보았다. 이 공사를 통해 선급금 50%를 받아서 일단 부도 위기를 막았다는 것이다. 그래서 너무 감사해서 여기 예배를 드리게 되었다는 고백이다. 그렇다, 하나님은 살려 달라고 울면서 애원하면 들어주신다. 자식이 부모한테 애원하면 그 청을 외면하지 못하듯이. 이것이 인생의 지혜이고, 현명한 문제 해결 방법이다.

직장에서 오랜만에 대장암 건강검진을 받았다. 국민건강보험공단에서 연락이 와서 병원 예약을 했다. 암 진단을 받는다고 생각하니 여러 가지 복잡한 상념이 떠오른다. 혹시나 암 판정을 받으면 어떻게 하지? 수술을 해야지 아니면 등등. 분변을 받아서 제출하고 피 검사를 마쳤다. 결과는 핸드폰 문자로 통보해 주겠다고 하였다. 특별히 대장 쪽에 이상이 있었던 것은 아니지만 은근히 걱정이 되었다. 환갑 나이에 장담할 수가 없지 않은가. 지금까지 60년을 사용한 몸이니 기계로 따지면 내구연한이 다 된 것이다. 어느 기계치고 60년을 사용할 수 있겠는가. 며칠이 지나자 문자가 왔다. 첨부된 결과표 파일을 클릭해야 하는데 조심스럽다. 옛날에 조카 이야기 생각이 났다. 조카가 대학입시 발표가 나와서 컴퓨터에 앉아서 수험번호와 이름을 입력했다. 마지막 엔터키를 못 누르고 울고 있었다. 이 광경을 보고 오빠가 엔터키를 탁 쳤더니 합격이라고 떴단다. 나역시 그런 심정이다. 일단 클릭을 했다. 내용을 살펴보니 오케이다. 안심이 되고 감사가 터져 나왔다. 기도를 시작했다. '하나님 감사합니다. 암 없이 지금까지 버텨주신 것 감사합니다. 겸손한 마음으로 주님께 순종하며 이 육체를 하나님이 기뻐하시는 일에 사용토록 하겠습니다.' 이제 하루하루 살아내는 것이 우리 인생사다.

직장생활 하면서 갈등하는 것 중의 하나가 법인카드 사용 문제다. 공무원 현직으로 있을 때에도 공과 사를 구분하는 일이 말처럼 쉽지 않다. 사실 법카 사용 규정을 보면 엄격해서 직원들하고 식사하기도 어렵다. 반드시 식사 목적이 있어야 하고 사전 결제를 득한 후에야 사용이 가능하다. 그러나 직원간담회 형식으로 카드를 사용하는 것이 통상적이다. 과거 모 간부도 법카를 개인 쇼핑하는 등 사적으로 사용하다 징계를 당하기도 하였다. 모 부시장은 국정감사에서 왜 한군데 음식점에서 수시로 48~49만원씩 수십 차례 사용했느냐, 추궁을 당하기도 하였다. 50만 원 이상 사용 시는 별도 명세표를 제출해야하기 때문에 보통 그 미만으로 사용한다. 민간회사 법카 사용은 다소 융통성이 있지만 별반 차이가 없다, 어디까지 공이고 사인지가 불분명할 때도 있다. 장래 회사일과 관련될 수 있는 잠재적 인물인지, 또는 간접적인 사람인지를 판단하기 어려울 때도 있다. 또한, 업체끼리도 보통 을이 식사비를 내는데, 때로는 갑과 을의 위치가 상황에 따라 바뀌기도 한다. 회계 담당자들은 법카 내역을 구체적으로 6하원칙에 의해 기재해 주기를 요구한다. 누구와 무슨 일로 어디에서 무슨 식사를 했느냐 는 식이다. 최근에는 관할 세무서에서 법카 사용내역을 컴퓨터로 자세히 살펴보면서, 회사 오너 법카에 대해서까지 왜 옷 사는데 쓰느냐, 왜 가구 사는데 썼느냐 지적을 한다. 그러면서 개인용도 건에 대해서는 별도 세금을 추징하겠다고 위협을 하기도 한다. 아무튼 회계 투명성도 회사의 경쟁력이고 신용평가지표의 하나이다. 나 역시 지금까지 법카 사용에 대해서 100% 자신이 없다. 하나님이 눈동자같이 지켜보고 있다는 경각심을 가져야 한다. 역대하 16장에, '여호와의 눈은 세상을 두루 감찰하사 전심으로 자기에게 향하는 자를 위하여 능력을 베푸시나니,' 하나님을 의식하고 두려워하는 수밖에 없다.

친구들끼리 모이면 흔히 하는 이야기가 퇴직하면 놀아야지, 몇 십 년 동안 뼈빠지게 일만 했는데 이제는 좀 쉬자. 그렇지만 막상 쉬다보면 그것 또한 만만치 않다. 무조건 놀 수도 없다. 노는 것도 무슨 계획이 있어야지 무턱대고 집에만 박혀 있는 것도 고역이다. 여행 다니는 것도 경제적 여유가 있어야 가능하다. 연금 가지고는 도시 생활이 쉽지 않다. 자식들 다 출가 시키고 부부 단 둘이서 살면 그때는 가능할 것 같다. 자동차 굴려야지, 경조사 다녀야지, 동호회 모임 등 사회 활동하려면 비용이 만만찮다. 이미 소비 규모는 커져 있는 상태라서 임의대로 축소하기가 힘들다. 결론은 일해야 한다. 다만, 놀면서 일하는 것이 아니라 일하면서 노는 것이다. 주가 일하는 것이고 객이 노는 것이다. 주객이 전도되면 안 된다. 성경에도 일하기 싫으면 먹지도 말라고 한다. 우리는 건강이 허락하는 한 일 하도록 지음을 받았기 때문이다.

고난행군의 신앙생활, 삶의 지혜 간구

아내가 딸이 남자 친구가 있다고 한다. 누구냐고 하니까 교회 찬양대 리드 싱어라고 하였다. 주일마다 맨 앞에서 찬양하던 키 크고 얼굴 하얀 청년이란 말인가. 교회에서 둘이 만난 모양이다. 평소에도 딸아이가 배우자를 교회에서 만나기를 기도해 왔다. 그러면 됐다. 더 이상 궁금하지도 않았다. 딸 이야기로는 그 남자 별명이 밀가루라고 한다. 피부가 너무 하얘서 붙여진 이름이다. 그런데 본인은 그 별명을 엄청나게 싫어 한다는 것이다. 남들은 하얀 피부가 소원인데 반대다. 일부러 햇볕에 태우려고 한단다. 화장품은 아예 사용하지도 않는다. 참으로 복에 겨운 소리다. 대기업이나 공무원 같은 뚜렷한 직업이 아닌 것이 다소 마음에 걸렸다. 선배랑 작곡도 하고 음악 같은 엔터테인먼트 일을 한다고 들었다. 그래도 밥이야 못 먹고 살겠나. 딸애가 큰 회사 다니니까 뭐가 걱정이겠나 믿음이 있으니까 하나님이 책임져 주시겠지 하고 넘어갔다.

한번은 친구가 자기 딸 결혼이야기를 했다. 딸이 만나는 남자가 있다고 해서 "학교는 어디를 나왔고 직업은 무엇이냐"고 물었다. 딸의 말을 듣고 보니 마음에 들지 않아서 "안 된다"고 딱 짤라 버렸다. 자기 딸은 대학원도 나오고 최고라는 생각을 했는데 사위될 남자는 여기에 못 미쳤나 보다. 그러자 딸이 며칠 동안 방안에서 나오지도 않고 밥도 먹지 않더라는 것이다. 더는 안 되겠다 싶어 아빠가 딸한테, 그 남자가 그렇게 좋으냐, 잘 살 수 있겠느냐고 재차 물으니 "아빠 걱정하지 마세요, 잘 살 자신 있다"고 해서 결국 결혼을 승낙했다고 한다. 그 때부터 딸애가 자기 방에서 나오더니 밥도 잘 먹고 신바람이 나면서 활기를 되

찾는 것을 보았다고 한다. 그렇다 결혼은 일단 둘이 좋아야 하고, 나머지는 부수적인 것이다. 요즘 세대야 우리 때와는 상황이 다르다, 밥걱정은 하지 않아도되는 시대이기 때문이다.

몇 달이 지나고 양가부모 상견례를 거쳐 결혼식 날짜를 잡았다. 나는 사돈되는 분들하고 격의 없이 친하게 지내고 싶은 소원이 있었다. 사돈지간이 멀면 한없이 멀어지고 가깝게 지내려면 얼마든지 가까울 수가 있다. 사돈 양반이 나보다 5살 위니까 형님 같이 지내면 좋겠다고 제안을 했다. 이심전심이 통했다. 결혼식은 교회에서 하는 것으로 결정했다. 결혼, 내가 젊은 날 세상적인 행복, 만족, 삶의 편리를 위한 수단의 하나로 간주했던 것이 생각났다. 불신자로 있었을때 세상적인 기준으로 결혼했지만 내 자식 결혼은 하나님 기준으로 거룩하게치루기를 원했다. 어느 목사님 말씀이 생각난다. '젊은 남녀 두 사람이 완전히순수한 사랑으로 결혼해서 아기를 낳으면 천재가 태어난다. 결혼의 목적은 행복이 아니라 거룩함이다.' 정삼각형에서 맨 꼭대기가 하나님이고 아래 두 꼭지가 남녀 부부다. 하나님과 가까워지면 부부는 자동적으로 가까워 질 수밖에 없다. 이것이 하나님 원리다. 그러니까 하나님 말씀에 기초를 두고 거룩한 가정을세워나가는 것이 우선이다. 그러면 행복은 저절로 따라오게 된다. 세상적인 행복은 모두 상대적 행복이다. 나보다 더 많은 소유를 가진 사람을 보면 금새 위축되고 원망 불평이 나온다. 행복도 자기 기준으로 재단한다. 폐지 줍는 사람이나, 초라한 포장마차 주인이 '나는 행복하다'고 하면 웃기네, 하며 핀잔을 준다. 본인이 만족하고 행복하다면 인정을 해주어야 하는데 우리는 꼭 세상적 성공기준 잣대를 들이댄다. 그러므로 하나님 기준의 절대 잣대가 아니면 우리는 행복해질 수 없는 구조 속에 살고 있다.

나는 딸이 성경 말씀대로 살면 거룩하고 행복한 가정을 이룰 것이라는 믿음이 있다. '아내들이여 남편에게 복종하라, 남편들이여 아내 사랑하기를 내 몸과 같이 하라' 이것이 부부의 성경적 원리다. 아내가 열등해서 남편에게 복종하는 것이 아니다. 또 남편이 잘나고, 능력있어서 복종하는 것도 아니다. 하나님의 명령이기 때문이다. 하나님은 질서의 하나님이시다. 이것은 사람이 해석할 수 없는 영역이다. TV에서 가끔 이혼한 여자 연예인들을 보면 안타까운 마음이 든다. 여자가 잘 났다고 남편을 무시하면 그 가정은 질서가 허물어지면서 깨어진다. 금이야 옥이야 키운 내 딸이지만 결혼해서 남편한테 순종해주기를 바란다. 자동차왕으로 불리는 헨리포드 이야기다. 청소년 시절부터 창고에서 매일같이 나무로 쇠붙이로 무엇인가를 만들고 연구를 하였다. 창고가 기름 냄새며, 먼지며, 쓰레기며 너무 어지럽고 지저분해서 그의 아버지는 저 창고를 헐어버려야겠다고 마음먹었다. 그러나 헨리 포드의 아내는 '당신은 무엇이든 성공할 수 있다, 나는 당신의 능력을 믿는다'며 용기와 격려를 아끼지 않았다. 드디어 네 바퀴로 굴러가는 자동차가 완성되는 기적이 일어났다. 당신 소원이 무엇이냐는 기자의 질문에, '나는 아내와 함께 하는 것이 이 세상에서 가장 기쁘며, 무엇이든지 아내와 같이 하고 싶다'는 고백을 했다. 남편은 아내를 사랑하고 아내는 남편을 존경하며 순종할 때 그 가정에 하나님의 축복이 임한다는 것을 보여준다.

결혼식 날이 다가왔다. 현직에 있을 때 결혼시킨다고 남들이 부러워했다. 첫 혼사 개혼이라서 그런지 많은 하객들이 찾아왔다. 하객들과 반갑게 인사를 나누고 식장 안으로 들어가는데 뭔가 허전하면서도 묘한 기분이 들었다. 딸아이 손을 잡고 입장하다가 신랑한테 넘겨주는 순간, 아뿔싸, 이제 내 자식이 아니구나 하는 생각이 스치면서 가슴이 쿵 내려앉았다. 딸 시집보내는 아비의 마음이 이런 거구나. 옛날에 '딸 실은 가마가 언덕 너머로 넘어가면 어머니는 부엌에 들어가서 딸 사발을 던져 깬다'는 말이 있다. '이제 독립해서 살아라 시집식구가 되어라'는 의미다. 그러나 지금은 하루가 멀다 하고 친정에 오는 상황이니 격세지감이다. 딸이 첫아이라서 그런지 자랄 때부터 사연이 많다. 간난 애기 때 기침을 해서 병원에 가니 폐렴에 걸렸단다. 핏덩이 애를 엎어놓고 주사를 주는데 애는 까무러치게 울던 모습에 마음이 찡했던 기억부터… 퇴근해서 아파트 문을 열면 쫓아 나와 가슴에 안기던 모습이며 미국에서 초등학교 졸업식 때 대통령상을 받던 모습까지. 그러던 아이가 이제 커서 짝을 찾아 결혼을 하는 것이다. 식순에 내가 사위 부부에게 당부하는 기도문을 낭독하기로 되어 있었다. 나중에 하객들 중 기독교인들뿐만 아니라 일반인들도 나의 기도문에 은혜를 받았다는 소리를 듣기도 했다. 다음은 결혼식장에서 내가 했던 기도문이다.

하나님 아버지!

성경 첫 구절 '태초에 하나님이 천지를 창조하시니라'라고 말씀하셨습니다. 주님이 만물의 창조주 조물주이심을 선포하셨습니다. 저 불덩이 태양도 주님이 만드셨습니다. 중력도, 공기도 물도 손수 만드셨습니다. 저희 육체도 마음까지도 만드셨습니다. 저희 생명의 주관자이시며 인생화복의 주재권도 주님께 달려 있음을 고백합니다. 주님이 우주질서, 인류역사의 수레바퀴를 돌리시는 이심을 믿습니다.

아버지 하나님!

오늘 결혼식을 올리는 김태홍 정은하 두 사람 만남부터 결혼까지 아니 평생을 주님의 시간표대로 인도하실 줄을 믿음으로 고백하게 하시니 감사를 드립니다. 하나님이 중매자가 되어 교회라는 공동체 안에서 두 사람이 인연을 맺게 하셨습니다. 그러니까 주님이 맺어준 천생연분 천정배필임을 고백합니다. 브리스길라와 아굴라 같이 하나님 보시기에 정직하게 행하는 부부가 되도록 항상 동행해 주실 것을 믿습니다.

아버지 하나님!

여기 서있는 김태홍 정은하 두 사람 이제는 부부가 되어 똑같은 인생열차에 승차하게 되었습니다. 세상의 욕망열차가 아니라 거룩한 주님의 성령열차 여행이 되게 하여 주옵소서. 최종 목적지까지 주님께서 인도하는 천국열차가 되게 하여 주옵소서.

아버지 하나님! 이들이 인생 항해하는 동안 폭풍우, 눈보라, 거센 파도가 밀려올 때에도 다윗이 고백했던 것과 같이 '전쟁은 여호와께 속한 것이다'라는 기도의 고백이 있게 하옵소서. 환란과 맞서 싸워서 이기는 것이 아니라 환란을 아버지의 말씀 안에서 녹여낼 수 있는 용광로 같은 믿음을 갖게 하옵소서. 내가 세상을 바꾸려하기보다 내 스스로를 바꿀 수 있는 믿음을 허락해 주옵소서. 남의 눈에 티를 보기 전에 내 눈에 들보를 볼 수 있는 영안을 주옵소서. 남의 허물을 들춰내기보다는 나의 부족함을 깨달을 수 있는 분별력을 갖게 하옵소서.

하나님 아버지! 이들이 안락과 요행을 바라지 않게 하시고 '땀은 배신하지 않는다'는 믿음으로 살아가게 하옵소서. 남에게는 너그러운 관용의 잣대를 들이대고 자신에게는 대쪽같이 엄격한 잣대를 들이대게 하옵소서. 이생의 자랑 육신의 정욕에 사로잡히는 노예가 되지 말고 하나님 사랑, 주님의 긍휼함에 감동하게 하옵소서. 저희 딸 정은하가 성경 말씀대로 남편 김태홍에게 먼저 순종하는 아내가 되게 하옵소서.

아버지 하나님!
저희 부모들은 하나님 말씀대로 살지 못하고 세상논리를 쫓아 우왕좌왕 방황하며 살았습니다. 주변에 그리스도의 향기를 드러내지 못했습니다. 하나님보다 세상을 더 좋아하면서 살았음을 고백합니다.
하나님 아버지! 그러나 이들 젊은 커플은 세상보다 하나님을 더 사랑하면서 살게 하옵소서. 그리하여 하나님께 칭찬받는 브리스길라와 아굴라 같이 주님의 제자로 살게 하옵소서. '너희는 먼저 그의 나라와 그의 의를 구하라. 그리하면 이 모든 것을 너희에게 더하시리라' 라는 하나님 우선주의로 살게 하옵소서. 인생의 어떠한 고난과 역경이 와도 성경말씀대로 살 수 있는 불굴의 믿음을 갖게 하옵소서. 나보다 남을 낮게 여길 수 있는 겸손함도 허락해 주옵소서. 당장 눈앞의 이익이나 편리함으로 하나님의 공의를 저버리거나 사람의 도리를 배반하지 않게 하옵소서. 인생의 어떠한 환난 속에서도 하나님이 동행하신다는 절대 믿음을 갖게 하옵소서.

아버지 하나님! 세상 어떤 시련과 비탄에 빠졌을 때에도 '너는 내게 부르짖으라 내가 네게 응답하겠고 네가 알지 못하는 크고 비밀한 일을 네게 보이리라' 라는 불변의 믿음으로 살아가게 하옵소서. 실패와 좌절에 빠졌을 때에도 불평 원망하기보다는 실패 너머에 계시는 하나님의 또 다른 계획을 바라보게 하옵소서. 세상 유혹이 먹구름처럼 몰려올 때에도 하나님 앞에 우선 무릎 꿇을 수 있는 믿음을 허락하여 주옵소서. 성공할 때도 승리에 도취하지 말고 패자를 배려할 수 있는 겸손함을 잃지 않게 하옵소서. 내 안에서 선과 악이 싸울 때도 내 기준이 아닌 하나님의 기준을 따를 수 있는 견고한 믿음을 허락하여 주옵소서. 자기 이익보다는 자기 손해 자기 희생을 감당할 수 있는 담대함과 용기를 허락하여 주옵소서.

아버지 하나님! 매일 마다 하루도 쉬지 않고 성경을 읽을 수 있도록 성령 충만케 하옵소서. 다니엘 같이 하루 세 번 온전히 진정으로 기도할 수 있는 마음의 여유도 허락해 주옵소서. 화급한 상황이 닥쳤을 때에도 하나님께 전광석화 같이 민첩하게 기도로 간구하게 하옵소서. 모든 문제는 하나님께서 주셨고 그 해답도 하나님께 있음을 깨달을 수 있도록 지혜를 주옵소서. 시련을 통해 인격을 연단하시는 주님의 선한 뜻을 분별하게 하옵소서. 다윗과 같이 어떤 환란과 고난 속에서도 주는 나의 방패시오 피할 바위시오 반석이시다 라는 믿음의 고백이 있게 하옵소서.

아버지 하나님!
오늘 결혼을 통해 이제 둘이 한 몸이 되었기에 이제부터는 육적으로나 영적으로나 하나가 되어 하나님을 함께 바라보며 살게 하옵소서. 또한 앞으로 태어날 2세를 위해 기도합니다. 믿음의 본으로 자녀를 키우게 하옵소서. 자녀들에게 하나님의 말씀을 어려서부터 가르치게 하옵소서. 집에서도 부모가 성경 읽고 기도하는 모습이 자녀들에게 각인되게 하옵소서. 그리하여 대대손손 하나님의 신실한 자녀로 축복받는 가문의 전통이 면면히 이어지게 하옵소서.
이 모든 말씀을 살아계신 예수 그리스도의 이름으로 기도하였습니다, 아멘

딸아이가 임신을 하였다는 소식을 들었다. 너무나 감사하고 기뻤다. 그런데 얼마 후 유산이 되었다는 이야기가 들렸다. 아내 왈 아기가 뱃속에서 움직임이 없어서 병원에 갔더니 이미 사산되었다는 것이다. 그러면서 딸이 많이 울었다고 한다. 이게 무슨 청천벽력인가. 딸이 아기 유산 때문에 울었다는 소리를 들으니… 내가 속이 너무 시리고 아팠다. 그런데 나중에 딸이 하는 말이 "마음의 준비도 없이, 하나님께 간절히 아기를 원하지 않았다"고 한다. 또 다시 유산이

되면 어떨까 걱정이 앞섰다. 성경에 근거해서 기도했다. '자식은 여호와가 주신 기업이요 태의 열매는 그의 상급이로다.' 그렇다 하나님 주권에 달려 있다. 생명권이 창조주 소관이다. "다음에는 건강한 아기를 주옵소서. 그리하면 하나님의 자녀로 키우겠습니다." 얼마 지나지 않아 임신을 했다는 소식을 들었다. 병원에서도 건강하다고 한다. 나중에 초음파 검사를 하니 아들이라고 했다. 아무튼 딸애한테도 기도하면서 몸조심하라고 신신 당부를 했다.

드디어 출산일이 가까웠다. 그런데 은근히 걱정도 된다. 딸이 아이를 낳는다고 생각하니 겁도 나고 며느리가 출산하는 것도 아니고, 기도하는 수밖에 없다. 마침내 건강한 사내아이를 출산하였다. 사위가 기도하는 중에 천사가 둘러 싸여서 출산을 돕는 성령 체험을 하였다는 것이다. 그래서 그런지 거의 무통 분만을 했다. 병원에 가서 보니 산모가 얼굴도 붓지 않고 애 낳은 사람 같지가 않았다. 모든 것이 감사했다. 이렇게 해서 할아버지가 되었다. 병원에 가서 아이를 안고 기도했다. 부모가 이름은 미리 지어 놓았다. '김노아'다. 성경에 노아는 '하나님께 은혜를 받은 자요 당대에 의인이요 완전한 자'라고 한 것 같이, 김노아가 하나님 말씀에 순종하고 하나님 절대 믿음으로 성장하게 하옵소서. 다윗과 같이 하나님 마음에 합한 자로, 아브라함과 같이 하나님 믿음의 소유자로, 모세와 같이 하나님의 음성을 들을 수 있는 주의 종으로, 세상에 빛과 소금의 역할을 다 할 수 있도록, 하나님이 주신 사명 잘 감당할 수 있는 능력자로 세워 주옵소서. 하나님이 살아 계심을 증거하는 삶을 살게 하옵소서.'

사위부부가 외손주와 함께 친정집으로 들어왔다. 손주가 예쁘다는 소리를 많이 들어왔지만 막상 키워보니 너무 귀엽고 사랑스럽다. 나와 60년 차이가 나면서 己亥生 돼지띠도 똑같다. 그래서 그런지 하루라도 못 보면 못 살 것 같고 애정이 더 많이 간다. 나는 본래 애기들을 좋아 했지만 외손주를 보니 너무나 신바람이 났다. 퇴근 하자마자 집으로 달려가서 손주를 안는다. 잠자다 중간에 깨면 핸드폰 속에 있는 손주 동영상 사진을 본다. 나는 본래 장난치는 것을 좋아한다. 옛날에 조카들 하고 이불 속에서 뒹굴면서 장난을 많이 해서 그런지 조카들도 삼촌하고 스스럼없이 지냈다. 손주하고도 얼굴 비비면서 볼에 뽀뽀를 하며 노는 것이 너무나 즐겁다. 애기들도 자기를 예뻐하는 줄 다 안다. 가슴으로 꼭 안고서 귀에다 말한다. '김노아는 하나님의 아들이다. 하나님이 사랑하는 아들이다. 하나님이 기뻐하는 아들, 하나님께 칭찬받는 아들로 크길 바란다. 하나님이 김노아의 모든 길을 인도하신다.'

자식 자랑하면 팔푼이라고 흉을 본다. 그러나 손주 김노아 자랑을 좀 해야겠다. 잘 웃는 것이 장기다. 눈을 마주치면 웃는다. 내가 웃으면 같이 따라 웃는다. 어디서 웃는 것을 배웠는지 모른다. 아기들은 웃는 모습이 귀엽고 사랑스럽다. 초등학교에 가면 웃고 재잘거리는 모습이 보기도 좋고 그것을 보고 있노라면 힐링이 된다. 나이가 들면서 직장에서나 집에서도 웃을 일이 거의 없다. 모두다 인상만 쓰고 있다. 상황이 그럴 수밖에 없다. 잔소리하는 직장 상사를 마주해야 되고 집에서도 애교 넘치게 서비스하는 배우자나 자식도 없다. 퇴직하시고 여주에 사시는 둘째 형수님이 나한테 하는 말이 있다. "형님은 손주 볼 때만 싱글벙글 웃는다" 고 말씀 하신다. 맞는 말이다. 나 역시도 마찬가지다. 손주 노아를 볼 때 어린애 마냥 웃고 또 웃는다. 일종의 비타민 활력소다. 현실에 불안 걱정이 몰려올 때 손주 사진을 보면 그냥 웃음이 나오고 생기가 돈다. 어린이들은 해 맑게 웃는 모습이 좋다. 그러나 어른들은 하나님 앞에 울어야 한다. 웃는 것 보다 울어야 산다. 암세포도 눈물 앞에서는 맥을 못 춘다. 어른들은 밖에서 웃는다고 웃는 삶이 아니다. 겉은 웃지만 속은 울 때도 많다. 웃고 나면 잠시 잠깐 기분만 좋을 뿐이다. 그러나 하나님 앞에 무엇인가 토로를 하면서 영혼이 울고 나면 온 몸에 카타르시스가 오면서 속이 후련해지고 몸이 가벼워진다. 영혼이 맑아지니 육체는 좋아질 수밖에 없다. 몸속에 있는 특히 머릿속에 쌓여있던 근심걱정 분노증오 같은 노폐물 찌꺼기들이 깨끗이 청소되면서 머리가 맑아지게 된다. 더러운 곳을 청소했으니 병원균이나 암세포가 어디 기생할 곳이 없게 되는 원리다. 결론은 어린이는 웃고 어른은 하나님 앞에 울어야 한다.

손주가 임신 했을 때부터 나는 이 손주를 위해 기도를 해왔다. '하나님 아버지! 영육 간에 건강한 아이로 출산하게 하여 주시옵소서. 성경 속 노아같이 하나님의 종으로 사용하여 주옵소서. 하나님이 노아에게 의인이요 완전한 자라고 한 것처럼 이 아이의 인생 여정을 하나님의 사명자로 살게 하옵소서.' 사실 나는 내가 목회자의 길, 구도자의 삶을 살지 못한 것에 대한 아쉬움 때문에 자식대에서라도 주의 종이 나오기를 바랐다. 성경 속 모세처럼, 사무엘, 엘리야처럼 하나님의 능력을 받을 수 있는 위대한 하나님의 종이 태어나도록 부지불식간에 계속해서 간구를 해왔다. 손주인 김노아가 이것을 이룩하기를 간절히 소망해본다. 그래서 노아만 보면 하나님 생각이 나고 기도를 하고 싶다. 한번은 노아 머리에 대고, 하나님의 사명자로 인도 하옵소서 기도를 했더니 딸이 하는 말이, 아빠 노아가 아직 간난 아기인데 벌써 무슨 사명자 같은 이야기를 하느냐고 핀잔 아닌 핀잔을 듣기도 했다. 그러나 하나님이 고귀한 생명을 주셨기에, 비록 아기일지라도 창조주와 무의식일지라도 영감으로 통한다고 본다.

이스라엘 유태인들이 아이들에게 성경의 모세5경을 5살부터 가르치면서 암송하게 하는 것처럼 이 손주도 성경 말씀으로 키우려고 한다. 유태인들은 아기 때부터 성경으로 무장시킨다. 세계인구의 0.3%를 차지하는 2천만 밖에 안 되는 유태인이 노벨상의 11%를 독식하면서 수상자가 200명에 달하고 있다. 경제학상의 경우 70%를 차지하는 것이 결코 우연이 아니다. 미국의 역대 재무부장관 등 금융권을 유대인이 장악하는 것도 이것과 무관치 않다. 세계에서 가장 우수한 종족이라는 평가를 받는다. 또 돈 많은 사람은 유태인이라는 등식이 있을 정도다. 빌게이츠, 워런버핏, 저커버그, 록펠러 등 무수한 재벌들이 이를 말해준다. 아울러 에디슨 아인쉬타인 등 뛰어난 과학자들 역시 유태인이다. 미국 내에 5백만이 살고 있으니 2% 정도다. '미국은 이스라엘 앞에만 서면 작아진다'는 말이 있다. 압력단체 로비, 재정, 언론을 장악하고 있으면서 미국 정계를 쥐락펴락한다. 대통령도 유태인단체총회에 참석해서 눈도장을 찍으려고 안간힘을 쓴다. 그만큼 영향력이 강하다는 방증이다. 석유에너지 재벌, 농산물 곡물회사, 군사무기상, 보석상 등을 유태인이 장악하고 있다. 미국을 뒤에서 조정하고 있으니 세계를 움직이는 셈이다.

하버드대 학생들이 빌게이츠와 워런버핏을 초청해 토크쇼를 가졌다. 공교롭게도 둘 다 유태인이다. 학생들이 질문하기를, 그토록 검소하게 살면서 어떻게 그 많은 돈을 사회에 기부할 수 있느냐? 그들 대답이 '재물의 소유권은 하나님께 속한다. 나는 단지 청지기 역할에 불과하다.' 하나님 가치관으로 철저히 무장한 사람들이다. 한번은 투자의 귀재라는 워런버핏의 집이 오클라호마에 있는데 도둑이 들었다. 집을 뒤져 보니 가져갈 것이 하나도 없었다. 화장실에 들러서 소변을 보고 물을 한번 내리고 나오면서 다음과 같은 메모를 하고 나왔다. '아무것도 가져갈 것이 없어서 물만 한번 내리고 간다'는 내용이었다. 세계적 거부가 집에 금 은 보석 하나 없이 청빈하게 산다. 청교도 정신이 인생관으로 자리 잡았기 때문에 가능하다. 이것이 American Spirit 미국정신이다. 재물을 내 쾌락, 내 만족을 위해 내 마음대로 사용하지 않는다는 원칙이다.

폴란드의 아우츠비츠 수용소 이야기다. 나치에 의해 수많은 유태인들이 가스실에 들어가기 위해 포승줄에 묶인 채 줄을 지어 대기하고 있었다. 젊은 유태인 하나가 울부짖었다. "왜 내가 이렇게 죽어야 하느냐?" 앞에 서있던 중년의 유태인 말하기를, "당신은 아무것도 하지 않았기 때문에 죽어야 한다." 즉 방관도 죄다. 나치에 대항해서 싸우든가 그들의 잘못을 세상에 공포하든가 했어야 하는데, 하지 않았기에 오늘 죽어야 한다는 것이다. 소 닭 보듯, 남의 일같이 쳐다만 보았으니 죽어야 한다는 뜻이다. 물에 빠진 사람을 못 본 척 하면 그것도 죄다. 자기가 할 수 있는 최선의 방법을 동원해야 한다. 성경에 사마리아인의 선행이 나온다. 산길에서 강도를 만나 다 빼앗기고 매를 맞아 거의 죽게 된 사람을, 지나가던 나그네들이 그냥 지나친다. 그러나 사마리아인은 그를 부축거 나귀에 태우고 마을로 내려와 정성껏 치료하여 살린다. 여관 주인에게 잘 돌보아 달라고 부탁까지 한다. 독일 등 유럽에서는 선한 사마리아법이 있다. 우리도 법 제정을 하려다 여러 논란 끝에 잠시 보류된 상태다. 어려움에 빠진 사람을 도와주려다, 혹시나 시비에 휘말리지 않을까 걱정해서 머뭇거릴 때가 있다. 이러한 분위기가 만연해 있다는 것은 우리 사회가 아직 일류 선진사회로 나가기에는 좀 멀었다는 뜻이다. 신뢰 사회로 가야 한다. 신뢰가 자산이다. 개인 간에도 신용, 신의가 자산인 것처럼, 국가 사회도 신뢰가 국력이고 경쟁력이다.

이스라엘은 2중국적을 허용하고 있다. 자국에다 세금도 내고 병역의무도 진다. 우리는 과거 병역면탈이나 외화해외도피 등 악용될 소지가 있어 이중국적을 금지하였다. 이제는 3만불 시대이니 수용할 수 있을 만큼 성숙되었다. 그렇게 되면 국익에도 도움이 되고 외교적으로도 지금보다 영향력이 더 커질 수 있다고 본다. 미국에 사는 교포들을 보면 한국 국내 소식을 상세히 꿰차고 있는 것을 보았다. 그만큼 국내 문제에 관심이 많다. 단일민족 한 핏줄은 속일 수가 없다. 고국을 생각하는 마음이 국내건 국외건 하나다. 국익 차원에서도 이중국적 문제를 공론화해서 다룰 때가 되지 않았나 싶다. 해외에 살다보면 국력을 실감한다. 국가 브랜드가 중요하다. 과거 우리가 물건 살 때 Made in USA 또는 Made in Japan 하면 무조건 믿고 샀다. 제품 질이 다소 떨어지고 디자인이 마음에 안 들어도 최상품일 것이라는 믿음이 있다. 그만큼 국가신용도가 심리적으로 작용한다. 솔직히 '메이드 인 방글라데시, 아프리카'라고 하면 아무리 선전을 하고 화려하게 포장을 해도 믿음이 안 간다. 과거에는 해외에서 '메이드 인 코리아'가 푸대접을 받았지만 지금은 상위 랭커, 천지개벽이 되었다. 미국에서도 '삼성갤럭시폰'을 너도 나도 갖고 싶어한다. 정말 감사할 일이다. 그러므로 상품의 가치도 그 나라 국가 브랜드와 일치한다.

내가 공무원 교육 중에 어느 강사가 한 말이 지금도 생생하다. 공무원은 누구에게 봉사해야 하느냐는 질문에, 첫째 국가를 위해 봉사해야 한다. 즉 국익이 우선이다. 둘째 국민에게 봉사해야 한다. 셋째는 기업인에게 봉사해야 한다고 역설하는 것이 아닌가. 세 번째에 다들 고개가 갸우뚱했다. 그 강사 왈, 공무원들이 기업인을 감시하고 통제하는데 혈안이 되지 말고 그들이 필요한 것을 지원하고 도와주어 기업이 번창함으로서 고용이 창출되고 소득이 증가하면서 또 세금도 많아 징수하여 국가 재정도 튼튼해지는 것이다. 국민 소득 GDP를 올리는 것이 기업이다. 국가 브랜드, 상품 가치를 궁극적으로는 기업이 만들어 내는 것이다. 또한 자본주의의 본산이라 할 수 있는 미국도 기업하기 좋은 나라이기에, 기업이 성장하여 세계적인 상품들이 개발되고 세계적인 부호들이 나오면서 세계 최강의 자본주의 국가가 되었다. 결론은 기업 발전이 곧 국가 발전이다.

한민족을 동양의 유태인이라고 한다. 전통적으로 유태인과 비슷한 점이 많다. 두루마기를 입는 것이며 물동이를 머리에 이고 다니는 것이며, 대가족제도, 부모를 봉양하는 효도, 뜨거운 교육열도 유사하다. 미국에 살 때 중고차를 수리하러 다니는 단골 카센터가 있었다. 사장이 50대 중후반인데 유태인이다. 자기는 8남매를 두었는데 모두 다 기름칠해서 자식들 대학을 가르쳤다고 한다. 그러면서 첫째는 변호사이고, 둘째는 교수를 하고, 자식 자랑을 늘어놓았다. 유태인들의 강인한 삶의 의지를 엿 볼 수 있는 대목이다. 한번은 중고차를 수리했는데 며칠 못가서 다시 고장이 났다. 당신이 수리를 잘못해서 그런 것 같다고 항의를 했다. 그랬더니 차가 낡고 오래되어서 그렇지 왜 나한테 책임을 씌우느냐며 버럭 화를 냈다. 자존심 강한 것은 우리와 마찬가지다. 자존심을 건드리지 않으면서 좋게 말을 했으면 될 것을, 상대방에게 손가락질부터하니 잘잘못을 떠나서 화부터 내는 것도 똑같다. 유태인과 한민족의 심성이 어쩌면 그렇게 꼭 닮았는지 모르겠다. 한 가지 다른 점은 그들 마음속에는 하나님이 있다는 것이다.

독일의 철혈재상인 비스마르크가 하루는 사냥을 나갔다가 친구가 말에서 떨어지면서 습지 늪에 빠졌다. 친구는 맥없이 점점 늪 속으로 빠져들어 가고 있었다. 이때 비스마르크가 총을 꺼내 친구를 겨냥하면서 '이 바보야, 너를 그냥 빠져 죽게 내버려두느니 내 손으로 저승에 보내주는 것이 친구의 도리다.' 그러자 친구가 깜짝 놀라 허겁지겁 사력을 다해 늪을 헤치고 나왔다. 나중에 그 친구가 항의를 하자 비스마르크는 '총을 친구의 얼굴을 향한 것이 아니라 친구의 약한 마음을 겨누었다'고 해명을 했다. 인간은 어려운 상황에 빠졌을 때 누가 옆에 있으면 의타심이 생겨 의지가 약해진다. 그러나 혼자 극한 상황에 처해지면 생존본능이 살아난다. 유태인들은 2000년 동안 떠돌이 생활을 하면서 강인한 생존의지와 하나님에 대한 믿음으로 결국 이스라엘 영토를 회복하고 독립국가를 건립하였다.

허물없이 지내는 고향친구와 저녁을 같이 먹다가 건강 이야기가 나왔다. 어깨도 쑤시고 오줌도 질질 나오고 몸 컨디션이 요즘 안 좋다고 푸념을 했다. 그 친구도 손주를 보았다. 그러면서 하는 말이 '자식 출가도 시키고 이제 손주도 보고 환갑도 지났고, 이 세상에서 장가도 가보고 할 것 못할 것 다 해봤는데 이제 죽어도 여한이 없다.' 나도 맞장구를 쳤다. 이제 살만큼 살았다. 이 험하고 고단한 세상 이제 죽어도 아쉬울 것 없다고. 성경 시편에 보면 '네가 자식의 자식을 볼지어다' 하면서 손주를 보는 즐거움 축복을 말하고 있다. You live to enjoy your grandchildren 이다. 손주를 안아서 손과 발이 오목조목 귀엽게 생긴 것을 보면 하나님의 작품이 대단하다는 것을 느낀다. 손주를 보는 기쁨은 이 세상 어떤 복과 비교할 수 없다고 성경은 말하고 있다. 손주를 안고서 다리통을 만지면서 같이 떠들고 놀고 있으면 세상 모든 걱정 근심 스트레스를 다 잊어버린다. 그래서 딸한테 한집에서 같이 살자고 제안을 했다. 김노아 손주 때문에라도. 그런데 최근 청천벽력 같은 일이 벌어졌다. 사위네 가족이 말레이시아로 떠난다는 것이다. 깜짝 놀랐다. 왜 하필 회교국가인 동남아로 가느냐고 반대를 했다. 손주 노아도 보고 싶어 같이 살고 싶은데. 딸이 하는 말이 그곳에 아는 분이 선교사로 있어서 간단다. 자기네들도 선교사 일을 하러 간다는 것이다.

선교사… 내가 노후에 하겠다고 하나님께 서원했던 일이다. 그러나 막상 그 말을 듣고 보니 눈앞이 캄캄했다. 뒷통수를 한 대 얻어맞은 기분이다. 자비량 선교를 해야 할 텐데 현재 가진 돈도 별로 없는데 당장 생활하는 것도 문제다. 딸은 '하나님이 모든 것을 아시므로 걱정하지 않는다'고 태연하다. 나보다 딸의 믿음이 훨씬 크고 담대하다는 것은 알지만, 부모 된 입장에서 자식이 안쓰럽기도 하고 걱정이 앞선다. 젊은 나이에 세상의 재물, 명예 다 버리고 하나님 사역에 올인한다는 것이 얼마나 힘든 여정이고 험한 길임을 안다. 세상 소망 다 버리고 천국 소망만 바라고. 그러나 남의 일 같지가 않다. 나도 모르게 가슴이 오그라들면서 간절한 기도가 나왔다. "하나님! 딸네 가족이 말레이시아 선교사로 간다고 합니다. 하나님! 이것이 현재 최선의 선택인가요, 하나님! 긍휼히 살펴 주옵소서. 하나님! 어린 김노아 지켜 주옵소서. 하나님! 그들에게 자비를 베푸시고 불쌍히 여겨 주옵소서." 내가 하지 못한 것을 자식이 먼저 시작한 것이다. 차를 운전하는 중에, 찬송가가 흘러 나왔다. '내가 매일 기쁘게 순례의 길 행함은 주의 팔이 나를 안보함이요~~ 좁은 길을 걸으며 밤낮 기뻐하는 것 주의 영이 함께 함이라' 듣는 중에 5개월 된 손주 김노아를 생각하니 나도 모르게 눈물이 나왔다. 흐르는 눈물을 주체할 수가 없다. 차라리 내가 가면 좋았을 것을 자식을 대신 보내는 것 같다. 커다란 쇠 덩어리가 가슴을 짓누르고 있었다. 좋아해야 되는데 좋아 할 수도 없고. 나도 말레이시아를 몇 번 갔다 왔기에 분위기를 대충 안다. 과거 영국 식민지여서 유럽 시스템으로 치안도 안정되어 있고 사람들도 온순하고 생활수준도 동남아에선 싱가포르 다음이다. 불현 듯 존 번연의 천로역정이 생각났다. 천국을 향한 길고 긴 고난의 행군을 시작하는 사위부부와 손주에게 감사하기도 하고, 한편으로는 애처로운 마음이 든다.

아들이 여자 친구가 생겼다고 아내가 귀띔을 해 주었다. 너무나 반가운 소식이다. 나는 며느리 감을 위해 기도를 많이 해왔다. "하나님 아버지, 주님이 저희집에 주신 선물 정지완, 하나님의 아들입니다. 소유권이 하나님께 속해 있음을 고백합니다. 저는 청지기 역할만 하겠습니다. 애기 때는 장래 목사가 되겠다고한 아들입니다. 지금은 믿음이 식어 있습니다. 찾아가 주셔서 만나 주옵소서.

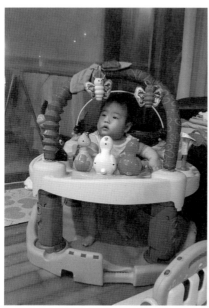 

〈외손주 김노아, 나의 비타민 활력소다. 세상 마음이 무거울 때 이 사진을 보면 어느새 눈 녹듯 사라진다. 할아버지에게 위로와 기쁨을 선사해 준 손주에게 감사하다〉

그의 딱딱한 마음 차가운 마음을 어루만져주셔서 옛날 뜨거웠던 신앙을 회복시켜 주옵소서. 배우자도 하나님이 예비하신 줄 믿습니다. 믿음을 가진 자매를 만나게 하시고, 서로 조건 없이 사랑하고 하나님에 대한 소망을 갖게 하옵소서. 신실한 믿음의 가정 이루게 하셔서 하나님께 영광 돌리게 하옵소서." 천생연분, 천정배필이다. 배우자는 하늘이 맺어주는 것이다. 아들이 여친을 만난 것도 하나님의 섭리라고 믿는다. 아들 카톡을 보니 여친 사진이 올라와 있다. 참으로 젊고 예쁘다. 내가 젊었을 때 아내와 손잡고 길거리에서 포옹도 하는 등 멋진 연애를 하지 못한 아쉬움이 있어서 그런지 아들은 여친과 마음껏 사랑을 나누기를 바라는 마음이다. 총신대를 다니면서 캠퍼스에서 젊은 자매들을 볼 때마다 우리 며느릿감이었으면 좋겠다는 소망을 가졌었다. 선배나 친구들이 하는 소리가 있다. "요즘 애들은 도대체 결혼 안 하려고 해서 걱정이 태산이다. 임신해서 데려오는 것이 최고 효도다." 다행히 아들이 여친이 있다고 하니 우선 감사하다. 아무쪼록 믿음이 먼저이고, 서로 사랑하면서 하나님에 대한 소망을 품는 그러한 커플이 되기를 빈다.

친구들이나 사무실 직원들이 요청해서 결혼식 주례사를 여러 번 했다. 처음에는 춘추가 최소 60은 넘어야 하고 사회적 명망이 있는 사람들이 하는 것 같아 사양했으나 부득불 하게 되었다. 또한 주례사가 상투적인 내용, 똑같은 소리 지루한 이야기 하는 경우를 많이 보았기 때문에 뭔가 간결하면서도 임팩이 있어야 한다고 생각했다. 한편 주례사를 통해서, 믿지 않는 신랑, 신부, 부모님 또는 하객들에게 신앙 전도를 할 기회로 활용하는 것도 한 방법이다. 짧은 시간에 무엇인가 신앙의 메시지를 던져서 영혼을 일깨워야 하는데, 어떻게 준비를 해야 하나 걱정이 앞선다. 무식하면 용감하다고 주례사 작성에 들어갔다. 다음은 친구 딸 결혼식 때 했던 주례사이다.

부부의 인연을 천생연분, 천정배필이라고 합니다. 하늘이 맺어준 인연, 하늘이 정해준 짝이라는 뜻입니다. 여기에는 모두 하늘이란 글자 天자가 붙습니다. 여기 서있는 두 사람, 신랑 송강기 신부 배향미 두사람의 만남은 하늘의 뜻이란 겁니다. 우연인 것 같지만 그 속에는 하나님이 개입한 필연이 있다는 겁니다. 또한 하늘이 맺어 줬으니까 하늘만이 그 인연을 끊을 수가 있다는 뜻이기도 합니다. 사람이 인위적으로 끊을 수가 없다는 것입니다. 즉 모든 권한이 하늘한테 있다는 것입니다. 예를 들면, 100살이 넘어 천수를 다하여 한쪽이 세상을 떠나면 몰라도 그 이전에는 어느 사람 누구도 깰 수 없다는 겁니다.

얼마 전에 신랑 신부와 같이 저녁을 먹을 기회가 있었습니다. 그 때 제가 처음 느낀 첫인상은 "너무나 닮았다"는 느낌이었습니다. 더구나 두 사람 모두 하나님을 믿는 신앙을 가졌다는 것에 너무 감사를 했습니다. 이것은 "품질보증수표"다. 더 이상의 설명도 말도 필요 없다는 생각을 했습니다. 이 부부는 "하나님을 믿는 믿음, 하나님께 순종이라는 공동 목표가 있기 때문에 한평생 문제가 없다"라고 확신을 가졌습니다.

이스라엘 역상에서 가장 위대한 왕으로 추앙받는 왕이 다윗왕입니다. 지금도 이스라엘 국기 한 가운데 별이 있는데 이것을 다윗별이라고 합니다. 다윗이 평생 입버릇처럼 하던 말이 "하나님은 나의 목자시니 내가 부족함이 없으리로다" 라는 고백입니다. 생사화복을 주관하시는 하나님에 대한 확고한 믿음으로 모든 환란과 시련을 극복하고 왕이 되었습니다. 다윗은 왕이 된 후로도 끊임없이 무릎 꿇고 기도했던 사람입니다. 신랑 신부 두 사람도 평생동안 무릎 꿇고 기도하기를 바랍니다. 기쁠 때는 감사기도를 하고, 힘들고 어려울 때는 하나님께 부르짖는 기도를 하시길 바랍니다.

인생여정 속에는 문제가 파도처럼 계속해서 밀려옵니다. 하나가 해결되면 또 다른 문제가 밀려옵니다. 저의 경우를 돌이켜 보아도 인생문제의 해답은 하나님입니다. 정답이 없는 문제는 있을 수가 없습니다. 어떤 시험문제도 반드시 정답이 있습니다. 출제자는 답을 알고 있습니다. 즉 인생 문제의 출제자는 하나님입니다. 시험문제를 통해 공부를 하여 실력이 향상되듯 우리도 인생문제를 통해 해답을 찾는 가운데 우리의 능력과 인격이 한 단계 향상되고 성숙해 나가는 겁니다. 그러니까 답을 알고 있는 하나님께 답을 가르쳐 달라고 매달려야 합니다.

세계 인구가 77억을 넘어서고 있습니다. 이 많은 인구 중에 본인의 짝을 반려자를 만나서 산다는 것은 확률적으로 보아도 37억분의 1, 기적입니다. 신랑에게 묻고 싶습니다. 이 세상에 여자는 몇 명이라고 생각합니까? 37억이라고 말하면 틀린 답입니다. 이제 이 세상에 여자는 1명 뿐입니다. 나머지는 그냥 사람입니다. 신부도 마찬가지입니다. 이 세상 남자는 이제 오로지 신랑 1명뿐임을 꼭 명심하시기 바랍니다.

흔히 좋은 부부 사이를 금슬이 좋다는 말로 표현합니다. 금슬을 한자로 풀어 써보면 거문고 금 비파 슬입니다. 거문고는 현악기이고 비파는 관악기입니다. 모양도 연주방법도 다른 악기입니다. 그런데 서로 다른 악기가 만나면 더 아름다운 화음이 나온다는 것입니다. 즉 하모니가 된다는 겁니다. 교향악단도 여러 가지 악기가 서로 어울려 질 때 환상의 하모니가 됩니다.

부부도 마찬가지입니다. 성격도 습관도 다른 남녀가 만났습니다. 성장배경도, 음식기호도 다 다릅니다. 그렇게 다른 가운데 하모니를 찾는 것이 부부입니다. 성격을 보통 천성이라고 합니다. 하늘이 준 성격이란 뜻입니다. 그러므로 천성은 사람이 고칠 수가 없습니다. 하늘만이 고칠 수가 있습니다. 그러니까 상대의 성격을 고치려고 하면 안됩니다. 있는 그대로 인정하고 살라 는 겁니다. 정 고치고 싶다면 하나님께 부탁 기도를 해야 합니다. 술 좀 끊게 해주세요, 치약을 가운데서 짜지 않게 해주세요, 양말을 거꾸로 벗어놓지 않게 해 주세요, 하나님께 간절히 기도하면 하나님이 듣고 상대방의 마음을 움직여서 고치게 할 수 있습니다. 사람이 고치려고 하면 상대방 감정만 건드리게 되고 도리어 관계만 악화됩니다. 당신도 이런 것 저런 것 고칠 것이 많다며 더 반기를 들며 반발하게 됩니다.

미국에서 노예해방전쟁, 3년간의 남북전쟁이 끝나고 두 병사가 고향을 향해 걸어가고 있었습니다. 두 친구는 걸어서 고향인 텍사스쪽으로 향했습니다. 저녁 무렵에 멀리 보니 도시의 불빛이 보였습니다. 또 멀리 언덕에는 십자가가 보였습니다. 한 친구가 하는 말이 3년 동안 전쟁을 하느라 심신도 피곤한테 저기 불빛 화려한 도시에 가서 술 한잔 멋지게 걸치고 클럽에 가서 춤도 추고 신나게 놀아보자고 제안을 했습니다. 그러자 다른 친구는 전쟁 중에도 이렇게 건강한 몸으로 고향을 갈 수 있게, 부모님을 볼 수 있게 해준 하나님께 기도를 드리러가자는 것이었습니다. 결국 서로 의견이 달라서 각기 헤어져서 교회로, 또 술집 빠로 갔습니다.

30년이 지난 어느 날 술집에 갔던 그 친구는 그 동안 알콜 중독이 되어서 금치산자로 판정을 받아 수용소에서 생활을 하고 있었습니다. 아침에 조간신문을 펼쳤는데 깜짝 놀랐습니다. 1면 톱기사에 제24대 미국 대통령 클리블랜드 당선이란 대문짝만한 글씨를 보았습니다. 클리브랜드가 그때 고향에 같이 가다가 교회로 갔던 바로 그 친구였습니다. 실화입니다.

인생은 마음가짐을 어떻게 갖고 사느냐에 따라 180도 달라질 수가 있습니다. 한 사람은 대통령이 되고 또 다른 사람은 알콜 중독 폐인이 되고. 마음 내키는 대로 육신의 쾌락을 쫓아 사느냐 아니면 신실한 마음을 가지고 사느냐. 하늘을 두려워하면서 하늘을 무서워하며 사느냐에 따라 천차만별이 된다는 사실입니다.

유행가 가사처럼 인생은 나그네길입니다. 어디서 왔다가 어디로 가는 줄도 모르는 것이 인생길입니다. 성경은 말합니다. 창조주 하나님이 자기 목적이 있어서 우리를 만드셨다고 합니다. 그러므로 내 목적이 아니라 하나님 목적을 가끔씩은 확인해야 합니다. 그렇지 않으면 내 욕심, 내 이기심, 내 중심, 내 욕망에 빠지게 됩니다. 그러므로 기도가 필요합니다. 기도는 나를 돌아 볼 수 있는 시간이기 때문입니다. 하나님 관점에서 현재의 나를 체크할 수 있는 기회이기 때문입니다. 무슨 결정을 할 때도 하나님 기준으로 하시기 바랍니다. 내 기준보다 하나님 기준이 앞서야 합니다. 누구나 내 기준이 맞는 것 같고 내가 옳은 것 같다는 생각을 합니다. 그러나 착각일 수 있습니다. 또 자기 합리화를 하고 싶은 것이 우리의 인성입니다. 그래서 자기 합리화를 떨쳐버리기 위해서도 기도가 필요한 겁니다.

또 인생은 미완성이라고 합니다. 완전한 만족, 완벽한 성공은 없습니다. 결혼도 가정도 마찬가지입니다. 완벽할 수가 없습니다. 인간은 누구나 불완전합니다. 남편도 아내도 완벽하지 못합니다. 완전해지려고 끊임없이 노력하는 과정이 인생입니다. 공사 준공이 아니라 공사 중입니다. 그 과정의 하나로 하나님이 만든 것이 가정이란 제도입니다. 따라서 가정생활 결혼생활도 하나님이 개입하여 주관하도록 해야 합니다. 즉 가정은 눈물로 인내로 희생으로 몸부림치는 곳, 하나님의 훈련장소입니다. 하나님 앞에서 약속했던 것을 되새기면서 부단히 몸부림칠 때, 하나님 말씀에 순종하려고 할 때 하나님께 칭찬받고 축복받는 가정이 될 것입니다.

유럽속담에 배를 탈 때는 1번 기도하고, 전쟁에 나갈 때는 2번 기도하고, 결혼할 때는 3번 기도하라고 합니다. 그만큼 결혼생활이 소풍 놀러온 것 같이, 해변가로 놀러 온 것이 아니라는 겁니다. 그 만큼 기도가 필요합니다.

그런데 한 가지 비법을 알려 드리겠습니다. 핸드폰이나 전자제품을 살 때 사용설명서가 붙어 있습니다. 인생에도 "인생 사용설명서"가 있습니다. 이것이 성경입니다. 미국 대통령이 취임 할 때도, 독일총리가 취임식 할 때도 성경에 손을 얹고 선서를 합니다. "성경 말씀대로 국가와 국민을 위해 헌신 봉사하겠습니다." 세계 최강 선진국 대통령이 이것을 하는 이유는 그만한 이유가 있다고 봅니다. 성경 속에 인생을 어떻게 살라, 시련이 왔을 때는 어떻게 하라가 다 나와 있습니다. 그 안에 답이 다 있습니다. 성경이 지구 인류 역사상 가장 많이 팔린 베스트셀러라고 합니다. 성경을 영어로 Bible이라고 합니다. 바이블의 뜻은 불변의 진리, 영원한 참 진리라는 뜻입니다. 성경이 인생의 나침반임을 꼭 명심하시기 바랍니다.

오늘 송강기 배향미 두 젊은이의 결혼을 축복해 주기 위해 오신 내외 귀빈 여러분께 다시 한번 감사를 드립니다.

한번은 친구와 차를 같이 타고 가다가 그가 경험한 황당한 에피소드를 듣게 되었다. 자기네 사무실 앞에 작은 옥외 주차장이 하나 있는데 주변에 재래시장이 있어서 이용이 꽤 많았다. 동생친구가 다리 하나가 없는 장애인이라서 그 분한테 관리 일체를 맡겼다. 장애인에게 수입이 상당히 많았다. 그런데 그 장애인이 주차요금문제로 차주들과 자주 시비가 붙었다. 아마도 정상적인 주차관제 시스템이 없다보니 주차시간 책정 문제 등으로 논란이 많았나보다. 결국 그 스트레스를 못 이겨 매일같이 술을 먹고 동네에서 술주정 행패를 부려서 도저히 더 이상 할 수 없기에 내 보내기로 했다. 그 아내 분한테 백만 원을 주면서 이제 정리를 했으면 좋겠다. 이 돈은 그동안의 성의로 받아 주면 좋겠다고 했더니, 3백을 내놓으라는 것이다. 하도 어이가 없어서, 지금까지 임대료 없이 공짜로 주차장을 빌려 주었는데, 이제 와서 오히려 돈을 내 놓으라고, 세상에 이런 경우가 어디 있느냐, '물에 빠진 사람 건져 주었더니 보따리 내놓으란 말이냐,' 단 십 원도 못 주겠다고 딱 잘라버렸다. 그랬더니 소송을 건다, 시청에 진정서를 넣는다, 하기에, 얼마든지 맘대로 해라 '내가 남 도와주고 뺨 맞는 격이다'고 했단다. 참으로 인간은 때로는 무지하여 자기 생각에 사로잡혀 살 때가 많다. 지금 현재 누리고 있는 것에 대한 감사가 없다. 당연한 것으로 여긴다. 더 받을 것만 생각한다. "하나님! 현재 내가 누리는 것에 감사하며 살게 하소서, 하나님이 주신 공기 물 햇빛도 감사하게 하옵소서, 가족 건강한 것 하나만이라도 감사하게 하소서." 기도할 때도 우선 감사가 먼저다, 그리고 회개, 간구 순으로 한다.

정수사업소장으로 있으면서 선배분들이 퇴직할 때면 퇴임식 행사를 갖는데, 기관장으로서 축사를 요청받는다. 후배가 선배한테 드리는 축사이기에 조심스럽다. 인생도 적게 산 사람이 고참한테 이래라 저래라 하는 것 같아 또 무슨 말을 할까 망설여지기도 한다. 그래도 기관의 장이니 전 직원들을 대표해서 축사를 하지 않을 수 없다. 매사 시작이 있으면 끝이 있는 법이다. 그래서 始終이란 말이 생겼다. 공무원은 처음 입사도 중요하지만 퇴직이 더 중요한 의미를 지닌다. 중간에 불미스런 사고없이 유종의 미를 거두는 것이 첫째다. 다음은 정년퇴임하시는 어느 선배님께 드리는 축사다. 난필이지만 몇 자 적어보았다.

오늘 정년퇴임식을 갖게 되는 ㅇㅇㅇ선배님은 저희 강북정수사업소가 1998년 개청할 당시 창업멤버로서 소위 말하는 개국공신입니다. 나무 하나 잔디 한 포기까지 어느 하나 선배님 손길이 안 닿은 곳이 없을 겁니다. 불모지 땅에 서울의 상수도 새로운 역사를 직접 쓰신 산 증인이십니다. 그래서 남다른 애착과 감회가 많으시리라 봅니다.

이제 정년퇴임이 공무원 직업으로서는 종착역이지만, 인생열차로서는 중간 기착역이라고 봅니다. 이제 김천이나 대구쯤 왔다고 봅니다. 짐도 풀어서 다시 살펴보시고 빠진 것이 없나 중간 확인하셔서 짐을 다시 싸고 새로운 제2의 인생 출발을 하시게 됩니다. 축구로 말하자면, 전반전이 끝나고 후반전이 남았습니다. 이제 삶의 하프타임 시간입니다. 후반전을 준비할 때입니다. 인생 60부터라고 합니다. 이제부터가 진짜입니다. 인생 역전골을 터트리셔야 합니다. 그동안 못다 이루신 것들 완성할 차례입니다. 신앙생활도 인생행복도 꽃을 피워 열매를 맺으실 때입니다.

어느 야구 선수의 간증이야기를 할까 합니다. 9회 말까지 1:0으로 상대편에게 지고 있었습니다. 2사후 쓰리 볼 투 스트라이크 상태입니다. 루상에는 주자 1명이 나가있었습니다. 안타 한방이면 동점 찬스이고 홈런을 치면 2:0으로 이길 수 있는 절체절명의 순간입니다. 여기서 하나님께 간절히 기도를 했습니다. "이번에 방망이 배트 중심에 볼이 맞게 해 주세요, 그러면 하나님을 간증하겠습니다." 날아오는 야구공이 배구공 만하게 보였습니다. 배트를 힘차게 휘둘렀는데 그것이 홈런이 되고 말았습니다. 한순간에 전세를 뒤집고 말았습니다. 선배님에게도 간절히 원하시는 홈런 한방이 아직 남아 있습니다.

수구초심이란 말이 있습니다. 여우도 죽을 때는 고개를 고향으로 향하고 죽는다는 이야기입니다. 마지막 공직을 마치신 강북정수사업소가 아마도 마음의 고향이 될 것이라고 봅니다. 근처에 오시면 꼭 한번 들르셔서 후배들 격려도 해주시고 인생의 선배로서 그간의 좋은 경험 지도편달도 해주시고, 그동안 나누지 못한 옛정도 함께 나누시기 바랍니다.

끝으로 퇴직하신 어느 노부부이야기입니다. 여느 때와 마찬가지로 할머니는 할아버지에게 빵의 중간을 떼서 주면서 약간 짜증을 내면서 말을 합니다. 오늘은 나도 빵 가운데를 먹었으면 좋겠는데. 그러자 할아버지가 그렇게 하자고 하면서, "사실 나는 빵 가장자리를 좋아했는데 당신은 매일 가운데만 주었다"고 말을 합니다. 지금까지 살아오시면서 바쁘다는 핑계로 부부간에 진솔한 대화도 부족하고, 상대방을 배려하지 못한 부분이 있을 줄로 믿습니다. 부부는 무촌, 또는 영촌이라고 합니다. 그만큼 가장 가까운 또 다른 '나' 라는 뜻입니다. 벽이 간격이 없다는 겁니다. 이제부터 부부가 인생의 반려자로서 꽃을 피울 때라고 봅니다. 두 분이 같이 여행도 산책도 하시면서 더 좋은 부부의 정을 쌓아 가시길 빕니다. 이해한다는 말이 영어로 understand입니다. 즉 '낮은데 서있다' 라는 것으로, 낮은 곳에 있어야 상대를 이해할 수 있다는 뜻입니다.

선배님 앞날에 건강과, 가정에 평화가 넘치시기를 빕니다. 감사합니다.

운전할 때면 나는 106.9MHz 기독교 극동방송에 채널을 맞춘다. 찬양이나 설교를 듣기 위해서다. 운동선수가 계속해서 연습훈련을 해야 실전에서 실력 발휘가 되듯, 믿음도 지속해서 단련을 해야 마귀의 유혹이나 환경의 시련을 이겨낼 수 있다. 교회와 세상에 한발씩을 담가놓고 양다리 걸치기를 하는 것이 일반적 신앙생활이다. 나 역시 그런 범주에 속한다. 종교인이지 진정한 신앙인이 아닌 셈이다. 목사님 설교 말씀을 내 삶에 적용하지 못하고 어정쩡한 스탠스를 취한다. 마음은 원이로되 몸이 안 따라가는 형국이다. 성령 충만 할 때와 세상 충만 할 때가 수시로 교차한다. 나의 영광이냐 하나님 영광이냐 경계선에서 머뭇거리는 것이 내 모습이다. 세상 영광을 포기하지 못하고 또 하나님 안에서 녹여내지 못하고 두 개가 따로 따로 병립하고 있다. 땅의 지혜와 하늘의 지혜가 충돌할 때도 많다. 전자로서는 나한테 유리하도록 거짓말하거나, 내 세상 목적 성취를 위해 타인을 이용하거나, 남을 시기 모함함으로써 반대급부로 나를 높이려는 것, 또 나를 인정해달라고 허세를 부리는 것이다. 후자로서는 남의 허물을 덮어주고, 상처 준 사람을 용서하고, 나를 핍박한자를 포용하고, 내 자랑을 감추고 남을 칭찬하는 것이다. 결론은 하늘의 지혜로 땅의 지혜를 제압하여 사탄이 일어나지 못하게 해야 한다. 그것을 위해 끊임없는 믿음의 고난행군을 가야 한다.

　이사야서 43:21절을 보면, "이 백성은 내가 나를 위해 지었나니 나의 찬송을 부르게 하려함이라." 하나님은 우리가 당신을 찬양 찬송해 주는 것을 제일 기뻐한다는 뜻이다. 즉 찬송하는 동안 하나님과 동행하면서 성령 충만 평안을 얻게 된다. 한번은 기차를 타고 가다 열차 연결 통로에 나와서 어느 분과 대화를 하게 되었다. 그 분이 하는 말이 '혹시 목사 아니시냐'고 물었다. '아니다'고 대답을 하면서도 속으로는 은근히 기분 좋으면서 할렐루야 찬양이 나왔다. 인간은 하나님과 함께 있을 때 평안함, 만족감, 행복을 느끼도록 하나님이 그렇게 지으셨다. 또한 나를 창조한 하나님은 내 안에 들어오기를 원한다. 하나님이 내 안에 있을 때 성령의 능력을 받을 수 있다. 그러나 마귀 사탄은 우리를 하나님과 멀리 떨어지도록 계속해서 유혹한다. 육신의 향락 욕망만을 부추긴다. 인생의 지혜 교과서라 불리는 삼국지를 보면 제갈량이 적벽대전을 앞두고 바람을 이용해 火功을 함으로써 조조 군사를 전멸시키는 장면이 나온다. 이를 위해 제갈량이 제단을 쌓고 그 위에 칠성단을 삼층으로 만든다. 맨발로 그 단 위에 올라가 머리를 풀어헤치고 거의 미친 듯이 삼일삼야를 기도한다. '하늘이시여! 하늘이시여! 동남풍을 불게 하옵소서' 간절히 애원한다. 지성이면 감천이다. 하나님을 인격적으로 잘 모르던 그 당시 제갈량도 하늘로부터 그러한 기적을 받는데, 하나님을 믿고 순종하는 신앙인이 하나님의 성령능력을 받아야 하지 않겠는가, 자문자답을 해 본다.

　마귀 관점에서 보면, '내가 하고 싶은 것을 못하는 것은 고통이다'고 속삭인다. 또한 '싫은 것을 해야 하는 것도 고통이다'고 말한다. 둘 다 사실 만만치 않게 괴롭고 고통스럽다. 그러나 하나님 관점에서 보면, 하고 싶은 취미생활을 못하는 것도, 하기 싫은 작업을 해야 하는 것도 고통이 아닌 은혜로 받아드리라고 말한다. 하나님은 우리가 좁은 길로 가기를 원한다. 하나님 중심으로 살아야 하나님이 숨겨 놓은 또 다른 축복을 받을 수 있다. 하나님은 과거 현재 미래, 시공간을 초월하여 살아계신 분이시다. 일본 관동대지진 당시 주택이 흔들리고 붕괴 위험 상황에서, 집 주인이 허겁지겁 신주단지를 들고 나왔다. '지진이란 환란에서 신주단지 神이 사람을 구해야지, 사람이 왜 신주단지를 구하냐' 는 질문이다. 참으로 한심하고 어리석은 일이다. 죽은 신주단지 신을, 사람만도 못한 신을 왜 의지하고 모시는 것인가. 살아있는 신을 모셔야지. '일본은 전도의 지옥이다' 고 말한다. 지옥에 가도록 이웃을 방관하는 것도 죄다. 일본 복음화가 하나님이 우리 민족에게 주신 사명이다. 이 사명을 감당할 때 하나님이 한반도를 향해 예비하신 축복이 반드시 있으리라 본다.

오산리 금식기도원에서 만났던 인도 목사님한테서 이메일이 왔다. 기도원에서 예배를 마치고 일산 방향으로 가는 기도원 버스를 탔는데 옆에 인도분이 타고 계셨다. 이야기를 하다 보니 믿음이 깊으신 목사님이셨다. 인도에 다시 들어가야 하는데 비행기 표 값이 모자란다는 이야기를 듣고 선뜻 지갑에 있던 현금을 드렸던 그 목사님이다. 이메일 내용은, 태풍으로 교회 지붕이 일부 날아가고 여기저기 부서졌는데 돈을 좀 송금 바란다는 내용이다. 교회가 파손된 사진도 첨부해서 보내왔다. 분명 사기꾼이 아닌 목사님이신 것은 맞다. 당장 부칠 자금의 여력이 없으니 좀 기다려 달라고 메일을 보냈다. 하나님께 기도를 했다. "기독교 불모지인 인도에서 뭇 영혼을 구원하기 위해 애쓰는 주님의 종을 불쌍히 여겨 주옵소서. 제가 금전적으로 지원이 되게 하여 주옵소서." 이것저것 용돈도 다 털어서 어렵게 1000불을 마련했다. 그리고 우체국에 가서 해외송금 수수료를 제하고 나머지 돈을 부쳤다. 부치고 나니 웬지 모르게 의무를 다 한 것 같고 마음에 기쁨이 찾아왔다. 그런데 다음날 정확히 1000불에 해당되는 돈이 전혀 생각지도 않은 사람을 통해 입금이 된 것이다. 나도 깜짝 놀랐다. 더도 말고 딱 1000불 그 금액이다. 정말 하나님은 한 치의 계산도 정확한 분이시다. 우리의 일거수 일투족을 눈동자같이 쳐다보고 계심을 체험했다. 공의의 하나님이, 자기를 위해 사용한 재물은 반드시 갚으시는 분이다. 내 정욕이 아니라 하나님 의를 위해 기도하면 100% 응답하신다는 것을 깨달았다.

총신대 입학, 내 자아와 전쟁

내가 하나님을 만난 것이 1998년 미국에서다. 마흔 살이 다 되어서 믿음의 눈, 영안을 뜬 것이다. 늦게 배운 도둑이 날.새는 줄 모른다고 그동안 신앙의 시행착오를 많이 겪어오면서 조금씩 아주 조금씩 성장해 왔다. 아직 뿌리가 견고하지 못하다. 기초가 약하다 보니 바람만 조금 불어도 흔들린다. 우리 집안에서 내가 처음 크리스천이다. 3남 1녀 형제 중에 누님네 한 가족만 전도를 못했고 나머지 형님 두 분 가족은 믿음 생활을 하고 있다. 어머니도 전도를 해서 돌아가시기 전에 구원을 받으셨다. 그러나 누님은 인본주의적, 인간적으로는 최고다. 인정도 많고 남 배려하는 마음 집안 돌보는 것 모든 것 하나 부족함이 없다. 그런데 왜 이리 전도가 힘든지 모르겠다. 남묘호랑개교 같은 일본 종교를 믿고 있으면서, 과거 그 종교 믿음으로 어려운 고난을 극복했다고 체험했다고 그것을 못 놓고 계시다. 언젠가는 기독교 복음으로 돌아올 것이라 믿고 있다. 매형은 비뇨기과 의사로서 집안 형제들을 끔찍이도 생각하고 성격도 원만하고 모든 면에서 만점인데 또 과거 신학교도 조금 다녀 봤다면서, 복음에 대해 냉냉하다. 그러나 돌아올 날이 있을 것이라 확신하고 기다리고 있다. 그러니 조카들도 믿음 생활을 하고 있지 못하다. 안타까울 따름이다. 큰 조카가 아직 장가도 못가고 있는데, 자식 때문에라도 믿음을 가졌으면 좋겠건만, 아직은 하나님의 때가 아닌 것 같다.

평상시 성경을 읽으면서 신학교에 가고 싶은 욕망이 있었다. 사당동에 있는 총신대학교에 원서를 내고 면접을 보았다. 면접관 교수가 "왜 지원하게 되셨나요" 질문을 하길래, "성경을 더 깊이 알고 싶고 또 믿음을 더 키우고 싶어서 지원했다"고 답을 했다. 나의 이력서를 보더니 '고개를 끄덕였다' 그래서 합격했구나 생각했다. 아마도 교수보다 나이가 많은 것이 한 몫을 한 것 같다. 내가 다니는 교회가 장로교단이고 합동 측이어서, 또 우리나라 최고 신학교라고 해서 일단 무대포로 지원을 했다. 목사, 선교사 같은 소명이 있어서가 아니다. 성경을 어떻게 배우고 가르치는지 알고 싶고 좀 더 성경을 체계적으로 배우면서 믿음의 깊이도 더하고 싶었다. 꿈에도 그리던 신학생이 되었다. 난생 처음 총신대를 가보니 사당동 산꼭대기에 자리 잡고 있다. 한여름에는 땀을 뻘뻘 흘리면서 언덕을 올라 다녔다. 하나님 소명을 받은 신학생들을 보면 부럽기도 하였다. 나도 10대 20대 젊었을 때 하나님을 만났더라면 얼마나 좋았을까. 인생 중반 이후에 하나님을 만난 것도 그나마 다행이다. 학생들 표정도 밝아서 좋았다. 다만 여느 대학교 같이 캠퍼스 커플들이 팔짱을 끼고 다니거나, 남녀가 스킨십 같은 애정행각은 볼 수 없었다. 경건하다고나 할까… 총신대는 1901년 평양신학교가 모체이다. 그러니 우리나라 기독교 역사와 거의 맥을 같이 하고 있는 셈이다. 교수들에 대한 기대도 컸다. 단단한 믿음의 소유자들로서 성경을 다 외울 것이고, 이제 수업을 받게 되면 믿음의 크기가 놀랍게 성장할 것이고, 내 인생이 정말로 다시 거듭나는 계기가 될 것이라는 기대에 부풀었다.

교수님들 중 일부는 현장 목회도 하시면서 강의를 하셨다. 학기마다 1과목씩 수강 신청을 했다. 학생들은 20대부터 80대까지 다양한 연령층으로 분포되어 있고, 나이 드신 분들도 꽤 많았다. 목사 사모님들도 계시고, 80넘으신 장로님도 계신다. 특히 수업시간 시작 전에 기도를 하는 것이 이채로 왔다. 교수가 직접 기도하는 경우도 있고 학생을 지명해 기도하기도 한다. '하나님 아버지! 이 시간 온전히 하나님을 깊이 알아가는 시간 되게 하옵소서. 강의하시는 교수님에게 성령 충만케 하셔서 하나님의 지혜 말씀을 대

〈총신대학교 입학이 소원이었으나, 막상 입학하고 나니 '기대가 크면 실망도 큰 법,' 그래도 신학교 소속감이 있어서 믿음을 지속시킬 수 있는 계기가 되었다〉

언하게 하시고 수업을 듣는 학생들에게도 영안이 떠지고 영적 귀가 열리게 하옵소서.' 그러나 기대가 크면 실망도 큰 법이다. 강의를 들으면 내 믿음이 저절로 크게 되는 줄 알았다. 그러나 교수님들의 믿음 수준도 천양지차다. 첫 시간만 수업을 들어봐도 대강 가늠이 간다. 세상과 가까우신 분인가 하나님과 가까우신 분인가. 온전히 하나님만 의지하고 사시는 분인지 세상과 적당히 타협하고 사시는지. 참으로 남 판단하는 것만 늘었다. 나이가 들수록 자신을 판단하는 눈이 열려야 하는데 반대이다. 나는 그렇게 못하면서 왜 남은 그렇게 살지 못하나, 교만의 극치다. 모든 잣대를 나에게 들이대야 하는데 왜 남에게만 대고 정죄하는지. 나에게는 관대하고 합리화를 하면서 남에게는 날카로운 비수만을 들이 대는지. 내로남불이다. 아직도 가야할 길 신앙의 여정이 멀다.

첫 학기 목회신학을 신청했다. 목사가 교회를 어떻게 목회하느냐 또 교회 행정을 어떻게 해야 하느냐가 주요 논점이다. 성경하고 직접적으로 연계되는 것은 없다. 두 번째 학기는 기독교윤리학, 세 번째는 성서지리학, 네 번째는 신약개론, 다섯 번째는 구약개론 수업을 들었다. 성경을 깊이 배우고 싶어서 왔는데 약간씩 결이 다른 과목들이다. 신약개론은 신약 전반에 걸쳐 개괄적으로 다루고 있어서 어느 정도 성경을 읽어 볼 수 있었다. 성서지리학을 통해 성경에 나오는 지명들과 스토리를 알게 되고 이스라엘의 지리적인 특성들을 파악하게 됨으로서 성경 이해하는데 많은 도움이 되었다. 그러나 수업시간에 바울의 전도여행 1~4차 여행 여정을 색깔로 칠해가며 그리는 등 매시간 부담이 컸다. 지명을 다 외어야 했다. 그런데 한번 외고 뒤돌아서면 잃어버리고 만다. 기억력 감퇴라서 그런지 도무지 헷갈리고 어려웠다. 시험을 치렀다. 책을 읽고 서평이나 요약 등을 정리하는 페이퍼는 어느 정도 자신 있었다. 아무래도 평생 공무원 하면서 그런 쪽 일을 했고 석사 논문 2개 박사논문 1개를 쓰면서 이력이 붙었다. 그러나 외워서 쓰는 문제, 괄호 채우기 등은 암기를 해야 하기에 어려웠다. 서바나 교회 빌라델비아 교회 등 7교회 이름을 쓰는 문제가 나왔다. 외웠는데 꼭 1개가 생각이 안 나는 것이다. 시험 공부한 연습지를 펴서 몰래 컨닝을 했다. 도저히 생각이 안 나서 그냥 나올까 하다 검은 손의 유혹을 이기지 못했다. 신학교 다니면서 컨닝을 하다니, 현실이 우선 급했다.

시험 마치고 나오면서 여러 가지 복잡한 심경이 몰려왔다. 이 나이에 그까짓 학점이 무슨 상관이냐 학점 좀 덜 받으면 어떠냐 왜 하필 컨닝까지 해 가면서, 내 자신이 한심하다는 생각이 들었다. 아무에게도 말하지 않았다. 할 수도 없다. 그러나 하나님은 아시기에 하나님 앞에 너무 부끄러웠다. 이제 다시는 컨닝을 하지 않겠다, 빵점을 맞는 한이 있더라도… 하나님 앞에 맹세를 했다. 어쩌면 그때 컨닝 유혹이 왔을 때 무릎 꿇고 기도를 했다면 컨닝을 하지 않았을 수도 있 었을 텐데. 그러나 눈앞에 이익을 보고 내 육신의 생각, 사탄에게 넘어간 것이 다. 성적을 조회해 보고 싶지도 않았다. 나중에 성적을 보니 컨닝 덕분에 좋은 학점을 받았다. 컨닝 죄책감 때문에 개운치가 않다. 그 다음 학기는 신약개론 과목을 수강하였다. 페이퍼며 시험도 엄청 잘 보았는데 기대만큼 성적이 안 나 왔다. 이때 무엇인가가 머리를 스쳤다. 지난 학기 '컨닝을 해서 좋은 성적이지 만 이번 학기는 네가 최선을 다 했다고 해도 최고의 성적을 줄 수 없다' 는 하나 님의 음성이 들리는 것 같았다. 지난 학기 컨닝이 이번 학기에 악영향을 준 것 이라는 영적 메시지를 받은 것이다. 그렇다. 묘수를 부려 당장 좋은 결과를 얻 더라도 그것이 나중에 까지 영향을 반드시 준다는 것이다. 그러므로 '사술이나 잔머리를 굴리지 말라' 는 경고 메시지인 셈이다.

집에 개를 한 마리 키우고 있다. 키우기 보다는 같이 사는 식구다. 이름이 사 랑이다. 시추 종류인데 14년 정도 되었다. 요즘 들어 건강이 좋지 않아 병원에 자주 간다. 딸도 아들도 학교 다니면서도 사랑이와 같이 생활하면서 정이 많이 들었다. 특히 사춘기 때 사랑이가 정서적으로 안정감을 주고 기여한 바가 크다. 특히 아들은 사랑이를 죽고 못 산다. 반평생 넘게 사랑이하고 살아왔기 때문이 다. 아들이 직장일 한다고 방을 얻어 나갔다. 수시로 전화해서 사랑이 건강 상 태 안부를 묻는다. 동물병원 의사 진단으로는 폐에 물이 차는 호흡기계통 병이 다. 암인지 뭔지는 모른다. 기침을 심하게 하고 숨 쉬는 것이 힘들다. 그래서 병 원 약을 달고 산다. 한번은 며칠간 먹지도 않고 기침만 하더니 완전히 쓸어졌 다. 흔들어도 의식이 없다. 그래서 딸, 아들 불러서 같이 중보 기도를 했다. '하 나님! 사랑이를 이대로 보낼 수는 없잖아요. 갑자기 예고도 없이 가면 저희는 어떻합니까. 저희는 아직 사랑이를 보낼 마음의 준비가 되어 있지 않아요. 조금만 더 살게 하여 주세요.' 셋이서 기도를 하고 보니 사랑이가 의식을 찾고 살아났다. 그래서 하나님이 정말 살아 계셔서 우리의 일거수일투족을 다 아시고 관장하시고 계시다는 것을 사랑이를 통해 체험을 했다.

한번은 사랑이가 새벽에 외마디를 지르고 사지를 쭉 뻗으면서 오줌을 쌌다. 그 전에도 기침을 많이 해서 걱정을 했는데 이번은 뭔가 심상치 않았다. 이제 죽는구나 생각이 들었다. 얼른 일어나서 뻣뻣해진 사랑이를 안고 하나님께 기도를 했다. 아내도 다급하게 불렀다. 그러나 아내는 무섭다며 오지를 못했다. 혼자서 기도를 했다. "하나님 아버지! 전능하신 하나님! 말도 못하는 짐승이지만 생명권이 하나님께 달려 있음을 고백합니다. 사랑이 좀 살려 주세요. 저희와 조금만 더 같이 살게 해 주세요." 급한 마음에 총알 기도를 했다. 기도하고 나니 서서히 몸이 풀리면서 또 살아났다. 그러고 나서 물도 먹고 기운을 차렸다. 참으로 자비가 많으시고 긍휼이 넘치시는 하나님이다. 죽어가는 생명을 끊지 않으시고 살리시는 하나님이심을 또 다시 체험하는 순간이다. 이것을 통해 하나님을 정의한다면, "하나님은 불쌍한 마음을 가지시고 긍휼을 베푸시는 하나님이시다." 우리도 불쌍한 사람이 애원하면 도와주듯이 하나님도 그런 마음을 가지신 분이다.

사랑이가 건강이 좀 괜찮다가 나빠지기를 반복하고 있다. 사료도 잘 먹지 않는다. 아들이 북엇국을 끓여서 주면 좋다고 해서, 북어를 잘게 썰어서 두부와 함께 끓여 주니까 잘 먹었다. 두어 달 쯤 지났을까 며칠째 먹지를 않는다. 기침을 심하게 하면서도 약을 먹으면서 밥을 먹으면 어떻게든 버티고 살아왔다. 그렇지만 먹지를 않으니 이제 끝장이다. 약도 안 먹으려고 하고 또 빈 속에 약을 강제로 먹일 수도 없는 노릇이다. 일어날 기운도 없다. 걸어 다니지도 못하고 하루 종일 누워만 있다. 만져도 감각이 거의 없다. 이제는 더 이상 살 수가 없을 것 같았다. 그래도 한 생명인데 하나님께 기도하기로 했다. "하나님 아버지! 사랑이가 먹지도 않고 기운도 다 쇠했습니다. 주님께서 살려 주옵소서. 하나님이 사랑이 목숨권을 가지고 계시고 질병도 아시고 치유 방법도 아시오니 이 병을 치유해 주옵소서. '예수의 이름으로 명 하노니 질병은 사랑이 몸에서 떠나거라'

아멘." 치유 기도를 했다. 또 한번 기도를 더 했다. 한참 만에 물을 먹으러 비틀비틀 걸어 나왔다. 사랑이가 좋아하는 캔 고기를 주니 먹는 것이 아닌가. 아무리 주어도 먹지 않던 사랑이가 먹기를 시작한 것이다. 참으로 기적 같은 일이 일어났다. 나는 평상시에도 성경 예레미아 33:3절을 좋아한다. '너는 내게 부르짖으라 내게 네게 응답하겠고 네가 알지 못하는 크고 비밀한 일에 네게 보이리라.' 그렇다, 전지전능하신 하나님의 정체를 우리 머리로는 이해할 수도 없고 알 수도 없다. 개미가 사람의 지혜를 알지 못하듯이. 무지하고 나약한 우리는 전능한 하나님께 부르짖을 수밖에 없다. 앞으로 사랑이에게 어떻게 죽음의 위기가 닥칠지 모른다. 그래도 그때마다 하나님께 살려달라고 매달리는 수밖에 없다.

사무실에 있는데 아내한테서 전화가 왔다. 사랑이가 죽은 것 같다는 것이다. 움직이지를 않는다는 것이다. 숨도 안 쉬고 심장도 멈췄다. 14년 동안 정이 많이 들었다. 가슴이 뻥 뚫린 느낌이다. 순간 눈물이 주르륵 흘렀다. 아침에 밥을 주었는데 먹지를 않았다. 약을 먹였으나 잘 먹지 않으려고 하는 것을 억지로 먹였다. 밤새도록 기침을 심하게 하면서 아파서 끙끙댔다. 고통이 너무 심한 것 같았다. 새벽에 나도 모르게 일어나서 사랑이에게 안수기도를 하였다. "전능하신 하나님! 이 사랑이 순환기 폐질환 병을 고쳐 주옵소서. '예수의 이름으로 명하노니 사랑이 안에 있는 질병은 떠나거라. 치유될지어다." 지난번 기도는 하나님이 들으시고 응답해 주셨지만 이번에는 그냥 그렇게 사랑이가 떠난 것이다. 사랑이한테는 하루하루 고통 속에 살기보다 오히려 편안히 가는 것이 나을 수도 있다. 하나님도 사랑이의 육체적 고통을 덜어 주기 위해서 데려간 것이다. 기도는 일종의 결재시스템이다. 우리가 회사에서도 안건에 대해 기안을 해서 사장까지 결재를 받아야 그 일이 시행된다. 중간에 상무나 부사장이 브레이크를 걸어도 무용지물이다. 마찬가지로 최종 결재권자이신 하나님이 수정하거나 취소할 때도 있다. 그러면 기도응답이 멈추게 된다. 하나님께서 보실 때 하나님 마음에 합한 것인가가 핵심 포인트다. 육신 정욕을 위해 하는 개인 기도를 하나님이 응답하지 않는 것과 같다.

사랑이 죽음에 대해 인간적인 죄책감이 몰려왔다. 그동안 제대로 돌보지 못한 것이 못내 아쉽다. 매일 산책을 해주어야 하는데 퇴근해서 피곤하다는 핑계로 건너뛰기도 했다. 병원에서 좀 더 적극적으로 치료를 했어야 하는데… 다른 병원이라도 더 데리고 가봤어야 하는데. '약만 먹이는 수밖에 없고, 그렇지 않으면 안락사밖에 없다'는 동물병원 이야기만 믿은 결과다. 조제해주는 약도 별 효험이 없는 것 같았다. 돌팔이 의사가 아닌가 의심도 된다. 아내 전화를 끊고 나서 사무실 뒤편에 가서 기도를 했다. 나도 모르게 울음부터 쏟아졌다. "하나님! 사랑이가 죽었습니다. 그동안 보살펴 주신 것 감사합니다. 사랑이 천국으로 보내주세요. 사랑이하고 지냈던 그 오랜 정은 어떻게 해요. 하나님! 그 정을 뗄 수가 없네요. 같이 뛰놀며 산책하면서 놀았던 그 추억들을 어떻게 잊을 수 있는지요. 사랑이는 갔지만 남기고 간 그 정을 어떻게 해요. 하나님! 뻥 뚫린 내 가슴 좀 만져 주세요."

참으로 오랜 세월을 사랑이 하고 같이 지냈다. 꽤나 긴 시간이었다. 사랑이가 반려동물로는 처음이다. 처음 이름을 지을 때 가족회의를 해서 만장일치로 '사랑이'라고 지었다. 딸, 아들도 사랑이와 정이 많이 들었다. 어렸을 때부터 같이 생활을 해왔기 때문이다. 특히 아들이 그렇게 아끼고 정을 주었던 강아지다. 아들한테 사랑이가 죽었다고 연락을 해야 하는데 걱정이다. 쇼크를 받을 것 같다. 일 끝나는 저녁 시간에야 알려야겠다. 나 역시 당장 집에 가보고 싶지만 마음을 어느 정도 추스르고 난 후 오후에 갔다. 이미 몸이 차갑게 식어버리고 뻣뻣하게 경직되어 있었다. 사랑이 몸에 손을 대고 기도를 했다. 눈물부터 나왔다. "사랑아 사랑아 아빠가 왔다." 귀에 대고 소리소리 질렀다. 아무런 응답이 없다. "하나님! 이 사랑이 저희 집에 보내주셔서 같이 살게 하신 것 감사합니다. 이제 세상을 떠났는데 나중에 천국에서 만나게 해주세요." 그리고 나서 아들한테 전화를 했다. 아들아 사랑이가 죽었단다. 그러자 당황하는 모습이다. 아들 녀석도 울먹울먹하는 목소리가 들렸다. 사랑이 죽은 모습을 사진 찍어 놓았다고 했다. 사랑이 머리에 손을 얹고 사랑이 하고 일방적인 대화를 나누었다. 너 때문에 내가 즐거웠고 행복했고 위로를 받았고 기쁨을 맛보았단다. 네가 참으로 우리에게 많은 것을 주고 갔다. 고맙다. 또한 너로 인해 하나님의 은혜를 체험했다. 그렇게 사랑이와 마지막 이별을 했다. 말 못 하는 동물이지만 그동안 얼마나 많은 대화를 나누었고 서로 교감을 했는지 모른다. '사랑이 예쁘다' 스킨십을 하면서 세상에서 상처받은 마음도 많은 치유를 받았다. 참으로 사랑이와 추억을 생각하면 마음이 짠하다. 사랑이가 없다고 생각하니 허전함이 밀려온다. 집에 돌아오면 사랑이가 마중을 나왔는데 없으니까 이상하다. 사랑이가 마루 거실에 있어야 하는데 없다. 여기저기 꼬리를 흔들며 뛰어 다녀야 하는데 없다. 빈 집 같은 느낌이 든다. 뭔가 빠진 느낌이다. 사랑이 집이며 소변통, 이불 등을 치우는데,

〈우리집 귀염둥이 강아지 '사랑이,' 가족들에게 너무나 많은 것을 주고 떠났다, 특히 딸과 아들이 사춘기 시절 감정이 예민할 때 정서적 안정을 준 것이 감사하다〉

사랑이 흔적을 없애는 것이 여간 힘들다. 동물과 이별하면서도 이렇게 아프다니.

이 세상 모든 생명체는 사멸하는 것이 만고불변의 진리다. 그것이 하늘의 원리다. 그렇지만 이별을 할 때면 그 충격이 크다. 생명체는 한번 태어나서 반드시 죽는 것이 자연의 섭리다. 사람도 죽지 않고 계속 산다면 큰일이다. 고조할아버지 증조할아버지 할아버지 할머니 모두 한 집에서 산다고 가정해보자. 늙은이만 바글바글 거리면 누가 다 수발을 들 것이며, 도저히 살 수가 없다. 할아버지까지는 몰라도 더 이상 매일 함께 살기가 어렵다. 그렇다면 지구는 수천억 인구로 인해 발 디딜 틈도 없게 된다. 하늘의 이치가 맞다. 남미 페루를 가서 한 가정집을 구경할 기회가 있었다. 벽에다 할아버지 할머니 아버지 어머니 해골

들을 선반 위에 올려놓고 매 끼마다 밥을 얹어 놓는 모습을 보고 깜짝 놀랐다. 해골들은 오래 되어서인지 검회색으로 말라 있었다. 누가누구인지 구별하기도 어려웠다. 아마도 해골들은 매장 후 일정 시간이 흐른 다음에 무덤을 파서 꺼내온 듯하다. 일종의 샤머니즘 미신이다. 밤에 해골을 보면 좀 무서울 것 같다는 생각도 든다. 참으로 무지몽매하고 안타깝다는 느낌이다.

영혼은 하늘나라로 가고 육신은 썩어서 흙으로 돌아가는 것인데 생명이 끊어진 해골을 집에 갔다가 어떻게 할 것인가. 눈에 보이는 육신만 생각하지 눈에 보이지 않는 영혼은 아무 상관이 없단 말인가. 이것을 보면서 수주기원제 안전기원제 할 때 돼지머리 생각이 난다. '서양 유럽 사람들이 돼지머리를 보고 기겁을 했다'는 말이 있다. 머리를 잘라서 통째로 가져다가 상에 올려놓은 모습을 보고, 이것이 무슨 아마존, 또는 아프리카 야만인인가 충격을 받은 것이다. 더구나 돼지 입에도 코에다 돈을 꽂으면서 비나이다 비나이다 하는 모습이니 말이다. 돼지머리에다 절을 한다는 것은 전통 샤머니즘을 떠나 이제는 좀 바뀌어야 한다고 생각한다. 살아있는 신도 아니고 죽은 돼지가 무슨 안전을 지켜준단 말인가. 전통문화라고 치부하기에는 이제 한계가 있다. 매년 1월에 되면 관공서 기업체 할 것 없이 산에 올라가서 기원제 행사를 한다. 나는 절을 하지 않고 잠깐 기도를 한다. 전능하신 하나님께서 이 조직의 안전을 지켜달라고, 또 구성원들 모두 일심동체가 되어 안전을 위해 힘써 달라고. 개인적으로는 돼지머리 좀 없었으면 좋겠다. 차라리 떡이나 과일 등을 차려 놓고 구성원들이 한마음으로 음식을 나누면서 단합 의지를 다지는 것은 의미가 있다.

건설업을 하는 대표이사 사장이 이천만 원을 분실했다. 술집에서 술을 먹고 택시를 타고 집에 와보니 지갑이 없어진 것이다. 택시비도 없어서 아파트 집 앞에서 아내에게 전화를 해서 지불을 했다. 다음날 하도급자에게 그 돈을 꼭 주어야 하는데 없어졌으니 난감할 따름이다. 어제 갔던 식당이며 술집을 다 수배를 해 보았지만 허사였다. 지갑 안에 수표도 있었다. 그러나 본인이 은행에서 직접 발행한 것이 아니라서 번호 추적도 어렵고… 혹시나 전화라도 올까 하루 종일 기다려 봤지만 아무런 연락이 없다. 그래서 마지못해 억지로 기도를 했다. "하나님을 잘 모르지만 살아 계신다면 제 지갑 좀 찾아 주세요. 그러면 앞으로 꼭 신세를 갚을게요." 그런데 몇 시간 후 파출소에서 전화가 왔다. 지갑을 누가 맡겨 놓았으니 찾아가라고. 부랴부랴 가보니 지갑이 그대로 있었다. 맡기신 분 연락처를 달라고 하니 경찰이 처음에는 안 된다고 하다가, 간신히 애걸복걸 끝에 전화번호를 알게 되어 통화를 했다. 그 분 말씀이 '화장실에서 지갑을 주웠는데 귀신 붙은 돈 같아서 돌려주기로 했다' 는 것이다. 처음에는 욕심이 나서 수표는 빼고 현금을 사용하려 했는데 자꾸만 마음속에 그 돈에 귀신이 붙은 것 같고 불길한 예감이 들어서 쓸 수가 없었다는 것이다. 기도 한 순간 하나님의 천사가 그 분을 찾아가서 그 돈을 돌려 주라고 마음을 바꾼 것이다. 그렇다 우리의 마음을 움직이는 것은 하나님이시다. 내가 나의 마음을 움직이는 것 같지만 그 이면에는 사탄이 개입하기도 하고 하나님이 통제하기도 한다. 또한, 기도를 하면 응답될 때도 있고 무응답일 경우도 있다. 간절히 애절히 기도를 하면 하나님의 천사가 듣고 하나님께 보고를 하고 결재를 올린다. 결재가 완료되면 천사가 이것을 집행하게 된다. 그런데 결재 과정에서 자기의 욕심, 정욕으로 드린 기도는 부결된다.

싱가포르는 기초질서에 대한 범칙금이 상상 이상이다. 서울 지하철 부정승차의 경우는 30배 벌과금을 징수토록 되어있다. 지하철 무임승차의 경우 요금이 1000원이면 3만원을 내야 한다. 싱가포르는 100배이다. 교통국에 근무할 때 교통카드를 만들면서 30배로 할 것이냐 80배로 할 것이냐 논란이 많았다. 물론 조례를 통과해야 하지만 집행부서에서 얼마로 정하느냐가 관건이다. 우리는 80배로 하자고 건의했다. 그러나 다른 것들과 형평성을 고려하여 최종 30배로 결정되었다. 한번은 지인과 이야기 하던 중에 오래전에 지하철을 잘못 탔다가 만오천 원 정도를 벌과금으로 냈다고 하면서 지하철 역무원과 싸웠다고 한다. 그 당시는 지금과 같은 T머니 교통카드가 아니라 종이티켓을 개찰구 구멍에다 넣던 시절이었다. 승용차를 주로 이용하다 오랜만에 지하철을 탔는데 방향을 잘못 타서 머리 숙여 강아지마냥 개찰구로 다시 나와서, 반대편 개찰구를 쭈그리고 들어가다 검표원한테 부정승차로 걸렸단다. 그러면서 자기는 일부러 그런 것도 아닌데 어떻게 30배를 물을 수 있느냐고 핏대를 세웠다.

설혹 무임승차를 했더라고 30배는 너무 한 것 아니냐, 나이 먹은 성인이 차비가 없어 오죽하면 머리 숙여 쭈그리고 기어서 개찰구를 통과해 지하철을 타겠느냐는 것이다. 과거 나는 사실 더 엄격하게 80배를 받아야 한다고 강력 주장하던 사람 아닌가. 그 말을 듣고 보니 맞는 말 같다. 경로우대증이나 청소년 카드 같은 것을 편법으로 이용할 경우, 의도적인 범법 행위라서 강력히 처벌을 해야 하지만, 정말 돈이 없어 창피함을 무릅쓰고 무임승차하는 것은 좀 다르게 봐줘야 한다. 그러므로 법규를 제정할 때 특히 벌과금 같은 경우 여러 상황을 고려할 필요가 있다고 본다. 고의냐 과실이냐 아니면 불가피한 경우냐를 판단해서 차등 적용이 합목적적이라고 본다. 때로는 합리적인 것, 합법적인 것 보다 합목목적인 경우가 타당할 때도 있다. 그것이 약자를 포용할 수 있는 성숙된 국민의식 선진국가로 가는 길이다. 무조건 강하고 엄격한 법 집행만이 능사는 아니다. 따뜻한 사회를 만들기 위해 법도 존재한다. 그러므로 포근하고 따뜻한 사회가 목적이고 법은 수단이어야 한다. 우리나라가 OECD 35개국 중 노인자살율 1위, 노인빈곤율 1위, 청소년 생활만족도 꼴찌라고 한다. 어린이 노인 할 것 없이 행복하지를 않다. 참으로 해법을 찾아야 할 때다.

　초등학교 친구들끼리 제주도로 환갑 여행을 다녀왔다. 15명 정도니까 제법 대규모 인원이라 버스투어를 했다. 소풍같이 모두 들뜬 분위기속에서, 버스 출발 전에 내가 마음속으로 기도부터 했다. "하나님! 여기 초등학교 코흘리개 친구들이 제주여행을 갑니다. 주님 안에서 평안하게 사고 없이 안전하게 하게 하시고, 하나님이 주신 이 자연을 만끽하게 하옵소서. 특히 하나님을 믿지 않는 친구들도 여행을 통해 하나님을 만나는 기회가 되게 하옵소서." 마음에 평온이 찾아왔다. 하나님이 그렇게 하실 것이라는 영감이 느껴졌다. 매년 초등학교 동창들은 관광버스를 빌려서 하루 여행을 떠나는 것이 일상화 되었다. 버스에서 자기 근황 등 인사말을 할 때 나는 기도로 대신한다. 좀 생뚱맞기도 하지만 친구들도 이해를 한다. 특히 놀러가는 자리에서 분위기 깨는 이야기를 하는 꼴이 되니 여간 부담스럽지 않다. 오랜만에 옛날 친구를 만났으니 술 한 잔 나누면서 회포를 푸는 맛은 여간 달콤하지 않을 수 없다. 나도 분위기를 살리기 위해 거짓으로 술 마시는 척 한다. 그러나 하나님께 약속했던 것을 지키기 위해 마시지는 않는다. 그것이 하나님이 나에 대해 기뻐하는 것이고 하나님께 칭찬받는 일이라 생각하기 때문이다. 술과의 전쟁은 앞으로도 평생을 갈 것 같다. 그만큼 그 유혹을 떨쳐버리기가 쉽지 않다. 이것을 위해 하나님께 계속 기도할 수밖에 없다. 연말이 되면 고등학교 동창 모임을 성대히 한다. 호텔을 빌려서 재경 청주고등학교 51회 송년회를 하면 60명 이상이 모인다. 식순에 테이블을 돌아가면서 자기 근황 소개를 하는 시간을 갖는다. 내 차례가 되면 나는 마이크를 잡고 인사말 대신, 기도를 한다. "하나님 아버지! 청주고 동창회 모임을 갖게 해주셔서 감사합니다. 아직까지 하나님을 만나지 못한 불쌍한 영혼들이 있습니다. 긍휼과 자비를 베푸셔서 하나님 만나는 놀라운 역사가 일어나게 하옵소서. 그리하여 하나님께서 주신 소명 잘 감당하는 저의 동창회가 되게 하옵소서. 이들에게 하나님의 놀라운 지혜와 능력을 주옵소서. 그리하여 이 사회에 빛과 소금의 역할을 다하여 하나님이 기뻐하시는 동창회가 되게 하옵소서." 그러고 나면 아멘 아멘 소리가 여기저기서 터져 나온다. 그 후로는 매번 나보고는 기도하라고 주문을 한다. 옛날에는 술이며, 노래며 춤이며 세상 즐거움에 빠져 살았지만 지금은 거기에 집착하지 않는다. 자연스레 그렇게 된 것에 감사한다. 그래도 고등학교 친구들은 사춘기 시절 만나서 그런지 서로 이해하는 폭이 넓다. 남의 허물은 덮어주고 친구를 도와준다고 해도 조금도 생색내지 않는다.

우리나라에서는 고등학교 선후배가 엄격하면서도 의리가 깊다. '고등학교 선후배는 배반하지 않는다'는 말까지 나올 정도다. 그만큼 신뢰와 관계가 돈독하다는 뜻이다. 고등학교 동문이 선거에 나오면 좋든 싫든 무조건 찍는다고 한다. 카톡방에 가장 많이 댓글이 달리는 곳도 고등학교 동창회 카톡이다. 개인적으로는 카톡방에 하나님 말씀을 올리면서 복음 전도를 하고 싶다. 지금까지는 눈치를 보았지만, 앞으로는 과감하게 성경구절을 말하면서 믿음의 전도사 역할을 해야겠다고 다짐해 보지만, 공개 장소에서 정치얘기하고 종교얘기는 하지 말라는 것이 금기 사항이라서 다소 꺼려진다. 오히려 역효과가 날까 두렵다. 아무래도 개별 맨 투 맨 전도가 더 효과적인 방법인 것 같다.

한번은 여주에서 저녁 늦게 영동고속도로를 타고 집으로 오는 길에 급하게 전화 할 일이 있어서 휴게소에 들렀다. 식당에 들어갔는데 이상한 광경을 목격하였다. 인상도 험한 중년 남자가 젊은 청년 하나를 앞에 앉혀놓고 온갖 욕설로 겁박을 하고 있었다. 그 남자 옆에는 아내인 듯 여성 한분이 불안한 모습으로 안절부절 하고 있었다. 듣자하니 너무 심한, 입에 차마 담기 어려운 인격모독성 욕을 퍼붓고 있었다. 그러나 청년은 무엇을 잘못 했는지 아무런 대꾸도 못하고 머리를 떨구고 있었다. 식당에는 10여명의 손님들도 있었지만 그 상황을 말리거나 간섭하지 않은 채 고개만 그 쪽으로 돌리고 있는 형국이다. 정득모가 누구인가 왕년에 한 성질 하던 가닥이 있지 않은가. 가서 말리려고 하다가 아차 내가 환갑인 나이에 또 상대방 덩치를 보니 몸싸움이나 완력으로는 당하지 못할 것 같았다. 112 경찰에 신고할 생각이 떠올라, 전화를 걸었다. 여기 ○○휴게소인데 싸움이 지금 막 날 지경이니, 빨리 좀 와주세요. 다급한 목소리로 신고를 했지만 수화자는 무슨 싸움이냐, 몇 명이 싸우느냐 꼬치꼬치 묻는다. 아니 빨리 와야 하는데, 어디냐고 또 묻는다. 영동고속도로 서울방향 상행선 어느 휴게소 식당 안이다. 한참 후에 경찰이 도착했다. 사연인즉 청년은 빵가게 알바생인데 그 남성이 빵을 사려다 무엇이 마음에 안 들었는지 다시 반환을 했다. 그러니까 알바생이 혼잣말로 무슨 욕을 한 것 같다. 그 남성이 욕하는 입 모양을 보고 화가 난 것이다. 그러면서 욕을 했다고 추궁하는 상황이다. 경찰이 CCTV를 확인해 보니 청년 입 모양이 욕을 하는 것으로 판명이 되었다. 카메라를 확인하는 과정에서도 그 남성은 경찰 앞에서 청년에게 온갖 욕을 해댔다. 듣다못해 내가 이 XXX 같은 X 욕이 저절로 튀어나오는 것이 아닌가. 욕을 듣더니 나한테 달려들려고 하여 경찰이 가로 막았다. 그리고 그 현장에서 나와 버렸다. 나는 밖으로 나와서 내 차에서 기다렸다.

이윽고 사태 해결이 다 되었는지 그 남성도 차를 타고 가고 경찰도 나왔다. 경찰한테 수고하셨습니다, 인사말을 건넸다. 경찰 왈, 그 청년 알바생이 주인한테 혼나고 있을 테니 가서 위로해 주라고 한다. 그러면서 하는 말이 '요즘 욕 잘못 했다가는 큰 봉변당할 수 있습니다.' 그 남성이 험한 일을 한다고 일러줬다. 무슨 험한 일을 하는지 궁금했지만 더 이상 물어 볼 수 없었다. 빵가게에 갔더니 주인이 청년을 교육시키고 있었다. 청년이 착하니까 싸움이 나지 않았다고 내가 청년을 거들었다. 서로 웃으면서 좋게 끝이 났다. 그러면서도 아까 그 남성이 험한 일을 한다는데 그 험한 일이 무엇일까 자꾸 마음에 남는다. 환경이 사람을 지배할 수 있다는 생각이 들었다. 우리도 군대에서 험하고 힘든 생활을 하면서 욕이 다반사였다. 모든 말을 거의 욕으로 하지 않았는가. 조금 전에 내가 한 욕이 생각났다. 그 욕을 먹고 그 사람도 상처를 받았거나, 아니면 잊어 버렸던가. 내가 욕을 심하게 한 게 잘못이다. '악을 악으로 갚지 말라'고 성경에서 말하고 있지 않은가. '나를 핍박하는 자를 위하여 기도하라'고 하지 않은가. 기도를 시작했다. "하나님 아버지! 제가 잘못했습니다. 그 분에게 욕을 심하게 했습니다. 용서해 주옵소서. 하나님 그 분에게 자비와 긍휼한 마음 허락해 주시옵소서. 하나님 그에게 찾아가 주셔서 그의 마음을 만져 주시고 상한 마음 거친 마음을 치유해 주옵소서. 하나님을 만나게 하옵소서." 마음이 가라앉았다. 그 분이 하나님 만나고 새로 거듭나는 인생이 될 것이라는 마음이 들었다. 오늘도 내 자아가 요동치는 바람에 또 한 번 하나님께 죄를 지었다. 그 순간에 하나님 관점에서 생각할 수 있었으면 그 욕이 나오지 않았을 텐데 내 생각이 앞섰다.

육체적인 고된 일을 할수록 마음도 그만큼 거칠어질 수 있다. 소위 노가다 하는 사람들의 말이 험하다고 한다. 충분히 그럴 수 있다. 그렇지만 지금은 아주 힘든 일은 기계가 하고 있다. 과거 물리적인 힘으로 일할 때는 그럴 수 있지만 근래는 기계가 그 일은 담당한다. 농사도 어려운 일은 대부분 기계 힘으로 한다. 아직도 육체적 노동을 하는 부분이 많이 있으나 하나하나 기계화로 계속 진화하고 있다. 어렸을 때 시골에서 부모들이 흔히 하는 말이 '공부하기 싫으면 집에서 농사나 져라'고 했다. '자식에게 제발 공부하라'고 자극을 주는 말이다. 그만큼 부모들이 육체적으로 고단한 삶을 살았기에 자식은 도시로 나가 좋은 직장에서 일하기를 바랬다. 조폭 같은 직업도 험한 일이라고 볼 수 있다. 인간은 하나님이 준 양심이 있기에 자기가 한 것에 대해 가책을 느낀다. 물론 자꾸 하다보면 타성에 젖고 무뎌지기도 하지만. 남을 위협하고 괴롭히면서 자기 이득을 취하려면 상대에게 겁박을 주어야 하기에 거친 욕이 나와야 하고 그것이 무기인 셈이다.

욕이 없는 세상을 어떻게 만들 수 있을까. 이 문제를 어떻게 기도해야 할까 고민이다. 하나님은 우리의 아버지시고 사랑이시니 자녀의 어려움을 잘 아시고 또 필요한 것을 다 아시니 알아서 자동으로 해결해 주셔야 되는 것 아닌가. 기도할 필요가 없지 않은가, 라는 의문을 가질 때가 있다. 그러나 성경 어디에도 그러한 것은 없다. 구하라 찾으라 두드리고 기도하라고 한다. 하나님도 공짜는 없다. 하나님은 인격의 하나님이시다. 저절로 되는 것은 없다. 하나님과 대면하려면 기도하는 수밖에 없다. "하나님이시여! 이 땅에서 험한 일로 인해 욕이 나오고 이로 인해 상처받고 세상이 거칠어지고 난폭해지는 일이 벌어지고 있습니다. 이 욕 문제를 하나님 아시오니 해결해 주옵소서."

주일날 교회를 가다 용서고속도로에서 한바탕 사고가 날 뻔했다. 그것도 내가 잘못한 일이다. 2차선 도로인데 한쪽 차선이 밀리고 있었다. 옆 차선은 쌩쌩 달리고 있어서, 뒤를 쳐다보니 옆 차선이 비었다. 한참 뒤에 차가 달려오고 있었다. 그래서 옆 차선으로 변경했다. 그런데 뒤에서 전 속력을 내서 오던 차가 하이빔을 번쩍했다. 순간적으로 화가 났다. 나름대로 차선 상황을 보고 차선변경을 했는데 뒤에서 하이빔을 켜다니. 살짝 브레이크를 밟았다. 나도 화가 났음을 표시했다. 그러고 나서 일부러 천천히 달렸다. 이윽고 그 차가 옆 차선으로 바꾸었다. 뒤 따라 갔다. 나도 하이빔을 켜대면서 빨리 달리라고 재촉을 했다. 나는 그래도 분이 풀리지 않았다. 빵빵 클랙슨을 눌러댔다. 하이빔을 함부로 켜지 말아라, 본때를 보여줘야 한다. 하이빔의 댓가가 어떤 것인가 보여 줘야 한다. 그런 완악한 마음이 생겼다. 쫓아가느라 하마터면 사고가 날 뻔했다. 이윽고 마음이 가라앉았다. 그러고 보니 일요일 예배 가는 길이 아닌가. 하나님께 미안했다. 믿는다고 하면서 행동은 보복 운전을 감행한 셈이다. 그까짓 하이빔 켰다고 쩨쩨하게 뒤따라가서 보복 운전을 하다니 하나님 보기에 부끄러웠다. 기도가 나왔다. "하나님 아버지! 죄송합니다. 제가 하나님 관점에서 생각하는 것을 깜빡 잊어버리고 내 생각 내 기분대로 행동을 했습니다. 이제 다시는 보복운전 하지 않겠습니다. 또한 그런 상황 좀 없도록 해주세요." 기도하면서도 앞으로는 어떠한 경우도 절대 보복운전하지 않겠습니다, 라는 결단이 나오지 않는다. 참으로 인간은 얍삽하고 간사하다는 생각이 든다. 그러한 상황을 만들어 달라지 않나, 조건부 딜을 하나님과 하는 것이다. 아직도 회개할 일이 많다. 내 자아가 아직도 시퍼렇게 살아 가지고 하나님 사람이란 말이 나오냐, 자문자답을 해본다.

주일날 설교를 듣는데 목사님 말씀이 중언부언 하면서 상투적인 기도로 이어졌다. 성도들이 농담으로 하는 말이 있다. 목사님들의 가장 큰 죄는 교인들을 졸게 만들거나 지루하게 하는 것이다. 총알택시 기사와 목사가 죽어서 심판대 앞에 섰다. 심판자 왈, '목사는 지옥이요, 택시기사는 천국이요' 판결을 내렸다. 이유인 즉 총알기사는 손님으로 하여금 기도를 하게 하였고 목사는 성도들을 하여금 졸게 만들었다는 것이다. 하나의 유머이지만 그 의미를 되새겨 볼 필요가 있다. 대학 동기들 모임에서 대학교수하는 친구와 한번은 이와 유사한 이야기를 나눴다. 우리 대학 때 교수님들은 수업 준비도 소홀이 하고 대충 시간만 때우는 강의를 많이 하였다. 그런데 요즘은 학생들이 집중하지 않고 핸드폰을 가지고 이것저것 딴청만 피운다는 것이다. 모든 책임이 학생들한테 있다는 얘기다. 그래서 내가 반론을 제기했다. 나도 대학원생 강의를 하지만 학생들이 졸고 있으면 내 책임이다. 내가 재미있고 간단명료하게 강의 준비를 못했기에, 내가 실력이 부족했기에, 완전히 이해를 못했기에 학생들이 지루해 하고 조는 것이다. 그랬더니 그 친구가 이상하다는 듯 쳐다보았다. 누구나 자기 잘못은 잘 모른다. 모든 것을 남의 탓으로 돌리는 것이 우리의 상정이다. 친구 교수도 30년을 강의했지만 아직도 못 깨닫고 있었던 것이다.

일요일 주일 예배가 끝나고 점심을 먹는데 어느 집사님 한분이 "요즘 영 입맛이 없어" 라고 하셨다. 장로님이 웃으시면서 "나는 입맛이 없다"라는 말이 무슨 뜻인지 모르겠는데, 그러시면서 "나는 몸이 피곤하다" 는 말을 이해할 수가 없다고 했다. 그 장로님은 아주 강건 체질이시다. 북한에서 6.25때 월남하셔서 강원도에 정착해 사셨다. 70이 넘으셨는데도 식사량이 젊은 사람 못지않고 아무거나 잘 드신다. 젊어서 고생도 많이 하시고 독학을 해서 교대를 나오시고 초등학교 교장으로 은퇴하신 분으로 매사에 적극적이시다. 그러면서 자기는 어렸을 때 강원도 산골짜기를 뛰어 다니면서 농사일을 많이 해서 그런지 아프다거나 피곤한 것을 못 느끼고 살아 왔다. 믿음으로 사신 분이기에 하나님이 특별히 건강의 축복을 주셨다고 본다. 우리의 육체를 만드신 하나님이 제일 잘 아신다. 무엇이 부족하고 또 고장이 나면 어떻게 고쳐야 하는지 그 방법도 가장 잘 아신다. '우리를 힘들게 하는 것은 먼 곳의 높은 산이 아니라 신발 안에 작은 모래 한 알이다' 는 것처럼 우리 건강문제도 먼 곳에 있는 것이 아니다. 우리 영·혼·육을 만드신 하나님 주권 안에 있다는 믿음이 우선되면 만사 오케이다.

한번은 아내와 십일조 문제를 가지고 대판 논쟁이 붙었다. 나는 무조건 해야 한다는 주장으로서, 수입이 발생되면 일단 십분의 일을 떼어서 하는 스타일이다. 그러나 아내는 성경적으로도 딱히 "그런 것은 없다"는 것이다. 말라기 3장 10절에 보면, '너희의 온전한 십일조를 창고에 들여, 나의 집에 양식이 있게 하고 그것으로 나를 시험하여 내가 하늘문을 열고 너희에게 복을 쌓을 곳이 없도록 붓지 아니하나 보라.' 하나님이 자기를 시험해 보라는 하는 것은 이 십일조 구절이 처음이다. 그만큼 십일조의 중요성을 강조하고 있다. 나는 십일조를 하나님이 공기, 물, 햇빛을 준 것에 대한 하나님의 세금이라고 본다. 목사님 한분은 '십일조는 돈에 침 뱉기' 라고 한다. 하나님을 의지하지, 돈을 의지하지 않겠다는 일종의 신앙고백이다. 더 이상 돈에 노예가 되지 않겠다는 결단이다. 즉 '돈, 너에게 내가 구속되지 않고 오직 하나님만 의지하겠다' 는 믿음의 결단인 셈이다. 불신자 검사가 한 말이 기억난다. 금융권에 근무하는 직원이 공금을 횡령해서 수사를 하는데, 돈의 출처와 사용처를 전수 조사하였다. 그런데 놀랍게도 훔친 돈의 10분의 1을 교회에 헌금한 것으로 밝혀졌다. 그러면서 그 교회 목사에게 하는 말이 '나쁜 짓을 해서 얻은 부정한 수입의 십일조도 하나님은 좋아하시나보죠.' 사실, 나쁘게 착취한 돈의 십일조를 바치면서 더 많은 수입이 있게 해달라고 하나님한테 딜을 하는 것, '무슨 돈 놓고 돈 먹기도 아니고' 이것은 십일조의 근본 개념이 아니다. 하나님은 깨끗하고 정당한 십일조를 원한다. 하나님은 불의한 돈이나 부정당한 거래를 원치 않는다.

물과 건강 그리고 물산업 육성

현대인 누구나 건강에 관심이 있다 보니 물에 대한 궁금증도 많다. 그만큼 물이 건강에 주는 역할이 크다는 반증이기도 하다. 인체 구성 성분의 70%가 물이다. 지구 표면적의 70%가 바다로 구성되어 있다. 인체나 지구나 70%가 물이므로 물로 만들어졌다고 해도 과언이 아니다. 물을 빼고는 이야기를 할 수 없다. 지구를 5대양 6대주라고 하는데 우리 몸도 5장 6부로 구성된다. 지구와 인체가 공교롭게도 유사하다. 물로 만들어진 혈액이 심장에서 출발하여 신체 각부를 돌면서 영양분을 공급하고 또 몸속의 찌꺼기 잔재물을 거두어들인다. 하천도 마찬가지다 육지 곳곳에 생명수를 공급하면서 또 육지에서 나오는 오염물을 실어 나른다. 물은 신체의 신진대사 매개체로서 체온을 유지시켜 주면서 외부로부터 유입되는 독성들을 완충시켜 준다. 소변이나 땀 등 물을 통해 노폐물을 배출시킨다. 지구도 육지에서 발생되는 노폐물들을 바다로 배출시킨다. 묘하게도 원리가 비슷하다. 한편, 하늘은, 신은 인간에게 물, 공기, 햇빛을 공짜로 주었다. 가장 중요한 필수품들이 공짜다. 꼭 필요한 것들이 무료라니 참으로 아이러니컬하다. 이것이 하늘의 섭리이다. 어린 자식에게 부모가 의식주를 공짜로 제공하는 것과 같다. 하나님이 부모이고 우리가 자식인 셈이다.

갓 태어난 아기는 90%가 물이다. 성인이 되어 가면서 물이 점점 줄어들어 70%를 유지하다가 사망할 쯤에는 50% 이하로 감소한다. 인체의 대부분은 물 성분이다. 그러므로 인간은 걸어 다니는 물이라고 할 수 있다. '만물의 근원은 물이다' 고 설파한 사람이 철학의 아버지 탈레스다. 물의 본질은 무엇인가? 나도 반

평생을 물과 씨름하며 살았지만 모르겠다가 답이다. 신의 창조물이라서 인간의 머리로 해석할 수가 없다. 창세기에 보면 '하나님이 이르시되 궁창 아래 물과 궁창 위의 물로 나누고, 물들은 생물을 번성하게 하라'고 명령하는 것을 보면 '물은 모든 생물의 생명이다'로 압축할 수 있다. 물은 생명을 번식케 하고 창성케 하는 원동력이다. 즉 물 없이 생물은 존재할 수 없다는 의미다. 물로 인해 모든 생물은 생존하고 종족 유지를 한다는 의미다. 또한 성경을 보면, 인간은 흙으로 빚어서 지음 받았다. 그러므로 인간은 걸어 다니는 흙이라고도 말할 수 있다. 인간과 흙의 관계를 보면, 걸어 다니는 흙과 땅바닥 흙 차이에 불과하다. 따라서 인간은 자연의 일부다.

물체의 무게 척도도 물을 기준으로 한다. 물의 비중이 1이다. 이것보다 더 크면 무겁다고 하고 작으면 가볍다고 한다. 물의 속성 중 특이한 것이 고체, 액체, 기체로 존재할 수 있는 지구상 유일한 물체이다. 이러한 3가지 상태 변화는 온도와 관련된다. 용도 또한 다 다르다. 고체의 경우 얼음, 눈 등으로 냉동, 냉장 기능은 물론, 스케이트, 스키, 썰매 등 스포츠를 가능하게 한다. 액체로서는 음용, 취사, 요리, 목욕, 세탁, 주운 등 무수한 기능을 하며 수영 뱃놀이도 가능케 한다. 기체는 수증기로서 취사, 증기터빈 등 다양한 기능을 한다. 한가지만 고집하지 않고 온도에 따라 능수능란하게 변신할 줄 안다. 창조주가 만든 작품 중 물만큼 신기한 것이 없다고 할 수 있다. 인생의 진리를 물에서 배우라 할 때 上善若水라는 말을 사용하는데, 최고의 선은 물과 같다는 뜻이다. 물은 위에서 아래로 흐른다. 중력의 법칙에 순복한다. 또 바위나 장애물이 있으면 돌아서 간다. 서로 싸우지 않는다. 흘러가면서 동식물에 영양분을 공급하고 오염물 등 더러운 것들을 씻어 낸다. 남을 깨끗하게 하면서 자신은 더러워진다. 자갈에 부딪치면서 폭포에 떨어지면서 아름다운 자연의 화음을 만들어낸다.

또한 높은 곳의 물은 에너지를 가지므로 수력발전을 통해 전기를 생산함으로써 인류 문명에 기여를 한다. 한편 물은 수려한 경관을 제공하고 관광 레저를 즐길 수 있게 한다. 물은 비열이 가장 큰 물질로서 지구의 온도를 적절히 완충 유지시켜준다. 우리 인체 온도도 물로써 항상성을 유지하고 있다. 참으로 물은 한가지만으로 설명할 수 없는 신묘막측한 물체이다. 우리가 흔히 산수경개를 말할 때 산은 아버지 같고 물은 어머니 같다고 한다. 그만큼 물은 전면에 나서 기 보다는 후면에서 낮은 데로 임하면서 어머니 같이 주변 모든 것들을 품어 안 아 주는 포용력 넉넉함이 있다. 한편 물과 대조되는 것이 불이다. 불도 창조주 의 걸작품 중의 하나이나 물이 불을 이긴다. 물이 불보다 더 무섭다. 물은 잔재 도 없이 쓸어버리기 때문이다. 물도 양면이 있다. 유용하고 고마운 물이지만, 때론 성난 물은 모든 것을 삼켜 버리기도 한다. 성경에도 노아의 홍수가 나온 다. 하나님이 인간의 성적 타락과 방종을 보고 물로써 심판하는 장면이 나온다. 물은 선과 악 두 가지 얼굴을 가진 도깨비 방망이다. 그러므로 자연에 하나님한 테 순종해야 화를 면할 수 있다.

　무병장수 건강한 물이라며 과대 선전하는 정수기에 대해 불편한 진실을 말하 고자 한다. 정수기 판매원들이 수돗물을 평가절하하기 위해 전기분해 실험을 보여준다. 정수기물은 맑게 나타나지만 수돗물이나 생수는 약간 시커멓게 되 는 것을 보여주면서 수돗물이 이렇게 오염 되었다고 설명한다. 그것은 칼슘, 마 그네슘 같은 미네랄이 있기 때문이지 오염물이 아니다. 정수기는 인체에 유용 한 미네랄까지도 제거하여 증류수 수준이다. 또한 TDS (Total Dissolved Solid: 총용존고형물) 측정기를 이용해 수돗물에서 수치가 많이 나오니 심각하게 오 염되었다고 하면서 수돗물 불신을 조장하기도 하였다. 이것은 인체에 유익한 미네랄 성분이다. 또한 정수기물은 소독제인 잔류염소가 제거됨으로 인해 박 테리아 등 미생물 오염에 취약하다. 미네랄 성분을 제거함으로서 pH가 낮아지 면서 산성을 띠게 된다. 최근에는 이것을 보완하기 위해 활성탄 여과 등 인위적 인 방법으로 pH를 높이고 있다. 뉴욕의 경우 80%가 수돗물을 그냥 마신다. 그 러나 한국교포가 주로 거주하는 플러싱과 퀸즈 지역에서만 정수기를 유독 많이 사용한다는 웃지 못 할 일화가 있다.

　서울의 수돗물은 세계적 World Class 수준으로서 마셔도 절대 안전하다. 특 히 고도정수시스템을 완비하였기에 자신있게 말할 수 있다. 현재 수도권 등 우 리나라의 수돗물은 어디에서든 마셔도 안전하다. 아리수를 만드는 한강 원수도 런던의 템즈강, 파리의 세느강보다 수질이 훨씬 낫다. 수질 안전성 확보를 위해 다중방어체제(Multi-Barrier System)를 도입하고 있다. 여과시스템도 모래로 한번 여과하고 나서 활성탄여과를 이중으로 하고 있다. 또한 소독도 염소 외에 오존을 추가해서 처리한다. 한편 일부 건설사들이 아파트 브랜드를 높이기 위해 연수기 같은 수돗물 재처리장치를 설치하기도 하였다. 과거 지하수를 마실 때는 경수였다. 그러나 수돗물 자체가 연수인데 또다시 연수기를 통과하면 증류수가 되는데 이것을 마시라는 것이다. 그래서 대형 건설사 25사를 불러서 아리수에 대해 설명을 한 후 향후에는 재처리장치를 설치하지 않기로 MOU를 체결하기도 하였다.

건강하게 물 마시는 법을 소개한다. 아침 기상 후 5~10℃ 약간 찬물을 한 컵 마시는 것을 권장한다. 뇌와 신경, 식도, 위를 자극함으로서 신진대사를 촉진시켜 주고 독소 배출을 원활하게 하며 소화기관을 튼튼하게 한다. 식사 30분전에 물 한 컵은 공복감을 줄여주어 소식을 할 수 있게 만든다. 또한 물을 마실 때는 체내 흡수가 용이하도록 천천히 마시는 것이 좋다. 2시간 단위로 15~20℃ 미지근한 물을 마셔주면 노화방지 및 면역력 증가에 좋다. 저녁 취침 전에 물을 마시면 몸속의 염분을 희석시켜 아침에 얼굴이 붓는 것을 방지해 준다. 한편, 물은 칼로리가 제로다. 에너지가 없어 살찌지 않는다. 물만 먹어도 살찐다는 것은 잘못 된 말이다. 수돗물을 유리나 사기그릇에 담아서 냉장고에 넣었다가 마시면 용존산소도 풍부하고 청량감도 있어 맛있게 마실 수 있다. 플라스틱 용기는 장기간 보관 시 유해물질 등이 용출될 수가 있다. 그러나 동남아시아, 중남미, 아프리카 등지에서는 수돗물을 그냥 마시면 안 된다. 아직까지 정수처리기술이 미흡하기 때문에 대장균, 바이러스, 농약, 중금속 등이 있을 수 있다.

물은 에너지다. 그러므로 아껴 써야 한다. 우리말에 물 쓰듯 한다, 또는 물로 본다는 말이 있다. 과거 물은 공짜라는 이미지가 강했다. 또한 물은 하찮은 것, 가치가 적은 것, 업신여겨도 되는 것 등 나약하고 부정적 이미지가 많았다. 옛날 우물물이나 지하수를 마실 때는 공짜개념이 있었다. 그러나 지금 물은 꽤 비싸다. 그만큼 귀하게 되었다. 외국에 비하면 우리 수돗물 값은 아직도 싼 편이다. 서울의 수돗물 값은 1톤에 500원 정도다. 미국은 2500원이고 일본도 2000이다. 독일은 3000원이다. 사실 수돗물 값을 올려야 한다. 아직 상수도 재원이 부족해서 노후된 옥내배관 교체 등을 하지 못하고 있다. 시장 군수들이 선거를 의식해서 상하수도 요금 인상에 부정적 입장이다. 물을 절약하는 방법은 설거지나 세탁을 할 때 모아서 한꺼번에 하면 훨씬 절약된다. 수도꼭지를 틀어 놓고 칫솔질이나 설거지를 하기 보다는 물 컵을 사용하거나 씽크대 통에 물을 담가 놓고 하면 절수가 된다. 또한 위생적으로 안전하게 수돗물을 사용하기 위해서는 고무호스나 PVC호스는 사용하지 말아야 한다. 고무호스 중에 페놀 성분이 잔류염소와 반응해서 클로로페놀이라는 역겨운 냄새 물질을 생성하기 때문이다. 약간 딱딱한 재질의 수도용 호스를 사용해야 한다. 또한 욕조에 분홍색 물때가 끼기도 하는데 이것은 공기 중에 떠다니는 미생물에 기인한 것으로 습기가 있을 때 번식한다. 락스 같은 세정제로 자주 청소를 하고 물기가 없도록 건조한 상태를 유지하기 위해 환기를 시켜 주면 좋다. 한편 수돗물에서 비린내 같은 냄새가 날 때가 있는데, 원인은 녹조 때문이다. 수온이 높을 때 강이나 댐에서 남조류 계통의 아나배나가 번식함으로써 곰팡이 냄새나 흙냄새가 나기도 한다. 다만 인체에는 무해한 것으로 판명되었다. 이럴 때 끓이면 냄새가 제거된다.

수돗물과 관련해서 궁금한 질문들이 많다. 예를 들면 소독약 냄새가 나는데 인체에 위해한 것 아닌가요? 소독약은 염소 냄새로서 이것은 세균, 바이러스를 제거하여 콜레라 이질 같은 수인성 질병을 예방하기 위한 것으로서, 염소 농도가 낮기 때문에 인체에는 전혀 무해하다. 다만, 단독주택인 경우 아파트보다 염소냄새가 좀 더 강하게 날 수가 있다. 아파트는 저수조 물탱크가 있어서 물이 체류하면서 염소가 일부 휘발되어 날아가기 때문이다. 사실 소독약 냄새가 수돗물 마시기를 꺼려하는 원인 중에 하나다. 그래서 냄새 없는 소독제를 사용할 필요가 있다. 클로라민 같은 소독제가 있는데 냄새가 적으나 소독성능이 약해서 또 문제다. 최근 오존을 사용하는 고도정수처리를 도입하는 추세다. 오존은 강력한 소독제로서 농약 성분같은 난분해성 유기물도 분해 제거하는 효능이 있다. 다만 가격이 좀 비싼 편이다. 서울은 이미 다 설치되어있다. 그래도 염소를 조금은 넣어야 한다. 오존은 소독 기능이 장시간 오랫동안 지속되기 어렵기 때문이다. 서울 수돗물은 염소 냄새가 거의 나지 않으면서 소독기능도 만족한다. 소독과 냄새 이 두 가지 절충점을 잘 찾는 것이 관건이다.

가정집 물통에 유충이 생길 경우도 있다. 이것은 수돗물 때문이 아니라 날파리가 알을 낳아 부화한 유충이다. 그러므로 파리가 들어오지 못하도록 방충망을 치면 된다. 고무장갑이 갈색으로 변할 경우가 있는데 이것은 신축 아파트나 주택의 동파이프 배관에서 구리가 용출되어 장갑에 착색되기 때문이다. 준공 전에 미리 수도배관을 여러 번 깨끗하게 세척한 후 사용하면 해결된다. 수돗물이 하얗게 보일 때가 있는데 이것은 수도꼭지를 처음 틀었을 때 수압이 높아서 소용돌이 와류로 인해 공기가 들어가 기포가 생성되면서 하얗게 보인다. 시간이 지나면 기포가 자연히 없어지게 된다. 또한 세면대나 씽크대에 하얀 얼룩이 생길 때가 있다. 그 이유는 칼슘이나 마그네슘 같은 물질과 관련이 있는데 물이 증발한 후 나타나는 현상으로 인체에 유익한 미네랄 성분들이다. 수질 이상이 아니므로, 물기가 없도록 닦아주면 얼룩이 생기지 않는다.

우리나라는 물 부족 국가로 분류된다. 연 평균 강수량이 1300mm로서 세계 평균 950mm보다 많다. 그러나 높은 인구밀도 때문에 1인당 연강 강수량은 적은 편이다. 1인당 연간 가용 수자원량이 1,550톤으로서 물 부족국가 기준인 1,700톤보다 작기 때문에 물 부족국가로 분류된다. 그렇지만 같은 강수량이라도 열대지방과 한대지방에서는 차이가 많다. 시베리아 같이 추운 곳에서 1,000mm는 엄청나게 큰 량으로 사용하기에 충분하다. 물 증발량도 적고 물 수요도 적기 때문이다. 그러나 열대지방에서는 정반대다. 한편, 우리나라의 경우 여름철에는 홍수 피해가 크다. 물이 많아서 주체를 못한다. 그러므로 이 물을 어떻게 저장하느냐가 관건이다. 따라서 우리나라는 실질적으로 '물 부족 국가'라기보다 '물 이용 부족 국가'로 평가하는 것이 보다 합리적이다.

최근 들어 지구온난화, 이상기후 때문에 강수량이 1,000mm이하로 계속 감소되는 추세이다. 가뭄이 지속되어 수자원 확보가 필요한 시점이다. 대책으로는 우선 댐·보·저수지 연계 운영을 들 수 있다. 지역별로 물 가용량에 있어 차이가 많다. 낙동강 수계 댐들은 물이 충분하고 한강수계 댐은 부족하다. 그러므로 댐을 서로 터널로 연결하여 넉넉한 쪽에서 부족한 쪽으로 물을 공급하는 방법을 활용하면 된다. 아울러 한강 유역의 경우 북한과 수자원 협치가 필요하다. 소위 금강산댐이라고 불리는 임남댐의 저수량이 26억톤으로서 충주댐과 맞먹는다. 현재 임남댐의 주 용도는 유역변경을 하여서 동해안 쪽으로 수로를 돌려 수력 발전하는데 사용하고 있다. 그러므로 이 물을 당초대로 북한강 수계로 흘려보내고, 대신 남한에서 북한으로 전력을 공급해 주면 상생이 된다. 또한 임진강 상류 쪽에 북한의 황강댐이 있다. 이것도 마찬가지다. 남북이 북한강과 임진강을 정치적 이해를 떠나 가뭄이나 홍수예방 차원에서 협업하면 서로 도움이 된다.

물은 성경에서 세례의 의미를 담고 있다. 세례를 받을 때 물속에 잠겼다가 나온다. 거듭난다는 의미다. 세상 나의 자아는 물속에서 죽고, 새롭게 태어난다는 뜻이다. '이전 것은 지나갔으니, 보라 새것이 되었도다' 를 고백하는 의식이 세례다. 이때 물은 생명의 원천인 동시에 과거 찌들고 더러운 죄악들을 깨끗이 씻어내는 신성한 하나님의 도구이다. 맨발의 성자로 불리는 인도의 썬다 싱은 집안 전통 대대로 믿어오던 힌두교를 배교하고 기독교인이 되면서 온갖 핍박과 박해를 받았다. 썬다 싱이 티벳 선교를 위해 히말라야 눈보라 속을 헤치며 걸어가고 있었다. 티벳인 한 사람과 동행을 하였는데, 혹독한 추위 속에 쓰러져 있는 동사체를 발견했다. 만져보니 아직 숨이 살아 있었다. 동행한 티벳인에게 '이 사람을 업고 가자' 고 하자, 그는 '우리도 같이 얼어 죽소 나는 살아야겠소' 하며 혼자 가버렸다. 썬다 싱은 쓰러진 사람을 업고 기진맥진 사력을 다해 가고 있는데 또 하나의 동사체를 발견한다. 이미 꽁꽁 얼어 죽어 있었다. 자세히 보니, 몇 시간 전에 혼자 가버린 그 티벳인이다. 썬다 싱과 등에 업힌 사람은 서로 몸이 밀착되어 체온이 상승되면서, 썬다 싱은 물론 죽었던 사람도 살아난 것이다. 성경 구절에 '무릇 자기 목숨을 보존하고자 하는 자는 잃을 것이요 잃는 자는 살리리라' 가 있다. 生卽死 死卽生이다. 우리 남북한도 북한강과 임진강을 혼자만 사용하지 말고, 상호 유용하게 윈윈할 수 있기를 소망해 본다. 물은 하늘이 내려준 선물로서 공공재이다. 그러므로 공익에 부합되도록 사용하여야 한다.

UN에서 2010년 물인권을 선언했다. 누구나 안전하고 깨끗한 물을 마실 권리가 있다 는 내용이다. 삶을 누리는 데 필수적 요소인 식수에 대하여 하나의 인권 개념으로 선포를 한 것이다. 2013년에는 EU에서도 물인권을 선언했다. 그만큼 '물은 인간에게 가장 소중한 필수 불가결한 인권재' 라는 의미이다. 아프리카 어린이들이 더러운 호수나 강바닥에 머리를 박고 물을 그냥 마시는 모습을 본다. 소나 동물들도 같이 마신다. 대장균 바이러스 덩어리 세균덩어리 물을 먹고 있는 셈이다. 장티푸스, 콜레라, 이질 같은 수인성 질병을 달고 사니 수명이 짧을 수밖에 없다. 물을 물통에 담기 위하여 머나먼 길을 맨발로 걸어가는 것을 보면 마음이 무겁다. 전 세계 인구의 10%는 아직도 오염된 물을 마시고 있다. 세계보건기구인 WHO가 해결하여야 할 과제 중 1순위가 식수문제다. 현직에 있을 때 개인적으로 서울시 상수도 예산의 1%인 85억 정도는 아프리카 음용수 사업에 지원해야 한다고 주장했다. 우리도 6.25 전쟁 폐허 속에서 미국, UN으로부터 무상 원조를 많이 받지 않았는가. 이제는 돌려줄 때가 되었다. 우리나라는 2차 세계대전이후 원조 받은 나라에서 원조를 주는 유일한 나라다. 3만 불시대에 진입했으니 그만한 여력은 있다. 내가 미국에 유학했던 1995년 미국의

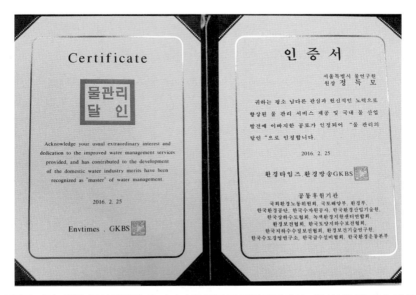

〈 '물관리달인상!' 물산업발전에 이바지한 공로로 환경언론에서 개인상을 주다니, 감사할 뿐이다. 사실은 창의적으로 기술개발에 몰두한 물기업들에게 주는 것이 마땅하다〉

GDP가 1만9천불로서 2만 불이 채 안 되었다. 그러나 미국은 그 이전부터 외국에 무상원조를 많이 하고 있었다. 어려운 이웃을 도울 때 나도 풍성해지는 것이 하나님 원리다. 내가 배불리 먹고 남은 것을 주는 것이 아니다.

21세기는 블루골드 시대다. 세계은행 (World Bank)에서는 '20세기가 블랙골드 석유전쟁 시대였다면 21세기는 블루골드 물 전쟁 시대가 될 것이다' 고 선포를 했다. 실제로 중동 사우디아라비아에서는 휘발유 1리터에 300원인데 물은 1,000원이다. 물이 3배 이상 비싸다. 깨끗한 물에 대한 경제가치가 그만큼 높아지고 있다. 세계 물 산업 규모가 연간 800조원에 달한다. 산업 규모면에서 석유, 자동차, 전력 다음으로 네 번째가 물이다. 우리나라 Market Share는 전체의 3.5% 수준에 불과하다. 갈 길이 멀다. 우리도 물 산업을 획기적으로 확대 성장시킬 전략이 필요하다. 먹는 샘물인 병물 생수의 경우, 알프스 눈 녹은 물이라고 선전하는 프랑스의 에비앙은 한 병에 2000원 수준이다. 우리나라 대표 브랜드인 삼다수는 500~800원이다. 에비앙은 광고 마케팅을 잘해서 알프스 산맥 물이라는 이미지가 각인되어 있다, 실제는 아닌데도. 가격이 3배 차이 난다. 우리도 양보다는 질로 승부를 걸어야 한다. 백두산 천지물을 지금도 중국이나 북한에서 일부 생산하고 있지만, 북한과 본격적으로 협상을 통해 천지물을 한번 전 세계에 멋지게 브랜드화 할 필요가 있다. 세계에서 가장 높은 곳에 위치한 호수물, 청정수라고 선전해 볼 만하다. 태초의 물, 화산 용암 미네랄이 녹아 있는 물, 비교를 거부하는 물이라는 홍보 마케팅을 구상해 볼 만하다.

물 산업은 상하수도, 수자원, 수생태, 먹는 물, 정수기, 물순환, 수력발전까지 그 분야가 다양하다. 우리도 물 기업을 전문화 대형화 할 필요가 있다. 베올리아, 수에즈 같은 다국적 물 기업들을 벤치마킹해야 한다. 이들은 Total Water Solution Provider 기업들로서 설계, 시공, 유지관리 전 과정을 수행한다. 수력발전소를 지으면서 정수장도 건설하여 생활용수, 공업용수, 농업용수를 공급하고 최종적으로 하수처리장까지 건설, 운영하는 올라운드 시스템을 갖춘다. 동남아시아는 벌써 이들이 선점하고 있다. 인도네시아에는 프랑스의 베올리아가 일찍부터 진출해서 댐 및 수력발전소 건설, 관개용수 공급 등 물산업 인프라를 이미 구축하여 유지관리까지 맡고 있는 실정이다. 수도인 자카르타의 경우 1500만 인구를 가진 거대도시임에도 불구하고 2,000년 이전까지만 해도 하수처리장이 없던 곳이다. 물산업 수준이 그 나라 경제수준을 말해준다. 우리가 진출할 수 있는 지역으로 중남미, 동남아시아, 아프리카 등 아직도 많다. 물산업은 연관되는 부대사업이 많고, 또 유지관리업무가 지속되기 때문에 '청년 일자리 창출'을 위해서도 가장 효과적일 수 있다.

앞으로는 물순환시스템으로 나가야 한다. 상수도 수돗물을 사용하면 그 물을 중수도로 한번 처리하여 조경용수, 청소용수 등 잡용수로 사용할 수 있다. 다만, 화장실 변기 물이나 부엌의 씽크대 물은 오염이 심해서 중수도로 사용하지 않고 정화조 또는 하수도를 통해 하수처리장으로 간다. 목욕물이나 세면대 물만 재처리한다. 또한 최종적으로 하수처리장에 도달된 하수는 완전히 깨끗하게 처리한 후 이를 하천유지용수 등으로 재이용할 수 있다. 현재 중랑천 방학천 등 중소규모 하천에 하수재이용 차원에서 활용하고 있다. 그렇지 않으면 평상시에는 건천일 수밖에 없다. 빗물도 저류했다가 재이용을 할 수 있다. 지붕이 넓은 체육관이나 대형 건물의 옥상에 떨어지는 빗물을 지하 저수탱크에 모아서 이것을 여과 처리한 후 조경용수, 세차용수 등으로 재활용 할 수 있다. 일종의 리사이클링 시스템이다. 물은 사용하고 버리는 것이 아니라 순환시켜 재이용함으로써 수자원도 절약하고 수환경에도 충격을 감소시킬 수 있다. 또한 홍수시는 침투형포장이나 침투형보도를 활용해 빗물을 지하에 저장하여 지하수를 충진 시킬 수 있다. 가뭄 때는 이러한 물을 슬기롭게 사용하면 된다. 이같이 친환경 물순환시스템을 구축해야 한다. 빗물 상수 하수 지하수를 홍수나 가뭄 걱정 없도록 건강하게 수생태계를 유지시키는 일이 물복지 핵심 요소 중 하나다.

아울러 물 산업을 4차산업혁명 기술과 융합하여 스마트 물관리 시스템으로 나아가야 한다. 댐 운영관리, 정수장 관리, 상수도배관망, 하수관망, 하수처리장 운영에도 IoT, 빅데이터 VR, AR 가상현실 같은 첨단 기술을 접목시켜야 한다. 또 인공지능 센서에 의해 자가 진단을 하고 자동으로 최적운영함으로써 경제성도 도모할 수 있다. 이러한 기술 경쟁력을 기반으로 물산업이 해외에 진출할 수 있는 길을 열어야 한다. 21세기 먹거리는 Nexus 연계기술이다. 물-에너지-식량 WEF (Water, Energy, Food) 를 어떻게 연결하여 기술개발 하느냐가 관건이다. 이들 3가지는 서로 밀접하게 연계되어 있기 때문에 서로 보완, 절감할수 있으면 시너지 효과를 거둘 수 있다. 물을 생산하기 위해 에너지가 필요하고, 에너지는 바이오에너지로 충당이 가능하고 아울러 식량도 생산되는 삼각 연결고리 체계라 할 수 있다.

서울물연구원장으로 재직 시 잠실에 있는 석촌호수 수질에 대해 시의회에서 지적이 나왔다. 123층 대한민국의 랜드마크 롯데타워에서 바로 내려다보이는 호수다. 물 색깔이 거무죽죽하다. 수질이 3급수 이하로서 수많은 외국 관광객들한테도 창피한 일이다. 송파구청 공원녹지과가 소유권, 관리권을 가지고 있고 롯데한테 위탁관리를 시키고 있었다. 그런데 롯데에서 수질관리를 소홀히 하여이 상황까지 오게 된 것이다. 롯데는 수질관리 외주업체한테 하도급을 주었는데, 예산이 적다보니 수질관리가 흉내만 내는 정도다. 호수 내에 폭기장치 몇 대를 설치한 것이 전부다. 현장에 나가서 진단을 해 보니, 한강물을 호수로 유입시키면 일부는 지하로 스며들고, 일부는 증발되어 날아가고 나머지는 한강으로 다시 배출되는 구조다. 송파구청, 롯데 관계자들과 합동 미팅을 몇 차례 가졌다. 난상토론 끝에 해결 방법이 도출되었다. 한강물 유입부에 필터링 장치를 하고 호수바닥 슬러지는 흡입준설선으로 걷어내고, 기존 폭기장치 외에 최신 기술인 나노버블 장치를 추가하는 것으로 결론이 났다. 그런데 롯데 측에서는 현재 하도급 수탁업체 계약이 아직 끝나지 않아서 어렵다고 난색을 표시했다. 하도급 업체는 당초 계약된 일을 계속하면 되지, 왜 못할 이유가 없지 않은가. 다만 한강에서 유입되는 물에 대해 한국수자원공사에 물 값을 지불해야 한다. 롯데 입자에서는 수질개선 비용 외에 한강물 값 문제가 있어 투자를 꺼리고 있다. 또한 송파구청하고 합의서에 3급수 유지를 명기한 것이 불찰이다. 나는 호수바닥에 동전이 보일 정도로, 1급수 수질로 개선해야 된다고 주장했다. 강제집행도 못하고 답답하기만 했다. 얼마 전에 롯데타워에 가서 호수를 보니 녹조로 온통 뒤덮여 있는 모습이 보인다. 물을 다루는 한 사람으로서 안타까운 마음을 지울 수 없다. 롯데가 대승적 차원에서 친수환경에 대해 관심을 가져 주기를 기대한다.

역대 서울시장 평가

나는 평생직장 생활을 서울시에서 했기에 가끔은 주위 사람들로부터 누가 역대 최고 서울시장이었느냐는 질문을 받는다. 어떤 시장은 한 달도 못한 시장도 있고 6개월짜리 시장도 계시고 별로 기억이 없는 시장도 있다. 또 조순 시장님 같은 분은 내가 미국 유학을 가 있는 동안에 재직하시다가 대선에 출마하신 경우도 있다. 그 분들에 대한 기억이 거의 없어서 몇 분은 제외시킬 수밖에 없다. 또한 혹시 개인정보 노출이나 다소 인권침해 부분이 있더라도 혜량해 주시기를 바란다. 공무원을 대상으로 각 부처별 최고의 장관, 또 최고의 시장·도지사 설문 조사가 있었다. 서울시 공무원을 대상으로 투표를 했는데 베스트 서울시장은 고건 시장으로 나왔다. 대신 워스트 시장은 뽑지를 않았다. 나는 '85년 염보현 시장 때부터 근무를 했으나 그 당시에는 팀장으로서 시장을 직접 접할 기회가 거의 없었다. 먼발치에서 바라볼 뿐이었다. 그러므로 선배들로부터 풍문으로 듣던 간접경험이 전부다. 소위말해 복도통신이다. 과장 때부터는 직간접적으로 시장을 접했기 때문에 직접 소회를 밝힐 수 있다.

염보현 시장님에 대해서는 선배들로부터 익히 들어왔다. 4년 넘게 장기 재직한 시장 중의 한 분이시다. 아마도 관선 시장으로는 최장수 시장이셨다. 대주가로 소문이 났다. 저녁에 실국장 회식을 할 때면 본인은 미리 간식을 먹고 참석하였다고 한다. 국장들에게 술을 대접으로 따라서 돌리게 하여 술 못 먹는 국장들은 화장실에 가서 오바이트를 하면서 먹었다고 한다. 그 당시만 해도 권위주의 시절 때이니 무조건 술을 받을 수밖에 없다. 현장에서 불미스런 사고라고 나면 가차 없이 직위해제 인사 조치를 하였다. 그러니까 구청장이나 기관장들은 혹여 사고라도 날까 전전긍긍했다. 아시안 게임을 앞두고 아시아선수촌 준공 전에 현장을 방문하는데 나뭇잎이 시들어서 녹색 분무페인트를 뿌렸다는 이야기가 전설처럼 전해온다. 그만큼 시장한테 지적을 당하면 아웃, 끝이다 는 인식이 팽배했다. 그러나 간부들 부인들을 초청한 자리에서, 부인들이 남편들을 휴일도 없이 일을 많이 시킨다고 불만 섞인 호소를 하자, "내가 일을 너무 많이 시켜서 인간적으로 미안하다" 고 사과를 하면서 눈물을 보였다는 일화가 있다. 점심 식사 후에 시장이 청사로 들어오는데, 웬 데모대가 웅성거리면서 항의성 소리를 지르는 것을 보고, 무엇이냐고 물었다. 담당과장이 구획정리 재개발 민원이라고 하자, "그것도 똑바로 해결 못하느냐"고 대뜸 주먹으로 그 과장 배를 쳤다. 이 후 그 과장은 승진이 되었다고 한다. 그러자 간부들 사이에 '나도 시장한테 한 대 맞아야겠다' 는 농담이 유행처럼 번졌다고 한다. 인간미도 있으면서 추진력 하나는 역대 시장 중 최고다. 실적 또한 최상위이다. 한강종합개발, 목동 신시가지 조성, 지하철 2, 3, 4호선 완공, 86아시안 게임, 88올림픽준비 등으로 서울의 지도를 바꾸는데 혁혁한 공로를 남긴 시장으로 기억된다.

김용래 시장님은 여성 같이 부드러운 성품을 가지셨던 분이시다. 말씀도 다정다감하게 하시고 화를 내거나 역정을 내지 않으셨다. 항상 웃는 얼굴, 스마일 시장이셨다. 충청도 양반이미지가 강했다. 행사장에서도 여성분들에게 인기가 많았던 것으로 기억된다. 정통관료 출신답게 깔끔한 옷매무새에다 공과 사가 분명했다. 일처리 하는 것도 자기 고집을 부린다거나 직원들에게 고압적이지 않고 매끄러웠다. 직원들을 함부로 대하지 않았다. 또한 개인적으로 구설수에 오른 일이 없었다. 아마도 탱크 같았던 전임 염보현 시장과 극명한 대조를 이루면서 직원들한테 인기를 많이 얻었던 측면도 있다. 권위주의 시장에서 민주주의 시장으로 전환된 셈이다. 푸른 서울 가꾸기를 시도하여 나무심기 등 녹색도시 서울 기반을 마련하는데 기여했다. 한민족의 대역사 제전인 제24회 서울올림픽 행사를 치루기 위해 현장 방문을 하느라 동분서주했던 모습이 떠오른다. 올림픽을 준비하면서 당시 염보현 시장님과 박세직 올림픽조직위원장 간에 보이지 않는 주도권 경쟁으로 서울시 직원들과 조직위 직원들 간 갈등으로 여러 가지 애로가 많았다. 그러나 김용래 시장님이 부임하고 나서는 올림픽조직위와 좋은 관계를 유지하면서 서로 분위기가 좋았다. 그 덕분에 노태우 대통령을 모시고 잠실 종합운동장에서 서울올림픽 개막 행사를 무사히 잘 치를 수 있었다. 특히 김용래 시장님은 청소를 하시는 환경미화원들에 대한 애정이 많아서 근무 여건 개선이나 후생복지에 남다른 관심을 보였다. 부드러우시면서 속이 단단하신 외유내강형의 시장님으로서 서울올림픽을 성공적으로 이끈 공로가 크다.

고건 시장님은 소위 행정의 달인이란 별명이 붙으신 분이다. 서울시장을 관선 민선 모두 하시고 그 외에도 장관, 국회의원, 총리 등 거의 모든 관직을 섭렵했다. 국정 감사 때에도 담당과장보다 답변을 더 잘하시는 것을 보고 혀를 내두른 경우도 있다. 전후좌우 상황을 고려하여 명쾌한 논리, 참신한 단어선정 등은 참으로 대단하다. 그만큼 관련 법규나 과거 사례 등에 대한 탁월한 식견과 경륜이 축적되신 분이시다. 아울러 목소리가 청명하여 듣기가 좋고 발음에도 군더더기가 없이 중언부언도 없다. 한마디로 버벅거림이 없이 간결하면서 일사천리 달변이었다. 다만, 언론에 대해서는 너무 민감해서 직원들이 애를 먹기도 하였다. 신문에 안 좋은 기사라도 날까봐 간부들이 전전긍긍하며 저녁 늦게 가판을 사서 확인하기도 하였다. 가판에 해당 가사라도 났으면 그것을 빼기 위해 또 수위조절을 위해 신문사 편집국장이나, 간부들에게 인맥 줄을 동원하느라 동분서주했던 기억이 난다. 또한 대주가로 대적할 상대가 없을 정도로 애주가다. 또한 부정부패와 관련해서 평생 동안 잡음 한 번 없을 만큼 깨끗했다. 공과 사를 분명히 구별하는 분별력이 있었다. 개인적인 식사나 개인사에는 본인 카드로 결제할 만큼 청렴했던 것으로 유명하다. 시장 부속실 이야기로는 퇴근 할 때 부속실 직원들 쪽으로 얼굴 한번 돌리지 않고 퇴근했다고 한다. 직원들과 스스럼없이 어울리는 스킨십 같은 것은 다소 미흡했던 것 같다. 아마도 오랜 관료 조직 생활이 몸에 배어서 그렇지 않은가 생각된다. 90년 대홍수를 겪으면서 서울의 항구적인 수방대책을 수립하는데 큰 기여를 했다. 서울의 상습침수 지역을 해소하는데 전력을 기울였다. 2기 지하철 건설을 통해 서울의 대중교통을 지하철 시대로 이끌었다. 내부순환 도시고속도로 착공하여 육상교통에도 새로운 이정표를 세웠다. 특히 서울의 혐오 시설이던 난지도쓰레기 더미를 친환경 공원으로 탈바꿈시킨 주인공이기도 하다.

　이상배 시장님이 총무처 장관에서 서울시장으로 부임했다. 총무처에서 이임
식 때 박수를 쳤는데 우레와 같은 박수를 받았단다. 그것은 아쉬움의 박수 감사
의 박수가 아니라 빨리 떠나라고 치는 박수라는 웃지 못 할 일화가 전해온다. 아
마도 까다로운 업무 처리 때문에 직원들이 곤혹을 치렀던 것 같다. 큰 키에 젠
틀한 외모였다. 상주 중학교 때 공부를 너무 잘해서, 당대 최고 명문이던 서울
의 경기고등학교 입학시험을 치르라고 선생님들이 돈을 거출해서 지원할 정도
로 수재였다고 한다. 경기고등학교에서도 공부를 잘해 그 성적을 아직까지도
깨지 못할 정도였다는 이야기가 있다. 경북도지사 시절 비서실 직원 이야기다.
겨울철 추운 날씨에 모나미 볼펜으로 처음 글씨를 쓰면 잉크가 잘 나오지 않는
다. 그럴 때면 볼펜을 손으로 꺾으면서 화를 냈다고 한다. 그러기에 비서관들이
아침에 출근하면 볼펜을 미리 한 번씩 써 보고 나서 연필통에 넣었다고 한다. 그
만큼 성격이 까다로운 편에 속했다. 구청 순시를 나가면, 시장이 보도 블럭에
껌 딱지가 붙어 있는 것을 보고 손가락으로 지적을 하자, 청소과장이 재빠르게
손톱으로 껌을 긁어냈다는 일화가 있다. 그러니까 직원들은 행사를 치루거나
순찰 시에는 무엇인가 지적을 당할까봐 전전긍긍 몸 둘 바를 몰랐다. 기억력은
탁월해서 한번 들은 것은 절대 잊어버리는 법이 없다. 업무보고 시에도 과거에
보고했던 것을 기억하기에, 수치를 잘못 이야기 했다가는 혼쭐이 나곤 했다. 주
거환경 개선사업이나 불량 노후주택 재개발 활성화 계획을 수립하는데 힘을 기
울였다. 그러나 노태우 정부에서 김영삼 정부로 정권 교체가 되면서 1년도 채
못하고 떠나셨다. 기간이 짧아서 천재적인 머리 장점을 살릴 기회를 갖지 못한
것이 아쉽다.

　이원종 시장님은 서울시에서 일하시다가 금의환향한 케이스다. 국립체신고
등학교를 졸업하고 우체국 말단으로 시작해서 야간 대학에 입학한 후 행정고시
를 거쳐 서울시장까지 초고속 내부승진을 한 케이스다. 아마도 서울시 내부 직
원으로서 시장까지 오른 첫 번째 시장일 것이다. 그만큼 조직 내부에서도 신망
이 높고 능력이나 도덕성 면에서도 인정을 받았다. 깔끔한 외모만큼이나 직원

들한테 인기가 많았다. 합리적인 사고를 가지신 충청도 양반 이미지와 어울린다. 소탈한 성격에 일처리 하는데도 무리가 없었다. 사심이 없으신 그야말로 공직자의 사명의식을 지니신 분이시다. 자기주장을 강하게 강요하거나 독선 같은 것이 없는 것으로 유명하다. 회의나 직원들 모임 장소에서도 농담을 먼저 꺼낼 정도로 유머 감각이 있으셨다. 부드러우면서, 마음의 여유를 가질 정도로 자기통제를 잘 하시는 분 같았다. 본인이 공직 출신이라 그런지 공무원들에 대한 이해와 애정이 많은 덕장의 풍모를 닮았다. 각종 행정규제를 쇄신하여 시민위주의 행정, 소비자 위주의 행정으로 전환시키려고 많은 노력을 기울였다. 무엇인가 행정을 혁신하고 개선하려는 창의행정 쇄신행정에 대한 의지가 강했다. 3기 지하철계획을 수립하는데 역점을 두었다. 서울정도 600년 사업을 의욕적으로 추진하기도 하였다. 국정감사장에서 국회의원들의 송곳 질문에도 팩트를 정확히 꽤 뚫고 있어 논리 정연한 답변으로 또 지적 감각이 뛰어난 시장으로 정평이 났다. 시장 답변에 대해 논란의 여지가 없을 정도로 언변이 탁월했다. 서울시장 선호도에서 고건 시장 다음으로 인기가 많았다. 본인도 고건 시장을 행정의 달인이라면서 롤모델로 삼았을 정도였다. 그 후 민선 충북도지사 재선을 거쳐 총리 물망에도 여러 번 회자되곤 하였다. 서울시 직원들 머릿속에 모범적인 공직자상을 남긴 시장이다.

이명박 시장님은 불도저 시장이란 별명답게 일 추진하는 데 일가견이 있다. 간부회의 중에 일부 국·과장들이 법령이나 예산 등으로 사업 추진에 난색을 표하면 인사과장한테 사람 바꾸라고 지시했던 것이 전설처럼 남아있다. 팽 당한 해당 간부는 평생 입에다 시장 욕을 달고 사는 것을 보기도 하였다. 어느 공사를 조속히 완료해야 하는 시점에서 실국장이 언제까지 준공하겠다고 답변을 하면, 시장 왈 "내가 당신 능력을 보겠어" 단언을 한다. 그러니 해당 실국장은 그날부터 비상사태에 돌입한다. 비가 오나 눈이 오나 밤이고 낮이고 돌관 작업을 해서라도 약속한 날짜에 끝내야 한다. 사람 부려 먹는 방법에도 남다른 감각이 있다. 청계천 사업을 할 때도 성공불제, 선승진 약속 선물을 주고 일을 시켰다. 청계천이 성공적으로 완공되면 승진시켜 주겠다고 선공약을 던지니 공무원들은 죽을 둥 살 둥 일하게 된다. 또한 주요 시책사업의 경우 매주 목요일 또는 토요일 11시 정례회의를 한다. 사업이 끝날 때 까지 매주 회의가 자동으로 진행된다. 그러니 사업이 중단 없이 쉴 새 없이 돌아갈 수밖에 없다. 그러면서 시책 사업에 대해 전 부서가 협조 지원하도록 한다. 월례회의 때마다 감사관실, 기획예산실 등 타부서로 하여금 청계천추진단을 지원하는 방안을 발표하게 만든다. 그것이 대통령이 된 후에 4대강 사업에도 그대로 적용되었다. 전부처가 4대강 사업을 지원하는 방법을 강구하니, 대규모 사업을 단시일 내에 완성시킬 수가 있었다. 적어도 5년 걸릴 일을 3년 내에 끝내버리는 성공 사례이기도 하다.

민간기업의 경영마인드를 행정에 접목하려고 시도한 유일한 시장이다. 이런 맥락에서 냉장고 이론을 강요하기도 하였다. 20년 전이나 지금이나 냉장고 가격은 대략 70~80만 원선이다. 그러므로 20년 전의 100억짜리 공사를 그 돈을 가지고 똑같은 작품을 만들어 내라는 것이다. 계약심사과를 만들어서 설계가를 10% 정도 깎는 작업을 하면서 건설업계로부터 많은 원성을 사기도 하였다. 사실 인건비나 자재비가 상승된 것을 감안하지 않는 억지 논리다. 또한 사업 진척이 지지부진 지연되는 것을 보고, "기업에서는 돈을 벌기 위해 수주에 전사적 사운을 거는데, 공무원들은 있는 돈, 예산도 집행 못하느냐"고 질책을 했다. 사실 맞는 소리다. 있는 돈도 못 쓰고 끙끙거린다는 뜻이다. 현재 내가 다니는 회사 사무실이 송파구에 위치한 가든파이브 건물이다. 청계천공구상 전자상들을 이전하기 위해 서울시가 1조원을 들여서 건립한 곳이다. 5개 동이 있는데 툴관 동은 아직도 분양이 덜 되어 빈 공실이 많다. 아마도 MB께서 이것을 알았다면 불호령이 떨어졌을 것이다. 현재 SH 공사에서 관리하고 있다. 툴관(Tool) 명칭을 바꾸든가, 다른 용도로 사용 가능하도록 내부구조 변경을 하든가, 아니면 분양가나 임대료를 좀 저렴하게 해서라도 공실을 채웠으면 하는 아쉬움이 있다. 10년 넘게 방치한 무슨 사연이 있겠지만. 지하철도 연계되어 교통여건도 좋은 편인데 무슨 타개책이 나왔으면 좋겠다. MB께서 공직사회에 경영개념을 도입한 것은 그 의미가 크다. 그 밖에도 MB시장님은 건설 통이라서 그런지 하드웨어 부문에 있어서는 탁월한 실적을 보여주었다. 청계천사업이나 버스중앙차로 이외에도 성수동 일대 서울숲조성, 서울광장 조성, 뉴타운사업 추진 등이 있다.

한편 언론 보도에 대해 상당히 초연해 있었다. 그것이 직원들한테 보이지 않게 부담을 덜어주고 활력을 주었다. 역대 다른 시장들은 언론에 민감해서 직원들이 애를 많이 먹기도 하였다. 이명박 시장님은 언론의 속성이 '비판하고 까라고' 있는 것 아니냐며, 거기에 너무 연연하지 말자는 주의다. 그래서 직원들이 언론 보도에 발을 동동 구르며 질책당할까봐 전전긍긍하던 것에서 어느 정도 해방이 되었다. 대통령 퇴임 후에 감옥에 가게 된 것이 그 이유야 어찌되었던 안타깝다. 일 추진하는 데 있어서 특히 사람을 적재적소에 잘 활용하는 능력이 있다. 다만 아쉬운 것이 사람을 인격체로 보지 않고 일을 위한 수단으로 보지 않았나 싶다. 대통령 재직 시 같이 근무했던 측근들이 하나같이 MB를 부정적으로 폭로하고 배신하는 것을 본다. 사람들에 대한 진심어린 인간적 배려와 신뢰가 있었다면 얼마나 좋았을까 하는 아쉬움이 든다. 청계천복원 사업을 하면서, 당시 기억을 더듬어 보면 언론 홍보에 너무 많은 에너지를 쏟았다는 느낌이 든다. 정책은 물론 홍보를 해야 하지만 청계천사업 성공을 통해 대권에 성큼 다가서야겠다는 의도된 목적이 지나치게 풍기기도 했다. 성경에 보면 생색내거나 공치사 하지 말라고 한다. 사람들에게 인기를 얻는 데에 너무 급급했지 하나님한테 인정받는 것에 소홀하지 않았나 하는 생각이 든다.

MB는 크리스천으로 장로 직분을 가지셨다. 평상시에도 어머니 말씀을 자주 하셨다. 힘들고 어려운 환경에서 눈물로 기도하면서 자식들을 키웠다. 어머니의 새벽기도를 통해 정말 하나님의 역사하심을 보았고 감동을 받았다고. 그런데 자식들이 부모의 믿음을 본받고 더욱 성장하여야 하는데 그것이 쉽지 않다. 배가 부르면 기도가 간절해지기 어렵다. 더더욱 하나님을 의지하기 보다는 자신의 과거실적, 성공신화에 몰입하게 되면서 하나님과 멀어지게 된다. 교회 장로임에도 회식 때 술을 많이 드시는 것을 보면서 다소 의외라는 생각을 갖기도 했다. 물론 술을 먹을 수도 있지만 술을 입에 댄다는 것은 하나님과 점점 멀어진다는 신호이기에 경계를 해야 한다. 차라리 하나님을 모르는 사람이 술 먹는 것은 이해가 간다. 그러나 하나님을 만나고 하나님의 은혜를 입은 사람이 술을 먹는 것에 대해 하나님이 등을 돌릴 수 있기 때문이다. 하나님은 기독교인들이 죄 짓는 것에 대해서 굉장히 민감하다.

왜 정치하나, 한반도 통일은 어떻게

　안철수 대표가 독일로 떠나기 전 점심 식사자리가 마련되었다. 선거 기간 동안 고생한 것에 대한 격려 겸 위로의 자리였다. 이런 저런 이야기 끝에 내가 말을 꺼냈다. 안 대표님! 누가 모함을 하고 비난을 하면 마음속으로 기분 좋다 생각을 하세요. 인기가 있고 지위 명예가 높아지면 사람들이 시기 질투하는 것은 당연해요. 내가 그만큼 뜨는구나 올라가고 있구나 방증입니다. 저 같은 사람이나 노숙자한테 누가 질투를 하겠어요. 차라리 토론회 같은 데서 누가 인신공격을 하면 저를 잘 몰라서 그렇지 저는 허물, 실수가 더 많은 사람이에요, 라고 하세요. 인간은 누구나 거짓말도 하고 잔꾀도 부리고 허물투성이다. 잘못이 있으면 사실대로 인정하고 사과를 하는 편이 승리하는 길이다. 언젠가 DJ가 노태우 대통령한테 통치자금 20억을 받았다고 하여 논란이 일었다. 측근들은 사실대로 말하면 인정하는 꼴이 되어 빼도 박도 못하니 큰일이라고 극구 말렸다. 그러나 DJ가 받았다고 고백하는 것을 보고 이번에는 대통령에 당선되겠다, 생각했다. 그대로 당선이 되었다. MB가 다스 회사가 자기 것이 아니라고 부득불 우기다가 감옥에 갔다. 대표이사가 큰형이기에 큰형 것이라고 끝까지 굽히지 않고 나갔다. 세상이 다 아는 것을. 차라리 큰형이 장형으로서, 배운 것도 부족하고 먹고 사는 것도 힘들고 어려서부터 고생만 해서 형을 배려해서 회사를 차려주었다고 고백하였다면, 아쉬운 면이 있다. 한번 거짓말을 하면 그것을 감추려고 합리화하기 위해 계속해서 거짓말을 만들어 내야 한다. 그러나 중간에서라도 진실을 말하는 것이 용서를 받는 지름길이다.

서울시장 선거 캠프에 뛰어들고 나서 자의든 타의든 정치판에 발을 들여 놓게 되었다. 당 가입은 나중 문제고 우선 지역구 준비를 해야 했다. 나는 고향이 여주다. 그래서 여주 선후배들을 만나면서 무엇이 현안 문제이고, 무슨 주제를 가지고 미래 발전 전략을 수립해야 하는지를 귀동냥 했다. 중앙무대 서울시장 선거캠프에 있으면서 다루었던 것 중에서 여주에 적용할 수 있는 것을 선별해 보았다. '여주농업4차혁명'으로 어젠다를 잡았다. 고시 동기 중에 농림수산부 차관을 지냈던 분한테도 자문을 얻었다. 정책을 자문하고 필터링 할 수 있는 '여주비전포럼'도 구성했다. 초안을 만들어 발표도 하고 공유했다. 면단위 지역별 작물특성화 방안, 농업보험제도 정착, 농산물온라인공동 판매망 확충, 블록체인농업혁명, 여주한과 글로벌브랜드화, 여주 쌀떡페스티벌, 여주5일장을 국가 대표 전통시장으로 리모델링, 주말야시장(전통시장)개장, 여주시청사50층 복합청사 건립, 여주관광벨트 등을 정책으로 개발했다. 여주는 영동고속도로, 경강선 전철, 제2영동고속도로, 중부고속도로, 성남 장호원간 자동차전용도로 등 사통팔달의 교통망을 갖추고 있으면서, 수도권이라는 지리적 장점에다 한강이라는 천혜의 공공재를 갖추고 있다. 여주시를 수도권 제일의 도시로 도약시킨다는 야심찬 계획을 세웠다.

　이제 당 가입이 남았다. 어느 당으로 갈 것인가가 고민이다. 바른미래당은 지지율이 너무 낮아서 고민이다. 5% 근방에서 머물고 있어 거의 무용지물 식물정당이다. 더구나 아내가 미래당은 반대다. 정치 자체를 극구 반대했다. 돈도 없는데 무슨 정치냐고. 그러나 나는 하나님께 기도했다. 하나님 저의 형편을 잘 아시잖아요. 돈 안 드는 정치 선거를 하게 해주세요. 돈 들면 저는 못합니다. 하나님이 책임져 주세요. 그래서 돈이 든다면 정치를 언제든지 미련 없이 안 할 생각이다. 물론 기본적인 경비 얼마는 몰라도. 그것도 내가 감당할 만큼만 필요할 것이라 생각한다. 사실은 자유한국당으로 가고 싶었다. 일단 제1야당이고 지지율도 30%를 유지하니까. 우리나라는 대통령 중심제로서 양당 체제일 수밖에 없다. 과거에도 제3당이 잠시 반짝했다가 사라졌다. 김종필, 이인제, 정주영, 문국현 등등. 미국에서도 페로 등 제3의 후보가 잠시 떴지만 대통령이 된 역사가 없다. 그러나 자꾸만 미래당이 마음에 걸렸다. 그래도 처음 인연을 맺었는데 그것을 저버리기가 싫었다. 나중에 자유한국당으로 갈망정 지금 내 마음은 미래당이다. 그래서 당원 가입을 하였다. 미래당 지인의 권유로 용인을 지역위원장 신청을 하였다. 전문가 인재형으로 나에 대한 포트폴리오를 작성해 제출했다.

나의 주특기인 물을 중심으로 면접 발표 자료를 만들었다. 물 4차산업혁명을 주제로 Smart Water System 지식공유플랫폼을 구축하여 물산업 선진국, 경제 선진국으로 가는 비전을 제시했다. 과거에는 물을 '물 쓰듯 한다'고 했다. 물을 무한재 자연재로 보았지만 지금은 경제재 자본재로 바뀌었다. 물안보 물복지도 언급했다. 유엔이나 EU에서도 물인권을 선언했다. 즉 안전하고 깨끗한 물을 인간이면 누구나 마실 권리가 있다는 선포다. 세계인구 77억 중에서 8~10억이 비위생적인 물을 마시고 있다. '인간 수명을 30년 연장시킨 것이 상하수도 덕분이다'고 영국의 British Medical Journal은 밝히고 있다. 나 개인적으로는 물산업발전에 기여한 공로로 '물관리달인상'을 수상한 바도 있다. 물 전문가답게 4차산업기술과의 접목을 통해 물 산업을 도약시키는 비전을 제시했다.

미래당 조직강화특별위원들 앞에서 면접을 보고 지역위원장에 선임이 되었다. 여주 양평 지역구에는 정병국 5선 국회의원이 미래당에 기왕 자리 잡고 있어서 신청할 수가 없다. 그래서 현 거주인인 용인을 선택하였다. 용인시 인구가 100만을 넘다보니 선거구가 갑을병정 4개로 편성되어 있다. 용인을은 기흥구가 주요 지역이다. 아파트촌 신도시이면서 비교적 젊은 층이 거주하는 곳이다. 삼성 기흥연구소가 자리 잡고 있는 곳이라서 학력수준이 높은 30~40대가 주류를 이룬다. 현역 국회의원은 재선을 하고 있는 김민기 민주당 의원이다. 젊은 나이로 지역에서 인기가 높다. 기흥구 공무원들이나 지역민들을 만나보면 누구라도 김민기한테 승리하기가 어렵다는 게 중론이다. 그만큼 지역 기반도 튼튼하고 품성이나 모든 면에서 흠 잡을 것이 없다는 이야기다. 사실 나는 용인시에 살고는 있지만 지역연고나 기반이 거의 없다. 초등학교를 여기서 다닌 것도 아니고 직장이 용인에 있는 것도 아니다. 혈연 지연 학연이 거의 없는 상태에서 맨 땅에 헤딩하는 격이다. 우선 기존의 미래당 당원들부터 파악해 나갔다. 그런데 어느 분은 이제 바른미래당 안한다는 분도 계시다. 그럴 때면 맥이 빠지고 어깨가 쳐진다. 1, 2번은 기존의 시의원이나 도의원, 시장, 군수들이 있어서 이러한 조직을 이용하면 훨씬 수월한데, 3번은 당원들도 관심이 없거나 거의 포기 수준이다.

미래당에 와서 보니 정체성 문제로 시끄럽다. 진보냐 보수냐 중도냐, 중도가 무슨 뜻이냐. 이것도 저것도 아닌 회색지대냐, 제3의 길이 무엇이냐 등등. 보수의 가치는 무엇인가? 자유와 평등은 민주주의의 기본가치다. 여기서 자유는 보수의 주된 가치이고 평등은 진보의 가치다. 자유를 통해 경쟁하게 되면서 열정과 창의가 나오고 생산성이 극대화 된다. 이것이 시장경제 원리이다. 보수는 성장이 우선이고 진보는 분배가 우선이다. 보수는 인간의 이기주의라는 원초적 본능을 바탕으로 세상이 발전한다는 이념 가치다. 다시 말해 인간의 이기심, 자기중심성 같은 죄성을 부정하지 않는다. 그러나 진보는 인간의 본능을 가리고 따뜻한 척 거짓으로 위선한다. 즉 평등이나 정의를 팔면서 의로운 척 위장한다. 보수는 시장경제를 통해 경쟁하면서 발전하지만 이제 그것이 너무 치열해서 한계상황에 부딪치기도 한다. 경쟁이 너무 잔인하기까지 하다. 이때 진보를 고려할 수 있어야 한다. 즉 양자 조합이 필요하다. 독수리가 두 날개로 날듯이 좌우 균형 밸런스가 맞아야 한다. 보수는 지적 우월감, 이성적 메시지를 중요한 가치

〈현충일을 기념하여 지역구에 현수막을 걸었다. 내가 좋아하는 문구가 '무명용사'다,
피 끓는 청춘 목숨을 걸고 빗발치는 포염 속을 '돌격 앞으로' 뛰는 모습이 연상된다〉

로 여긴다. 그러다 보니 한국당에는 장차관 등 고위직 출신이 많다. 그들은 무엇이든 가르치고 교육시키려 한다. 이것이 보수의 문제이고 위기다.

진보는 인간이 죄인이라는 것을 가리고 장미 빛 환상으로 유혹한다. 도덕적 우월감을 무기로 한다. 착한 척 정의로운 척 한다. 민주당의 경우 한국당과 반대로 당에 들어와 장차관으로 임명받는 경우가 많다. 정권 획득에 대한 보상 성격이 짙다. 진보는 자본가가 노동자를 착취하는 것으로 해석한다. 그러므로 기존의 자본주의 구도를 깨고 인간은 평등하게 대우 받아야 한다는 것을 인권이란 이름으로 변장한다. 누구나 다 같이 잘 살 수 있는 파라다이스를 건설할 수 있다고 주장한다. 평등, 공평분배란 사회주의 시스템을 갖추기만 하면 인간의 정신세계, 가치관도 여기에 귀속되어 변화될 수 있다고 낙관한다. 이론적으로는 미혹될 만큼 그럴 듯 해 보인다. 그러나 인간의 죄성을 무시하고 선한 양심만을 강조한 실수를 범하고 있다. 진보는 인간 본능을 부정한다. 여기에 문제가 있다. 인간은 원죄를 가진 불완전한 한계적 동물이다. 자기 이기심이 우선이다. 이것 때문에 열심히 일하고 공부한다. 공평분배라면 누가 열심히 하겠는가. 축구 경기를 할 때 자기편이 승리하도록 목이 터져라 응원도 하고 그라운드에서 뛰는 선수들도 최선을 다한다. 그러나 평등해야 된다고, 2:2 스코어를 인위적으로 맞추기 위해 경기를 한다고 가정해 보자. 일부러 져 주어야 하고, 무슨 재미가 있겠고 무슨 축구 발전이 있겠는가. 다음부터는 관중이 한명도 오지 않을 것이며 축구도 망할 것이다. 대표적 사회주의 체제를 유지하고 있는 중국의 권력서열 160명의 재산을 조사해보니 평균 1조6천억 이다. 가히 상상을 초월한다. 그렇게 평등, 공평 정의를 부르짖는 사회주의자들의 민낯을 보면 이것이 얼마나 허구인가를 알 수 있다. 세계 최고의 자본주의를 구현하고 있는 미국의 상층부 재산을 조사해 보니 200억 수준이다. 중국과 비교하면 거의 80~100배 차이가 난다.

지상 낙원, 사회주의를 건설하겠다고 김일성이 그렇게 호언장담하며 정권을 수립한 북한을 보자. 지주자본가를 인민의 공적으로 몰아세워 척결하다 보니 기업가나 민간경제가 없어졌다. 그러니 기업인을 배제하고 무슨 경제발전을 한단 말인가. 창의적인 우수한 상품이나 서비스를 창출해서 부가가치를 높이고,

이것을 바탕으로 세금을 거두어서, 정부예산을 확대하여 SOC도 건설하면서 경제를 선순환으로 돌려야 하는데, 시장경제를 죽여 놓고 어떻게 하겠다는 것인가. 또한 진보주의자 중 상당수는 재벌에 대해 알레르기 반응을 일으키는 경우가 많다. 무조건 대기업은 악이고 타도 대상으로 여긴다. 그렇다면 미국과 같이 자본주의 꽃을 피워 세계 제1의 경제대국이 된 경우, 대기업 기업가를 적대시하였다면 오늘의 미국이 있겠는가. 대기업의 역할 중소기업의 가치가 각각 다르다. 서로 조화가 잘되어질 때 국가 경제가 시너지 효과를 내는 것이다. 우리나라 대기업도 반성할 점이 많다. CSR 같은 사회적 책임을 통해 사회에 기여하고, 사회적 약자들에 대한 경제적 배려, 기부문화 정착, 경제적 갈등해소를 위해 개선할 과제가 많이 있다. 정부와 재벌, 국민이 함께 고민할 과제다.

공산주의 신봉자였던 루마니아의 독재자 차우세스코가 있었다. 희대의 철권통치자였던 차우세스코는 북한의 김일성과 의기투합하여 의형제를 맺었다. 독재자들 끼리 양국을 오가며 사회주의 전제주의체제를 공고히 다졌다. 차우세스코가 평양을 방문해 주석궁을 보고 그것보다 더 크고 지으라고 해서 건설한 것이 인민궁전이다. 관광객들도 그 어마어마한 웅장함에 눈이 휘둥그렇게 놀란다. 24년 독재 끝에 민중봉기로 최후를 마쳤다. 그 배경에는 40대 젊은 목사가 있었다. 그 목사는 하나님의 소명을 받고 '자유와 해방'을 설교 때마다 부르짖었다. 비밀경찰이 목사집에 배급을 끊고 언제까지 교회를 철수하라고 명령을 내렸지만 그는 굴하지 않았다. 철수날짜가 오자 성도들이 인간사슬을 만들어 목사를 호위하였지만 경찰들에 의해 목사는 무자비하게 구타 감금을 당했다. 그 소문이 꼬리에 꼬리를 물고 전해졌다. 드디어 교회가 촛불집회를 열고 시민들이 동참하여 '독재타도'를 외치며 시가지 행진을 시작했다. 경찰의 총탄에 수십명이 쓰러졌다. 아비규환 속에서 그 순간 경찰들이 총부리를 돌리는 기적이 일어났다. 결국 도망가는 차우세스코를 데모대와 경찰이 붙잡아 총살시키고 말았다. 독재자의 말로가, 공산주의 정체가 어떠한 가를 극명하게 보여주는 대목이다.

'책 한권 읽고 대드는 사람이 제일 무섭다'고 한다. 자기가 읽은 것이 전부인 것처럼 거기에 사로잡혀서 남의 이야기를 아예 들으려하지 않는다. 소위 진보라고 하는 운동권출신들이 빠지기 쉬운 오류 중의 하나가, 막스의 자본론이나, 북한의 주체사상 관련 몇 권의 책을 읽고서 거기에 매몰되는 경우다. 부르주아와 프로레타리아 라는 이분법에 따라, 계급투쟁에 의한 지배와 착취 논리, 자본주의의 폐해만을 부각시키고 있다. 넓고 다양한 관점에서 사물을 관찰하는 것이 아니라 장님 코끼리 만지기가 될 위험이 크다. 공산주의는 이론과 실제가 너무나 달라서 실패한 것으로 판정이 났다. 어느 지인께서 하던 말이 기억난다. 천권의 책을 읽고 나니 자기의 지식이 엄청나게 넘쳐나서 세상 모든 것을 섭렵할 정도였다. 그 후 오천 권을 읽고 나니 내가 모르는 것이 너무 많다, 내가 지식이 짧다는 것을 깨달았다고 하였다. 재물도 좀 있으면 폼 잡고 싶어서 큼지막한 다이아몬드 반지에, 금딱지 외제 시계를 차고 다닌다. 그러나 재벌들은 대개 반지도 시계도 거추장스러워 차고 다니지 않는다. 미국의 세계적인 부호들, 빌게이츠, 저커버거는 몇 십 불짜리 청바지 입고 TV에 나온다. 선무당이 사람 잡는 법이다. 인간의 죄의 개념도 유사하다. 자기 고정관념 1인칭에 몰입되어 있으면 '내가 뭔 죄를 졌나'고 항변한다. 자기가 아는 지식, 경험에 비추어 보면 그럴 수 있다. 그러나 3인칭 관점에서 바라보면 죄가 없다는 것이 죄다. 소크라테스의 '너 자신을 알라'가 정답이다. 내 생각과 하나님 말씀이 부딪칠 때 하나님이 맞는 답이다. 보수도 진보도 한 가지 자기논리에만 억매이지 말고 하나님을 바라볼 수 있는 혜안을 갖기를 소망한다.

보수는 우선 保守 단어 자체에 문제가 있다. 補修로 바꿔야 한다. 전자는 보호하고 지켜야 된다는 뜻이니 기득권층 이미지가 강하다. 그러니 수구보수 꼴통소리를 듣는다. 사회는 무엇인가 잘못된 것을 바꾸고 계속해서 개선해 나가야 하는데 보수는 '우리는 이대로가 좋다'는 의미로 다가선다. 후자로 바꾸어야 한다. 보완하고 수리한다는 뜻이다. 점진적으로 도와주고 고치고 변모해 나간다는 의미다. 그러므로 한국당 등 보수파 정당들은 '이제부터 우리는 보수라는 한자를 공식적으로 補修로 바꿔서 사용한다'고 선포할 필요가 있다. 반면 '進步라는 단어는 앞으로 걸어나간다'는 의미다. 그러니 단어 자체가 매력적이다. 보수보다 뉴앙스가 좋다. 좋은 세상을 만들어 간다는 선의에서 출발하였다. 그러나 조국 사태를 통해 보았듯이 '가면 진보는 위장에 불과하다. 진보로 위

장한 진보만 있을 뿐이다'는 것으로 판명이 났다. 평등교육하자면서 자기 자식
은 특목고, 자사고에 보내고, 재벌을 비판하면서 재벌2세와의 친분을 은근히 과
시한다. 현재 진보좌파는 엄격한 의미에서 종북사회주의 내지 종북주사파가 맞
는 말이다. 좌파사회주의가 망하는 것을 남미를 보면 알 수 있다. 과거 자본주
의 영화를 누렸던 아르헨티나도 무너져 버렸고, 브라질, 베네주엘라 등은 자원
이 무한히 많음에도 불구하고 경제가 파탄 국면이다. 물론 '빈부격차'가 크다
보니 정치인들이 이것을 이용한 측면이 있다. 부자들을 척결 대상으로 보고 그
들의 부를 탈취해야 낙원이 건설된다고 주장함으로서 국민들을 현혹시킨다. 빈
부격차 문제는 사회보장제도, 복지정책으로 보완해 나가야 한다. 다시 말해 책
으로는 사회주의가 옳고 몸으로는 자본주의가 맞다.

　보수도 반성할 것이 많다. 배가 부르니 헝그리정신이 부족하다. 당이나 조직
이 자기를 출세, 입신양명하기 위한 존재로 생각한다. 조직 충성도가 낮다. 배
부른 사자는 죽기 살기로 뛰는 얼룩말을 잡지 못한다. 또한 지적우월감에 사로
잡혀있다. 자기가 최고이고 만능이다. 예를 들어 청년이 요즘 취업도 어렵다고
애로를 말하면 보수는 '더 노력해라' 충고 한다. 진보는 '나도 마음이 아프고
안타깝다'며 공감을 표시한다. 감성적으로 청취하고 소통한다. 보수는 소통능
력이 부족하다. 그러니 청년들은 재미없고 재수 없다고 등을 돌린다. 보수는 청
년 정책을 60대가 결정한다. 왕년에 내가 청소년 관련 정책을 해봤고 잘 안다고
착각한다. 또한 의사결정구조가 수직적이다. 상명하복에 익숙해 있다. 미디어
위원장이 미디어 전문가 임에도 불구하고 당대표에게 사전 검토를 받는다. 한
마디로 보수는 유능하나 진보는 유용하다. 한 예로 아버지와 아들이 고속도로
휴게소에 들러 점심을 먹기로 했다. 아버지는 된장찌개가 햄버거보다 살도 안
찌고, 건강에 좋다고 이성적 논리적인 설명을 해 가면서 된장찌개를 먹자고 한
다. 이후 아들은 다시는 아빠랑 같이 밥 먹으로 안 가겠다고 결심을 한다. 왜냐
하면 어린 아들이 좋아하는 햄버거의 맛 취향을 고려하지 않았기 때문이다. 현
재 한국당은 당계파인 친박 비박 반박을 뛰어 넘어 새로운 보수대통합 모멘텀
을 만들어야 한다. 당 지도부는 민주당에 삿대질만 하지 말고 우선 '내가 죽어
야 한다'는 자기성찰, 스스로에게 삿대질을 해야 한다. 여기저기 불만의 목소

리가 나오면 '내가 잘못했다'고 끌어 앉으면서 품어야 한다. 21대 총선 승리를 위해 1:1 구도를 만들어야 한다. 야권을 통합하면 승산이 있다. 그러므로 보수 대통합이 전제되어야 한다. 첫째 보수가 연합해서 공천을 단일화하는 방안을 들 수 있다. 두 번째는 한국당 간판을 바꿔서 빅텐트를 치는 방안이다. 미래당 과 합당을 하는 것이다. 현 한국당을 제로베이스에서 재구성하면서 보수를 통합해야 설득력이 있다. 보수대통합을 위해 유행가 가사처럼 과거를 묻지 마세 요가 답이다. 지금은 뭉치면 살고 흩어지면 죽는다.

좌우 대결 구도는 유럽이나 미국 등 선진국에서는 종식되었다. 남미는 좌우 대결 구도로 가다가 망했다. 좌파 입장에서는 부자는 노동자를 착취하므로 척결 대상이다. 자본가 노동자 서로 계급대결로 싸우다 망한 것이다. 독일의 경우 계급정당이 타파되고 좌우 대결이 소멸되었다. 대신에 중도우파가 대세를 이루고 있다. 스페인의 경우 중도좌파가 정권을 잡았다. 극우 극좌 이념 대결은 성공할 수 없는 상황이 되었다. 우리나라도 미래에는 중도우파 중도좌파 스펙트럼으로 갈 것이다. 한편, 안보와 관련하여 미국은 적국과 싸웠다가도 결국 우방으로 만드는 묘수가 있다. 2차 세계대전 때 독일 일본과 싸웠지만 모두 우방으로 만들었다. '최선의 안보는 적을 우방으로 만드는 것이다'를 몸소 보여준 나라다. 핵은 사실상 사용하기보다는 위협용이다. 북한도 핵을 사용하는 순간 자기도 죽는다는 것을 잘 알고 있다. 미국의 경우 핵국가를 묵인 하면서 우방으로 만든다. 대표적인 예가 인도 파키스탄 이스라엘이다. 혹시나 북한도 핵 우방으로 만들려는 것은 아닌지 모르겠다. 그러나 대한민국과 대치국면에 있는 북한을 아군으로 끌어드리기는 쉽지 않을 것이다. 최근 미국 경제가 호황이다. 트럼프가 법인세를 33%에서 15%로 감세하면서 경제성장률을 4%로 끌어 올렸다. 성장을 통해 파이를 키우고 있다. 그러면 분배도 자연히 커지게 되고 다 같이 잘살게 된다는 하나의 단면을 보여주고 있다.

5공 전두환 정권 당시 정의국가 구현이 생각난다. 정의 국가를 자기 입맛에 따라 해석하면 독재국가나 조폭국가가 된다. 국론분열 사회질서교란이란 명목하에 데모대를 무자비하게 제압했다. 광주 민중 항쟁도 정의라는 이름하에 발포 살인까지도 서슴없이 자행했다. 사랑이 없는 정의는 만 악이 될 수 있다. 부모 자식 간에도 각자 정의를 앞세우며 법적 소송을 한다. 6.25 전쟁도 김일성 입장에서는 조국통일이라는 정의를 실현하기 위한 전쟁이 된다. 조폭들도 의리 정의를 앞세우며 폭력을 합리화한다. 산업혁명을 계기로 빈부 격차가 커지면서, 공산주의가 공평분배라고 하는 정의의 이름으로 태어난 것도 마찬가지다.

한편, 증기기관을 수단으로 산업혁명이 본격 가동되면서 대량생산이 가능하게 되자, 자본가와 노동자의 빈부 격차가 벌어지게 되었다. 노동자 입장에서는 일자리를 잃게 되고 임금도 적어지면서 기계파괴 운동이 일어났다. 노사 간 극심한 대립과 갈등이 깊어지는 것을 칼 마르크스가 목도하면서 '자본론'을 통해 이것을 지적하게 되고 공산주의 사상의 단초가 시작되었다. '일하지 않는 자는 먹지도 말라'가 공산주의 원칙이다. 노동에 따른 공정한 분배이다. 자본가 부르주아는 노동자 프롤레타리아를 착취 억압하는 계층이므로 타도 대상이 된다. 겉보기에는 평등한 파라다이스를 꿈꾸지만 그 이면에는 인간의 이기심을 바탕으로 한 자아실현 욕구나 열망을 무시하였다. 공산당 집권층은 부르주아를 없애고 나서 새로운 절대 부르주아가 되고 말았다. 노동자는 이전보다 훨씬 더 하향 평준화되고 말았다. 평등 정의로 위장하다가 결국 실패한 모델이 되었다.

조국 법무부 장관 임명을 두고 온 나라가 시끄러웠다. 진보의 도덕적 담론을 주도하면서 진보의 정신적 가치의 모델로 각광 받던 인물이다. 도덕과 공정, 정의를 입에 달고 살았다. SNS의 대가라 할까, 1인 미디어시대의 스타라 할까, 5천만 미디어 방송국 시류를 적기에 활용함으로써 젊은 층을 단숨에 공략하였다. 일인 미디어 SNS의 위력은 대단하다. 자기가 만들고 퍼 나르면 금방 수십만 수백만에게 급속도로 전파된다. 그러나 그것이 발목이 되어 딸 문제가 순식간에 전국으로 퍼져 나갔다. 도덕성에 치명타를 입고 있다. 고려대 입학 자기소개서에 국제백신연구소 인턴십 프로그램을 이수 했다는데 나중에 확인해보니 그러한 인턴십 프로그램 자체가 없다고 밝혀졌다. 거짓으로 판명된 것이다. 고등학교 2학년생으로 유전자 분석을 통한 병리학 관련 논문의 제1저자로 등록한 것을 발판으로 고려대에 입학한 것이 문제의 발단이 되었다. 어떻게 인문고생이 이과 관련 실습을 2주 만에 끝내고 논문을 완성할 수 있느냐는 것이다. 엄마가 교수로 있는 동양대에서 총장 표창장을 위조로 만들어서 그것을 근거로 입학을 했다고 한다. 서울대 환경대학원 재학 시 낙제를 당했는데도 장학금을 받았으니, 50억 재산가가 이 장학금을 받은 것이 합당한 것이냐. 이 문제는 위법이냐 적법이냐 법적 잣대를 떠나서 너무나 많은 특권을 누린 것이 도덕적 윤리적으로 타당하냐, 그것이 공정한 정의냐 가 이슈다. 이 같은 온갖 비리종합백화점을 보면서, 그동안 정의로 위장하고 양심을 가장한 위선자, 이중인격자로서 국민들을 훈계한 것에 대해 분노하고 있다. 사기꾼이 정직을 가장하여 사기를 치는 것과 같은 원리다.

정의당마저도 20~30대가 갖는 상실감과 분노, 40~50대는 상대적 박탈감을 느끼고, 60~70대는 진보에 대한 혐오감을 불어 일으킨다고 비판하고 있다. 고려대, 서울대, 연세대, 부산대 등 대학생들이 촛불집회를 열고 있는 국면이다. 조국 사태로 인해 한국당, 미래당, 우리공화당 같은 야당과 우파단체, 재향군인단체, 아줌마 부대들이 '조국사퇴'를 외치며 연일 집회다. 광화문 전쟁시대다. 국민이 볼 때 자격이 없는 후보라고 이미 마음에서 폐기 처분을 한 사람을 대통령이 임명 강행하였다. '이것은 국민을 모독, 기만한 것이다'고 한국당은 비판의 강도를 높여가고 있다. 우리 정서는 단일 민족이란 특성상 인생관, 국민철학이 거의 동일하다. 특권 반칙에 대해 예민하다. 특별히 대학 입학에 관해서는 거의 광적인 수준이다. 이 역린을 건드리면 무조건 폭발한다. 또한 헌법 위에 떼법이 있고 떼법 위에 국민정서법이 있다고 할 만큼 독특한 국민성을 가지고 있다. 그것 때문에 압축 성장을 통해 한강의 기적을 일으켜서 여기까지 달려온 긍정적 측면도 부인할 수 없다. 아무튼 조국 법무부 장관이 단단히 걸린 셈이다. 양심, 정의, 정직을 함부로 이야기하다 자가당착에 걸린 것이다. 어떻게 자신을 양심적이니 정직하다니 큰소리 칠 수가 있는가, 그 자체가 하나님 앞에 죄다. 결국 조 장관이 사퇴를 했다. 늦게나마 다행이다, 잘 판단했다고 격려를 보내도 싶다.

중국 시진핑 주석이 처음 등장했을 때 좋은 이미지를 가졌다. Open마인드에 Flexible한 유연한 사고를 가졌다고 보았다. 그러나 주석 자리를 종신제로 법 규정을 바꾸는 것을 보면서 실망을 했다. 욕심 덩어리 속마음을 보는 것 같아 안타깝다. 영적인 관점에서 역사를 해석할 때 중국은 탐욕의 영이 있다고 한다.

일본은 음란의 영이 있고 우리나라는 분열의 영이 있다고 한다. 중국은 화상의 장사꾼 기질이 있어 돈에 대한 욕심이 많다. 한때 우리 기업들이 중국에 많이 진출했다. 결론부터 말하자면 중국 진출은 실패다. 그 실패가 1년 후냐 10년 후냐 차이지 결국은 실패한다는 것이다. 세금으로 착취하고 온갖 규제로 올가미를 씌워서라도 망하게 해서 쫓아낸다. 중국 기업들조차도 본국을 버리고 베트남 등으로 이탈하는 추세다. 일본은 4촌끼리도 결혼을 할 정도다. 야동 등 음란물이 넘쳐흐르고 성에 대한 도덕적 관념 자체가 없다. 일본이 우리나라를 포함해 동남아로 기생 여행을 했던 과거 전력을 보면 안다.

우리는 단일 민족이다 보니 시기 질투가 많은 나라다. 4촌이 땅을 사면 배가 아프다는 속담이 전 세계에서 우리나라만 있다. 4촌은 같은 집안인데, 잘되면 나도 덩달아 나쁠 것이 하나도 없는데. 요즈음에는 이것이 더 발전하여 '형제가 땅을 사면 기절초풍한다'고 하니 웃어야 할지 울어야 할지 참으로 서글픈 세상까지 왔다. 우리는 모였다 하면 네가 잘났냐 내가 잘났냐 싸운다. 완장 차고 싶어 환장한다. 정치권도 여야로 좌우로 나누어 죽기 살기로 싸운다. 오죽했으면 '배고픈 것은 참아도 배 아픈 것은 못 참는다'는 말이 나오겠는가. 우리가 선진시민으로 거듭 나려면 시기질투심을 버려야 한다. 단언컨대 하나님이 제일 싫어하는 것이 시기심이다. 성경에서도 시기 질투 미움 다툼을 버리라고 경고한다. 가장 큰 죄이기 때문이다. 이것부터 고쳐야 한다. 그러기 위해서는 도덕 재무장이니 인성교육이니 요란을 떨어봐야 소용없다. 효과를 기대할 수 없다. 성경적 신앙으로 재탄생하여 그 악의 뿌리를 캐내는 수밖에 없다. 하늘을 두려워하는 마음이 있어야 한다. 누구를 미워하면 그를 만드신 하나님을 미워하는 등식이 성립된다. 미국은 전반적으로 프로테스탄트 기독교 신앙이 정신세계 저변에 흐르고 있다. 학교 교실에서 책상에 볼펜을 두고 갔어도 누구 하나 가져가지를 않는다. 우리는 옛날에 볼펜을 주우면서 '오늘 재수 좋았네'라고 한다.

미국에서 석사 졸업식에 참석했다. 하버드대학 총장이 나와서 시러큐스대 졸업생들에게 축사를 하는데, 첫째 Be kind. 나 자신 스스로에게 친절하라. 나의 내면 자아에게도 부드럽고 말하고 친절하게 대하라. 다리에게도 오늘 하루 돌아다니느라 수고했다 고 격려하라. 둘째도 Be kind. 가족이나 친구들에게 친절하게 대하라. 셋째도 Be kind. 사회 직장에 나가서도 동료들에게 친절하라. 축사 전체가 온통 'Be kind, 친절하라' 였다. 우리나라 과거 졸업식에 가보면, 사회에 나가면 모교의 명예를 드높이기 위해 열심히 노력하라. 부지런히 땀 흘려서 성공하라. 첫째도 성공, 둘째도 성공이다. 한편으로 이해가 된다. 못살던 시절 밥 먹기 어렵던 시대이기에 성공이 지상 과제였다. 아직도 물질 만능시대, 성공지상주의에 상당부분 매몰되어 있다. 이제 3만 불을 넘었으니 서서히 뒤돌아 볼 때다.

지역감정과 관련하여 유럽도 심한 편이다. 인간은 자기가 태어나 자란 곳에 대한 추억과 향수를 가진다. 그러므로 고향에 대한 애향심은 인간으로서 자연스러운 현상이다. 지역주의가 꼭 나쁜 것은 아니다. 그러나 우리나라의 경우 영호남 양대 산맥이 문제다. 지역 덩치가 너무 커서 대한민국에서 차지하는 인구가 절반을 훨씬 넘는다. 독일이나 스페인 미국 등은 자기 고향 지역이라고 해도 전체로 보면 한 부분에 지나지 않는다. 그러니까 큰 영향을 미치지 않는다. 클린턴도 미국 꼴찌에서 두 번째라는 아칸소주 주지사출신이다. 대통령이 되어 워싱턴으로 입성하면서 고향인 아칸소주 사람들을 상당수 데리고 왔다. 미국 선거의 경우 지역주의가 아무리 투표에 영향을 주더라고 50분의 1 밖에 안 된다. 우리나라도 통일이 되면 평안도 함경도 영호남 4개로 분리되면 다소 완화될 것이라 본다. 그러나 잘못하다가 신3국시대가 도래할 것을 염려해 볼 수 있다. 북한의 고구려가 하나이고, 남한의 신라, 백제가 2개로 분열될 수도 있다. 고구려가 하나로 뭉치면 북한이 승리할 수도 있다. 기우이기를 바란다.

아베 정권 발 일본과의 경제 전쟁이 현안이다. 반도체 핵심 부품 소재들을 일본에서 수입하는데 이것을 일본이 수출 규제함으로서 촉발되었다. 그 저변에는 우리나라 대법원에서 일본 식민지 당시 강제 징용에 대한 배상 판결이 나왔는데, 미쓰비시 신일본제철이 배상을 해야 한다는 선고 결과에서 기인되었다. 이번에는 본때를 보여줘야 한다고 한발도 물러서지 않고 있다. 그동안 독도문제, 위안부 문제 등에서도 사과를 하지 않고 끝까지 버티기 작전으로 일관하고 있는 일본에 대해 누적되었던 반일 감정이 폭발한 것이다. 일본 측은 한국의 근대화 성장에 자기네가 기여를 했다고 주장한다. 신문명을 도입해서 철도 도로 수리시설 등 신기술을 도입해서 성장의 기반을 마련해 주었다는 주장이다. 나는 개인적으로 이 부분에 대해서는 천부당만부당 하지만 만분의 일은 수긍한다. 강제로 국권을 침탈하고 인권을 유린하고 억압과 핍박을 한 것에 대해서는 용서 못할 악행이다. 신사참배를 강요하고 한글을 폐기시키고 조선총독부를 수립하여 수탈과 강제징용, 위안부를 동원하는 등 천인공노할 만행을 저질렀다. 또한 일본은 2차 세계대전 폐허위에서 한국 6.25동란을 통해 미국 대신 군수품을 납품함으로써 경제 기반을 마련하였다. 우리한테 백배 감사해야 한다. 사실 우리와 일본은 애증이 교차한다. 잘사는 이웃을 두었기에 우리는 질투심 때문에 배가 아파서 더 열심히 경제개발하고 전력투구를 한 측면도 있다. 우리 옆에 방글라데시나 필리핀이 있었다면 우리는 무감각했는지도 모른다. 나 역시 일본을 수없이 다녀오면서 벤치마킹해 왔다. 상수도 고도정수처리, 블록시스템 관망 정비 등도 일본 것을 보고 우리도 서둘러 적용했다. 천하 악행 나쁘지만 잘 사는 일본 이웃을 둔 것에 역설적으로 감사할 일이다. 한번은 어느 저녁자리에서 교수 한분이 일본의 만행에 대해서 피를 토할 정도로 분개하는 것을 보았다. 그러면서 '이번에는 절대 물러서지 말아야 한다. 경제를 희생하더라도 자존심 회복을 해야 한다'고 목청을 높이셨다. 충분히 이해가 간다.

독일과 프랑스도 과거 역사를 보면 철천지원수다. 보불전쟁, 나폴레옹침략, 히틀러 2차대전 침공 등 수많은 침략과 정복이 끊임없이 이어져왔다. 그러나 현재는 경제적 절대 우방국이 되었다. 과거의 앙금이 있지만 서로 포용하는 관계로 발전했다. 미국과 영국도 마찬가지다. 미국도 초창기에 영국 식민지로 있었다. 조지워싱턴을 총사령관으로 영국과 독립전쟁을 치열하게 치렀다. 1776년 7월 4일 미국독립기념일(Independence day)을 지금까지 공휴일로 지정하여 매년 페레이드, 불꽃놀이 등 거창하게 행사를 치루고 있다. 미국이 영국을 적대국 원수로 여기지 않고 오히려 우군으로 품는다. 역사를 통해 보면 과거의 적을 품는 자가 강국이 되었다. 용서하고 포용하는 자가 강자다. 이것이 하늘의 원리다.

한편, 2차 세계대전이 끝나고 승전한 연합군은 패전국에 대한 전범 처리의 일환으로 독일을 분할통치하기로 했다. 게르만은 뭉쳐놓으면 전쟁을 일으킨다가 모토다. 그리하여 미영프가 서독을, 소련이 동독을 통제 관할하게 된다. 나는 일본이 미운 것 중의 하나가 2차대전 후 독일을 분단시키면서, 왜 우리를 분단시켰는지 참으로 아이러니컬하다. 일본이 쪼개져야 마땅한데, 우리가 대타로 희생을 당한 것이다. 맥아더가 일본을 분단시키려 계획을 했는데, 일본 기모노 여성들의 애국심으로 미군들을 유혹했다느니, 이차 저차 이유로 한반도를 나누게 되었다는 낭설도 있다. 우리는 일제 식민지에서 해방된다고 좋아했는데 그것이 순진한 것인지, 바보인지. 아무튼 아무 잘못도 없는데 왜 강대국의 놀음에 놀아나고, 이리저리 휘둘려야 하는지 어이가 없다. 그 이면에 일본의 꼼수가 있었는지, 또 김일성이 소련과 연합하여 북쪽을 손아귀에 넣으려는 음모도 있었고, 국내외적으로 묘하게 꼬여버렸다. 남 탓할 필요 없다. 힘 없는 약소국가 우리가 바보 천치다. 하필 일제 식민지를 당하여 우리는 주권도 외교권도 없는 상태에서 2차대전이 종전되면서 우리 의지와는 전혀 상관없이 분단되는 비극의 역사가 시작되었다. 그 당시 신탁통치니 반탁이니 데모를 하고 요란을 떨었지만, 그보다도 일본을 분할하는 문제를 미·소와 사전에 주도면밀하게 협상을 했어야 했다. 사실, 그 협상 테이블에 우리가 앉을 자격도 없는 것이 참으로 답답하다. 나쁜 역사도 역사다. 이것을 통해 우리는 반면교사, 교훈을 얻어야 한다. 힘 없으면 국력이 약하면 말짱 꽝이다. 힘도 없으면서 어쩌고저쩌고 떠드는 것은 무지의 소치다.

다른 한편으로 일본과 이렇게 감정싸움 대립만 계속 할 것인가, 해법을 찾는 지혜가 필요하다. 현실을 냉정하게 살펴 볼 필요가 있다. 세계경제대국 3위하고 10위하고 싸움을 하면 누가 이기겠는가. 복싱으로 말하자면 헤비급하고 라이트급하고 경기를 하는 격이다. 라이트급이 아무리 펀치를 날려도 헤비급이 쓰러지겠는가. 일본 측에서는 1965년 한일협정으로 5억불을 주고 끝났다고 하는데, 우리 정권이 바뀔 때마다 다시하자고 막무가내로 우긴다고 주장한다. 우리는 국가 배상과 개별 배상은 별개라고 주장한다. 양쪽 다 어느 정도 일리는 있다. 과거를 비추어 볼 때 사과도 어려울뿐더러 사과를 받더라도 누워서 절 받기식의 찜찜한 사과는 안 받느니 못하다. 독일과 같이 진심어린 사과가 중요하다. 그러나 일본은 사과하는 문화가 아니다. 사과하면 죄를 자인하는 꼴이 된다. 군국주의 사무라이 영향이 크다. 더욱이 안타까운 것 중 하나가 일본은 기독교 복음이 거의 전무한 국가다. 일본은 복음 전도하기 가장 어려운 국가로 분류한다. 그만큼 극우파가 판치는 자기주장이 강한 나라다. 경제 대국 풍요롭다 보니, 배가 부르다 보니 아쉬울 것이 없다. 그러니 마음이 가난하지도 않다. 국민성도 겉과 속이 다른 국민이다. 사무라이 문화와도 관련이 있다. 상대에게는 절대적으로 발톱을 감추는 속성이 있다. 그런 나라가 일본일진대 더 이상 무엇을 바라겠는가, 기대하는 우리만 속이 상할 뿐이다. 한번은 가을 태풍이 일본을 강타하여 도쿄 시내가 물바다가 되면서 백여 명의 인명피해가 발생되고 재산피해도 엄청나게 컸다. 과거에는 일본에 거대한 태풍이 할퀴고 가거나 지진이 발생되면 솔직히 마음속으로 고소해 했다. 지진 강도도 6, 7이 아니라 8, 9정도로 더 세게 와서 한번 완전 초토화되는 모습을 보았으면 하는 못된 질투심도 있었다. 그러나 믿음을 갖고 부터는 일본이 참으로 불쌍하다는 생각이 든다. 하나님을 모르고, 세상적인 자존심에만 사로잡혀 있는 무지한 영혼들이다. 하나님이 긍휼한 은혜로 딱딱하게 굳어있는 그들의 마음을 만져주기를 빌어본다.

아울러 이번 기회에 Korea를 Corea 로 영문 국명을 변경했으면 좋겠다. 조선시대구한말에도 서구에서도 꼬레아로 불렸다. 그러다 일제 강점기를 거치면서 일본이 고의적으로 Japan의 J보다 알파벳이 아래인 K로 고친 것이 분명하다. 바로 잡아야 한다. 국명을 바꾼 사례는 많다. 대만을 과거에는 Taipei라고 하다가 중국이 UN무대에서 강대국이 되면서 현재는 Chinese Taipei, CT로 개명을 하였다. 또한 Spain도 공식적으로는 Espania로 표현하고, 영국도 공식적으로는 Kingdom of Great Britain 혹은 England로, 독일도 Deutschland, Germany로, 네덜란드도 Holland, Netherland, 화란으로 부르고 있다. 특히 미국은 공식적으로 USA 이지만 통상적으로 America라고 부른다. 미국인 대부분은 어메리카로 부르는데 아마도 알파벳 A가 첫음이라서 그렇게 쓰는 것 같다. 심지어 일본까지도 Japan, 또는 Nippon으로 부른다. 일본하고 과거사 가지고 서로 샅바 싸움도 중요하지만, 국명을 Corea로 환원시키는 것이 명분과 실리를 챙기면서 더 실속 있다. 기업도 사명을 바꿔서 새롭게 도약하는 경우를 많이 본다. 금성에서 LG로, 선경에서 SK, 한국통신공사에서 KT로 모두 성공한 케이스다. 물론 글로벌 시대에 발맞춰 개명한 측면도 있지만 결과는 대박이다. 그렇다고 한글을 경시하는 것 아니냐는 논란과는 별개의 문제다. 아무튼 Corea로 바꾸기 위해 'Corea 국명 변경 추진단'을 대통령 직속으로 조직해서 범정부적으로 힘을 모으기를 소망해 본다.

일제 식민지 영향으로 우리나라 행정체계는 거의 일본 복사본에 가깝다. 조직체계 업무매뉴얼 등 일제 것을 그대로 베꼈다. 도쿄도에 있는 작은 도시 쿠니타치시의 시장을 역임한 분하고 대화를 나눴는데 크리스천이다. 중증장애인에 대한 '24시간 간병지원' 제도를 만들어 일본 전체로 파급시킨 장본인이다. 개인정보를 국가가 수집하여 감시 관리하는 '주민기본정보 네트워크시스템'은 민주주의의 근간을 흔드는 것이다 고 반대를 했던 분이다. 재일교포에 대한 인종차별을 공공연히 부추기는 헤이트스피치에 대해서도 '인권차별철폐 조례'를 제정하려는 운동을 하고 있다. 최근 일본의 수출규제와 관련하여 경제보복전쟁에 대해서도 아베 정권의 오기와 독선을 비판하였다. 그것을 보면서 양심있는 의식이 깨어있는 기독교인이라는 생각을 했다. 과거 대동아 전쟁이 잘못 되었다는 것과, 사과가 제대로 이루어지지 않은 점, 전후 배상을 외면하고 있는 점, 그리고 다시 군국주의 부활을 위한 개헌과 재무장하는 것에 대해서도 분명히 비판을 내놓았다. 일본은 전쟁을 두 번 다시 하지 않겠다고 세계인들 앞에 공표를 하면서, 세계 평화의 길, 주변국들과 우호관계를 구축하겠다는 노력이나 의지를 보여야 한다고 목소리를 높였다. 우리 대법원의 강제징용 배상판결에 관해서도 과거 한일 청구권 협정과는 별개로, 일본 사법계에서도 개인의 손해배상권을 제한하지 못한다는 것이 이미 다른 사례로 인정했다는 의견이다.

독일 통일과정을 한번쯤 상고해볼 필요가 있다. 서독의 경우 경제부흥을 위해 아데나워 총리가 아데나워선언을 하게 되면서, 친불 정책을 펴게 되었다. 프랑스에 대한 거부감, 반대도 많았지만 미래를 향한 결단이었다. 석탄철강협약을 시발점으로 독일 경제역사를 새롭게 쓰기 시작한 것이다. 2차 대전 폐허위에서 라인강의 기적을 만들었다. 이것이 도화선이 되어 오늘날 유럽경제공동체인 EU가 탄생되는 모체가 되기도 하였다. 아데나워는 기독교적 가치의 정치

리더십을 기반으로 정치적으로는 서구식 자유민주주의를, 경제적으로는 시장경제체제를 통해 독일통일의 기반을 다졌다. 아데나워 총리의 일화가 있다. 경제장관 에르하르트와 좋은 관계가 아니었다. 그러나 그의 능력을 인정하고 계속 등용시켜 독일경제 부흥의 기적을 만들어 냈다. 또한 어느 해 추운 겨울을 지내야 하는데 석탄재고가 없다, 또 채굴한 시간도 부족하니, 각의에서는 올 겨울에는 나무를 벌목해서 땔감으로 사용하자고 했다. 그러나 아데나워만 반대를 했다. 그리고 독일에 주둔중인 미군을 찾아가 석탄을 빌리고 다음해에 갚기로 했다. 이듬해 봄이 되자 국민들은 아데나워의 혜안을 찬양했다. 그렇지 않았으면 독일은 벌거숭이산이 되었을 것이며 이를 복구하려면 수십 년이 걸렸을 것이다. 한편 빌리브란트의 신동방 정책으로 베를린 장벽이 무너지면서 1990년 독일 통일이 완성되었다. 당시 소련은 고르바초프의 개혁개방과 맞물리면서 경제난으로 어려운 상황이었다. 모든 것이 독일 통일에 맞물려 합력해서 선을 이루게 된 것이다. 하늘이 도운 셈이다. 오늘날 독일은 유럽공동체 EU의 사령탑이다. 스페인 그리스 등 붕괴직전의 EU경제를 살린 장본인이다. 독일과 같이 친불정책, 신동방정책이라는 과거를 뛰어 넘는 새로운 시대정신을 담아낼 수 있는 결단을 기대해 본다.

독일 통일을 보면서 한반도 통일 전략은 무엇일까. 그렇다고 독일을 무턱대고 모방해서는 안 된다. 상황과 여건이 다르기 때문이다. 우선 6자 회담 당사자들과의 관계정립이 중요하다. 친미 친일 친중 친러 정책을 통해 한반도 통일의 필요성을 이해시킬 필요가 있다. 한반도는 혼자서 통일할 수 없는 지정학적 여건이 도사리고 있다. 러시아한테는 시베리아 천연가스나 유전 배관망이 한반도를 관통한다면 한국은 물론 일본한테도 팔 수 있어서 상호 원원할 수 있다는 방안을 제시한다. 러시아는 경제 재건을 위해 시급한 과제중의 하나로 수용 가능성이 많다. 중국한테는 한반도 평화 통일을 통해 동북아 평화 정착은 물론 아시아 및 세계 평화에 기여하는 측면으로 설득하면 반대할 이유가 없다. 한반도는 물론 일본과의 육상 물류 증가를 통해 중국 경제 활성화에 도화선이 될 수 있다. 중국 경제를 한 단계 도약시킬 수 있는 절호의 기회이다. 이를 위해서도 사실상 한일해저터널 공사를 시작해야 한다. 일본 경제에 종속된다며 일부 반대도 있지만 우리나라도 펀더멘털이 강하기에 극복할 수 있다고 본다. 비용은 반 반씩 부담하면 된다. 한·일 간을 일일 생활권으로 묶을 수 있다. 한반도 통일 초석을 위해서도 필요하다.

한편 미국에게는 한반도 통일을 통해 중국, 러시아의 군사적 위협을 경감할 수 있는 완충지대 역할을 하겠다. 한반도 통일이 동북아 평화, 세계평화에 기여할 수 있다. 일본에게는 유라시아 대륙으로의 경제 활로를 찾아서 이득이고 안보문제도 우리가 방패막이 역할을 하겠다고 하면 반대할 이유가 없다. 상호 상생전략이다. 다시 말해 동북아는 물론 세계평화와 세계경제를 위해서도 한반도 통일이 긍정적 역할을 한다고 미국 일본 중국 러시아를 설득시키면 된다. 사실 맞는 말이다. 한반도 내부적으로는 비정치적 교류를 강화해야 한다. 과거 반공, 승공 이데올로기에 너무 집착해서는 안 된다. 6.25의 참상을 겪은 세대에게는 받아들이기가 어렵다. 빨갱이가 어땠는데 너희는 안 겪어봐서 모른다. 물론 이해가 간다.

한편, 북한 내부 민주화 개방유도를 해야 한다. 시대 물결이다. 국제적 국내적 여건이 성숙되어 북한이 붕괴 시 남한으로 밀려오는 북한 이주민을 수용할 자세와 여건을 준비해야 한다. 그 시점에서 한반도평화선언을 해서 유엔의 지지를 얻는 것이다. 전 세계를 향해 우리는 평화를 지향하고 주변 국가들에 감사하고 동북아 경제에도 기여하겠다는 선언을 하는 것이다. 이렇게 되기까지에는 북한 핵 문제, 북한 지도자 문제 등 여러 난관이 있다. 여기에 독일 통일에서와 같이, 절대적으로 하나님의 섭리 도움이 필요하다.

탈북자로서 한국에서 예수님을 영접한 영화감독이 북한인권영화 '사랑의 선물'을 제작하였는데, 들풀의 불꽃같이 번져 가고 있다. 독재자가 정한 운명대로 살아가야 하는 북한 주민들의 실 상황을 영화로 만들었다. '복음 통일이 이루어지는 날까지 기도를 멈추지 않겠다'는 영화감독의 멘트가 귀에 쟁쟁하다. 동방의 예루살렘이라 부를 정도로 하나님 말씀이 뜨겁게 불타올랐던 평양, 그곳이 지금은 세계 최하의 인권사각지대, 최악의 독재자 권부가 자리 잡고 있다. 또한

1907년 한국 기독교 영적 대각성의 물결을 일으킨 평양대부흥운동의 본산지다. 대대적 회개운동을 통해 한반도 영적부흥의 불을 지핀 곳이다. 분단이후 남한은 세계가 경악할 만한 경제 성장을 이룬 곳이고, 새벽기도가 세계에서 제일 강한 곳이다. 다른 한 곳 북한은 세계가 경악할 만한 최악의 경제 상황에다 기독교 탄압 박해가 50년째 세계 1위다. 참으로 한민족으로서 극한 대조를 이루는 것이 아이러니컬하다. 사람의 머리로는 이해할 수가 어렵다. 하나님 관점에서 해법을 찾아야 한다. 여기에는 분명 하나님의 메시지가 담겨 있다. 하나님이 한반도를 세계 최고 최상의 민족으로 사용하기 위해 연단하는 과정이다. 일종의 시험 무대이다. 이것을 통과하면 하나님의 놀랄만한 축복이 기다리고 있다.

탈북자 증언을 들을 기회가 있었다. 고난의 행군으로 식량이 부족해 전전긍긍하던 시절, 중국에서 수입해 오는 옥수수를 화물선에서 몰래 빼돌려 공장 사람들에게 나누어주었다. 그런데 내부 고발자가 있어 탄로가 났다. 공장 앞 운동장에서 인민재판이 열렸다. 근로자들이 보는 앞에서 주모자들을 총살했다. 그 광경을 보고 한 사람이 뛰쳐나가 집행부 앞에서 항의를 했다. 아무리 잘못했기로서니 이건 너무 한 것 아닙니까. 그러자 그 사람을 즉석에서 사정없이 구타를 한 후 포승줄로 묶어서 총살을 시켰다. 얼마나 많은 총알을 맞았는지 내장이 파열되고 온 몸이 만신창이로 말로 형언할 수 없을 정도로 참혹했다. 그러자 군중들이 여기저기서 웅성거리기 시작하였다. 자기네들한테 식량을 나눠 준 고마운 은인들인데… 운동장을 떠나지 않고 있었다. '이번 일을 중앙당에 고발해야 한다, 단체로 공장 파업 항거를 해야한다' 등 열변이 터져 나왔다. 얼마 후 갑자기 탱크가 굉음을 내며 들이닥쳤다. 군중들에게 단체 행동하지 말라고 위협을 주려는 줄 알았다. 그런데 갑자기 군중들이 앉아 있는 쪽으로 빠른 속력으로 그대로 달려드는 것이 아닌가. 미처 도망가지도 못하고 탱크에 깔려 수십 명이 압사를 당했다. 참으로 인간이기를 포기한 집단이다. 삼천리금수강산 한 민족이 어떻고, 민족 평화통일이 어떻고 너스레를 떠는 김정은 왕정 독재의 위선과 민낯을 보는 한 장면이다. 그 잔학성과 공포정치는 가히 상상을 초월한다. 리비아의 철권 통치자 카다피, 이라크의 후세인 등 독재자들의 말로가 어떤지 똑똑히 알아야 한다.

황해도 지방에서, 집에 화재가 발생했는데 부모는 밖에 일하러 나가고 아이들만 있었다. 마을 사람들은 불을 보면서 발을 동동 굴렀다. 이윽고 아이들 아버지가 도착했다. 불구덩이 속으로 들어가는 모습을 보며 아이들을 구해 올 것이라고 안심했다. 한참 후에 가슴에 무엇인가를 품고 나왔다. 김일성 김정일 초상화다. 자식 목숨보다 수령이 더 중요하다니. 나중에 그 아버지는 노동당 영웅으로 추앙받으며 큰 상을 받았다. 조선중앙통신 방송에서까지 극찬을 아끼지 않았다. 얼마나 쇄뇌 교육을 받았기에 이처럼 행동할 수 있단 말인가. 인간의 상식으로는 도저히 이해할 수가 없다. 측은하기도 하고 한편 불쌍하기도 하다.

북한에서는 수령이 하나님이다. 어느 탈북자가 간증하는데 성경을 보니 하나님 대신에 김일성을 넣으니까 어쩌면 그렇게도 똑 같으냐고 했다. 지금까지 김일성에 대해 교육받고 귀에 못이 박히도록 들어 왔던 것 하고 하나님이 일치된다는 뜻이다. 참으로 전 세계 어디에도 없는 상상을 초월하는 폐쇄정권 독재집단이다. 우리나라도 참으로 재수가 옴 붙은 나라다. 그런 집단을 상대해야 하는 운명이니. 속 썩이는 동생하나 잘못 두어서 두고두고 골칫거리다. 혈육이니 싫든 좋든 버릴 수도 없고 호적을 파가라고도 못하고. 한편으로 생각하면 그런 아우가 있으니까 하나님으로부터 속앓이 한만큼 또 다른 보상으로 큰 축복을 받았다. 통일문제는 하나님의 또 다른 계획이 있다고 믿는다. 북한내부 쿠테타를 일으키도록 권력 핵심부 누구의 마음을 움직이든가, 아니면 주변 열강들로 하여금 한반도가 통일되는 방향으로 갈 수 있도록 여건조성이 이루어 질 것이다. 지금은 우리가 나설 때가 아니라 하나님께 의지하는 인내의 시간이다. 그러므로 우리가 하나님께 순종하며 기도할 때이다. 만약 우리가 하나님께 회개하지 않고 불순종하면 또 다른 재앙이 올 수도 있다. 성경 속 과거 이스라엘 역사를 통해서도 알 수 있듯이, 그것을 본보기로 삼아야 한다.

하나님은 자신이 한반도를 통일시켰다는 간증을 듣고 싶어한다. 이스라엘 민족이 애굽에서 종살이 노예로부터 해방시킨 것과 유사하다. 그러므로 우리는 하나님께 전적으로 순종하고 충성을 다해야 한다. 하나님만 의지하는 절대 민음으로 무장해야 한다. 지금의 우리 상황을 보고 경고의 메시지를 보내고 있지만 우리는 감지하지 못하는 무지한 백성들이다. 인본주의에 사로잡혀 끼리끼리 패거리문화를 만들어 자기 생각, 자기 이익을 쫓고 있는 것이 옳은 것이라 착각하고 있다. 성경에도 '자기 소견에 옳은 대로 행하였다' 구절이 있다. 자기 생각이 맞다는 것, 자기 마음대로 행한다는 뜻이다. 자기 생각에 옳은 대로 하는 것을 하나님은 제일 싫어하신다. 내가 옳다고 생각하는 것이 옳지 않을 수도 있다. 옳을 확률이 50% 밖에 안 된다. 나는 옳고 상대는 무조건 틀리다. 나는 선이고 정의이고 상대방은 악이고 불의다. 누가 뭐래도 나는 항상 정당해야 하고 맞는 것이다. 현실을 보면 하나님과 완전 반대로 가고 있다. 이제 밥술깨나 먹는다고 오만 방자하다. 교만의 극치다. '교만은 패망의 선봉이다'고 성경은 경고한다. 이것을 깨야 이것을 회개하고 하나님 앞에 나가야 한반도에서 하나님이 통일작업을 시작하신다고 믿는다. 북한의 김정은 정권을 무너뜨리는 것도 하나님 손에 달려 있다. 지금은 참고 계신다. 최악의 궁지까지 가게 하실 것이다. 어느 시기에 하나님이 한반도 통일, 민족 복음통일이란 새 역사를 쓰실 것이다. 물론 하나님도 사람을 통해서 사람을 움직여서 또 자연의 힘을 이용해서 이 일을 하실 것이다.

한반도 통일을 위해서도 한일해저터널이 필요하다. 결론은 하루라도 빨리 건설해야 한다. 통일 한국으로 가는 하나의 초석임에 틀림없다. 부산 또는 거제도에서 대마도를 거쳐 일본까지 총 200km이고 육상구간을 제외한 터널구간은 150km 정도다. 비용은 100조원 정도로 추산된다. 사실 일본은 대륙진출을 목표로 2차 대전 이전부터 해저터널을 구상하고 있었다. 그 이후로도 계속 거론이 되어왔다. 반대 의견도 만만치 않다. 항공편을 이용한 물류 수송이 주류인 이 시대에 구태여 많은 돈을 들여 해저터널을 건설해야 하는가. 대륙 진출을 오매불망 꿈꾸는 일본한테만 좋은 것 아닌가, 또한 건설 후에는 부산항 기능과 경제 주도권을 일본한테 빼앗기는 것 아닌가. 대한해협 구간이 환태평양 지진대이므로 지반지질 구조상 기술적 어려움이 있다. 또한 도보해협을 횡단하는 유러터널의 경우 당초보다 3배의 공사비가 들어가는 등 경제적 효과가 적다 등등. 그러나 유러터널은 1987부터 건설해서 1994년 개통하였으니, 30년 전 이야기다. 기술도 그때와 지금은 천양지차다. 일본은 사할린과 홋카이도를 연결하는 터널을 뚫어서 러시아를 거쳐 유라시아 대륙으로 뻗어나가려는 구상을 러시아와 협상 중이다. 이것이 뚫리면 한일 해저터널은 물 건너가고 만다.

대승적 견지에서 미래 통일 한반도의 거시적 경제효과를 고려할 필요가 있다. 과거 고건 총리가 한일해저터널을 강력히 주장하다 잠잠해진 상태다. 현재 일본, 중국 등과도 해상 물류 수송을 하다 보니 비용과 시간이 많이 걸린다. 육상을 통한 유라시아와의 직접 연결은 물류 및 관광 등 시너지 효과가 크다. 우리가 손해보다는 이득이 더 크다. 한반도를 관통하는 육로 통행료만 받아도 충분한 수익성이 있다. 다만 북한 지역을 통과해야 하는데 북한이 걸림돌이다. 한일 해저터널 공사가 최소 10년 이상 소요될 것으로 보인다. 그 기간 동안 한반도 상황이 바뀌어 질 공산이 크다. 북한도 경제난 해결이 시급한 과제다. 북한을 관통하는 도로 철도 등을 우리가 건설하는 방안도 있다. 통행료는 북한과 50:50 분배, 또는 거리비례요금 등 다양한 옵션이 있다. 이 기회에 북한을 개혁 개방으로 유도할 방책이기도 하다. 1차로 우리와 일본 간 통행을 먼저 하고 2차로 북한을 통과토록 하는 방안을 모색할 수도 있다. 한일 해저터널이 일본으로 하여금 한반도 통일에 앞장서게 만드는 촉진제가 될 수 있다. 아무튼 해저터널이 통일을 앞당길 수 있는 지렛대 역할을 할 공산이 크다.

한편 통일에 대비해서 우리가 준비할 것이 있다. 북한 내 SOC 구축을 위한 밑그림 마스터 플랜을 수립해야 한다. 도로, 철도, 전기, 상하수도, 가스 등에 대해 남한 인프라와 연계시켜 효율적인 방안, 기본구상을 마련할 필요가 있다. 먼저 도로의 경우, 서울 평양 신의주를 잇는 고속도로를 7차선 왕복 14차선으로 최소한 3개 이상을 만들어야 한다. 하나는 개성을 통해 평양으로 연결되는 것과 또 다른 하나는 해주를 거쳐 서해안을 따라 올라가는 고속도로다. 또 다른 하나는 춘천을 관통하는 중앙고속도로를 북쪽으로 연결해서 북한 내륙을 관통하는 고속도로도 건설해야 한다. 또 서울에서 원산을 거쳐 함흥 청진쪽으로 올라가는 고속도로 2개 노선도 필요하다. 철도 또한 서울 평양 신의주로 뻗어가는 2개 노선이 필요하다. 원산 쪽으로 가는 경원선 철도 역시 현대식으로 복원

해야 한다. 평양 원산 간 고속도로나 철도 등 북한의 기존 교통 인프라도 최신 기술로 현대화시켜야 한다. 한 가지 참고할 것이 있다. 과거 중부고속도로를 4차선으로 만들었는데, 그 당시 언론에서 '텅텅 빈 고속도로'를 만들었다고, 과잉투자 했다고 엄청나게 비판을 했다. 몇 년 후 교통량이 증가해 현재는 8차선을 만들었어도 부족한 형편이다. 서울 강서에서 김포공항을 연결하는 공항로를 6차선으로 준공했는데 그것 역시 감사원 감사에서 과다 설계했다고 서울시 공무원들이 징계를 당하기도 했다.

도로는 장래 자동차 증가추세를 감안해서 30년, 1세대를 내다보고 건설해야 한다. 추석같은 명절에도 정체되지 않을 정도가 되어야한다. 교통정체로 낭비되는 사회적비용을 감안할 필요가 있다. 예산 문제로 한꺼번에 건설이 어려우면 상하행선 중간에 장래 확장부지를 확보해 두는 방안도 있다. 또한 발전소도 각 도 단위로 한두 개 씩 설치하면 된다. 상하수도 인프라도 도청 소재지들 중심으로 또 백만 이상 대도시에 설치하여 인근까지 공급할 수 있도록 하면 된다. 주택의 경우 5층, 10층, 20층, 30층까지 표준모델을 만들어서 지역 여건에 맞도록 하여 대량 공급하면 된다. 북한은 GDP가 1500~1800불 정도로서 우리나라의 32,000불 대비 20분의 1 수준이다. 사회간접자본이 우리나라 70년대 수준으로 낙후되고 조잡하기 때문에 모든 것을 부수고 백지 상태에서 계획도시 신도시로 조성하는 측면에서는 오히려 수월하다. 또한 토지가 국가 소유로서 민원 등이 없으니 사업추진이 일사천리다. 다만 비용을 어떻게 충당하느냐가 관건이다. 북한 내 매장되어 있는 텅스텐이 세계 2위이고, 무산 철광 등 양질의 철이 세계 최고 수준이고 희토류 광물도 무궁무진하다. 우리 돈으로 대략 1경에 달할 만큼 천문학적인 지하자원이 있다. 이것을 담보로 해서 세계은행, IMF 등에서 차관을 들여와 건설하면 된다.

세상을 떠들썩하게 했던 정치 뉴스가 있었다. 유명 정치인의 자살 사건이다. 서울에서 3선을 하신 분이다. 또 MB정권 탄생의 일등공신이셨던 분이다. 개인적으로 친분이 많아서 더욱 안타까웠다. 혼자서 조문을 조용히 다녀왔다. 부부끼리 같이 골프를 치기도 했다. 현역으로 계실 때 스터디 그룹 멤버에 가입하면서 만났고 또 친한 후배 사업가와 인연이 있어서 자주 어울렸다. 결론은 우울증이었다. 과거에도 자살 시도가 있었다고 본인이 고백한 적도 있다. 또 본인의 신앙 간증을 들은 적이 있다. 아버지가 술을 드시면 어머니에게 폭력을 휘두르고 억압했다. 그것을 보면서 나는 안 그래야지 하지만 막상 본인이 아버지가 되고나서, 자식들에게도 은연중 압박을 그대로 하고 있다. 그래서 자식들하고도 관계가 서먹해졌다고 한다. 우리의 가부장적 유교 문화에서 흔히 있었던 일들이다. 생각이 과거에 머물지 않고 의식이 깨어 있었던 정치인이었다. 미래를 내다보면서 무엇인가 변화와 혁신을 추구했던 분이다. 양심도 바르고 결기가 있고 번득이는 지혜도 있었다. 이것저것 눈치도 보지 않는 소신도 있고, 쉬지 않고 공부하고 노력하는 분이셨다. 아무튼 하나님께서 긍휼한 마음으로 천국으로 인도해 주시기를 기도한다.

어렸을 적 옛날에는 아버지가 절대적 권력을 가진 집안의 왕이다. 아버지 말에 거역하거나 대들 수가 없는 구조다. 엄부자모라는 말이 여기서 유래되었다. 물론 장단점이 있다. 어른에 대한 공경심 경외감을 가지면서 사회가 안정화 되는 장점도 있다. 그러나 그것이 지나치면 부자간에도 상처가 되고, 가슴속 깊이 찌꺼기로 자리 잡으면서 우리 영혼을 괴롭히기도 한다. 나 역시 아버지가 가끔 어머니에게 완력을 쓰는 것을 보면서 자랐다. 그것 때문에 아들들은 대개 어머니 편이 된다. 아버지의 독선과 독재로 인해 자식들이 상처를 입는 경우가 많다. 특히 술이 웬수다. 시골의 우리 옆집 아저씨도 술만 드시면 집안 식구들을 때리고 괴롭혔다. 우리 부친은 술을 거의 못 드셔서 술타령 하나는 없으셨다. 아마도 남자들이 밖의 생활 전선에서 육신의 고단함을 달래기 위해 술을 드시고 술기운에 의지해 평상시 가족에게 불만이었던 것들을 표현하는 방법의 하나라고 생각된다. 공부 안 하는 자식이나, 평소 말 잘 듣지 않는 자식, 고분고분하지 않는 아내 등에게 그것 좀 고치라고 화풀이를 하는 것이다. 가족이 미워서라기보다 잘 되라고 좀 고치라고 하는 것이다. 맨 정신에 하지 못하던 것을 술기운을 빌어서 하는 셈이다.

나 역시 그런 범주에서 크게 벗어나지 못한다. 아내에게 부드러운 말로 이야기 할 줄을 모른다. 주로 사무적인 말투로 대화를 하고 상냥하고 따뜻하게 대화

하는 법을 모른다. 부드러운 대화 방법에 익숙지 못하다. 아내를 친구 대하듯 해야 하는데 때로는 주종관계, 상하관계로 대할 때가 있다. 그러면서 성경에 '아내들이여 남편한테 복종하라'는 말씀을 들이댄다. 이 세상에 아내보다 더 귀하고 중요한 존재가 어디 있나. 측은하고 안 됐다는 생각을 하면서도, 내가 잘해줘야지 결심을 하면서도 행동으로 실천하기가 참으로 어렵다. 잘 하겠다고 마음먹고 집에 들어왔는데 무엇인가 마음에 안 든다고 벌컥 화를 내고 망치고 마는 우를 범한다. 참으로 이 못된 버릇을 내 세대에서 끊어야한다, 자식에게 물려주어서는 안 된다. 나 역시 부친 영향을 많이 받았다. 내 위 형수님이 가끔 하시는 말씀이 '옛날 시아버지 하시던 것과 지금 형님이 똑같다'는 이야기를 한다. 내 아내도 '형제들이 아버지를 닮았다'고 말한다. 이것을 위해 기도를 한다. "하나님 아버지! 아내에게 거친 말하는 것 좀 고쳐주세요, 지금까지 제가 먼저 시비 걸은 것 잘못 했습니다. 내 의지 내 힘으로는 못 고칩니다, 만왕의 왕이신 주께서 고쳐 주옵소서."

잘 아는 지인 한분은 배우자와 이혼을 했다. 장성한 자식이 있는데 엄마와 같이 산다. 자식한테 전화를 해도 안 받는다. 애비가 자식한테 전화를 했는데 자식이 받지 않으니 참으로 난감한 일이다. 그러나 현실이다. 내가 난 자식인데 아버지 전화를 거절한다고 생각하면 그 상실감 허탈감으로 세상 살고 싶지 않을 것 같다. 부인이야 남남으로 갈라섰다지만 자식은 피를 이어받은 분신 아닌가. 아무리 애비가 못난이고 못할 짓을 했더라도 자식이 어떻게 천륜을 저버릴 수 있는가. 또 한편으로는 오죽했으면 그렇겠느냐 탄식도 나온다. 그 소리를 듣고 나서 너무 마음이 아프다. 그것을 보면서 어떠한 경우도 가정을 깨면 안 된다는 생각을 해본다. 특히 늙어서는 그 설움이 더 할 것 같다. 남자들이 밖에서 부귀영화를 누린다고 동분서주하다가 가정을 소홀히 하여 깨지는 경우가 있다. 깨어진 가정위에 입신양면 부귀영화가 무슨 의미가 있단 말인가. 밖에서 사업이 부도나고 건강이 망가져도 가정이 든든하게 받쳐주고 위로해주면 남자는 일어선다. 그러나 가족마저 등져버리면 정말 마음 붙일 곳, 갈 곳이 없는 것이 남자다. 강한 것 같으면서도 약한 것이 남자다.

근래 들어 미국과 중국이 경제전쟁을 치열하게 전개하고 있다. 미국이 중국 경제가 거대해지면서 세계경제시장의 주도권 싸움에서 밀리지 않을까 우려에서, 또 중국에 대한 무역 적자를 만회하기 위해 시작을 하였다. 중국은 미국에 Made in China 제품 수출을 엄청나게 하면서 달러가 넘쳐나서 그것으로 초고층 빌딩을 짓고 부동산 투자를 하는 바람에 상하이 등 일부 도시는 버블이 생기기도 했다. 미국이 화웨이에 대한 제재를 필두로 해서, 중국 수출품에 대해 지나친 관세를 부과하고 있다. 중국도 이에 질세라 세계 최대 달러 외환보유고를 가진 나라로서 맞서고 있는 형국이다. 그러나 중국 위안화가 일본 엔화보다도 가치를 인정받지 못하는 판국에서, 세계기축통화인 달러를 가진 미국을 대적할 수 없다는 것이 경제계의 중론이다. 과거 일본의 자존심 소니와 파나소닉 신화가 무너진 것을 두고 국내외 여론이 분분했다. 미국이 일본의 전자산업이 글로벌화 비대해지는 것을 견제하기 위해 달러환율조작 등을 통해 이들을 죽였다는 속설이 있다. 그 틈새를 삼성이 우연찮게 치고 들어가서 오늘의 금자탑을 쌓았다는 풍문 아닌 소문도 있다. 최근 미국만 나 홀로 경제 호황을 누리고 있다. 유럽, 아시아, 남미 등은 마이너스 성장 내지 불황 늪에 빠져 있는 것과 대조적이다. 참으로 미국은 축복받은 나라다. 셰일가스 혁명으로 앞으로 100년을 더 사용할 수 있다고 한다. 청교도정신으로 건국한 미국이 하늘의 축복을 받았다고밖에 더 할 말이 없다.

국제외교 무대에서는 '국력이 깡패다.' 국력이 뒷받침 되지 않고 자존심 오기 부려봐야 허공의 메아리다. 미국은 군사력 경제력 두 가지 모두 단연 세계 1위다. 누구도 넘볼 수 없는 초강대국이다. 세계질서를 관장하는 경찰국가다. 다르게 표현하면 '국제 깡패국가' 라고 할 수 있다. 반대로 약소국가들은 미국 때문에 두 다리 뻗고 잘 수 있다. 유엔이란 국제기구가 있지만 미국이 대부분을 실질적으로 통제하고 있다. 역설적으로 말하자면 미국이 없으면 세계는 개판 무질서가 되고 만다. 힘 있는 국가가 약한 주변 나라를 점령해도 할 말이 없기 때문이다. 미국 허락 없이는 핵개발도 할 수 없다. 이란이 핵무기 개발하려고 하니 미국이 강력히 경제제재를 하고 나섰다. 북한만 예외다. 어떻게 보면 북핵 문제는 미국이 책임을 져야 한다. 미국이 이것을 원점으로 되돌리거나 해결해야 한다. 우리 힘으로는 불가능, 한계가 있다. 그러니까 한반도 통일이나 평화도 미국의 협조, 개입 없이는 아무것도 안 되는 구도이다. 남북한 우리끼리 될 것 같은데 역학 관계상 불가능하다. 주변 강대국들의 협조 내지 묵인이 있어야 된다.

안보에서 제일 중요한 것이 우방국과의 안보동맹이다. 단독으로는 한계가 있다. 과거 소련이 막강한 군사력이 있어도 유럽의 NATO 방위조약 앞에 꼼짝을 못했다. 우리의 제1카드는 미국과 한미방호조약을 공고히 유지하는 것이 최상의 방법이다. 미국과 반대로 가거나 팔짱을 끼고 방관하는 것은 국익에 도움이 안 된다. 그렇다고 미국 사대주의를 하자는 것은 아니다. 우리의 인권, 국권을 지키면서 미국과 협조하는 것이 지혜롭다는 뜻이다. 주한미군이 2만5천명 주둔하는 한 북한이 전면적인 전쟁이나 도발은 불가능하다. 미군이 피폭을 당하는 순간, 자동개입하기 때문이다. 아마도 미국은 한국 국민은 안중에도 없고 오직 자국민보호를 위해 무자비한 응징을 가할 것이다. B-52 폭격기들에 의해 평양은 초토화가 될 것이다. 김정은은 전쟁을 시작하는 순간 자신이 죽을 것이란 것을 누구보다도 잘 알고 있다. 모 국방전략가 말에 의하면, 북한이 미국 본토에 도달하는 ICBM 미사일을 개발하는 날이 김정은 제삿날이 될 것이라 한다. '미 항공모함 2대가 동해안에 진입하여 김정은 위치를 탐색, 정밀타격을 가하면 언제든지 저세상에 보낼 수 있다'고 한다. 트럼프가 2020년 대통령 재선 때문에 강하게도 약하게도 이러지도 저러지도 못하고 있다. 얼마 전 폼페이오 국무장관과 대담 중에 김정은이 '미 정보국이 나를 암살하려는 계획을 계속하고 있지요' 하며 능청을 떠는 모습을 보았다. 한편, 개인적인 생각이지만, 155마일 휴전선 일대에 미군 소대 병력을 5km 간격으로 배치했으면 좋겠다. 좀 과장해서 말하자면 한국군은 놀고 있어도 된다. 미군하고 한국군하고 매일 족구만 하고 있어도 된다. 같이 운동하는 장면 사진 찍어서 TV방영하면 끝이다. 단언컨대 우리 안보의 근간은 한미상호방위조약이다. 이것만 깨지지 않으면 된다. 북한과 불가침협정이니 종전협정이니 평화조약이니 다 양보해도 한미방위조약만 유지하면 된다. 이런 관점에서 본다면 최근 논란이 되고 있는 일본과의 지소미아(군사기밀정보 공유) 문제도 우리가 풀고 가야 한다. 일본과도 '한일안보조약'을 맺는 것이 현명하다. 한·미·일 안보동맹체제만 확보되면 만사오케이다. 미국이나 일본한테 용비어천가를, 간 쓸개 빼놓고 비위를 맞추자는 것이 아니다. 약자의 생존원리를 터득하자는 뜻이다. 국제사회에서도 괜한 자존심 부리다 왕따, 퇴출되는 우를 범하지 말자는 취지다.

나는 미국 찬양론자가 아니다. 오히려 안티아메리카에 가깝다. 미국에서 박사 공부하는 동안 온갖 수모를 당해서 솔직히 반감도 많다. 초반에 영어를 못해서 설움을 많이 당했다. 말귀도 못 알아듣고 말도 제대로 못하고 헤매던 기억이 난다. 지금도 Never mind, Whatever 단어만 들어도 무시당하는 것 같아 자괴감이 든다. 너는 말도 제대로 알아듣지 못하고 대화가 안 되니 '됐어, 됐다'는 표현이다. 아직도 미국 공항 출입국 검사대에 서면 트라우마가 있다. 유럽이든 전 세계 어디를 가도 당당한데 미국에 갈 때면 과거 기억이 나면서 기가 죽는다. 한번은 미국 공항에서 비행기 화물을 붙이려는데 영어를 못 알아들어 헤맸다. '내 가방을 다른 사람 누군가가 비행기 안으로 가지고 갈 것이냐'는 질문을 이해하지 못했다. 무슨 뜻인지를 몰라 서로 언쟁만 계속 했다. 그 시기에 비행기 테러가 있었다. 혹시 테러범이 남의 가방을 비행기에 타고 가고 당신은 빠져나올 것인가 라는 질문이었다. 비행기 테러 방법을 전혀 모르는 상태에서 영어 표현도 자유롭지 못하다 보니 오해가 생긴 것이다. 국제회의나 세미나 등에 참석하면 영어 잘하는 사람이 왕이다. 전문지식이나 실력이 아무리 있다 해도 영어를 못하면 바보 취급당하는 것처럼. 이런 차원에서 우리나라 대통령도 이제는 영어를 조금은 하는 것이 외교에서도 강점이 될 수 있다. 공식적인 발표 성명 등은 모국어로 하더라도 1:1 대화나 산책 시에 대화의 반 정도라도 감을 잡을 수 있어야 한다. 서울시청 퇴직 선배하고 식사 중에 '우리 대통령은 트럼프하고 얘기하면 무슨 뜻인지 감도 못 잡고…' '김정은 반만도 못하다'고 일갈하던 모습이 떠오른다.

미국인들이 가장 존경하는 대통령 1위는 아직도 링컨이다. 남북전쟁을 승리로 이끌어 미연방이 둘로 쪼개지는 것을 방어하였고, 노예제도를 폐지하는 눈부신 업적을 남겼다. 이같이 밖으로 드러나는 이면에는 그의 믿음이 기초가 되었다. 링컨은 가난한 집안, 통나무집에서 태어나 정규 학교 교육은 2년도 못 받았다. 어려서 생모가 돌아가시면서 성경을 유산으로 남겨 주었다, '너는 평생 성경을 읽어라'를 준행했던 사람이다. 한번은 어릴 때 맨발로 쇠사슬에 묶여 일렬로 지나가는 검은 사람들의 행렬을 보았다. 누구냐고 물으니 '저들은 노예란다.' 그 모습이 어린 링컨 가슴에 못을 박았다. 성경에 '한 사람의 영혼이 천하보다 귀하다'는데, 똑같이 고귀한 인권을 가진 사람인데 왜 그럴까. 이러한 인생관 세계관이 결국 노예해방을 이루게 하였다. 남북 전쟁 희생자 묘역인 게티스버그 국립묘지를 개장하는 연설에서 '국민의 정부, 국민에 의한 정부, 국민을 위한 정부'를 주창한 불멸의 어록을 남기기도 했다. 이를 통해 미국 국민들에게 정부의 역할 소명을 일깨우면서 미국은 하나라는 국민통합을 이루었다. 전쟁 중에 친구가 백악관을 방문해 하룻밤을 묵고 있는데, 새벽에 이상한 소리가 나서 깨었다. 귀를 기울여 보니 골방에서 링컨이 새벽기도를 하고 있었다. '하나님! 이 동족상잔의 전쟁을 끝내 주시고 이 땅에 평화를 주옵소서.' 눈물로 기도하는 대통령 링컨의 모습을 본 것이다. 링컨을 통해 '골이 깊어야 산이 높다'는 말이 실감된다. 인생 환란과 풍파의 깊이만큼 인격이 성숙되고 또 남다른 대업을 할 수 있다.

세계에서 최정예부대 최강 군대가 이스라엘 군대라고 한다. 싸워서 패배해본 적이 없는 군대다. 여성도 2년간 병역의무를 하는 곳으로, 휴가 중에도 총을 가지고 나오는 나라다. 장교 지휘관들에게 한 가지 불문율이 있다. '나를 따르다'이다. 공격 앞으로가 아니다. 소대장, 중대장이 맨 앞에 선다. 제일 먼저 죽겠다는 뜻이다. 중대장이 전사하면 1소대장이 곧바로 중대장 완장을 차는 군령체계다. 이스라엘이 1967년 이집트, 요르단, 시리아, 레바논 4개국 아랍연합군과 전쟁을 치러, 6일 만에 승전한 사례는 세계 전사에서 전무후무한 기록이다. 불가능을 가능으로 바꾼 기적의 전쟁이라고 불린다. '전쟁은 숫자로 싸우는 것이 아니다'를 증명한 전쟁이다. 이스라엘 유학생들은 앞을 다투어 고국행 비행기에 몸을 실었으나, 중동국가 유학생들은 학교에 등교도 하지 않았다. 학교에 가면 차출을 당할까봐 겁이 나서 집에 숨어 버렸다. 전쟁이 끝난 후 기자가 질문을 했다, '무엇이 이스라엘을 승리로 이끌었다고 생각하느냐.' 대답은 간단했다, '불타는 애국심이다.' 이스라엘 군대는 '나 죽고 너 죽자'이다. 죽자고 목숨 걸고 덤비는데 이길 자가 있겠는가. 이란이 핵 개발 시험을 한다고 하자 이스라엘은 시리아 이라크를 건너가서라도 이란 핵기지를 폭파해 버리겠다고 위협하자 이란이 멈칫하고 있는 상황이다.

잠깐 머리를 돌려 우리 유학생들에게 이 상황을 적용해 보자. 나 개인적으로는 우리 청년들도 막상 상황이 닥치면 대부분 귀국할 것이라고 본다. 한 민족의 DNA도 유태인 못지않다. 고국의 부모 형제가 전쟁의 포화 속에서 죽느냐 사느냐 백척간두에 있는데, 외국에 혼자 남아 있을 한국학생은 없을 것이다. 나는 100% 확신한다. 한국인의 불꽃같은 혼을 믿는다. 얼마 전 젊은 인기 연예인이 외국으로 병역기피를 하려고 10년 동안 도피하였다가 뒤늦게 귀국하는 문제로 시끄럽다. 시간이 많이 흘러 병역 시효가 만료되었지만 귀국에 대해서는 부정적인 의견이 다수다. 이러한 병역도피는 일부 극소수다. 이것을 전체로 확대 해석할 필요는 없다.

남북 군사 상황을 이스라엘에 대입해서 가정해 보자. 북한이 핵을 개발하고, 미사일 시험을 계속하였다면, 벌써 핵 기지나 미사일 발사대는 전투기 공습으로 완전 공중분해 되었을 것이다. 내가 죽자고 해야 상대가 못 덤빈다. 한쪽에서 겁을 먹고 상대에게 손사래를 치며, 어르고 달래면 상대방은 더욱 기고만장해진다. 군사안보는 강자 논리, 승자 독식이다. 과거 연평도 포격 사건을 보면 한심하다는 생각이 든다. 남한 땅에 포격을 가하는 것은 분명 영토침략행위다. 그러므로 그 당시 함포뿐만 아니라 전투기까지 동원해서 북한쪽 포진지를 초토화시켰어야 했다. 국가의 존립근거가 국민의 생명과 재산을 보호하는 것 아닌가. 국지전이라도 불사해야 한다. 미군이 남한에 주둔하는 한 전면전은 어렵다. 만약에 이스라엘 같았으면 어떻게 대응했을까 상상해 보라. 벌써 초전박살이 났을 것이다. 싸움도 마찬가지다. 죽기 살기 싸우자고 대드는 사람한테는 더 이상 시비를 걸지 않는다. 나는 이스라엘을 하나님 관점에서 보고자 한다. '전쟁은 하나님께 속한 것이다' 는 성경 말씀을 믿는 민족이다. 전쟁에 나가기 전 전능자에게 기도하는데, 하나님이 함께 하는데 무엇이 두려운가. 인명재천이다. 생명은 하나님께 속한 것이기에 담대히 나가 싸우다가 살아남으면 하나님께 감사하고, 죽으면 천국가서 좋다. 절대 믿음으로 나가면 된다. 한번 죽는 인생, 병원 침대에서 죽느니 전쟁터에서 조국을 위해 죽는 것이 낫지 않은가.

　나는 군가를 부를 때면 묘한 감정이 솟아난다. 군대에서 군가를 부르면서 철모 아래에서 눈물을 많이 흘리기도 해서 그런지 군가를 부르면 여러 가지 상념에 사로잡힌다. 폐쇄된 공간, 자유가 구속된 상황에서 남자들끼리 부딪치며 겪는 어려움과 동시에 국가와 민족을 사랑하는 격정이 얽혀서 그랬던 것 같다. 군대에서 제일 많이 부르는 군가가 '진짜 사나이'다. '사나이로 태어나서 할 일도 많다만 너와 나 나라 지키는 영광에 살았다. 전투와 전투 속에 맺어진 전우야 ~~ 해가 질 때에 부모 형제 나를 믿고 단잠을 이룬다.' 나는 개인적으로 우리나라 여성도 짧게는 6개월 정도 군복무를 권장하고 싶다. 아마도 여성들이 들으면 욕을 바가지로 할 것이다. 이스라엘은 여성도 징병제로 2년 의무 복무를 하고 특히 북한은 5년간이다. 우리는 전 세계 유일한 분단국가다. 이러한 특수 상황에서 여성이 군복무를 한다면 아마도 통일이 앞당겨 질 것 같다. 잡링크에서 설문조사를 했는데, '여성도 국방의무를 져야 하는가'에 여성의 56%가 찬성하는 것으로 나왔다. 우선, 여자가 징병제 군복무를 하는 국가를 감히 어느 나라가 건드릴 수 없다. 경제력 10위로서 남녀 모두 전 국민이 군대를 다녀온 국가를 감히 누가 함부로 대할 수가 있겠는가. 정신무장이나 전투태세에서 일단 기선을 잡을 수 있다. 경제력 국방력에서 일단 A학점 아닌가. 이스라엘 GDP가 4만3천 불이고 국방력도 최신예 미사일, 폭격기 등으로 무장한 최강 전투력이니 주변 아랍국들이 감히 넘보지 못하는 것과 같은 이치다. 또한 병역가산점 등 논란의 시비도 없어질 것이다.

　우리나라 대통령들도 취임식장에서 국가와 민족을 위해 헌신 봉사하는 대통령이 되겠다고 맹세를 하고 시작한다. 초심불망이니 초지일관이니 일편단심이니 멸사봉공이니 온갖 4자성어 미사여구를 붙이면서 역사에 남을 대통령이 되겠다고 큰소리친다. 그러나 2년도 채 지나지 않아서 흐지부지 되고 만다. 인간은 나약하여 사탄의 놀음에 빠질 수밖에 없다. 개인적으로 박근혜 대통령에 대한 아쉬움이 많다. 최초의 여성 대통령으로서 전 세계가 부러워할 정도였다. 그런데, 한국당 관계자의 증언이 의미심장하다. 정윤회 문건에 대해 전 언론이 한창 시끄러울 때, 당의 주요 인사를 청와대에 초청해서 대통령이 '이것은 찌라시 보도다, 새빨간 거짓말이다' 일축을 하더라는 것이다. 비선실세 의혹을 받고 있는 정윤회가 누구인가, 최순실 전 남편 아닌가. 그것이 결국 탄핵으로 이어지는 단초가 되어버렸다. 권력자는 자기의 허물이 들추어지면 인정하기보다 힘으로 제압하려 한다. '아니 땐 굴뚝에 연기 나랴,' 속담처럼 문제가 터져 나오면 겸허히 인정하고 사과하는 것이 정답이다. 정직보다 더 강한 설득력은 없다. 그 순간은 괴롭고 힘들지만 국민들이 용서를 한다. 하나님도 인간의 연약함을 알고 죄를 짓는 것에 대해 곧바로 질책을 하지 않고 기다려준다. 잘못했다고 회개를 하면 용서해준다. 같은 원리다. 그래서 민심이 천심이다. 성경에 보면, '형제가 내게 죄를 범하였다면 몇 번까지 용서해야 됩니까,' 제자들이 예수님께 질문을 했다. '일곱 번에 일흔번까지 용서하라'고 대답을 하신다. 즉 7×70, 490번을 용서하라는 것이다. 그만큼 인간은 수없이 죄를 질 수 밖에 없고 또 그것을 무한대로 용서해야 한다는 의미다.

정치인이 국민을 이끈다고 생각하는데 사실은 국민이 정치인을 사용하는 것이다. 과거 대통령들을 돌이켜 보자. 해방이 되고 대한민국 정부수립을 위해 이승만 대통령을 사용하였다. UN이나 미국과 소통이 잘 되는 사람을 선택함으로서 우여곡절 끝에 유엔승인도 얻어내고 건국을 하였다. 6.25 전쟁 시 미국과 UN의 도움을 받아 공산주의를 물리치기도 하였다. 이후 조국근대화 경제개발을 위해 또 북한의 무장공비 침투 같은 적화야욕을 차단하기 위해 군 출신 박정희 대통령을 선출하여 사용하였다. 그 덕분에 5천년 가난의 굴레도 벗어났다. 세계역사에도 전무후무한 한강의 기적을 만들어 냈다. 그 후 전두환 대통령을 선출함으로서 그 당시 경제 대통령이라 불리던 김재익 경제수석을 등용시켜, 정부주도 경제정책에서 민간 시장경제체제로 전환하면서 본격적인 자본주의 시장의 파이를 키웠다. 또한 86아시안 게임, 88서울올림픽을 유치하여 한민족의 기상을 아시아는 물론 세계만방에 떨치게 하였다. 그 당시 김일성은 남침야욕을 호시탐탐 꿈꾸고 있었는데 전두환 대통령이 등장하자 그 욕심을 접었다고 한다. 40대 군인 출신 젊은 대통령으로서 첫인상부터 대머리에 강한 이미지다. '저 사람 건드렸다가는 큰일나겠다' 하면서 김일성이 무서워했다고 한다.

산업화 압축성장을 위해 개발독재가 상당부분 주효했다. 그 과정에서 인권이 희생되고 민주주의가 후퇴하였다. 또 이것을 만회하기 위해 YS를 선택해 군부 독재를 타파하고 문민정부를 수립하였다. DJ를 사용하여 IMF 금융위기를 타개하고 민주화를 완성하였다. 또 노무현 대통령을 사용하여 권위주의 문화를 청산하고 국민이 주인이 되는 정부를 만들었다. 이후 경제 재부흥을 통해 3만불 선진국 진입을 위하여 경제대통령 MB를 사용하였다. 그러나 2008년 미국발 세계금융위기를 겪으면서 제자리걸음에 멈추고 말았다. 기업인 출신으로 기업하기 좋은 환경을 만들어서 현대자동차, 삼성전자 등이 글로벌 기업으로 우뚝 성장하는 토대를 만들었다. 이후 박근혜 대통령을 선택하였는데, 건국 이래 최초 여성대통령이라 국민들은 환호했다. 지금까지 소외되어 왔던 여성인권에 대한 기대와 함께 미래 선진국 청사진을 만들어 가는 중에 세월호 사건, 또 비선실세 문제로 좌초하고 말았다.

역대 대통령을 평가할 때 공과를 균형있게 살펴야 하는데 대개는 실패나 단점을 부각시키려 한다. 대통령도 인간인지라 장단점이 다 있다. 대통령 욕 잘하는 사람한테, 만약 당신이 그 자리에 앉았다면 훨씬 잘 할 수 있다고 믿는 사람이 많지 않을 것이다. 우리 인간은 원죄가 있어 시기질투심이 많기에 장점보다는 단점을 보려는 속성이 있다. 그러나 단점은 덮고 장점을 볼 수 있는 혜안을 가지는 것이 선진시민의식이다. 장단점은 손의 양면과 같다. 빛과 그림자 원리다. 나 역시 마찬가지다. 사람의 단점을 이야기해야 흥미 거리가 되고 대화에 맛이 있고, 재미를 더한다. 나는 가끔씩 나쁜 생각 세상유혹이 찾아오면 두 주먹으로 머리통 좌우를 세게 때린다. '이 머리통아 정신 좀 차려라, 나쁜 사탄아 떠나라.'

옛말에 '임금은 하늘이 낸다'고 한다. 따라서 대통령은 하나님이 세웠기 때문에 하늘의 섭리에 순종, 순복해야 한다. 대통령도 세상언론, 당파적 이익, 또 자기측근들과 어울리다 보면 세상적인 사탄공격을 받을 수밖에 없다. 그러다 보면 내 자아, 교만, 이생의 자랑, 육신의 정욕이 일어나면서 점점 하나님과 멀어지게 된다. 결국 국민과 약속한 초심불망이 무너진다. 누구나 마찬가지다. 내 의지로는 작심삼일이다. 대통령은 백성들이 바라는 기대수준이 높기 때문에 민초들하고 무엇인가 달라야 한다. 5200만 국민이 매일같이 일거수일투족을 바라보고 있다. 국민들은 하루에 한번쯤 대통령 이름을 떠올리거나, 입 밖에 낼 정도다. 어쩌면 백성들 머릿속에 하늘같은 상징적 신적 존재다. 기대에 부응하려면 하나님 앞에 발버둥쳐서 내 자아를 버리는 수밖에 없다. 말씀과 기도로 무장하는 것이 답이다. 기도만 해서도 안 된다. 말씀이 없으면 신비주의에 빠질 수 있다. 또 말씀만 읽고 기도가 없으면 율법주의에 빠지게 되어 남을 판단만 할 수 있다. 그러므로 이 두 가지를 병행해야 한다.

'대통령이 변해야 나라가 산다.' 대통령의 의식구조 가치관이 백성들 눈높이보다 거룩하게 바뀌어야 국가도 국민도 평안하다. 세종대왕이 하루는 밥상을 물리시기에, 왜 안 드시는지요? 물었다. 가뭄으로 기근에 허덕이는 백성들 굶주림을 생각하니 밥맛이 없다, 고 했다. 그것이 임금이다. 김대중 대통령께서도 IMF 시절, 사업부도로 인해 기업체 사장들이 연일 자살로 이어지는 난국에, '밥상의 반찬수를 줄여라' 고 지시를 내렸다. 청와대 주방장이 이 말을 듣고 눈시울을 붉혔다고 한다. 대통령은 백성을 생각하는 긍휼한 마음이 있어야 한다. 사람은 자기 자신을 가장 잘 알면서도, 자기 자신을 가장 잘 모른다. 그것이 인간이다. 인간은 자신의 무지몽매를 인식하지 못하면서 또 자기합리화에 능하다. 자신한테는 솜방망이 잣대를 들이 대면서 남에게는 칼날의 잣대를 들이댄다. 극도로 자기중심적이다. 그러므로 창조주한테 이것을 깨닫게 해달라고 매달려야 한다. 대통령의 수준이 그 나라 국민수준이다. 도덕성 수준도 거의 일치한다. 뭔가 잘못되면 대통령을 욕하지만 사실 국민수준도 아니 내 수준도 별반 다르지 않다. 대통령에 대한 기대가 크면 실망도 큰 법이다. 내가 육십 평생을 살면서 터득한 것 하나는 매일 아침마다 성경을 읽고 묵상하고 기도하는 길 밖에 없다. 그래야 내 혈기, 내 고집이 조금씩 죽어간다.

또한 사람은 사랑해 줄 존재이지 믿을 존재가 아니다. 나도 나 자신을 믿을 수 없다. 나도 나를 수없이 배신한다. 나와의 약속, 굳은 언약도 지키지 못하고 부도 수표를 날린다. 그러한 마당에 남들이 나에 대해 신의를 저버리는 일, 배신

하는 것은 식은 죽 먹기 아닌가. 나도 나를 못 믿는데. 그러므로 기도를 통해 하나님과의 밀접한 관계를 유지해 나가는 것이 답이다. 목사도 한 달만 성경 읽지 않고 기도 안 하면 일반인과 똑같다. 사탄, 악한 영은 집요하게 방해 공작을 펼친다. 육신의 정욕, 이 세상 자랑, 쾌락, 속세의 즐거움을 추구하도록 끊임없이 부추긴다. 나는 얼마 전에 앞으로 다시는 남을 정죄하고 비판하지 않겠다고 하나님 앞에 맹세를 했다. 그러나 며칠도 못 되어 과거와 똑같이 남을 비판하고 있는 나 자신을 발견한다. 성경에 보면 '비판을 받지 아니하려거든 비판하지 말라'고 말한다. 또 '의인은 하나도 없다'고 한다. 인간은 의인이 될 수 없다. 의인 인척 할 따름이다. 내로남불을 생각하면 이해가 된다.

교회 여 집사님은 딸이 교회를 나가지 않자, 한번만 같이 가자고 간청했다. 딸이 교회 갔다 와서 하는 말이, '교회 다니는 여자애들이 왜 그리도 이기적이고 싸가지가 없어' 라고 불만을 표시했다. 엄마 왈 '나는 교회를 평생 다녔어도 하나님 한분만 바라보고 다녔는데, 너는 하루 나가더니 사람만 쳐다보고 왔느냐.' 그렇다 사람을 보면 시험 당할 수밖에 없다. 세상적 눈으로 見하기 때문이다. 영적으로 觀해야 한다. 육신적인 見과 성령적인 觀이 그 차이다. 이성을 바라볼 때도 견이 아니라 성령의 시각으로 관해야 한다. 하와가 선악과를 보자 보암직도하고 먹음직도 하니, 육신적인 견으로 따먹은 것이다. 배우자를 선택할 때도 세속적 견하면 나중에 문제가 될 수 있다. 사업도, 공부도 인간관계도 견 대신 관해야 한다. 하나님의 영적 시각으로 바라봐야 후일무탈 할 수 있다. 인간관계에서도 '사람하고 싸우지 말라'고 하지 않는가. 인간은 누구나 불완전하다. 나 역시도 미완성품이다. 사람을 볼 때도 觀해야 인간관계가 흐트러지지 않는다. 남편이 바람 피워도 '저 사람 인간도 아니야' 라고 見하지 말고 하나님한테 '저희 남편 사탄 마귀 꼬임에 넘어가지 않게 하소서' 기도하는 觀이 필요하다. 육적인 견에서 영적인 관으로 빨리 전환하는 습관을 가져야 한다. 세상관점에서 하나님 관점으로 넘어와야 한다. 이것이 하나님이 기뻐하는 믿음이다.

천정부지 강남 부동산 어떻게

　국민들 초미의 관심사가 부동산문제다. 그만큼 부동산가치의 위력이 대단하다. 개인의 재산가치를 평가하는 중요한 경제적 요소일 뿐만 아니라 심리적으로 불안케 만드는 정서적 요인으로까지 작용한다. 아울러 국가 경제 전반에 미치는 파급 효과가 커서, 정부 경제정책기조를 좌지우지할 만큼 영향력이 강하다. 최근 서울의 아파트 가격이 지속적으로 상승하고 있다. 지금까지 정부가 8.28부동산대책이니 뭐니 내놓아 봐도 반짝 수그러들다가 또다시 원점이다. 투기꾼을 잡으려다가 보통사람들까지 엉뚱하게 피해를 본다고 볼멘소리다. 시장 원리가 아닌 규제 일변도 정책이 문제다. 강남집값은 유아독존 천정부지로 솟아오르고 있다. 부동산은 소위 불노소득의 상징이다. 일종에 돈 놓고 돈 먹기 놀음인 셈이다. 수도권 아파트, 특히 '강남아파트만 사 놓으면 만사 오케이다'는 투기심리가 만연해 있다. 대다수 서민들은 '강남 아파트값 얘기만 나오면 살맛이 안 난다'고 푸념을 한다. 평당 5천만 원을 상회하니 30평대 아파트도 보통 15억 이상이다. 사실 아파트값 상승이 시중 금리보다 몇 배 이상이니 이만한 매력적인 투자처가 없다. 그러니 전문 투기꾼뿐만 아니라, 일반인들도 부동산에 눈을 돌릴 수밖에 없다. 대중매체에서도 재테크니 세테크니 하면서 부동산열풍을 부추긴다. 일반 서민들만 그림의 떡이다. 배고픈 것은 참아도 배 아픈 것은 못 참는 우리네 국민 정서상 춥고 배고픈 육두품 민초들만 상대적 박탈감, 상실감에 빠져있다. 국민들 간 위화감을 조성하면서, 가진 자와 못 가진 자 계층 분열만 가속화시킨다. 그렇다면 이 '강남부동산 불패신화'를 어떻게 깰 것인가 하는 문제가 정부가 해결하여야 할 최대 과제다. 우선 원인부터 진단해 보고 대안을 제시하고자 한다.

　먼저 정부 부동산 정책의 문제점을 파헤쳐 보자. 먼저 수요공급이란 자본주의 시장원리를 무시하고 세금규제 일방통행으로 밀어 붙였다. 뉴욕 월가에는 '시장 흐름을 거스르지 말라'가 불문율로 되어 있다. 정부는 오로지 조세정책으로 해결 초점을 두었다. 거래세인 양도세, 취득세와 보유세인 재산세, 종합부동산세를 중심으로 이것을 해결하려고 하니 극히 관료적인 시각이란 비난을 받고 있다. 강남은 서울의 강남뿐만 아니라 대한민국의 강남이란 정서적 특성을 가지고 있다. 강남에 살아야 성공한 사람의 모델이고 부르조아 특권층 계급의 상징으로, 사람대접 받는다는 풍토가 기저에 깔려있다. 우리의 체면문화와 궁합이 잘 맞는 일종의 과시용, 사치성이 농후하다. 강남 아파트는 생필품이 아니라 사치품이다. 수요는 많고 공급이 거의 없다 보니 가격이 오를 수밖에 없다. 재건축 재개발을 묶어 놓으니 공급이 절대 부족하다. 그래서 일부 투기세력을 잡겠다고 양도세를 올리고 재산세를 과도하게 올리다 보니 애꿎은 1가구 1주택을 가진 보통 사람들만 죽어난다. 아울러 높은 양도세 때문에 팔기를 꺼려해 거래가 없다보니 가격만 치솟고 있다. 투기세력 벼룩이 잡으려다가 초가삼간을 불태우는 격이다. 정부 부동산 정책이 책상물림 탁상행정이라고 비판을 받을 수밖에 없다.

　또한 통화량 확대가 부동산 가격을 부추긴다. 시중에 1,000조에 달하는 부동자금이 최고의 수익률을 보장한다는 부동산으로 몰려들고 있다. 최근 MMF 머니마켓펀드가 인기다. 이러한 단기금융펀드가 시중금리 이상으로 수익을 안겨준다고 하니 누구나 솔깃한다. 단기유동성자금의 경우 수익률에 따라 움직일 수밖에 없다. 그러니 아파트 쇼핑, 땅 쇼핑이란 말이 나온다. 최근 위례, 하남, 파주 등 신도시 토지 보상을 받은 핫머니들이 또 다른 토지시장이나 주택시장으로 재투자 되면서 부동산 악순환이 계속되고 있다. 토지로 재미를 보았으니 또다시 토지나 아파트 등 부동산 투자를 반복하게 된다. 국토가 작고 한정된 우리나라 토지 여건상 수요는 계속 증가될 수밖에 없다. 결국 부동자금이 단기투기성 핫머니로 변질되면서 부동산 가격을 상승시키고 있다. 한편, 정부가 경기

부양책의 일환으로 예산을 확대하고 발권을 통해 통화증발을 함으로서 파생된 부동자금이 부동산 몰빵을 가속화시킨다. 돈 되는 곳에 돈이 모이는 것은 자본주의 시장경제 특성상 어쩔 수 없는 당연한 현상이다. 이러한 단기유동자금을 축소시키기 위해 시중은행의 지급준비율을 높이는 방법이 있다. 또한 금리를 인상시키는 방법도 있으나 자칫 경기를 위축시킬 수 도 있다. 특히 중소기업이나 소상공인 대출 억제 방향으로 불똥이 엉뚱하게 튈 수 있다. 고금리는 토지나 주택담보대출로 한정시켜야 한다. 담보 대출비율을 낮추고 금리를 높여야 한다. 다만, 은행 등 금융계는 반발할 수 있다. 가장 리스크가 적은 부동산 대출을 억제하라니 하니 그럴 수 있다. 또한 대출금이 부동산 투기성 매입자금으로 유입되는 것을 차단하기 위한 조건부 대출이 필요하다. 부동산 매입에 있어서 자금의 흐름을 확실히 추적할 수 있는 원천적 제어장치를 마련해야 한다. 국세청 및 일선 세무서에 '부동산 투기 전담팀'을 구성해서 부동산매입자금에 대해서 철저한 관리를 해야 한다.

한편, 국민주택과 대형평수를 동일하게 취급하는 것이 문제다. 25.7평 이하인 국민주택 규모는 사실은 정부 공공부문에서 값싸게 제공하는 하는 편이 바람직하다. 대형평수는 시장경제에 맡기는 차별정책이 필요하다. 또한 1가구 1주택과 1가구 다주택을 완전 차별해야 한다. 국민주택 규모의 1가구 1주택에는 주택구입자금도 저금리로 혜택을 주고 양도세를 아예 없애거나 최소화시켜야 한다. 그러나 1가구 2채, 3채 보유자에게는 2채부터 양도세를 70%, 3채에는 80% 등 과하다 할 정도로 차등 적용해야 한다. 여기서도 농어촌 산간 지역에 있는 투기 목적이 아닌 제2주택에 대해서는 예외로 한다. 한편, 국민주택은 선분양 후지불제를 시행할 필요가 있다. 지금까지 분양 당첨을 받으면 계약금을 지불하고 중도금 그리고 입주 전에 잔금을 완불해야 입주가 가능하다. 선분양은 우리나라에만 있는 독특한 제도이다. 물건을 최종 인도시점에 돈을 지불하는 것이 상식적이지 아닌가. 서민들은 2~3년 내에 집값을 지불해야 하니까 허리가 흰다. 이로 인해 그 기간을 버티지 못하고 투기꾼에게 프리미엄만 받고 분양권을 팔아버리는 분양권 투기가 일어난다. 따라서 당첨이 되면 계약금 정도만 내고 입주 전까지 20~40% 정도를 내고 입주 후 3~5년에 걸쳐 잔금을 지불토록 함으로서 경제적 부담을 덜 수 있는 주택복지가 필요하다. 이를 위해 정부에서 건설사에게 일정의 금융혜택이나 세제혜택을 주어야 한다.

　주택담보대출의 경우도 1가구 1주택자에게는 담보율도 90% 이상 높여주고 금리 또한 1~2% 저리로 대출해 주고, 1가구 2주택부터는 담보율도 40%, 3주택에는 20% 적용시키면서 이자율도 20% 이상 고리를 적용시켜야 한다. 그래야만 다주택소유가 아무런 혜택도 없고 해서는 안 된다는 확실한 인식이 자리 잡을 수 있다. 주택, 아파트는 실질적으로 주거개념이지 소유개념이 아님을 분명히 각인시켜야 한다. 한번은 미국인 교수하고 이야기 중에 서울의 부동산 가격이 화두가 되었다. 재개발이 유력한 달동네 쓰러져가는 집 가격이 새집보다 훨씬 비싸다고 하니 이해를 못하는 것 아닌가. 도저히 자기네 자본주의 시장경제 개념으로는 이해가 안 되는 일이다. 참으로 우리나라만이 가지는 특이한 비정상적 부동산 시장이다. 그러니 비정상적 대안이 때로는 필요하다. 한편, 기초생활보호자, 독거노인 등 사회취약 계층에 대해서는 정부가 사회안전망보장 차원에서 과감히 소형 평수를 최소금액, 또는 무료로 제공해야 한다. 영구임대아파트, 공공임대아파트를 대규모로 지어서 월 관리비 개념으로 살 수 있도록 해야 한다.

　현재 신규아파트 당첨권이 무제한 시스템을 1가구 1회로 제한해야 한다. 다만, 1회 당첨되었다가 나중에 무주택자가 된 경우는 2회까지만 가능토록 약간의 유연성도 필요하다. DJ정부에서 IMF가 긴축재정을 요구할 때 실물경제가 너무 위축되다보니 이것을 무제한으로 풀어서 경기활성화를 도모하고자 했지만 이제는 2회로 통제해도 된다. 무한대 당첨을 허용하다보니 이것이 합법적인 투기수요, 가수요를 일으킨다. 정작 실제로 거주할 주택이 필요한 사람들의 주택희망권리를 박탈시키는 격이 된다. '서울이나 신도시 아파트는 사두기만 하면 가격이 상승한다, 강남 아파트는 무조건 오른다'는 소위 '아파트가격 상승심리' 요인을 사전에 차단하기 위해서라도 분양권 제한이 절대 필요하다. 또한 기존 1가구 다주택 보유자에게는 3~5년의 유예기간을 주어 1가구 1주택으로 만들어야 한다는 혁명적인 특단의 조치가 있어야 한다. 2주택부터는 양도세를 만약

80% 이상 과세한다면 누구나 포기할 것이다. 이것만이 아파트 가수요 투기수요를 억제할 수 있는 수단이 될 수 있다. 아울러 수요관리 차원에서 강남지역 아파트에 대해서는 취득세를 기존의 1~3%보다 훨씬 강하게 부과할 필요가 있다. 혹자는 부자를 때려잡자는 공산당식 강탈 아니냐고 불만을 토로할 수도 있으나 이러한 극약처방이 아니고서는 통제불능 상황까지 왔다. 과거 노태우 정부 때 '조폭과의 전쟁'을 선포하였다. 이로 인해 조폭들의 활동 지형이 완력에 의한 강제 착취에서 빠찡코, 마약밀매 등 사행산업영역으로 새로이 전환된 사례가 있다. 이제 '부동산 불로소득 사회악과의 전쟁'을 선포 할 수밖에 없는 지경에 이르렀다.

요약하자면,

첫째, '1가구 1주택 원칙'을 기준으로 하고 양도세를 없애거나 최소화해야 한다. 현재 2년 이상 소유하다 팔게 될 때 비과세인데, 그 혜택을 9억 원까지로 한정하고 있으나 그 범위를 더 넓혀서 거래유통을 활성화 할 필요가 있다. 예를 들면 1년 이상 소유, 20억 원까지 양도세를 면제해 주어야 한다. 1가구 1주택은 생필품이기 때문이다.

둘째, 1가구 다주택자에는 혹독한 양도세, 재산세를 과징해야 한다. 2주택에 대해서는 양도세 80%, 3주택에는 90%, 4주택 이상에는 95%를 징수하도록 하고, 취득세도 현재의 1~3%를 10%이상으로 강화시켜야 한다. 재산세도 2주택부터는 5~10%, 3주택부터는 30% 등 과감히 높여야 한다. 다만 농어촌 산간지역 등 투기성이 없는 곳은 예외로 한다.

셋째, '국민주택과 대형평수 차등 정책'을 써야 한다. 국민주택의 경우 정부가 시중가격보다 훨씬 저렴하게 공급할 수 있어야 한다. 시가대비 0.5~0.6 수준으로 제공하는 편이 바람직하다. 또한 양도세를 면세 내지 최소화 하고, 재산세도 0.1% 미만으로 과감히 낮춰야 한다. 대형평수는 세부적으로 구분해서 차등 과세가 필요하다. 25.7평 ~35평, 36~ 50평, 51~70평, 71평 이상으로 양도세, 취득세, 재산세를 차등 부과해야 한다. 다만 1가구 1주택 대형평수에 대해서는 예외로 한다.

넷째, '신규아파트 당첨권을 1가구 1회'로 한정하되, 현재 무주택자에게는 총 2회까지 만으로 제한한다. 예로서, 첫 당첨 후 15년경과 이후에만 재당첨 가능토록 함으로서 형평성을 유지하는 것도 중요하다.

다섯째 '지역 맞춤형 부동산 대책'이 필요하다. 강남 같은 투기지역, 가수요가 많은 곳은 일부 재건축을 풀어 공급을 늘릴 필요가 있다. 동시에 1가구 2주택의 경우 양도세를 80% 이상 과세하고, 재산세를 국민주택규모라도 3%, 대형평수는 5% 수준으로 대폭 높여야 한다. 그래야만 강남에 살면 엄청나게 손해본다는 획기적 인식의 전환이 필요하다. 다만 3~5년 유예기간을 두고 시행함으로서 당사자들의 충격을 어느 정도 감소시켜야 한다. 즉 '지역별 차별과세'를 도입할 필요가 있다. 다만, 주거용이 아닌 상가건물, 주상복합 등은 예외로 한다.

여섯째 '공급관리와 수요관리 병행'으로 나가야 한다. 수도권 신도시 투기지역이나 강남같이 가수요가 많은 곳은 공급을 증가시키는 공급관리정책이 중요하다. 동시에 수요를 감소시키기 위해 취득세율을 강화시키는 등 수요관리 정책도 동반 추진해야 한다.

일곱째, 독거노인, 소년소녀가장, 기초생활보호자, 장애인 등 취약계층에 대해서는 공공임대아파트를 월 관리비 수준으로 제공함으로써 사회안전망을 확보할 필요가 있다. 청년들의 결혼포기 출산절벽이란 난국을 해결하는 방법도 나와야 한다. 싱가포르의 청년신혼주택이 대표적 사례이다. 30~40만원 임대료 수준으로 살 수 있도록 특단의 대책이 필요하다.

결론적으로 지금까지의 부동산대책을 좀 더 세밀하게 맞춤형으로 관리할 필요가 있다. 1가구 1주택과 1가구 다주택을 분리 관리하여야 하고, 국민주택과 대형평수에 대해 차별화 전략이 필요하다. 또한 재건축 등을 확대하는 공급관리와 더불어 취득세 등 조세를 통한 수요관리 정책을 병행할 필요가 있다. 투기성이 높은 곳은 지역별 맞춤형 처방이 필요하다. 정부의 부동산정책 초점이 대다수 국민이 폭넓은 혜택을 받을 수 있는 국민주택 공급에 맞춰져야 한다. 선량한 서민들에게 피해의식을 주지 말아야 한다. 아울러 극빈층 기초생활수급자에 대해서는 특별한 주택복지를 부여할 필요가 있다. 과거, 정부가 '정책을 내놓으면 대책이 나온다'는 비아냥이 있다. 아무리 좋은 부동산정책을 제시한다 해도 온갖 탈법, 편법을 동원하여 악용하는 것을 당해낼 재주가 없다. 투기도 자유 시장경제에서 때로는 필요악이다. 사실, 부동산도 시장논리에 맡기는 것이 정답이다. 다만 강남아파트 같은 특수한 경우에만 정부의 통제가 일부 필요하다.

토지를 성경적으로 해석해 본다. 토지는 하나님 소유이고 인간은 관리자에 불과한 것이 성경원리다. 땅은 사람이 거주할 공간, 곡식 재배를 위한 농사용지, 또는 생산 판매를 위한 공장, 상업용지 개념으로만 사용되는 것이 맞다. 현재와 같이 땅따먹기 경쟁을 통한 불로수익 창출은 사실상 바람직하지 않다. 그래서 토지공개념이 계속 거론되는 이유다. 자본주의의 영화를 누리는 미국도 토지의 80% 이상이 국유지이다. 그렇다고 중국이나 북한같이 완전 국가 소유는 자본주의 논리상 더더욱 모순이다. 통일이 되면 북한 땅은 '북한 토지특별법'을 제정하여 토지의 무분별한 투기를 방지할 수 있어야 한다.

정치4차혁명 초석 마련

나는 4차산업혁명 신봉론자다. 안철수 대표한테 합류한 것도 4차혁명에 대한 이해와 능력, 비전을 가지고 있는 분이라고 생각했기 때문이다. 소프트뱅크 손정의 회장이 문대통령을 만나서 "첫째도 인공지능 둘째도 인공지능 셋째도 인공지능이다" 고 거품을 물면서 열변을 토했다. 우리나라가 앞으로 나아갈 방향, 먹거리 시장이 바로 4차산업혁명기술이다. 삼성전자 스마트폰이 전 세계 판매 1위다. 연간 7500만대를 생산하면서 시장 점유율 20% 넘어섰다. 미국의 자존심 애플폰은 10% 수준이다. 2등하고 격차가 10% 이상 난다. 감히 상상이 안 되는 대한민국의 경제기적이다. 스페인, 영국 등 유럽이나 미국에 출장가면 호텔에 있는 TV 대부분이 삼성이나 LG 브랜드다. 이건희 회장이 1993년 프랑크프르트에서 '마누라 자식 빼고 다 바꿔라' 신경영 선포를 하였다. 이 회장이 해외 출장길에 대형 전자제품 매장에 가보니 Sony TV 등은 전면에 전시되어 있는데 삼성제품은 저만치 구석에 먼지가 뽀얗게 쌓여 있는 것을 보고 충격을 받았다. 그리고 나서, 일대 혁신경영을 발표한 것이다. 또한, 우리나라가 드디어 3050클럽에 가입하였다. GDP 3만불 이상이면서 인구 5,000만 이상 국가가 전 세계 6개 국가밖에 없다. 미국, 영국, 독일, 프랑스, 일본, 이탈리아이다. 우리가 일곱 번째로 진입한 것이다. 이제는 세계 어디를 가도 꿀릴 것이 없다. 어깨를 펴고 다녀도 된다. 참으로 감사할 일이다.

미국 유학시절 소니 TV를 사려고 매장에 갔다. 그 당시 소니의 명성은 하늘을 찌를 듯 했다. 화질 음색 면에서 타의 추종을 불허했다. 소니 TV만 유독 매진이 다 되었다. 주문을 해도 일주일 이상 걸린다고 했다. 그만큼 소니가 전 세계 시장을 점령하다가, 이제는 삼성이 그 자리를 대신하고 있다. 그런데 삼성 이재용 부회장이 구속될 위기에 처해 있다. 박근혜 전 대통령에게 묵시적 청탁을 했다는 이유다. 최순실 딸 정유라를 위해 말 구매 비용을 대신 지불했다는 명목이다. 우리나라 경제 대통령을 구속시키려고 혈안이다. 그런 논리하면 미국도 빌게이츠, 저커버그를 벌써 구속시켜야 했다. 우리나라 재벌도 잘못한 점이 많다. 군부 독재를 거쳐 오면서 정경유착 부정부패 악습도 많았다. 또한 대기업들이 사회적책임을 등한히 해오면서 국민들의 공분을 산 측면도 있다. 그래도 한국 경제에 공헌한 것이 많다. 지금의 3만불 시대를 견인한 기여도가 크다. 앞으로 개선해 나가면 된다. 인공지능 기술전쟁이 시급하다. 이 시점에 과거 정권 적폐 청산이란 이름하에 이것저것 죄목을 붙여서 꼭 감옥에 넣는 것이 능사인지 모르겠다.

경제민주화가 경제계 화두다. '중소기업이 살고 대기업이 망해야 대한민국이 산다'는 논리다. 대기업은 악이고 중소기업은 선이다. 경제민주화 미명하에 대기업의 경영행위는 모두 악으로 처벌해야한다는 주장이다. 그룹 총수들은 배임이나 횡령 혐의로 형무소에 안 갔다 온 사람이 없을 정도다. 삼성, SK, 롯데, 한진, 한화 등이 대표적이다. 정치인과 기업총수들은 교도소 담장 위를 걷는다, 는 말이 나올 정도다. 반재벌, 반부유층 정서를 부추기고 있다. 경제민주화 악법 3종 세트인 대주주 적격성 심사, 금융회사지배구조법, 공정거래법 개정안을 만드느라 세종시, 여의도 공무원들이 밤을 새고 있다. 이것을 통해 내부거래 원천봉쇄라든가, 순환출자금지 같은 지상과제를 이번에 완전히 뿌리 뽑자는 열풍이 불고 있다.

세계는 경제전쟁시대다. 총성만 없지 죽느냐 사느냐 치열한 경쟁이다. 삼성 갤럭시폰은 미국의 애플 아이폰과 글로벌 적벽대전, 피 말리는 특허 전쟁을 벌이고 있다. 여기서 패하면 치명상이다. 대한민국 1등, 세계 초일류 삼성이 휘청거릴 수 있다. 이럴 때 정부가 소탐대실하면 안 된다. 대기업도 반성하고 정신 차릴 것들이 많다. 부당내부거래, 하도급 불공정거래, 납품단가 후려치기, 재벌

2세 편법 상속, 오너일가 일감 몰아주기 등이 아직도 건재하다. 또 중소기업 협력업체들로부터 기술탈취, 불투명한 회계구조, 승자독식 생태계가 근절되지 않고 횡행하고 있다. 중견기업들도 거의 유사하다. 그렇다고 대기업을 손보기 위해 국세청을 통한 세무조사, 검찰의 대기업총수 비리수사, 공정위 조사 등 정부가 칼을 사정없이 휘두른다고 하루아침에 개과천선, 천지개벽이 되지 않는다. 흔히 대한민국을 사기꾼 양산하는 공장이라고 말한다. 그만큼 불법, 편법이 난무하는 사회다. 우리 정서의 밑바탕에 사기성 욕심이 있기에 사기를 당하는 원리와 같다. 누구 한 사람의 문제가 아니다. 기업인들, 정치인들 국민들 모두 책임이다. 사회 전 분야가 비슷한 속도로 발전할 수밖에 없다. 어느 한 분야만 특별히 개선되기가 어렵다. 다 같이 유기체로 연결되어 있기 때문이다. 그러므로 대기업의 윤리 도덕수준이 중소기업의 윤리 수준이고 그것이 우리 국민 수준이고 또 나의 수준이다. 세계가 4차산업혁명 기술전쟁시대에 돌입했다. 인공지능 개발을 위해 촌각을 다툰다. 미국 독일 벤처밸리는 밤을 새운다. 우리가 선점해야 한다. 한번 밀리면 수십 배의 희생 대가를 치러야 한다. 성장과 효율의 경제 활성화 당근이 있어야 글로벌 경쟁력을 키울 수 있다. 또 분배와 형평의 경제민주화 채찍도 필요하다. 경제가 양 날개 균형을 맞춰야 한다.

  정부가 '4차산업혁명 추진단'을 대통령 직속으로 두어 범정부적으로 최우선 국정과제로 추진해야 한다. 자율주행차 시대가 눈앞에 와있다. 인공지능도 무궁무진하다. 3D업종 작업을 대신할 로봇트 개발도 시급하다. 나는 4차산업혁명 이야기만 나오면 눈이 휘둥그레지면서 신바람이 난다. 지하자원도 없는 우리나라의 미래 먹거리는 4차기술혁명밖에 없다. DJ 정부 성과 중 하나가 벤처 산업육성이다. 이것이 우리나라가 오늘날 세계 IT강국으로 우뚝 설 수 있는 근간이 되었다. 그 당시 정보산업에 대한 정부의 무분별한 지원으로 먹튀도 많았고, 지원금 회수가 불가능한 중소벤처기업 파산 등 부작용 논란도 있었다. 그렇지만 벤처붐을 일으키는 큰 물줄기가 되었다. 21세기 스마트폰 시대가 열렸다. 인류문명을 한 단계 업그레이드 시킨 정보기술의 총아다. 컴퓨터를 핸드폰에 내장시킨 손 컴퓨터인 셈이다. 애플 창시자 스티브잡스가 그 개발의 주인공이다. 그는 컴퓨터를 보면서도 유선을 없애고 무선으로 하는 방법은 없을까, 항상 남보다 앞선 아이디어를 가졌다. 그가 스탠포드대학 졸업식에서 "나의 일생 최고의 선택은 대학 중퇴다"라고 고백했다. 정규학력 시대는 지나갔다. 일류대학이 성공을 보장하던 시대도 갔다. 학력 간판시대는 먼 옛날이야기다.

한번은 직장에서 단합대회 겸 문화행사로 잠실야구장에 갔다. LG 대 롯데 프로야구 게임이 시작되었다. 선수 개개인 프로필이 전광판에 표시되는데 대학 출신 선수가 거의 없다. 대부분 고등학교에서 바로 프로 무대로 진출한 케이스다. 옆에 있는 동료에게 물었다. 왜 대학 졸업한 선수가 거의 없느냐? 요즈음은 고등학교에서 제일 잘하는 선수들은 바로 프로로 진출하고, 실력이 모자란 선수들은 대학을 진학했다가 4년 뒤 다시 프로에 입단한다는 것이다. 그러니 4년의 시간을 공친 셈이다. 세상이 참 많이 바뀌었다는 생각이 든다. 우리 때에는 고교에서 최고의 선수들은 일단 연고대 등 대학을 가는 것이 정통 코스다. 부모들도 선수들도 이것에 이의를 달지 않았다. 학력 파괴시대가 온 것이다. 야구 선수가 야구만 잘하면 되지, 간판 따기 위해 대학가는 것은 요식행위에 불과하다. 프로로 직행하는 것이 이용후생 실사구시다. 빌게이츠의 명언이 생각난다. "TV는 현실이 아니다, 커피를 마셨으면 일을 시작하는 게 맞다." 이상과 현실을 사리분별 할 수 있어야 한다. 이상에 취해서 무지개만 쫓다가 헛발질만 하고 만다. 간판이 아닌 실력으로 평가 받는 시대가 되었다.

보수를 대표하는 전직 도지사께서 '행정은 1등인데 정치가 문제다'는 고백을 들었다. 자기가 직접 도정을 이끌어 보니 행정이 생각보다 선진화되어 있다. 공무원 맨파워 면에서도 공채를 통해 선발되고 또 고등고시 출신들이 다수 포진해 있어 세계적 월드클래스 수준이다. 버스정류장 안내전광판이나, 고속도로 하이패스, 음식물쓰레기 전자태그시스템, 온라인 주민등록서류 발급, 스마트주차관제시스템 등을 보면서 생활행정이 괄목할 만하게 발전된 것을 볼 수 있다. 미국 유럽 어디를 가도 이토록 자동화된 시스템을 찾아보기 힘들다. IT 강국의 면모를 십분 발휘하고 있다. 사실 정치가 행정을 벤치마킹해야 한다. 정치가 그동안 축적되어온 행정 노하우를 접목시킬 필요가 있다. 대표적으로 온라인플랫폼 정당, 블록체인 민주주의 등이다. 그 분 말씀이 지난번 청와대 옆에서 밤까지 '조국사퇴' 데모를 하다가 노숙을 했는데 화장실이 없어서 난리가 났다. 그런데도 시청에서 화장실 하나 지원해 주지 않았다고 넋두리를 했다. 지자체장은 주민들 불편사항을 해결해 주어야지 소속정당 논리로 대응하면 안 된다고 목소리를 높였다. 앞으로 이 문제도 '지방자치법'에 명기할 필요가 있다. '지자체장은 정당행사 또는 정치행사에 있어서 차별대우를 해서는 안 된다.'

정치도 이제 4차혁명을 해야 한다. 시대정신에 부합한 새로운 전환점을 찾아야 한다. 최근 VAR (Video Assistant Referee)이 스포츠계에 유행이다. 즉 비디오 보조심판 시스템이 도입되면서 심판에 의한 자의적인 시비 논란이 말끔히 해소되었다. 축구, 배구, 야구 등 전분야로 확산되고 있다. 앞으로는 심판 때문에 졌다는 이야기가 없어진다. 인간시각의 한계성, 불완전성을 인정하고 이를 첨단 컴퓨터비디오 기술에 의해 보완한 것이다. 정당정치에서 공천문제가 가장 예민하고 중요하다. 공천심사에도 첨단 과학기술, 인공지능을 적용시킬 필요가 있다. 공천대상자에 대한 학·경력, 지역 여론조사, 지역활동내역, 언론평가, 과거범죄이력 등을 빅데이터로 전환시켜 점수를 산출하면 된다. 다만, 인공지능 점수를 70~80%로 하고 공심위 점수를 20~30%로 정할 수 있다. 그러면 국민들로부터 신선한 평가를 받는 정당이 될 것으로 믿는다. 과거 밀실 공천이니, 돈공천이니, 인맥공천이니 하는 구태를 청산하는 계기도 될 수 있다. 또한 오픈플랫폼 정당, 블록체인 전자민주주의, 빅데이터, 로보트 애드벌룬 등 4차혁명 기술을 접목시켜 스마트정당으로 변신하여야 한다.

정치의식을 하루아침에 바꾸기는 어렵지만 또 시간이 걸리지만, 첨단과학기술을 통해 변화를 시도하면 시간, 비용도 절감시킬 수 있다. 또한 이것이 정치문화를 변화시키는 도화선이 된다. 옛날 가정집에서 치르던 장례식에서, 장례 예식장이라는 새로운 시스템이 도입되면서 그 번거로움을 해결한 것과 같은 논리다. 오픈플랫폼은 온라인을 이용해 양방향 실시간 소통이 가능하며 시도당으로 분권화를 촉진시켜 유권자와 밀착할 수 있는 강점이 있다. 이러한 4차혁명기술 시스템을 통해 정치의식을 서서히 바꿔나갈 수밖에 없다. 이제는 악수정치 쇼정치로부터 한 걸음 발전해 나가야 한다. 다른 것은 다 바뀌었는데 정치만 안 바뀌었다는 말을 많이 듣는다. 물론 우리나라 정치도 많이 바뀌었다. 3김 모두 이 세상을 떠나셨다. 그 당시에는 3김식의 보스 정치가 타당성 당위성이 있었다. 3김은 구시대 유물이지만 그 속에서 장점을 찾아 낼 수 있는 지혜가 필요하다. 외길 인생, 민주화란 시대적 가치를 위해 좌고우면 하지 않고 목숨을 걸었던 투쟁 정신, 조국 근대화 산업화를 위해 매진하여 오늘날 한강의 기적, 경제 기적을 성취한 헝그리 정신, 이 모든 것들 이면에는 그 시대 상황에 맞는, 합력해서 선을 이루시는 하나님의 섭리가 있다고 본다. 역사의 수레바퀴를 돌리시는 이가 전지전능하신 하나님이다. 지금도 무대 뒤에서 감독 역할을 하고 계신다. 당신이 선택한 사람을 통해 당신의 일을 완성해 나가고 있다.

안보나 무역도 외교 전쟁이 치열하게 경쟁하나 정치만 우두커니 과거에 머물러 있다. 정치문화를 4차산업혁명 의식으로 변모시켜야 한다. 과거의 낡은 프레임에서 벗어나야 한다. 한번은 회사 야유회를 산으로 갔는데 밭에서 '어흥어흥' 호랑이 울음소리가 들리는 것이 아닌가. 조심스레 가보니 바닥에 돌같이 생긴 스피커에서 3~5분 간격으로 인공 호랑이 소리가 나오고 있었다. 아마도 멧돼지를 격퇴하기 위한 것 같았다. 앞으로는 보안업체에서도 CCTV 카메라를 통해 주인과 얼굴 인상착의가 다른 사람이 접근하면 '당신은 주인이 아니니 5분 내로 나가주세요. 안 나가면 경찰에 신고를 하겠다' 멘트가 나올 것이다. 이같이 우리 일상생활에서도 인공지능이 빠르게 도입되고 있다. 정치인들은 50년 전에 하던 것을 지금도 똑같이 하고 있다. 상갓집 조문이나 다니고, 행사장 가는데마다 인증 사진이나 찍고, 여기저기 기웃기웃 마실 다니면서 얼굴 도장이나 찍는 쇼정치, 폭탄주 돌리면서 '위하여' 건배 소리나 지르는 술판정치에서 벗어나야 한다. 오죽하면 대한민국을 '위하여 공화국' 이라는 비아냥이 나오겠는가. 과거 백제 의자왕이 주색에 빠지다 나라가 패망한 것을 상기해야 한다. 연산군 폭정도 술과 상당히 관련이 깊다. 적어도 위정자 지도자들은 주색에 빠지면 안 된다. 대통령이 술에 취해서 흐느적거린다고 상상을 해봐라. 고단한 삶을 사는 서민들은 술 한 잔으로 세상시름을 달랠 수 있다. 그러면서 육체적 정신적 피로를 풀 수 있지만, 지도자는 달라야 한다. 절제가 있어야 한다. 그것을 못 할 거면 그 자리에 앉으면 안 된다. 이제는 조문정치, 사진정치, 마실정치, 술

판정치, 쇼·모사꾼정치 라는 구시대 프레임을 타파해야 한다. 이제 이것을 하지 않겠다고 선언할 때가 됐다. 이와 관련하여 구체적인 법규 제도 정비도 필요하다. 공식적인 자리에서 폭탄주 금지 등. 언제까지 지속할 것인가? 우리 세대에서 악습은 끝내야 한다. 우리 자식세대도 똑같이 답습할 것이라 상상하면 아찔하지 않은가.

4.3 보궐선거가 있어서 창원에 내려갔다. 미래당 국회의원 후보를 지원사격하기 위해서, 지역위원장 여러분들하고 같이 갔다. 나는 창원이 산업단지라는 특수성이 있는 곳이기에 이곳에 부합하는 색다른 선거운동을 준비하자고 제안했다. 창원 산단을 4차산업 클러스터, 스마트산단으로 변신시키는 것이 각 당의 슬로건이었다. 그런 취지에서 기존의 유세차 대신에 사람 키만 한 로봇트를 구입하자고 했다. 말도 하고 손짓 발짓을 할 수 있는 것으로, 또 드론을 하늘에 띄워서 그 아래로 선거 현수막이나 풍선들을 매달자고 주장했다. 지상에서 드론을 조정하면서, 또 애드벌룬을 추가하는 방법도 있다. 걸어 다니는 로봇트가 없다면 인형 같이 생긴 로봇이라도 차에 싣고 다니면서 선거 구호나 유세를 대신 시켰으면 좋겠다는 생각을 했다. 그래야 차별화된 3번 정당의 비교우위라도 보여 줄 수 있는 것 아닌가. 그러나 그것은 일장춘몽 환상에 불과했다. 기존 방식대로 남들과 똑같이 유세를 했다. 전혀 주목을 받지 못하고 완패를 당했다. 선거 방법도 무엇인가 달라져야 한다. 유세차에 올라타 목이 터져라 외치는 것도 일종의 소음 공해다. 인공지능 로봇트, 드론 등을 이용하면 좀 더 흥미를 끌 수 있는 스마트선거유세를 할 수 있지 않을까.

21세기 글로벌 무한 경쟁시대에 돌입했다. 기술전쟁이 경제 전쟁이다. 선점하는 자가 독점하는 시대다. 마이크로소프트가 개발한 윈도우 운영체계가 세계의 80%를 독점하고 있다. www가 인터넷을 독점한다. 선점했기 때문이다. 아직도 늦지 않았다. 블록체인 기술이나 인공지능에서 타의 추종을 불허하는, 비교를 거부하는 신출귀몰한 것이 얼마든지 나올 수 있다. 유트브 동영상 시대가 되었다. 펜을 던져버리는 시대다. 책 같은 활자체는 읽지를 않고 동영상을 선호한다. 또 한 번에 수만 수백만에게 전달된다. 온라인의 위력이 그만큼 크다. 과거 우리 세대는 영어 수학을 잘해야 명문대를 갈 수 있었다. 송성문의 정통영어, 홍성대의 수학정석이 필수 참고서였다. 일단 그 책을 봐야 한다. 이유가 없다. 고등학생들 집집마다 이 책이 없으면 이상할 정도다. 다른 마땅한 참고서가 없어서도 그 이유지만 남들이 다보니까 나도 봐야한다. 그래야 나도 그 부류에 합류할 수 있다는 일종의 집단적 망상증이 다. 이제는 시대가 바뀌었다. 영어 공부도 동영상 강의를 통해, 또 원어민과 직간접 접촉할 수 있는 기회가 많아 살아있는 영어를 할 수 있다.

한번은 지하철을 탔는데 젊은 청년이 무엇을 팔고 있었다. '프라스틱에 털 붙어 있는 것이 무엇인지 아십니까.' 사람들이 신기한 듯 쳐다봤다. '칫솔입니다'고 하자 주변 사람들이 웃기 시작한다. '국산하고 외산하고 어느 것이 좋습니까,' 질문을 또 던졌다. 여기 칫솔은 Made in China 외산입니다. 그러자 또 웃음이 쏟아졌다. 값싸고 질 좋은 외국산 칫솔이니 한번 사보시면 후회하지 않을 겁니다. 많은 사람들이 그 흔하고 흔한 칫솔이지만 너도 나도 사는 것을 보았다. 사업이 안 된다 장사가 어렵다 푸념만 할 것이 아니라 그 속에서 마케팅 전술을 찾으면 된다. 칫솔 청년같이 무엇인가 차별화된 전략을 발굴해야 한다. 세계 최고의 가방 브랜드가 Samsonite 이다. 삼손나이트 백 팩을 메고 다니거나 공항에서 이 가방을 가지고 다니면 남들이 한번쯤 쳐다본다. 창업자는 원래 이민 가방을 파는 점포원이었다. 대형가방에 무거운 물건을 넣어 옮기다 보니 자주 찢어지는 사고가 많았다. 그래서 튼튼한 가방을 만들 수 없을까 고민하다가, 기도 중에 성경에 나오는 힘센 거인 삼손이 떠올랐다. 그래서 삼손의 이름을 따서 가방 브랜드를 지었다. 절대 찢어지지 않는 가방이 목표였다. 그래서 가방 천 재료도 최고 강한 천으로, 바느질도 이중 삼중으로 하여 세계적인 가방이 탄생된 것이다. 한편 모나미 볼펜의 창업자이신 송삼석 회장님은 '모나미 153볼펜' 브랜드를 창시하여 한국 최초의 볼펜을 탄생시켰다. 지금까지 60년 전통을 자랑하고 있다. 153 숫자가 예수님이 베드로에게 '깊은 데로 가서 그물을 던져라' 명령에 따라 건져 올린 고기 수가 153마리이다. 여기서 착안한 것이다. 본래 어부 출신인 베테랑 베드로가 고기 잡는 어업에 관해서는 문외한이신 예수님의 명령에 순종하는 장면을 본받아서, '나는 이제부터 예수님께 순종하겠습니다' 라는 결단으로 모나미153 브랜드를 개발하여 대박을 친 것이다.

　　정치도 과거의 고정관념이 깨지고 있다. 트럼프는 상원의원이나 하원의원 한 번도 안하고 매스컴을 통해 대통령이 되었다. 오바마는 상원의원 초선 되자마자 대통령이 되었다. 문 대통령도 국회의원 초선에서 대통령이 되었다. 통상적으로 어떤 과정을 거쳐야 하는 과거 공식은 이미 쓰레기통에 들어갔다. 산업화세대는 보수이념이고 민주화세대는 진보이념이란 공식도 이제 아무런 쓸모없는 가치가 되어 버렸다. 이제는 산업화 민주화를 뛰어넘는 새로운 어젠다를 만들 때다. 과거는 지나간 과거이다. 참고일 뿐 미래를 보장하지 않는다. 2차 세계대전 시절같이, 좌냐 우냐 양자택일을 강요해서는 안 된다. 공산주의냐 자본주의냐를 논할 때가 아니다. 치열한 글로벌 경쟁사회에서 살아남느냐 패배하느냐 갈림길에 서있다. 박정희식 경제발전은 백배 인정하지만 그 방식이 현재에는 통용될 수 없다. 21세기 시대정신을 발굴해야 한다. 미래 5만불 초일류국가, 스마트정부, 오픈플랫폼국가, 글로벌스탠다드 경제, 동북아평화와 한반도통일, 인공지능 4차산업혁명, 물질문명과 정신문명의 융합, 정치4차혁명 등등.

　　조선시대 4색 당파 싸움, 내부 분열로 국력이 다 소진되어 임진왜란 병자호란에 이어 구한말 열강들에 의해 침략 당했던 역사를 보았다. 이제 이념, 색깔, 과거, 보복정치에서 벗어나야 한다. 언제까지 진영논리 싸움만 계속 할 것인가. 대통령부터 의식구조가 바뀌어야 한다. 대통령이 선언해야 한다. 이제 과거를 뛰어넘어 스마트정치, 생활정치 공감소통정치 이성정치를 하겠다고 선포를 해야 한다. 대통령은 이제 진영논리를 뛰어넘어 미래로 나가야 한다. 멸사봉공, 애국충정의 자세가 필요하다. 극좌 극우로 나뉘어 극한 대립하는 어리석음에서 벗어나야 한다. 또한 국회 폭력정치, 깡패정치, 싸움정치 이제 국민들은 진절머리 난다. 광화문 전쟁시대가 서초동까지 번지고 있다. 태극기부대, 검찰개혁부대, 조국수호부대, 조국사퇴부대니 매일 죽기 살기로 싸운다. 치킨게임 양극단으로 치닫는다. 도 아니면 모다. 누군가 한쪽이 죽어야 끝이 날판이다. 나는 선이고 상대는 악이다. 보복정치도 이제 넌절머리 난다. 과거 정권은 모두 적폐고 악이다. 지난 정부는 모두 부정해야 한다. 그것이 진리다. 전형적인 내로남불이다.

서민 경제는 최악이다. IMF수준이다. 자영업자, 소상공인, 중소기업, 대기업 모두 죽겠다고 난리다. 못 살겠다 아우성이다. 김정은은 미사일인지 방사포인지 동해안에다 계속 쏴대고 있다. 판문점 회담 악수하고 서명한 것 모두 무효다. 안보 경제 모두 난세이다. 임진왜란 6.25에 버금가는 국난 상황이다. 4차 산업혁명으로 5만 불 시대를 열어야 한 절호의 기회인데 기약없이 시간만 흐르고 있다. 과학기술경쟁력이 국가 경쟁력이다. 미국 독일 일본이 이것을 증명하고 있다. 색깔론, 이념론 등 이데올로기 정치에서 벗어나 공감정치 과학정치 미래 정치를 열어야 한다. 이념만 쫓다가 이론만 주장하다가 공론에 빠지게 된다. 이상만 공상만 추구하다가 근본주의로 빠질 수 있다. 핵심과 본질로 직행해야 한다. 실용주의 현실주의 방향으로 나가야 한다. '자유가 아니면 죽음을 달라' 미국의 패트릭 헨리가 한 말이다. 영국의 노예로 살것인가, 자유인으로 살것인가, 미국이 영국 식민지로부터 독립전쟁을 시작하게 된 촉진제가 되었다. 우리 경제도 절박한 선택의 기로에 서있다. 특히 해외에서 Made in Korea가 메인드 인 차이나한테 추월당하는 신세가 되고 있다. 수출로 먹고 사는 나라, 메이드 인 코리아 경쟁력을 살려야 한국 경제가 산다.

정치4차혁명 과제 중 하나가 '술판정치' 다. 이제는 술판정치를 끝내야 한다. 당원 간담회가 끝나면 저녁 술판이 벌어진다. 테이블마다 '위하여' 소리가 쩌렁쩌렁 천지를 진동한다. 술잔 부딪치며 외치는 고함소리도 경쟁이 붙어서 하늘을 찌른다. 술 잘 마셔야 정치 잘하는 것이고, 술 센 것이 큰 자산이고 자랑이다. 술로써 좌중을 압도하는 것이 카리스마다. 폭탄주 10잔 마셨다고 폼을 내야 한다. 지역위원장 워크숍을 해도 2차로 이어진다. 저녁 먹으면서 한잔하고 또 자리를 옮겨 술을 거나하게 벌겋게 마셔야 끝이 난다. 요즘은 동창회고 사회모임도 대개 저녁 한번으로 마무리를 한다. 그런데 정치인 모임은 2차, 3차를 해야 된다. 아직도 술로 시작해서 술로 끝나는 것이 정치 결사체다. 물론 정치가 '사람장사' 라고 하여, 술잔 돌리면서 인맥 만들고 사람 교제하는 속성이 있지만, 과거 개발독재 시대나 3김 시대 행태가 그대로 이어지고 있다. 이것이 올바른 것인지 바람직한 것인지 뒤돌아 볼 때가 됐다. 우리 자식 대까지 이것을 물려줘야 하는지. 이제는 이러한 술 문화와 아듀를 해야 할 때다. 그래야 선진 정치가 새롭게 들어올 수 있다. 정치고 대한민국이고 술 때문에 망할 판이다. 술판정치, 폭탄주 정치를 끝내야 한다. 술이 마약이나 도박보다 더 폐악일 수 있다. 술은 필요악이라지만 우리는 술 집단문화에 젖어 있다. 기분 좋아서 한잔, 기분 나쁘다고 한잔, 일이 잘 되서 한잔, 일이 잘 안 된다고 한잔이다. 또 결과가 나왔다고 한잔, 심심해서 한잔, 안 심심해서 한잔이다. 모든 것을 술에다 갖다 붙인다. 또한 단체주의 술 문화가 있다 보니 전체 구성원 한사람씩 모두 돌아가며 건배를 해야 한다. 그러다 보면 폭음이 되고 제어가 안 된다. 술 먹고 말한 것 약속한 것은 술 깨고 나면 대개 무용지물이다. 술 문화부터 바꿔야 한국 정치가 산다. 정치권이 모범을 보여야 한다. 폭탄주 금지 선언부터 해야 한다.

사진정치도 이제는 좀 변해야 한다. 우리는 단체 사진을 찍을 때 주먹을 쥐고 파이팅을 외치는 것이 관행이다. 나는 사실 파이팅 주먹을 좋아하지 않는다. 마지못해 하는 편이다. 무엇을 파이팅 하자는 것인가. 전 세계 어디를 가도 싸우자고 외치는 곳은 없다. 우리만의 독특한 사진문화다. 아마도 힘을 합치자, 함께 잘 해보자 의미를 '파이팅'으로 함축했다고 볼 수 있다. 그런데 왜 하필 '주먹을 쥐고 싸우자' 공격적인 이미지로 해야 하는지, 당초에 누가 만들었는지 궁금하다. 사소한 것이지만 재고가 필요하다. 우리들만의 리그, 우리끼리 뭉쳐야 한다는 원초적 본능이 발단일 수 있다. 개별 조직이 발전해야 사회도 국가도 발전해 나갈 수 있다. 그렇다면 손잡고 사진 찍었으면 좋겠다, 아니면 박수 치면서 사진 찍는 것이 좋겠다는 건의를 하고 싶다. 주먹을 쥐고 허구한 날 싸우자고 하니 정치권이고 세대 간이고 매일같이 서로 삿대질 하고 물고 찢고 싸우는 것 아닌가. 이제 사진문화도 부드럽고 건전한 방향으로 바뀌었으면 좋겠다.

정치인들이 골프를 치는데 국지성 호우가 쏟아졌다. 미처 피할 겨를도 없이 벼락을 맞아 사고가 났다. 그런데 죽은 모습을 보니 방긋 웃는 모습이었다. 물어본즉 '벼락을 카메라 후레쉬로 착각했다'는 것이다. 사진정치를 빗댄 이야기다. 정치인은 노이즈 마케팅을 해서라도 카메라에 많이 잡혀야 한다는 인식이 깔려있다. 그것이 대중 인지도를 넓히는 자기 마케팅이라고 생각한다. 속사람보다 겉사람 겉모습이 우선이다. 언론이 4부라고 하는 이유가 여기 있다. 3권분립보다도 현실 정치에서는 언론이 실질적으로 강한 권력을 가지고 있다. 국민은 언론을 통해서 모든 정보를 접하고 그것을 기반으로 선거도 하고 비평을 내놓는다. 그러기에 언론의 역할, 언론의 도덕성, 정직성이 무엇보다 중요하다. 정론직필이 언론의 본질이고 생명이다. 어느 방송인이 할 말이 생각난다. 'Intentional fact' 의도된 사실이 언론의 현주소다. 거짓이 아닌 사실인데 그 안에는 의도성이 내재되어 있다는 뜻이다. 어느 집회에서 빈자리 쪽에 카메라를 들이대면 별 볼일 없는 모임이 되고, 좌석이 꽉 찬 쪽으로 앵글을 대면 엄청난 관심과 폭발적인 센세이션을 일으키는 모임이 된다. 일반대중들은 카메라 앵글에 따라 요동칠 수밖에 없다. 언론의 자유, 언론의 행태를 보면 그 나라의 경제수준, 도덕수준을 알 수 있고 국민수준의 척도가 된다. 붓대로 장난치지 않기를 소원해 본다.

인맥정치도 바뀌어야 한다. 참으로 어려운 난제이다. 과거, 정치를 흔히 '인맥쌓기, 인맥장사'라고 한다. 그러나 이대로는 안 된다. 이제는 바뀌어야 하는데 무엇부터 어떻게 변화시켜야 하는지 난감하다. 우리 의식구조부터 바꾸어야 우리 정치문화도 변화될 수 있다. 동양적 유교문화의 영향이 크다. 남모르는 사람한테 전화를 걸면 수화기 너머로 우선 퉁명스런 말투부터 들려온다. 당신이 누구인데 내 승낙도 없이 왜 나한테 전화를 하느냐 식이다. 허긴 하루에도 몇 번씩 스팸전화에, 온천지 사기꾼들이 득실거리니 그럴 만하다. 우리가 아직 신용사회에 진입하지 못한 면이 있다. 모르는 사람한테 찾아가면 우선 위아래로 한번 훑어본다. 생면부지인 당신이 사전에 연락도 없이 왜 찾아왔느냐 식이다. 나 역시 그렇다. 아는 사람한테는 엄청나게 친절한 척 한다. 혹시라도 자기이미지가 망가질까 두려움 때문이다. 그러나 낯선 사람한테는 냉정하고 매몰차다. 내가 굳이 잘 해 주어야 할 이유가 없다.

'공자가 죽어야 나라가 산다' 책이 한때 히트를 쳤다. 유교식 인본주의가 문제다. 사람을 너무 의식한다는 뜻이다. 하나님을 의식하는 신본주의가 우선해야 한다. 눈에 보이는 것만 의식하고 내 편리대로 처신하는 것이 문제다. 소중한 인격 대 인격의 만남인데 아는 사람이라고 친절하고, 모르는 사람이라고 냉대한단 말인가. 우리는 누구를 접촉할 때 아는 사람을 통해서 Bridge연결한 후 만나야 상대방이 성의를 갖는다. 그래서 인맥 쌓기를 위해 낮이고 밤이고 사교모임에 참석해서 유대관계를 맺는다. 그 시간과 돈, 사회적비용이 너무 크다. 교통 체증도 이와 관련된다. 저녁에 집으로 퇴근하는 것이 아니라 모임 장소에 가느라 중간에 통과교통량만 증가된다. 서양인들은 낯모르는 사람이 찾아 가서 말을 걸어도, 일단 웃으면서 친절히 안내한다. 서로 스스럼이나 거리낌이 없다. 무엇을 감추거나 복선을 깔 이유가 없다. 모르는 사람한테도 인사를 건네고 엘리베이터 안에서도 눈인사 말인사를 건넨다. 자연스런 일상생활이고 몸에 배어있다. 우리도 바뀌어야 한다. 이것이 진짜 적폐고, 이것부터 과거 청산해야 한다. 그래야 일류선진 국민이 된다. 유치원부터 가르쳐야 한다. "모르는 사람한테 인사하기" 범국민운동을 펼쳐야 한다. 대통령부터 '낯선 사람한테 인사하기' 선언을 하고 수범을 보여야 한다.

오랜 시간 축적되어 왔던 전통 관행이기에 하루아침에 바꾸기가 여간 어렵지 않다. 그렇지만 이것을 다음 세대로 계승시킬 수는 없다. 감나무 밑에서 감이 떨어지기만을 기다릴 수 없다. 장대를 가지고 올라가서 따야한다. 그냥 저절로 떨어지면 모두 썩은 감이다. 감이 상하기 전에 미리 따야 한다. 이제 4차산업혁명 시대, 3만불 시대가 도래하였다. 서둘러 팔 걷어붙여야 한다. 과거에 잘못된 것을 청산이란 명목으로 복수를 할 것이 아니라 미래 비전을 제시해야 한다. 대통령, 당 대표들이 먼저 '과거의 구태 인맥정치 하지 않겠다'고 선언할 필요가 있다. 3김식 패거리 인맥정치가 군사독재 정권에 대항하기 위해서 당시 상황에 불가피한 필요악 일 수 있지만 지금은 흘러간 물이다.

내가 퇴직 후 중소기업에 근무하다 보니 처음부터 끝까지 인맥을 통한 사업이다. 인맥영업이다. 시스템은 온데간데 없다. 물론 모든 일은 사람을 통해 이뤄지기에 사람보다 더 중요한 것은 없다. 문제는 시스템을 통해 통신수단을 통해 의사가 전달되고, 업무 처리가 이뤄져야 하는데, 직접 대면을 해야 한다. 무조건 사람부터 만나야 하는 사회구조다. 그러니 시간은 차치하고라도 교통비용이며 식사비용 등 간접적인 영업비용을 무시할 수 없다. 얼굴영업이고 인맥사업이다. 나 역시 한번 본 사람보다 두 번 세 번 만난 사람에게 정감이 가고 소통이 수월하다는 것을 인정한다. 그렇다고 현 구조를 언제까지 가져갈 것인가, 인맥영업, 인맥정치를 하다 보니 부정부패가 동반될 여지가 많다. 정부고시 사업이든 민자사업이든 사업제안서를 제출하면 평가절차를 거친다. 어느 기관이든 평가위원 Pool이 있다. 위원 명단을 입수하려고 발주처 쪽에 온갖 인맥을 동원한다. 학연·지연·혈연을 총 망라한 인맥플랫폼을 구성하여 평가위원들을 찾아 로비를 하게 된다. 회사 방침이 윤리경영이기 때문에 평가위원 접촉을 안 하면 괜히 불안하고 나만 손해 보는 느낌이다. 기업이 수주에 목을 매다 보니 전사적으로 뛸 수밖에 없다. 인맥대신 시스템으로 평가하는 입찰 환경을 만들어야 한다. 인맥을 동원해도 별다른 효과가 없는 구조로 시스템을 보완해야 한다. 평가위원의 경우 전국을 통합하여 분야별로 수백 명씩 대규모로 구성하거나, 평가방법을 인공지능으로 70% 이상 수행하도록 해야 한다. 방법을 찾으면 답이 나온다. 나는 문제가 있으면 해답이 있다고 본다. 하나님이 우리에게 인생의 문제를 줄 때는 거기에 반드시 답이 있다는 확신이 있다. 답 없는 문제를 출제자는 출제하지 않기 때문이다.

정치도 마찬가지다. 당 대표나 권력자에게 손을 대기 위해 온갖 인맥이 난무한다. 정치인들 스스로가 인맥 돈맥 없으면 낙동강 오리알이 된다고 생각하는 데 문제가 있다. 인맥정치, 사람장사 시스템을 끝내기가 쉽지 않다. 현실을 무시한 어떠한 정책도 실효를 거두기가 어렵다. 우리는 유명 정치인이나 연예인과 친소관계를 이야기 하면서 자기의 위상을 과시하곤 한다. 모 국회의원과 막역지우 호형호제 지낸다며 친분을 은근히 자랑하기도 한다. 사기꾼들이 활용하는 기법 중에 하나가 유명 정치인과의 친분을 앞세워 상대방을 현혹시킨다. 지금까지 대대손손 몸에 배어온 국민의식을 하루아침에 바꾸는 것이 간단치 않다. 그러므로 우선 법규를 만들어 강제적으로 변화시켜 나가야 한다. 인맥과 직접 관련되는 것이 경조사로서, '정치인 경조사 제한법'을 제정해야 한다. 8촌 이내 가족이나, 직장 동료, 학교 동창 등에만 가능토록 하고 내가 상대를 모르는 상태에서 무작위로 조문하는 것을 금하는 것이다. 부조금도 제한하도록 못을 박는 것이다. 국회의원의 경우 경조사금액을 월 이백만원 등 상한선을 제시할 필요가 있다.

인맥정치에서 문제는 패거리 문화다. 우리 편, 패거리 덩치를 키우는 것이 정치인의 능력 잣대로 평가 받는다. 누구는 누구 사람이고 무슨 인맥이다. 학·지·혈 인연은 세계인이 보편적으로 인정하는 것이라고 하더라도 패거리 정치인맥 문화는 바뀌어야 한다. 누구 계열이니 누구 똘마니니 하는 계파정치는 사라져야 한다. 인격체가 물건도 아니고 내 것, 네 것으로 분류를 하는 것 자체가 후진국형 정치행태다. 독립인격체로서 자존심도 없이 누구의 하수인 역할을 하는 것이 자기가 살길이고 능사란 말인가. 과거 3김 시대, 1차 농경시대의 구습이 4차산업혁명 시대에도 똑같이 반복되고 있어 안타까울 따름이다. 공천권을 당대표가 좌지우지 못하도록 제도적 장치를 만드는 것이 우선 급하다. 정당의 당헌당규에 명문화하고 투명하게 공개하는 절차를 만들 필요가 있다. 공천심사위원회 구성에서부터 심사절차 등 정당한 절차 (Due Process) 를 제도화해야 한다. 공심위 때 중앙선관위 등 외부 감시 옴부즈만이 의무화되어야 한다.

조문정치도 바뀌어야 한다. 아울러 악수정치, 마실정치, 수다정치, 뒷담화 정치도 궤도 수정을 해야 한다. 정치인은 온 천지 돌아다니면서, 사람만나는 것이 지상과업이다. 얼굴 눈도장 찍는 것이 정치의 시작이고 끝이다. TV나 언론에 얼굴 알리는 것이 전부다. 연예인과 다를 바 없다. 어느 정도 이해는 간다. 그러나 지나친 것이 문제다. 경조사와 관련하여 김영란 법이 시행된 지가 몇 해 되었건만 점점 무용지물이 되고 있다. 처음에만 반짝 조심하다가 이래저래 흐지부지 되고 말았다. 사실 경조사 문제는 혁명보다 더 어렵다. 과거부터 투자를 해 왔기에 누구나 본전 장사하려는 보상심리가 있다. 조문정치도 인맥정치와 같은 맥락이다. 정치인은 일면식도 없는 사람한테도 무조건 가서 눈도장을 찍는 것이 관행으로 되어 왔다. 지역발전이나 현안문제 해결하는데 머리를 써야하는데 이것은 뒷전이고 얼굴 알리는 일이 시급하다. 그것이 인지도를 높이고 공천을 위한 경선이나, 선거에서 승리하는 것으로 인식되기 때문이다. 공약이나 정책 개발은 나중이고 우선 내 이름 석자를 지역민들에게 알려서 당선되는 것이 급선무다. 조문정치 안 하겠다고 정치인들 만이라고 우선 선언을 해야 한다. 대통령부터 또 당 대표들부터 '조문정치, 마실정치 안 하겠다'고 공언을 해야 한다. 먼저 수범을 보여야 한다.

영국 노예제도의 역사 흐름을 바꾼 윌버포스 국회의원 같은 정치 개혁가가 필요한 시점이다. 당시 세계최고의 해군력과 상선을 가진 영국이 노예무역으로 국가 수입의 3분의 1을 차지할 정도로 노예수송 비중이 컸다. 대영제국의 경제적 이득을 위한 버팀목이다. 아프리카에서 흑인을 데려다 북미대륙에 노예를 수출하는데, 항해 도중에 질병, 억압 등으로 25%가 사망하는 상황이니 당시 흑인들의 인권을 가히 짐작할 만하다. 윌버포스는 신실한 하나님의 일꾼으로 한 가지 소명을 받았다고 고백한다. 노예무역 금지다. 그는 과감하게 노예수출을 반대했다. 국가 경제를 망치겠다는 것이냐, 얼마나 많은 비판과 위협을 받았겠는가. 그러나 하나님이 주신 소명을 끝까지 붙들고, 그 소신을 굽히지 않았다. 결국 노예제도가 폐지되었다. 하나님 관점에서 악은 척결대상이다. 세상 관점과 하나님 관점이 충돌할 때 하나님께 순종해야 함을 일깨워 준다. 우리나라 정치판의 패거리 인맥 정치도 이런 관점에서 볼 때 폐습이다. 그러므로 주저 없이 타파해야 할 과제이다.

4년마다 열리는 월드컵 축구경기를 보면서 여기에도 4차산업혁명을 도입한다면 우리나라도 언젠가는 우승을 할 수 있다는 신념을 갖는다. 2002년 월드컵을 통해 그 가능성을 보았다. 가상 워 게임처럼, 상대방 선수들의 특장단점 정보를 빅데이터로 편집 저장하고 이를 인공지능에게 Deep Learning시켜 가상 시합을 치르게 함으로써 상대의 약점을 하나하나 점령해 나갈 수 있다. 이세돌과 인공지능이 바둑시합을 해서 인공지능이 4:1로 완전 승리한 것처럼. 남미선수와 유럽선수는 개인기나 패스 등이 다르다. 그 특성에 맞는 전술이 필요하다. 물론 우리선수 실력이 중요하지만 현재보다는 한층 발전된 전술 전략을 가지고 경기에 임할 수 있다.

K-리그 등 축구 저변을 보면 다소 실망감이 밀려온다. 유럽 축구를 넘어야 하는데, 그 비책이 무엇인가? 유럽이 축구에 열광하는 이유는 간단하다. 그들 문화는 직장과 가정 두 곳뿐이다. 저녁에 퇴근하면 바로 집으로 향한다. 그러니까 주말에는 가족과 함께 축구경기장에 나가서 그동안 누적되었던 스트레스를 경기를 보면서 푼다. 우리는 퇴근하면 동창회 모임이고 각종 공·사적 회식이 왜 그렇게 많은지. 그 곳에 가서 저녁 먹고 술 마시고 늦게 집으로 귀가한다. 그 이유 중 하나가 사람장사, 인맥 쌓기다. 인맥을 통해야 사업도 하고 출세도 하고 정치도 할 수 있다는 의식이 우리 머릿속 저변에 깔려 있다. 그러니까 주말에 무슨 축구장에 가겠는가. 피곤해서 잠자기 바쁘다. 아니면 결혼식장 장례식장 등 또 인맥을 만들기 위해 출두해야 한다. 축구도 관중을 먹고사는 스포츠다. 관중이 없는데 무슨 축구 발전이 있겠는가. 그러므로 우리 생활양식을 바꾸어야 월드컵 우승도 할 수 있다. 현재의 K리그 가지고는 어림도 없다. 허공에 메아리다. 도둑놈 심보다. 노력도 하지 않으면서 좋은 성적을 거두려는 것은 일확천금을 노리는 사기꾼 심보다. 이영표 선수가 유럽리그에서 경험한 것을 인터뷰하였다. 처음에는 빠른 템포에 적응하는데 6개월이 걸렸다고 한다. 그것을 터득하고 나서부터 이것이 재미있는 축구라는 것을 알았단다. K-리그를 보면 답답하다. 공을 잡고 두리번거린다. 좀 더 공격적 빠른 템포로 전환해야 한다. 공이 정지되어 있으면 안 된다. 우선 백패스부터 없애야 한다. 육상 트랙이 없는 축구전용구장도 더 확보해야 한다. 그리고 K-리그 국내 감독들을 모두 외국인 감독으로 교체해야한다. 이종교배를 해야만 새로운 전술이 나온다. 히딩크 사례를 참고할 필요가 있다. 일본 J-리그 감독들하고 상호 교체해도 된다.

폭력정치 깡패정치도 끝내야 한다. 지난번 국회에서 빠루를 가지고 문고리를 뜯어내며 부수는 장면이 외신을 타고 전 세계로 방영되었다. 국제적인 망신을 당했다. 직장 동료 한분은 '우리는 세계적인 관광자원이 많다'고 하였다. 무엇이냐고 물으니, '국회에서 망치질, 또 멱살잡이 하는 것, 광화문, 서초동 촛불집회 같이 백만 인파가 집결하는 대규모 데모'를 관광상품으로 잘만 개발하면 대박이 날 것이다. 왜냐하면 전 세계 어디에서도 못 보는 장면이라며 비아냥을 했다. 국회선진화법에서 규정하고 있는 몸싸움 폭력에 대한 처벌수위도 한층 높여야 한다. 아울러, 국회에서 단상을 점거할 때나, 마이크를 점유하기 위해 몸싸움 할 때 주로 여성을 이용하는 변칙 폭력이 등장하고 있다. 여성에게 손만 대도 성폭행 이름으로 족쇄를 채우는 양상이다. 삿대질도 금지 시켜야 한다. 외국인은 손가락질 Pointing을 아주 싫어한다. 유럽 축구선수들이 주심에게 항의를 하거나 선수끼리 언쟁을 할 때도 두 팔을 뒤로 제치고 말싸움하는 것을 본다. 우리는 옛날부터 삿대질 문화가 깊다. 국회 내에서 삿대질 할 경우 벌금형이나 국회출입 200일 정지 등 징계 처벌이 필요하다.

막말정치도 끝내야 한다. 막말 언어폭력도 이제는 고쳐야 한다. 정당 대변인의 공식 논평에도 언어 순화가 필요하다. 꼭 시정잡배나 쓰는 용어들, 차마 입에 담지 못할 비속어들을 동원하여 상대방을 모욕하고 망신을 주면서 자기는 의인인 척 하는 것을 보면 정치에 대한 비애감이 들기도 한다. 정치언어를 보면 그 나라 수준을 판가름 할 수 있다. 북한 뉴스를 보면 '괴뢰도당을 짓뭉개 버린다. 탱크로 철천지원수들의 머리통을 깔아버린다' 를 들으면서 북한 정권이 제정신인가 정상적인 국가인가 만감이 교차하는 것을 느낀다. 특히 청소년들에게 사회정서적으로 악영향을 미친다. 거칠고 잔인해지는 폭력 분위기, 사회갈등이 난무하는 사회로 갈 수 있다. 한번은 40대 부부가 부부싸움을 대판했다. 남편이 홧김에 "너 같은 거는 필요 없어" 못할 말을 하고 말았다. 아내가 모멸감에 "내가 나가 주면 될 거 아녀" 하고 집을 박차고 나왔다. 자동차를 몰고 가다 트럭을 들이받는 대형 사고로 현장에서 즉사하고 말았다. 남편이 아내 시신을 부둥켜안고 울부짖는다. 내가 "홧김에 그냥 한 소리를 가지고," 아무리 불러도 죽은 아내가 돌아오지 않는다. 버스가 이미 떠난 후다. 말 한마디에 사람이 죽고 산다. 국회나 정당에서도 지나친 욕설이나 인격모독 발언은 처벌되어야 한다. 언어폭력 막말에 대한 징계 규정을 강화시켜야 한다. 언어폭력이 육체폭력보다 더 상처가 깊이 남을 수 있다. '10초의 언어폭력이 30년 가슴에 상처로 남는다' 고 한다. 한번 뱉은 말은 주어 담을 수가 지워 버릴 수도 없다. 막말도 상대방 입장에서 또 제3자적 측면에서 인격모독이나 비방이라고 판단되면 벌금형이나 출입금지 등 엄격한 조치가 있어야 한다. 국회 내 '언어폭력 윤리위원회' 같은 전담부서가 필요하다.

쇼정치도 끝내야 한다. 겉치레정치 의례적 형식적 정치문화는 이제 사라져야 한다. 심포지엄이나 포럼 행사장에 가보면 정치인 내빈소개와 축사 순서가 있다. 사회자가 인사소개를 하면 박수를 받고, 사진 찍고, 축사만 하고 바로 행사장을 빠져 나간다. 그렇게 바쁠 것 같으면 행사에 오지 말든가, 아니면 발표 하나라도 듣고 가든가. 그것이 참석자들에 대한 기본 예의가 아닌가. 때로는 정치인이 늦으면 행사를 시작도 못하고 기다릴 경우도 있다. 축사를 정치인이 하는 것은 사안에 대한 관심을 가지고 국정에 반영하는 등 의미가 있다. 다만 형식적인 축사나 의전에 대해서는 의식을 바꿔야 한다. 겉포장만 요란한 형식적인 쇼맨십 정치보다 실사구시가 아쉽다. 한번은 국제심포지엄 행사를 하는데 정치인이 축사만 하고 나가버리자 외국인 발표자가 이 광경을 보면서 고개를 갸우뚱 하는 것을 본 적이 있다. 개막전에 여기저기 악수를 하면서 행사 주인공처럼 온갖 폼은 다잡고는 썰물처럼 빠져 버리는 이러한 관행은 청산되어야 한다. 참석자들 또 국민들 눈에 정치인이 어떻게 비추어지겠는가. 과거 권위주의 시대 산물이다. 보여주기식 쇼정치를 마감해야 한다. 정당대표가 '행사장에서 쇼맨쉽정치를 하지 않겠다'고 공표할 필요가 있다. 그러면 국민들한테 박수갈채를 받지 않을까.

보복정치도 끝내야 한다. 지난 정권을 무조건 적폐청산 대상으로 몰아세우는 시대는 이제 끝내야 한다. 전두환 대통령 같이 군부 쿠데타로 집권한 것 등 특별한 경우를 제외하고는 정치보복을 해서는 안 된다. 전두환 대통령은 '김대중 정권 때 마음이 가장 편했다'고 실토를 했다. 정권 때마다 추징금 반환문제, 광주 민중 항쟁 등 무엇이든 명목을 붙여 자기를 몰아세웠으니 좌불안석했을 것이다. 그렇게 해도 국민들은 반대를 하거나 반감을 드러내지 않았다. 그만큼 죄 값이 컸기 때문이다. 백담사 유배를 갔다 왔지만 그것으로 죄 값을 다 치렀다고 보지 않는 국민정서가 깔려 있다. 노무현 전 대통령이 부엉이 바위에서 투신자살했다. 이명박 대통령이 진보 세력 제거차원에서 죽였다고 대부분 믿고 있다. 검찰총장이 MB 대통령에게 보고도 없이 임의적으로 노 대통령 수사를 했다고 믿는 사람은 거의 없다. 아마도 노대통령 관련해서, 연일 터지는 가족 비리나 측근들의 부정부패를 보면서 방관 또는 즐겼는지도 모른다. 박연차 태광산업

회장은 대통령이 되기 오래전부터 후원자 동반자이기에 비리 행위로 속단하기 어렵다는 것이 그 당시 법조계의 상당수 의견이었다. 금시계를 논두렁에 버렸다느니 전직 대통령 망신주기 모욕주기가 전직 대통령에 대한 예우냐, 논란이 되기도 했다. 자살 유서에도 나타나듯이 본인 자살로 모든 것을 끝내라는 마지막 항거였다. 더 이상 가족이나 측근들을 괴롭히지 말라는 저항이었다.

문 대통령과 노 대통령은 뗄레야 뗄 수 없는 관계다. 친형제보다도 심정적으로는 더 가까울 수 있다. 변호사 시절부터 몇 십 년 동안 한배를 타고 동고동락 했으니 더욱 그렇다. 노 대통령 유서를 양복 안주머니에 몇 년 동안 간직하고 다녔다는 것 하나를 봐도 짐작이 간다. MB를 검찰에서 소환했을 때 MB 왈 '이것은 노 대통령 자살과 연관시킨 정치보복이다'고 한 것이 큰 실수다. 그때 MB는 '노 대통령 자살은 참으로 가슴 아픈 일이었다. 내가 진심으로 사죄를 빈다. 나의 불찰이었고 나의 잘못이었다. 내 평생 죽는 날까지 사죄하는 마음, 용서를 비는 마음으로 살겠다'고 했어야 했다. 지혜가 부족했다. 상황판단 인식이 미흡했다. MB 구속 전에 검찰총장이 검사장급 대검 간부들을 모두 집합시켜 놓고, 박근혜 전 대통령이 구속된 상태에서 또 MB를 구속 시켜야 하느냐 마느냐 의견을 물었다는 소문이 있다. 그런데 공교롭게도 '모두 구속시켜야 한다'고 만장일치였다는 후문이다. 참으로 안타깝다. 민주주의에서 만장일치는 극히 드문 경우인데 MB가 그동안 덕을 쌓지 못하고 국민의 마음을 얻지 못했다는 증표이다. 노대통령 자살, MB 구속을 겪으면서 이제는 더 이상 보복정치의 악순환 고리를 끊어야 한다. 다음 대통령부터는 '나는 정치 보복하지 않겠다, 는 공식적 선언이 필요하다. 이러한 선언을 국민들이, 또 국회가 요구할 권리가 있다고 본다. 법으로 명문화시켜야 한다.

유태인들이 가장 존경하는 왕이 다윗왕이다. 골리앗과 다윗의 싸움에 자주 인용되는 우리나라의 세종대왕 같은 왕이다. 백성들이 '사울이 죽인 자는 천천이요, 다윗이 죽인 자는 만만이요' 하며 다윗을 흠모하자, 사울왕이 이에 질투심을 느껴 급기야는 다윗을 죽이려고 추격한다. 나중에는 사울왕이 직접 군사를 데리고 나섰다. 진지 속에서 곤하게 잠자고 있는 사울왕을 발견하고, 다윗의 병사가 다윗에게 하는 말이, '하나님이 오늘 당신의 원수를 당신의 손에 넘기셨나이다. 청하오니 내가 창으로 단번에 꽂게 하소서' 하자. 다윗은 '죽이지 말라, 하나님이 기름 부은 자를 치면 죄가 없겠느냐,' 하며 말리는 장면이 성경에 나온다. 자기를 죽이려는 원수에 대한 증오와 복수심에 사로잡혀 있었다면, 사울 왕을 죽이려는 욕망을 주체하기 어려웠을 것이다. 하나님은 원수를 죽일 기회를 주고 다윗이 어떻게 처리하는 가를 보신 것이다. 하나님이 택한 자, 기름 부어 왕으로 세운 자를 내가 죽이는 것은 그를 만드신 하나님을 대적하는 것이다. 즉 복수는 내가 하는 것이 아니라 하나님께 맡기는 것이다.

궁궐이나 대사찰 등 국보급 건축물을 짓는 대목수를 도편수라 한다. 그들은 왕궁을 짓는데 가장 중요한 기둥과 대들보를 구하기 위해 도시락을 싸가지고 태백산이나 소백산을 샅샅이 뒤지고 다닌다. 우선 똑바르게 자라야 하고 둘레가 굵어야 하고, 병충해 등을 입지 않아야 한다. 아무리 굵고 튼튼한 나무라도 구불구불 휘었으면 상품 가치가 없다. 기둥으로 쓸 수가 없다. 사람도 마찬가지다. 제 아무리 능력이 뛰어나더라도 심성이 구불구불하면 효용가치가 없다. 인재로 발탁될 수가 없다. 다윗왕이 존경받는 이유는 하나님이 보시기에 정직하고 하나님을 경외하고 또 의지했기 때문이다. 하나님 앞에 바르고 곧아야 쓰임을 받는다. 다윗왕도 간통죄를 짓기도 하고 수많은 세상 죄를 저질렀지만 하나님께 회개하고 되돌아왔기에 하나님이 보호해 주시고 왕의 자리에 장기간 존속시켰다.

서울시 OB들과 골프를 가끔 친다. 옛날 조선시대 임금들도 골프를 못 쳤는데 우리는 지금 치고 있다. 임금들보다 더 다양하고 맛있는 음식도 먹는다. '임금보다 삶의 질이 낫다'는 것이 맞는 말이다. 우리 세대가 행복한 세대다. 100불부터 30,000불 시대를 살아오면서 발전되는 과정 하나하나를 몸으로 체험하며 행복을 맛본 세대다. 물론 농경시대 산업화시대 정보화시대를 겪으면서 변화무쌍한 현실을 맞닥뜨릴 때마다 온갖 어려움도 많았다. 파란만장한 질곡의 역사를 헤치고 여기까지 왔다. 옛날 초가지붕 아래서 살던 시절이 떠오른다. 매일 밤이면 천장에서 쥐들이 잔치를 벌였다. 때로는 운동회 달리기 경주를 펼치기도 한다. 여러 마리의 쥐들이 출발선상에서 '요이땅' 하면 다다닥, 후다닥 뛰는 소리 때문에 시끄러워 잠을 잘 수가 없었다. 조용히 하라고 고양이 울음 흉내를 낸다, '야옹 야옹' 하면 쥐들이 잠시 조용해진다. 초등학교 다닐 때 쥐 소탕작전의 일환으로 쥐꼬리를 학교에 가져가기도 하였다. 그것도 할당이 있었다. 송충이를 잡아 가기도 했다. 이런 것들이 우리 자식세대에게는 말도 안 되는 소설 같은 이야기들이다.

요즘 2만~3만 불 시대에서 나고 자란 신세대는 지금까지의 발전 역사를 못 느끼기에 행복감이 덜 할 수도 있다. 아마도 고향에 대한 개념도 없을 수 있다. 아파트 놀이터가 또는 무슨 산부인과 병원이 고향인 셈이다. 과거 세대보다는 육체적 고생은 덜 하지만 정신적면에서는 더 복잡다기하고 갈등이 많을 것이다. 환경 영향을 받는 인간이기에 헝그리 정신 또한 약할 수밖에 없다. 선생님이 청소년들한테 장래 희망이 무엇이냐고 설문 조사를 했다. 학생 왈, '저는 재벌2세입니다.' 선생님 왈, 어떻게 하면 재벌2세가 될 수 있나. 학생이 대답하기를 '그런데 우리 아빠가 노력을 안 해요.' 얼마나 이기적인가, 혼을 내야할지, 웃고 넘어가야 할지 분간을 못하겠다. 본인은 무위도식하면서 부모덕만 보려고 한다. 과거는 직업선호도 1위가 연예인이었는데 최근 조사에서는 1위가 '건물주' 라는 웃지 못 할 이야기도 있다. 우리 친구들 끼리 모이면 흔히 하는 이야기가 우리 세대는 샌드위치 세대로, 부모한테는 효도 봉양을 다했고 자식한테도 고생하며 해줄 것 다 해줬는데, '자식한테 효도도 못 받고 혼자 노후 생계도 해결해야 한다'고 억울함을 하소연한다. 시대 흐름이 그러니 운명으로 받아 드릴 수밖에 없다.

현대인은 경제적 물질적 풍요를 누리는 대신 심리적 정신적 스트레스는 더 많이 받는다. 영국의 철학자 러셀이 '물질문명과 정신문명은 반대로 간다' 는 표현이 정확히 맞다. 대한민국을 흔히 10:90사회라고 한다. 상위층이 10%이고 중하위층이 90%에 이른다. 부익부 빈익빈을 상징적으로 표현하고 있다. 지금은 좌파냐 우파냐 이념 논리는 퇴색되고, 기득권층과 비기득권층, 가진자와 못가진자간 대결 구도가 되고 있다. 청년층을 향해 '부모세대보다 못사는 자식세대'

라는 말이 회자된다. 젊은이들이 연애, 결혼, 출산을 포기한 삼포세대니 오포, 칠포세대니 하면서 사회 경제적 어려움을 호소하고 있다. 더구나 80% 이상 대학 진학율을 기록하는 고학력 사회이다 보니, 현실과 이상과의 간극이 커지면서 더 많은 갈등을 겪고 있다. 또한 주52시간 근로제로 인해 추가근무 수당이 줄다 보니, '저녁은 있는데 저녁 값이 없다' 는 유행어가 탄생하였다. 손학규 대표께서 예전부터 주장하던 저녁 있는 삶이 공허해졌다. 시간만 있다고 능사가 아니다, 쉬는데 노는데도 비용이 필요하다. 휴가도 공짜로 갈 수가 없다. 소득이 소비욕구를 따라 가지 못한다. 성경에 '나로 가난하게도 마옵시고 부하게도 마옵소서, 내가 배불러서 하나님을 모른다 할까 하오며, 가난하여 도적질하여 내 하나님을 욕되게 할까 두려워 함이니이다.' 재물을 적당하게 달라는 참으로 합리적인 기도이며 하나님이 기뻐하는 기도이다.

미래당 지역위원장 워크숍이 있었다. 지지율 5% 박스 권에서 벗어나지를 못하는 상황을 두고 여러 가지 비판여론이 들끓었다. 비난의 화살은 아무래도 당대표를 향했다. 보궐선거 패배부터 한자리수 지지율, 당권파들에 대한 불만, 미래 비전도 없다는 등. 그러나 비판만 난무했지 해결 대안은 없었다. 나도 답답한 마음에 마이크를 잡았다. "현재 미래당은 상황파악 능력, 대응능력이 전무한 식물정당이다. 5% 지지율이면 중환자실에서 산소호흡기 쓰고 간신히 연명하는 중환자 수준이다. 그렇다면 지지율을 끌어 올릴 수 있는 대안을 마련해야 한다. 최대이슈 한두 개를 가지고 언론 브리핑을 정례적으로 해야 한다. 한번 단발로 끝내지 말고 매월 1일, 또는 첫째 주 월요일 10:30에 정례적인 언론 발표를 가졌으면 좋겠다. 현안 이슈로서 우선 조국사태, 반일극한 대립, 경제추락 3건에 대해 '현황, 문제점, 대책' 의 3단 논법으로 정리해서 간결하면서도 임팩트 있게 발표해라. 국민들이 초미의 관심사들로서 이에 대해 속 시원한 대답을 듣고 싶어 한다. 이러한 이슈들을 잡는 것이 핵심이다. 현 정부가 잘하는 것에 대해서는 잘한다고 칭찬도 하고 못하는 부분은 지적을 하면서 대안 제시를 해야 한다"고 목소리를 높였다. 당 지도부를 향해 쓴 소리를 토해 냈다. 비판의 목소리니 기분이 좋을 리 없다. 자신을 욕하는데 좋아할 사람이 어디 있겠나. 그러나 현 바른미래당 상황은 기분이 좋고 나쁘고 하는 미시적 문제가 아니라 당이 사느냐 죽느냐 백척간두에 서 있는 누란위기다. 과거 정당 역사에서 3번이 잠시 반짝은 했지만 수권 정당은 없었다. 정주영 왕회장의 통일국민당, 김종필 총리의 자민련, 문국현의 창조한국당, 안철수의 국민의당이 그랬다. 그만큼 양당 정치 구도에서 3번은 여간해서 살아남기가 어렵다. 무엇인가 차별화 전략, 절대비교우위가 필요하다.

미래당은 손학규 당대표 퇴진 문제로 계속 논란이 되고 있다. 한쪽에서는 왜 물러나야 되느냐 전당대회에서 당원들이 선출한 대표를 특별한 이유 없이 물러날 필요가 없다고 주장한다. 다른 쪽에서는 당을 이 지경으로 만들었으니 책임을 지고 사퇴하라고 목청을 돋운다. 사실 '빠'들 간의 주도권 쟁탈전이다. 손빠, 안빠, 유빠들이 자기네 보스 지도자가 당권을 잡아야 한다는 논리다. 자기네가 주도권을 가져야 한다는 것이다. 본질적으로 정당은 국민의 지지를 먹고 사는 정치집단이다. 당 대표는 현 5% 지지율에 책임을 질 수 있어야 한다. 당 대표가 독단으로 당을 운영하느니, 자기네 편만 당직을 독식하였느니, 대내외적인 리더십에 문제가 있느니 하는 것은 큰 문제가 아니라고 본다. 어찌되었건 당 지지율만 올라가면 모든 게 면제부가 된다. 그러나 당이 국민의 관심 밖이니까 지역위원장들은 지역구 활동에서도 당원이나 유권자들로부터 홀대를 받는다. 위원장들 다리에 힘이 빠진다. 사기저하 의욕상실증에 걸려있다. 전화를 하면 어떤 당원들은 앞으로 전화하지 말라고까지 한다, '자기는 내부 총질만 하는, 매일 집안싸움만 하는 미래당에 이제 관심 없다'고 한다. 이 모든 것에 대한 총체적인 책임 귀착점이 당 대표에게 있다. 물론 당 대표가 잘못 해서 그런 것은 아니다. 그러나 당의 미래비전을 제시도 못하고 또 이에 대한 전략적인 Action Plan도 수립할 능력이 없으니 사퇴하라는 뜻이다. 당을 견인할 수 있는 시도라도 해봤으면 하는 바람이다. 뜬구름 잡는 소리나 하고, 매번 똑 같은 소리에 더 이상 식상하지 않을 수 없다는 것이 대다수 당원들의 일치된 목소리다.

물론 지지율을 끌어 올리는 일이 쉽지 않다. 그러나 머리를 맞대고 찾아보면 실체적이고 구체적인 대안들이 얼마든지 있다. '국회의원 3선 연임 금지' 선언도 좋은 대안이다. 시도지사 지자체장은 3선 연임을 법적으로 제한하고 있다.

10년이면 강산도 변하는데 국회의원도 계속해서 12년을 넘지 못하게 하자는 것이다. 국민들도 어느 정도 동감한다. 더 하고 싶으면 한번 쉬었다가 하든가, 지역구를 옮겨서 하면 된다. 또한 '국회의원 국민소환제' 실시. 지역민들이 지역 국회의원을 부정 비리, 무능으로 고발 조치하고 퇴출시키는 제도이다. 국민이 주인으로서 주권재민 권리 행사를 하자는 취지다. 광역의원이나 기초의원들 공천과 관련하여 종종 비리가 발생되는데 이에 대해 경각심도 주고, 지역 현안과 관련하여 국회의원들에게 적극적인 활동을 자극하는 계기도 된다. '선거사범에 대해서는 단심 재판'을 하는 방법도 들 수 있다. 국회의원 및 지자체장 1심 아웃제도 도입이다. 그래야 선거 비리나 부정선거가 뿌리 뽑힐 수 있다. 나는 개인적으로 국회의원 선거 지역구를 인구 기준으로만 하지 말고 면적도 일부 가산하자고 주장한다. 인구 대 면적을 8:2 정도로 비율 산정하는 방법이다. 인구만으로 하다 보니 시골 농어촌 지역은 4~5개 군이 하나의 지역구가 되기도 하다. 농어촌이 너무 불리하다. 1개 지역구 인구를 15~30만 이라고 가정하면 여기에 20%를 계산하면 3~6만이 되고 이것을 면적으로 환산한다. 200km²를 인구 1만 명으로 대체 할 수 있다. 예를 들면 인구 5만 미만인 군 단위는 현재 인구에다 면적인구를 가산한 것이 총 인구가 된다. 이렇게 함으로써 농어촌의 사기를 진작시킬 수 있다. 수도권만 콩나물시루다. 우리 속담에 '말을 낳으면 제주도로 보내고 사람은 서울로 보낸다'는 뿌리 깊은 정서를 하루아침에 벗어날 수가 없다. 지금까지 인구 분산 정책을 인위적으로 해봐야 별 소득 없는 것을 잘 안다. 이것에 대한 유일한 해법은 향후 남북통일 밖에 없을 것이다.

'변하지 않는 것이 없다는 것이 변하지 않는 진리다.' 우리의 행정구역도 재편을 해야 된다. 법과 제도도 시대상황 시대정신에 따라 변해야 하는데, 현재의 시·도, 시·군·면·리 제도가 100년 전과 똑같다. 과거 교통, 통신이 전무했던 시절에는 세분화가 맞지만, 지금은 자동차로 20분이면 타 시군에도 갈 수 있는 고속화 시대가 되었다. 광역으로 재편하는 것이 타당하다. 인구 3만도 안 되는 군청도 공무원 조직은 500명 천 명씩 다 갖추고 있다. 인건비 낭비가 크다. 각 면단위 마다 축구장 족구장 체육시설을 다 구비하고 있다. 1년 동안 사용하는 일수가 1~2개월도 채 안 된다. 이웃면과 하나로 합치든가, 면 경계에 운동장을 하나만 설치해도 양쪽 면에서 공동으로 사용하면 된다. 불필요한 비용 낭비가 너무 많다. 스마트 핸드폰 시대에 스마트 행정을 해야 한다. 한편, 광역시와 도지사도 중복된다. 예를 들면, 대구광역시와 경상북도를 나눌 필요가 없다. 경북의 상권이나 생활 중심권이 대구와 중첩되는데 이것을 인위적으로 구분할 필요가 없다. 구태여 행정 경계를 구분시키는 것이 큰 의미가 없다. 경북 사람들이 대구로 이사를 못 오거나 쇼핑을 못 가는 것도 아니다. 한편 전라도와 경상도를 수평으로 일부씩 통합해서 현재의 경계선을 무너뜨릴 필요가 있다. 그래야 영호남 지역감정도 없어질 수 있다. 아무튼 행정구역개편 문제는 국민투표에 붙여야 한다. 현직 국회의원, 시도지사, 시장군수 등의 이해관계가 첨예하게 얽혀있기 때문이다.

보수를 대표하는 자유한국당의 지지율이 기대만큼 오르지 않고 있다. 아직도 당 내부에서 박 대통령 탄핵문제를 정리하지 못하고 있는 상황이다. 친박이니 비박이니 반박이니 내부 갈등이 여전하다. 한국당을 탈당해서 미래당으로 건너온 국회의원 한분이 말하기를, 오죽 하면 친정인 한국당을 박차고 나왔겠느냐. 내부 의사 결정 시스템도 군대식 상명하복의 구태의연한 시스템이라서, 내부의견 수렴 절차도 없다. 쓴 소리 한번 했다가는 인격살해당하고 팽 당하는 분위기이다. 거기에다 친박 측근 몇몇 사람이 당권, 공천권을 휘두르는 신독재 독선 분위기로 나머지는 거수기, 박수 부대에 불과하다고 혹평을 하였다. 그러나 이제 지난 과거는 뒤로 하고, 앞으로 21대 총선에서 과반을 얻으려면 보수 대통합의 큰 그림을 그려야 한다. 과거 선거역사, 투표결과를 분석해 보면, 연합을 해야 성공했다. YS가 노태우 JP와 연합하였고, DJP 연합이 승리했던 것을 상기할 필요가 있다. 이회창 대표는 연합을 못해서 실패한 케이스다. 그러므로 한국당은 미래당, 우리공화당과 반드시 연합해야 산다. 전략적 연합에는 몇 가지 방법이 있다. 기존의 자유한국당 명칭을 유지하면서 바른미래당과 공천 연합하는 방법을 들 수 있다. 지역구 국회의원 공천을 연합해서 단일화 하는 것이다. 당 비례대표 투표는 각 당별로 그대로 하면 된다. 두 번째 방법은 자유한국당 명패를 바꿔서 한 팀으로 물리화학적 결합을 시키는 것이다. 유행가 가사처럼, '과거를 묻지 마세요'로 대통합해야 한다. 그리고 각당 의원들이 전원 사퇴를 한 후 Zero Base에서 공천심사를 하는 것이다. 적과의 동침도 하는데 통합 못할 이유가 없다. 그리고 추후 대선 때는 한국당과 미래당이 대통령과 총리 런닝메이트를 잠정 합의할 수도 있다. 그러면 중도를 포함하여 대보수 표심을 모두 결집시킬 수 있다. 다만, 미래당 내 호남계 의원분들은 행보를 달리 할 수밖에 없다. 비행기 기내식에서 대한한공의 비빔밥이 세계 최고로 선정되었다. 이것저것 골고루 재료를 넣은 비빔밥이 최상의 맛을 낼 수 있다. 오케스트라 심포니에서 최상의 소리가 나오는 원리와 같다. 정치에서도 같은 맥락이다. 뭉치면 살고 흩어지면 죽는다. 다만 바른미래당은 호남계 의원분들이 다수 있어서 한국당과 당 대 당 통합이 쉽지 않을 전망이다. 합의이혼해서 나눠질 수밖에 없지 않겠는가.

기초 질서와 관련해서 싱가포르가 아시아에서 1등이다. 국민소득도 6만5천 불로서 아시아 최고이고 억만장자 수가 세계 5위권이다. 싱가포르대학이 대학 랭킹에서도 아시아 1위다. 싱가포르를 갈 때마다 느낀 것이 거리가 참 깔끔하다는 인상을 받았다. 모든 인프라와 시스템은 서양식인데 사람은 동양인이다. 청년 신혼 주택도 정부가 아주 저렴하게 임대료만 받고 제공한다. 우리 돈으로 30~50만 원 정도다. 그러니 젊은이들이 결혼하는데 부담이 없다. 우선 거주할 집 문제가 해결되니까. 싱가포르 정책을 벤치마킹할 필요가 있다. 동양인으로 우리와 정서적으로 비슷하고 의식 구조도 유사하다. 특히 기초질서 확립 면에서 타의 추종을 불허한다. 그 이면에는 범칙금이 엄청나게 비싸다. 침을 뱉을 경우 80만원이다. 쓰레기 투기, 금연지역 흡연도 100만원이다. 노상방뇨도 80만원이다. 난폭운전은 2500만원이다. 음주운전의 경우 초범, 재범에 따라 벌금이 다르지만 최소 100만원부터 2500만원이고 1년간 운전면허 정지다. 마약 밀매는 무조건 사형이다.

기초 질서부터 지켜져야 불법의식도 사라지게 되고 준법정신이 자리매김 할수 있다. 미국, 일본, 영국 등 선진국들의 특징이 기초질서 벌금이 높다는 사실이다. 미국도 담배꽁초 버리면 벌금이 100만원이다. 기초질서 유지를 위해 셀프리더십을 발휘하여야 한다. 스스로 행동 방향을 정하고 자신을 통제할 수 있어야 한다. 벌과금이나 처벌을 자신이 의식하고, 이것이 동기부여가 되어 자신의 행동을 제어하는 방법이다. 한번은 일요일에 교회를 가기위해 차를 운전하는 중에 앞차에서 담배꽁초를 던지는 것을 보았다. 신호등에서 차가 정지할 때, 그 차 옆으로 가서 꽁초 던지는 흉내를 냈다. 갑자기 그 차에서 깍두기 머리 30대가 나오더니 내 차로 와서 '당신이나 잘 해' 18소리에다 쌍 SS 욕까지. 순간 나도 화가 나서 창문을 열려다 아내가 말리는 바람에 아무런 대꾸도 하지 못했다. 한편, 아들 생각이 났다. 우리 아들도 아무런 생각 없이 꽁초를 버리는 것은 아닌지? 언젠가 아들이 휴지를 아무렇지도 않은 듯 버리는 모습을 본 기억이 있다. 우리도 기초질서 벌금을 대폭 인상해야 한다. 그래야 먼저 의식적으로 지켜나갈 수 있고 그것이 습관으로 정착될 수 있다. 다만 고의냐 부주의냐 따라 차등으로 벌금을 책정할 필요가 있다. 주머니를 뒤지다 꽁초나 휴지가 본인도 모르게 떨어질 수 있다.

'모든 국민은 그 수준에 맞는 정부를 갖는다.' 프랑스 토크빌의 말이다. 지도자도 마찬가지다. 그 나라 국민 수준이 지도자 수준이다. 80점짜리 국민이면 80점짜리 대통령이 나온다. 남 탓 필요 없다. 우리는 모였다 하면 정치인들, 특히 국회의원 욕을 많이 해댄다. 그럴 때면, 나는 '국회의원 수준이 우리 국민 수준이고 그것이 내 수준이다'고 말한다. 남 욕하는 데는 모두가 1등 금메달이다. 그러나 자기 잘못 자기 허물을 인정하는 데는 꼴찌다. 자신만 의인이고 선인이고 정직하며 완전하다. 인간은 누구나 위선자, 이중 삼중인격자이면서 아닌 척한다. 더구나 남이 나의 잘못을 지적하면 온갖 인상을 쓰며 화를 낸다. 한번은 김수환 추기경에게 신도 한분이 불만을 토로했다. 그러자 추기경 왈, '나는 그것 외에도 못된 습관이 더 많다'고 대답했다. 오래전에 영국과 아르헨티나가 포클랜드 전쟁에서 맞붙었다. 그 당시 헬기 조종사로 영국의 앤드류 왕자가 참전한 것을 기억한다. 우리도 전쟁이 나면 대통령 아들, 3부 요인 자식들부터 참전해야 한다. 그것이 선진국민의식이며 일류국가다.

검찰개혁이 화두다. 대한민국 검찰은 수사권과 기소권 모두 가진 무소불위의 슈퍼권력집단이다. 합법적인 깡패집단이다. 특수부의 경우 인지수사를 할 수 있다. 누군가 고소 고발이 없어도 정보나 풍문을 가지고 아무나 붙들어다 수사를 할 수 재량권이 있다. 초헌법적 권력을 휘둘러도 어느 누구도 제지를 할 수 없다. 검찰수준이 우리 국민수준이다. 사실 권력을 가지면 그것을 써먹고 싶어 안달하는 것이 우리네 심성이다. 검경수사권 조정이니, 공수처 신설이니, 밤샘조사 금지니, 피의사실 공표 금지니 여러 가지가 도마 위에 올라와 있다. 기본 원칙은 경찰은 수사권을 검찰은 기소권을 가지면 된다. 다만 4급이상 공직자, 100대기업, 국가안보, 외교, 정치와 관련된 일부에 대해서만 검찰이 제한적으로 수사에 개입할 수 있도록 명문화 하면 된다. 또 '수사조정위원회'를 두어 검경간의 수사권 갈등을 조정하면 된다. 검찰 인사권을 독립시킨다, 뭐다 해봐야 결국 누군가가 인사권을 가질 수밖에 없다. 그것이 한계다. 그러므로 미국과 같이 각주 검찰총장을 4년 선출직으로 뽑듯, 우리도 검찰총장을 선출직으로 하면 된다. 검사장급 인사도 아예 지역별로 선출직으로 선발하는 것이 주권재민차원에서도 바람직하다. 과거 지자체장들이 임명권자만 쳐다보고 있다가 이제는 주민을 바라보는 것과 같은 이치다.

아직도 내 자신이 하나님과 가깝기 보다는 세상과 가깝다고 스스로를 진단해본다. 하나님보다 세상에 더 관심이 많다. 세상을 더 사랑하고 있다는 증거다. 세상의 즐거움을 놓지 못하고 있다. 끊어야 할 것이 아직도 많다. 집에 퇴근하고 돌아오면 쉬고 싶은 마음에 TV 앞에 앉아서 UFC, 권투, 유럽축구, 장기 채널을 돌린다. 아내는 질색이다. 왜 싸움하는 것, 치고받고 피 튀기는 것을 본다고. 맞는 말이다. 발로 차고 주먹질 하는 것, 폭력성 장면을 자주 보면 마음속 내면에 그런 성향이 잠재적으로 축적된다. 내 안에 폭력의 혈기가 아직 남아 있다는 증거다. 이제 TV에서도 그런 것들을 멀리 해야 하는데. 아직 내 안에 있는 또 다른 나를 이길 수 없다. '하나님! 폭력물들을 보지 않게 해주세요. 내 안에 혈기를 제거해 주세요.' 조용히 기도를 한다. 오늘은 안 볼 수 있을 것 같다. 내일은 또 모른다.

때로는 하나님께서 나를 어떻게 바라보고 계실까? 내 이기적인 욕심이나 내 의지가 하나님 보시기에 합당한 것인가? 하나님께서 다윗을 보고 '내 맘에 합한자'라고 한 것처럼 '내가 하나님 마음에 얼마나 부합할까' 질문을 해본다. 정득모에서 정순종으로 변해야 하는 것이 첫째고 우선이다. 하나님 앞에, 예수님 성령으로 거듭나야 한다. 때로는 하나님과 딜, 조건부 거래를 하는 나의 모습을 볼 때도 있다. 이번에 이것을 순종할 테니 저것을 꼭 주실 거지요. 40일 새벽 기도하는데 하나님 음성 꼭 듣게 해주세요. 안 들려주시면 새벽기도 더 이상 안 할 겁니다. 여자에 대한 음욕을 하나님이 해결해 주서서 감사하다고 했는데, 왜 또 육신의 정욕이 솟아나느냐고 따지기도 한다. 전지전능한 창조주 하나님은 절대 진리이고 절대 완전함을 알면서도 나의 간사스런 잣대로 이리저리 판단을 한다. 아직도 내 믿음의 여정이 멀다. 이사야 55장을 보면 하나님이, '내 생각이 너희의 생각과 다르며 내 길은 너희의 길과 다름이니라.' 내 생각 내 자아를 버리고 하나님 생각, 하나님의 길만을 가야 하는데… 아직도 육신의 생각에 머물러 있다는 증거다. 또 나에 대한 하나님의 뜻이, 하나님이 이루고자하는 소명이 무엇인지를 밝혀내야 하는데, 그것을 위해 처절하게 기도하고 내 자아와 싸워야 하는데, 그것을 못하고 있다. 그러나 지금까지 기도하면서 터득한 것 한 가지가 있다. '내 정욕을 위해 내 이기적인 것을 위해 기도한 것은 하나님이 응답하지 않는다' 는 것이다. 천사가 결재를 최종 하나님까지 올리기 전에 중간에서 부결시키기 때문이다.

요즘 나는 내 입술에 거룩함을 달라고 기도한다. 언어가 인격이다. 그 사람이 사용하는 말씨, 어휘를 보면 그 사람의 품격, 인품을 알 수 있다. 우리 영혼이 거칠어지면 말도 거칠어지고 행동도 거칠어진다. 3위 일체다. 말도 습관이어서 고치기가 내 맘대로 안 된다. 어느 저녁 모임을 가면서 오늘 사람들 만나서 대화할 때 욕하지 말아야지 다짐을 한다. 처음에는 어느 정도 지켜지다가 조금 흥분이 되니까 원상회복이다. 당사자가 없으니까 그 XX, 이 XX, 그놈 이놈 저놈 막 나온다. 내용은 차치하고 우선 호칭부터가 문제. 대한민국에서 가장 욕 많이 먹는 사람이 대통령이다. 뒤에 대통령 직함은 아예 안 붙인다. 꼴통이니 똘아이니 병신이니 정신병자니 별의 별 욕이 다 나온다. 고향 여주에 내려가서 어르신들 하고 식사를 할 때면 여주 시장님 목이 열 번은 잘렸다, 붙었다 한다. 어디서 시장을 만났는데 인사도 안 받고 싸가지가 없다느니, 시장한테 무슨 정책 제안을 했는데 가타부타 응답이 없다느니, 시장 옷차림이 어떠니, 직원들 승진을 정실인사로 한다느니, 온갖 욕을 다 퍼붓는다. 대개 칭찬은 열 번 중 한 번 정도다. 무엇이 마음에 안 드는지 대부분 불만 일색이다. 나 역시 언어 습관을 고쳐 보겠다고 의지를 불태우지만 지금까지 부도수표만 날렸다. "하나님 아버지! 저의 심령을 성령 충만케 하셔서 내 입술을 거룩하게 하옵소서. 내 입으로 남을 정죄하거나 판단하지 않게 하옵소서. 나는 남의 장점만 본다 라는 고백이 있게 하옵소서. 내 입술을 통해 하나님이 살아 계심을 증거하게 하옵소서. 이를 통해 믿지 않는 불신자들이 하나님 앞으로 나오게 하옵소서."

사실 나는 과거를 지우고 싶은 것도 많다. 아직도 고치지 못하고 계속 반복하는 못된 습관들도 있다. 그럴 때면 내 자신이 싫을 때가 있다. 어느 유행가 가사처럼 '이러는 내가 정말 싫어~~.' 아직 믿음의 점수가 70점이 못 된다. 믿음의 조상 아브라함, 이삭 야곱, 엘리야, 다윗, 다니엘과 같은 믿음으로 성장하려면 갈 길이 멀다. 교회에서도 누구한테 사랑한다는 말도 제대로 못하는 쑥맥이다. 내 맘속에 이타적인 사랑이 없어서인지, 아니면 체질이 아닌지, 아무 때나 '사랑한다'고 말하는 자체가 어색하다. 베트남 전쟁당시 8살 6살 남매가 전쟁고아로 고아원에서 자랐다. 전투가 벌어져 고아원 건물이 파손되면서 8살 오빠가 심한 부상을 입었다. 수술을 해야 하는데 피가 RH-라서 구하기가 어려웠다. 여동생한테 수혈 부탁을 했다. 한참 후에야 말없이 고개를 끄덕였다. 두 남매가 무사히 수술을 마쳤다. 여동생이 갑자기 의사에게 묻기를 "나는 언제 죽나요" 하는 것이 아닌가. 의사가 "피를 뽑았다고 죽는 것이 아니란다, 피는 또 생기는 거란다, 그러면 너는 죽는 줄 알면서도 네 오빠에게 피를 준 것이냐" 여동생은 "나는 오빠를 사랑하니까요" 라고 대답을 했다. 남을 위해 내 목숨을 내어 줄 수 있을 정도, 아니면 전심전력으로 헌신할 자신이 있을 때 '사랑한다'는 표현이 맞을 것 같다. 지금까지 나는 나만을 사랑하며 이기적으로 살았다. 이타적으로 살지 못했다. 이제 환갑을 넘어 덤으로 사는 인생이니, 남은 생은 뭔가 남을 위해 살아야 하지 않겠나, 생각해 본다.

다시 태어나고 싶으냐? 누군가 질문을 던진다면, 마음이 썩 내키지 않는다. 자신이 없다. 고단한 인생사, 복잡한 세상사 다시 태어나고 싶지 않다는 것이

나의 솔직한 대답이다. 100년도 못 사는 인생인데, 우리네 세상사가 그렇게 만만치 않다는 것을 잘 알기 때문이다. 겉으로는 웃지만 속으로는 악전고투의 삶이다. 인생길 과정 과정이 힘이 든다. 무엇 하나 성취하려면 자신과의 싸움, 스스로를 쥐어짜야 한다. 참으로 고난은 길고 영광은 짧다. 뒤돌아보면 승진이란 목표를 위해 자신을 채찍질하며 산전수전 온갖 전쟁을 치르면서 일하기도 했다. 또 물 불 안 가리고 공부에 열중하여 석 · 박사 학위를 취득하기도 했다. 결혼했을 때의 환희와 즐거움도 있었다. 첫 아이를 낳고 아버지가 되는 무한 감동 행복감도 맛보았다. 공무원으로서 과장 국장 승진했을 때의 기쁨 희열도 있었다. 그러나 이러한 성취도 일시적 만족에 불과하다, 지속적이지가 않다. 그나마 하나님을 만난 것이 천만다행이다. 힘들고 외로울 때나, 또 기쁨으로 의기충천자만 할 때도 감정 조절할 수 있는 대화 상대가 있으니 말이다.

때로는 성령 충만하여 '하나님 감사, 대감사합니다' 하며 은혜가 넘치기도 한다. 그러다가도 눈앞에 놓여 진 장애물로 인해 또다시 근심 걱정에 사로잡힌다. 기도를 쉬게 되면 금방 머릿속이 세상 잡초로 뒤덮인다. 텃밭을 가꾸어 보면 잡초라는 것이 얼마나 빨리 급성장하는지 모른다. 도대체 잡초 씨앗은 어디에서 그토록 많이 날아오는 것인지, 아니면 흙속에 보이지 않게 묻혀 있는 것인지. 하나님하고 잠깐만 멀리해도 세상 불안, 초조, 두려움의 온갖 잡초가 그 틈을 파고 들어온다. 나이가 들수록 세상 경험이 많을수록 머릿속은 온통 잡동사니, 쓰레기들로 점점 쌓여간다. 내 자신이 점점 못된 놈, 나쁜 놈이 되어가는 것 같다. 성경에서도 '쉬지말고 기도하라' 고 일깨운다. 기도가 없으면 나 또한 연약한 존재라서 금방 사탄의 노름에 빠지기 쉽다. 기도를 통해 내가 하나님과 대화를 나누고, 또 자신하고도 말을 주고받으면서 스스로를 채찍질하게 된다. 어느 목사님 말씀이 떠오른다. '자신의 영적 상태를 점검하는 방법 중의 하나가 누가 갑자기 자기에게 따귀를 때렸을 때, 웃음으로 화답할 수 있으면 정상이고 인상 쓰고 혈기부리면 비정상이다.' 나는 아직도 신앙의 깊이가 멀었다고 스스로를 진단한다. 누가 쿡 찔렀을 때 어느 상황에서도 화를 내지 않고 왼뺨도 내줄 수 있을 때까지 믿음의 경주를 계속할 것이다. 지금까지 하나님께 순종하지 못하며 살아온 인생이기에 만회를 해야 한다는 심정이다. 미천한 저에게도 하나님을 만날 수 있는 기회를 주심에 감사를 드린다. 이제 하나님 손을 꼭 잡고 동행하기를 소원한다. 그것이 나와 내 가족, 내가 속한 사회에 조금이나마 보탬이 되는 삶이라 생각한다.

'인생에 정답은 없다'고 한다. 그러나 나는 아무런 해답도 찾지 못하고 후회가 많은 잡초 인생길을 걸어 온 것 같다. 좌충우돌 실수투성이 세상을 살아왔다. 뒤늦게나마 하나님이 내 고집 내 혈기를 꺾기위해 이리 굴리고 저리 굴리면서 나를 연단해 오신 것이 감사할 따름이다. 그러나 아직도 미완성 현재진행형이다. 옛말에 '죽어야 정신차린다'는 것처럼 죽기 전까지 내 안에 있는 사탄마귀와 혹독한 전쟁을 치러야 할까 보다. 남은 여생 하나님께 순종하고 충성하고 싶다. 이 세상 하직하고 하나님을 대면하는 첫 장면을 설레는 마음으로 상상해본다. 하나님께서 '그래 네가 내 계명을 준행하기 위해 몸부림치느라 수고 많았다. 내가 영광의 면류관을 네게 씌워 주겠다'는 천국의 상급이 있기를 간절히 소망해 본다. 내가 잘 아는 한분이 임종을 앞두고 병실에서 소리를 지르면서 두려움에 떨던 모습이 기억난다. 아마도 꿈속에서 사탄이 어둡고 무서운 지옥의 터널로 끌고 가니까 '안 가! 안 가!!' 하면서 울부짖는 것 같았다. 몹시도 두려웠던지 식은땀을 흘리시며 누가 좀 옆에 같이 있어달라고 하셨다. 그 분 이마에 손은 얹고 기도를 했다. "하나님 이 불쌍한 영혼에게 긍휼과 자비를 베풀어주셔서. 하나님을 만날 수 있는 은혜를 베풀어 주옵소서. 하나님을 영접하고 천국에 갈 수 있는 하나님의 자녀가 되는 특권을 갖게 하옵소서. 예수님의 이름으로 기도하였습니다. 아멘." 기도를 하고 나니 그 분의 얼굴빛이 환해지면서 안도의 한숨을 쉬셨다.

끝으로, 나는 찬송을 좋아한다. '찬송가를 곡조있는 기도'라고 한다. 찬송을 부를 때 나는 많은 은혜를 받는다. 찬송을 부르면서 목이 메이기도 하고 눈물이 쏟아지기도 한다. 그러면서 내 영혼이 맑아짐을 느낀다. 내가 좋아하는 찬송가를 끝으로 이 책 '인생 천로역정'을 마무리하고자 한다. "당신이 지쳐서 기도할 수 없고 눈물이 빗물처럼 흘러내릴 때 주님은 우리의 연약함을 아시고 사랑으로 인도하시네. 누군가 널 위하여 누군가 기도하네. 네가 홀로 외로워서 마음이 무너질 때 누군가 널 위해 기도하네. 누군가 날 위하여 누군가 기도하네. 내가 홀로 외로워서 마음이 무너질 때 누군가 날 위해 기도하네."

저자와의
협의하에
인지생략

인생 천로역정

2019年 12月 15日 초판 발행

저 자 정 득 모

발행처 ㈜이화문화출판사

등록번호 제300-2012-230
주소 서울시 종로구 인사동길 12, 311호
전화 02-732-7091~3 (도서 주문처)
FAX 02-725-5153
홈페이지 www.makebook.net

값 14,900원